庄　庸　杨丽君
王秀庭　吴金梅　主编

爽点宇宙（第2季）

中国网络文学阅读潮流研究

华语国际编剧节组委会
临沂大学中国文艺评论基地
中国青年智库论坛
中国青年阅读指数
中国网络文学网生评论家委员会
联合编撰

中国青年出版社

图书在版编目（CIP）数据

爽点宇宙. 第2季，中国网络文学阅读潮流研究 / 庄庸等主编. -- 北京：中国青年出版社，2020.6

ISBN 978-7-5153-6028-7

Ⅰ. ①爽…　Ⅱ. ①庄…　Ⅲ. ①网络文学－文学研究－中国　Ⅳ. ①I207.999

中国版本图书馆 CIP 数据核字（2020）第 082778 号

书　　名：爽点宇宙：中国网络文学阅读潮流研究（第 2 季）
主　　编：庄　庸　杨丽君
　　　　　王秀庭　吴金梅
责任编辑：陈　静　张佳莹
特约策划：张瑞霞　无萱草
插　　图：118 幅
出版发行：中国青年出版社
社　　址：北京东四十二条 21 号
邮　　编：100708
网　　址：www.cyp.com.cn
门 市 部：（010）57350370
印　　刷：北京欣睿虹彩印刷有限公司
经　　销：新华书店
开　　本：710mm × 1000mm　1/16
印　　张：26.25
字　　数：400 千字
版　　次：2020 年 9 月北京第 1 版
印　　次：2020 年 9 月北京第 1 次印刷
印　　数：0,001~5,000 册
定　　价：118.00 元

目录

第二章

与我何干：穿过千军万马（穿街过巷）来相见

第三章

身份（自我）的悬念：从“那人的传人”到“那个人”？

第四章

故事迷宫：史上最黑暗/最神奇的三年

第五章

奇迹男孩：
从《将夜》到《哈利·波特》

第六章

美好生活论：
从“伪王子复仇记”到“蚂蚁哲学”

第七章

金字塔结构：身份（自我）的悬念、大复仇情结、阴谋/圈套论（大迷局OR大格局论）

第八章

人设二重奏：从“酒铺少年”到“天下剑首”

第九章

世界观设定：从“剑王朝 1.0”到“剑宇宙 3.0”

第十章

宝盖头思维：从“剑即权杖”到“伞骨三脚架”

第十一章

猫腻《择天记》：从“废柴退婚”到“啪啪打脸”

第十二章

有情剑世界：从“顺心由己”到“逆天改命”

第十三章

代主角论：
“跑龙套团”如何跑出“主角光环”

第十四章

强大自我：
从越境“悬殊战”到反超“悬念战”

第十五章

第三只眼：
从“旁观者体系”到“专业评论员角色”

第十六章

“虐渣—造爽”模型：从“爽点IP原理”到“故事迷宫原型”

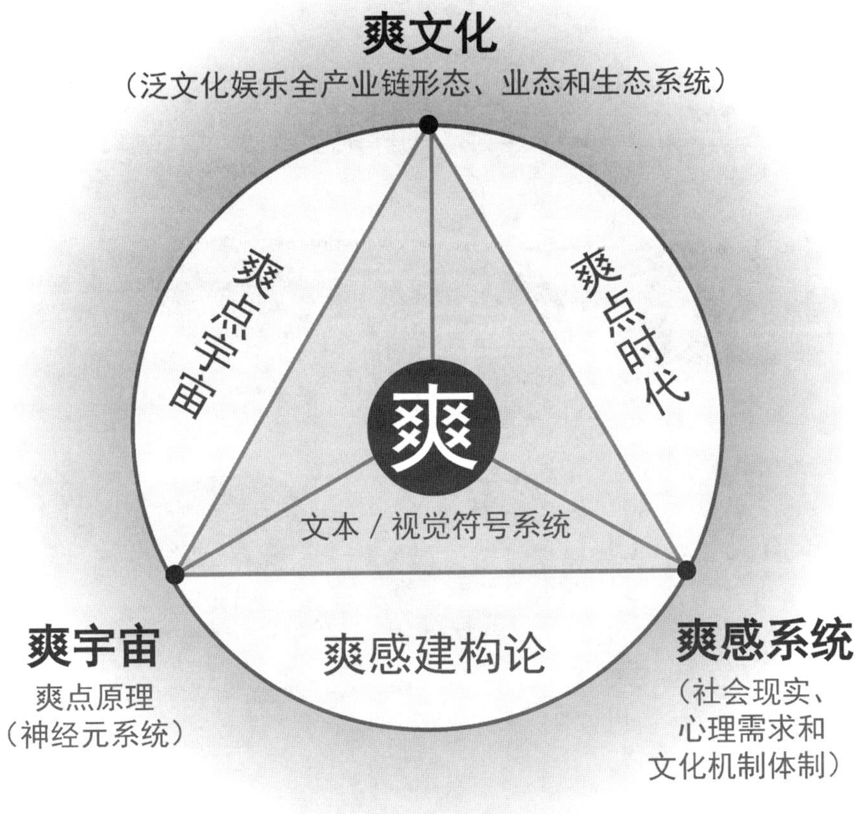

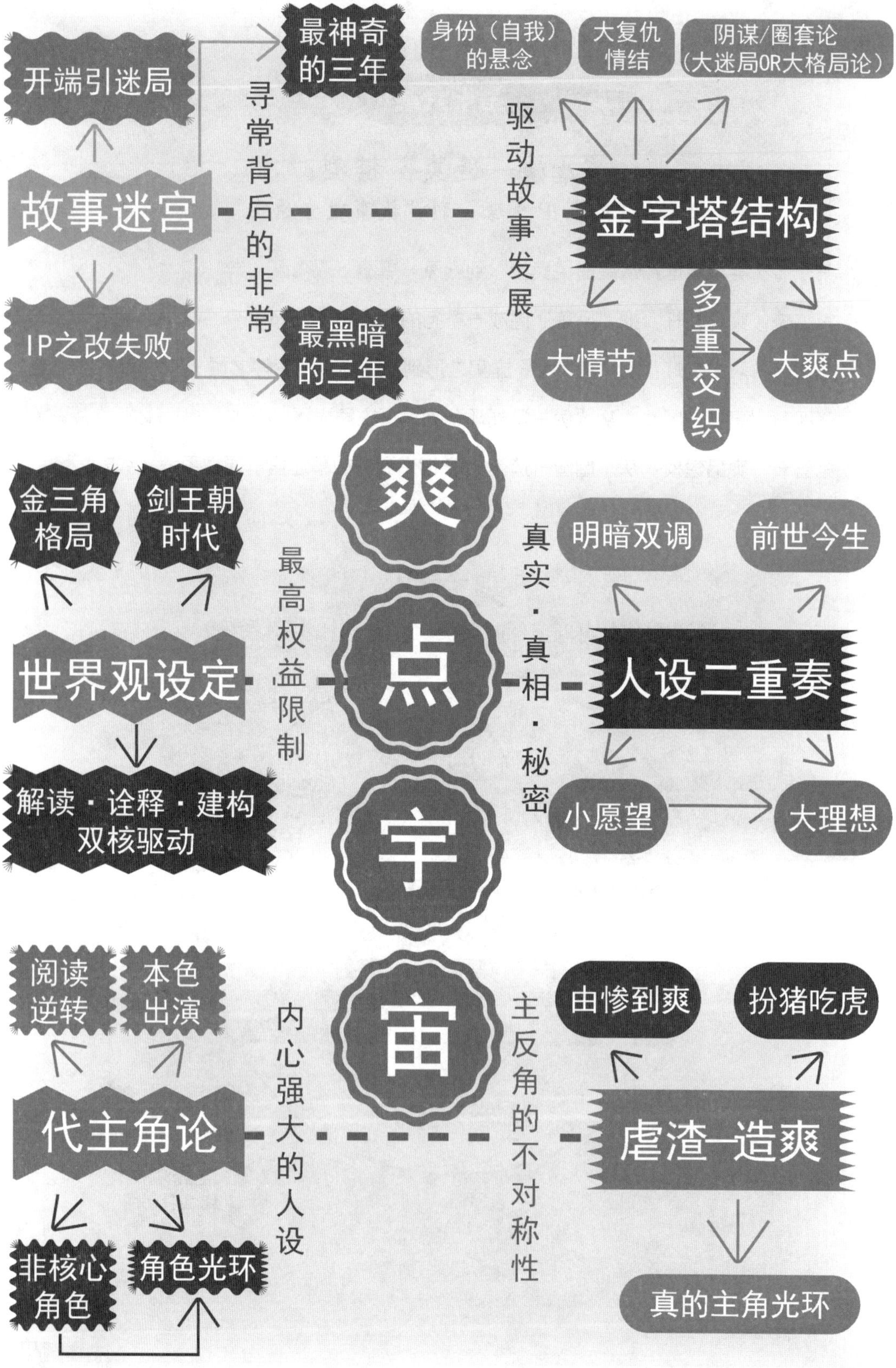

爽点宇宙
故事迷宫
开端引迷局
IP之改失败
寻常背后的非常
最神奇的三年
最黑暗的三年
驱动故事发展
金字塔结构
身份（自我）的悬念
大复仇情结
阴谋/圈套论（大迷局OR大格局论）
大情节
多重交织
大爽点
世界观设定
金三角格局
剑王朝时代
解读·诠释·建构双核驱动
最高权益限制
真实·真相·秘密
人设二重奏
明暗双调
前世今生
小愿望
大理想
代主角论
阅读逆转
本色出演
非核心角色
角色光环
内心强大的人设
主反角的不对称性
虐渣—造爽
由惨到爽
扮猪吃虎
真的主角光环

导论

爽点宇宙

从故事爽点建基人生宇宙

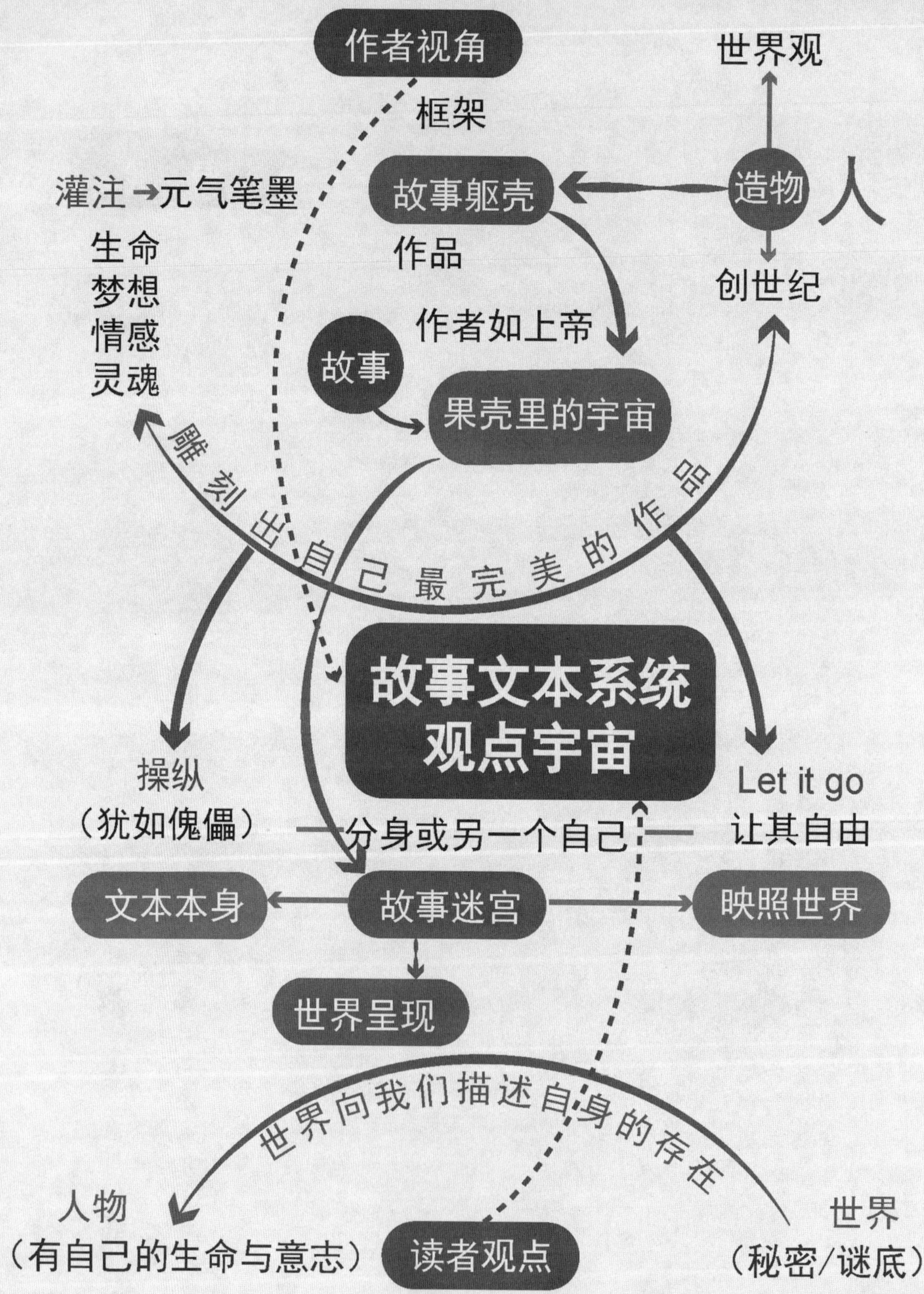
作者视角
框架
世界观
灌注→元气笔墨
故事躯壳
造物
人
作品
创世纪
生命
梦想
情感
灵魂
作者如上帝
故事
果壳里的宇宙
雕刻出自己最完美的作品
故事文本系统
观点宇宙
操纵
（犹如傀儡）
Let it go
让其自由
分身或另一个自己
文本本身
故事迷宫
映照世界
世界呈现
世界向我们描述自身的存在
人物
（有自己的生命与意志）
读者观点
世界
（秘密/谜底）

网络文学，特别是大多数讲故事写爽文的网文，都是以“爽点”为原点，来建构自己的故事建筑——从“故事大厦”到“魔幻迷宫”，从而形成所谓的“故事迷宫”①——甚至是“故事宇宙”。

一切事情、事件和事实都从“原点”而来；一切真相、秘密和隐秘的意图与动机，也是以“原点”为旋转的轴心；整个故事大厦、故事迷宫和故事宇宙都是用“原点”来建基的。

在讲故事写爽文的网络文学之中，这种故事建筑或者故事宇宙的建基原点，就被替换成了“爽点”。爽文的故事，就是以“爽点”为原点，建基自己的“故事宇宙”的。

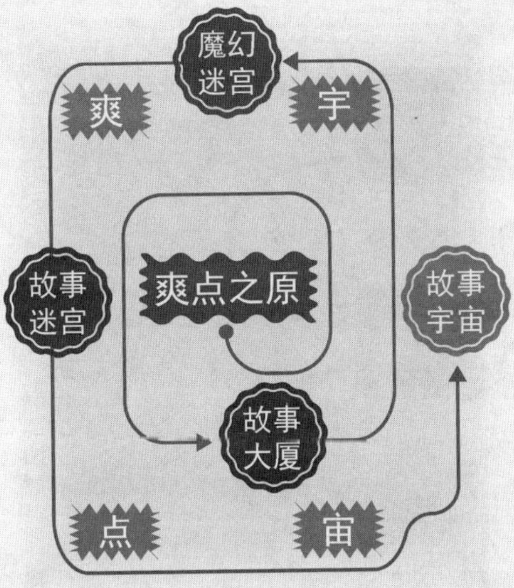

这是一个从故事建筑到魔幻迷宫（故事迷宫）、从点线面立体到多场景、多维度、多界域建构的多重爽点系统和爽感生态。它甚至可以解读、诠释和建构从爽文到爽片/爽剧，从爽漫到爽游，从爽文创新集群到爽文化社会现实、心理需求和文化机制体制的形态、业态与生态系统——这是“IP宇宙”设定之故事基点与原点。

因此，我们把它解读、诠释和建构为一个新的造词、理论与方法论模型：爽点宇宙。

---

① 在华语网络文学智库丛书里，故事建筑、故事大厦、魔幻迷宫、故事迷宫这几个“造词”我们经常混用，或者重组使用，并没有严格遵循所谓的词组类属和逻辑。这是因为我们很难严格界定这些词语的精准定义与范畴。我们在具体使用时，也很难明确描述不同内涵与外延的微妙语境与语感——这不是语句层面的问题，亦不仅仅是语法层面的问题，而是事关语感层面的问题。因此，读者诸君在不同的场合读到这些词语的混用时，请自行体会其中的微妙差异。但无论如何混用、混淆和重组使用，我们解读、诠释和建构这个序列的网络文学造词、理论与方法论原型，都是试图言说、描述“网络文学讲故事写爽文有自身的建筑、结构和逻辑”。从庖丁解牛故事文本，到IP化魔改影视剧集，第一需要洞悉、掌握和精控的，就是这种“故事建筑”甚至“故事迷宫”的平面解剖图和多维虚拟图。因为，同样是“故事小木屋”，所建筑的故事之屋，因为场景、维度、界域甚至时空结构的不同，可能有着本质上的区别：究竟像“小木屋”一样，一眼可以看到底；还是像“时空旋转枢纽”一样，这个外表看似不起眼的白色小木屋（小白文），居然是一个通向不同平行世界和多重宇宙的魔幻迷宫。

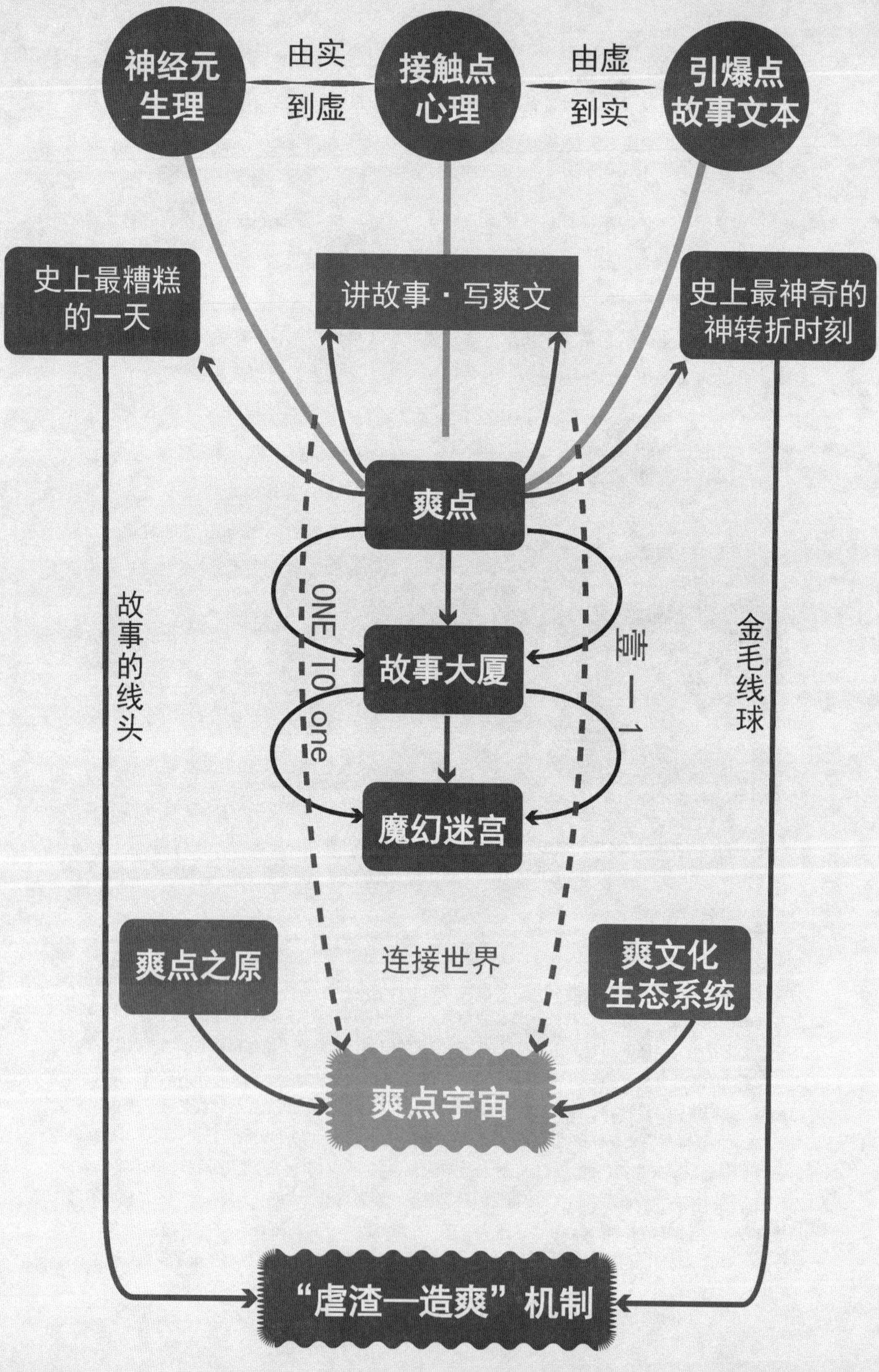
神经元生理
由实
到虚
接触点心理
由虚
到实
引爆点故事文本
史上最糟糕的一天
讲故事·写爽文
史上最神奇的神转折时刻
爽点
ONE TO one
故事大厦
壹—1
魔幻迷宫
故事的线头
金毛线球
爽点之原
连接世界
爽文化生态系统
爽点宇宙
“虐渣—造爽”机制

第一节 定义爽点：

从“神经元”到“接触点”和“引爆点”

“爽点”是什么？

爽点就是让人“爽”的感官与知觉、感受与体验的点。它是在萌点、雷点、燃点、槽点、毒点等一系列“×点”造词运动之中，造出来的最能代表（或者说“最被代表”）网文特别是爽文的一个流行词。

顾名思义，爽点就是让人很爽的点——从“爽歪歪”到“神清气爽”，爽点可以说是生理与心理、感官与精神共生共建的接触点和引爆点：从快感到畅快，从兴奋到愉悦，从心流到高峰体验。

一方面，它就像快感和高峰体验所产生的“G点”，或者大脑控制欲望与快感娱乐机制的多巴胺等神经元一样，“真实”存在于人的身体与生理结构之中——或许我们的大脑和身体之中，真的存在着这样一种控制我们爽感体验的神经元或生理器官。这一点虽然尚未完全得到证实，但按照科学已有的发现和机制，理应成立。

另一方面，它就像弗洛伊德所提出的“力比多”概念一样，存在于心理甚至是大脑的想象和猜测之中，不完全是生理机制，而是心理驱动和精神愉悦的“虚拟性体验”。

但是，从生理到心理、从感官到精神，爽点作为爽感的接触点、触发点和引爆点，似乎又存于具体的文本和作品形态之中，比如爽文、爽剧、爽片、爽游戏……这些作品形态与业态之中。

也就是说，在我们所说的爽文、爽剧、爽片、爽游戏等爽品的故事文本之中，存在以文字、图片和影像等艺术物质材料所建构出来的“爽点”——比如，在字词句、段篇章、场景、情节、人物等之中，似乎存在着一个既附着于它们之上、又独立存在的“爽点”；就像“细胞”一样，一旦触发，就可以快速膨胀、加速生长，引爆从眼球到身心的愉悦体验。

因此，如果非要界定“爽点”，或许我们需要建构一个生理（身体与大脑神经系统）、心理（欲望与精神）和故事文本（作品、产品和竞品的形态、业态与生态系统）的金三角，将其搁置于其正三角中心点之上来聚焦和穿透，才能看穿所谓的“爽点”其实是这三者合力而贯穿到底的“焦点”和“原点”。

它就像是一个更高维度、更大界域、更新场景的“顶点”，就像柏拉图学说中代表着世界存在本源的理念，垂悬于多维时空的中枢按钮之中，向下方正三维体（正金字塔型）进行辐射与投影：存在于文本之中的故事爽点，存在于作者、读者等人身体和大脑之中的生理（神经元）爽点，以及存在于阅读体验与传播历程之中的精神（心理）爽点……其实都不过是这种“本源之点”的影子和复制器。

这就像大江大河之中波光荡漾的明月，诗词之中“春江海潮升明月”的明月，以及“在人的悲欢离合之中阴晴圆缺”的明月，其实都不是天上那一轮真正的明月——但它们都是明月的“影子”和“意象”，又将我们的目光、身心和想象都指向明月。

因此，爽文要让人“看起来很爽”，有一个至关重要的决定性因素，就是要寻找“接触点”并戳中那个“需求的爽点”（或痛点），从而将其引爆成一种普遍的情绪潮流，并且引发同理共情的“共鸣”：从需求暗流引爆成爽感的高峰体验，

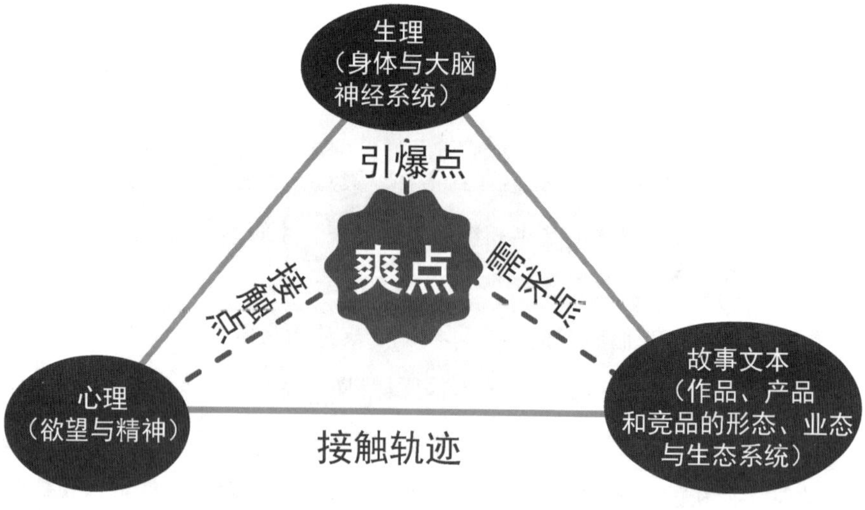

甚至从阅读的畅快感决堤泄洪成为席卷和裹挟着人往前走、将其愉悦地淹没于其中的潮流。

阅读是一种眼球与文本、人的感觉/知觉系统与故事系统、阅读者与剧中人的接触行为和历程。它们就是震荡起伏的阅读曲线和文本故事线间隔性的相交或相切——犹如价格围着价值进行波动，我们的阅读围绕着故事和文本震荡前行。当视线和情节线相交、阅读者的阅历与体验和剧中人的人生与戏剧相切时，就会形成一系列不确定的“接触点”。

这种由实到虚、由虚到实一样的第三条抛物线，我们称之为“接触轨迹”。它其实是文字阅读愉悦感和畅快感爆发、震荡和跌宕前行的支点或基点。关键是看它能否从一触即过的相切到真正地找到小切口，切入那庞大的像地下河一样喧嚣和躁动着的需求暗流。

这种需求暗流存在于我们的阅读曲线之下，像太阳与月亮一样忽上忽下，或者像河床之岸的山脉一样起伏上下，或者就像水上游乐场圈起来的彩球一样来回旋转——无论是密集还是粗疏的排布（数量向），还是像二十四小时升起降落或一个月阴晴圆缺的轨迹（时间向），或者像山脉从西向东梯度降维的走势（空间向）……都决定了这种阅读曲线和需求暗流之间，其实是有“规律”的。这种规律决定了阅读曲线的震荡，以及需求暗流是否能够通过阅读曲线与文本故事线相交、相切的接触点，找到切入口亦即决出口，爆发和宣泄出去。这种规律既有客观的元素，不可控；但亦有主观的方面，可有意为之。犹如一个硬币有两面却又熔铸于一体。这让事情变得很不确定。

如果谙熟并掌握了这种规律图谱，作者其实可以操控和操纵故事文本中的爽点分布，从而带节奏、刷眼球、爆心流、造爽感——就像人的心电图与脑电图按照何种节奏和韵律脉动，人们可以人为地操纵心跳和脑波动，从而改变心电图与脑电图的轨迹。

故事文本线并不是一条平面维度的“实线”，犹如高速路一样一直向前：即使有宽阔、起伏、弯曲、交叉，但基本上是一个平面维度；即使是多层，也不过是像北京西直门的立交桥一样，在桥梁层次本身的结构上叠加；而无法像“折叠世界”一样，折叠出或者造出多场景、多界域和多维度的不同时空结构出来。

第二节 生命树：
从“爽点之原”建基“爽文化”生态系统

以爽点为原点，我们可以看到，大多数网络作家作品都以此建基自己的故事大厦或是故事迷宫的。

而“爽点”从点到线到面再到立体，从转场、升维到跨界，不停地进化、迭代和嬗变。

比如，从“天蚕土豆”爆款爽文《斗破苍穹》，到“忘语”开创凡人流的潮流红文《凡人修仙传》，就创造和提供了迥然不同的“爽点模式”；

从“小雨清晨”的《绑架全人类》（预言直播流），到“三百斤的微笑”的《饲养全人类》（文明建设发展与升级升维流），进化与迭代出一种性质和类型完全不同的“爽点”。

在这个进化与迭代、不是升级与转型而是转场和升维的过程之中，“爽点”演变、嬗变、蝶变出不同的“抛物线”轨迹，分化、细化和变化出不同的“引爆”点，甚至核变、聚变、裂变出像星球一样的“爽点系统”。

它们主宰和驱动了网络文学讲故事写爽文的不同类型与文体演化，如系统流、直播流、奶爸文、荒野文等；以及我们所说的类型融合、题材变革与理念创新的新潮流，如硬核网文、跨界网文、灵气复苏流和文明建设发展与升级升维流等。

在这种爽点进化、迭代和演化之旅中，以“爽点”为建基原点，建筑或构建出来的，是有形实体的故事大厦甚至故事迷宫；但是，“爽点系统”本身，却像烟花爆竹一样，开满了璀璨的夜空——这再也不是“它比烟火还寂寞”，而是“它比火树银花还绚烂”。

不同的爽文故事，犹如不同的烟火品种，在同一“爽文化”和“爽感消费”的璀璨夜空之下，绽放出不同的绚烂烟花，吸引着人们的眼球——从吸睛到吸金，它提供了不同的亮丽七彩的爽感抛物线，以及各种细分又重组、如繁星万千又似流星陨落的爽点：如露珠彩泡一样转瞬即逝，又如珍珠钻石一样“恒久远”；或细密繁复，或简略简约；既像小商品集市的批发与零售货物，又如宜家标准化的元素与组件……“总有一款适合你”，仿佛无“文”不爽，无“处”不爽，无“点”不爽，无“人”不爽——只要你读网文，看故事。

就连空气，都成了“爽气”——神清气爽，伴随着生命的一呼一吸，如影随形，无处不在。这就是一个爽时代、一个爽世界、一种爽文化的狂欢之夜。星空之下，皆是爽点。就连整个银河系，都是由密密麻麻的爽点汇聚而成的……因此，整个宇宙，就成了一个“爽点宇宙”。

这是所有讲故事写爽文、读网文看故事的人都共享的“爽点宇宙”——因此，说到底，网络文学讲故事写爽文，共建、共享、共治出一个故事共同体的“爽点宇宙”。

恰如我们很早之前就曾经提出来的一个观点：网络文学再庞大、繁华和浩如烟海，说到底，就是一个大“ONE（壹）”的故事宇宙——就像一本超大的故事书。无论它的作家作品数量、字数如何成千上万甚至数以亿计，也无论它的类型、文体和潮流如何千变万化甚至“繁花渐欲迷人眼”，你都可以把它当成一部“厚厚的大书（大故事书）”去读，读薄读透，最后读出一个“点”——犹如读出一个“爽点”来。所有的故事，都是从这个“原点”去建基和创造的。

面对这浩如烟海、庞大如星辰大海的互联网超大故事书（ONE），你就是那一个个个体化、个性化、小小的“one”。从小小的一个“1（one）”，直面那个超大、不可驾驭的“壹（ONE）”，中间那个对接、桥接甚至是四两拨千斤、小切口撬动大格局的“一（TO）”，就成为至关重要的通道和转化机制[①]—— 正因为有这种“ONE TO one”“壹一 1”模式，我们才能完成那个双向、互动和融合的任务：如何把这一本超大型的故事书读薄读透，读成一页纸；如何把一个小如细胞分子的“点”，读厚、诠深、建基成一个超级庞大的“宇宙”。

网络文学讲故事写爽文，是最能体现这种“ONE TO one”和“壹一 1”的模

① 参见庄庸、王秀庭著：《网络文学评论评价体系构建：从“顶层设计”到“基层创新”》，“互联网+新文艺”丛书，福建教育出版社，2016 年版。

式和特质的。体量极其庞大，数量极其巨大，质量却极其不平衡、不稳定和不确定的网络文学，从整体上来说就是一部“讲故事写爽文”的超级大书（这个结论是一句相当粗暴、简单和直接的论断，至少应该加一些限定词和后缀，比如“大多数讲故事写爽文的网文”，或者“网络文学中的大多数爽文”）。

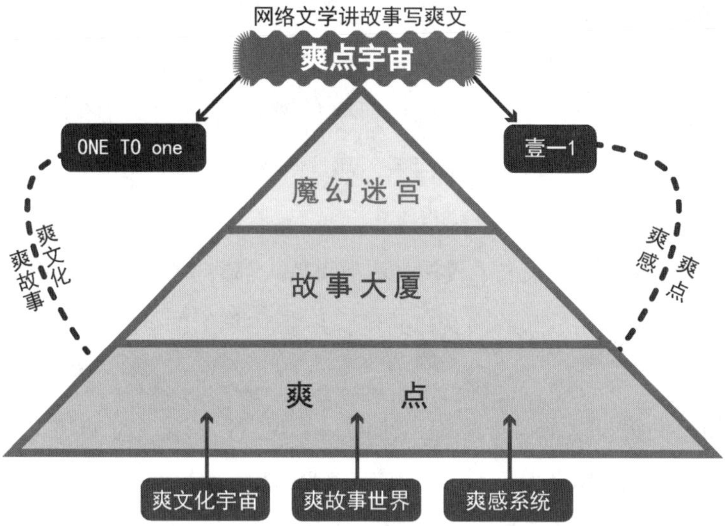

摒除所有繁花硕果、旁枝末节，只抓“故事主树干”，或者如我们解读、诠释和建构为网络文学造词、理论与方法论模型的“元概念、根命题和树逻辑”，甚至追根溯源、穷本极源，一直到挖掘和发现整个故事“生命树”的原点，或是如上所述的从故事大厦到故事迷宫的建基原点——从“爽文化”到“爽故事”，从“爽感”到“爽点”，是一个非常有效的“生命与神经脉络”。

遵循这条生命与生长的根本脉络，我们可以不停地将这棵庞大的生命之树（书）、宇宙之树（书）、故事之树（书），简化和抽象成那一条“爽文/爽品、爽感、爽点”的发展脉络与建基原点——这就是把庞大的“ONE”体系读薄读透，读出一个“one”（小“点”）的过程。

所谓“简化与抽象的艺术”，就是在那庞大的故事体系之中删繁就简，穿过现象直通本质，戳中那个最本源、最起源、最来源、最根源的四源之最“点”！

“爽点”就是穿透整个网络文学庞大的“爽文化宇宙”“爽故事世界”和“爽感系统”，直抵生命细胞与生长基元的“原点”和“建基点”。

第三节　连接世界：

从“ONE TO one”到“壹一1”

这个方向是可逆推的。

从网络文学庞大的数量与体量的“故事体系”，可以简化和抽象出一个所谓“爽点”的细胞和基元；同理，从“爽点”这个原点和基点出发，可以还原、建构和创造出网络文学庞大的“爽文宇宙”。

细胞、基元、爽点和基点（建基点）在这个双向、互动、可逆可顺的过程之中，具有“同一”的意义和意思。至少，我们在解读、诠释和建构这种从“爽点”到“宇宙”的故事创造过程之中，是这么使用的。

因为，这种过程，恰如生命的历史和地球文明的发展：生命总是从细胞开始，生长和演化成各种不同的动植物——这就是“生命树”谱系；而地球文明的发展，也经历了从初级到高级、从低等到高等、从落后到先进的过程——比如攀登文明树和科技树所常见的那样。

从“生命树”到“科技树”和“文明树”，这种升级与升维、建设和发展，都是由“进化”支配的。尽管现在有各种“史前先进文明的遗迹遗存考古发现”，可以质疑甚至推翻这种所谓“生命进化论”甚至“文明进化论”的观点；但是，至少在限定发展史范围内，如从“单细胞生物”到“高等脊椎动物”，从“农业文明”到“信息文明”……这种生命进化论与文明进化论，可以被视为一种正确的观点、理论和方法论。

同理，在限定范围、历程和领域之内，从“爽点之原”建基“故事宇宙”，就是一种类似于“生命树”“科技树”和“文明树”的发展历程。支配它的，就是进化与迭代、升级与升维、转型与转场、专注于本领域与跨界发展的黄金法则。

在这种法则的支配之下，从“爽点之原”（原点与建基点）到“故事宇宙”，中间划界、确立和建构起了一个多层级的爽点形态表情（吸睛吸金）包、爽感系统和爽文化业态生态系统。

它们将网络文学讲故事写爽文的过程，导向了不同场景、不同维度和不同界域复合重构的多重爽故事迷宫之中，由此孵化、催生和诞生了不同类型、题材与潮流的“爽文作品、产品和竞品”：网络文学那浩如烟海的爽文种类，就是这么创作、创造和生产出来的。

但无论它们的体量如何庞大，数量如何巨大，质量如何不平衡不稳定不确定，都可以朝后、朝上、朝向根本，追根溯源，究出那一个建基故事的原点亦即“爽点”；亦可以朝前、朝下、朝向外部，纲举目张，沿着所有故事树“生命”成长、成形、成熟的根本脉络，找到它那“宝盖头思维”以及超越“宝盖头”的顶层逻辑：所有“生命树”朝天开放；无论是木秀于林还是秀木于林，从一棵树到一片林再到整个森林业态与生态系统，其实它们共享的都是“同一片天”“同一个星空”“同一个地球与宇宙”——同理如此，从“爽点之原”创造和生产的所有“爽文故事”，共享、共建和共治的其实是同一个“爽文化宇宙”。

于是，“爽点—爽文故事—爽文化宇宙”，就构成了一个“ONE TO one”和“壹一 1”的同源异流、同型异态模型，我们将其解读、诠释和建构（同时亦是简化、抽象和浓缩）成一个造词、理论与方法论模型：“爽点宇宙！”——它其实是爽神经元原理、爽点表情（吸睛吸金）包、爽故事类型、爽感（爆款）建构系统、爽文化形态业态和生态系统等的复合、糅合与融合体系。

这个“爽点宇宙”本身就是一个支点和轴心杠杆：爽点—宇宙；中间对接、桥接、链接着的便是“爽文/故事”。以“爽点原理—爽文宇宙”为支点和轴心杠杆，我们可以将网络文学讲故事写爽文的原理与机制、模式与套路，与我们所解读、诠释和建构的“爽文化”社会现实、心理需求和文化机制体制，甚至整个“爽时代”社会、商业和时代潮流，进行“同源异流”“同型异态”的结构性比较。

它们都可以追根溯源，挖掘和发掘出同“一”的四源（本源、起源、来源和根源），亦即所谓“万剑归宗”“万物归一”的原点和基点。

但是，从源到流，又呈现不同的潮流和形态。从“一”到“万”，从源到流，从型到态，整个生命生长和发展的历程，都遵循着同样或类似的结构、逻辑，就像是一个“模型”里建构出来的。

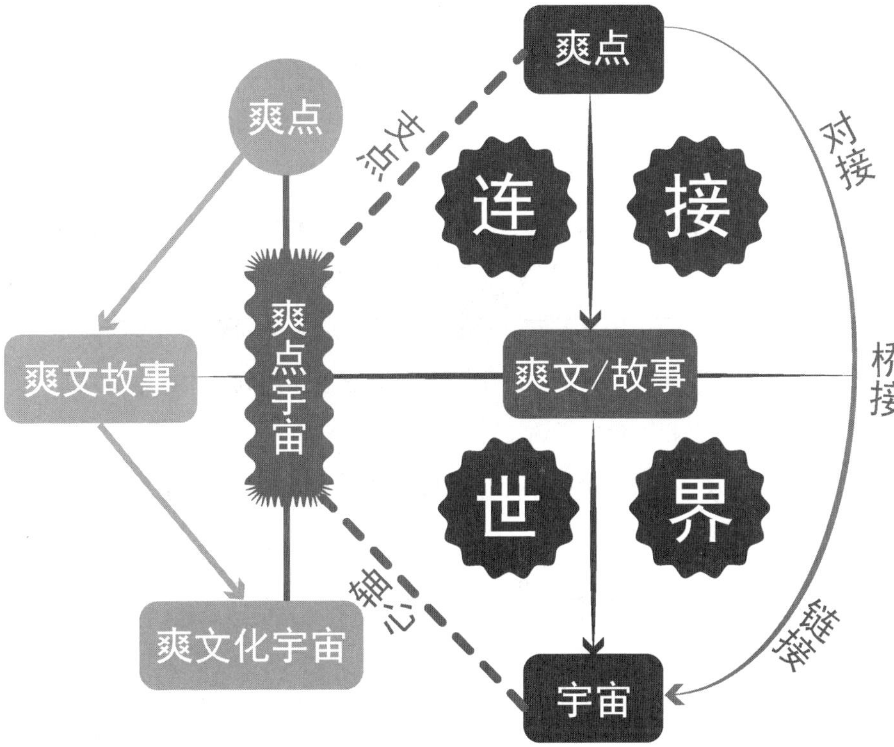

比如，从新时代的国民需求潮流（one1）到国家思想供给体系(ONE2)[①]，从算法时代的“内容需求暗流”（one1）到“内容供给侧结构性变革”（ONE2）[②]，和网络文学讲故事写爽文的“爽点需求层级系统”（one1）到“爽文爽感故事供给体系”（ONE2）……从本质到结构和逻辑上来说，是“同源异流”“同型异态”，甚至是“同一异万”的。

这除了论证“爽文”生存和发展的合法性、合理性和合情性之外，其实最重要的是说明了“爽文时代”是有根基的：网络文学是“这一时代之文学”；作为

---

① 参见庄庸、王秀庭著：《网络文学评论评价体系构建：从“顶层设计”到“基层创新”》，“互联网+新文艺”丛书，福建教育出版社，2016年版。

② 参见皮钧、庄庸著：《当阅读进入指数时代，中国青年读什么》，中国青年指数阅读报告（首期），中国青年出版社官网，2017年4月；http://www.cyp.com.cn/cyri/pdf/%E4%B8%AD%E5%9B%BD%E9%9D%92%E5%B9%B4%E9%98%85%E8%AF%BB%E6%8C%87%E6%95%B0%E6%8A%A5%E5%91%8A%EF%BC%882017%E5%B9%B44%E6%9C%88%EF%BC%89.pdf。

网络文学最有代表性的文学样式或类型潮流，爽文真的是这一时代的“风向标”与“晴雨表”，甚至是这一时代潮流的弄潮儿、号角手。

恰如我们一直想论证和例证的，中国本身就是一部正在形成而尚未完成的“网络”小说；中国就是一部最爽的爽文；网文（包括爽文）与这一时代的文运与文脉、国脉与国运的牵连与羁绊甚深甚至最深：接续千年文脉，重系时代国运；甚至，网络文学的“定向”（确定的发展方向），就是“为美好生活奋斗、构建人类命运共同体、书写新史诗”；四亿中国青年特别是网络青年是“书写新史诗”的主角——而书写中国从站起来、富起来到强起来的新史诗，本身就是自带主角光环、讲故事写爽文的“造爽之旅”。①瞧，这就又回到“中国本身就是一部最爽的爽文”的起点和逻辑去了。

它们其实基于一种最古老的中国传统思维观念，但又切中当下最时代和最未来的未知变化之逻辑：从道生一、一生二、二生三、三生万物，到殊途同归、万物同源、理一分殊，“从一到万”和“万中之一”的“一万/万一”是中国传统思维观念。

就像老话所说的，不怕一万，就怕万一；或者，就像最高的“太”和“唯一无对、混一未分”的“一”结合所形成的“太一”，为万物生成和宇宙创生的四源（本源、起源、来源和根源）。

基于这种“太一至万”的中国传统思维观念，我们可以解读、诠释和建构当下讲故事写爽文与我们所植根于当下三变（巨变、剧变与遽变）和未来已来的时代所同源异流、同型异态的集体境遇：每一个渺小的个体（1或one），都面临着一个庞大而浩无边界的共同体（大壹或ONE）——或许是互联网，或许是这个世界，或许就是这个地球和宇宙，或许就是那“星辰大海的征程”。

“连接”成为从小1（one）到大壹（ONE）的通道与方式（TO）：就像从“人”到“从”，从“从”到“众”，众众成网，我们被“互联网+”桥接与对接、连接与链接成了一个网络共同体——我们把它称之为“连接世界”。

---

① 参见庄庸、杨丽君等主编：《爽文时代：中国网络文字阅读潮流研究（第1季）》，华语网络文学智库丛书，中国青年出版社，2020年版。

第四节　金毛线球：

从“故事迷宫”到“魔幻迷宫”

然而，在这个连接世界的结构之中，隐藏着两个“双重逆世界/暗宇宙”。

这种“四接”（桥接与对接、连接与链接）本身，就是一种“四隔”（隔离与隔膜、隔断与隔绝）。就像桥梁下面，其实是断裂和鸿沟；摆渡船之下，是吞噬生命的暗流、黑洞和漩涡。

我们每一个人在被连接成一个整体或共同体的同时，也被隔绝成一个信息孤岛或者孤立和孤独的精神原子。

换句话说，连接世界的表象下面，或许是每一个信息居民“鸡犬之声相闻、但老死不相往来”的两个小世界不相通之孤境和绝境。

更重要的是，这第一个“四接”或者“四隔”的“逆世界”，是被第二个算法时代的“暗宇宙”所精密操控与操纵的。需求和供给的荐送、匹配和反向定制为算法所操控，从而决定我们所见到的信息、事实和真相是什么。

换句话说，你想看到的信息是由算法决定的；你所了解的事实，都是经过精心操控的；所谓的真相，也就变成“别人让你这样认为/以为的真相”——这就是所谓的“后真相时代”。

从算法时代到后真相时代，这已不仅仅是个“暗箱操作”的问题，而是一种“母体（系统）”在决定信息、真相和事实发布的过程之中，操控并重塑我们的“脑图”的问题。这就是我们所说的“制脑权之争”。

在这个过程之中，别说我们所读到的信息，就像扑朔迷离的谜中谜、局中局，不停地发生剧情反转、人物反转和舆论风向反转，就连我们的社会现实生活和人生建筑，都像一个迷宫，走来走去，全都是在同一场景、同一维度、同一界域、同一时空之中重复，而无法找到出口。

甚至，整个世界、整个时代、整个宇宙，都被建构成一个巨大的“魔幻迷宫”，从实向虚、由虚向实、虚实相生。虚拟—现实已经越来越像迷局、迷楼和迷宫，让我们身陷其中，找不到可以走出去的金毛线球。

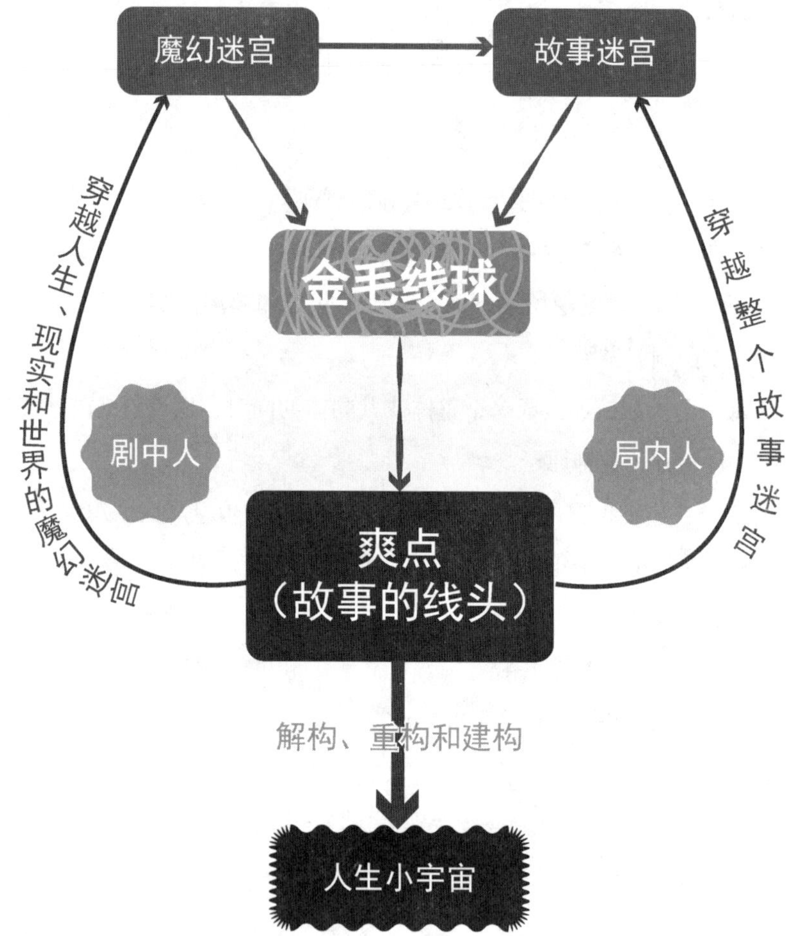

这就是我们当下所沦陷和直面的时代境遇：万中有一，所有的人都处于“同一但异态”的多重迷宫之中，苦苦寻找着那样一个“故事的线头”——我就是主角！按照剧情发展，就应该找到金毛线球的“线头”，杀死那头牛头怪，从而让我们的人生“拨开云雾见青天”。

故事、人生和整个世界与宇宙，都处于这样一种同型异构的“魔幻迷宫”原型之中，或者说是“迷楼和迷局”之中。宫中有宫，楼中有楼，谜中有谜，局中有局。因此，这完全可以解读、诠释和建构成“故事迷宫”——人生如戏，戏如人生，整个世界就是一个舞台；我们本就是那个故事中的剧中人、局内人。中国本身就是一种最现实的文本；我们的人生，本来就是一个由谜中谜、局中局、迷楼重叠迷楼、迷宫嵌套迷宫所构成的复合建筑“故事迷宫”。

在这种同型异构的故事文本之中，网文里讲故事写爽文的作家作品，我们这些读故事思人生的读者受众，以及这整个时代、世界和宇宙，都需要找到一个“线头”，在虚拟—现实各种版本的“魔幻迷宫”之中，找到自己的剧情线，以及主角为王的光环，而不是啪啪打脸、虐渣—造爽的配角和跑龙套团，甚至作死被踩博上位的超级炮灰！

正是基于这种“本是同根生，藤绕枝蔓、花开千万朵”的需求驱动，我们找到了这种同源异流、同型异态的“万中之一”模型，用以解读、诠释和建构网络文学讲故事写爽文的“故事迷宫”或“魔幻迷宫”的时代源泉和社会现实感——

“爽点”就是那个金毛线球的一个线头，从此出发也向此回归，可以指引我们穿越整个故事迷宫，甚至整个人生、现实和世界的“魔幻迷宫”，重新解构、重构和建构我们的“人生小宇宙”。

网文爽点就成了人生宇宙的建基原点。

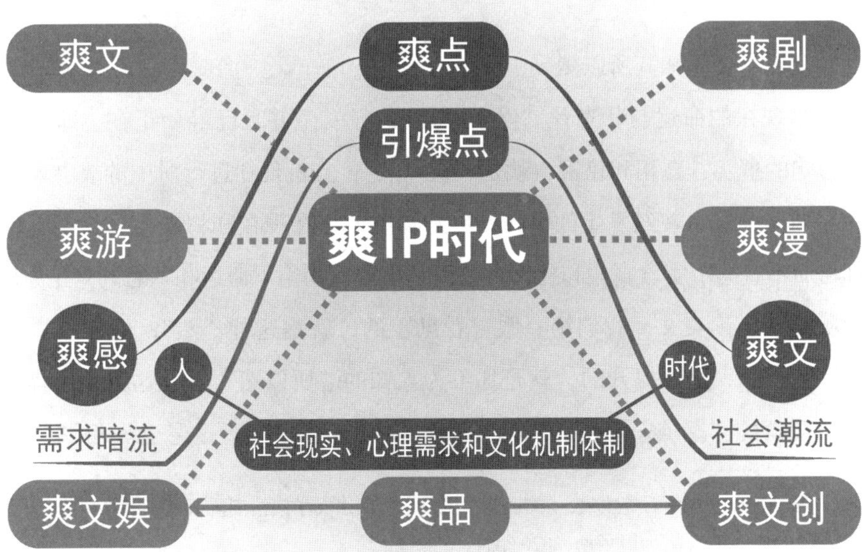

第五节 爽点宇宙：

从“故事大爽点”到“人生小宇宙”

“时代是思想之母,实践是理论之源。”

于是，我们解读、诠释和建构了这个相互嵌套的“爽点宇宙观”网络文学造词、理论与方法论原型，以及以“one To ONE、一（万一）至太一（壹）”为基础的杠杆模型。这个模型可以很好地解读、诠释和建构网络文学讲故事写爽文，与我们的人生、生活与生存体验，以及整个时代、世界、未来和宇宙的同源异流、同型异态以及同型异构的“爽点—宇宙”故事和逻辑体系。

从无罪的《剑王朝》，到猫腻的《择天记》，再到烽火戏诸侯的《剑来》……“剑王朝 1.0—剑世界 2.0—剑宇宙 3.0”的进化、迭代和演化，成为我们解读、诠释和建构这种网文故事“爽点宇宙”的绝佳范本与轴心杠杆。[①]

以此为支点和杠杆，我们可以解读、诠释和建构“爽点—宇宙”的形态、业态和生态系统。

知其然，更要知其所以然。

人物现在的命运与状态是“然”，那种曾经发生并且已经、正在、即将持续发生影响的事实、真相和秘密，就是“所以然”：分析现在进行时中的故事人物传记，亦即追溯过去曾经发生的事情，以及那些或许在现在和将来相当长一段时间内都秘而不宣的事实、真相和秘密；它们是决定人物当下命运和状态的真正原因。

听故事、读爽文，我们第一眼“看见”的，就是这种“然”；而讲故事写爽文，一笔一画，逐渐揭开的，就是那不为人知的“所以然”——这就是作者和读者共谋造就的“挖坑—填坑”“编码—解码”“设密—解密”“悬念—解谜”等一

① 参见庄庸、杨丽君等主编：《文运迷楼说：中国网络文学阅读潮流研究（第 4 季）》，华语网络文学智库丛书，中国青年出版社，2020 年版。

连串烧脑智探或直接和间接揭秘的过程。

很多爽文故事的第一眼、第一笔和第一“然”，都会采用“史上最糟糕的一天”但亦是“史上最神奇的神转折时刻”的模式。这是一种化腐朽为神奇、化寻常为奇崛、化日常为非常的套路——

主角在这一天遭遇了有史以来人生最大的危机，或者史上最黑暗/最倒霉/最难过/最祸不单行的一天；

所有的灾难性事件蜂拥而至，就像喷薄而出的活火山，席卷一切，把主角连同主角身边的一切全都吞噬和湮灭掉了，让他/她（TA）没有一丁点喘息的空间，甚至即将窒息而亡；

但恰恰是在这史无前例的暗无天日之中，蕴藏着或孕育着有史以来最奇葩的希望的火花，或许亦是有生以来最大的契机；

假如主角能够勇敢地迈出这神转折的“第一步”，从已知的平庸与琐碎、安稳与确定的日常生活世界，迈向那未知的动荡与不安、风险与机遇并存的非常冒险之旅。这样的“然”状态，就是为了“打破”命运“燃”人生的那一个拐点。

我们用“史上最糟糕（最神奇）的一天”，对比分析过网络小说《全职高手》和美剧《新闻编辑室》的开篇布局；

比较分析了《将夜》与《哈利·波特》系列中“奇迹男孩”和“非常冒险之旅”的异曲同工之妙；

还提炼（解读）、总结（诠释）和创造（建构）了一个“身份（自我）的悬念、大复仇情结、阴谋/圈套论（大迷局OR大格局论）”的故事驱动力金三角结构模型，持续研究分析猫腻的系列作品，如从《庆余年》到《间客》、从《将夜》《择天记》到《大道朝天》的变化轨迹；比较分析猫腻《将夜》、无罪《剑王朝》和知白《大逆之门》从“身份（自我）的悬念”到“阴谋/圈套论”和“大复仇情结”的故事驱动力。

在“身份（自我）的悬念”之中，还能延伸出一条重要的潮流线，研究从天蚕土豆《斗破苍穹》到猫腻《大道朝天》、从知白《大逆之门》到风凌天下《傲世九重天》《天域苍穹》等之中的“奇迹男孩（废柴少年/巅峰强者）”奇特人设，以及席卷爽文潮流甚至整个网络文学的“重塑少年感”和植根于中国人心中、普遍存在的“少年情结”。

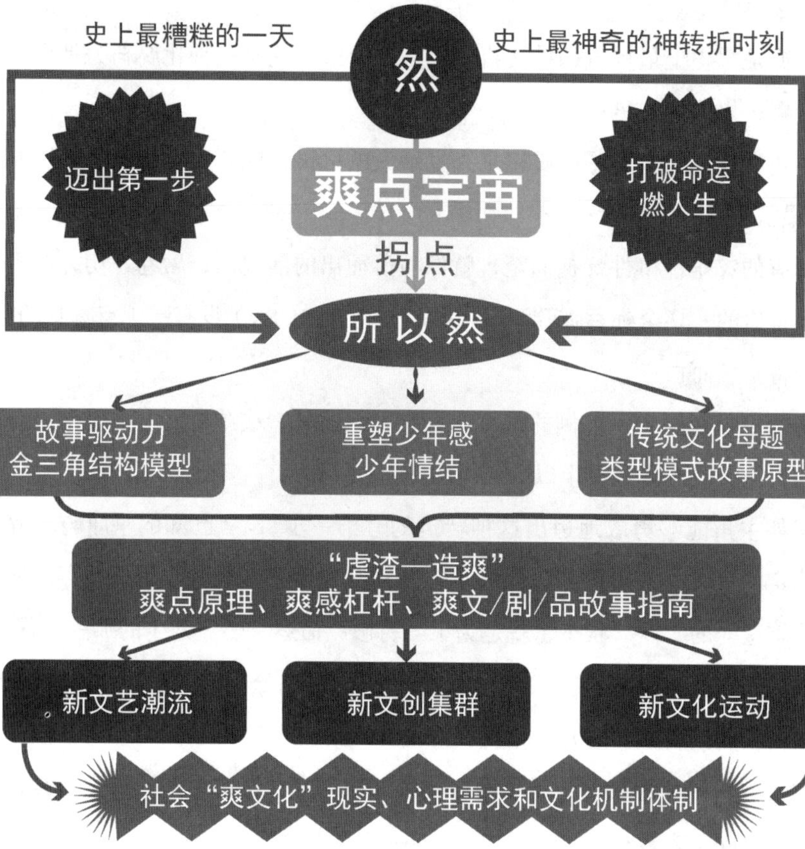

由此切入发掘和梳理，还可以对比分析猫腻《将夜》、无罪《剑王朝》、烽火戏诸侯《剑来》等不同网络作家作品，如何切中当下个体—大众心理和国民心态、民族—国家集体情结甚至整个人类集体无意识，重述与重塑、重译与重释中华文明基因以及世界优秀文明的传统文化母题、类型模式和故事原型……

最后解读、诠释和建构起一个讲故事写爽文、造IP创爆款的造词、理论与方法论模型：“虐渣—造爽”爽点原理、爽感杠杆和爽文/爽剧/爽品故事技术指南。

这些都用以分析从网络文学“爽文爆款”潮流、泛文化娱乐全产业链“超级IP、畅销爽品和大众现象级产品”甚至整个新文艺潮流、新文创集群（新文化符号）和新文化运动之中的社会“爽文化”现实、心理需求和文化（消费）机制体制。

第一章

见字如墨

笔落惊风雨，墨成化风去

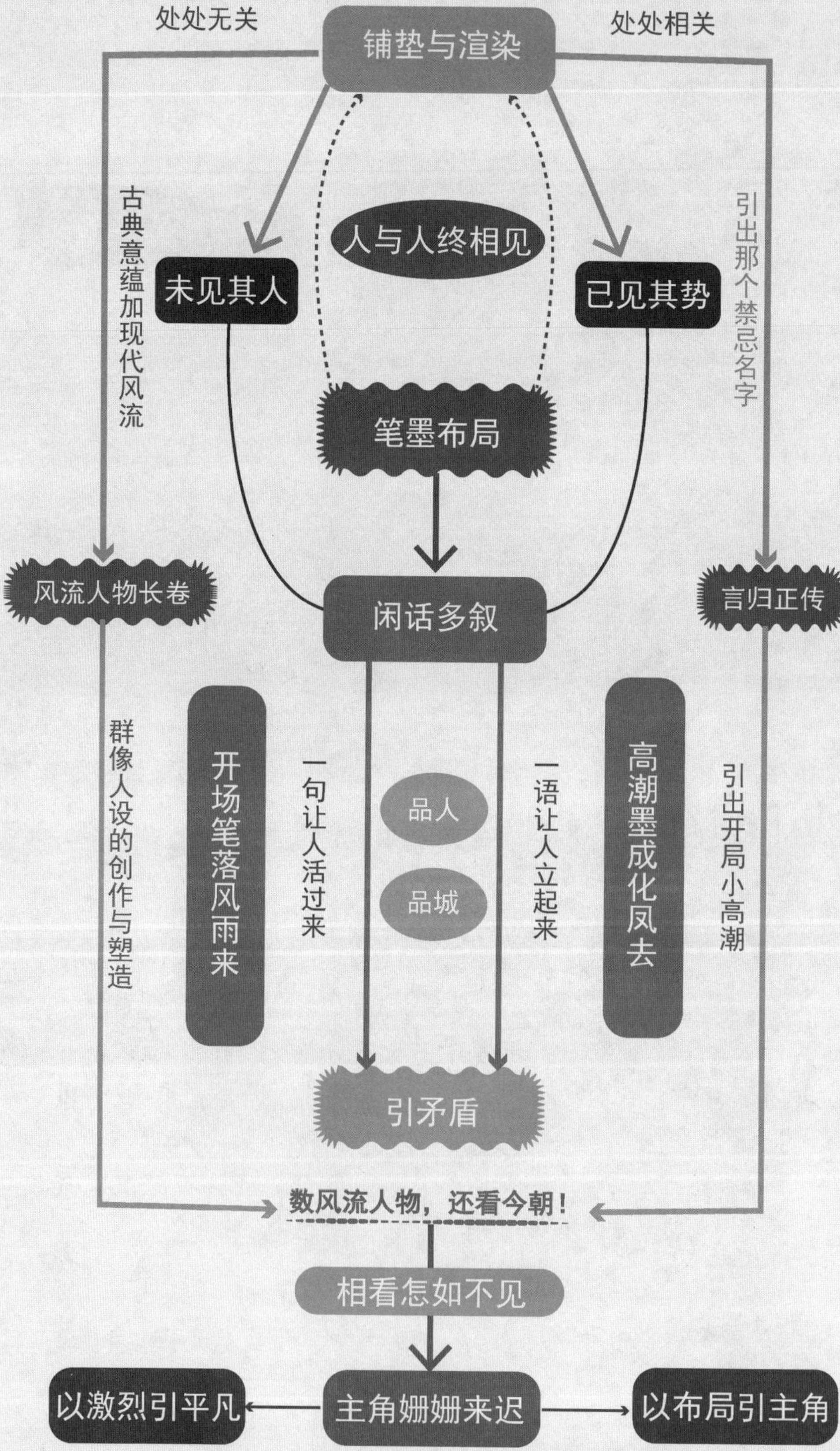
处处无关
铺垫与渲染
处处相关
古典意蕴加现代风流
人与人终相见
引出那个禁忌名字
未见其人
已见其势
笔墨布局
风流人物长卷
闲话多叙
言归正传
群像人设的创作与塑造
开场笔落风雨来
一句让人活过来
品人
品城
一语让人立起来
高潮墨成化风去
引出开局小高潮
引矛盾
数风流人物，还看今朝！
相看怎如不见
以激烈引平凡
主角姗姗来迟
以布局引主角

无罪一落笔，就字如漆墨，重如千钧——

《剑王朝》开篇可以说是一“黑”到底，不“黑”不足以显其凝重：黑夜、夜雨、黑衣人、黑雨伞、黑暗势力、黑色围杀事件……真的可以称之为“笔落风雨来”。

就连夜策冷这个名字，都如同浓得化不开的夜色一样黑重；而她所擅长的功法，亦跟水有关，尚黑，一旦在暴雨之夜，无形之中可增强实力。

然后，在所有不可承受的墨重之中，那雪白的官靴、雪白的长裙所带来的一抹雪白的光亮，就像闪电一样，可以劈波斩浪、撕裂墨幕——可谓“墨成化凤去”。

这跟赵七那以天地为炉、燃烧剑气的“火”红不一样，或许真的是“一靴踩进布满污泥的长陵黑潭，但是一脚提起来，却是如莲花一样出淤泥而不染”的清洁之白——然而，谁知道呢？

无论如何，暗黑、火红和雪白多重交织，如墨一样重笔落下。于是，便有凤凰涅槃，于燃烧和灰烬之中重生——或者，便有“梧桐落凤凰”，落于梧桐落酒铺少年“近在咫尺”看而难言的眼里。

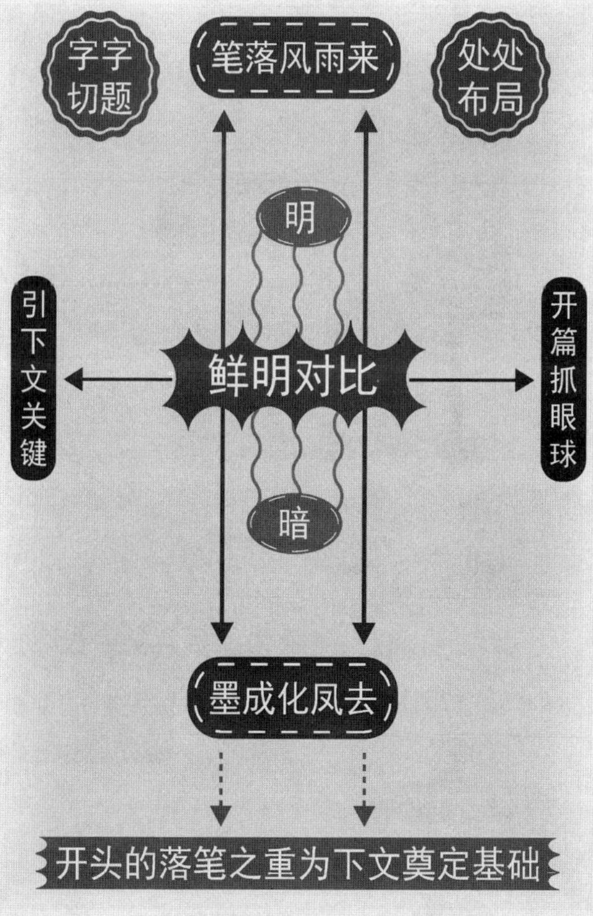

但问题的关键是，这种“笔落惊风雨，墨成化凤去”的夜之白凤凰，跟尚未看出主角光环的酒铺少年有什么关系？处处无关，又处处相关——一枝一叶总关情，一笔一画需切题。

这是一种非常奇妙和有意思的叙事结构。

如果对文本故事进行庖丁解牛，我们可以分为数层，看无罪的笔墨是如何徐徐布局的。

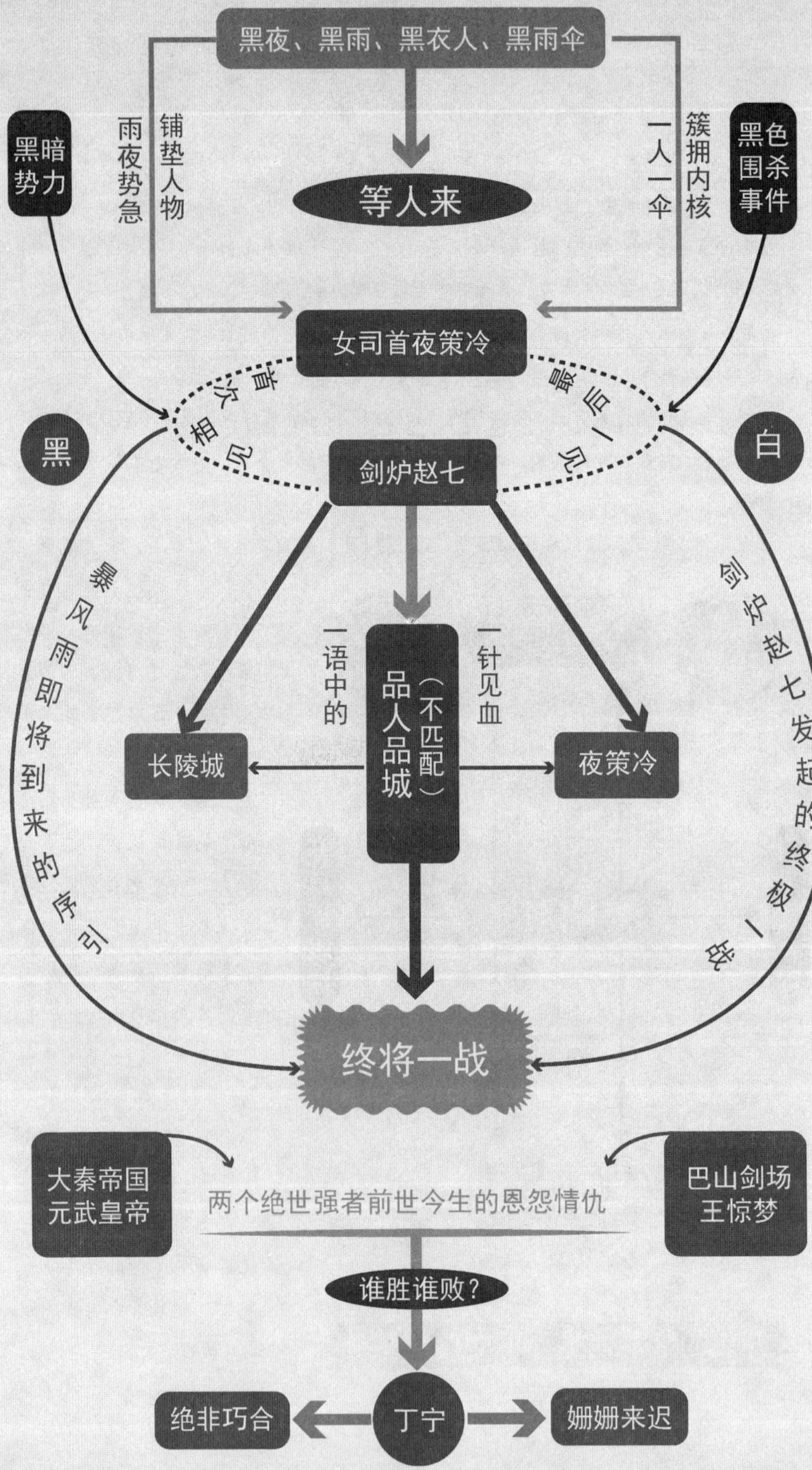

黑夜、黑雨、黑衣人、黑雨伞
等人来
铺垫人物
雨夜势急
簇拥内核
一人一伞
黑暗势力
黑色围杀事件
女司首夜策冷
首次相见
最后一见
黑
白
剑炉赵七
暴风雨即将到来的序引
剑炉赵七发起的终极一战
一语中的
品人品城（不匹配）
一针见血
长陵城
夜策冷
终将一战
大秦帝国元武皇帝
两个绝世强者前世今生的恩怨情仇
巴山剑场王惊梦
谁胜谁败？
丁宁
绝非巧合
姗姗来迟

第一节 等人来：

山雨欲来风满楼，黑云压城城欲摧

起笔就风雨来，“身穿黑色官服的官员和军士”等船来、等人来、等夜司首来、等围杀剑炉余孽的领头狼来——夜策冷未来，已去围杀现场。

这是第一层的场景，雨夜势急，铺垫和渲染出了一个极其重要的人物主场，几乎让我们错以为这是主角登上了历史和时代的舞台。

这是未见其人，已见其势。

大秦王朝元武十一年秋，一场罕见的暴雨席卷了整个长陵。如铅般沉重的乌云伴随着恐怖的雷鸣，让这座大秦王朝的都城恍如堕入魔界。

城外渭河港口，无数身穿黑色官服的官员和军士密密麻麻地凝立着。任凭狂风暴雨吹打，他们的身体就像一根根铁钉一样钉死在了地上，一动不动。

滔天浊浪中，一艘铁甲巨船突然驶来！

一道横亘天际的闪电在此刻垂落，将这艘乌沉沉的铁甲巨船照耀得一片雪白。

所有凝立在港口边缘的官员和军士全部骇然变色。

这艘铁甲巨船上，竟有一颗真正的鳌龙首！

比马车还要庞大的兽首即便已经被人齐颈斩下，但是它赤红色的双瞳中依旧闪烁着疯狂的杀意，滔天的威煞比起惊涛骇浪更为惊人。

不等巨船靠岸，三名官员直接飞身掠过数十米河面，如三柄重锤落在船头甲板之上。

让这三名官员心中更加震骇的是，这艘巨船上到处都是可怖的缺口和碎物，看上去不知道经历过多少惨烈的战斗。而他们放眼所及，唯有一名身披蓑衣、老仆模样的老人幽灵般站立在船舷一角，根本看不到他们苦苦等待的那人的身影。

“韩大人，夜司首何在？”

这三名官员齐齐一礼，强忍着震骇问道。

——无罪《剑王朝》：第一卷 大逆　第一章 剑炉余孽

第二层的场景，则是一人一伞，“一条大河波浪宽、波涛汹涌如履平地登岸来”；然后，早就等候于此的六名黑衣黑伞黑暗官员簇拥而来，行走于陋巷之中——如同六朵金花，只为一人盛放。

以这个人为内核，黑雨伞散发出肃杀气息，朝着那座方院聚焦。

“不必多礼，夜司首已经去了剑炉余孽的隐匿之地。”

老仆模样的老人微微欠身回礼。说话之间，暴雨之中，看不清老人的面目，但是他的眼神分外深邃冷酷，散发出一股震慑人心的霸气。

“夜司首已经去了？”三名官员身体同时一震，忍不住同时回首往城中望去。

整个长陵已被暴雨和暮色笼罩，唯有一座座高大角楼的虚影若隐若现。

与此同时，长陵城南一条河面之上，突然出现了一顶黑雨伞。

手持着黑雨伞的人，在波涛汹涌的河面上如履平地，走向这条大河岸边的一处陋巷。

有六名持着同样黑雨伞、高矮不一、在黑伞遮掩下看不出面目的黑衣官员，静静驻足在岸边，等待着这人。

在这人登岸之后，六名官员没有任何多余的动作，也没有发出任何的声音，只是沉默地分散跟在了身后。

陋巷里，有一处普通的方院，渐渐成为这些开始散发肃杀气息的黑雨伞的中心。

——无罪《剑王朝》：第一卷 大逆　第一章 剑炉余孽

而方院之中，一人一餐一个饭团，一瓢清水一个饱嗝。

院内那一个饱嗝声响起之时，院外行走于最前的那一顶黑雨伞恰好停于门前；门内门外，就是一个槛。

水声滴答，混杂着食物的咀嚼声。

一名身穿粗布乌衣、挽着袖口的中年男子，正在方院里的雨檐下吃着他的晚餐。

这名男子乌衣破旧，一头乱发用一根草绳随意扎起，一双布鞋的鞋底已近磨穿，双手指甲之间也尽是污秽；面容寻常，看上去和附近的普通挑夫没有任何的区别。

他的晚餐也十分普通和简单，只是一碗粗米饭、一碟青菜、一碟豆干。然而这名中年男子却吃得分外香甜。每一口都要细嚼数十下，才缓缓咽下肚去。

在嚼尽了最后一团米饭之后，这名中年男子伸手取了一个挂在屋檐下的木瓢，从旁边的水缸里舀了一瓢清水，一口饮尽，这才满足地打了一个饱嗝。

在他一声饱嗝响起的同时，最前的那顶黑雨伞正好在他的小院门口停下来。

——无罪《剑王朝》：第一卷 大逆　第一章 剑炉余孽

然后，就是那一只雪白的官靴，迈出黑雨伞，迈过方院之门槛。

白裙女子夜策冷和剑炉赵七先生终相见——人家“金风玉露一相逢，便胜却人间无数”，但这两人“第一次相见”，却将是“最后一见”。

一只雪白的官靴从其中的一顶黑雨伞下方伸出，在黑重的色彩中，显得异常夺目。

官靴之后，是雪白的长裙、肆意飘洒的青丝、薄薄的唇、如雨中远山般淡淡的眉。

从惊涛骇浪的河面上闲庭信步走来的，竟是一名很有书卷气、腰肢分外动人的秀丽女子。

她从黑伞下走出，任凭秋雨淋湿她的青丝，脚步轻盈地走进中年男子的方院，然后对着中年男子盈盈一礼，柔柔地说道：“夜策冷见过赵七先生。”

——无罪《剑王朝》：第一卷 大逆　第一章 剑炉余孽

一为大逆，一为诛逆；势不两立，水火不容。

这便是“山雨欲来风满楼、黑云压城城欲摧”——不对，风雨已至，黑暗已临；暴雨暗夜皆为序章。

这两个七境高手的相遇，才是真正的风暴大漩涡——他们将让今夜的“暴风雨”来得更猛烈些！

第二节 品人品城：数风流人物，还看今朝

第三个场景均是“闲话多叙”（而非闲话少叙）。

一个未上来就“抢攻”，另一个更没有先发制人地“狙击”。两个反而以“礼”相见，以“语”论心，以“谈”见性——颇见文采风流、气度非凡。

比如赵七哪像在普通铁匠铺打铁的粗鄙大汉，反而言谈不俗，品城品人，皆是一流。

昔有李延年歌：北方有佳人，绝世而独立。一顾倾人城，再顾倾人国。宁不知倾城与倾国？佳人难再得。

今有剑炉余孽赵七品评长陵城，再品味夜策冷，品出了长陵城的“方正”和“无趣”，品出了夜策冷的“风姿”和“生动”，更品出了夜策冷这个人的气质和整个长陵城的品质的不匹配之处。

中年男子微微挑眉。只是这一挑眉，他的面部棱角便似乎陡然变得生动起来，他的身上也开始散发出一种难言的魅力。

“我在长陵三年，还是第一次见到夜司首。”

他没有还礼，只是微微一笑，目光却是从这名女子的身上掠过，投入远处秋雨中重重叠叠的街巷。

“长陵看久了真的很无趣。就和你们秦人的剑和为人一样，直来直去，横是横竖是竖，四平八稳；连街面墙面都不是灰就是黑，毫无美感。今日看夜司首的风姿，却是让我眼前一亮，和这长陵却似乎很不合。”

他的话风轻云淡，就像平日里茶足饭饱后与人闲聊时的随口感叹。然而这几

句话一出口，院外所有黑伞下的人却都是面容骤寒。

——无罪《剑王朝》：第一卷 大逆　第一章 剑炉余孽

这不仅仅是“一人倾城”了，最重要的是人和城的相互冲突与矛盾：到底是夜策冷这个人不适合这座城？还是这座长陵城根本就配不上夜策冷？……

联系到后文中夜策冷与那个人—元武皇帝、与巴山剑城、与大秦帝国不得不说又说不清的故事，以及她千里海归、领头围杀剑炉赵七、一脚踩进长陵风云黑潭之中“不知另一个雪白的靴子再次落下提起之间，是否还能出淤泥而不染”的未来之迷局，不能不说剑炉赵七这一句真的是一语中的、一针见血、一言诛心——其眼力之毒辣、见识之不凡、判断之睿智，堪为精妙绝伦。

“大胆！剑炉余孽赵斩！夜司首亲至，你还不束手就擒，竟然还敢说此诛心之语！”

一声冰冷的厉喝，突然从停驻远处的一柄黑伞下响起。

明显是故意要让中年男子和白裙女子看清面目，这名出声的持伞者将伞面抬起。这是一名面容分外俊美的年轻男子，唇红齿白，肤色如玉，目光闪烁如冷电。

“哦？”

一声轻咦响起。

中年男子微皱的眉头散开，一脸释然：“怪不得比起其他人气息弱了太多…原来你并非监天司六大供奉之一。这么说来，你应该是神都监的官员了。”

这名面容俊美的黑衣年轻官员的双手，原本就在不可察觉地微微颤抖。之前的动作，似乎本身就耗费了他大量的勇气。此时听到中年男子说他气息比后方几名持伞者弱了太多，他的眼中顿时燃起一些怒意，但呼吸却不由得更加急促了些。

中年男子的目光却是已然脱离了他的身体，落在了白裙女子身上。他对白裙女子微微一笑，说道：“在这个年纪就已经半步跨过了第四境，他在你们王朝也应该算是少见的才俊了。”

白裙女子一笑，脸颊上露出两个浅浅的酒窝："先生说得不错。"

"他应该只是仰慕你，想要给你留下些印象而已。"中年男子意味深长地看着白裙女子，"会不会有些可惜？"

——无罪《剑王朝》：第一卷 大逆　第一章 剑炉余孽

由此可见无罪塑造人物的功力：一句可以让人活过来，一语可以让"纸片人"立起来，一个场景就能让某个路人甲变身风流人物——大浪东去，浪淘尽千古风流人物。

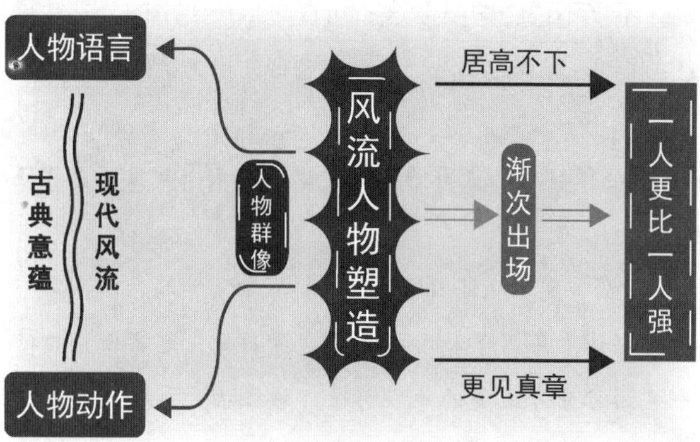

在《剑王朝》"黄河之水天下来、奔流到海不复还"的故事河流之中，剑炉赵七其实就是一个才立潮头便下浪尖、转瞬即逝、被浪花朵朵拍散不见的路人甲。然而仅此一语、仅此一场景、仅此一章，他便成为在无罪笔下诞生、在夜策冷剑下死去、但在我们脑海之中又活了过来并且袅绕不去的风流人物——直到比他更风流的剑炉赵一和赵四小姐相继出现，才有了替代品、升级版和迭代人物。

"你……什么意思？"面容俊美的年轻官员脸色骤然无比雪白。他的重重衣衫被冷汗湿透，心中骤然升起不好的预感。

白裙女子转头看了看他，微微一笑，给人的感觉是她似乎对这位英俊的年轻人并无恶感。然而一滴落在她身侧的雨珠，却是骤然静止。

接着这滴雨珠开始加速，加速到恐怖的地步，在加速的过程中自然拉长成一柄薄薄的小剑。

“嗤”的一声轻响。

黑伞内里被血浆糊满，面容俊美的年轻官员的头颅脱离了颈项，和飘飞的黑伞一齐落地。一双眼眸死死地睁着，兀自不敢相信这是真的。

——无罪《剑王朝》：第一卷 大逆　第一章 剑炉余孽

这等风流人物的“鉴城品人”之雅谈，确实一语中的、一针见血、一言诛心。

因此，那个监视此次行动的神都监年轻官员评价这是“诛心之语”，其实是没有错的。但错在他是想借此在夜策冷面前卖弄小聪明，刷好感值，却被夜策冷一剑斩之。

在整个过程之中，剑炉赵七无论是判断这名年轻官员的境界和身份，还是揭穿他仰慕夜策冷、刷印象值的企图，以及洞穿夜策冷剑斩年轻官员的意图，明褒“居然连监视你们行动的神都监的人都直接一剑杀了”的气魄，实贬“为了一言不顺心意而杀死你们自己一名不可多得的修行者，夜司首好像没有什么心胸”——无不毒辣之极。这既是在品评人物，同样是在言语诛心。

但，却被夜策冷一句“胸”论的自嘲之语，给全部怼了回来。就像剑炉赵七醒悟过来后所说的，她这样的人物，无论说什么或做什么，都不需要太在意别人的看法。

“好气魄！”

中年男子击掌欢呼：“居然连监视你们行动的神都监的人都直接一剑杀了，夜司首果然好气魄。不过为了一言不顺心意而杀死你们自己一名不可多得的修行者，夜司首好像没有什么心胸。”

白裙女子微嘲道：“女子要什么心胸，有胸就够了。”

中年男子微微一怔。他根本没有想到白裙女子会说出这样一句话来。

“有道理。”

他自嘲般笑了笑：“像夜司首这样的人物，无论做什么和说什么，都的确不需要太在意旁人的看法。”

——无罪《剑王朝》：第一卷 大逆　第一章 剑炉余孽

但真的是这样吗？

至少，在后来的故事之中，夜策冷其实很在意那个人的看法，她也必须在意元武皇帝和皇后郑袖的做法——虽然，她真的不在意自己不在乎的人甚至是关心她但是她不关心的人的想法，就像她并不在意这个年轻官员的想法和做法。

同样一句话，放到不同的场景和语境之中，其实可以品评出不同的滋味。

剑炉赵七在品评长陵这座城和夜策冷这个人，而我们在品评两个人诛心之语和交锋之言的多重滋味。

其实，这就是在品评无罪笔刀墨剑和《剑王朝》文雕字刻的风骨与韵味：数风流人物，还看今朝。

这其实是无罪给自己树立了一个具有高难度系数的规定动作。夜策冷和剑炉赵七,一出场就已经如此高冷、高颜值、风流绝伦，那后面出场的人物，就只能居高不下——高位接盘、高位操作，其实是很容易崩盘的。

但是，无罪在《剑王朝》中显然已经谙熟并能娴熟地操控这种“风流人物”的人设、雕刻（写意）和塑造。后面出场的，无论是主角还是配角，无论是大逆之人还是司国之臣，无论是父辈巨擘还是修行新锐……笔墨所至，诸多皆是道尽世间韵味的“风流人物”，如长孙浅雪、白山水、赵四小姐、剑炉赵一、林煮酒、净琉璃、独孤白等。

赵四却是淡淡地说道：“同为局中人，又何必分彼此。若真皆是她设的局，此时在的便何止她一人，都是借剑杀人而已。只是可笑的是，元武皇帝已过八境，长陵那么多七境修行者，那么多的王侯将相，敢到这里见我们、和我们生死搏杀的，却只有一名女子。”

白山水想了想，理了理衣衫，冷笑道：“还不是为了应付鹿山会盟，不敢有丝毫损伤。”

夜策冷却是看着赵四笑了起来，露出两个浅浅的酒窝：“赵四先生，你们两个都消耗甚大。任何一人此时应该都不是我敌手。不若我们联手，杀了白山水？你拿走孤山剑藏，我拿她领赏，这样也公平。”

“逗留时间已长。”赵四转头看了白山水一眼，道，“你怎么想？”

白山水冷笑道：“即便我们联手杀了她，我们也必有损伤，正巧中了别人算计。到时天下间最精彩的四名女子，一下子便死了三个，只剩下郑袖而已。那她到时可真是高兴得紧。”

任何人谈及自身，尤其是褒奖的时候，都会让人觉得古怪。然而她说起来，却总是让人觉得理所当然。

赵四淡然一笑，道：“你说现在天下最精彩的女子有四名，这四名之数我可以赞同。然而你说其中有郑袖……她修为虽高，却是靠阴谋算计、男人权威才坐稳中宫。她算什么精彩！要说四位，公孙家的那位大小姐、商家的那位大小姐，在我眼中都比她强些。”

——无罪《剑王朝》：第二卷 争命　第七十六章 指杀

这是一部风流人物长卷。

我们之所以时常将猫腻、烽火戏诸侯和无罪三个网络作家及其代表作品拿过来一起说事儿，是因为觉得他们有一个共同的特点，就是擅长这种极有中国传统意韵又有当下时代特质的“风流人物”群像人设的创作与塑造：这不是人物素描或油画肖像，讲究精雕细刻、纤毫毕现；而是泼墨挥毫，未穷形、未尽相，神情气度却跃然纸上。这是一种感觉，而不是知觉——颇有中国古典意蕴，却又有现代风流。

中国四大名著之中，《三国演义》可以称得上是风流人物群像小说。因此，可以以“风流人物群像小说”为题，把这三个网络作家的代表作品，跟《三国演义》来进行比较分析。

比如，从烽火戏诸侯《雪中悍刀行》到无罪《剑王朝》，对那些飞鸿踏雪泥、春秋了无痕的风流人物，我们阅读时，最常想起的，就是《三国演义》中的人物群英谱、杨慎的《临江仙》和苏轼的《念奴娇 · 赤壁怀古》：“滚滚长江东逝水，浪花淘尽英雄”，“大江东去，浪淘尽，千古风流人物。”

第三节　那人那仇：
从“言归正传”到“请君一战”

第四个场景可以说是“言归正传”。

这不仅仅是剧中人物夜策冷和剑炉赵七的言归正传，也指无罪和《剑王朝》的言归正传：他们这一场“必会相遇、终将一战”，到底对他们自己，对主角丁宁，对我们这些身为剧外人、局内人的旁观读者……到底意味着什么？

剑炉赵七最想知道的问题，是大秦帝国元武皇帝的境界到底是第几境——传说至强之境为九境，他和夜策冷都已身在七境；那么，元武皇帝“现在到底到了哪一境”？

白裙女子睫毛微颤，嘴唇微启。然而就在此时，她感应到了什么，眉头微蹙，却是不再出声。

中年男子脸上的笑意就在此时收敛。他眼角的几丝微小的皱纹，都被一些奇异的荧光润平，身体发肤开始闪现玉质的光泽。一股滚滚的热气，使得天空中飘下的雨丝全部变成了白色的水汽；一股浓烈的杀伐气息，开始充斥这个小院。

“虽主修有不同，但天下修行者按实力境界都分九境，每境又分三品。你们的皇帝陛下，他现在到底到了哪一境？”一开始身份显然超然的白裙女子对他行礼的时候，他并没有回礼。而此刻，他却是认真地深深一揖，肃然问道。

——无罪《剑王朝》：第一卷 大逆　第一章 剑炉余孽

在夜策冷和剑炉赵七“一个问题换一个问题”的言归正传之中，牵扯出了两个绝世强者前世今生的恩怨情仇：

一个是当下可能已经迈入八境的巅峰强者大秦帝国元武皇帝；

另一个就是当初那个立于七境之巅、已窥八境风光的天下剑首巴山剑场王惊梦——亦即是这两个人连名字都不能提或不愿提和不想提的“那个人”。

“我没有什么心胸，所以不会在没有什么好处的情况下回答你这种问题。”白裙女子面色平和地看着他，用不容商榷的语气说道，“一人一个问题吧。”

中年男子微微沉吟，抬头：“好。”

白裙女子根本不商议先后，直接先行开口问道：“剑炉弟子修的都是亡命剑，连自己的命都不放在眼中。但这潜伏的三年里，你既不刺杀我朝修行者，也不暗中结党营势，又不设法窃取我朝修行典籍……你到底想要做什么？”

中年男子看着她，轻叹了一声：“你们那些修行之地的秘库武藏，就算再强，能有那人留下的东西强么？”

他的这句反问很简短，甚至都没有提“那人”的名字。然而这两个字却像是一个禁忌。院外五名黑伞下的官员，在之前一剑斩首的血腥场面下，都没有丝毫的情绪波动。此刻听到这句话，他们手中的黑伞却同时微微一颤，伞面上震出无数杨花般的水花。

白裙女子顿时有些不喜。她冷笑道：“都已经过去了这么多年，你们还不死心，还想看看那人有没有留下什么东西？”

中年男子没有说什么，只是饶有兴致般看着她的眼眸深处，等待她接下来的回答。

——无罪《剑王朝》：第一卷 大逆　第一章 剑炉余孽

就像那个人在长陵、大秦帝国甚至整个剑天下都是如同禁忌一样的存在，现在《剑王朝》的开篇连他的名字也捂得死死的——毕竟，真名就是力量。一提到那个人的名字，仿佛整个人都要窒息一样。现在六个黑衣官员的反应，只是小菜一碟。

《剑王朝》前半部的故事之中，对“那个人”在长陵城、大秦帝国甚至整个剑天下如同禁忌一样的存在的描写，让人想起《哈利·波特》系列之中那个连名字也不能提的“伏地魔”。仿佛一提到他的名字，他就会卷土归来。

事实也确实如此。伏地魔“离魂寄物”，把自己的灵魂寄寓到七件不同的东西之上。只要找到正确的召唤路径，他就能满血复活、恶魔归来。王惊梦则可能“离魂转世、重生融合”为酒铺少年——情况可能比这种描述还要复杂——从此踏上王者归来、一切归零、快意恩仇、重返巅峰的少年复仇和重夺天下之路。

而这一夜，只是“暴风雨”即将到来的序引而已。而弄清大仇之敌的境界，成为这个序引的第一步。

白裙女子看着这名显得越来越有魅力的中年男子。她忽然有些同情对方，柔声道：“圣上五年前已到七境上品，这五年间未再出手。不知这个回答你是否满意？”

——无罪《剑王朝》：第一卷 大逆　第一章 剑炉余孽

而夜策冷虽然没有给出明确的答案，却给出相对准确的线索，借此剑炉赵七可以推测出元武皇帝“真的可能已到了第八境”——这是一个非常可怕的真相和事实：传说中的至强之境第九境现在只闻其声、不见有人，假如元武皇帝真的迈入八境，将会成为这个世界最强大的存在。

这不仅仅意味着剑炉赵七终生无望“雪耻报仇”——因为元武皇帝灭了他的赵国；同样，也意味着即将出场的主角酒铺少年丁宁此生的大复仇之路上，矗立着一个像珠穆朗玛峰一样的巅峰强者。

由此，无罪将我们裹挟进了《剑王朝》开篇的第四大场景：请君一战！

“五年前就已经到了七境上品。五年的时光用于破境，应该也足够了吧。这么说，真的可能已到了第八境？”

中年男子的眉宇之中出现了一缕深深的失意和哀愁，但在下一刻，却全部消失，化为锋利的剑意！

他的整个身体都开始发光，就像一柄隐匿在鞘中许多年的绝世宝剑，骤然出鞘！

小院墙上和屋脊上所有干枯的和正在生长的蒿草，全部为锋利的气息斩成数截，往外飘飞。

“请！”

中年男子深吸了一口气，他眼中的世界，似乎只剩下了对面这白裙女子。

“剑炉第七徒赵斩，领教夜司首秋水剑！”

——无罪《剑王朝》：第一卷 大逆 第一章 剑炉余孽

这场“请君一战”的终极之战，其实是由剑炉赵七发起的。

当突然听到并推测元武皇帝有可能已经迈入第八境时，赵七在短暂的失意和哀愁之后，立刻燃烧起锐利的剑意；然后，他整个人都像“一柄隐匿在鞘中许多年的绝世宝剑，骤然出鞘”，请君一战：“剑炉第七徒赵斩，领教夜司首秋水剑！”

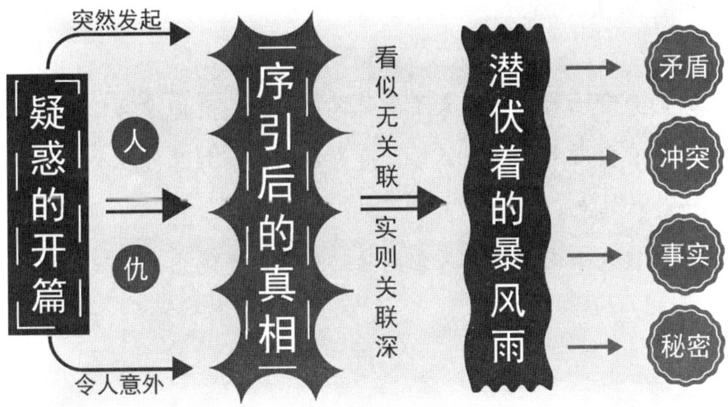

说实话，当读到这里时，我们为之意外。

前面有关夜策冷和赵七相遇后的两三个场景，似乎都有些“来日方长、细水长流”的意味；一旦决断，就会当机立断、斩钉截铁，绝不拖泥带水。

这既是赵七这个人的行事风格让我们激赏之处，甚至会遗憾他为什么就是一个转瞬即逝的路人甲；亦是无罪《剑王朝》行文泼墨让我们赞叹之点：起承转合，陡然转折，犹如平地突然响惊雷，让我们深感意外又深觉开阖之间自有圆润。

第四节 主角来了：从“侧面描写”到“姗姗出场”

奇妙的是，剑炉赵七快刀斩乱麻，请君一战，本是力邀夜策冷下场，以赵氏火炉领教秋水剑——

我们本以为会看到一场赵七以天地造火炉，然后夜策冷以夜雨引洪水、洪水淹洪炉的大战奇观，结果看到的却是赵七洪炉之滔天剑气，与六名官员黑伞之绵密劲气，两相撞击的“激情大碰撞”。

当他这样的声音响起，白裙女子尚且沉默无语，看似没有任何的反应。但是院外的五名黑衣官员却都是一声低吟，身影倏然散布到院外五个角落，手中的黑伞同时剧烈地旋转起来。

圆盾一样的黑色伞面上，随着急剧的旋转，不是洒出无数滴雨珠，而是射出无数条劲气。

轰！

整个小院好像纸糊的一样往外鼓胀起来，瞬间炸成无数燃烧的碎片。

一声声闷哼在伞下连连响起。这些燃烧的碎片蕴含着惊人的力量，让这五名持伞的官员的鞋底和湿润的石板路发出了刺耳的摩擦声。

绵密的劲气组成了密不透风的墙，很少有燃烧的碎片穿刺出去。滚滚的热气和燃烧的火星被迫朝着上方的天空宣泄。从远处望，就像在天地之间陡然竖立起了一个巨大的洪炉。

洪炉的中心，中年男子赵斩的手中不知何时已经多了一柄赤红色的小剑。

这柄剑长不过两尺有余，但剑身和剑尖上外放的熊熊真火，却是形成了长达数米的火团！

他面前被他称为夜司首的白裙女子却已经消失，唯有成千上万道细密的雨丝，如无数柄小剑朝他笼来。

——无罪《剑王朝》：第一卷 大逆 第一章 剑炉余孽

但在这个真正围杀的场景之中，杀与被杀的双方夜策冷和剑炉赵七，反而没有太多的交集。

赵七在方院之中、天地之间造出洪炉，手持一柄赤红色的小剑，燃烧出长达数米的熊熊真火火团之后，“他面前被他称为夜司首的白裙女子却已经消失，唯有成千上万道细密的雨丝，如无数柄小剑朝他笼来”。

然后……

就没有然后了。

在五名手持黑伞的官员出手的瞬间，数十名佩着各式长剑的剑师也如鬼魅般涌入了这条陋巷。

这些剑师的身上都有和那五名持伞官员身上相同的气息。在这样的风雨里，坠落到他们身体周围的雨珠都如有生命般畏惧地飞开。每个人的身外凭空隔离出了一个透明的气团，就像是一个独立的世界。

这样的画面，只能说明他们和那五名黑伞官员一样，是世所罕见的、拥有令人无法想象的手段的修行者。

然而此刻，听着小院里不断轰鸣，看着周围的水洼里因为地面震动而不断飞溅的水珠，连内里大致的交手情形都根本感觉不出来的他们，脸色却是越来越白，手心里的冷汗也越来越多。

他们先前已经很清楚赵国剑炉到底是什么样的存在，但是今日他们终于明白自己对剑炉的预估还是太低。

——无罪《剑王朝》：第一卷 大逆 第一章 剑炉余孽

没有任何直接的描写，对于请君一战的激烈场景，《剑王朝》全部采用了间接和侧面描写。

除了方院之内的五名手持黑伞的官员之外，又有数十名“拥有令人无法想象的手段的修行者”亦即剑师，“然而此刻，听着小院里不断轰鸣，看着周围的水洼里因为地面震动而不断飞溅的水珠，连内里大致的交手情形都根本感觉不出来的他们，脸色却是越来越白，手心里的冷汗也越来越多。他们先前已经很清楚赵国剑炉到底是什么样的存在，但是今日他们终于明白自己对剑炉的预估还是太低。”

这就是通过他们的视角来进行叙述，就像站在战场外围的人，始终不知道那个封闭的战场里正在发生什么、又是如何发生的；我们的视线，也被隔断在这个围墙之外，连偷窥都不可能——就像这些剑师一样，我们都知道剑炉很强，但不知道剑炉到底是怎么个强法；我们都能感受到夜策冷和剑炉赵七的战斗很激烈，但到底怎么个激烈法，却完全一无所知……

时间其实很短，短得连附近的民众都只以为是打雷而没有反应过来到底是什么。围绕着小院的黑色伞幕上，骤然发出一声异样的裂响。

一柄黑伞支撑不住，往一侧飘飞近百米。

小院外围散落着的这些佩着无鞘铁剑的黑衣官员同时骇然变色。位于那数柄黑伞后方的四名黑衣剑师顿时齐齐地发出了一声厉叱，拔剑挡在身前。

当当当当四声重响，四柄各色长剑同时弯曲成半圆形状。这四名黑衣剑师脚底一震，都想强行撑住。但是在下一瞬，这四名黑衣剑师口中都喷出一口血箭，纷纷颓然如折翼的飞鸟往后崩飞出去。

从黑色伞幕的裂口中涌出的这一股气浪余势未消，穿过了一个菜园，连摧了两道篱墙；又穿过一条宽阔的街道，涌向街对面的一间香油铺。

轰的一声爆响。

香油铺门口斜靠着的数块门板先行爆裂成无数小块，接着半间铺子被硬生生地震塌。屋瓦哗啦啦砸了一地，涌起大片的尘土。

——无罪《剑王朝》：第一卷 大逆　第一章 剑炉余孽

只有在“短得连附近的民众都只以为是打雷而没有反应过来到底是什么”的

很短的时间内分出了结果之后，我们才知道谁胜谁败了。

剑气重装突围，从劲气缺口冲撞而出的余波，穿过菜园、连摧篱墙、跨过街道、震垮了半间香油铺，震出了“来香油铺打酱油”的酒铺少年丁宁。

“哪个天杀的雨天赶车不长眼睛，还赶这么快！毁了我的铺子！”

一阵刺耳的尖叫声从塌了半边的铺子里炸响。一名手持着打油勺的中年妇人悲愤欲绝地冲了出来，作势就要打人。但在看清眼前景象的瞬间，这名中年妇人手里的打油勺落地，发出了一阵更加刺耳的尖叫声。

“监天司办案！”

一名被震得口中喷出血箭的黑衣剑师就坠倒在这个铺子前方的青石板路上。听着这名中年妇人的尖叫，他咬牙拄着弯曲如月牙的长剑强行站起，一声厉叱。凛冽的杀意令那名中年妇人浑身一颤，叫声顿住。

也就在此时，让这名面容凄厉的黑衣剑师一愣的是，塌了半边的香油铺子里，却是又走出了一名提着油瓶的少年。他最多十三四岁的样子，沾满灰尘的稚嫩面容上，居然没有半分害怕的神色。

他只是一脸好奇、眼神清亮地看着黑衣剑师，然后目光又越过黑衣剑师的身体，落向两道被摧毁的篱墙的后方。

在他的视线里，一名身姿曼妙的白裙女子正从黑色伞幕的缺口里走出。

“厚葬他。”

白裙女子浑身的衣裙已经湿透，她似乎疲倦到了极点。在几柄黑色油伞聚拢上来，帮她挡住上方飘落的雨丝时，她只是轻声地说了这三个字。

——无罪《剑王朝》：第一卷 大逆　第一章 剑炉余孽

这便是由剑炉赵七发起的单向度运动，最终使得这场漆黑如墨的暗夜围杀事件，跟主角丁宁发生了关系。

好巧不巧的是，穿过千军万马（穿街过巷）来“看你”的酒铺少年丁宁，确实是第一时间看到了结果。这其实是由丁宁发起的第二个单向度运动。

而这两个单向度运动，都交集于丁宁和夜策冷“相看怎如不见”的视线杠杆之中。正是，在这种“相看怎如不见”的非视线交集之中，无罪和《剑王朝》终于解决了一个开篇必须求解的问题：这一场夜策冷诛杀剑炉赵七的大逆之诛，对于我们姗姗出场的主角酒铺少年丁宁，到底意味着什么？对于整部《剑王朝》故事的谋篇布局，又到底意味着什么？

恰如我们此后在抽丝剥茧、入木刻骨、庖丁解牛时所彰显的那样——

夜策冷诛杀剑炉赵七，就像一条鲶鱼被扔进蓄势熬煮的长陵这口风锅里，一下子就到了濒临沸腾的临界点，却又引而不爆——犹如在抵临沸点之际，突然踩了一个急刹车；然后，在那之下萦绕徘徊，犹如漩涡打旋一样，重新积力蓄势，等待着某个更为恰当的时机，集中爆发，或像龙卷风席卷一切，或像大漩涡吞没一切，或像活火山湮灭一切。恰如夜策冷这个人，桀骜不驯，却又如野草一样坚韧和隐忍，只为先活下来，然后再图谋像炸药一样引爆璀璨和绚烂的时光。

因为，无论是导火线，还是鲶鱼，夜策冷诛杀剑炉赵七，一脚踩进去，不仅仅是“诛逆之战”的浑水深潭，还是那打尽巴山剑场和天下反叛余孽的漫天巨网；比这更重要的是，无论是心犹不甘情犹不愿，还是时也势也大势所趋，以天下为棋局，在围猎诸王朝、驯化修仙宗门、剪除或囚禁修行强者、重建帝国大秩序的战略布局和格局之中，它只是一枚棋子，被扔进这风云大漩涡和即将煮沸的天下锅之中，试一试水深水浅……

夜策冷那一只雪白的官靴，离海上岸，进巷入院，一脚踩进去，就是这样一种局势。这不仅仅是诛逆之杀，亦是布局之谋，更是格局之争。

而这种诛逆—做局—布局—格局甚至是最终大格局之战的层递维升序列之中，“穿过千军万马（穿街过巷）来看你”、却与夜策冷“相看怎如不见”的酒铺少年丁宁—天下剑首王惊梦，其实才是焦点和枢纽。

第二章

与我何干

穿过千军万马（穿街过巷）来相见

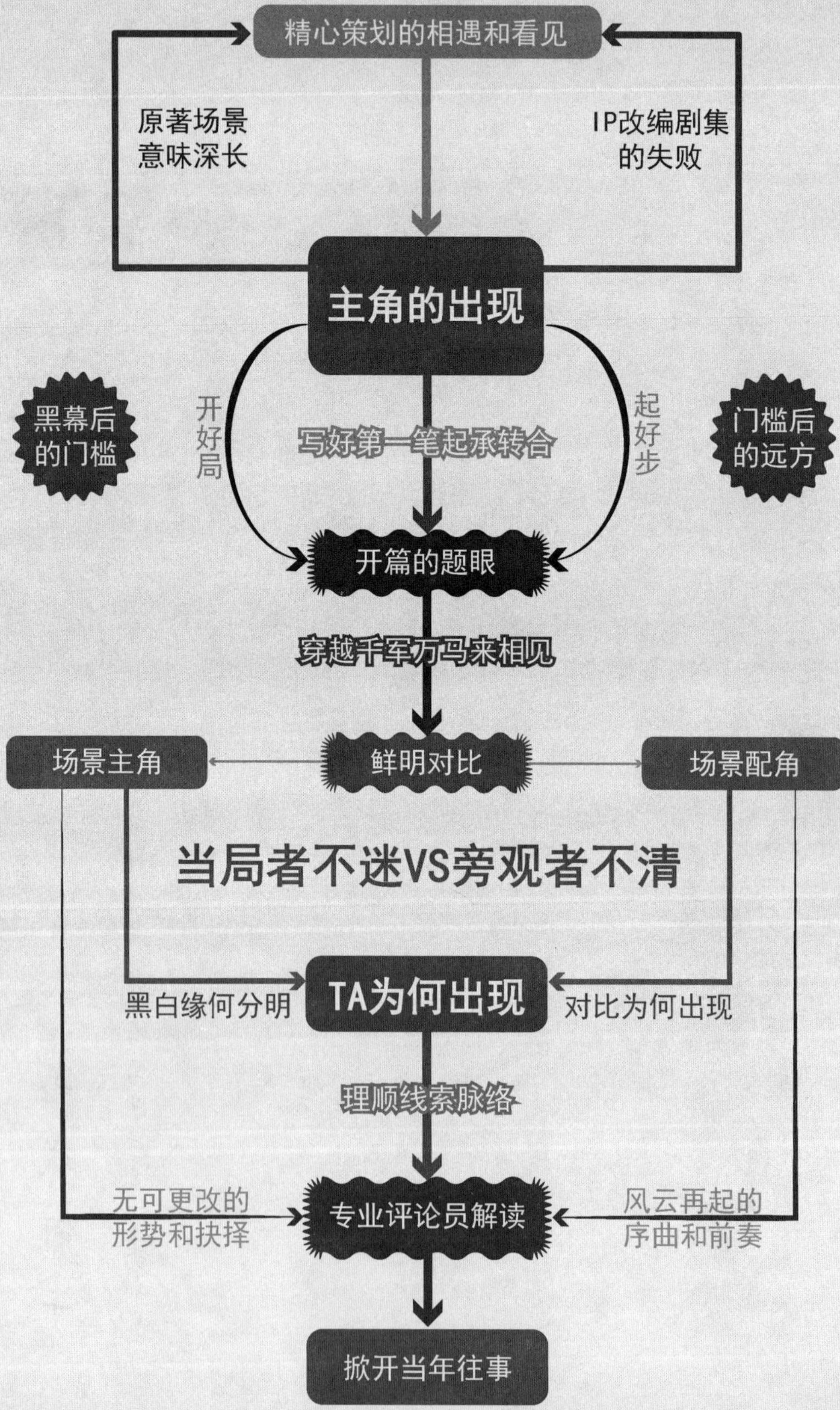
精心策划的相遇和看见
原著场景意味深长
IP改编剧集的失败
主角的出现
开好局
写好第一笔起承转合
起好步
黑幕后的门槛
门槛后的远方
开篇的题眼
穿越千军万马来相见
场景主角
鲜明对比
场景配角
当局者不迷VS旁观者不清
黑白缘何分明
TA为何出现
对比为何出现
理顺线索脉络
无可更改的形势和抉择
专业评论员解读
风云再起的序曲和前奏
掀开当年往事

《剑王朝》的墨，犹如这夜一样漆黑。

但又犹如夜策冷在雨夜出场之中“雪白的官靴、雪白的长裙”那一抹雪白的光亮，所带来的“上帝要有光、就有光”的光明之照。

无罪的笔和墨，层层往后推尽，如刀如戟如剑本身，将那厚厚的黑幕撕裂开来，让我们看到幕后的门槛，以及门槛背后那条曲折宽阔的复仇之路，以及那更为广阔的长陵风云、异秦世界，以及少年复仇路上很遥远、但比这个地平线更遥远的“大一统”远方。

因此，无罪开篇第一章的层层渲染与铺垫，顺理成章地带出“吃瓜主角”酒铺少年，并在丁宁和夜策冷之间，建立起一种“穿过千军万马（穿街过巷）来相见”“相看怎如不见”的视线杠杆……

在重重的夜幕（黑幕）之中，撕开了一条雪白的亮线——“借我一双慧眼，让我把这看得清清楚楚明明白白”，一层层地看清那被掩盖和遮蔽的事实、真相和秘密之渊。

这就像夜策冷在黑雨、黑夜、黑雨伞甚至是作者像墨一样重的黑字之下，伸出来的“一只雪白的官靴”：整个故事，就此“亮”了！

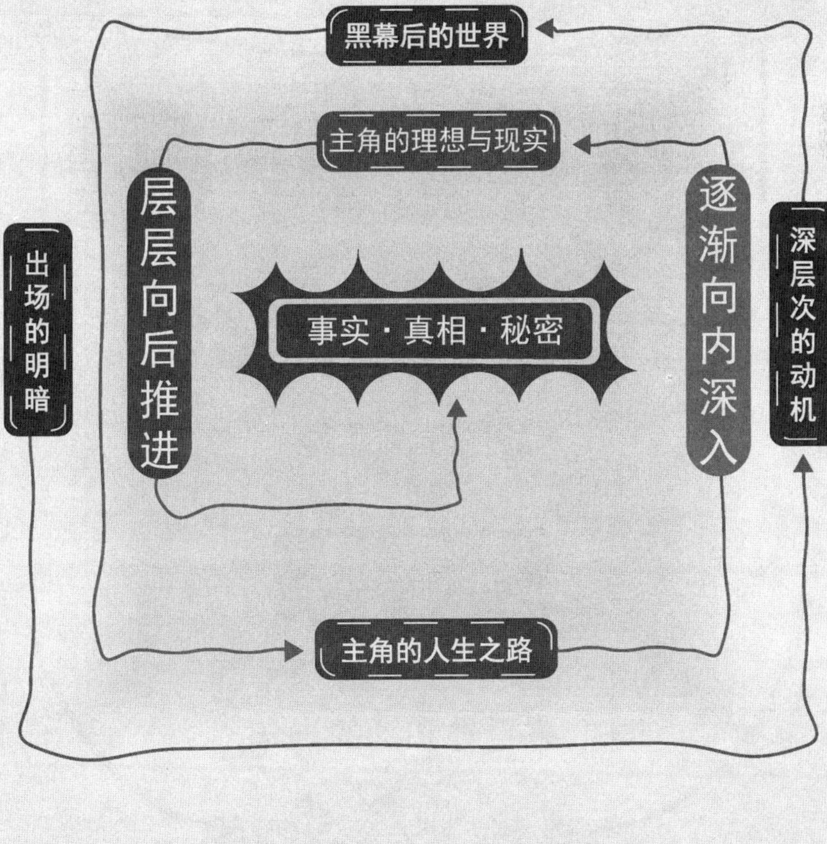

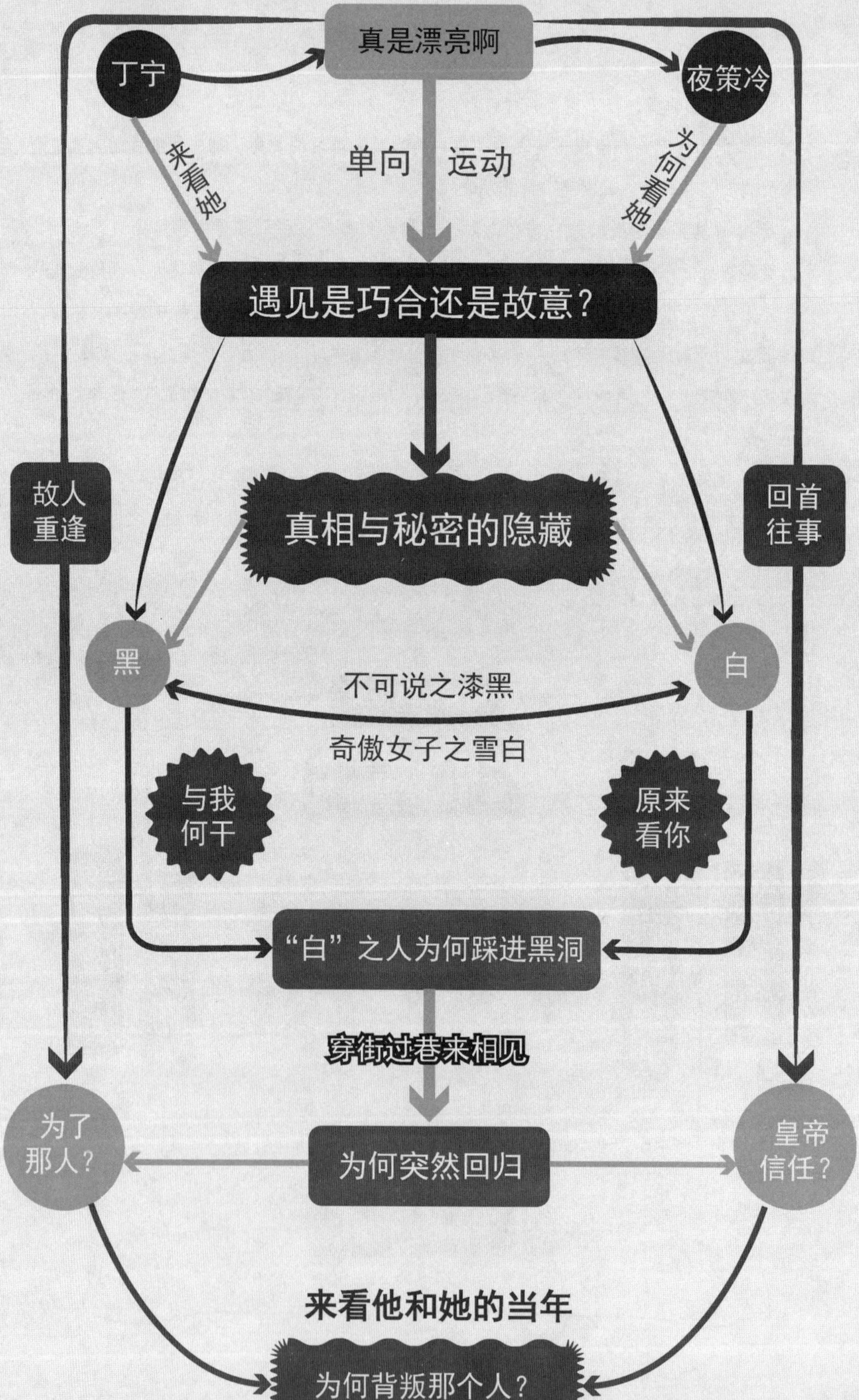
真是漂亮啊
丁宁
夜策冷
来看她
单向
运动
为何看她
遇见是巧合还是故意？
故人重逢
回首往事
真相与秘密的隐藏
黑
白
不可说之漆黑
奇傲女子之雪白
与我何干
原来看你
“白”之人为何踩进黑洞
穿街过巷来相见
为了那人？
为何突然回归
皇帝信任？
来看他和她的当年
为何背叛那个人？

第一节 精心巧遇：真是漂亮啊

围杀赵七，赵七剑气成炉、破围而出（破出那些黑衣人黑雨伞所形成的黑色劲气包围圈），从而“穿过了一个菜园，连摧了两道篱墙；又穿过一条宽阔的街道，涌向街对面的一间香油铺”。

然后，“轰的一声爆响”，把半边香油铺子都爆裂和震塌了，尘土甚上——从中走出一个翩翩（其实平稳沉静）的酒铺少年。

然后，就“看见”了那个黑色伞幕下的白裙女子——夜策冷夜司首，由衷（言不由衷）地叹了一句：“真是漂亮。”

几柄黑伞小心翼翼地护送着白裙女子走出了数十步，上了等候在那里的一辆马车。

从塌了半边的香油铺里出来的少年始终目不斜视地看着那名白裙女子。直到白裙女子掀开车帘坐进去，他才感叹般说了一句：“真是漂亮。”

跌坐在他身侧前方不远处的黑衣剑师这也才回过神来，想到白裙女子那短短的三字所蕴含的意义，一种巨大的欣喜和震撼到麻木的感觉，首先充斥他的身体。

“漂亮？”

接下来他才开始咀嚼身后少年的话。夜司首的美丽毋庸置疑，然而像她这样的国之巨擘，这样令人唯有仰视的修行者，只是用“漂亮”来形容她的容貌，都似乎是一种亵渎。

马蹄声起，载着大秦王朝女司首的马车瞬间穿入烟雨，消失不见。

——无罪《剑王朝》：第一卷 大逆　第二章 活得长，便走得远如果没有前文后境，单看这一个场景，就会让读者生出些许遐想与涟漪，甚至有些暧昧与旖旎。

遇见，就是一种美好?!

然而，这一场看似漫不经心、相顾不见的相遇，其实仍然是丁宁单方向的“来看”“来见”“来遇”，而非双方能够互动的相看、相见和相遇。

难怪那鼻子比真正的狼狗还要灵、神都监几条经验最丰富的“恶犬”之一的莫青宫，会从中嗅出一种非同寻常的味道——

你一个隔了几条街的梧桐落“酒铺”少年，怎么会好巧不巧地在这个暴雨黑夜，出现在此时、此地、此院、恰巧此事发生的“五百米范围之内”的香油铺里?

你又不是香油铺的临时工，或者出来顺带“打酱油”的!

虽然，酒铺少年温和而坚定地说：我就是穿街过巷来“打香油”的!

“你叫丁宁，是梧桐落酒铺的？怎么会跑到这里来打香油？”

一顶临时搭建的简陋雨棚下，一名头顶微秃的中年微胖官员递了一块干布给浑身也差不多淋湿了的少年，问道。

这名官员的神色看上去非常和蔼。因为赶得急，额头上甚至泛起了点油光，给人的感觉更显平庸。但周围绝大多数同行的官员和军士都刻意和他保持着一定的距离。因为稍有见地的长陵人，都知道他是莫青宫。

神都监几条经验最丰富的“恶犬”之一。

“恶犬”绝对不是什么褒奖的称呼，却隐含着很多重意思。除了凶狠、嗅觉灵敏之外，往往还意味着背后有足够多的爪牙和足够强大的靠山。对于这种异常难缠又不能伸棍去打的“恶犬”，最好的办法唯有敬而远之。

就如此刻，他才刚刚赶到，气息未平，然而手里却已经有了数十个案卷。其中一份就已经详尽记录着眼前这名让人有些疑虑的少年的身份。

这名叫丁宁的少年却根本没有意识到看上去很好说话的微胖中年官员的可怕。他一边用莫青宫递给他的干布随手擦拭着脸面上的泥水，一边用好奇的目光打量着布有虎头图案的森冷战车和战车上的青甲剑士剑柄上的狼纹，没有第一时间回答莫青宫的问题，反而反问道：“这就是我们大秦的虎狼军么？”

莫青宫擦了擦额头上的汗珠，回答道："正是。"

"那个小院里住的到底是谁？"揉尽了脸上的尘土和泥垢之后，更显清秀和灵气的丁宁一脸认真地说道，"居然要这么兴师动众？"

莫青宫越来越觉得丁宁有意思。对方身上平静的气息，都让他莫名地受到感染，平静了一些。他的眼睛里渐渐泛出些异彩。

"你听说过剑炉么？"他没有生气，和颜悦色地反问道。

"赵国剑炉？"丁宁有些出神。

"正是。"莫青宫和蔼地看着他，耐心地说道，"自我大秦王朝和赵国的征伐开始，天下人才明白赵国最强的修行地不是青阳剑塔，而是那个看似普通的打铁铺子。剑炉那八名真传弟子，皆是一剑可屠城的存在。赵国已被我朝灭了十三年，但那些剑炉余孽，依旧是我大秦王朝的喉中刺。一日不拔除，一日不得安心。今日伏诛的，就是剑炉第七徒赵斩。"

"怪不得……"丁宁从战车的缝隙中，看着那个已经荡然无存、有不少修行者正在仔细翻查每一处细微角落的小院，若有所思地说道。

莫青宫微微一笑："现在你想明白我一开始为什么要问你这些琐碎的问题了？"

丁宁认真地点了点头："像这样的敌国大寇潜伏在这里，所有附近的人员，当然要盘查清楚。尤其是我这种本来不居住在这边的，更是要问个清楚。"

莫青宫赞赏地微微领首："那这下你可以回答我先前的问题了？"

丁宁笑了笑，说道："其实就是我们那边那家香油铺子这两天没有做生意，所以只能就近到这里来。没想到被一场暴雨耽搁在这里，更没有想到正好遇到这样的事情。"

莫青宫沉默了片刻，接着随手从身旁抓了柄伞递给丁宁："既然这样，你可以离开了。"

丁宁有些惊讶，眼睛清亮地问道："就这么简单？"

"还舍不得走不成？不要自寻麻烦！"莫青宫又好气又好笑地呵斥了一声，摆了摆手，示意少年快些离开。

"那您的伞？"

“要是我不来拿，就送与你了。”

——无罪《剑王朝》：第一卷 大逆　第二章 活得长，便走得远

无巧不成书。

生活比故事更精彩——生活中不是“绝没有”，而是很难发生这种巧得不能再巧的巧事；但是，故事比生活更艺术——艺术来源于生活又高于生活。

要让生活中这种很难发生、巧得不能再巧的事情就这样很巧妙地发生，要做更多的“加工”，就像丁宁这样“很刻意”地精心准备；然后，就这样很巧地出现在了“现场五百米”范围之内，很巧地遇上了夜司首，很巧地目睹了她剑斩境界相差无几的剑炉赵七，很巧地感慨了一句“真是漂亮”——一切的巧合成书，都是源于精心策划的相遇和看见。

在迅速地冲洗干净身体、换了身干净衣衫之后，他又细细地切了盆豆腐，撒上切碎的葱末，淋上香油。

就着这盆小葱拌豆腐连吃了两碗没有热透的剩饭后，他才走进了后院的卧房。

其实对于他现在的身体而言，可以完全不在意少吃这一餐。然而他十分清楚，或许只是买了香油不用这样一点的疏忽，便有可能让监天司的官员最终发现一些隐匿的事实。

而他同样也十分清楚，按照监天司的习惯，在连续两度确认没有问题之后，监天司有关他的调查备卷都会销毁。在将来很长的一段时间内，监天司的目光，都不会落在他的身上。

这也是他今日会故意出现在莫青宫等人视线中的真正原因之一。

——无罪《剑王朝》：第一卷 大逆　第四章 双修

但是，在IP改编影视剧集《剑王朝》之中，它真的被改编成了一个偶然“路遇”的场景：或许丁宁仍然是刻意来遇，但至少从画面里我们看不出来；而夜策冷骑马而行、穿街过巷，“画面已经割裂”——从上一个剑斩赵七的场景，已经跳跃到了这一个路遇的场景。两者之间的联系已经被切断了。

第二节　IP化之改：
我就是打香油的

在《剑王朝》原著之中，从头到尾，丁宁和夜策冷都没有双向运动。

他们两个从头到尾都没有互动，完全不像IP改编影视剧集《剑王朝》之中，当丁宁说完“真漂亮啊”，马背上的夜策冷居然还扭过头来看了他一眼——那眼神还不是能杀死人的那种。

但是，在IP改编影视剧集《剑王朝》之中，丁宁真是来“打香油的”——他在说了那一句“真漂亮”之后，赶紧转身假装打酱油（噢，其实是打香油），以掩饰自己；完全就像一个登徒子情不自禁“口花花”，“调戏”了人家良家女子；“有色心却没有贼胆”，怕被人家撞破把自己打个半死，立刻转过身，把自己掩饰和保护得好好的；就像缩头乌龟一样：来呀，你打我呀，你打我呀，我这万年王八壳，坚硬得就像太空堡垒！就算太空炮都轰不出一条裂缝出来，还怕你剑斩赵七时也把自己斩出了内伤的区区七境秋水剑?!

不能不说这一个细节的改动，其实挺失败的。因为脱离了剑炉赵七剑气重装突围跟香油铺之间不得不发生的关系，夜策冷围杀赵七于长陵、于大秦帝国、于整个剑天下的关系，以及丁宁穿过千军万马（穿街过巷）来相看——看过去、看当下、看未来，尤其是看那个叫夜策冷的少女当年、现在和未来的抉择——却“相看两不见”那不得看也不能言说的关系，剧集之中的这一句“真漂亮”啊，就真的变成了一句毫无意义的“路人甲台词”，脱口而出，随风而去。

她的容颜很不寻常。她和丁宁的对话也很不寻常。

因为神都监的备卷上，她的姓名是长孙浅雪，她的身份是丁宁的小姨。然而没有任何一个小姨和相依为命的外甥，会有这样针锋相对的气氛。

酒铺里一时宁静，显得清冷。

丁宁的脸色渐肃。他开始回想起那五名围着赵斩小院的监天司供奉。想到一瞬间化为无数碎片的小院，他清亮的眼睛里，开始弥漫起很多复杂的意味。

“赵斩死了，夜策冷回来了。”他轻声地说了一句。

长时间的安静，无一处不美的女子微微蹙眉，冷漠地问道：“夜策冷一个人出的手？”

丁宁猜出了女子的心思，认真道：“是她一个人。只是监天司的五名供奉在场组成的阵势让赵斩的元气往天空倾泻了不少，而且夜策冷还受了伤。”

“她受了伤？”长孙浅雪眉头微蹙。

“看不出受伤轻重，但绝对是受了伤。”丁宁看着她的双眸，说道，“夜策冷出身天一剑阁，主修离水神诀。在这样的暴雨天气里，她比平时要强得多。所以，虽然她单独击杀了赵斩，但既然是受了伤，那只能说明她的修为其实和赵斩相差无几。”

长孙浅雪想了想：“那就是七境下品。”

她和丁宁此时对话的语气已经十分平静，就像平时的闲聊。然而若是先前那些神都监官员能够听到的话，绝对会震骇到难以想象的地步。

虽然今日在那条陋巷之中，一次性出现了数十名修行者。其中数名剑师甚至被一股宣泄出来的元气震得口喷鲜血，站立不起，看上去无比凄凉。然而在平日里，那其中任何一名剑师却都可以轻易地在半炷香的时间里扫平十余条那样的街巷。

唯有拥有天赋、际遇和独特体质的人，才能踏入修行者的行列。

修行二字对于寻常人而言，本身就是可望而不可即的存在。能够修行到六境之上的修行者，便注定能够在后世的史书上留下浓厚一笔。

尤其是像夜司首此种神仙一样的人物，出身和修炼功法，无一不是神秘到了极点，即便是监天司的供奉都未必清楚。然而对于这两人而言，竟似不算什么隐秘！

——无罪《剑王朝》：第一卷 大逆　第三章 只因你太美

这哪里有原著之中“始终目不斜视地看着那名白裙女子”的酒铺少年，感叹般说出来的那一句话“真是漂亮”，来得意味深长。

心中有千言万语，能够挤得出来的，也就只有这样一句话而已。

就像丁宁千算万计，都要通过来看夜策冷、说上这一句，来抹掉监天司上的档案与纪录。

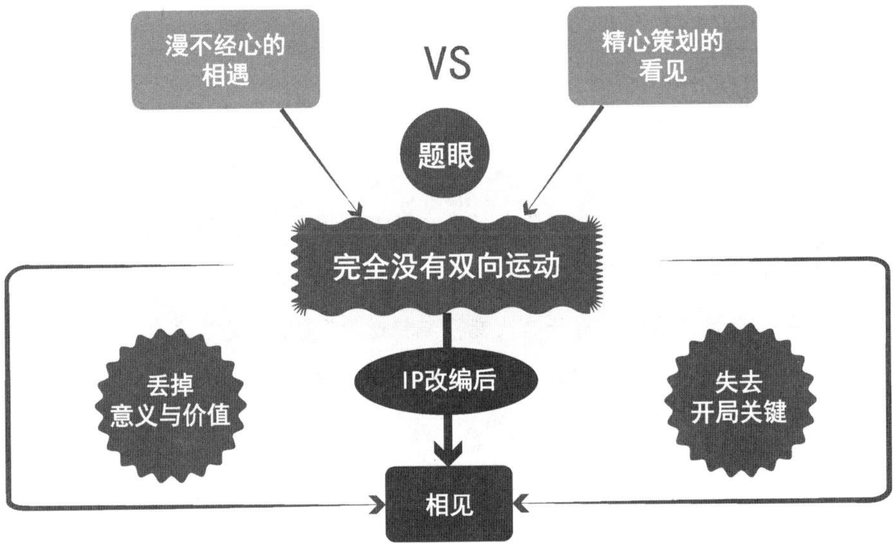

看着丁宁的背影，莫青宫的神容渐冷。沉吟了片刻，他对着身后的雨棚之外低喝了一声：“招秦怀书过来！”

一袭青衫便衣的枯瘦年轻人在他的喝声发出后不久，走入了这间临时搭建的雨棚。

莫青宫微微抬头，看着这名走到面前的年轻人。他的手指在身前展开的案卷上轻轻地敲击着，连续敲击了十余记之后，才缓声问道：“梧桐落这名叫丁宁的少年，他的这份备卷是你做的，你可有印象？”

枯瘦年轻人恭谨地垂头站立着，不卑不亢道：“有。”

莫青宫冷冷地看了他一眼，沉声道：“按这份备卷，他和他开酒铺的小姨的出身可以说是干净到了极点。但关键就在于，你当初为什么会做这样一份备卷？”

枯瘦年轻人似乎早已料到他会问这样的问题，毫无迟钝地回道：“这名少年的确是我们秦人无疑，往上数代的来历也十分清楚。属下之所以做这份调查案卷，是因为方侯府和他有过接触。方侯府曾特地请了方绣幕去看过他。”

莫青宫一怔：“方侯府？”

枯瘦年轻人点了点头：“这名少年自幼父母染病双亡，之后便由他小姨照拂。而他小姨在梧桐落有一间酒铺，虽铺子极小但很有名气。方侯府的人到这家酒铺购过酒，大约是觉得此子有些潜质，便特意请了方绣幕亲自来看过。”

莫青宫微微蹙眉，手指不自觉地在案卷上再度敲击起来。

“后来呢？”他沉吟了片刻，问道。

枯瘦年轻人认真答道：“方绣幕看过之后，方侯府便再也没有和此子接触过。属下推断应是方绣幕觉得他不足以成为修行者。再者此子身份低微，出身又毫无疑点，所以属下便只是按例做了备卷封存，没有再多花力气调查下去。”

莫青宫眼睛里首次流露出嘉许的表情：“你做得不错。”

枯瘦年轻人神情依旧没有什么改变，沉稳道：“属下只是尽本分。”

莫青宫想了想，问道：“梧桐落那种地方的小酒铺出的酒，能入得了方侯府的眼睛？”

枯瘦年轻人摇了摇头：“他家的酒铺之所以出名，只是因为他小姨长得极美。”

莫青宫彻底愕然。

枯瘦年轻人依旧没有抬头，但嘴角却泛起一丝不可察觉的笑意，心想大人您要是真见了那名女子，恐怕会更加惊愕。

莫青宫自嘲般笑了笑，突然认真地看着枯瘦年轻人，轻声道：“此次灵虚剑门开山门，我将你放在了举荐名单里。”

“大人！”

之前这名枯瘦年轻人始终保持着恭谨沉稳的姿态，然而莫青宫的这一句低语，却让他如五雷轰顶般浑身剧烈地颤抖，不受控制地发出了一声惊呼。

莫青宫的神容却没有多少改变。他拍了拍这名情绪激动的年轻人的肩膀，缓声道：“在你去灵虚剑门修行之前，再帮我最后一个忙。帮我再核查一下他和他周遭人的出身来历；帮我查查清楚方绣幕对他下了什么论断。”

——无罪《剑王朝》：第一卷 大逆　第二章 活得长，便走得远为什么我们要单单拎出来“真是漂亮”这一句来庖丁解牛、细说故事？

因为，在我们看来，这一句是开篇的“题眼”——是无罪开好局、起好步、写好第一笔起承转合的关键：笔落风雨来，墨成化龙去。把“龙”这个字换成“凤”字，就足以形容这“第一卷 大逆”开篇从“第一章 剑炉余孽”到“第二章 活得长，便走得远”中炼字、创意、造境的故事格局了：笔落惊风雨，墨成化凤去。

所以，我们完全不明白在IP改编影视剧集中，改编成这个场景，到底有什么意义和价值。难道就为了让两个人相互看一眼，视线能够有所接触：噢，原来你也在这里——没有早一步，也没有晚一步，于时间和空间的无际荒涯之中，就这样遇上了；然后，就为了“看”一眼；再然后，夜策冷嗒嗒的马蹄就“带走了我的哀愁”，丁宁尴尬而羞涩地转过身去，说：店家，打油！

果然，打的是酱油——而不是香油?! 或是菜油——比如，双重生文的“油菜”套路?!

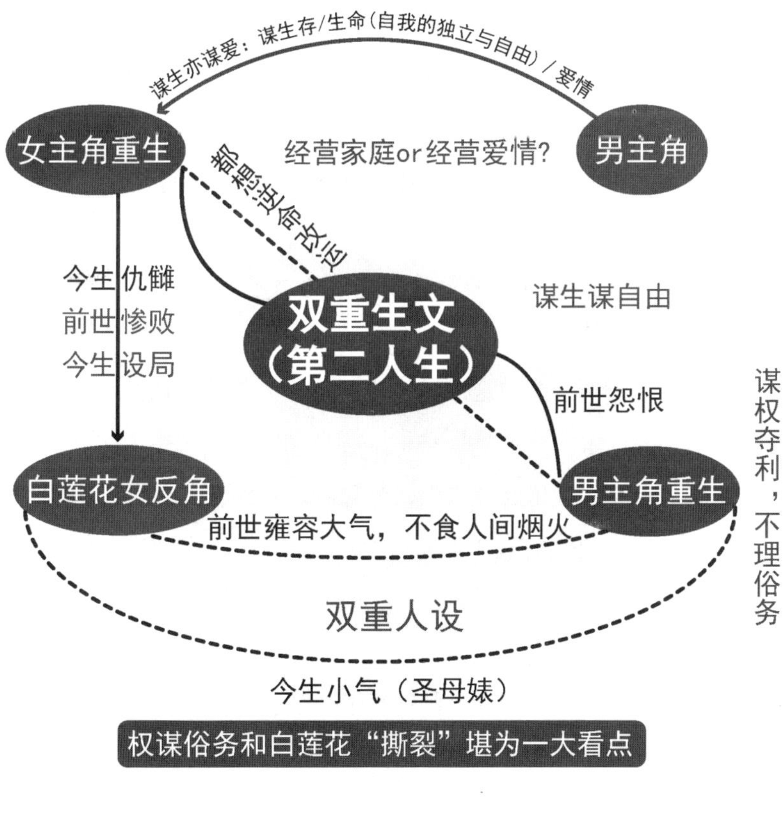

第三节 与我何干：白天不懂夜晚的黑

这一眼这一句，笔起墨落，似乎再无关联。

酒铺少年丁宁与这个下着罕见暴雨的非常黑夜、这个“监天司司首夜策冷诛杀剑炉余孽赵斩”的非常事件以及这两个身份很不一般的非常之人，貌似都没有什么关系——至少，无罪在开篇的笔落墨成之时，会有意或无意地遮蔽其下的事实、真相和秘密。

或许对于某些人而言，如此漆黑之夜、漆黑之雨水、漆黑事件，甚至处处刻意地强调诛杀剑炉余孽赵斩的大秦帝国黑衣官员和他们用以抵御剑炉热火的黑雨伞和黑身份，都过于“刻意”了：无论是强调他们的衣着、道具或武器的漆黑，还是身份、职责以及官衔本身在整个大秦帝国朝政体系之中都属于“地下黑”的漆黑，就连夜策冷本人的身份和意志抉择，亦有一些“见不得光、见光就死”的不可说之漆黑。

而比这个更刻意的，是强调夜策冷从黑雨伞之下伸出的第一只靴子的“雪白”，以及在这一片漆黑的色彩中显出真身的长裙之雪白，甚至书卷气之浓厚、身姿之曼妙、剑气之凌厉、能与这世间另外三大奇女子（白山水、长孙浅雪和赵四小姐）并肩而立的奇傲女子之雪白……

在无罪如墨一样重的落笔起意之中，黑与白太分明了；黑重之中的那一抹雪白太亮眼了；所以，或许会有过于刻意甚至矫情之嫌：夜策冷一身白裙、白靴，在黑雨、墨夜、非常黑暗事件之中，伸出这第一只雪白的官靴，就不怕溅上一堆的泥？

就连刻意来旁观的吃瓜少年丁宁都被溅了一脸的泥，要靠神都监那著名的恶犬莫青宫递过来的一块干布，才能擦拭干净，更何况夜策冷在和那境界相差无几的剑炉赵七激战恶斗之际，需要时时刻刻旋转用力的脚上的雪白官靴。

即使如此，那一块布还是不够擦的。丁宁在离开现场之时，“面容已经擦拭得清亮，衣衫上却还满是污迹”，只能“一脚深一脚浅”地往梧桐落酒铺走，更何况夜策冷那“一脚更深、一脚更浅”“还可以往上踢、往天上飞”的雪白官靴之上，更着一身雪白的衣裙。

罕见的暴雨暂时看不到停歇的意味。整座长陵的街面积起一层薄水。

面容已经擦拭得清亮、衣衫上却还满是污迹的丁宁，正一脚深一脚浅地走向栽种着很多梧桐树的一片街巷。

对于一个往日雨水并不多的城池而言，未让人有丝毫准备的暴雨倒了芭蕉，歪了篱墙，漏了屋顶，湿了不及运送的货物，总是令人着恼。

梧桐落这片街巷，按字面上的意思就是种了很多梧桐树的破落户的居住地。

在长陵，破落户是小摊小贩、走方郎中、没有自己田宅的租户帮佣乃至闲人的统称。这等人的聚居地，环境比起普通的街巷自然更让人难以生起清雅的感觉。

除了被风雨卷下的落叶之外，街面并不平整的青石路面的水洼里，还漂浮着一些混杂着菜叶和鸡粪的泡沫。

脚面已经全部湿透、身上糊满泥灰的丁宁似乎也有些着急。手里的千工黄油布伞比起市面上一般的雨伞要好得多，但是也同样沉重得多。这给他造成了不小的负担。他时不时地要换打伞和提油瓶的手，又要防止伞被风雨吹到一边，所以脚步便怎么都快不起来。

前方的临街铺子全部隐藏在暴雨和梧桐树的晦暗阴影里，只能模糊地看到有一面无字的青色酒旗在里面无助地飘动。

青色酒旗的下方是一个小酒铺，布局摆设和寻常的自酿小酒铺也没有任何的差别。当街的厅堂里摆了几张粗陋的方桌。柜台上除了酒罐之外，就是放置着花生、腌菜等下酒小菜的粗瓷缸。内里则是酒家酿酒的地方和自住的屋所。

走到酒铺的雨檐下，丁宁才终于松了一口气，收了沉重的雨伞，甩了甩已经有些发酸的双臂，在门槛上随便刮了刮鞋底和鞋帮上的污泥，便走了进去。

——无罪《剑王朝》：第一卷 大逆　第三章 只因你太美

如此高冷、位高权重、有颜值有实力的世间少有奇女子，想必多多少少是有洁癖的。但是，无罪仍然敢让她一身雪白地出现在这黑重的暴雨秋夜、黑暗诛杀事件之中，岂不就是要让漆黑一片的世界，出现一抹白色的光亮？哪怕染上雨水泥泞，从雪白变成了污白，但毕竟还是“白”。

但如此“白”之人，为何要一脚踩进这如墨一样的黑夜，以及这如漆一样重的黑暗事件之中呢？

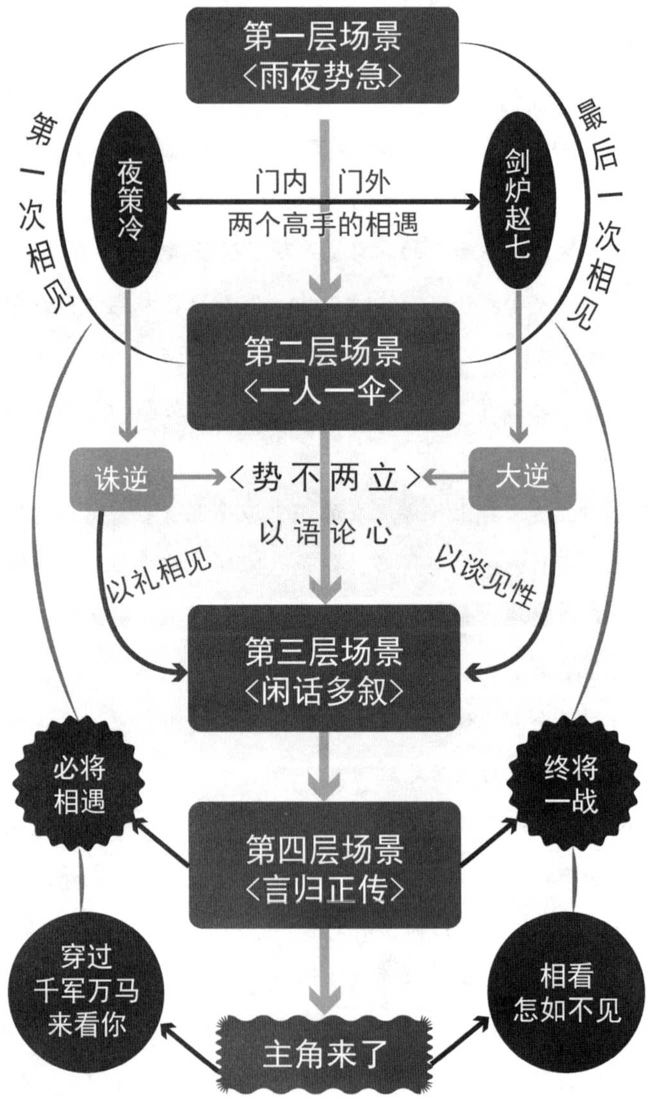

第四节　原来看你：

穿过千军万马（穿街过巷）来相见

当局者不迷，旁观者不清！

又迷又清的，反而是我们这些刚被裹挟进故事布局的读者。

但是，恰恰有着帝师墨守城这样我们所称的旁观者和“专业评论员”的存在，才能让我们在故事迷宫之中扯出一个线头来。

帝师墨守城对弟子黄真卫说明召回夜策冷的意思，就具有理顺“一条线索或脉络”的意义与价值，可以解读、诠释和建构夜策冷在《剑王朝》开篇就出场的象征和隐射：夜策冷这一只雪白的官靴落下来，一脚踩进了平静了十余年的长陵泥潭，代表着某个无可更改的形势和抉择——毕竟，斩杀剑炉赵七，只不过是长陵甚至大秦帝国和整个天下即将席卷而起的风云之中一个小小的序曲和前奏。

长陵的所有街巷，和赵斩所说的一样，都是直来直去的。横是横竖是竖，就连一座座角楼，都均匀分布在城中各处。

此刻最靠近莫青宫这座雨棚的一座角楼上，如幕的雨帘后，摆放着一张紫藤椅。椅上坐着一名身穿普通素色布衣的老人，稀疏的白发像参须一样垂散在肩头。

老人的身后，是一名身材颀长、身穿黄色布衣的年轻人。

年轻人面容儒雅，神态安静温和，属于那种一见之下就很容易心生好感的类型。此时他的双手垂落在紫藤椅的椅背上，显得谦虚而又亲近。

“你在想些什么？”

老人收回落向远处的目光，微微一笑，主动说道。

黄衫年轻人脚步轻移，走到老人身侧，尊敬地说道：“师尊，夜司首既然能够单独诛杀赵斩，便说明她至少已经踏过七境中品的门槛。只是我不明白，此刻的长陵……除了夜司首之外，还是有人能够单独杀死赵斩。为什么陛下一定要远在海外修行的夜司首回来？”

老人微微一笑，伸出枯枝般的手指，点向角楼外的雨帘前方：“你看到了什么？”

黄衫年轻人努力地凝神望去，如瀑的暴雨中，却只见平直的街巷。他有些歉然地回答道：“弟子驽钝，望师尊指点。”

“你看得太近。你只看到眼前这些街巷，却看不到长陵的边界。”老人微眯着眼睛，徐徐道，“但你应该知道，这个城，是天下唯一一个没有外城墙的都城。之所以不需要护城城墙，是因为我们每一名秦人的剑，就是城墙。”

黄衫年轻人面目渐肃，沉默不语。

“陛下，或者说李相，看得就比你要远得多。”

老人慈祥地看了这名黄衫年轻人一眼，却有些嘲讽地说道：“召夜司首回来，至少有两层用意。一层是长陵之中虽然不乏可以独立击杀赵斩的我朝强者，但多涌出一个，总是多一分威势。先前夜司首虽然已经有很大威名，然而大多数人怀疑她甚至还未跨入第七境。今日夜司首一剑刺杀赵斩，将会是秋里最响的惊雷。我长陵无形的城墙，就又厚了一分。另外一层用意则是，夜司首已在海外修炼数年之久，包括我等心中自然有些疑虑，怀疑夜司首是否不得陛下信任，相当于被放逐。现在夜司首突然回归除孽，便只能说明陛下和夜司首的联系一直都十分密切，流言和疑虑也就不攻自破。”

——无罪《剑王朝》：第一卷 大逆　第二章 活得长，便走得远

在这风云再起的时刻，夜策冷另外一只雪白的官靴，又要何时、何地、何种状况下才会踩下来，又会踩出怎么样的漩涡——是一脚踩出黑水深潭千年不死、万年搅风拌雨的老王八？还是一靴踩穿那堪称“故事黑洞”的终极大秘密？

毕竟，对于夜策冷而言，她一出场就自带神秘的“谜团”——

她身着白衣，就是因为“祭那人”？

因为“那个人”从海外归来？

长陵之中能够如履平地踏波而来的女子不止一个，然而其中唯有一名女子喜穿白色。

有谣言称，她此举是为了祭那人，与长陵的灰黑色调相冲，来暗示其不满，所以一直被放逐海外。

然而她却自暴雨中回归，一剑杀了赵斩。

她自然便是监天司司首夜策冷。

只是数息，她便已经到了距离白山水和赵四不远的水面上。

“原是枭雄聚首，现在却变成了三个女人一台戏。”

夜策冷微嘲地看着白山水和赵四，说道：“天下最出名的两个巨枭，居然全是女人。这消息若是传出去，那些自命不凡的男子便都该去找块豆腐撞死。”

白山水看了一眼夜策冷。此时她虽仪容不整，却已彻底恢复了平静，恢复了平日的孤傲姿态。

……

白山水平日里狂剑傲啸山林，心中不顺便一剑斩去，比绝大多数男子都要狂傲不羁。但是斗嘴这件事，却似乎并非夜策冷对手。听到夜策冷如此回答，她反而生气起来，眼睛再度眯起。

赵四却是淡淡地看着夜策冷说道：“我看你是心不死。我倒是听说，九死蚕出现了，所以你才从海外归来？”

夜策冷蹙了蹙眉头，道：“你倒也不用以言语试我，也不用摆出为我考虑的姿态。赵斩死在我手，想必平日相逢，你我必有一死。”

——无罪《剑王朝》：第二卷 争命　第七十六章 指杀

还有更重要的疑问——

她当年为何“背叛”那个人？

又为何没有像其他背叛之人那样深受重视，而一直被流逐于海外？

她是深受元武皇帝与皇后郑袖真正的疑忌，还是真的像帝师墨守城所解说的那样，是被雪藏的一把巩固长陵和大秦帝国的城墙剑？

最重要的是，丁宁真的只是来“看”她剑诛赵七，从而进一步撇清自己的嫌疑，而不是专门来“看”她——想看清楚她当年和当下的选择？……

丁宁终于喘匀了些，愤怒地说道：“你怎么赌？”

“谁都想看看夜策冷真正的态度。”长孙浅雪冷冷道，“谁都想知道夜策冷到底是元武皇帝的人，还是始终心向教她剑法的那个人。”

“然后呢？万一她是元武皇帝的人，你就等着和白山水一样被大军围杀么？不是每个人都有白山水一样的运气，不是每个人都有一个那样的用剑高手替她去死！”丁宁无比愤怒，几乎咆哮了起来。

“这是我的事情。若是你觉得毫无希望，你自己离开长陵便是。”

长孙浅雪冷淡地看了丁宁一眼，微讽道：“你不是也一直都想弄清楚夜策冷到底心向谁么？”

——无罪《剑王朝》：第四卷 斗将军　第十八章 雨下客至

就像后面的故事所说的，夜策冷当年为什么要背叛那个人，不但是丁宁一直相当疑问的事情，而且是夜策冷自己的心中刺、喉中剑、一直迈不过的那道坎。

因此，假如丁宁穿过千军万马（穿街过巷）来相见，看的并不是这一场围杀，而是那个“嗨，好久不见”的夜策冷——只不过，相见怎如不见：高冷夜司首身上再也找不到当初那个亦徒亦下属的小姑娘的影子，而酒铺少年身上再也没有当年那个叱咤风云的天下剑首的影子——相看两不见，她看不见他，他看见的都不是她。那么，那一声“真漂亮”的无限感慨，又意味着什么？在另外那只靴子没有落下来、一锤定音之前，我们谁也不得而知。

第三章

身份（自我）的悬念

从『那人的传人』到『那个人』？

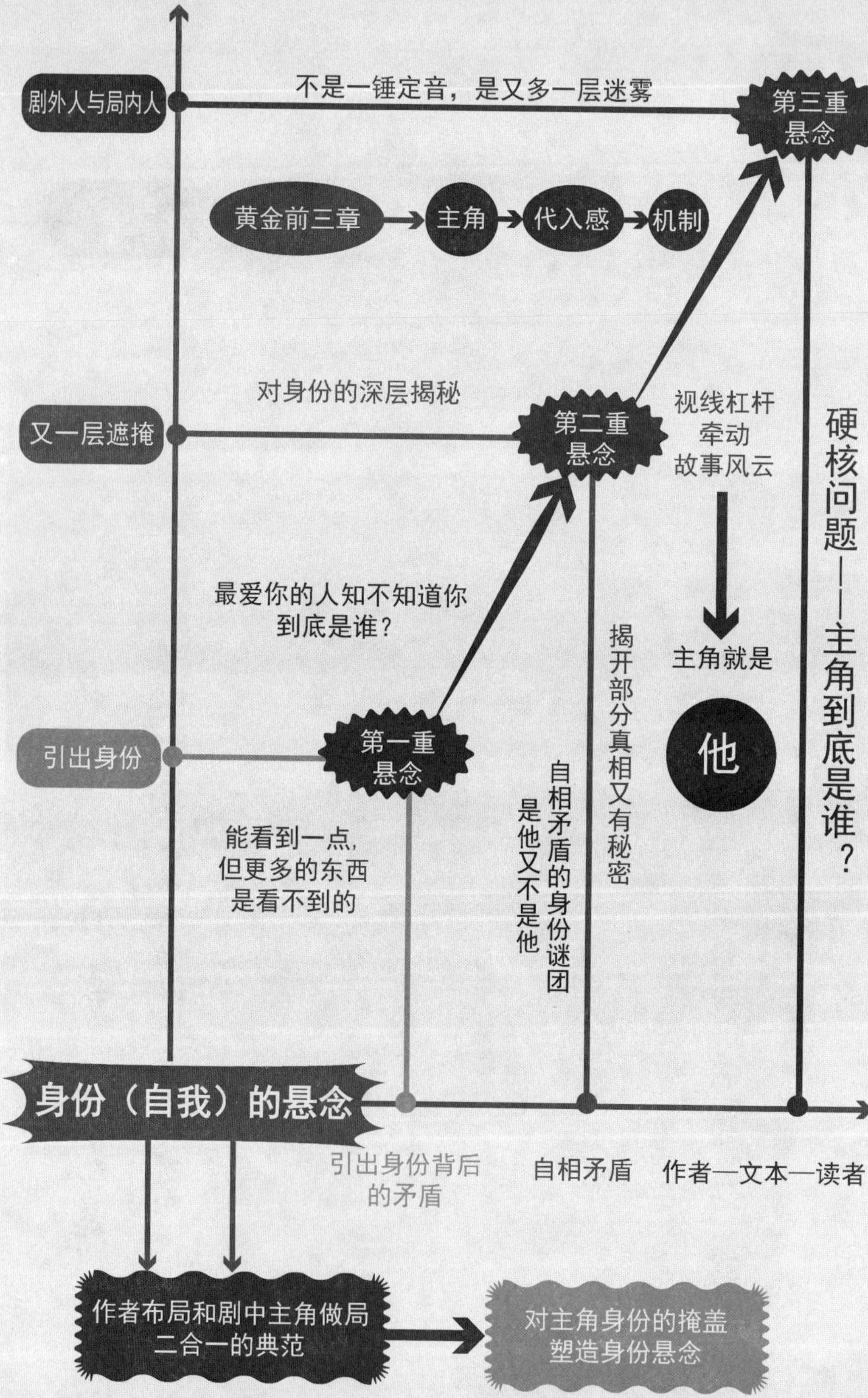

剧外人与局内人
不是一锤定音，是又多一层迷雾
第三重悬念
黄金前三章
主角
代入感
机制
对身份的深层揭秘
又一层遮掩
第二重悬念
视线杠杆
牵动
故事风云
硬核问题——主角到底是谁？
最爱你的人知不知道你到底是谁？
揭开部分真相又有秘密
主角就是
他
引出身份
第一重悬念
自相矛盾的身份谜团
是他又不是他
能看到一点，
但更多的东西
是看不到的
身份（自我）的悬念
引出身份背后的矛盾
自相矛盾
作者—文本—读者
作者布局和剧中主角做局二合一的典范
对主角身份的掩盖塑造身份悬念

从《剑王朝》“第一卷 大逆”开篇“第一章 落笔惊风雨，墨成化风去”，到第二章“梧桐树上凤凰落”，采用了一种奇特的“旁观者—吃瓜主角”的方式，将此夜、此事、此人与“吃瓜主角”丁宁关联了起来。

这种关联，全都是在丁宁和夜策冷之间“我看你很漂亮，但你看不见我”的关联之中。

表面上看，《剑王朝》以此谋篇布局讲故事，笔落着力，那第一笔并不是以酒铺少年丁宁为主角的戏份——“第一卷 大逆”开篇“第一章 剑炉余孽”所发生的非常事件，甚至从表面上看，都跟丁宁这个主角没有关系；这个非常事件，在整个长陵十余年暗流汹涌、龙争虎斗、血腥残酷的系列非常事件之中，甚至都不算什么“非常”——唯一非常之处，不过是监天司司首夜策冷被元武皇帝紧急召回，要诛杀剑炉余孽赵斩，从而揭开了一个“非同寻常”的复仇时代序幕。

因此，在这个“比既往黑暗但未必是史上最黑暗”的非常之夜，所发生的非常事件之中，丁宁只是一个“旁观者”，而且是一个看上去无意碰巧但实际上是刻意凑上去围观和旁观的“吃瓜群众”——但事实上，这是他在精心谋划的“大复仇”之中千算万算的，就只为消除长陵恶犬神都监对他身份的怀疑，从此被当作一个平常的酒铺少年，而非时时被紧盯、刻刻被尾随的大逆余孽。

于是，问题便来了：他到底是谁？居然需要如此煞费苦心地遮掩自己！他真的是那个人的传人？还是那个人？……

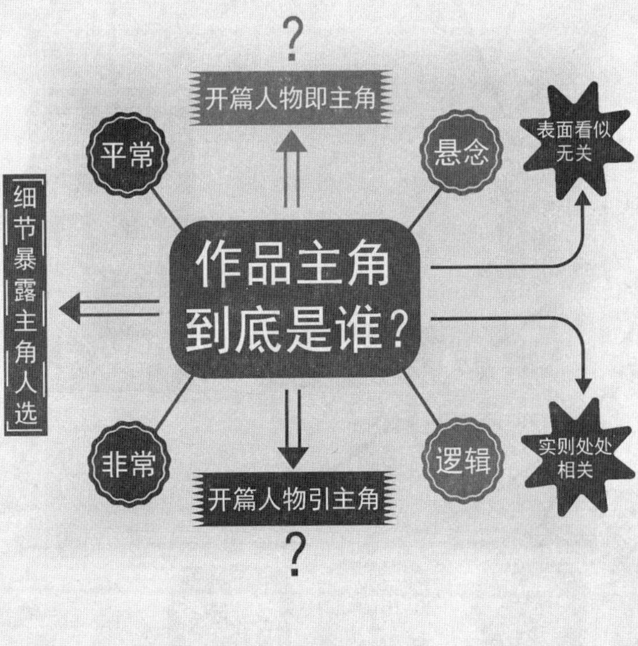

浮置于“史上最黑暗的三年”，“他是谁”，成为串起长陵风云暗潮汹涌、浪花朵朵的珍珠链之线；丁宁“身份的悬念”，从头到尾，贯穿在整部《剑王朝》的故事布局之中——甚至，它直接拷问那个根本而硬核的悬念：丁宁是/不是《剑王朝》的主角?!

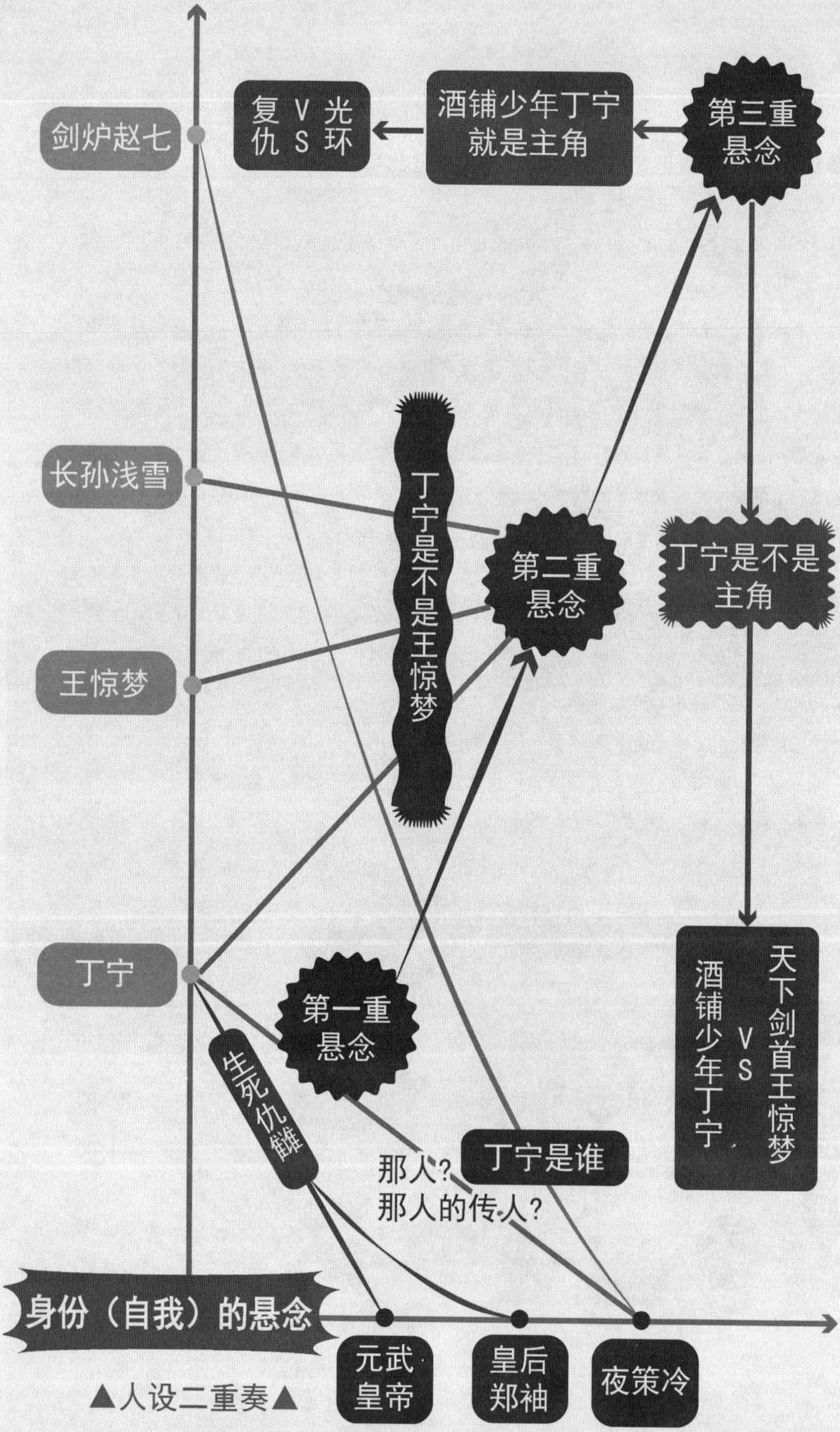
剑炉赵七
长孙浅雪
王惊梦
丁宁
复仇 VS 光环
酒铺少年丁宁就是主角
第三重悬念
丁宁是不是王惊梦
第二重悬念
丁宁是不是主角
第一重悬念
生死仇雠
丁宁是谁
那人？
那人的传人？
天下剑首王惊梦 VS 酒铺少年丁宁
身份（自我）的悬念
元武皇帝
皇后郑袖
夜策冷

▲人设二重奏▲

第一节 第一重悬念：

他是“传人”或“那个人”？

夜策冷和剑炉赵七“相遇即相杀”的最大意义，就是扯出了“那个人（王惊梦）—元武皇帝”这两个巅峰强者生死仇雠的复杂关系，并指向了酒铺少年丁宁这个支点——从此，引出丁宁跟夜策冷和那个人的关系，最重要的是引出了丁宁“身份（自我）的悬念”：丁宁是谁？

从开篇“夜策冷围杀剑炉赵七”，到《剑王朝》第一个大情节“岷山之约”，丁宁始终就顶着“王惊梦传人”的身份行走江湖——这个弟子和传人本身也构成了一重“身份（自我）的悬念”。

就连长孙浅雪在和丁宁相处的很长时间里，亦是把他当作“那个人的传人”，另开青眼但同时又难抑憎恶——尽管丁宁自己一再否认，自己不是“那人的传人”。

暴雨过后，整个长陵似乎又马上恢复如初，而且变得更加鲜活。

长孙浅雪就站在这扇窗前。

她根本没有回头，却是第一时间知道了丁宁的醒转，直接冷漠地出声道：“你昨夜太过放肆。如果再有下次，我一定会毫不犹豫地杀了你。”

丁宁看着她美丽的背影，脸上的神色没有什么改变，低声说道：“你应该明白我的修为和你相差太多。要救你，我便只有那一种方法。而且就昨夜的情形来看，九幽剑诀的厉害程度还远在我想象之上。你的修行必须更加耐心一些。”

长孙浅雪转身，平静地看着刚刚起身的他：“你不觉得你说这些很可笑？”

丁宁眉头微皱：“哪里可笑？”

长孙浅雪说道：“如果你不觉得有些事情比生死更为重要，你又何必找上我，何必暗中图谋反对你们的皇帝？”

丁宁摇了摇头，认真地说：“这不一样。”

“没有什么不同。”长孙浅雪冷嘲道，“对于你而言，替师报仇都比生死更为重要。对于我而言，这种事情比我的生死也更为重要。”

听着这番话，丁宁沉默了片刻，然后认真地低声说道：“我和你说过，我并不是他的弟子。还有，如果你下次还有这种意外，我依旧会选择救你。”

长孙浅雪的眉梢微微挑起，一抹真正愤怒的神色出现在她的眼角。

“不要和我说这些无用的废话。不是那个人的弟子，绝对不可能知道我修炼的是什么功法；不是那个人的弟子，更不可能修习这种自己找死的九死蚕神功，更不可能在这种年纪就拥有你这样的修为和见识。”

她的眼睛里再次弥漫出冷酷的杀机：“我只想再提醒你一遍，你是那个人的弟子这件事本身，就已经足够让我杀死你。我不杀你，只是因为你的存在能让我的修行更快一些。”

丁宁安静了数息的时间。他抬起头来，看着愤怒的她，认真地问道：“你真的那么憎恨他？”

“这个世上有人不憎恶他么？就连你们秦人自己都憎恶他。”长孙浅雪面无表情地说道，“不憎恶他的人差不多已经死光了。”

丁宁看着她那无比美丽的双眸，更加认真地说道：“既然这样，你为什么要来到长陵？”

长孙浅雪看了他一眼，愤怒的神色缓缓消失，脸容再次冷而平静：“你认为我在长陵是因为和他的旧情？我只是觉得不公平……我只是觉得，他做了那么多事情，结果居然落到这样的下场。我觉得不公平。只是因为我觉得不公平，所以我才想要杀死你们的皇帝。”

——无罪《剑王朝》：第一卷 大逆　第五章 公平

九死蚕的传人开始流传于世。

长孙浅雪、楚皇、白山水等当世人杰，都以为丁宁就是“那个人的传人”。

但是，传人和弟子的身份也不足以解释很多事情——比如，王惊梦和皇后郑袖、长孙浅雪之间复杂而私密的情感关系，特别是丁宁和长孙浅雪朝夕相处，不经意间流露出来的唯有王惊梦才能拥有的歉疚与情愫。

和往常一样，丁宁在日出时分，看着梳妆的长孙浅雪的背影起床。

然后他很快完成了洗漱，开始帮长孙浅雪熬黍米粥。

等到火候差不多了，他才用小火慢慢地煨着，端着自己专用的粗瓷碗去经常去的铺子买面。

之所以如此，是因为长孙浅雪有洁癖，不喜欢吃外面的东西。而且在长期的修行之中，她已经习惯了这种清淡而简单的饮食。

除了做酒之外，酒铺的所有杂事、饮食起居，都是丁宁在照顾长孙浅雪。

然而丁宁却做得非常细致、非常甘心。甚至像这样帮长孙浅雪细细熬粥，看着火苗的吞吐时，或者看着长孙浅雪在他不远处走来走去的身影时，他都会感到很温暖，很快乐。

因为有些事，最好不要再想起；有些人，却一定要珍惜。

死去的那个人没有看清楚长孙浅雪，甚至没有足够的时间去看她。然而他却终于看清楚了。

——无罪《剑王朝》：第一卷 大逆　第三十章 皇后

特别是，濒死的周家老祖才从他居然也会郑袖的功法——就算是那个人的传人亦不可能学到当世皇后郑袖的功法——而猜测或证实了一点点真相：丁宁就是那个人。

于是，“丁宁就是王惊梦”的论调，就开始出现并驱动《剑王朝》的故事发展了。包括夜策冷，也逐渐在丁宁身上感受到了那个人的影子。

夜策冷在她身旁的竹椅上坐下，垂下头来，眼睛深处却开始闪现一种迷离的情绪。

丁宁的这些行事风格，让她越来越想起那个人，让她越来越觉得熟悉。

那个人的计划也往往天衣无缝，步步推进。

他最后的失败，只是因为从一开始就错误地相信了一些人。

皇后郑袖习惯做任何事情都留下一个后手，而那个人却习惯做任何事情都一石二鸟：一件事情里将很多人都算计进去，而且往往能够让人无法联系到一起。

“不只是修行功法能够传承，难道连行事手法都可以传授么，而且是在你死了那么多年之后？”

夜策冷如是想着。她也开始觉得自己的想法很疯狂，真的是个疯狂的女人。

——无罪《剑王朝》：第四卷 斗将军　第六十三章 熟悉

但，“丁宁是那个人（王惊梦）”的结论又带来一个很根本的矛盾：王惊梦死，丁宁生，中间差了三年，画不上等号！

真相和事实仍然被作者捂得死死的，不但一直贯穿鹿山会盟和岷山剑会，还将一直遮掩下去。只有在必要的时候，才像“维纳斯的小黑裙”又掀开一点点，但转瞬即逝，偏又迷雾重重。因为，它在掀开维纳斯带蕾丝花边的小黑裙的每一朵小花蕾时，又在遮掩其中更深层次的东西；从而让你看到外露的一点点，却又被遮蔽了视线，意识到“原来有更多的东西是你看不见的”。

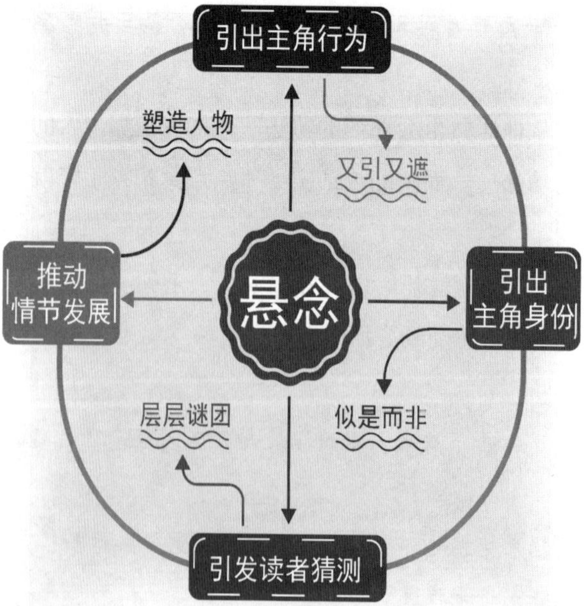

因此，直到岷山剑会结束，我们仍然不知道丁宁是谁：到底是那个人的传人，还是就是那个人？

看样子，作者无罪是要紧紧地把它捂在自己的手心。翻手为云，覆手为雨；云雨之间，氤氲蒸腾，迷雾重重。越是想看清楚事实和真相，就越觉得扑朔迷离——但又像雾霾中的一丝亮点，隐隐让人看清楚那迷宫出口的方向。

第二节　第二重悬念：
丁宁“是/不是”那个人?

无罪《剑王朝》可以说是作者布局和剧中主角做局二合一的范本。它一直刻意遮掩丁宁的真正身份，将其压在黑箱之中秘而不宣，只留下一点点蛛丝马迹让人想象和猜测，还刻意将人引入歧途。

比如，从“那个人的传人”到“那个人”，无罪一直在以剧中人为路标，引导我们滑向丁宁不是“那个人的传人”而就是“那个人”的歧路，但又把那个“疑问的黑盒”掩得死死的。

“在梁联被九死蚕杀死的时候，长陵所有人都知道你在这里。所以现在在长陵所有人看来，你不可能和九死蚕有关。现在包括长陵那些王侯，都只是在猜测：他早就收了一名徒弟；那名徒弟的年纪也早已不小，否则不可能领会一线天的剑意。”夜策冷深深地看着丁宁，“但是我知道你是谁。那么，你到底是谁？”

我知道你是谁，你到底是谁？

这听上去很矛盾的两句话，让丁宁平静的面容不再平静。

因为夜策冷的脸颊上落下了一滴晶莹的水珠。

那不是任何元气凝结的产物，而是一颗晶莹的泪珠。

这世间，最强大的力量始终是人与人之间最炽烈的情感。

丁宁的心脏被这种最强大的力量击中。他沉默了，垂下头来。

“有意义么？”

他沉默了很久，没有正面回答夜策冷的问题，只是回答了这样一句。

夜策冷看着他笑了起来，笑容有些惨淡：“你知道我为什么一定要在长陵。你知道我为了留在长陵，做了多少我不愿意做的事情。你现在觉得我问这样的话，有意义么？”

丁宁道：“你知道他死了的。”

“我原也这样认为。”

夜策冷也低下头来，像冬天里有些冷、需要温暖的孩子：“我只想看看他到底有没有留下传人，传人到底想要做什么，直到我看到你。”

“你太年轻。我知道申玄至少看骨龄不会错。你在他死后三年出生，你现在的真实修为也才到五境。那么，你怎么知道这么多事情，怎么认识这么多人，怎么会一线天的剑意？”

夜策冷依旧没有抬头，但是她的语气却更急促了起来：“没有人比我更了解一线天的剑意。我不相信除了他的亲传，有人能够领悟这样的剑意。”

“身体化灰，什么都没有留下来，还有什么办法起死回生？”丁宁也笑了起来，笑容也有些惨淡，“你相信起死回生这种事情？”

夜策冷抬起头看着他，认真地说道：“我希望有起死回生这种事情。”

“依旧没有意义。”

丁宁的面容冷硬了起来，缓缓地说道：“就算是起死回生，我也不会是你熟悉的那个人。”

夜策冷突然笑了起来。

她眼中的忧伤尽去，笑得就像个真正的小孩子。

“有些东西会变，有些人不会变。”

——无罪《剑王朝》：第五卷 两地争　第七章 就在明天

特别是《剑王朝》的后半部，丁宁“身份（自我）的悬念”逐渐揭晓并大白于天下，他亦越来越像“那个人”——“死而复生”的巴山剑场领头人、天下剑首王惊梦！

哪怕是期间已经迈入八境的元武皇帝，也金口玉言地断定他就是曾经的天下剑首王惊梦重生；其他所有了解王惊梦的人都深信不疑；甚至连丁宁本人也没有否认……

“所以你应该不只是他的传人，你应该是他的重生。”

当元武皇帝这句话的声音响起时，一片压抑不住的惊呼声和骇然的呼吸声如海啸一般响起。那种无穷无尽的震惊和极度的不可置信，令车辇之中很多人的身体都如同此时的扶苏一般僵硬。

若是此时有人出剑刺杀，恐怕他们之中的很多人都会因为心神太过激荡，而被低于自己几个修行境界的修行者刺杀。

这样的话语，太过惊世骇俗。

丁宁深深地皱起了眉头。他直视着元武皇帝的目光，微讽般说道：“世上有重生这种事情么？”

元武皇帝冷漠地说道：“那或许便是另外一种方式的活着。”

在丁宁再次开口之前，他的目光又已经落在长孙浅雪和东胡老僧的身上，接着说道：“他们的情绪无法掩饰，连寡人这样的话语都如此……那只能说明寡人的推测没有问题。对于寡人而言，不管是何种方式的重活，哪怕只是九死蚕功法的问题，你得以继承了他所有的记忆、修行经验乃至对于修行的领悟，那你便是他的重生。方式不同，结果都是一样。”

场间无数人的呼吸都已经彻底地停顿。

除了风雪的声音，就连很多人的心跳声都显得如此清晰。

很多人都忍不住想，若是这样的推测是真的，这样的讯息流传出去，那会引起天下何等的震动？

丁宁没有承认，也没有否认，只是看着元武皇帝冷笑了起来。

“你为什么要说这么多？”

他冷笑着一句接着一句说道：“你说这么多，做出了这样的推断，不是说给我听，而是要说给郑袖听。你只是要推断出一个必须现在出手杀死我的理由。只有这样的理由，哪怕牺牲扶苏，她也可以承受。”

“所以，你现在需要的，就是一个可以牺牲扶苏的理由。”丁宁慢慢地、一字一顿地说道。

——无罪《剑王朝》：第七卷 心伐　第三十章 绝意

但是，从作者之笔到我们的阅读之眼，仍然是存疑的——或许这揭开了一部分真相，但同时又遮蔽了一些秘密。丁宁肯定跟王惊梦有关系，不然不会知晓只有王惊梦本人才知道且其他人都难以掌握的秘密。

特别是长孙浅雪很明确地感受到，“他不是他”——都说女人的直觉是最准的，何况是那个深爱他的女人：他不是他，难道不是她最能判断和断定此事之真伪？

丁宁在一次跟长孙浅雪“敞开心扉”的谈天交心之中，亦很明确地表示：他源于王惊梦，但又的确不是王惊梦；他是他，但又不是他。

当丁宁随之进入，狼群开始拖曳车辇，长孙浅雪才抬起头来，看着对面的丁宁，道：“为什么一定要我过来？”

这次的开口，似乎比以往任何时候都要困难。

丁宁又沉默了许久，才说：“我回到长陵，第一时间便是找你。”

他的这句话并没有正面回答长孙浅雪的话语，然而长孙浅雪却明白他这句话的意思。

“有些事情，错了还能重来么？”长孙浅雪的语气很清冷，却用了很大的力气。她的面容不知为何变得苍白了些。

丁宁深吸了一口气，道：“要看能不能原谅。”

长孙浅雪说道：“一个人的原谅，比复仇还重要么？”

丁宁慢慢地说道：“不在于原谅，在于情意。”

长孙浅雪沉默了许久，然后转身正对着车门帘。

她身上涌起的气息掀开了车帘。她呼出的空气似乎和外面苍茫的天地连成了一体。这样才似乎可以让她的心胸变得真正开阔起来。

“我原谅了那人。”她轻声地说道。

似是对丁宁说，又更像是对自己说。

丁宁的眼睛里有了些雾意。他也轻声地说道：“我不是那人。”

他坐到了长孙浅雪的身边。

即便是在酒铺同床双修时，他和长孙浅雪依旧保持着一尺的距离。然而此时他坐在长孙浅雪的身边，长孙浅雪却并未拒绝。

——无罪《剑王朝》：第六卷 当年事　第二十八章 莫名语

这其实是一个自相矛盾的事情。至少，《剑王朝》是根据这个矛盾，来建筑“故事大厦”甚至“魔幻迷宫”的。

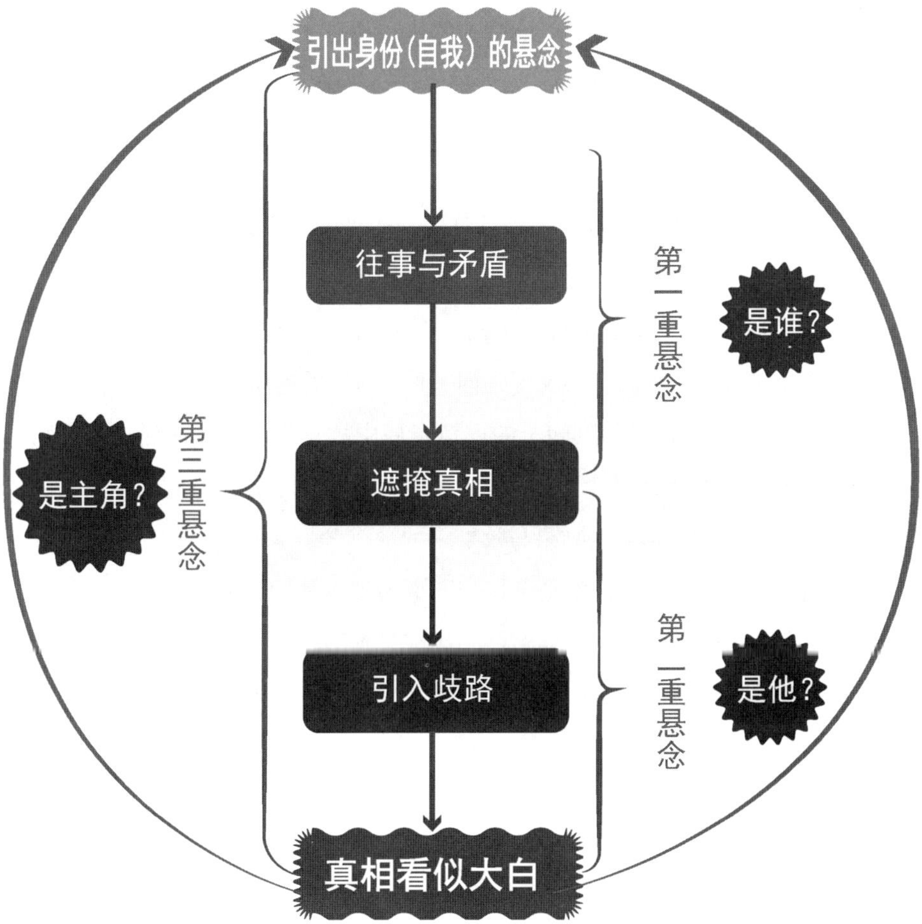

当丁宁行走于“大复仇”之路上，让人感觉“他就是王惊梦、天下剑首就是丁宁”时，这个“谜底”仍然是雾里看花、水中望月，看起来清清楚楚，但细究起来绝不明明白白：水中望月，你很难说“那月”就不是月；

但是，真说起来，水里的月，就真的是天上那一轮月？或者进一步说，水中月、天上月，难道真的就是“阴晴圆缺、悲欢离合”皆有之的我们眼中、心中与脑中之月？……

这到底是为什么？

第三节 第三重悬念：丁宁“是/不是”主角？

丁宁与宿敌郑袖对决之际，那一番对谈，把他和王惊梦之间的关系，以及那“史上最黑暗的三年”，讲得够透彻的了。

但这其实不是对“身份（自我）的悬念”的一锤定音，反而增加了“水中月、天上月和心中月”是月、但又不是同一种“月”的迷离。

与其说这是无罪在《剑王朝》的谋篇布局中故意为之，不如说这是《剑王朝》从“身份（自我）的悬念”到“大复仇情结”驱动、建筑“魔幻迷宫”的故事震荡之中，自然而然形成的结果与效果。

它带来一个比“丁宁是/不是王惊梦”更为根本和硬核的问题，那就是：丁宁是/不是《剑王朝》的主角？

就像剧版《剑王朝》在第一集开局的黄金十分钟里，与丁宁切身相关的，便是将宋神书作为大复仇的第一个对象——然而，让宋神书恐惧的，不是丁宁这个主角，而是“那个人”！

然而让此刻的宋神书万分恐惧的，不是这门功法本身，而是这门功法最终是在那个人的手中消亡。

那个人曾经有很多的门客。

而宋神书，在很多年前，只是帮那个人的门客驱车的最卑微的车夫之一。

现在，原本应该随着那个人的死去而彻底消失的九死蚕神功，却无比真切地出现在了他的面前，挟带着无数封存在他心中的画面。那些他刻意不去想的画面，一下子如山般压在了他的身上。

他的身体更加无法活动，浑身都剧烈地抽搐开来。

他开始意识到，前些时日在长陵流传的事情，竟然是真的。

——无罪《剑王朝》：第一卷 大逆　第九章 乞命

我们在本书第二章中拷问——《剑王朝》没有在开头就聚焦于需要自带主角光环的酒铺少年丁宁，比如我们在本书第四章中所说的与他切身相关的“史上最糟糕/最神奇的一天”或者“史上最黑暗的三年”“有生以来最离奇的转世重生/离魂附体”等金字塔结构性事件，而是让他以“吃瓜群众”的身份旁观一场看似与他毫无关系的黑夜围杀事件——哪怕这一场围杀于长陵、于大秦帝国、于整个剑天下即将揭晓的时代风云，都有着莫大的揭开序幕的意义；但它再重要，又与丁宁何关，与我们何关?

如果时代的序幕拉开，舞台已经就绪，但“我”不是主角，即使粉墨登场的，是千年难得一见、万年难得一遇的生旦净末丑、神仙老虎狗，对“我”们来说，又有什么意义？毕竟，不是每一个人都甘愿做配角，或者跑龙套的，就更别说炮灰了——虽然我们自己不能亲自下场，但是，坐在观众席上，嗑着瓜子，把自己代入为主角，“你方唱罢他登台”，但“我就是要霸占舞台”，那也是极好的。因此，作为我们“钦定的主角”，必须要获得舞台的掌控权：要么是全部的舞台，要么就置身于舞台的中心，整个世界都围绕着他来旋转——他就站在世界的中心“讲故事”（呼唤爱）。

因此，网文界历来有“黄金前三章”之说。关于“黄金前三章”是什么以及如何构造，各有各的说法，也各有各的活法。但就我们的看法而言，有三条黄金法则是雷打不动的：

第一条，主角必须出场，并且自带主角光环，至少要确认其有“咸鱼翻身、废柴逆袭、霸气侧漏、光照四方”的机会与潜质。

第二条，必须建立起读者和主角的“代入感”关系，所谓“我”即主角，主角即我，同频共振、同情共理、同生共融。

第三条，必须建构起“戳中核心需求点”的供给—满足机制，不管那是燃点、爽点、痛点、虐点还是什么“核心点”——比如，爽点制造、爽文创造和爽感建构的“虐渣—造爽”转化机制。

于是，在丁宁和夜策冷之间，就建立起一种“相看怎如不见”的视线杠杆。而且，关联起来的，不仅仅是夜策冷这一人、围杀剑炉赵七这一事以及长陵风云起的这“第一夜”；它还关联起了那个人与元武皇帝，关联起了大逆之势与大秦帝国，关联起了天下剑首巴山剑场与剑天下风运……

最重要的是，建立起了酒铺少年丁宁和天下剑首王惊梦（那个人）之间的关联。于是，整部《剑王朝》就此揭开“酒铺小少年 · 王惊梦大复仇”的序幕，以及天下风云际会、分久必合而且是史上第一次追求合的大一统时代的序幕。

这都是黄金三章出主角的例证：酒铺少年丁宁就是主角。但悖论也在此：酒铺少年丁宁复的是那个人的仇，自带的却是王惊梦的光环——因此，一直“自带主角光环”的不是酒铺少年丁宁，而是天下剑首王惊梦。

长孙浅雪沉默了片刻，然后没有什么情绪地说道：“你和你的师尊的确不是一样的人。他只知为自己考虑。”

丁宁呆了呆。

在和长孙浅雪相处的这些年里，他对长孙浅雪已经熟悉到了极点。除非十分特别的时候，长孙浅雪绝对不会主动提及那个人。

而且虽然此刻长孙浅雪的脸上看上去没有什么明显的情绪，但是他感觉得出长孙浅雪眼眸深处不一样的心情。

也就在这短短的数个呼吸的时间里，他的身体不自觉地微震。

他想到了今日对于长孙浅雪而言是什么日子。

人的一生里，有很多特殊的日子。

比如第一次相遇，比如一别之后，再会无期……只是这些对于自己而言十分特别的日子，别人或许根本不会知道，不会记起。

丁宁的身体微僵。他看着长孙浅雪，轻声道：“那个人真的只为自己考虑么？”

“至少在别人看来是这样。”长孙浅雪看着摇曳的烛火，说道，“至少在别人看来，他只为自己的想法而不择手段。”

——无罪《剑王朝》：第一卷 大逆　第六十章 闹剧

也正是因此，“丁宁是/不是王惊梦”的问题，才会转向“丁宁是/不是主角”的疑问——于是，“身份（自我）的悬念”便从故事本身，转向了文本和读者视线的互动：丁宁是/不是王惊梦的问题，是局限于文本之中的故事布局问题；但是，丁宁是/不是主角，却是关系到“作者—文本—读者”所谓的“剧外人与局内人”的问题。

因此，主角“身份（自我）的悬念”已然涉及讲故事写爽文的技术问题。要创造爽点、建构爽感，除了必须要自带主角光环或者与主角意图、动机与行为密切关联之外，还必须要有一个很核心的关键因素，就是要跟读者或受众建立联系，把他们裹挟进去，成为“剧外人、局内人”——我们这些读者与受众，是在作者对故事的谋篇布局之外，是典型的“剧外人”；但我们也被卷进了剧中主角的设局、布局与做局之中，成了一个不折不扣的局内人。也就是说，我们虽然是“剧外人”，但又是“局内人”。

在当下的故事局面之中，我们成了一种非常奇特的存在：我们既在故事之外，就像上帝一样，拥有全知全能的视角，俯瞰一切故事的布局。无论是作者的谋篇布局，还是剧中主角的设局做局，抑或是被卷入这个局面的其他剧中角色，或知情或不知情，被局势裹挟而走、席卷而去，不知自己的命运将会被这股浪潮带向何方……我们都岿然不动，既在布局之外，又在迷局之内，像个侦探一样，根据作家或主角有意露出的蛛丝马迹，一点点揭露那被遮蔽在局面之内的事实和真相：无论是作者蓄意制造的故事迷局，还是剧中人蓄势谋篇的局中局。同时，我们又入乎其内、出乎其外；既在局面之中，又超越了局势；既像剧中主角或其他人一样受制于作者所刻意制造的迷局之中，又能摆脱剧中人无意纠结或纠缠于之中的局面，而且比剧中人多了一重视角，能够真正洞悉局势的发展方向和根本旨归。①

如前所述，无罪《剑王朝》可以说是作者布局和剧中主角做局二合一的范本。它一直刻意遮掩丁宁的真正身份，将其压在黑箱之中秘而不宣，只留下一点点蛛丝马迹让人想象和猜测，还刻意将人引入歧途。

① 参见本书第十五章相关内容。

“你为什么要杀我？既然你是公孙家的那名大小姐，你便更不应该杀我！为什么！”感受到对方真实的杀意，自知连出剑都根本做不到的南宫伤用尽全力，从喉咙里挤出声音，叫了出来。

正是因为清楚那段故事，所以他更加无法理解。

元武皇帝在启用商家进行变法之时，虽没有正式登基，实则已然牢牢控制住了朝堂。然而因为新政触犯了太多名门望族的利益，所以还是遭到了难以想象的强有力的反对。

这种强有力的贵族门阀和朝堂的争斗，不仅会危及一名帝王的皇位，甚至会让一个王朝迅速地衰落。

当时一些实力庞大的望族，更是已经开始借助一些外部王朝的力量，来对抗元武皇帝。

在当时的绝大多数人，乃至朝堂里的大部分忠于元武皇帝的官员看来，这次变法已然完全不可能成功。

然而元武皇帝真的是很了不起的人，或者说“那个人”和很多与“那个人”站在一起的人真的很了不起。

在那样的局势之下，他们根本没有任何的犹豫，直接以最快的速度，采取了最铁血而强大的手段。

元武皇帝首先拿实力最为庞大的公孙氏开了刀。

以公孙氏驱马踏青、毁坏农田为由，按照新律重罚，处斩数人。在公孙氏强力反弹之时，在一夜之间，便动用大军和无数修行者，将整个公孙氏从长陵连根拔起。

“那个人”和巴山剑场的数柄名剑，便是让公孙氏无法反扑的真正原因。

公孙氏最强的修行者，在那一夜全部死在了“那个人”的手中。

那一夜是让长陵所有权贵被一柄剑杀服的一夜。在传说里，公孙氏活下来的，唯有公孙氏的小姐。

那名小姐原本也是和家中有些不快，一直在外游历。

九幽冥王剑原先便是在公孙氏手里，据说是她离开公孙家时带走的。

而在传说里，公孙家的大小姐之所以和家里闹得不甚愉快，也是因为她和

“那个人”之间有些情缘。

公孙家是反对变法的旗帜，又怎么可能同意她和“那个人”有过分亲密的关系。

只是再怎么不愉快，家里依旧是家里。

整个家族都覆灭在“那个人”和元武皇帝的手中。这公孙家的大小姐，怎么都得应该极其仇恨“那个人”和出力的巴山剑场。

在后来元武皇帝覆灭巴山剑场的过程里，他南宫伤虽然可以说是巴山剑场的叛徒，但眼下这名绝色女子如果是公孙家的大小姐，便怎么都不应该恨他，更不可能要杀他。

因为他在帮元武皇帝灭巴山剑场的过程中出过力。他应该算是帮公孙家报仇的人中的一分子。

“你是公孙家的大小姐么？”

“九幽冥王剑在你的手里。你到底是不是公孙家的大小姐?!”

“在巴山剑场灭公孙家时，我在巴山剑场只不过是个无名小卒。那时我甚至都不在长陵。而且我在后来灭巴山剑场的过程里也出了力。所以你为什么要杀我，为什么要杀我?!”

因为极度地难以理解，所以南宫伤几乎是癫狂一般，再次连连地叫出声音。

“不要那么多废话。”

异常美丽的女子清冷地说道：“我要杀你祭剑，正是因为你在灭巴山剑场的过程里出了力。”

南宫伤当然无法理解。

但是不等他再次出声，异常美丽的女子便已然接着说了下去：“昔日的那么多恩怨，怎么可能理得清楚。元武皇帝本身也是罪魁祸首。你在他灭巴山剑场的时候帮他，难道还有了让我感激你的理由？更何况我要杀你和这些无关……我要杀你，是因为虽然我恨那些巴山剑场的人，但是我至少尊敬他们。至少他们的道从来没有改变过，他们所坚持去做的事情没有改变过……我要杀你，只是因为你是真正的小人。就如原本和他们一起坚定地朝着一条路走下去，然而却突然反过来捅他们一刀的元武皇帝一样，是真正的小人。你们的所作所为让我觉得不公平，让我觉得不快。”

“我要杀你，只是因为心中不快。”异常美丽的女子清冷而让人觉得异常固执地说道，“对于很多踏过第七境的人而言，世上无数的陈年恩怨哪里理得清？尤其是在长陵这种无数恩怨纠缠、根本理不清的地方！我不问恩怨，只问快意。”

浑身僵硬、无法动弹的南宫伤呆呆地看着这名异常美丽的女子。

一个人真的能够做到不问恩仇，只管心中快意么？

是自己的境界不够、经历不够，根本无法体会，还是因为“那个人”和那些与他并肩而行的许多柄剑都已经折了，已经不存在于这个世上，所以这名女子才能够不问恩仇，只管心中快意？

他无法明白这名女子心中的真正所想，然而他可以确定对方比自己见过的任何人都固执，都不可回旋。

所以他的眼睛里充满了哀求之意。

“我告诉你五羊丹的丹方，求你不要伤害我的家人。”他挤出声音，乞求道。

“我原本就不想杀你家中的人，只是丁宁说这样能够逼你说出来而已。”长孙浅雪冷冷地在心中想道。只是她面上的神色没有任何的改变，还是一贯清冷的模样，点了点头，答应了南宫伤的这个请求。

——无罪《剑王朝》：第二卷 争命　第二十四章 不问恩仇，只顾快意

而这种“身份（自我）的悬念”所导向的最大歧路，并不是“丁宁是/不是王惊梦”，而是“丁宁是/不是主角”？

若是，为何从头到尾，就像是一个追溯天下剑首王惊梦的传奇史——亦即王惊梦成为真正的主角？

若不是，又为何层层铺陈，均是在演绎酒铺少年丁宁的复仇史——亦即丁宁是即见即得的主角？

正是通过这种拷问与解疑，无罪在《剑王朝》之中塑造了一个“明—暗”的双主角人设：“酒铺少年丁宁—天下剑首王惊梦”这二合一的身份和人设二重奏，才是《剑王朝》真正的“爽文主角”。

第四章

故事迷宫

史上最黑暗、最神奇的三年

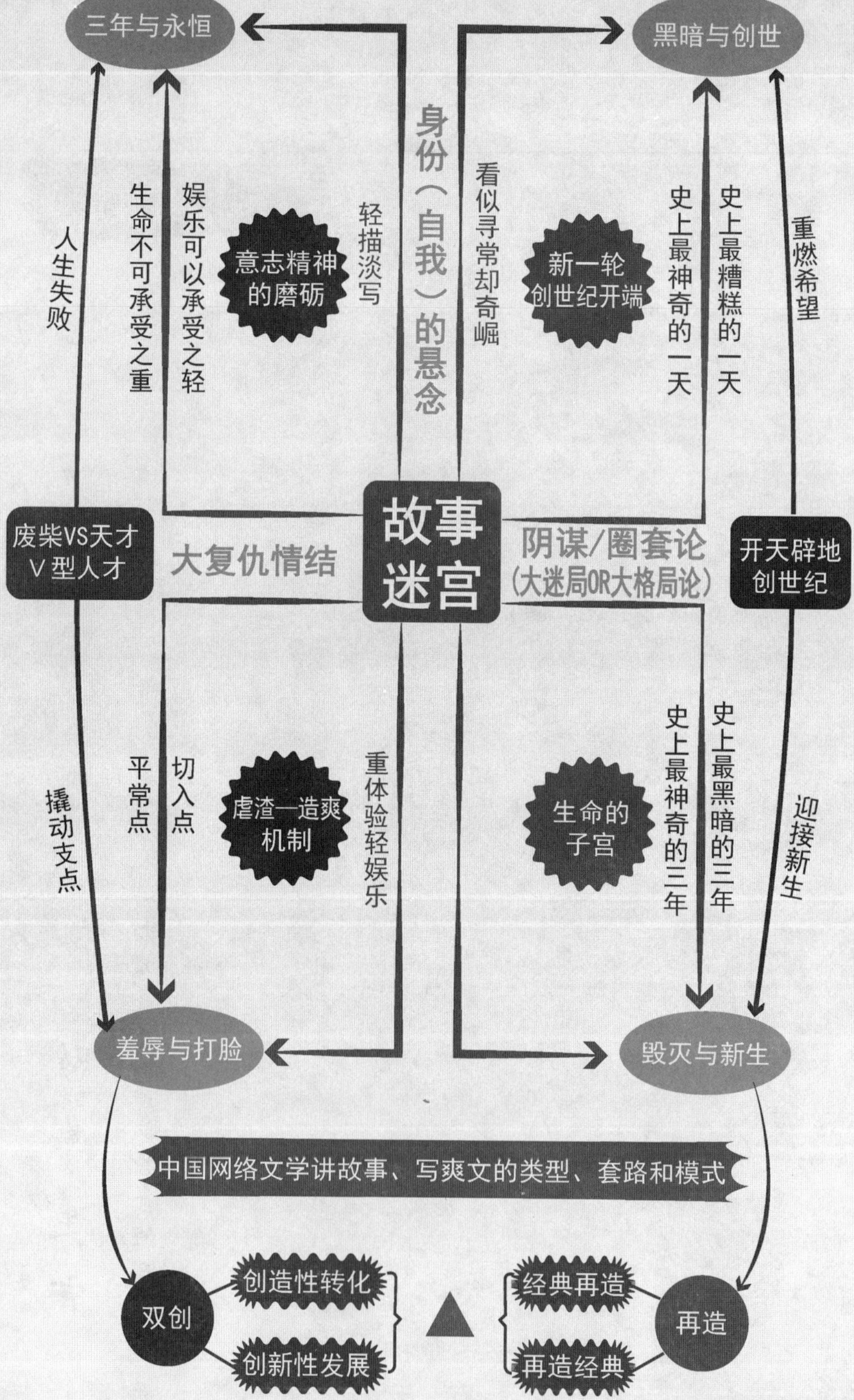
三年与永恒
黑暗与创世
身份（自我）的悬念
人生失败
生命不可承受之重
娱乐可以承受之轻
意志精神的磨砺
轻描淡写
看似寻常却奇崛
新一轮创世纪开端
史上最神奇的一天
史上最糟糕的一天
重燃希望
废柴VS天才
V型人才
大复仇情结
故事迷宫
阴谋/圈套论
（大迷局OR大格局论）
开天辟地创世纪
撬动支点
平常点
切入点
虐渣一造爽机制
重体验轻娱乐
生命的子宫
史上最神奇的三年
史上最黑暗的三年
迎接新生
羞辱与打脸
毁灭与新生
中国网络文学讲故事、写爽文的类型、套路和模式
双创
创造性转化
创新性发展
经典再造
再造经典
再造

从天下剑首巅峰王者一人战长陵/战天下的“有生以来最荣耀的巅峰一天”，到坠落黑暗深渊的“史上那最糟糕的坠落一天”；

从“有史以来最煎熬的黑暗三年”，再到酒铺少年“最蓄意打酱油的寻常一天”……

主角经历了有生以来最不可思议的“神转折”；

由于这个“史上最黑暗/最神奇的三年”，丁宁的身份一直就是个悬念：他是不是就是那个人（王惊梦）本人？还是别的什么人？……

更重要的是，从天下剑首王惊梦“转世重生”“离魂寄体”和“毁身新生”（爽文既有的套路模式都不足以形容和概括《剑王朝》这种离奇模式）为酒铺少年丁宁，揭开了一段被遮蔽于其中、其下、其内的“有史以来最混沌与永恒的人生非常日 · 创世纪”。

它不但将我们关注的目光从无罪《剑王朝》引向中国网络文学写爽文讲故事的类型、套路和模式——如从天蚕土豆《斗破苍穹》到猫腻《将夜》，更将我们研究的视野导向中华优秀传统文化与人类优秀文明的文化母题、类型模式和故事原型，特别是史前神话与人类史诗植根于人类集体情结与无意识的故事迷宫原型与范式。

如此，无罪《剑王朝》不但以“异秦”世界观设定和故事的重述与重塑，带来网络文学对中华传统文化“双创”（创造性转化、创新性发展）的硬核命题；更以对“魔幻迷宫”传统文化母题、类型模式和故事原型的重译与重释，提出了网络文学对中华文明基因与人类优秀文化的“再造”（经典再造与再造经典）时代课题。

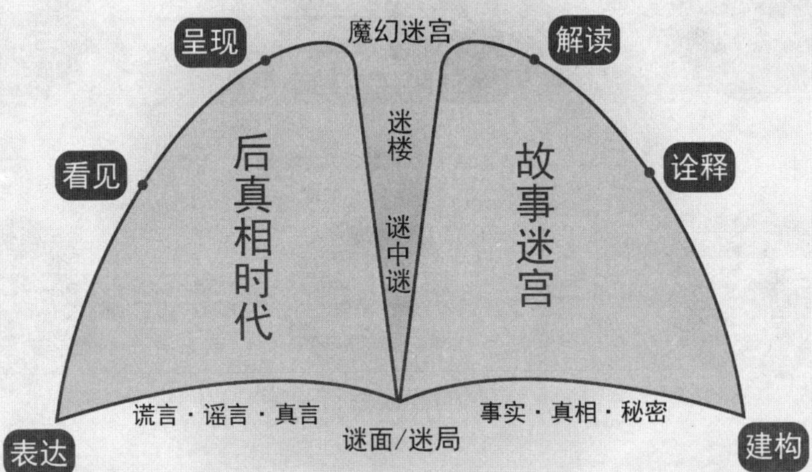

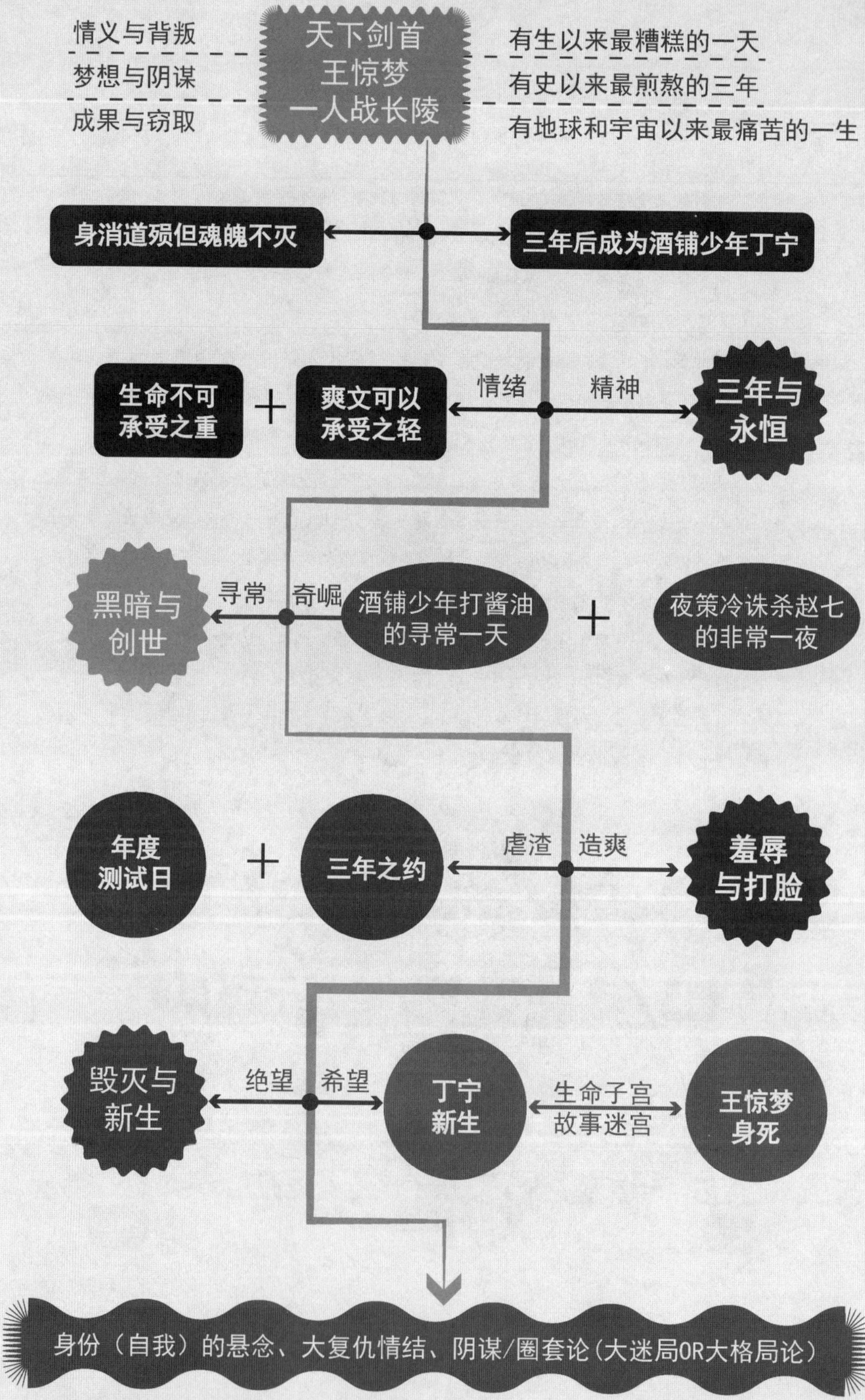
情义与背叛
梦想与阴谋
成果与窃取
天下剑首
王惊梦
一人战长陵
有生以来最糟糕的一天
有史以来最煎熬的三年
有地球和宇宙以来最痛苦的一生
身消道殒但魂魄不灭
三年后成为酒铺少年丁宁
生命不可承受之重
爽文可以承受之轻
情绪
精神
三年与永恒
黑暗与创世
寻常
奇崛
酒铺少年打酱油的寻常一天
夜策冷诛杀赵七的非常一夜
年度测试日
三年之约
虐渣
造爽
羞辱与打脸
毁灭与新生
绝望
希望
丁宁新生
生命子宫
故事迷宫
王惊梦身死
身份（自我）的悬念、大复仇情结、阴谋/圈套论（大迷局OR大格局论）

第一节　三年与永恒：从“混沌囚笼”到“吐丝结茧”

那个人亦即天下剑首王惊梦一人战长陵，被天下围攻，导致身消道殒，唯有魂魄不灭，寄寓于暗无天日的“幽深黑暗”之境，历时三年之后，成为酒铺少年丁宁。

一秒即一生；三年成永恒。它扩大、持续和延伸成为“有生以来最难过的一段经历”，显得其更重、更深、更沉。

但无罪在《剑王朝》之中，仅有几处小场景着墨于此——谈及此时，丁宁也仅是轻描淡写地描述了几句：这不见天日、不生不灭、没有时间空间、无边无际、无涯无界的三年有多么煎熬。不见实处，只有虚空；不加言传，只让我们意会。

“为何一定要死？”长孙浅雪说道。

她和平时说话似乎并没有什么不同，却偏偏少了许多清冷的意味。

丁宁也看着前面苍茫的天地，道：“因为生不如死。”

长孙浅雪的身体微微地颤抖起来，道：“九死蚕的秘密，你早就知道？”

丁宁微苦一笑道：“除了幽帝之外，谁也没有修炼过九死蚕。没有身试，谁会预先知道九死蚕的秘密？”

长孙浅雪又隔了许久，才说得出话来：“那怎么会这样？”

丁宁道：“无形化有形，如吐丝结茧，破蛹而出，需要很长的时间。”

长孙浅雪一震，道：“那是什么感觉？”

丁宁深吸了一口气，缓缓呼了出来，道：“神识被拘于无边黑暗之中，茫茫然不知有无终日，甚至不知岁月。”

顿了顿之后，他笑了起来，道："就像是困在一间黑屋里，不知何年是尽头。"

长孙浅雪不再说话。

然后不知何时，她湿了眼睛。

——无罪《剑王朝》：第六卷 当年事　第二十八章 莫名语

但越是如此，我们就越能想象其中的恐怖和恐惧。就像世界上最让人恐惧的事情，不是眼见为实的人事物，而是在想象之中诞生的怪物。这是典型的"重笔轻写"；越是生命之中重得不可承受的东西，越需要这种不着浓墨的轻描淡写。

因此，唯有这种轻描淡写，才能勾勒出从"有史以来最糟糕的坠落一天"到"有生以来最煎熬的黑暗三年"之中，真正重得让生命不可承受的东西：不是从天下的巅峰一脚踩空、陷落于人生黑暗的深渊；也不是一个人在暗无天日的黑暗世界里孤独煎熬的三年；而是造成这一天到这三年真正的罪魁祸首：情义与背叛，梦想与阴谋，成果与窃取……

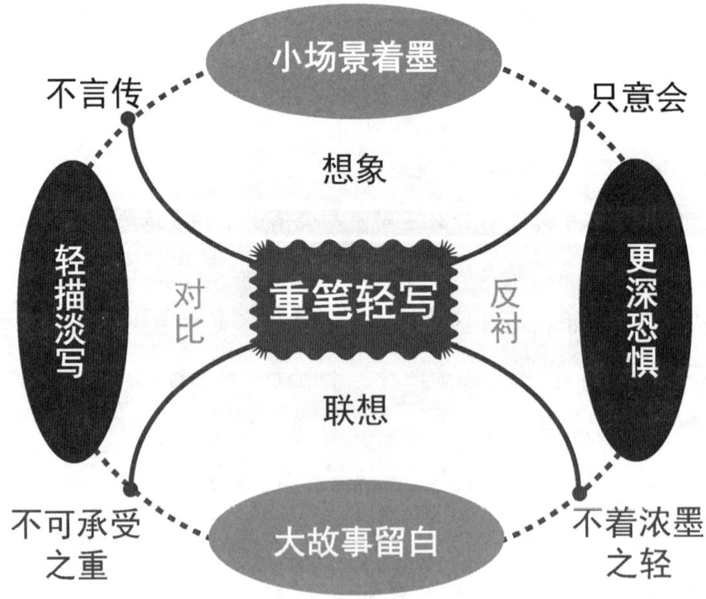

来自恋人和好友的双重背叛，兄弟和部属的集体决裂，以及自己为之奋斗、追求和梦想的成果，被干净利落、毫无障碍地窃取，才是真正导致这一天最糟

糕、这三年最煎熬的根本原因。

因为它会让人不断回想，在一秒即一生的糟糕之中，承认自己做人很失败、做大哥很失败、做恋人很失败……总而言之，因为自己“这个人很失败”，所以，才会带来这样人生最重大的失败。

与此同时，还有各种怨恨、愤怒、悲伤和恐惧等等复杂的情绪。在人生转折的重大关头，所有这些负面的情绪和情感，就如黄河决堤一样，肆意泛滥，吞噬和湮灭人身这个小舟。人心这块石头，亦会像在传说之中那长江或黄河几道拐角最逼仄的狭谷之处，被一道道汹涌澎湃、激流涌荡的潮流冲刷。这究竟会像蚌含珠砂，磨合成圆润无比的璀璨珍珠？还是会被锤击打碎、风化崩解，最后化成一颗颗硌眼的小石砾，无足轻重，却让自己的人生难受，也碍他人的眼？……

这种心性、意志和精神的震荡、冲击与磨砺，才会让这“有生以来最糟糕的一天”，拉长为“有史以来最煎熬的三年”，甚至是延展为“有地球和宇宙以来最痛苦的一生”。

这就是老话所说的“长痛不如短痛”了。那兄弟、恋人和部属联手在背后捅的致命一刀，如果捅死了也就罢了——人一死，一了百了，哪怕身后洪水滔天，亦与我无关。但最怕的，却是一刀没有致命，还吊着一丝气，让你眼睁睁地看着自己的身体、生命甚至魂魄，都被铺开来，像一块铁条，被雷神之锤击打成千上万次……一轮又一轮、永无休止地锤炼下来，把你的一生都锤打成薄薄的金箔片，而且还会继续锤打下去！那没有极限的薄，就像永远无法接近的切线之边。只要这个不可见的边界无限存在下去，你的身体、生命和灵魂，就永远无法到达极薄之尽头！

“先前你不是说，九死蚕对你而言都是未知，不敢修习？是最后杀入长陵时才修的？”林煮酒却是看着丁宁，又问道。

丁宁缓缓点了点头，道：“说是九死都能活，但谁能有死一次试试的勇气？既没有先例，便怀疑或许是昔日幽帝故弄玄虚，想骗自己的对手修行这功法。临到了长陵战时，天下宗师云集，发现无法杀入皇宫，便临时修行。”

林煮酒道：“然后呢？”

丁宁道："识念被困于无边黑暗之中，如被囚于地底茧中，不死不活。虽有感知却无法判断所处，无血肉之形。如此不知年月，直至新生。重见天日之时，才知已过三年。"

"不知自己死活，永囚于无边黑暗之中。那真是比我在水牢之中还要难过得多。"林煮酒看着他说道。

久别重逢，然而说到此处，无论是林煮酒还是丁宁的面上都没有丝毫的笑意。

因为这往事说来尽是苦。

——无罪《剑王朝》：第八卷 长生　第五十一章 久别，重逢

这就像希腊神话传说中那个盗取火种给人类的"解放的普罗米修斯"，被诸神之王宙斯用斩不断的永恒之铁链，绑缚在高山之上；分分秒秒、时时刻刻、日日夜夜，被秃鹫挖心、啄肝、撕肺——这是名副其实的撕心裂肺。最要命的是，即撕即裂即刻愈合，然后又即刻开始新一轮的又撕又裂、痛彻心扉……人生没有尽头，疼痛永无止境，而"解放的普罗米修斯"将要承受的煎熬与折磨，将会是"永远"！永远，就是无法抵达远方和尽头的永恒之永远。这才是真正的惩罚，以及那难以承受的折磨与代价。

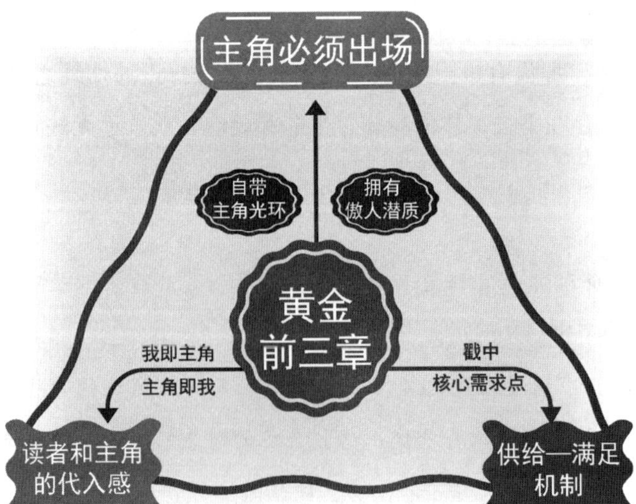

这其实是"史上最糟糕的坠落一天"或"有生以来最难熬的黑暗三年"（一段时期）之中最让人不可承受的地方。但这种"生命不可承受之重"，却会转化成爽文阅读甚至是娱乐潮流之中的"可以承受之轻"。

第二节 黑暗与创世：
从“人生寻常日”到“七日创世纪”

无罪《剑王朝》从“夜策冷诛杀剑炉赵七的非常一夜”，转入“酒铺少年打酱油的平常一天”，让我们注意到了写爽文讲故事的“抛物线空间”。

在写爽文讲故事的“史上最糟糕/最神奇的一天”，和有史以来传统文化母题、类型模式和故事原型的“史上最创世纪的七日（时期）”之间，有着众多看似寻常却奇崛的“人生寻常日”可以入选为切入点和着力点。

这就犹如一个多场景、多维度、多界域的多重时空，可以用X、Y、Z轴组成坐标系，勾勒出一个庞大的抛物线；可以从中截取任何一个“寻常日”作为切入点和着力点。

这个点或许极其普通和平常，甚至跟这“一天”、这“三年”并没有太直接的关联，而只有间接和曲折的关系。

但是，唯其普通、平常和间接，方才显示出这已经变成了习以为常、日复一日、重复而常见的“状态”——看似寻常却奇崛，看似日常却非常。

正是这种日常“状态”能够反衬出那非同寻常的境遇和危机。犹如长年累月地坐在一点小火星就能引爆的大火药桶上的“麻木不仁”，更能拉开一段巨大的反差和张力，彰显出将人生置于可能随时会引爆的大火药桶的危险之上，承受着经年累月的煎熬、恐惧和不安——何况，这个大火药桶的导火线，直接垂直降落于那内部喧嚣和躁动并且越来越狂热不安、运动越来越剧烈的大活火山之中。

“九死蚕真的能够让人起死回生，让人重生么？”潘若叶的身体颤抖了起来。这种极限的震惊情绪驱散了困意，强行地提起了她的精神。

百里素雪却是很简单地摇了摇头：“我不知道。”

潘若叶努力地瞪大眼睛看着他，此时的表情像个无辜的少女。

“到现在为止，可能郑袖还在怨恨他，怨恨他不告诉她九死蚕的秘密。实际上他连我也没有告诉。因为在他看来，九死蚕很危险，无法预知。”

百里素雪淡淡地说道：“这种有极大诱惑但不知道后果的东西，最好的方法自然就是不去触碰。所以后来虽然我没有和他再有联系，但是我想以他那个人……他应该是在最后快要死的时候才试了一下。至于结果，只有他自己知道。”

——无罪《剑王朝》：第七卷 心伐　第六十九章 昔日幽朝

因此，小火星、大火药桶、活火山这种重叠结构的“危险境域”越是庞大和剧烈，就越能衬托出那个最为寻常、平常和日常的某一个时间节点（某一点）的不同寻常，就像“山雨欲来风满楼、黑云压城城欲摧”，已处于濒临失控和失序的临界点上。只是一个小火星，就能引爆大火药桶，让那喧嚣和躁动着的活火山终于找到一个决堤口，喷薄而出、奔泻千里，可能湮灭和吞噬一切。

这又犹如人在漫长的黑夜之中行走，凛冬已至、黑暗已临、永夜已来：如果熬不过这史上最黑暗的夜晚，明天的太阳再好，都跟你没有关系；但最煎熬、最恐惧、最让人不安的，恰恰不是这漫长而难熬的凛冬之夜、永夜之暗、无光之黑，而是那黎明即将到来但又不知何时到来、希望即将诞生但是绝望已至、未来的曙光已在路上但仍然未来以及尚未真正穿透黑幕重重的道路。

这是一段看不清过去、看不透未来、最重要的是看不见当下的雾霾之路。在这个时候，最后一根希望的火把最容易灭绝；而新的希望火炬亟待重燃。但谁也不知道“在绝望之中寻找新的希望”是否还有可能。只有当那提前投射的第一缕黎明的曙光、第一线希望的朝阳所散发的霞光、第一束未来已来的圣火之苗点燃在我们眼前之时，我们才能真正明白：那史上最黑暗最煎熬的人生深渊，原来是新一轮创世纪的开端。

这是一种宏大的宇宙史诗。每一个“史上最寻常/最奇崛的一天”的故事，其实都植根于宇宙开天辟地“七日创世纪”的人类史诗之源。就像我们为《脑洞作文》所撰写的广告文案：金核桃里开脑洞，学霸笔下写乾坤；大开脑洞讲故事，妙笔生花创世纪。

网络作家作品最让我们称道的地方，是其在“金核桃”（从人脑这个小宇宙到宇宙这个超级大脑）里“大开脑洞”，妙笔生花、运转乾坤，创造出一个又一个新的世纪——犹如上帝说，要有光，于是就有了光。网络作家就像“上帝”一样，从“七天”所蕴含的七层时空（多维时空）里，开创出一个全新的世界，创造出不同的新物种以及不同的规则秩序（这就是作品为世界立法）；然后，赋予其生命、元气、梦想、激情、情绪……[①]最后，Let it go，任其拥有选择的自由和自由的选择，如其自由地进化、演变和发展，哪怕最后成为一个让剧中人、读者和作者自己都身陷其中的“故事迷宫”。[②]

于是，在“七日创世纪”这人类宏大的史诗母题和爽文“史上最非常/最奇崛的一天”之间，有着多种场景、维度和界域的多维故事结构——而不简简单单只是七日、七地或七层的时间、空间和层级结构。

“你应该很羡慕王惊梦，或者说此时的丁宁。”

百里素雪微微一笑，顿了顿之后接着说道：“时至今日，许多想得明白的修行者应该已经想清楚了。九死蚕最为宝贵的并不是死而复生的能力，而是死而复生之后，有着无限可能。”

“许多修行者最想要的，其实并非强大的修行典籍，或者一些别人得不到的灵药，而是可以回到过去，可以改正自己许多修行中的失误。”

“随着修为的增长，年岁越长，之前修行中犯过的错误就越会显现出来。很多人都明知自己如果在三境四境时不采用某种修行之法，或者说在某个阶段打基础再打得好一点，将来的成就就会完全不一样。”

——无罪《剑王朝》：第八卷 长生　第一百零四章 重修

① 参见庄庸、王秀庭著：《国家网络文学战略研究：从“现实题材”到“书写新史诗”》，华语网络文学智库丛书，中国青年出版社，2020 年版。我们拟在这部专著之中，专章研究“魔幻迷宫：从传统文化母题、类型模式、故事原型，到新时代中国网络文学+影视文创发展新范式”。

② 参见庄庸、杨丽君等主编：《文运迷楼说：中国网络文学阅读潮流研究（第 4 季）》，华语网络文学智库丛书，中国青年出版社，2020 年版。在这部专著之中，我们旨在从西方“魔幻迷宫”故事原型、东方“梦幻迷楼”文化母题以及“谜中谜游戏”的类型模式中，分析烽火戏诸侯《剑来》转场、跨界和升维的爽文故事结构与创世史诗命题。

但网络文学讲故事写爽文，通常不会转场、升维和跨界，而是会简化、白描和快节奏化。甚至，不会聚焦于“史上最非常/最奇崛的一天”进行浓墨重彩的描写，更别说会深入挖掘那从史前神话到人类集体无意识中“创世纪”的文化母题。

因此，这两者之间的故事原型、类型模式、产品/作品潮流可以获得巨大的反差和张力空间，甚至有可能建构起不同场景、不同维度和不同界域的故事“魔幻迷宫”……这些其实就存在于网络文学“没有在字里行间言传，但可以插上翅膀，想象、猜测和勾勒出一个整体世界”的庞大而广阔之“阅读域”。①

在无意深入拓展、挖掘和建构这种母题、原型和类型的“故事迷宫”之际，网络文学讲故事写爽文，还有可能发生有意的错位、偏移和断裂。

特别是在“史上最糟糕/最神奇的一天”和“有生以来最黑暗最煎熬/最光明最创·世纪的三年（或更长一段时期）”之间，不会把聚焦点瞄准这两个“极点”之中任何一个标志性的事件；反而会如前所述，选择其中最平常、最寻常、最日常、最不起眼的“习以为常、例行公事”式的日子或者事件，用以反衬“越平常，却越可能奇崛”的反差萌（或反差效果）。

---

① 参见庄庸、王秀庭著：《网络文学评论评价体系构建：从“顶层设计”到“基层创新”》，“互联网+新文艺”丛书，福建教育出版社，2016年版。我们在这部专著里提出了中国网络文学阅读“想象、猜测、勾勒整体”方法论。“阅读域”则是我们在撰写中国青年阅读指数报告时造出的锐词，用以概括和界定“阅读的领域、边界和地盘”：每一个阅读域都有限定、制造和引爆我们阅读潮流、舆论情报和思想生态重塑的功能与规则。就像玄幻小说或动漫轻小说，经常会使用“神之领域”“王之域”“权杖之界域”等之类的词，用来形容如下状况：一个人若是形成自己所能掌控的“域”，就能操控主动或被动进入自己界域的人、事、物及其命运，甚至可以强制对手/敌人进入自己的领域，从而获得制胜的先机。2019年国漫动画电影《罗小黑战记》就采用了这种“域之概念”。如果要直观和形象地理解的话，就可以看看烽火戏诸侯《剑来》之中的兵家圣人阮邛接手骊珠洞天之后，将其划为自己的界域，立下“所有山上仙圣势力必须拜他阮邛码头”的规矩，不能过界；如果不遵循，即使不在他的界域之内，他也可以蛮不讲理地把这些挑衅之人硬生生地拽进他的地盘里，用剑斩得其身消道殒。因为，在他的界域里，他的剑就是规矩；而他用剑讲规矩，天道不会反扑，三教一家修行体系还是默认的。因此，大骊王朝甚至整个浩然天下的仙凡势力，都只得捏着鼻子认。从这个故事桥段，我们可以理解“拥有自己界域或可生杀予夺”的霸道规则——当然，《剑来》本身是没有这种“界域”或“领域”的玄幻或次元概念的。但“阮邛规矩”确实有助于我们认识和理解这种“领域规则”。有大量的网络玄幻小说和次元动漫是直接采用了这种“领域”规则的。只是时间有限，我们不能“即想即得”，展开描述，用以举例和佐证。

第三节　羞辱与打脸：
从“种子天才测试日”到“暗黑废柴三年”

通常来说，网络文学特别是爽文，不会对这种“史上最黑暗/最神奇的三年”的生命不可承受之重进行浓墨重彩的挖掘和描写——除非它能构成“虐渣（卖惨）—造爽”的转化机制，否则它就不是“爽文”而是“虐文”了。

爽文会聚焦“史上最糟糕/最神奇的一天”，通过“虐渣（卖惨）—造爽”机制构成神转折，从而开启其“生命可以承受之轻”的娱乐模式。

而“虐渣（卖惨）—造爽”的转化机制，亦是从“史上最糟糕的一天”到“有生以来最神奇的一天”神转折的爽点制造、爽文创造和爽感建构的最佳方式：主角跌得越惨，触底反弹，积力蓄势，就越能蹦高、逆袭巅峰、扮猪吃虎、啪啪打脸，带来阅读兴奋期待和高峰体验。

天蚕土豆的爆款爽文《斗破苍穹》，可以说是这种“重体验轻娱乐”的典型。

天蚕土豆《斗破苍穹》的开篇，就没有选择萧炎“从光耀四方、璀璨夺目的天才突然一脚踩空、堕入废柴深渊”的测试日，以突显其“史上最黑暗的那一日”；也没有采用“成长仪式”这样重大的节点日期，以重点刻画其滞留于斗气三段已有三年的“有生以来最煎熬的黑暗三年”；更没有选择纳兰嫣然上门退婚这个“有生以来最耻辱的一天”这样的关键事件……而是选择了三年之中年复一年例行的“年度测试日”，来表现萧炎从天才沦为废柴（废材）、滞留于斗气三段已有三年、受尽家族内外冷嘲热讽的悲催人生。

看似寻常，却很奇巧。因为，基于整个《斗破苍穹》第一个大情节的谋篇布局，从这个“平常点”切入，可以勾画出萧炎的人生轨迹：从天才沦落为废柴，还在继续向黑暗的深渊滑落，暂时还看不到尽头，但马上就有可能触到人生的谷底……在成人仪式上如果还不能恢复斗气修炼之力、测试通过八段，就会失去家族的培养，沦为中下层家族服务人员——哪怕他是族长之子。这就为整个故事带来一个阅读期待的悬念：萧炎能不能、又如何迎来人生的拐点，可以触底反弹，扭转乾坤？

与此同时，这个“切入点”，又提供了一个着力点，构成“V”型人生触底反弹的底点、拐点和重新起跳点，亦即揭开萧炎从天才沦为废柴的事实、真相和秘密。因为，只有找到这个症结和根源，才能找到萧炎触底反弹、废柴逆袭、重返天才之路甚至攀登王者之巅的重新崛起之路。

选择这个三年之末的年度测试日，就为这个故事动机和意图，找到一个可进可退、可长可短的缓冲地带。因为，从它往前追溯，已是“史上最黑暗的废柴三年”，时间和体验积累足够；向后流变，在事态继续恶化、濒临崩溃（崩盘）、失序与失控之前，找到一个合情合理、合乎逻辑的拐点，为后面扭转乾坤的“神转折”留下足够的铺垫。

因此，从“什么事情都需要一个酝酿和发展的过程”这个角度来看，选择年复一年的年度测试日作为切口，寻找从天才沦为废柴、从废柴逆袭为天才的切入点、着力点和神转折之拐点，其实就为这种“V型人生谷底即价值洼地”，提供了“触底反弹”的良好基本面——吞噬萧炎斗气三年的罪魁祸首、同时又将是其未来金手指导师的药老，就顺理成章地出场了。

这也是“带节奏”的好方式。从年度测试日切入，以药老现身、揭晓废柴三年的真相，带动故事和阅读节奏。比如，从年度测试日为切入点，以药老揭秘为着力点，可以构成明暗两条节奏线。摆在明处的，就是废柴人生的下滑通道。剧中所有其他围观者“都不明真相”，一如既往地看待萧炎继续废柴的人生，以及可预见的未来结果——比如，成为家族的下层人员。但是，潜伏在暗处的，却是只有主角萧炎和配角药老，以及拥有全知全能视角的作者天蚕土豆和我们这些作为剧外人、局内人的读者——身处故事剧情之外，却被作者的谋篇布局裹挟，知晓洞悉了整个局面局势，甚至与作者/主角合谋做局、设局、布局，要做出格局甚至大格局——才会看到那条“逆袭线”已然出现，亦即：萧炎已经弄清楚了沦为废柴的原因和恢复为天才的路径，因此，在“众人皆醉我独醒”之中，悄然开启了自己的逆袭之旅。

正是有此明暗两条节奏线，《斗破苍穹》才能在主角“废柴—天才”的“V型人生”之中，建构起一种“虐渣—造爽”的转化机制——

当所有剧内人、局外人都在预期萧炎将继续废柴人生，甚至将滑落至人生的深渊，从而对主角抱以冷嘲热讽甚至最大的恶意和敌意之际，唯有我们这些剧外人、局内人才知道主角已然触底反弹，已然走上逆袭之路甚至可以攀越巅峰；

吃瓜群众越是势利、刻薄、讥嘲，反角、反派越是挤兑、侮辱、挑衅主角，以及亲友外援团越是为主角担心、愤慨和不知所措，主角就越是云淡风轻、不动声色和无动于衷……我们就越是拭目以待、积力以盼、蓄势以期；

当事件骤然爆发之际，扮猪吃虎的主角可以啪啪打脸，手撕纸老虎、拳打老王八，反超克敌、越境制胜甚至彻底碾压气焰嚣张、不可一世甚或实力势力强大的对手/竞争者和敌人，引爆我们的爽点愉悦流和爽感兴奋潮，“神清气爽”；

而且，前期主角被“抑”得越低，后期高潮就“扬”得越高；主角将对手虐得越惨，我们的阅读体验就越爽。

这就是从“欲扬先抑”的传统故事写法，到我们解读、诠释和建构的“虐渣—造爽”网络小说爽文转化机制。

这种“虐渣—造爽”转化机制，还需要一个引爆点和建构模式——特别是提供一个支点和杠杆，能够撬动整个故事的大结构。《斗破苍穹》采用的便是纳兰嫣然上门退婚事件和三年之约，来作为这个引爆点和撬动杠杆。

纳兰嫣然上门退婚，是顺着“萧炎是废柴”这个故事逻辑下来的：萧炎已然成为废柴，连成为萧氏家族的候选种子的资格都没有；纳兰嫣然却是比萧氏家族庞大不知多少倍的云岚宗重点栽培的弟子；两者本就“门不当户不对”，伴随着一废柴、一天才的现实情况，差距已经越来越大。

正是在这种预期和判断的情况下，纳兰嫣然才选择上门退婚。而退婚事件，相当于雪上加霜、火上浇油，甚至引爆了萧炎从天才沦为废柴的“史上最黑暗的三年”里那一直蓄势积力、喧嚣躁动、寻找着突破口与决堤点的暗流。它再次加速了萧炎在从天才到废柴的人生通道里的下滑，甚至，让其直接触到了人生的谷底和那更加黑暗的深渊：纳兰嫣然的退婚，让萧炎感到耻辱，让其父萧战和整个萧氏家族蒙羞（因为萧战是族长）；并且让本就是家族废物和笑柄的萧炎，在整个萧氏家族之中的处境更为艰难——纳兰嫣然退婚事件，将萧炎推到了人生恶化得不能再恶化的“最后处境”。

因此，少年除了背水一战，再无其他可能。置之死地，方能求得一线生机。萧炎主动休妻、订立三年之约，固然是势之所致、不得已而为之；但亦是主动出击、扭转乾坤、寻找生机之举——正是这种V型人生的主动触底，才能带来废柴逆袭的反弹之旅。

而这，才是“虐渣—造爽”转化机制的心理需求和建构逻辑。由此出发，从药老揭秘到三年之约，才能真正建构出《斗破苍穹》第一个大事件、大爽点和大情节的爽文故事：三年之约，上山雪耻！①

① 参见庄庸、杨丽君等主编：《爽感爆款系统：中国网络文学阅读潮流研究（第3季）》，华语网络文学智库丛书，中国青年出版社，2020年版。我们在这部专著中专门以天蚕土豆《斗破苍穹》为主要案例，解读、诠释和建构了这种从“废柴三年”到“三年之约”的“虐渣—造爽”之旅。姑且可以将此节内容视为那部专著的简介。

第四节　毁灭与新生：从“生死子宫”到“生命之舟”

但无罪在对《剑王朝》进行谋篇布局，引出一个大故事时，却完全把这一点错开了。

他甚至将这个“史上最黑暗/最神奇的三年”的事实、真相和秘密，锁进了像潘多拉魔盒一样的“故事迷宫”里，让我们自行在那间看不到的小黑屋中寻来寻找、猜来测去，就是找不到一点点蛛丝马迹。

除非是亲身经历过一切的丁宁自己来揭开谜底，否则其他人——哪怕是曾经最亲密的人皇后郑袖和未来最亲密的人长孙浅雪——都只能猜猜猜，甚至干脆一无所知。

事实上，无罪在《剑王朝》里就是这么做的。他把这个建构成了整个故事布局最大的一个“谜底”，就像是那个消失的亚特兰蒂斯一样，成了一块看不见的、气势磅礴的神秘大陆，并以此为基础和基石建筑了整部《剑王朝》的故事大厦。

就丁宁而言，这个“史上最黑暗/最神奇的三年”，其实不过就像一团看不见的鬼火，即使燃烧起来，也不过就是如孕育婴儿的子宫一样大——前世是王惊梦、今生为丁宁的少年，就是在这样一个比摇篮大不了多少、又比坟墓小不了多少的黑暗子宫之中孕育和生长出来的。

而且，最后真正能够将前世神魂和凡胎肉身融合为一的少年丁宁，还是被王惊梦最后修行的九死蚕之功和寄寓于长孙浅雪九幽冥王剑之中的一缕神魂激活的。

这是故事开始很久很久之后，甚至都快到最后一场大戏揭幕之际，丁宁才从唇齿缝间，一点一滴地渗漏出来，讲给皇后郑袖“这个丁宁一生大仇”的女人听的。

子宫既是坟墓亦是摇篮；生和死的时空旋转门，其实就是一个象征与隐喻。因为这种无形的纽带，母亲的子宫和宇宙的子宫就被比拟在了一起。地球就是一个母亲的子宫。那是生命的诞生之源，亦是死亡的归宿。它既是黑暗的，但也是温暖的。它极小，但也极大。小如一个摇篮——推动人类历史发展的手，就是推动摇篮的手。大如一个坟墓——在有史以来最大的“大洪水”灾难之中，可以埋葬地球上所有的物种，特别是被上帝判为有罪的人。

在小和大之间，它可以是一只不大不小的“生命之舟”：既可以象形为葫芦，从中重新生长出葫芦兄妹二人，然后繁衍出人类或者其他神奇的物种；亦可以雕刻出挪亚方舟，只载得到上帝私信的那一家人，以及他们能够带上的鸡鸭鹅牛羊猪所有“打包大礼盒”；还可以造成像电影《2012》里世界末日来临时的宇宙飞船，装上所有遴选出来的希望之子、所有有代表性的地球生物，以及所有物种的胚胎和种子。但无论如何，它都是在毁灭之中迎接新生，在绝望之中重燃希望。

王惊梦“毁灭和新生”成丁宁之前那“史上最黑暗/最神奇的三年”，亦是如此。它可以极大，就像宇宙最黑暗的混沌世界：不生不灭、无边无际、无始无终，唯有说“要有光，才有光”，才能像一条线一米阳光、一把剑一把斧刀，开天辟地，开创出一个全新的世纪。它亦可以极小，就像一枚精子和卵子的结合体，终于从细胞长成胚胎、发育成人，开始了一段新生。

整个议事大厅再次陷入死寂。

就连他们自己，都没有想到有王惊梦的巴山剑场和没有王惊梦的巴山剑场，会给自己带来如此不同的心理压力。

“一招好棋！”公羊戟的声音再次响起。

在这样的声音里，很多人抬起头来，迷茫地看着这名老人。

“我是说那九死蚕，或者说就真的是王惊梦。”

公羊戟有些自嘲地笑了起来：“元武为了灭掉他，便下论断说他并非九死蚕传人，而是九死蚕的重生。现在他便索性顺势而为，发这天下剑首令。”

“元武的论断，加上这天下剑首令，今后之天下，还有谁会怀疑他是九死蚕的重生？”

“九死蚕的传人和九死蚕的重生、王惊梦本身，说话的分量是不同的。”

——无罪《剑王朝》：第八卷 长生　第十二章 屈服

因此，丁宁所寄寓的黑暗世界，既像创世纪之前的坟墓，冰冷、残酷，带来毁灭整个世界的气息；但又像母亲的子宫，温暖、充满希望，孕育着摇篮曲一样动人的歌谣。但无论如何，这既是“生命的子宫”，亦是“故事的迷宫”。

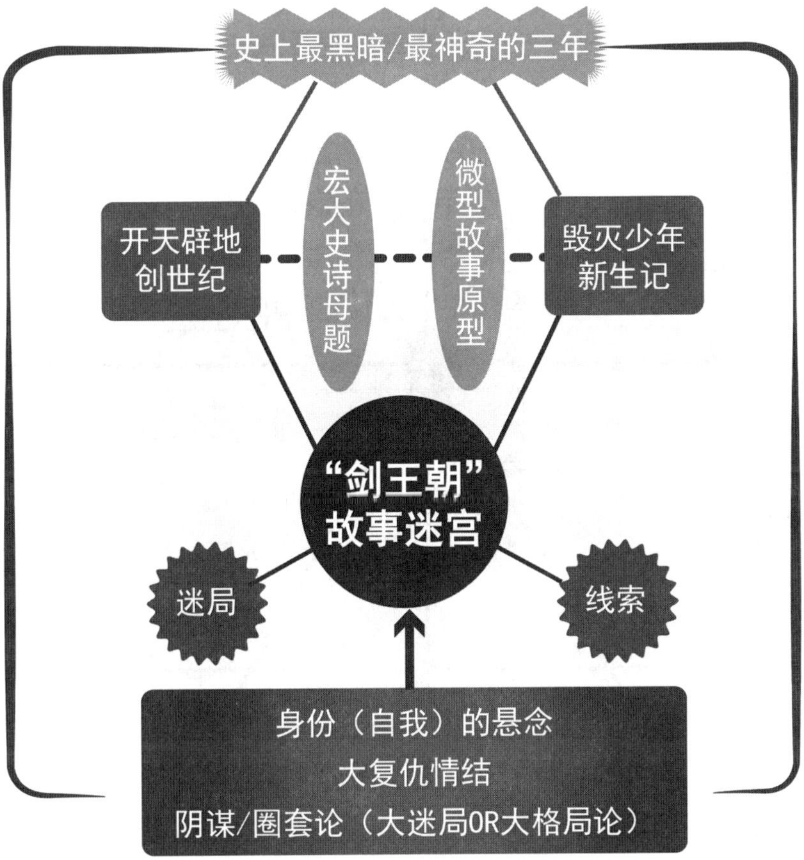

归根到底，无罪的《剑王朝》，就是根据这“史上最黑暗/最神奇的三年”，在“开天辟地创世纪”的宏大史诗母题和“毁灭新生少年记”的微观故事原型之间，建构起了一个“剑王朝”的故事迷宫——一如我们所说，“身份（自我）的悬念、大复仇情结、阴谋/圈套论（大迷局OR大格局论）”，构成了驱动这个“故事建筑（故事迷宫）”的轴心结构。

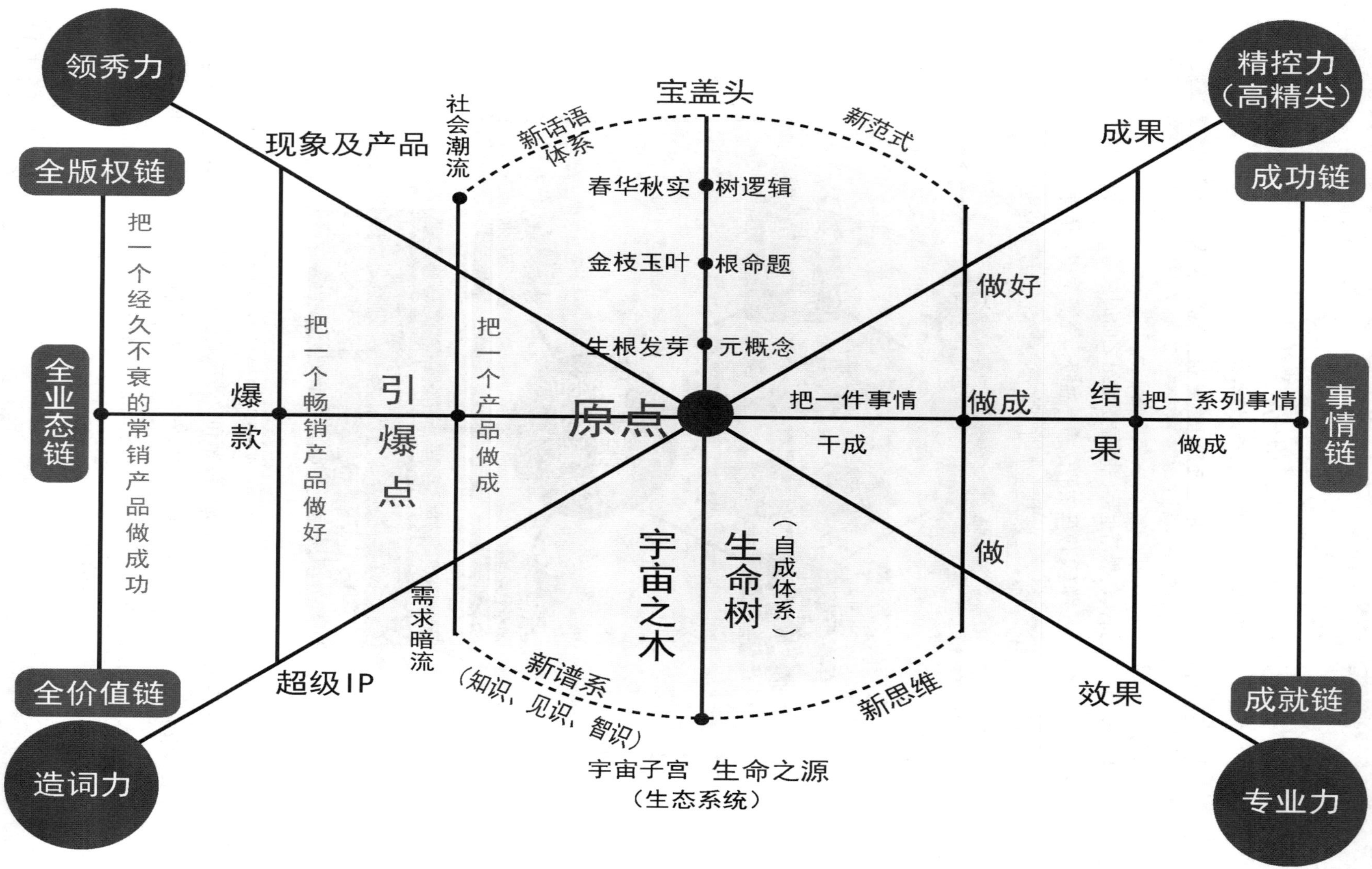

领秀力
精控力（高精尖）
造词力
专业力
全版权链
全业态链
全价值链
成功链
事情链
成就链
现象及产品
社会潮流
新话语体系
宝盖头
新范式
成果
春华秋实
树逻辑
金枝玉叶
根命题
生根发芽
元概念
做好
把一个经久不衰的常销产品做成功
爆款
把一个畅销产品做好
引爆点
把一个产品做成
原点
把一件事情
干成
做成
结果
把一系列事情
做成
做
需求暗流
宇宙之木
生命树
（自成体系）
超级IP
新谱系
（知识、见识、智识）
新思维
效果
宇宙子宫 生命之源
（生态系统）

选文悦读 无罪《剑王朝》：

酒铺少年—天下剑首重生之谜

第八卷 长生 第一百七十一章 怨会[①]

很多人都随即感知到了郑袖的存在。无论是在被火烧成焦炭的那片山林里沉寂等待着的申玄，还是休憩在丁宁身旁不远处营帐里的陈国女公子，全部都迅速地跟了上去。

但是很快，他们都放弃了。

因为无论是郑袖还是丁宁，他们都太快，快得超过常理。

快得超出常理，便意味着有超出常理的付出。

不只意味着真元以惊人的速度在损耗，同时身体还必须承担超过极限的真元喷涌。

这样的速度，每一个呼吸间都会让修行者的体内不断地出现损伤。

当感受着郑袖和丁宁的迅速远去，申玄和纪青清等人沉默无语。

若是以这样的速度逃遁，在逃到他们所能感知的极限距离之前，他们的真元和身体，恐怕就已经难以支持了。

然而郑袖还在逃。所以哪怕郑袖再怎么被逼到如丧家之犬一般，在修为和纯粹的力量方面，还是要超过他们这些七境中的强者。

只是一逃一追，便已经比世上绝大多数七境宗师之间的生死战还要凶险。

郑袖如白瓷般的肌肤上隐隐出现了许多血线。就在这些血线似乎将要渗透出来的刹那间，她的指尖弹出一颗晶莹如玉的莲子，弹在前方的空中，然后朱唇微

---

① 为保持全文体例统一，编辑将引用文章的章节名称和格式进行了统一。

启，衔到口中。

莲子在她口中化开，冲入胸腹，迅速令那些血线消失，让她的肌肤又变得莹润如最完美的白瓷。

当白瓷之中再次透出血线时，她的指尖便再次弹出一颗莲子，如此周而复始。

看似平淡无奇的过程里，不知道蕴含着多少的凶险和痛苦。但是让郑袖的眼眸越来越寒冷的，是她始终无法摆脱后面的那道风。

那道风每次都会被她拉得很远。但是当她体内真元将竭，当她身体接近极限，需要靠着灵莲莲子来修复的这段时间里，这道风却都能再追上来。

她明白，丁宁不会比自己慢。他的慢只是不想让身体出现损伤，因为他只需要跟上她，不丢失她的踪迹。

但他体内的真元总量呢，为什么也似乎无穷无尽？

比起很多年前，他的确已经有了很大的改变，变得比她想象得还要强。

当她的身体第七次出现血线，然后又因为含入口中的一颗莲子而血线再次消失时，她停了下来。

已经远离渔阳郡那一片雪峰。

她停留下来的时候，不远处有一片农舍，有一片杏林。

她穿过杏林，直接推门进了一间农舍。

这间农舍里有一名妇人，正在织布，身旁的摇篮里还有一名正在沉睡的婴儿。

“给我热汤。”

她没有任何多余的言语，冷漠地吩咐这名妇人。

平日里自然的威严，再加上她作为强大修行者所独有的气息，让这名妇人不敢有丝毫违抗，惊惧地开始生火，热起锅里的黍米汤。

她就在这名妇人原来的木凳上坐了下来，屁股上还有那名妇人残留的温度。

她只是这样安静地坐着，偶尔看一眼旁边摇篮里的那名婴儿。

但不知为何，那名已经惊慌无比的妇人更加心慌起来。原本准备用于搅拌黍米汤的木勺掉在柴火中都未察觉。

火苗才刚刚燃起。

掉落在柴火中的木勺被引燃了，开始绽放出明亮的黄色火焰。

有一阵风吹拂过来。

屋顶的茅草被吹落了一些，纷纷扬扬地洒到屋外另一侧的菜田里。

丁宁的身影出现在这间农舍的门外。

郑袖并没有带上门。

所以他轻易地看到了里面的一切。

他眉头微蹙，然后便直接往前走去，走进了这间农舍。

郑袖一动不动地看着他，看得很仔细。

丁宁也静静地看着她，然后在她的对面不远处坐了下来，带上了后方会涌入寒气的门。

“你为什么敢一直这样追着我？”

直到他坐下，郑袖才开口，说了这一句。

明明是不顾一切要拼命逃遁的一方，却说出了这样一句。

只是丁宁明白她的意思。

“你们胶东郡有个人告诉了我一个秘密。”丁宁平静地说道，“灵莲莲子虽然有着世上最佳灵药都不及的疗伤能力和一定的真元补充能力，然而每一次服用都会破坏我们修行者身体本身的复原能力。你的身体会变得越来越差，到后来你的身体会变得和纸一样脆弱。那时身上即便再有灵莲子，对你而言也是无用。”

“原来是这样。”

郑袖沉默了片刻，冷漠地说道：“你因为这点，所以不怕我利用灵莲子反杀你。”

“只有到真正将要杀死一个人的时候，才能看到她是否还隐藏着什么。”丁宁也冷漠地说道，“我要再夺掉你一件可以倚仗的东西。”

郑袖许久没有说话。

灶膛里的火焰旺了，黍米汤开始有了热气。

这名农妇是燕地最为普通不过的一名妇人。然而十几年前发生在长陵的那些旧事，却也是这世间最为轰动的事情，所以听着两人的这些对话，她都开始反应过来这两人到底是什么人。

她的浑身开始颤抖。

不是因为她自己而恐惧，而是因为传说中那名女人的冷酷。因为她的孩儿就在那名女人的身旁。

“很好的报复。很完美的复仇。想不到九死蚕可以让你变成一个截然不同的人。”郑袖突然笑了起来，笑得很冷，笑意里充满了讥讽，“世间有真正的亲密无间和心心相印吗？你当年为什么不告诉我九死蚕的秘密？”

“因为你的心气和别人不一样。”

丁宁却是很平静。他看着郑袖，回答得很直接：“你很有野心。在我看来，九死蚕对于修行者而言并不是很好的功法，很危险。我只是生怕你知晓九死蚕功法之后一定要修行。只是我没有想到，你的野心比我想象中的还要大，还要疯狂。”

郑袖微讽道：“你原来早就觉得我野心大。”

丁宁淡漠道：“人无完人，贵在包容，贵在以诚相待。”

“九死蚕到底是怎么样的一个东西？”郑袖看着丁宁，声音突然响了一些。

“你是在求我说，还是要以她们作为交换？”丁宁看了一眼那名妇人和摇篮里的婴儿，问道。

第八卷 长生 第一百七十二章 来生

“你说呢？”

郑袖没有回答他的问题，反问道。

丁宁很简单地一挑眉，根本不说话。

“人始终是会变的。”郑袖的手放在摇篮边上，手指轻叩着摇篮，用难得的柔声说道，“我想弄清楚你现在是一个什么样的人。”

丁宁依旧没有回话。因为他觉得这样的对话没有必要，而且很无聊。

郑袖却看着他，接着说了下去：“你当时可以因为长陵一些人的生死，而让自己去死。那如果你真是这样一个不惜牺牲自己的人，你可不可以因为这婴儿去死，或者让我活？”

“我觉得你从根本上就错了。”

丁宁冷笑起来。看着对方完美的面容，他却根本无法再想起当年任何甜蜜的事情，只有厌憎：“从来没有绝对无私和为了别人可以毫无选择地牺牲自己的人。任何选择都和自己的爱憎有关。当年我选择去战死，只有两个原因——一个是哀莫大于心死；一个是那些巴山剑场的人，本身就是和我生死与共的知己，是我的手足。所以即便是我死，我也想要他们活。然而现在燕境这一对母子，虽然无辜，但是我之前和她们并无深厚的感情。你说要让我为她们而死，原谅我没有这么无私。若是你一定要以她们的生死要挟我，那你也是元凶，我只能杀死你为她们报仇。而且放你这样的人走，会有更多像她们这样无辜的人因你而死。想必她也能够理解。”

丁宁的这最后一句话，便是对那普通农妇所说。

原本这名普通农妇已经恐惧到了极点，尤其是当郑袖的手指在摇篮上轻叩时，她更是浑身颤抖，甚至忍不住要动步，只是被丁宁平静的目光制止。

此时听到丁宁这句话，这名普通农妇的身体虽然依旧微微颤抖，然而目光里却陡然多了些其他的意味，甚至对着丁宁微微地点了点头。

郑袖沉默了许久，然后开口慢慢说道：“除了你之外，没有人真正知晓九死蚕的秘密。既然除了你之外无人知晓，那谁知道你是不是故意悲情，确定可以死后重生，然后变得更强？”

“我需要吗？”丁宁用看着白痴的目光看着她，嘲弄道，“我本已无敌，何必要死一次重修？若是换了你，你会放弃唾手可得的东西，然后冒险死一次然后重修吗？”

“只是为了让你更愧疚？你会因此更愧疚吗？这有意义吗？”

看着再次陷入沉默的郑袖，丁宁又补充了一句。

郑袖无法回答。

因为确实没意义。

“如果你还是和以前的那人一样，那我可以相信你。我可以求你……求你告诉我九死蚕的秘密。我会放过这一对母子。”郑袖慢慢地抬起了头，看着丁宁，“因为我的确很想知道九死蚕到底是什么东西。”

丁宁淡淡地看了她一眼，然后对着郑袖后方的那名农妇点了点头，又伸手将摇篮里的那名婴儿抱了起来，递给这名农妇。

这名农妇没有说话，满眼泪水，对着丁宁跪下磕了个头，然后迅速推门出去离开。

她的脚步声越来越远，直到完全消失。

这间农舍变得绝对安静下来。

郑袖开始喝热汤。

“如果从没有先例，没有师父教你，没有人试过，你只是得到了一部残典；典籍上记载，人在将死之时，修炼这门功法，便有起死回生的可能；你会试着修炼，试试它是不是真的具有这份功效么？”丁宁看着她，问道。

郑袖顿了顿。

因为热气而重新变得鲜艳的唇停留在粗糙的碗口边。

她认真地想了想，然后说道：“有可能会，可以获得重修的机会。”

丁宁摇了摇头：“所以你和一般人不一样。就算我得到了幽帝的传承，得到了九死蚕，甚至我完整地推敲出了九死蚕的修行方法，但是没有先例可循，甚至连幽帝自己都死了，未见重生，所以我心中对九死蚕的起死回生是根本不信的，又怎会以身相试？”

郑袖道：“所以你当年不告诉我九死蚕的秘密，也是觉得我和一般人不一样？你甚至担心我得到了这功法，便真的去试一试，生怕便就此失去了我？”

丁宁看了她一眼，没有回答。

郑袖冷笑起来：“既然觉得我野心大，又是如此疯狂之人，为何还要选我？”

“我和你说过，人无完人。”丁宁平静地说道，“即便是在李家和商家的事上，你已经快要触及我的底线，但我和你会面，我说过之后，你说会改，我便认为你真的会改。然而事实证明你心中并不是如此想的。那的确还是我错了。”

郑袖很长时间没有说话。

这样的对话让她想到了很多的事情。

然而她最终也和丁宁一样，觉得这些的确已经没有意义。

她的面容重新变得冷漠起来，然后道：“九死蚕的功法本身到底如何？你到底为何能够在焚身成灰之后复生？”

“若只说道理，也很简单。”

丁宁并没有犹豫，很直接地说道：“这种功法，可以像修炼本命物一样，让你截出一段气血，封存在某处。当修行者本体死亡时，精神意志便如寄于飞剑符文一般，转容于那段本命气血之中。”

“我和元武也想到有可能如此，所以才会用真火烧尽你的气血，然而却没有想过，截出的一段气血可以封存在体外某处。鲜活的生命物，又岂可长存？”郑袖看着丁宁，说道，“这在修行者世界的典籍里没有任何记载，就如鲜肉放的时间长了，自然会变成腐肉，恒久不变。这没有任何道理。”

“气血生命物，按理而言的确无法在离体之后长活。然而会有些特例，比如极寒下冰冻，存活时间便会变得长久。”丁宁淡淡地说道，“幽帝有九幽冥王剑。”

郑袖皱了皱眉头：“你的本命气血怎么会在公孙家大小姐的九幽冥王剑上？”

丁宁有些感慨地笑了起来：“她倾心于我时，我已有你。她为情所伤，离开长陵时，便问了我一句，若是今生已晚，若有来生，我会不会和她在一起。我便赠了她九幽冥王剑。”

郑袖道：“所以你当时赠剑时，一段本命气血便已被你封印在剑中。”

“我本不信九死蚕真能让人死而复生，所以赠剑时根本未对她说九死蚕之事。”丁宁平静地说道，“后来，你和元武以雷霆手段瞒着我灭了公孙家。她以为是我授意的，对我产生误解，却始终没有丢弃这九幽冥王剑。直至我在长陵战死，她才带着九幽冥王剑入了长陵。奇迹却真的出现了，我借此而生。”

“直至她回了长陵，你才借此而生？”郑袖目光跳动了一下，听出了端倪。

“九死蚕令意念不散，将其困于战死之地。当时的我不知身在何处，感觉就如始终被困在黑暗地下一般，无法脱困；就像始终在蚕蛹之中，无法破茧而出。直至她带剑回归长陵，要为我报仇，来我战死之地祭奠，封存在九幽冥王剑之中的气血才终于复苏，和意识结为一体。”丁宁淡淡说道，“气血悄然脱离九幽冥王剑；血肉重生，迅速结胎般化为婴儿，只是在人不察觉的河水畔数日的事情。然而等到我重新有意识，回头再询时，元武却都已经到了登基后的第四个年头。”

第八卷 长生 第一百七十三章 没有真正的长生

郑袖的睫毛微颤。

即便是她，也知道意识感知被困于无边的黑暗之中不能解脱，而且持续数年，是一种何等可怕的感受。

“昔日我得九死蚕时，幽帝早就成为传说。未有师传，没有例子可循，一切都是未知之数。但现在已经有了我为例，而且今日我已经告诉你我所经之事，如果我仔细告诉你九死蚕的修炼方法，你会选择修行吗？”丁宁看着她，平静地问道，“就算还有完好的九幽冥王剑给你，你敢换法重修，敢和我一样死一次吗？”

郑袖沉默不语，没有应声。

丁宁也不说话，只是看着她。

郑袖又沉默了片刻，摇了摇头，道：“不会，因为我不会将自己的生死控于别人之手。”

“所以你不会放心让任何人保管九幽冥王剑，你不会将九幽冥王剑交给任何人保管。因为真到了那时，拿着九幽冥王剑的人，就像捏着你的命。”丁宁微讽地说道，“所以告不告诉你九死蚕的秘密又如何？别说当年，就是现在，也是一样。”

“至少我知道了九死蚕的秘密。”郑袖冷漠地看着丁宁，道，“至少我知道九幽冥王剑已毁，九死蚕已经不可能令任何人死而复生。”

丁宁也冷漠地说道：“你可以试试这次能不能杀死我。”

“世上从没有真正的长生。传说中的九死蚕如是，祖山不死药也一样，还有我这灵脉仙莲，亦然。”郑袖抬起头来，自嘲地笑了笑。

丁宁冷笑着说道：“我从不求长生，只求无悔无愧。”

郑袖摇了摇头：“你真的能做到无悔无愧吗？”

丁宁平静道：“我能心安。”

郑袖喝了一口已经重新变凉的汤。她的指尖有一颗晶莹的莲子。

她在垂首擦拭嘴角的同时，将这颗晶莹的莲子含入口中。

这是她最后一颗灵莲子，也是她身体所能容纳和接受的最后一颗灵莲子。

她的动作很优雅，因为她知道丁宁不会阻拦。

他会在今日看着她用尽一切底牌。

精纯至极的灵气在她的体内以惊人的速度化开，如温和的泉水冲刷过她经脉的损伤处，并将那些损伤迅速抚平。

这对于修行者而言，是一种美妙的疗伤感受。然而这种美妙的疗伤感受之后，这些如温柔的泉水冲刷过的经络，那些被迅速抚平的损伤处，却是像失水的肌肤一样干枯，甚至硬化结痂。

当她再次抬起头时，这最后一颗灵莲子所化的灵气已经完全在身体里消失。

她气海深处的玉宫变得更加晶莹，然而却如最为坚硬的宝石，不再柔软。

一股莫名强大的死寂气息从极高的虚空之上坠落。

这股气息的强大，甚至使得这一方天地里地下那些冬眠的生物都复苏了，而且感知到了死亡的威胁。

许多蛰伏在地下的蛇虫纷纷从泥洞里冲出，尽可能地燃烧自己的生命力。

即便是那些冷血的蛇、鱼，它们体内的气血也都疯狂地流动起来，让它们在冰水里游动，在雪地里穿行。虽然用不了多少时间，它们都依旧会被彻底冻结，真正地死去。

“虫豸尚且不想死，更何况是我。”郑袖漠然而高傲地笑了起来，道，“我想再试试能不能杀死你。”

“若是能像真正的修行者一样对决，这才是快意恩仇。”丁宁淡淡地笑了起来，“当然我杀入长陵，便是想跟你和元武公平一战。若是被你们杀死，也是无憾。可惜直到此时，才终于迎来这样的时刻么？”

郑袖不再说话。

她的身体肌肤表面有无数星辉闪耀了起来。

就像无数颗晶莹的钻石，从她的身体肌肤里透了出来。

这一刻，世上很多修行者都感知到了。

在关中，长洛城里，徐福抬起了头。他看到天空里的星辰有许多颗都亮得耀眼。

在寂静行宫里的元武也抬起了头。

他一直没有什么剧烈情绪波动的脸上，此刻也出现了真正的震惊，甚至有一些恐惧。

他猜出了正在发生什么。他只是完全没有想到，郑袖会无法逃过丁宁的追杀。

他知道，今夜过后，恐怕整个天下又将彻底改变。

整个大秦王朝，恐怕会迎来没有皇后的新世界。

然而这样的改变，他还完全没有防备。他还根本没有准备好。

“开始了。”

在距离关中很远的胶东郡，林煮酒和张十五比元武更确定发生了什么。

张十五看着那些变得明亮耀眼的星辰，却是在感知高空里的另外一种意味。他有些感慨地对着林煮酒轻声说道："他的剑意很澄净。"

"我从来没有怀疑过他。"林煮酒笑了起来，"我从来不认为他的心意会因为曾经的旧情改变。"

相比张十五，他的笑容里更是有着无数的感慨意味。

因为他在大浮水牢里面陷了很多年，只是为一丝希望而活。

他甚至很清楚，元武和郑袖之所以让他活着，是因为要引出巴山剑场的余孽。

无论是徐福、元武，还是张十五、林煮酒，都是跟丁宁和郑袖关系很深、有着莫大联系的人。然而此时天下所有修行者中，对波动感知最为剧烈的，却是赵剑炉的赵四先生。

她和那名渔阳郡的无名燕宗师一样，退隐在某一个无名的山林。

然而就在此时，她身上红光乍现。

她抬起了头，确定了高空之中那柄小剑即将启用。

她笑了起来。

笑意比当时和丁宁公平比剑时还要灿烂，还要傲然。

世所认知的星火剑都自高空坠落，如星光泻地，带着不属于这个人世间的恐怖力量。

然而在这间农宅里，星火剑的力量却并非来自天空，而首先出自郑袖的身上。

郑袖的身影在空气里淡去、扭曲。

这种光影的扭曲，来自整个空间的空气扭曲。

她身上透出的那些如钻石般的光华，都变成了一缕缕真实的苍白色星火。

这间农宅在一刹那间变成飞灰，消失得无影无踪。

每一缕细小的星火，都变成了一柄小剑，冲向静立着的丁宁。

第八卷 长生 第一百七十四章 取剑

丁宁平静地看着她。他甚至都没有动，他的身体周围就出现了无数道围绕着他旋转的剑气。

这些剑气之间看似有缝隙，然而缝隙之后却依旧是极细的剑气。

一缕缕星火小剑冲击在这些剑气上，就如投入磨盘的米粒一般被碾碎，化为一团团微不足道的流焰。

末花残剑上细小的白花在生灭，这些星火小剑化成的银色流焰也在不断绽放、消失。

这是他的磨石剑意——天下最强的防御剑式。

甚至比当年郑袖所了解的王惊梦施展的这一剑都要强。

然而无论是郑袖还是丁宁，看着这些星火剑被这一道剑意挡下，神色却都没有丝毫的变化。

郑袖知道自己这一击杀不死丁宁，丁宁也知道郑袖不只是这样的一击。

当银焰依旧在丁宁的身周不停生灭时，郑袖的心神落在了那柄在虚空里漂流、在苍白色的星火中不断包裹淬炼着的小剑上。

这柄小剑开始坠落。

它瞬间破开这方天地的元气，随着星光，瞬间正式闯入这片天地。

轰的一声，天地震动。

一圈银色的光波在云层间往四方天地散开。

天空里就像是出现了一座环形的山。

而这山的中心，却是形成了元气的真空地带，只有一道孤独而冷漠的剑光在疯狂地坠落。

这道剑光上包裹着的星光和丁宁身外的那些银焰产生了莫名的联系。当它还在高空中时，有无数缕肉眼可见、如流水一般的星光，已经从那道剑连到了丁宁身外这些银色的焰光上。

丁宁身外游动的剑丝开始崩裂。

他皱了皱眉头，迅速反应过来郑袖的这道剑光何以拥有这样的力量。

一股恐怖的气压从他的气海处开始往外荡漾。然而就在此时，他却感应到了一件有趣的事情，皱紧的眉头瞬间松开。即将从他气海之中涌出的那股可怕的本命力量，也就此消隐下去。

郑袖被苍白星火映得发白的双瞳深处，出现了一点火红的光亮。

这正如那柄小剑剑胎最深处的剑核。

这柄剑她甚至瞒过了元武，是她留着当有一天需要和元武面临这样的决裂时动用。她没有想到，会这么早就被逼出来。

赵剑炉的真火是这人世间最烈的火。而她的星火，则是来自这天地之外，是绝对的寂灭。当这两种极致而绝对不同的火焰强行融合在一起时，必定会产生异常可怖的力量。她坚信这足以破开丁宁防御的剑式。

只是除了丁宁之外，此时这世上还有一个人不是这样想。

这世上有一个身材比她娇小的女子，但是一直被人尊敬地称为先生。

她就是赵剑炉的赵四先生。

这柄剑原本就是她的本命剑。

赵剑炉的人何等高傲。尤其是当她追循着她恩师的脚步，终于真正体会和达到她恩师当年所能达到的境界，甚至正在超越时，她又怎么可能不亲手收回这柄剑?

当这柄蕴含着郑袖所有希望的剑坠落到这个世间时，便也是她收回自己的剑的时刻。

赵四先生傲然地笑着。

她脚下的石地开始被她身上散发出的气息融化，变成滚烫的岩浆。

那柄疯狂坠落的小剑在她的感知里变得无比清晰。

在那柄小剑剑胎最深处的剑核里，红光开始往外蔓延。

“回来！”

她一声低叱!

这声音并不响亮，却无比决烈。

不只是她体内的真元，就连精神和生命力都似乎在这一刹那彻底燃烧了起来，和那柄小剑完全连接。

噗的一声震响。

天空里那座环形的元气山瞬间震碎，变成无数的碎云。

中心那道剑光突然红得耀眼，红得如同一个巨大的熔炉在空中生成。

那种红到令人无法想象的光焰，将苍白色的气焰和银色的星光一齐往外排。

郑袖的身体骤然颤抖起来。

这柄小剑此刻即是她隐匿已久的真正本命剑，但同时也是赵四先生的本命剑。她和赵四先生之间，此时是真正以本命相争，就像是双方都在血肉撕扯。

这一刹那，她的力量不至于输给赵四先生。

然而她无法相持。

因为赵四先生真正地将自己的生命狂热地押了上去。

赵剑炉的剑意，便是如此不惜一切。

她可以清晰地感知到，赵四先生宁愿失去自己的性命，也一定要夺回这一剑。

她想活。

她无法和赵四先生同归于尽，来争夺这一剑。

所以就在这一刹那，她失去了这柄剑。

红到令人难以想象的小剑骄傲地穿出了苍白色的火团，拖着巨大的滚滚焰尾，飞向远方，飞向赵四先生的所在。

那一股恐怖到极点的力量，就变成了一个笑话，如同变成了一个漏气的皮筏，在空中乱舞。

星火灿烂，天空盛开最浓烈艳丽的烟花。

丁宁仰头看着这样的怒放。

他纯粹成了一名看客，根本不需要自己应对郑袖的这一剑。

怒放的烟花下，郑袖的面容无比黯淡。

她无法说这一战不公平。

因为这柄剑里的许多力量，本身就不属于她。

而且这一剑的失败，只在于她没有完全征服这一柄剑。

“还有什么？”

丁宁没有看她。他仰着头，安静地问了这一句。

灵泉仙莲也已无用。暗中炼制已久的本命剑还未施展就已经被赵四先生取回。

还有什么？

如果还有什么的话，那这次也只能拿出来了。

丁宁平静的这一句话里，却蕴含着说不出的讥讽、说不出的威势和快意。

因为郑袖最难对付的地方，就在于她永远有底牌。

那现在还有么？

郑袖冷漠地看着脚下的地面，没有回应。

高空里有一道明亮至极的星光光柱落了下来，落向丁宁。

与此同时，她的身体往后掠了出去。

丁宁出剑。

他体内刚刚透出的那股可怕的本命气息，就如真正的恶兽冲出了体外。

这是他第一次真正地全力动用九死蚕和大刑剑的力量。

这方天地间响起了无数细碎的恐怖吞噬声。

这一道无坚不摧的剑光，如同附带着无数看不见的细蚕，将沿途的元气，甚至连寂灭的星光都吞噬得一干二净。

剑光瞬间到了郑袖的身前。

郑袖身上的衣衫瞬间碎裂，变成飞灰。

她身无寸缕的完美胴体，暴露在冰冷的空气里。

第八卷 长生 第一百七十五章 最后的手段

天地元气撕扯不安，在郑袖紧致细密如白瓷的肌肤上切出淡淡的血痕。

她的身体，对方并不是没有见过，甚至十分熟悉。然而此时的境地，却只是让她感到羞耻和愤怒。

这是真正的最后一块遮羞布的扯去。

一名女子再如何高贵，当她身上蔽体的衣物都不复存在时，那她和寻常的女子也没有任何的区别。

丁宁的眼瞳深处倒映出这完美的胴体。然而他没有任何犹豫不决，往前斩出的大刑剑瞬时拍出。一股新力随着他双脚的猛踏地面，如火山爆发般从他的身体里涌出，顺着手上的本命剑拍击出去！

轰！

他和郑袖的身体之间，如有一座巨山被他直接拍碎。

郑袖一声厉啸，有一股令人心悸的气息从高空中垂落。七颗银色的光星浮现在她的身前，源源不断地牵引着高空之中落下的星辰元气。

然而这七颗银色的光星却依旧无法阻挡丁宁这一剑的力量。

在下一刹那，七颗银色光星直接崩裂，化为无数笔直的银色射线。

噗的一声。

她喷出一口血雾。

她洁白的身体在空中翻转不停，如被狂风卷起的树叶般脆弱……身上沾染星星点点的血迹。

丁宁的身体破风而行，右手持大刑剑。大刑剑在身前，破开所有穿梭在身前的银色射线。他左手并指为剑，牵引着末花残剑。

这柄残剑燃烧着前所未有的斗志，盛开着无数洁白的细花，已经先于他再度到了郑袖的身前。

郑袖看着这柄刺向自己心脉处的残剑，脑海之中出现了这柄剑的主人嫣心兰昔日的模样，只是一息之间还充满耻辱和愤怒的眼眸却再次变得毫无情绪。

她的身体表面荡漾起一层柔光。

残剑刺到她胸口双峰之间，却被这层柔光所阻。

她的身体似乎变得更轻，被这柄剑的剑气推动，以更快的速度往后倒飞。

沿途不管是农舍，还是树木，全部被她光洁的后背震得粉碎。

她的身体似乎和这柄残剑连接在了一起。这柄残剑上的力量，却是从她的身体后方不断地透出。

丁宁知道为何会产生这样的异状。

这是灵虚剑门的明净剑身，是世间卸力和借力最强的法门，从某种意义上而言，甚至要强于他的磨石剑经。

只是在此之前，灵虚剑门经历十余代，也根本未有什么天赋高绝的修行者能够领悟和运用这道法门。谁会想到这道法门会在郑袖的身上出现。

若论天赋，恐怕丁宁自己也未见得胜过郑袖多少。

她的确是胶东郡等待数百年才等到的天才，胶东郡最终也将一切宝都押在了她的身上。

只是这样看似牢不可破的明净剑身，在此时丁宁的眼里也绝无用处。

他只是以力破法。

天地间又是轰的一声巨响。

他手中的大刑剑带着他全身的力量，狠狠敲击在末花残剑的剑柄上。

就如一柄巨锤，猛烈地敲击了一下钉在郑袖胸口的钉子。

当力量完全不在一个等级时，任何的法门就已经失去了意义。

残剑再往前一寸。

只是进了一寸，便刺穿了郑袖身外的柔光。

粗粝不平的剑身断口刺入了郑袖双峰间的血肉。一缕鲜血在白瓷般的肌肤上流淌。

那种暴戾的剑意，已经穿入她的身体。

丁宁的身体受到强烈的反冲力，微顿在空中。

即便是如此压倒性的优势，郑袖所体现出来的实力，依旧出乎了他的意料。

只是还有什么能够改变最终的结果?

除非她能够在这战时突破到八境。

前面的追逃，那些灵莲莲子的动用，已经让她身体的机能开始衰败。再加上此时这一剑，她怎么都不可能瞬破到八境。

然而直到这种时刻，丁宁都依旧保持着强烈的警惕。

因为他比任何人都了解郑袖。他觉得郑袖还没有最终绝望。

他的直觉认为，郑袖还有最后的武器没有动用。

而他，便是要将郑袖这最后的东西压榨出来!

郑袖的身体重重坠地。

她身上的伤口越来越多，血流得也越来越多。

她很疲惫，也很困。

最为关键的是，她身上连蔽体的衣物都没有。这一切的狼狈，更无法掩饰。

然而就在这时，她还是冷漠地抬起头，看向丁宁，然后开口道:“你知道当年我为什么那么极力支持你建造长陵那些角楼吗?为什么当墨守城死后，我便又不惜损耗惊人的人力物力，修筑了长陵的城墙？”

丁宁微微蹙眉，没有回答。

郑袖看着他摇了摇头：“并非惧怕长陵沦为战场，后来的城墙也并非为了防卫，而是为了有可能出现的今日这样的境地，是为了能让我在这样的境地之下回归长陵。”

当她的这句话响起之时，她的口中发出了一声碎音。

她的一颗牙齿碎裂了。

牙齿的中心，是一根细小的晶柱，一根篆刻着肉眼难以看清的符纹的阵法枢。

在她牙齿的碎音响起的瞬间，这根晶柱也开始化成粉末，开始瓦解。

那些淡薄的元气，却是如回归星空一般，瞬间和星空之中的数颗星辰产生了感应。

在遥远的长陵，所有的角楼震动起来。

在所有的角楼之上，所有的阵师惊骇地看到，所有的法阵以一种他们没有接触过、难以理解的方式开始自行运转。

一道道光束从这些角楼的顶端射向高空。

那道围绕长陵新修的城墙上散发出异样的气息，和这些光束形成了一个巨阵。

“除却你的力量本身，费尽最后的手段回到长陵，还有什么意义？”就在这时，丁宁却是平静地看着郑袖，问了这一句。

当他的声音响起的瞬间，郑袖体内的气海处发出了巨大的崩塌声。

她光洁的小腹处的肌肤，产生了诡异的如漩涡般的旋转。

她气海的深处，玉宫碎裂崩塌。

这意味着她的修为近乎全废。

无数的璀璨星光从她的全身涌起，笔直地往上方的无尽高空升起，带着她的身体都往上飞了起来。

这一刹那，她似乎要变成星辰，飞向星海。

不到最后，无论是什么样的修士，都不会舍得废弃修为而逃生。

只是丁宁却不想就此看着她消失在眼前，就此逃离。

他之前没有马上出手，是因为他一直在调动所有可以动用的真元和元气。

他就在此时出剑。

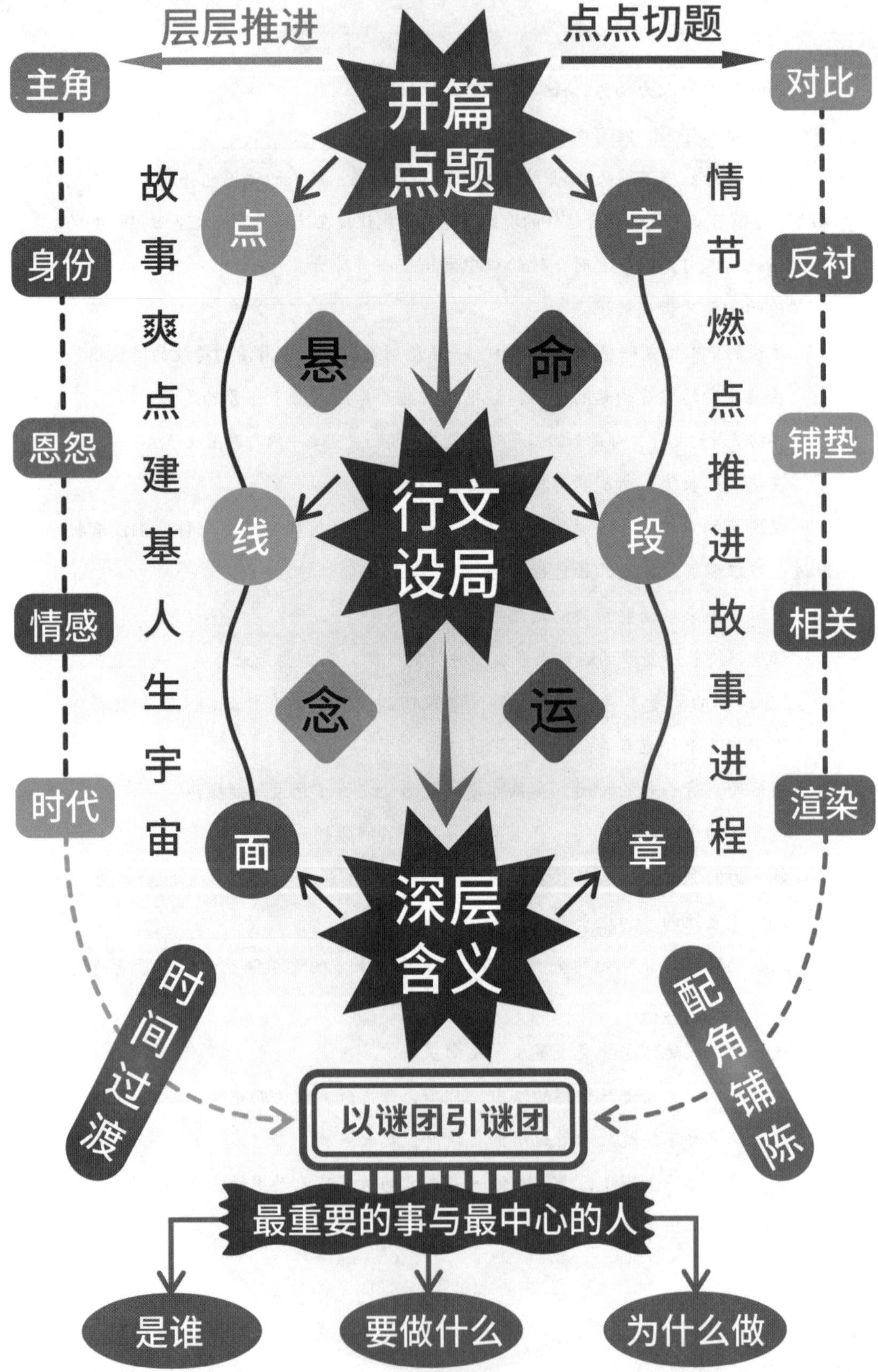
层层推进
点点切题
开篇点题
主角
身份
恩怨
情感
时代
对比
反衬
铺垫
相关
渲染
故事爽点建基人生宇宙
情节燃点推进故事进程
点
线
面
字
段
章
悬
命
念
运
行文设局
深层含义
时间过渡
配角铺陈
以谜团引谜团
最重要的事与最中心的人
是谁
要做什么
为什么做

第五章

奇迹男孩

从《将夜》到《哈利·波特》

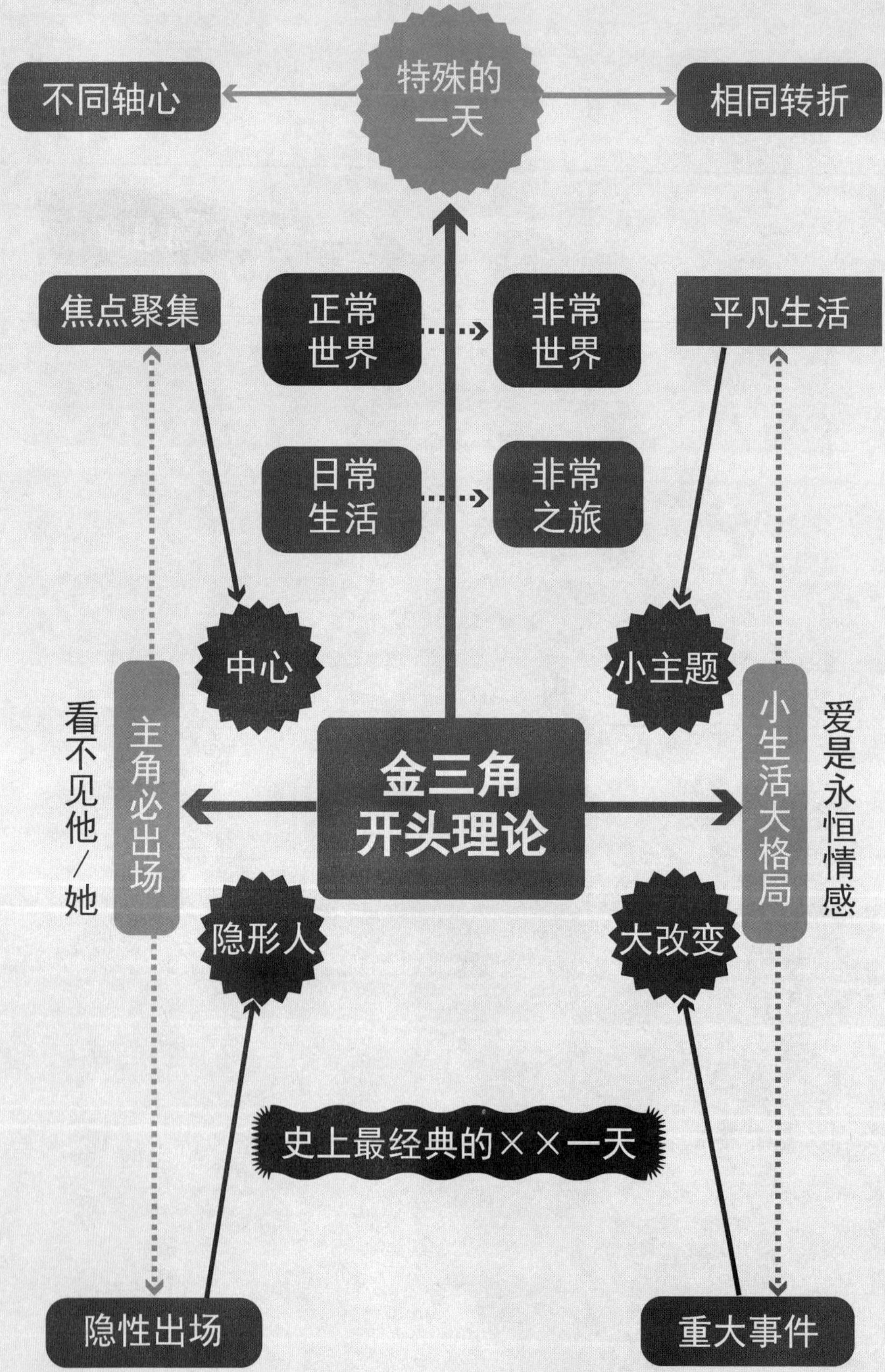
特殊的一天
不同轴心
相同转折
焦点聚集
正常世界
非常世界
平凡生活
日常生活
非常之旅
中心
小主题
看不见他/她
主角必出场
金三角开头理论
小生活大格局
爱是永恒情感
隐形人
大改变
史上最经典的××一天
隐性出场
重大事件

与《剑王朝》不一样的是，猫腻《将夜》是以“史上最糟糕（最黑暗）/最神奇的一天”来谋篇布局的。

这种模式聚焦于“史上最糟糕/最神奇的一天”，把这一天“如何最糟糕/最神奇”撕开了“演”给大家看：既把这一天最糟糕/最神奇的场景和景象还原了出来；同时，还撕开了一条裂缝，让人可以偷窥那隐藏在黑屋子里的价值和意义。

它就像蜡烛的一抹光亮。虽然若隐若现，“千呼万唤始出来、犹抱琵琶半遮面”，让人难以偷窥到真正的事实、真相和秘密。但毕竟就像茫茫航海之旅中的灯塔，给人提供了一抹光线的指引，让人不至于在暗礁起伏的阅读海域，迷失了方向。

或者，就像“魔幻迷宫”的金毛线球，为你提供了从入口到出口的蛛丝马迹，让你可以行走于重重迷雾和曲折幽深的故事迷宫之中，而不至于在各种拐点和节点之外，掉入“故事的陷阱”。

即使作者在故事的谋篇布局里“草蛇灰线，伏脉千里”，我们也要在成百上千章节甚至数百万字之后，才能逐渐体会到作者在开局立意之中就“挖下的坑”；以致我们只有回过头去重读，才会真正明白那隐藏于“史上最糟糕/最神奇的一天”所发生的事件之中真正的意义与价值。

猫腻《将夜》可以说是将这“史上最糟糕/最神奇的一天”所隶属和隐藏的宏大世界观设定“大设计”得最典型的一部网络文学作品。

和J.K.罗琳《哈利·波特》系列基于开篇“史上最日常/最不寻常的一天”，架构设计出一个气势磅礴的魔法史诗世界观，有着异曲同工之妙。

我们提炼了一个“金三段”理论，用来概括这种“开篇”的奇妙之处。就像“程咬金三板斧”似的，仅三斧，就能劈出一个天地出来。

《将夜》和《哈利·波特》的开篇，都聚焦于“不平常的一天”，而且是“史上最不平常的一天”。

《哈利·波特》是聚焦于连名字都不能提一下的神秘人“伏地魔”，被襁褓之中的男主角哈利·波特“击败”的那一天——这导致了整个魔法史上的“拐点”。从“史上最黑暗的岁月”，转入了“史上最平和的时期”。这以哈利·波特额头上的那一道闪电似的伤疤作为新的历史起点。

而《将夜》则聚焦于传说之中的“冥王之子”降临世间，诱发了一系列非常事件，从而改变了整个天下的格局。

对于这“史上最不寻常的一天”，《将夜》是通过这种“金三段”理论来呈现的。①

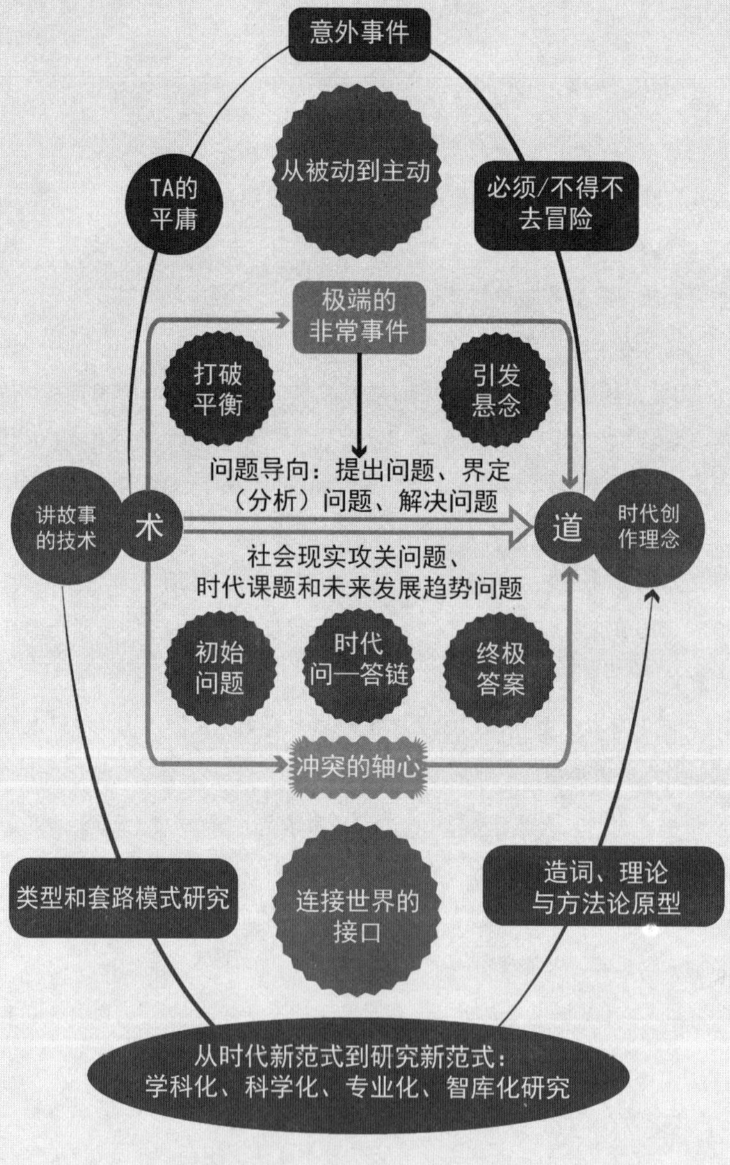

① 参见庄庸著：《奇迹男孩：〈将夜〉和〈哈利·波特〉的故事思维》，《网络文学评论》，2019年第4期。

第一节 看了一眼：史上最令人恐惧的黑线

《将夜》开篇就聚焦于来自四大不可知之地的“天下行走”（严格地来说，书院大师兄李慢慢只是代替“天下行走”），也就是这部作品最核心的四大修道势力所派出的“使者”：知守观、悬空寺、魔宗以及书院二层楼。

而且，一道荒原上突兀而出的“浅沟”，就像一条不可逾越的黑线，将这四个人分到了两边。

一边是知守观的叶苏、悬空寺的七念、魔宗的唐。

即使他们来自传说中的不可知之地，是世上所有年轻俊彦都仰望崇拜、试图超越又难以企及的目标和楷模——比如叶苏就是“比男主角宁缺还要杰出的侪辈叶红鱼、隆庆皇子”一辈子都难以企及的高峰——而且他们本身也是如此骄傲和强大，也“不敢跨过那条黑线”。

> 没有人敢踏过那条黑线、那道浅沟，即使是骄傲而强大的他们。
>
> 蚂蚁能爬过，长肢虫能跳过，黄羊能跃过，鹰能飞过，只有人不能过。
>
> 正因为是人，所以不敢跨过。
>
> ——猫腻《将夜》：第一卷 清晨的帝国　开头

但另一边却是书院的大师兄——李慢慢。他就在“那道他们不敢跨越一步的黑壑那头”，一直坐着，朝向都城。

他只是一个“书生”，穿着草鞋破袄、身上积满尘土但仍然显得干干净净的书生。书生给人的感觉向来都是“手无缚鸡之力”，但是，让所有来自不可知之地的天下行走都畏之如虎、不敢逾越方寸的那道黑壑所代表的强大与森严，对他来说“无感”——不是对这种强大和森严没有“感觉”，而是“你牛我更牛、你强我更强”。书生精神和实力的强大，完全可以抗衡、抵消甚至超越那道黑壑所带来的威压和森严。

这其实也代表着书院的强大——从夫子“平视昊天”，最后“登天战之”，到小师叔“虽千万人吾往矣的蔑天、抗天”的浩然之气，再到二师兄以一把铁剑斩天下……这股书院的精气神一脉相承。

面对这道黑壑所代表的不可知的强大和神秘，一观（知守观）、二寺（悬空寺）、三门（魔宗山门）和书院二层楼四大不可知之地的天下行走，表现出了两种不同的态度。

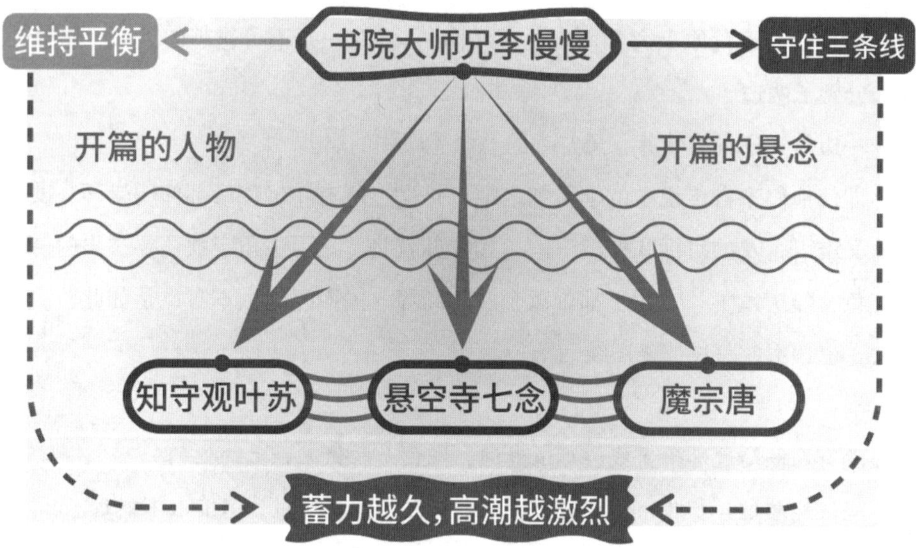

书院大师兄的态度是略写：在黑夜将至时，他一直就在黑壑那边坐着、看着，直到另三人已经远去，直到那条黑壑已经被风沙填平，他才站起来，拍拍尘土，准备走人。在临走之际，他“最后看了眼都城方向，方才离开”——正是这“看了一眼”，旗帜鲜明地表明了书院的态度。

书生李慢慢，是代表书院的大师兄，于冥王之子现世、天下风云际会的时刻，显身于荒原，并且位于那三位天下行走都不敢逾越一步的黑壑那边。

他站出来，就是书院的态度。

第一，他受夫子的安排，来查探此事。这本身就是不可知之地书院二层楼的一种态度。

第二，比其他三个天下行走都要牛的书院大师兄，守住荒原；比几层楼还要高的夫子，看住长安——这是冥王之子降世的两个关键点。两点成直线。师徒俩扼住这两点，看起来就像维持住了一条均衡的线。

这条线是什么呢？就像其他三个天下行走都不敢跨越一步的黑线，将一观一寺一门二层楼分成了两个截然不同的世界。书院要守住的，其实是三条线：冥王和昊天的白昼与永夜的黑白分明的边界线；冥王和昊天所代表的神明世界和人世间的分水岭；俗世蚁国之中修行世界（飞蚁）和人间俗世生活（蝼蚁）的交通线。

大师兄最后看了一眼都城长安的方向，并不是无意所为，而是有意为之。因为，每个生命都把长安当故乡。所有界限的汇聚和转化，都聚焦于长安。就连所谓的昊天，或者冥王，都将其游历人间的起点放在长安。

何况，当下天下行走汇聚的焦点，在荒原；但真正风云际会的交汇点，却在长安。一观一寺一门，三大不可知之地的天下行走，都汇聚在荒原，试图查探冥王之子降临的秘密，最后观看的却是蚁国战争。代表智慧的光明大神官卫光明却预测，冥王之子现世的具体地点必在长安城内外；甚至不惜冒天下之大不韪，以及制造道门西陵神殿和大唐的紧张关系，策动了长安城灭门惨案——这些也被夫子看在了眼里。

书生李慢慢在荒原“看着”，夫子在长安城“看着”——“看着”就是书院的态度。在没有确定自己的真实想法和更好的行动策略之前，书院的基本态度就是“看着”。这种看着不是消极的、怠工的，而是联合一切能够联合的力量、培育一切能够培育的种子、创造一切能够创造的条件。

尤其是放在前史——书院小师叔柯浩然对抗昊天而又毁于昊天之后，和转折点——夫子化月、邀天一战并和昊天僵持不下——之间来看，“看着”就是在蓄势。就像弹簧一样，积蓄自己的力量。蓄力越久，反弹越强。

正是由于这种看着的力量积蓄得够多够久，在夫子升天之后，《将夜》才真正进入整部作品的高潮阶段：举世伐唐，与天力战。

第二节 生死门：

史上最不寻常的事件

正是这“看着”，让整个叙事的视角，转向了第二段论：这史上最不寻常的一天，发生的非同寻常的事件。

这一非同寻常的事件，在这“史上最不寻常的一天”，却是以再寻常不过的方式发生。

因为，它发生在俗世，发生在都城——从“荒原”那不可知之地不可知之人查看不可知的异象，转向都城长安长巷的府邸，发生了一件事后看来影响深远——至少是改变了男主角宁缺和女主角桑桑一生的大事：将军府“死”，通议大夫府“生”。生死衔连，犹如太极的阴阳和黑白。生死一门相隔，首尾衔接，这或许特别具有中国古典哲学的意蕴。

而且，在这第二段的非常事件发生时，作者一直在用“旁观者”的视角，由外向内推移：先是作者作为第三方的“全知全能的上帝视角”，描述通议大夫家待“生”之喜景，又通过“府内所有人脸上的喜悦神色总觉得像是掺杂了某些别的情绪”，勾连出宣威将军府等“死”之哀情。生死勾连，确实是近在咫尺，触手可及；但生死相隔，远在天涯。

然后，又通过大夫府管家的视角，描述他偷窥和偷听到的景象和声音：那些“骨碌碌如西瓜滚动”的人头落地声，“乌黑、黏稠”的肆意流淌的鲜血，以及亲王府家将追查逃脱之人的马蹄声、叱喝声、门被粗鲁砸打的声音。所有的景象和声音都直指一个残酷的命令：“一个都不能少！”竟是真的要将宣威将军府“满门抄斩”。

从通议大夫府管家短暂的“第三方偷窥的视角”，最终又转回到了作者全知全能的上帝视角。我们看到了柴房内宣威将军府老管事、少爷以及“门房的儿子”三个人正在发生的故事……此处省略两千五百字，全是伏笔。

最终，“看见柴房内倒毙的老少二具尸体，进行查验之后，那名校尉犹有余悸地大声报告道：‘一个不少，都死了。’”

于是，本文的最大悬念产生了。那第三个人哪去了？难道是管事老爷和门房的儿子做出了最后的牺牲，让宣威将军的幼子终于成功地逃了出去？

大多数都是这么想的。因为我们看不到真相。

书院大师兄最后往都城方向看了一眼，大概就是想看清真相。

这一“看”，就将荒原上“天降异象”的史上最不寻常的一天，和都城长安“有人满门抄斩、有人全家接生——有人生有人死”的俗世非常事件勾连起来了。

然而，它们两者有关联吗？一个是修行世界，一个是俗世蚁国；世外和俗世两个世界，鸡犬之声可以相闻，但老死不相往来。

作者猫腻对此的描绘非常意味深长：

> 于是俗世不曾知晓俗世外发生了什么，世外的人也不会理会俗世里正上演着一幕幕生离死别或新生喜悦，更不会关心屠夫的秤少了斤两，酒徒家里的窖被老鼠噬出了泥洞，朝廷死了个宣威将军，某文官生了个女儿。
>
> 两个世界的悲欢离合从来都不相通。
>
> 若能相通，便是圣贤。
>
> ——猫腻《将夜》：第一卷 清晨的帝国　开头

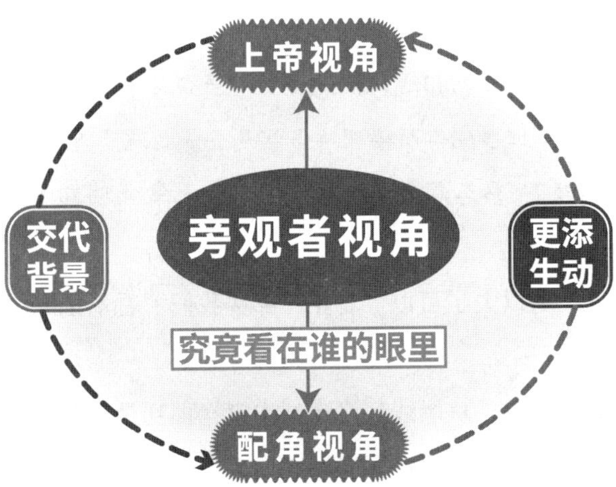

屠夫、酒徒、宣威将军、女儿……这里挖下了好大的四个坑；坑里全是纵横交错的网络；网络里全都是伏笔。

但它们全都被“看”在夫子的眼里。

第三节 几层楼：

史上最牛掰的吃货

当夏侯大将军和亲王李沛言策动了长安城宣威将军林光远府（也就是主角之一宁缺寄居之地）满门抄斩案，同在一巷东西相邻的通议大夫府（也就是主角之二桑桑降世之所）却生了个女儿，阖府紧张；一生一死之间，比几层楼还高的夫子，一直“看着”。

世外修行和俗事蚁国，怎么可能“从来都不相通”？修行世界就在俗世蚁国之中。俗世蚁国，大道何为，乃是根本问题。只不过，少有人“看穿”而已，甚至能够“相通”。夫子能够看穿，能够相通，所以是圣贤。

或许是对这一段的注脚，在第二卷第五十九章里，宁缺和莫山山在荒原修行时，曾经议论起这个问题——然后，将它点穿并补充完整了。

> 莫山山看着他说道：“世间曾经流传一句话，俗世与世外这两个世界的悲欢离合从来都不相通。若能相通，便是圣贤。”
>
> 大概是想起老师曾经流露出来的唏嘘感慨，以及修行世界里关于那位的传说，她的神情微微一凛，继续说道：“若能相通，便是圣贤。虽说烂柯寺长老曾经说过夫子坚决不承认自己是圣人，但书院二层楼理所当然是圣贤之地。”
>
> ——猫腻《将夜》：第二卷 凛冬之湖　第五十九章 大明湖之钓

在世外和俗世两个世界相通，所以夫子可以“看见”那些我们“看不见”的东西。

不但可以“看见”那荒原天降异象，从黑线到浅沟到沟壑，再到最后被风沙填平，到底发生了什么；也“看见”了从宣威将军府到通议大夫府的柴房，到底发生了什么；两个世界的悲欢离合在夫子身上相通。于是，才有了夫子那看远时的一声感叹、望天时的一句点评，以及“略一沉默”中的无限悲悯。

这一处，便是第三段论，仍然用的是作者全知全能的第三视角，让我们用等同于作者的第三方视角注视，看那幕起，第三场戏演，夫子“本色”出演——说他“本色”，是因为夫子一出场就是个“吃货”形象。虽然这个“吃货”只是蜻蜓点水、点到为止，但仍然字落神韵成，余音袅绕，三日不绝。

迎风摇晃行到一处山洞外，高大男子坐了下来，打开食盒，取出筷子，夹一块姜片送入唇中仔细咀嚼，又拈两片羊肉吃了，满足地叹息赞美一声。

——猫腻《将夜》：第一卷 清晨的帝国　开头

在第三个场景里，《将夜》渐次舒展了三个层面的画卷。

第一卷，就是“三人行”。他“望着都城某处，感慨说道：‘我仿佛看到当年的你。’”这个都城某处，是何处？长巷宣威将军府，还是通议大夫府？抑或是府中老管事、宣威将军之子和另一个小男孩“门房的儿子”所在的柴房？这又是另外一种“三人行”！

柴房中发生了什么既在意料之外又在情理之中的非正常事件，让夫子“仿佛看到当年的你”。

这大概是《将夜》在开篇中埋下的一个核心伏笔。犹如“草蛇灰线”，游行千里，等到几十万字甚至上百万字之后，才逐渐揭开谜底。比如，柴房中的非正常事件，让大师兄李慢慢都“最后看了眼都城方向”，并承认自己看到了一个“生而知之”的人。甚至很多人也都猜，在柴房发生的非正常事件中，必然有一个小男孩，会成为我们预料中的主角——宁缺。

只是大多数人猜中了开头，没有猜中结尾。宁缺后来“裸露”自己的心扉，将自己在柴房中抉择的心迹暴露于众目睽睽和阳光底下；在书院登山和无数次修行破境，面临拷问时，其心境与意志都一以贯之。这些都可以用“三个字”来形容：凭什么？

正是这“凭什么”三个字，让宁缺和书院小师叔产生了精神上的羁绊，最终承传了他的衣钵——浩然剑，并让浩然之气充斥于天地元气之间——这不是那种我们常以为的“凛然正气”“浩大光明”，而是：凭什么？不屈、不服、不折、不挠，敢与人斗，敢与地斗，敢与天斗。这种“不服即来战”“不爽就要怼回去”的抗争思维，从古到今，都是中国人典型的民族特性之一。

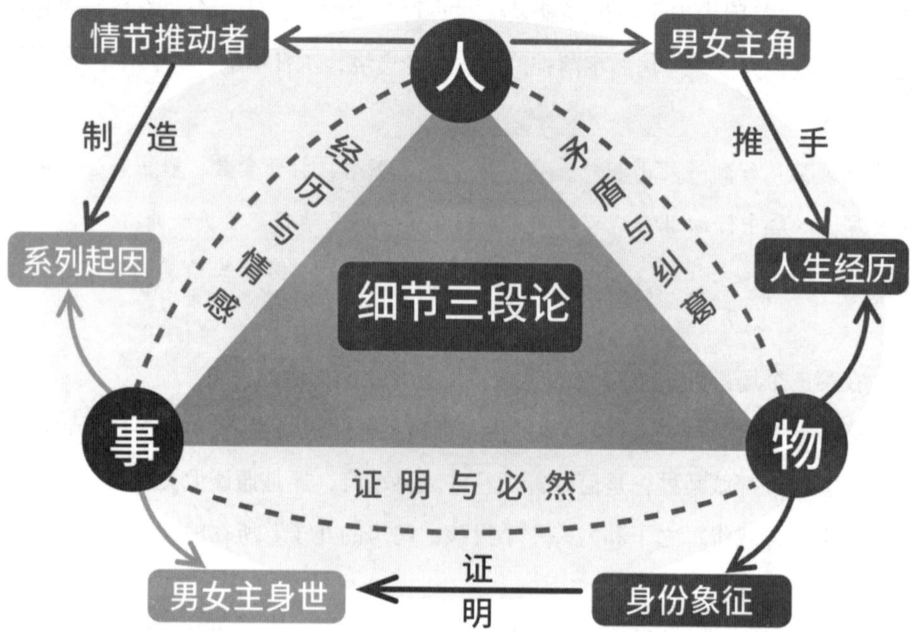

于是，读上几十万字，我们再回头看夫子这句“仿佛看到当年的你”，仿佛这个“你”就是小师叔了。至于宁缺做了什么“天怒人怨但夫子慨”的事情，如果说出来那就属于剧透了，还不如让你像打怪升级、闯关寻宝一样，跟着“草蛇灰线”去挖掘，一层层揭开谜底。这也是件很好玩的事情。

同样，需要探险寻宝、揭开谜底的，还有夫子所指的另外一人到底是谁：“至于你，飞得再高又有什么用呢？”

至于第三人，肯定就是夫子本人了。三人行，必有我师。一个“当年的你”，一个“飞得再高也没有用的人”，毫无疑问，都是牛掰的人。但越是牛掰的人，就越能衬出夫子的高大。三角关系永远是最稳定的关系；但金三角的顶点，才是别人永远无法企及的制高点。一如后面大唐国师李青山和黄杨大师的对话，可以视为对这层关系的呼应。

大唐书院院长夫子，是一个传奇的名字。

虽然这个名字渐渐被世人、被很多修行者所遗忘，但在那些真正强大的修行者心目中，这个名字始终都是人间最强大的名字。

很多人都在猜，夫子究竟有多高。

知守观观主和悬空寺讲经首座，曾经惨败于夫子棒下。他们曾经以为自己大概能推算出夫子有多高，然后他们发现自己错了。

柳白因为夫子多年不问世事，猜测夫子应该处于传说中的清静无为境界。但今天他震撼地发现，原来自己还是错了。

贺兰城头。

黄杨大师看着远处的碧空白云，感慨地说道："天启十三年春天，书院开学，陛下在书院主持典礼，我与国师在道畔离亭里下棋，我曾问他夫子究竟有多高。"

皇帝陛下问道："青山如何答？"

"国师老师曾经说过，夫子有好几层楼那么高。我当时说，二层楼就已经很高了，夫子居然有好几层楼那么高，那可是真高……然而如今看来，我们还是错了。"

"夫子究竟有多高？"

黄杨大师诚心赞道："原来夫子有天那么高。"

——猫腻《将夜》：第四卷 垂暮之年　第六十章 人间之剑（下）

《将夜》中反复出现"夫子有多高"的咏叹调："从前有座山，山里有座书院，书院里有个夫子，他是最高的那个人……"

这都在开篇这一场景中初绽端倪。三人行，夫子必为师。就这样寥寥数笔，不着痕迹，便将夫子的"高度"展现出来了——因为唯得站得高、看得远，才能追忆"当年的你"，点评那个"飞得高的人"。

恰是这一起笔就留白的字法、词法、句法，将夫子从一个"吃货"，成功地转向那个"最高的人"的形象塑造。

但这还不是关键。

第四节 将夜：

史上最黑暗的预景

关键是，因为夫子是“最高的人”，所以，才能说出“风起雨落夜将至”——

从荒原上的“黑夜将至”，到都城长安“将逐渐被黑夜笼罩”，夫子举着空酒碗，望着天地四周都城左右，敬颂“风起雨落夜将至”。

说“风起”时，有风自山外来；说“雨落”时，都城有雨自天落；说“夜将至”时，“黑夜刚好占据半边天穹，漆黑有如冥君的瞳”……风起、雨落、夜将至，这“三变”瞬起。

这呼应了开篇天下行走们聚集在一起，查探传说中的“不动冥王的子女降落人间”事件，也点出了这部作品“将夜”的主题。此时，夫子就像一个先知，预言人世间即将发生的可怕的事情。

当整个人世间都将陷入冥王带来的无边黑夜，整个世界又重新回到了“活着”的原点上：从“活着”到“活得更美好”，再回到“活着”……当生命权、生存权和发展权，有可能再一次成为主要矛盾时，已经习惯了往前走的人，怎么可能退得回去？因此，“抗争”必须发生。

所以，“将夜”与“抗争”相伴而生。而这种席卷人世间乃至整个天上人间的重大主题，从修行世界“春江水暖人先知”，到普通人的“俗世蚁国”——他们没有那么敏锐的触觉和嗅觉，可能活得浑浑噩噩、一无所知，就像温水煮青蛙，但并不排除他们会本能地感到恐惧。

这种恐惧深入骨髓，浸入了宁缺的潜意识深处，从而让他不停地做着“天将黑了”的梦。在梦中，他感受着众人的恐惧，体验着众人的焦虑，也让众人感受和体验着他的恐惧与焦虑……他一个人的感受和许多普通人的集体情绪，在无意识的最深处沟通了起来。

因此，宁缺这一个非典型的唐人，才有可能典型地代表从“唐人”到“中国人”最深沉的忧患：为什么我们期盼更美好的生活，却始终活在“活着”的焦虑甚至恐惧之中？

这种“漆黑有如冥君的瞳”一样的黑夜，带来了“将夜”的恐惧和焦虑，以及“抗争”的思维和行动……这种让人压抑又备感振奋的主题实在是太重大了，重大得让人都有些扛不住。

犹如“风雨欲来黑云摧”，让人最难受的，不是大风大雨的酣畅淋漓，而是这“将来未来、何去何从、难以抉择”的状况。俗世蚁国，大道何为？将夜难活，我们怎么办？

夫子这一句话定了调子：“高大男子重重放下酒碗，恼火地咕哝道：‘真他妈的黑。’”这一句浅白、粗俗的话，不但“瓦解”了夫子比几层楼还高的形象，让其重新具有“人间烟火味”，变得接地气；最重要的，是消解了“将夜”及相伴而生的“抗争”思维这个重大主题的“宏大叙事”的可能性，将其融入日常生活中极具人间烟火味的“小叙事”的珍域。

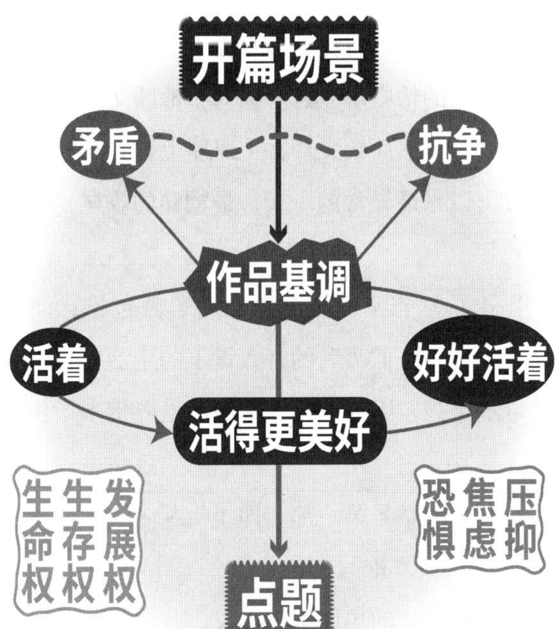

从主题—议题设置到破题—解题方案

这奠定了整部作品的“基调”。犹如我们在读完整部作品后发现：极具中华文明基因的“天人交战”民族史诗主题，以及“天人合一”的传统哲学思维，最终不过是演绎成了“小两口如何能在一起过日子、‘过好’日子、过‘好日子’”的日常叙事。

这真的是既在意料之外，又恰在情理之中。可以说其另类，又可以赞其创新。

不同的人看到的不一样，反应和评论自然也就不一样。

第五节 参照系：

史上最奇迹的哈利·波特

《哈利·波特》开篇那史无前例的星期二，就是奇迹男孩哈利·波特有生以来最为黑暗的一天。因为伏地魔袭击了他们一家，造成了波特夫妇的死亡，只留下大难不死的哈利·波特；但这亦是魔法世界有史以来最为亢奋的一天，因为伏地魔被神奇男孩额头上那爱的闪电烙印击败，重伤而退，让长年笼罩着雾霾的魔法世界，终于照进了“明天，太阳会照常升起”的希望的曙光。

但是，作者J.K.罗琳最奇特的叙述视角，并不是聚焦于主角哈利·波特自身，让我们从一开始就以上帝全知全能的视角，或者等高于甚至代入为哈利·波特的视角，来观察这史上最黑暗亦最光明（其实就是最神转折）的复杂的一天，而是从最讨厌波特一家的姨父一家的第三方视角，来看待这最奇怪的一天——他们一家过得开心无比，除了偶尔想到波特一家的糟心事；这一天对于他姨父一家是日复一日、年复一年最平常不过的日常一天，然而姨父却在上班路上遇到一连串怪异的现象、事件和人物；而作为这有史以来最异常的一天，最糟糕的收尾，就是他们的门口突然出现了一个婴儿……

从此，姨父一家平静的生活里多了一个经常搞出意外的累赘包袱；而哈利·波特却过上了十年“人在屋檐下，不得不低头”的寄人篱下的生活；整个魔法界却始终在谈论那个大难不死的奇迹男孩，因为他给整个魔法世界带来了新的希望。

作为参照系，我们庖丁解牛《哈利·波特》第一部（即《哈利·波特与魔法石》）的第一章，发现其遵循同样的“金三段理论”。

第一段论从哈利·波特的姨父德思礼一家的角度叙事出发，分成三个层面逐次递进。

第一个层面，就是正常PK神秘。越是强调德思礼夫妇一家守规矩、正常和日常，就越显示出哈利·波特父母（波特一家）的非常、不守规矩甚至另类——在习以为常的常态事物下面，掩盖着那些神秘古怪的东西。

第二个层面，就是情感和关系的不正常。德思礼太太和她的妹妹亦即哈利·波特的妈妈情感极其淡漠。德思礼一家和波特一家关系非常紧张……关系越是亲近，情感却越是淡漠；情感越是应该亲密，关系却越是紧张。

这种紧张和淡漠的态度，甚至延续到了下一代。德思礼夫妇不愿自己的儿子达力和哈利·波特“这种孩子”厮混。这其实预示着哈利·波特未来“最悲惨的境遇”：当这个世界上与你关系最亲近的人，对你的态度和情感却比其他任何人都要恶劣时，还有什么比这更糟糕的事情？

第三个层面，是浓墨重彩地写那个“晦暗、阴沉的星期二”，也就是“史上最不寻常的一天”。作者罗琳从德思礼先生的角度出发，详细描述了这非同寻常的一天，所发生的那些神秘古怪的事情。

在这个魔法史上最重大的一天，种种异端的迹象，一个接一个出现。而且，值得注意的是，本来是老死不相往来的两个世界（魔法世界和麻瓜世界亦即普通人的世界）在这一天出现了“相通”的情况：魔法史上这个重大事件的发生，渗透进了普通人生活的世界，并造成了种种异常的迹象。

值得说明的是，这种“相通”的情况是由我们的男主角哈利·波特带来的。这可以用来对比：《将夜》中的两个世界本不相通，但在冥王之子降临人世的这“史上最不同寻常的一天”也相通了起来；世界上“最高的那个人”亦即夫子，只是让修行世界和俗世蚁国相通，但是，让昊天世界和天外世界相通的，仍然是自带主角光环的宁缺。

在这非同寻常的一天里，德思礼先生看到了几个异常的信号。它们都对他在日常生活里必须思考的事情造成了干扰，比如“他开车进城，一路上想的是希望今天他能得到一大批钻机的订单”——

第一个异常的信号，就是“一只猫在看地图”。那是哈利·波特未来要去的霍格沃茨学校的麦格教授，正在“读”女贞路的标牌。也就是说，她正在寻找去德思礼家的路——只是现在德思礼先生和我们读者对此一无所知。

第二个异常的信号，就是他突然看见路边有一群“披着斗篷的、穿着奇装异服的人”，而且，其中有个男的显得比他还大、“竟然还披着一件翡翠绿的斗篷”——这是一群魔法世界的巫师。他们又把德思礼先生的钻机和我们脑子里的生活杂事，给干扰走了。

第三个异常的信号，是德思礼先生背对着没有看到、但是街上的人群都看到的景象：“成群的猫头鹰在光天化日之下从天上飞过。”这一次，猫头鹰对德思礼先生没有造成干扰，但对麻瓜世界的普通人的生活造成了干扰。

直到德思礼先生在面包房附近，又碰见了那群披斗篷的巫师，并且听到他们提到了“波特夫妇”和他们的儿子“哈利”。于是，德思礼先生就开始琢磨起来：他们说的是不是就是他的外甥哈利，还是重名之人？不管怎么说，德思礼先生“发现自己很难专心考虑钻机的事”。

第四个异常的信号，就发生在德思礼先生五点钟走出办公室大楼时，与站在门口的人撞了个满怀——那是一个披着紫罗兰色斗篷的巫师。

> 他几乎被撞倒在地，可他似乎一点儿不生气，脸上反而绽出灿烂的笑容。“您不用道歉，尊贵的先生，因为今天没有事会惹我生气！太高兴了，因为‘神秘人’总算走了！就连像你这种麻瓜，也应该好好庆贺这大喜大庆的日子！”
>
> ——J. K. 罗琳《哈利 · 波特与魔法石》：第一章 大难不死的男孩

正是这句话泄露了所有的天机。

魔法世界和麻瓜世界是两个不同的世界；魔法世界上发生了一件重大的事件，以至于魔法界的巫师都浑然忘形，居然在普通人生活的世界里大庆大祝；因为，神秘人总算走了！而造成他走的原因，就是波特夫妇，以及他们的儿子哈利 · 波特……而他们，正是德思礼夫妇最不想记起的妹妹一家！

就这样——魔法史上最重大的事件，就这样猝不及防地闯进了德思礼一家的日常生活里。“史上非同寻常的一天”，从此就跟他们的生活紧密地关联在了一起。

然而，“这一天”还没有完。夜幕降临，它切换到了第三个场景：魔法世界来人了——“三人行”+1 正式登上了舞台。

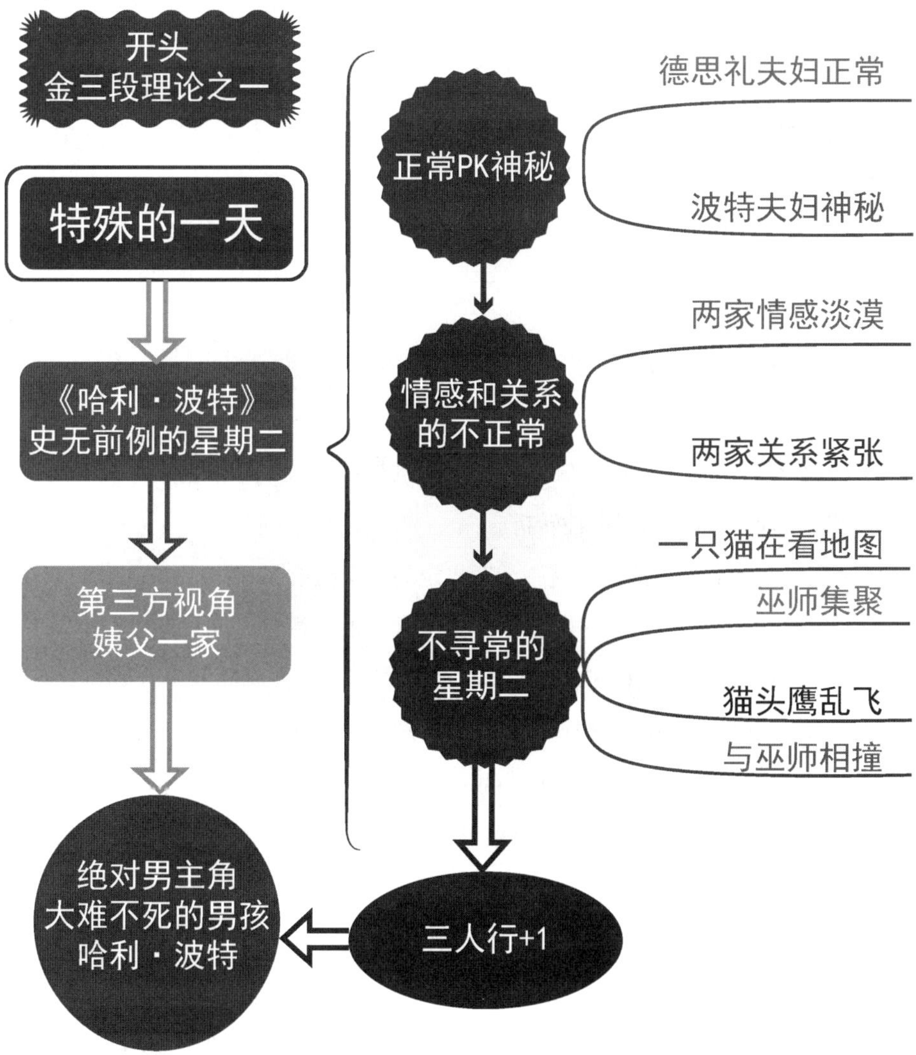

这三人，就是化身成花斑猫的麦格教授、霍格沃茨魔法学校的校长邓布利多，以及骑着巨型魔托车从天而降的海格。

那个最后闪亮登场的“1”，就是这部作品绝对的男主角——哈利·波特：那个大难不死的男孩，那个导致神秘人“伏地魔”魔法失灵、从而败走的神奇男孩。正是他，创造了魔法史上最大的奇迹。

“就在此刻，全国人都在秘密聚会，人们高举酒杯，悄声说：‘祝福大难不死的孩子——哈利·波特！’”

第六节 非常模型：
史上最经典的“××一天”

这种“金三角”开头理论，是什么样的叙述结构和模式呢？

第一“角”，就是聚焦于“特殊的一天”——这是“史上最不寻常的一天”，因为发生了不同寻常的事情，成为从“正常世界”进入“非常世界”、从“日常生活”到“非常之旅”的根本性转折。

《哈利·波特》第一部把“这一天”界定为三个组成部分：

一是德思礼一家与往常一样、但又异于常日的“黑色星期二”。这是普通人生活的世界里千千万万相似于往日、但又终于有了一点点不同的“看似寻常而又非常的一天”。比如德思礼想着钻机的订单，却始终困扰于异常的信号。

二是魔法世界“重大事件发生”的一天：神秘人走了。整个巫师世界结束了长达十一年的“黑色恐怖”，终于迎来了光明的曙光，所以不停举行欢快的聚会和庆祝活动。

三是哈利·波特一家迎来“悲惨而又光荣的一天”：波特夫妇“死”，哈利·波特“生”；在生死之间，造就“大难不死的男孩”的传奇。

但也正是这一天，这个魔法界的奇迹男孩，就要被送到他的姨父德思礼家里，开始他长达十一年的“悲惨童年”——从伏地魔造成黑色恐怖的十一年，到哈利·波特进入霍格沃茨学校前的十一年，正是以这一天为拐点。这种时间长度，也很意味深长。

《将夜》把“这一天”也细分成三部分，但都聚焦于“冥王之子降世动长安”这样的轴心。

一是荒原天降异象。四大不可知之地的天下行走，都汇聚于此，“不得道理”，但各有机缘，各有所得：悬空寺传人七念修闭口禅；魔宗唐姓传人隐入大漠；知守观传人叶苏勘破死关……唯有书院二层楼的书生“不知所得”。

二是都城长安生死劫。宣威将军府满门抄斩，而通议大夫府满门接生。在生和死之间，“朝廷死了个宣威将军，某文官生了个女儿”——两个最重要的主角宁缺和桑桑“隐形”出场。

三是夫子登高望远看将夜。吃块姜片，喝杯米酒，评点风流人物，数来数去，还看今朝：“风起，雨落，夜将至。”

第二“角”，是“主角”必出场。但从《哈利·波特》到《将夜》，两部作品的主角都是聚焦于镁光灯之下，但又是“隐形出场”：从哈利·波特到宁缺和桑桑——所有的事件都是围绕着他们发生。就连由此登场的人的人生，也或多或少，以他们为中心，并发生种种的交集。

但是，你就是“看不见”他或她。生旦净末丑、神仙老虎狗，极其重要的配角们相继出场，最终烘托出那个“千呼万唤始出来、犹抱琵琶半遮面”的主角——主角“隐形”出场，但真的是犹抱琵琶半遮面。他无处不在。镁光灯聚焦于他，他就是中心。然而，你看不见他。他就是“隐形人”。

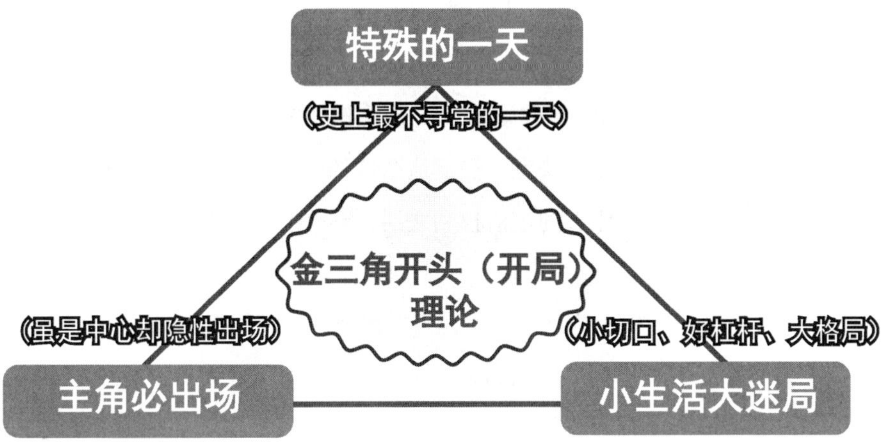

你看《哈利·波特》中，所有的人都在称颂他的名字。他就是此时、此地、此事整个世界呼唤的中心。但是，“他”自己一无所知，我们对“他”也一无所知——除了那个襁褓中的婴孩。

《将夜》之中，从荒原天降异象，到都城长安生死劫，再到夫子登高望远看将夜：看的都是一件事——冥王之子降人世；见的都是一种生死——向死而生；

焉知看的不是一个人——那个生而知之的人，或是传说中的冥王之子。

这或多或少，都跟主角宁缺有关系。所以，处处都在烘托他的出场，而且一出场就在视网膜的中央。

但是，谁又看得见他是那“谁谁谁”？谁又真的知道他是那“谁谁谁”？当然，除了夫子，以及看了几十万字终于后知后觉的我们。

第三“角”，就是小生活大格局——在这看似最为平凡的日常生活里，发生了一件改变未来世界和历史的事件，从而导致了两个世界整个大格局的改变。

《哈利·波特》第一部里的这一天，终结了伏地魔十一年“史上最黑暗的恐怖岁月”；而《将夜》，则开启“风起雨落夜将至”向死而生的人生之旅。这都是由一个“奇迹男孩”造成的。

而这个“奇迹男孩”，此前本来一直可以过着平凡而快乐的日常生活——

哈利·波特沉溺于波特夫妇的爱、呵护和照顾，若无意外，将平平顺顺地长大。但这“史上最重大的魔法事件”，将整个萦绕他的爱，全部剥夺殆尽；并从此将他送入暗无天日永无爱的寄生童年生活。直到十一年之后，他重返魔法世界，找回烙在他闪电伤疤上且蕴藏于他内心深处真正的力量和勇气——那就是：爱。

宁缺虽然从第三个世界（地球）穿越而来，托庇于这一世的父母膝下，但是，他们真的很爱他，而宁缺也承受了这全部的爱——正是因为这种承受，让他在被剥夺了这种平凡而伟大的生活权利之后，整个人生都陷入了灰暗且没有希望的“缺爱时代”。整部《将夜》就是一个缺失了爱的奇迹男孩，在原生家庭和寄生家庭的双重童年心理影响之下，寻找爱、拯救爱、守住爱的故事。

这确实是个“小主题”。但被放置于这种“大格局”之下，就具有了一种特别的穿透力。爱是我们一生中最永恒的情感。

这两部作品都在宏大的世界格局之下，讲述了两个奇迹男孩不一样的“爱”的故事。

只不过，《哈利·波特》讲述的是一个小男孩在父母之爱中获得勇气、力量和未来的成长史；《将夜》讲述的是一个成长为人的大男孩在世界缺爱的时代里，重新治愈自身、获得爱与被爱能力的成长史。

第七节　奇迹男孩：

史上最缺爱的非阳光少年

如此开篇，就注定了这是“一个非阳光的少年和充满敌意的整个世界”抗争到底的故事。

宁缺为什么从来就不是一个阳光少年？

因为，他前世学奥数学英语学语文……坐在自行车后座上的时光，并不快乐——因为，那是一个身在和平年代却产生了无数心理阴影的“苦难”童年。

他穿越过来的四年，虽然遇到的父母只是那谁谁谁（这是一个天坑），但是，他们的确给他带来战争年代短暂而快乐的“幸福时光”。

两世为人，却只有“四年”的快乐时光——而这，成为宁缺一生之中弥足珍贵的记忆。

当这种弥足珍贵的记忆，在一夜之间，被“宣威将军灭门惨案”剥夺时，留下的，就只有伤痛的记忆。越珍贵，失去时就越伤痛。

尤其是，当一个孩童在逃亡的过程之中，一个人面对着整个世界的恶意和敌意，他的心里怎么能够阳光得起来？……

而且，一路逃亡，一路流血。所有惨痛的记忆，都会沉淀起来，将内心深处的阴暗积累得越来越厚，越来越沉重。

这种沉重的成长记忆，绝对会支配他对整个世界的情感和态度——如果整个世界对我都充满恶意，我怎么可能充满温暖地去拥抱它？如果这个世界对我没有善意，又怎么能要求我善意地对待它？

所幸，还有桑桑。这个宁缺从死人堆里捡回来的女孩，陪伴着他一路风雨。正因为有她，所以宁缺才没有走向畸形，没有走向变态，没有走向绝对的阴暗。

因为，抚养桑桑，其实是在养成自己；陪伴对方，其实是在陪伴自己；让对方健全地成长，其实是让自己长得更健康……这是真正的相依为命。彼此成全，互为对方的另一半，让对方成为一个“完整的人”，而不是一个残缺的人。

因此，跟《哈利 · 波特》同中有异的是，整部《将夜》讲述的是，一个曾经被整个世界抛弃的少年，如何在这个充满敌意的世界里艰难地生存下来；

又如何对抗这整个世界的恶意、敌意、非善意；又如何用拳头跟世界讲道理；

他的拳头要硬到什么程度，才能让世界静下来，听听他的声音……

比起哈利 · 波特的奇迹诞生和成长史，宁缺其实有三种迥异的“源型”。

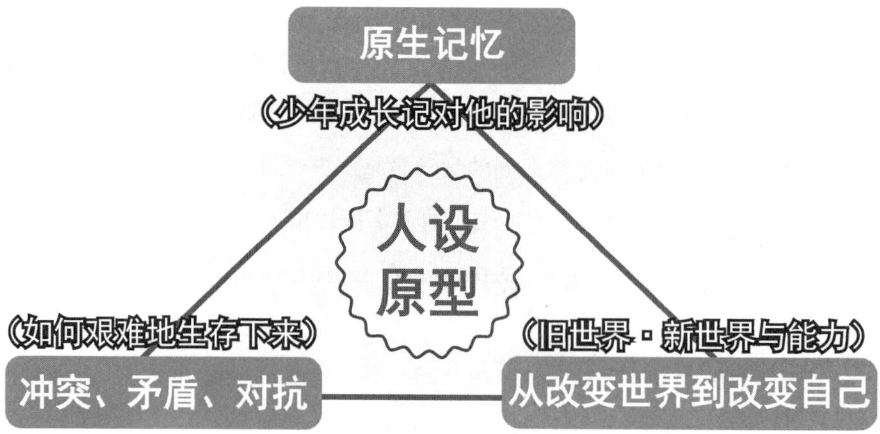

第一种，就是“原生记忆”——从穿越前的“原生家庭”，到穿越至这个世界后的“四年幸福时光”，再到在整个充满敌意和恶意的世界之中艰难生存下来的“少年成长记”……这对男主角对待整个世界的性格、态度和情感，到底产生了什么样的影响？这种影响如何伴随他的一生，并左右着他在这个世界上的抉择和命运？

第二种，就是“冲突、矛盾和对抗”——从少年到成年，一个人为何又如何站在整个世界的对立面？当整个世界都在对他说“不”时，他要如何在这个拒绝接纳他的世界里艰难地生存下来，并找到自我的意识、身份和位置？当他一个人悲壮地对抗整个世界时，命运如何给他的人生带来一种毁灭性的打击？他和这个世界的冲突、矛盾和对抗，到底因何而来？

第三种，就是从“改造世界”到“改变自己”——你改变不了整个世界，就只能改变自己。改造自己是一种非常痛苦的蜕变、蝶变过程。但问题是，为何改变？又如何改变？要改变成什么样的人？……如果改变不了自己，却想去“改造世界”，那就更要想清楚：这个“旧世界”为何让你无法喘息，甚至快要窒息？你又想创造一个什么样的“新世界”？那个“新世界”到底能给你带来什么？最重要的是，从“旧世界”到“新世界”，你要拥有什么样的“能力”？没有改造的能力，就只能成为笑柄。

问题驱动故事，少年决定人生。

或许正是因为如此，从一开始，猫腻就把《将夜》定位成：这是一个“别人家的孩子”撕掉臂上杠章后穿越前尘的故事——一段可歌可泣可笑可爱的草根崛起史。一个物质要求宁滥勿缺的开朗少年行。书院后山里永恒回荡着他疑惑的声音：宁可永劫受沉沦，不从诸圣求解脱？……

路都是自己走的。

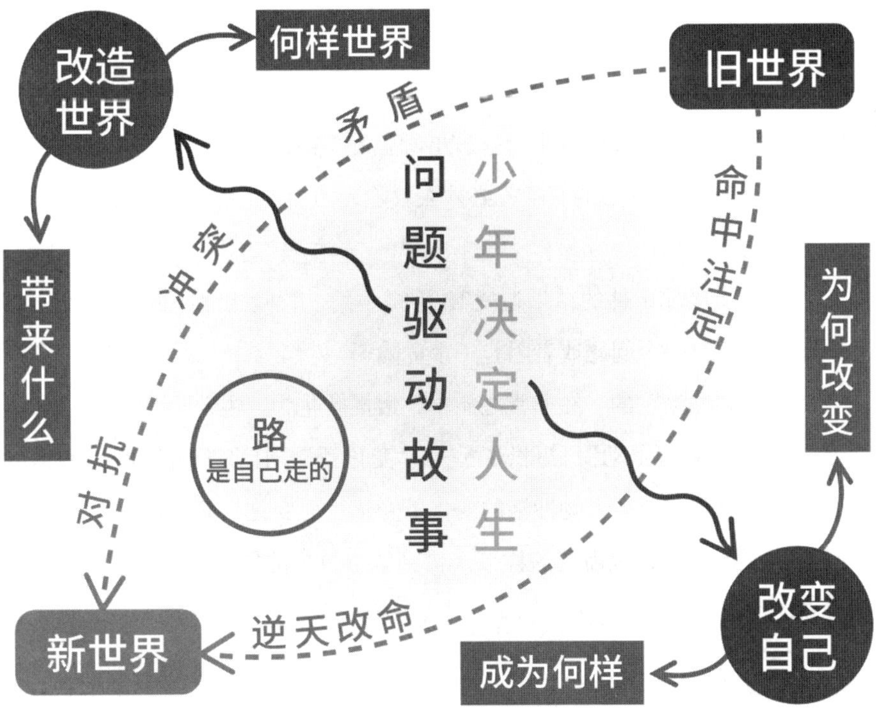

第八节 解读模式：从“讲故事的技术”到“时代创作理念”

如此解读《将夜》，是为了什么？

从“术”到“道”，解剖讲故事的技术，构建时代创作理念和哲学。

讲故事是一门技术活。因为我们必须于开篇，用一个极端的非常事件，打破日常生活的平衡，引发一个必须去揭秘的悬念，从而让主角即小伙伴们立即踏上冒险之旅，去探索、寻找和发现真相，为全书构建一个“非常之旅”的故事轴心——必须解决什么问题？

就像《作家之旅》[①]所提炼和总结出来的，所有英雄之旅必须要经历的这样一种过程：

TA在日常生活中平庸和沉沦；

一个意外的极端事件的发生，打破了所有的平衡；

TA听到了信使或内心的召唤，必须去冒险，然而内心在安稳的现状和未来不可知的冒险之间纠结；

或者，这个极端事件的结果迫使TA不得不踏上冒险之旅，因为TA必须去完成一个任务、解决一个问题或者阻止一个危险……

英雄都是“被动”的，在非常之旅中，慢慢转化为“主动”。

从“被动”到“主动”，提供了一个“变化弧”，让我们可以经历剧情的反转、反转、再反转，或者人物性格的变化、变化、再变化，甚至是再度逆转。

整部小说的故事，也需要这样一个贯穿整个故事的核心问题：它或许是一个任务（你必须完成什么事情：探险、寻宝、抱得美人归）；或许是一个悬念（它

① [美]克里斯托弗·沃格勒著：《作家之旅：源自神话的写作要义（第三版）》，电子工业出版社，2011年版。

“是”什么，或它是“如何发生的”）；或许是一个问题（我们必须解决的是什么问题）……但都可以让我们的故事、情节和人物有一个“旋转的轴心”，不断经历矛盾与冲突、斗争与战争。

大多数好莱坞的类型片，都有这样一种“冲突的轴心”。并且，经过了系统、科学和规范的提炼和总结。但是，我们本土却仍然处于“混沌”状态。没有经过科学化、学科化、技术化的提炼、总结和训练。

我们需要对中国网络文学进行“讲故事的技术”的解剖，甚至要将“讲故事的教科书”和西方的畅销大片进行对照分析，以及对中国古典文学的“传说故事”和“世界神话”等进行传统文化母题、故事原型和类型模式的抽象研究。就像《作家之旅》一样，提炼出一种类似于“英雄之旅”的技术操作手册，如“离魂寄物”“梦中梦”等，将之提炼成类似于“英雄之旅”的“讲故事的技术模型”……

比起原理、理念这类更需要“理论体系构建”和自己的“学术创新创造”的内容来说，这种“讲故事的技术原型、套路和模型”，或许更适合当下的创作需求。

当然，如果能在传统文化母题、故事原型、类型模式等的基础上，像《故事的道德前提》一样，在假设历史体系、灰姑娘/王子情结、反教传统等众多理论研究之上，提出命运共同体、连接世界等整个时代性的新写作哲学和创作理念……或许，我们能够提升自己的视野和格局。

毕竟，“讲故事的技术操作手册”是我们现在亟需的；但是，像“假设历史”“道德理念”“科技末日”等理论体系的系统研究，几乎是一片空白；“民族—国家”叙述模式、冷战—反恐国家假想敌模式、人类生存和发展状况，以及全球化—共同体—连接世界新发展理念等时代创作理念与哲学，却是一个根本性的研究课题。而这样的研究课题，在当下中国网络文学的研究之中，更是空白中的空白、根本中的根本、亟需中的亟需。

对于我们来说，可以循序渐进。从基于文本的庖丁解牛出发，进行类似于影视拉片子的类型和套路模式研究；然后，再上升到假设历史理论体系等学科化、科学化和专业化的研究；至于连接世界“观”、民族—国家叙述模式、共同体理念……则需要站在时代左右，洞悉“一时代之文学”中的时代，发现和发掘超越时代的“理念”，最后进行解读、诠释和建构。

没有文本的支撑，空谈理念，容易沦为玄学。但如果没有新的思想和理念，没有写作的时代哲学，作品就容易陷入技术操作的机械重复和套路化模式。

对于《将夜》的解剖，我们期待能够：从代表好莱坞的“英雄之旅”模式和“中国古典小说的写作技术”（如梦中梦）出发，解剖其“讲故事的技术操作手册”；从“西方叙事学”和“中国古代小说文体文法”，到中国网络文学对优秀传统文化母题、故事原型和类型模式的重述与重塑，庖丁解牛其源流有变的文本结构和写作模式；最后，提升整个新时代的写作理念和时代哲学——“蚂蚁哲学”“国族意识”“时代问题（情感/信仰）研究”……这都意味着，猫腻及其作品《将夜》，正在成为一个“接口”，将他、它和我们，特别是四亿中国青年和全球“网络青年”面临的整个时代问题，连接成一个世界。①

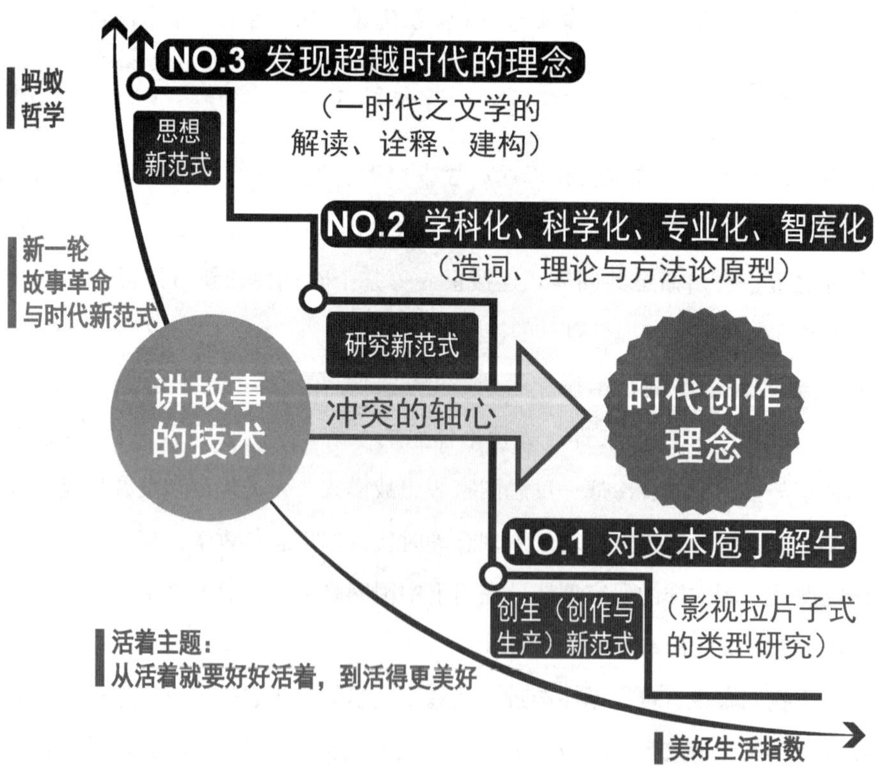

① 参见庄庸、杨丽君等主编：《蚂蚁哲学：中国网络文学阅读潮流研究（第5季）》，华语网络文学智库丛书，中国青年出版社，2020年版。

第六章

美好生活论

从『伪王子复仇记』到『蚂蚁哲学』

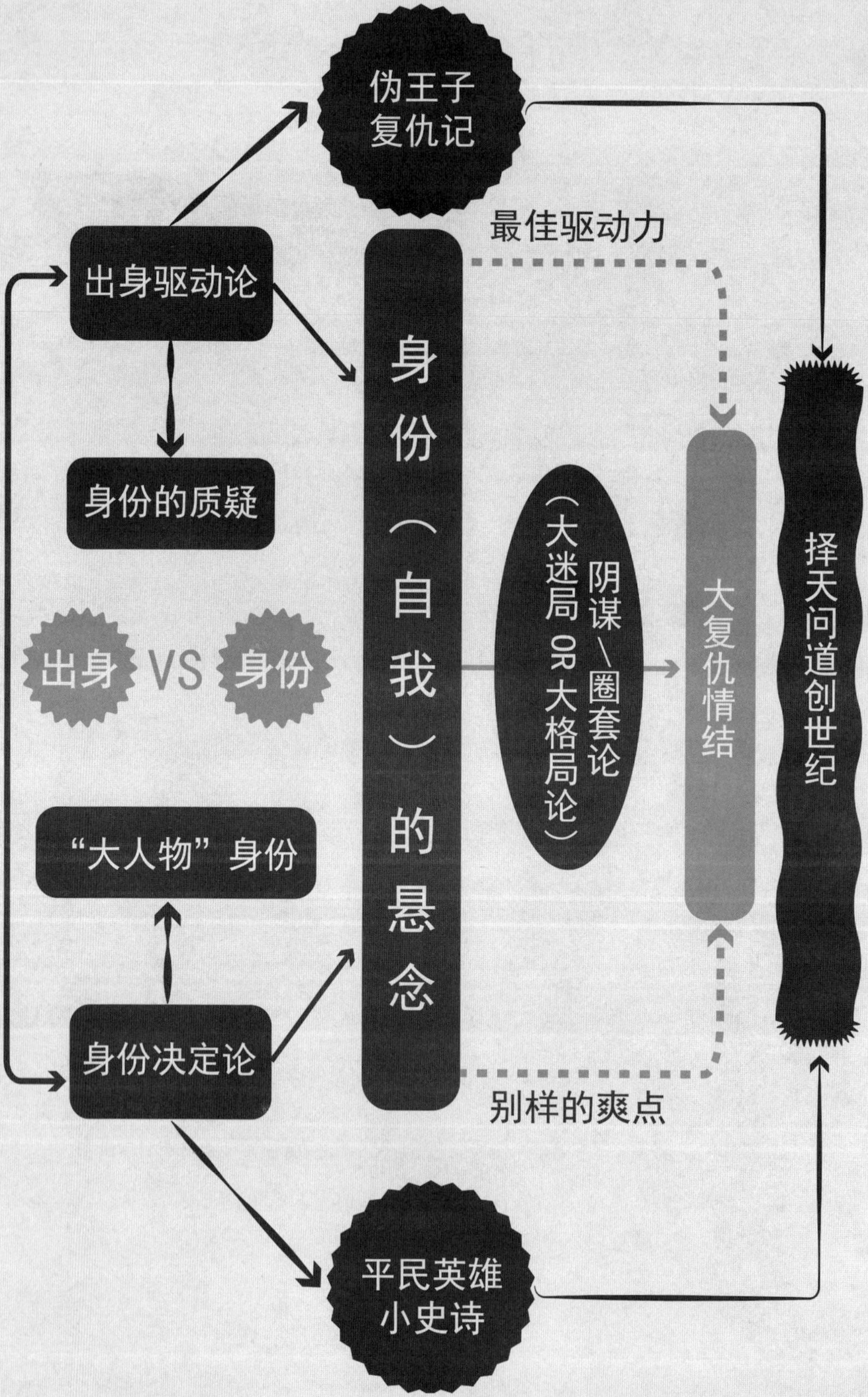
伪王子复仇记
最佳驱动力
出身驱动论
身份的质疑
出身 VS 身份
"大人物"身份
身份决定论
身份（自我）的悬念
阴谋\圈套论（大迷局 OR 大格局论）
大复仇情结
择天问道创世纪
别样的爽点
平民英雄小史诗

如上所述，网络作家猫腻《将夜》的开篇其实就是“一个有史以来最神奇/最黑暗的一天”：天降异象，三大不可知之地一观一寺一宗的天下行走，齐聚荒原，要查探冥王之子降临在这个昊天世界的蛛丝马迹，却不敢跨越那一条黑线本身。

而在黑线的那一边，另外一个不可知之地书院二层楼的大先生李慢慢，却在看书观世界，临末还看了长安一眼；在长安那边，比几层楼还高的夫子也在看长安，看天下，看“风起雨落夜将至”；师徒二人两点成一线，构成了一条轴线和杠杆，撑起了修行世界和俗世蚁国两个互不相通却因为他们而相通的世界……

于是，在俗世蚁国的长安城内，一文官家生，一武官家死，生死形成旋转门，带来了修行世界最大的“身份（自我）的悬念”：谁是冥王之子？

这种“文官生、武官死”所带来的“身份（自我）的悬念”，在一层层、一重重的事实、真相和秘密被揭晓之后，才会明白“风起雨落夜将至”的题眼之在。

犹如从“哈姆雷特王子复仇记”，逆转成为“门房之子伪王子复仇记”之后，不过是揭开这事实、真相和秘密“三重门”的第一重而已；但只有迈过这一重门，我们才能登堂入室、曲径通幽，逐渐揭开比这一重身份悬念更大的“冥王与昊天身份的谜团”，以及更为厚重和广阔的大复仇情结和阴谋/圈套论。

但这种“身份（自我）的悬念”三重门，以“爽点”为原点，通过“身份（自我）的悬念、大复仇情结和阴谋/圈套论”金三角（金字塔）故事驱动力结构，撬动和建筑起更大的“大迷局”和“大格局”论。

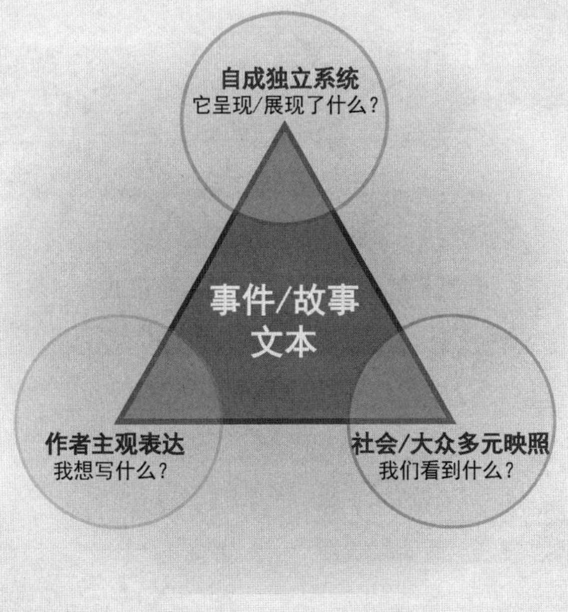

于是，复仇流表层的故事文本符号体系之中，产生了爽文价值与意义系统的演变。就像猫腻为了四年的幸福时光，可以驱动十六年的大复仇记；面对整个世界、人生和社会现实的“魔幻迷宫”，《将夜》也在试图解读、诠释和建构起一种蚂蚁哲学——我们如何活着，且活得更美好？

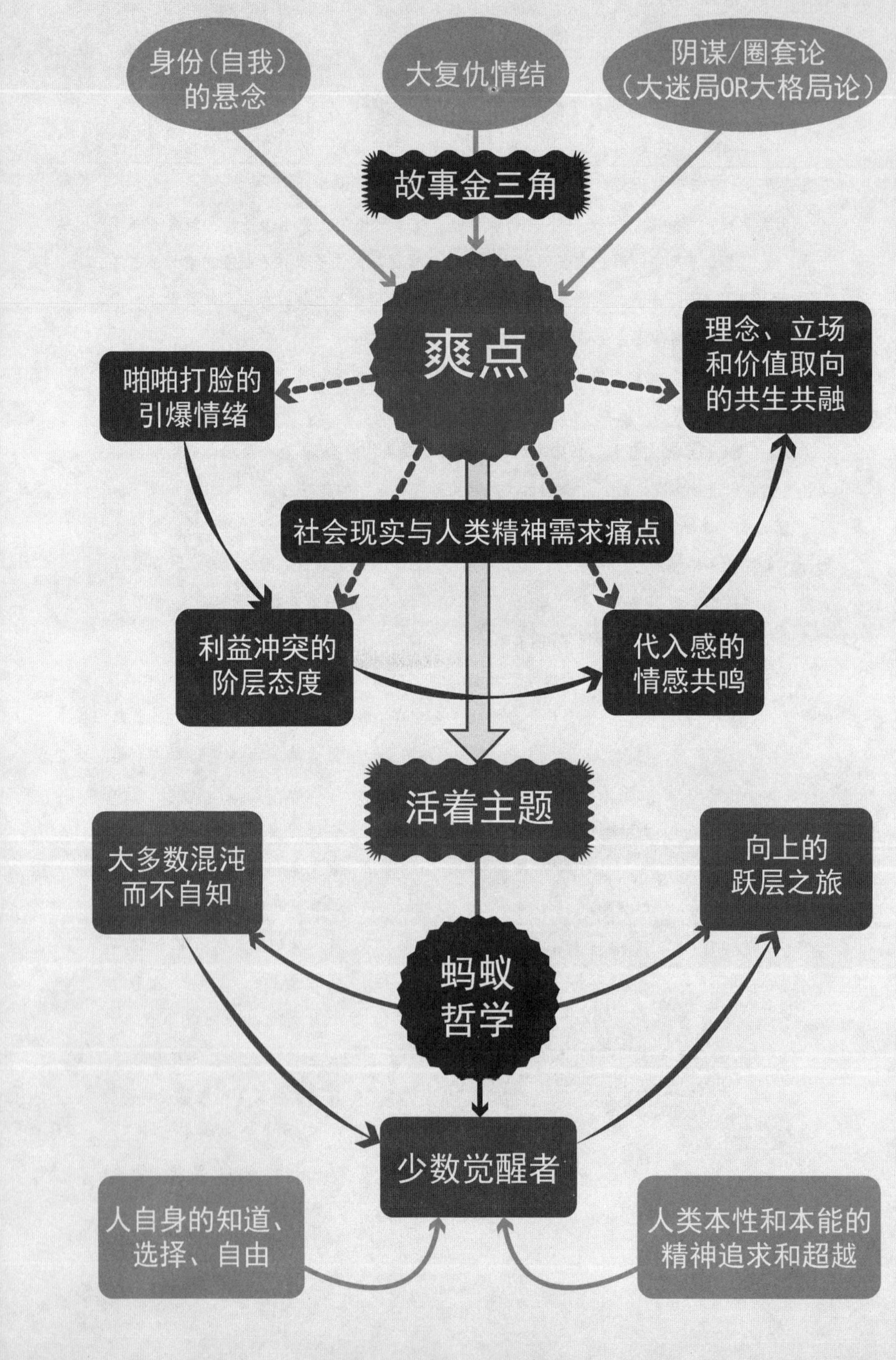
身份（自我）
的悬念
大复仇情结
阴谋/圈套论
（大迷局OR大格局论）
故事金三角
爽点
啪啪打脸的
引爆情绪
理念、立场
和价值取向
的共生共融
社会现实与人类精神需求痛点
利益冲突的
阶层态度
代入感的
情感共鸣
活着主题
大多数混沌
而不自知
向上的
跃层之旅
蚂蚁
哲学
少数觉醒者
人自身的知道、
选择、自由
人类本性和本能的
精神追求和超越

第一节 出身驱动论：

从“王子”到“伪王子”复仇记

“大复仇”是一个轴心杠杆，撬动了主角宁缺从渭城少年到长安城守护使（亦即书院二层楼天下行走）的故事格局。

十六年前，长安城将军府灭门惨案，只逃出一个四岁的小男孩宁缺；然后，在尸山血海里捡到了一个与大黑伞相伴的黑女孩桑桑；从此相依为命、亡命天涯。支撑他们活下来且要活得更美好的核心信念，就是：复仇——向制造将军府灭门惨案的夏侯大将军和亲王李沛言以及背叛了将军府的那些部属复仇！

在长达十六年的复仇准备和实施历史之中，背负的这种血债和血偿之责越来越多、越来越重：不但有将军府的灭门惨案，还有边境的灭村灭城惨案。

可以说，宁缺从渭城到长安城老笔斋的“少年成长史”，就是半部《将夜》复仇史。从长安城将军府灭门惨案到宁缺和夏侯大将军终极一战，这个大情节、大事件和大爽点，均可以说是由“将军府少年复仇记”的故事杠杆来撬动的——“大复仇”似乎决定了半部《将夜》谋篇布局的支点、杠杆和格局。

但——且慢——就这样下结论过早、过偏。因为，就算在这半部《将夜》复仇史之中，也存在多重结构。就连“将军府少年复仇史”本身都有着明显的双重结构——人人都以为宁缺就是那个将军府灭门惨案的漏网主角，是将军夫妇唯一幸免于难的儿子。因此，子报父仇，天经地义。

换句话说，这应该是一个标准版的“王子复仇记”。唯有王子归来，血债血偿，向仇人举起复仇之剑，在这个等级体系分明的昊天世界里，才具有合法性和正统性：修行世界凌驾于俗世蚁国之上，俗世蚁国又是权贵平民与贱民泾渭分明的。

然而，宁缺却只是一个门房的儿子。他的母亲甚至是连名字都没有的婢女。

门房和婢女所生的儿子，十六年后却要因为将军府灭门惨案复仇？这其实真实得有些荒谬。因为，就算中国有“赵氏孤儿”的传说，有忠仆为主复仇的传统。但是，门房和婢女作为“忠仆”，已经跟将军府隔了一层；何况门房和婢女的儿子，又跟将军府隔了一层。“忠仆之子”为主复仇？除非是身受大恩，没齿难忘，否则，从逻辑和情理上都难以站得住脚——遑论宁缺前世今生的人设，都是“为自己而活”、不为他人而活的“自私之人”。

但就是这样的“自私之人”，却因为作为将军府门房的廉价父亲和作为夫人婢女的无名氏母亲，给了他难得的四年幸福时光，而感念一生。所以为了“这四年”，他蓄谋复仇“十六年”——四倍甚至数倍的“时间的光阴”。

这种支撑宁缺“大复仇”的信念合情合理、合乎逻辑，但仍然不符合这个修行世界和俗世蚁国的等级规矩：这个将军府少年复仇记，不是正宗和嫡系的“王子复仇记”，而是以门房和婢女之子伪装的“伪王子复仇记”——缺乏血统、法统和正统的支撑。

如果宁缺上演的是一场“忠仆之子”为主复仇记，虽然隔了好几层，但仍然勉强可为当世之人接受——因为符合纲常伦理、秩序规则。但是，这带来一个“伦理的悖论”：因为宁缺的复仇若是“忠仆之子为主复仇”的戏码，那么，他第一次复仇的对象就应该是他自己——因为将军府灭门惨案发生之时，柴房里只剩最后三人：管家、将军之子以及身为将军之子玩伴的四岁宁缺。当时，管家为了让将军之子活下来，试图杀掉宁缺，以假充真；但是，宁缺强烈反抗，杀掉了管家和将军之子，从而让自己活了下来。

谁也无权审判这种行为的“正当与否”。就像宁缺站在皇宫门前，掷地有声地质问：谁规定将军之子就该活下来，门房之子就应该替他去死？谁说门房之子就没有权利活下来？就像——谁说门房的儿子不应该复仇?!

因此，宁缺的“伪王子复仇记”，不是为了将军府灭门惨案里冤死的将军与将军夫人或者其他什么人，而是为了他那卑微至贱的名义上的门房父亲和婢女母亲，为了他们给予他的前世今生难得的四年幸福时光，甚至只是为了在那四年里无忧无虑成长的自己——仅仅是为了四年无忧的自己，也要花上十六年沉重的时光来蓄谋复仇。

这其实很难为这个修行世界强者为尊、俗世蚁国贱民如蚁的昊天世界所理解。即使是在这个人人皆以唐人为傲的异唐世界里，门房和婢女之子要为自己的贱民父母甚至自己复仇，亦是一件极为可笑、荒诞和荒谬的事情——即使这个门房之子现在已经是书院夫子亲传弟子、十三先生、二层楼天下行走，获得了修行世界和人世间至为尊贵的小个子“大人物”身份。

身份不等于出身。家庭出身并不一定决定未来的命运。但是，即使获得了相应的社会身份，也没法否定自己既往的出身——所以，宁缺的复仇，其实无关“身份的悬殊”，而在于“出身的质疑”。就像他质疑的一样：

为什么门房之子就该死，将军之子就该活——为何“出身决定人生死的权利”？

为什么将军之子复仇就可以，而门房之子就不应该复仇——是谁审判甚至裁决复仇的合法性、正当性？

为什么哈姆雷特王子复仇记就应该被世人讴歌，而门房之子“伪王子复仇记”，就不应该被写在书里？……

所以，猫腻把宁缺这个门房之子复仇记写进了书里，颠覆了剧中人、局外人以及我们这些剧外人、局内人的思维定式和传统观念。

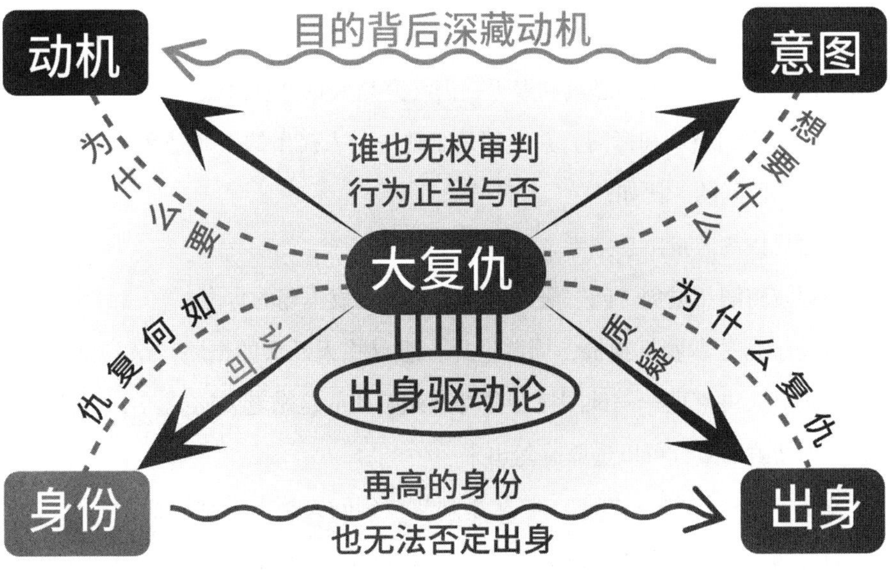

第二节 身份决定论：

从“门房之子”到“草根少年”崛起记

如果仅此止步，半部《将夜》复仇记，也仅仅是半部出身颠覆论——就像半部《论语》治天下，《将夜》确实重构了一个夫子、书院治理大唐盛世的论语天下。

但是，宁缺的这种质疑和拷问，却基于门房之子复仇记，又超越了这种复仇背后的法理和法统，指向了更为广阔、更为宏大、更为深邃的问人问世问天问修行——

凭什么像夏侯大将军和亲王李沛言一样的权贵人物，可以一言决人生死？

凭什么修行强者可以视俗世凡民为蝼蚁？

凭什么昊天的代言人知守观甚至西陵神殿，可以决定人吃肉和不吃肉的权利？

凭什么昊天可以封闭成泡泡世界，而限制人像飞蚁一样寻找天外天的自由？哪怕这是一种飞蛾扑火的恐惧和毁灭，但终究是人自己自由做出的选择……

这一系列的质疑和拷问，并不都是宁缺一个人提出的，而是几个人甚至几代人相继拔剑而问的。比如：

二师兄拔剑“量”悬空寺，何以奴役蚁民；

小师叔轲浩然拔剑“问”昊天，何以限制飞蚁飞翔的自由；

而夫子则是拿着打狗棍，周游世界，想寻找天外天的出路，最终登天而战，用棍子跟昊天讲道理——试图掀开捂得贼死贼死的这贼老天的贼盖子，就是为了让天外那新鲜的空气可以透露一丝出来……

就是宁缺这拔剑一“问”，将从小师叔拔剑问天到夫子拿棍捅天、从二师兄以剑为尺衡量佛性天道到宁缺自己拔剑为笔书写“人”心人性……问天问世、问人问己的“问道极简史”勾勒了出来：问天道，问世道，问王道，问人道，最后，问出自己必须遵循的大道——因此，一部《将夜》修行史，就是一部草根少年问道史。就像猫腻自己在内容简介中所说：“一段可歌可泣可笑可爱的草根崛起史。一个物质要求宁滥勿缺的开朗少年行。书院后山里永恒回荡着他疑惑的声音：宁可永劫受沉沦，不从诸圣求解脱？………”

但《将夜》绝不仅仅是一部草根少年崛起史，亦是一部从修行强者创造历史转向平民创造历史的新英雄史，更是从“逆天记”到“战天记”再到“择天记”的“大写的人创世纪”小史诗。①

于是，从“门房之子（伪王子）复仇记”到“草根少年（平民英雄）崛起记（创世纪）”，前者侧重于“出身”，后者的重心在“身份”——如果没有书院二层楼天下行走、十三先生的身份，以及长安城法阵守护者、大唐全境守护使，甚至整个人世间、修行世界和昊天之下秩序与规则的“权杖”执守者的地位，宁缺拿什么来问天问道问世问人——让整个世界能够静下来倾听他的声音？

又如何能够聚合长安城甚至大唐和整个人世间的“人间之力”，重新开天辟地，重建新世界新秩序？……

从出身之问到身份之行，撬动整个故事布局的杠杆的，不是“大复仇”，而是宁缺的“身份（自我）的悬念”——就像将军府灭门惨案之后，在宁缺蓄谋十六年的复仇之路上，他的身份一直是被预设、预期，直到最后一刻才被确定的：他不是将军之子，而是门房之子。

这种身份的“悬念”是猫腻刻意制造出来的，在最后一刻揭晓时，确实造成了逆转，而且制造出了一种别样的爽点——因为从情理和逻辑来说，“将军之子”其实是符合大多数人的阅读预期的，并且大多数人也认为将军之子复仇记的故事是合乎逻辑和情理的。但是，从整部《将夜》的布局和格局来说，显然“门房之子复仇记”才是最佳的驱动力——因为，如前所述，只有这种从“出身”到“身份”的质疑与拷问，才能撬动那问天问地、问世问人、问道问自己的拷问之路——而这才是《将夜》故事建构的精神与脉络。

① 参见庄庸著：《猫腻与〈将夜〉》，网络文学名家名作导读丛书，作家出版社，2019 年版。

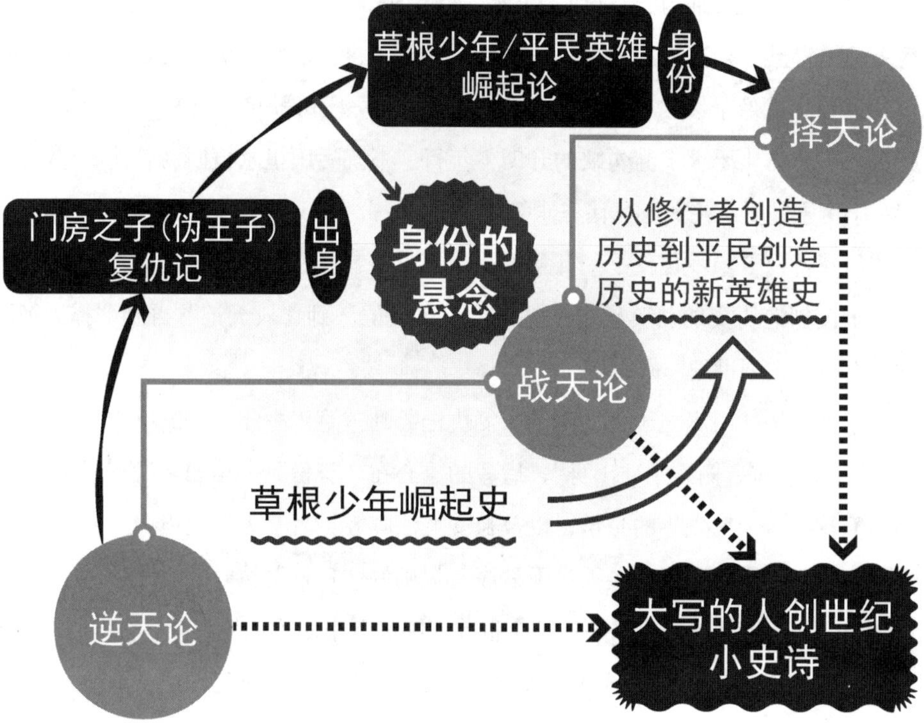

但是，从“门房之子（伪王子）复仇记”的切入点，到“草根少年（平民英雄）崛起史（创世纪）”的大格局之间，必须要有一个四两拨千斤的杠杆——假如“身份（自我）的悬念”已经被定为撬动这个故事大杠杆的支点，那么，什么样的“身份”，才是这个杠杆所需要的最佳支点？

从将军之子（王子）到门房之子（伪王子）推进的重要一步，将修道强者宰制世界（英雄创造历史）推向了平民创造历史的撬动支点。那么，还要什么样的身份，才能将这种支点和杠杆进一步从人世间和修行世界的质疑与拷问，推向问道问天、问人问己之大格局？

这还是要回到“大复仇”的起点——将军府灭门惨案之中。宁缺“身份的悬念”支撑起了半部《将夜》（其实是三分之一）复仇史——起于“将军之子（王子）”身份的悬疑，终于“门房之子（伪王子）”的出身。但从此出发的质问，开启了从门房之子到草根少年、从俗世蚁民到平民英雄的新的地平线。

第三节　身份（自我）的悬念：
从“冥王之子”到“昊天巿尊”择天记

这之所以成为可能，是因为“大复仇”和“身份（自我）的悬念”，被置于一个更大的“阴谋/圈套论”故事布局之中：

将军府灭门惨案，并不是因为将军本身的问题，而是因为西陵神殿光明大神官看到了“冥王之子降临于长安”，从而迫使夏侯大将军和亲王李沛言制造了将军府灭门惨案和边境屠村事件——这是宁缺复仇事件的起点。

《将夜》开篇就揭幕，将天下三大不可知之地的天下行走（一寺、一观、一宗）在荒原查探冥王之子降世一事和长安一条街两大家生死间（文官生、武官死）进行对照，并且通过书院大师兄守荒原和夫子看长安（主要是看那个生而知之的人亦即宁缺的抉择），将这种宏大的“阴谋/圈套论”故事布局勾勒成一幅白描图。

在“奇迹男孩”篇章之中，我们对其进行了主题分析。也就是说，将军府灭门惨案，在“冥王之子降世”和“永夜将至”（风起雨落夜将至）的宏大布局之中，就成为提前解决灭世问题的手段——宁缺作为“门房之子”大复仇的终点，便成为这个宏大布局的起点。而揭开这个时代序幕的，恰恰就是宁缺那悬而未决的身份：他究竟是不是“冥王之子”？

因为，宁缺本来是一个地球普通家庭的“别人家的孩子”，顾不上撕掉杠章便穿越到这个昊天世界成为门房之子——在夫子看来，他是一个生而知之的人；而在光明大神官看来，他确实最有可能是“冥王之子”。

因此，宁缺是不是冥王之子的“身份（自我）的悬念”，成为从“门房之子复仇记”到“永夜将至大布局”之中的最佳支点和杠杆：因为从地球斜杠少年穿越成门房之子，享受了前世今生最为难得的四年幸福时光，所以他有充足的理由为自己和自己这一世名义上的父母复仇。他的异界穿越者、非土著居民的移民属性，最接近那个作为冥王之子会带来永夜的灭世者身份。因此，这个未能确定的“身份”，将会造成书院和大唐、大唐和整个人世间与修行世界的撕裂，甚至让宁缺成为“举世之敌”——宁缺最后确实成了“举世之敌”。

但这是一种主动的选择，而不是被动的行为。因为，最终，这个“身份的悬念”被揭晓，与他相依为命的桑桑才是冥王之女。而宁缺为了守护桑桑，选择了与整个世界为敌。

请注意！从此开始，猫腻谋篇布局的“身份（自我）的悬念”的支点和重心，从宁缺转向了桑桑。甚至不如说，从《将夜》开篇开始，支撑整个故事布局的“身份的悬念”，其重心和支点一直都是桑桑——桑桑“身份（自我）的悬念”，才是从“将夜”到“昊天”整个世界观设定和宏观格局的战略支点。而宁缺从将军之子到门房之子，从生而知之之人到疑似冥王之子，不过是这种“身份（自我）的悬念”表层的结构。

而正是桑桑“身份（自我）的悬念”及其带来的逆转，决定后半部或者精准地说后面三分之一《将夜》“书写小史诗”的新征程：

第一重逆转，桑桑的身份被揭晓，被确认为冥王之女；宁缺为了她与整个世界为敌。

第二重逆转，桑桑一体两面；冥王就是昊天，昊天就是冥王；守护即为毁灭，灭世即为创世——由此带来整个天上人间的秩序危机和大洗牌。比如：昊天设局，夫子登天，举世伐唐。

第三重逆转，桑桑成为天上的昊天和地上的昊天（是不是想起了“天上的阿芙洛狄忒”和“地上[或人间]）的阿芙洛狄忒”之分[①]），从而带来整个人世间的“择天”之战……

可以说，桑桑身份悬念的揭晓和逆转，及其相伴而生的宁缺的每一次选择和行动，才是真正支起和撬动整个《将夜》故事布局和格局的杠杆。

因此，如果用“身份（自我）的悬念、大复仇情结、阴谋/圈套论（大迷局

① 参见庄庸、杨丽君等主编：《爽感爆款系统：中国网络文学阅读潮流研究（第3季）》，华语网络文学智库丛书，中国青年出版社，2020年版。

OR大格局论)”这金三角理论，来对《将夜》的故事进行结构性的分析，我们或许会这样归纳和总结：

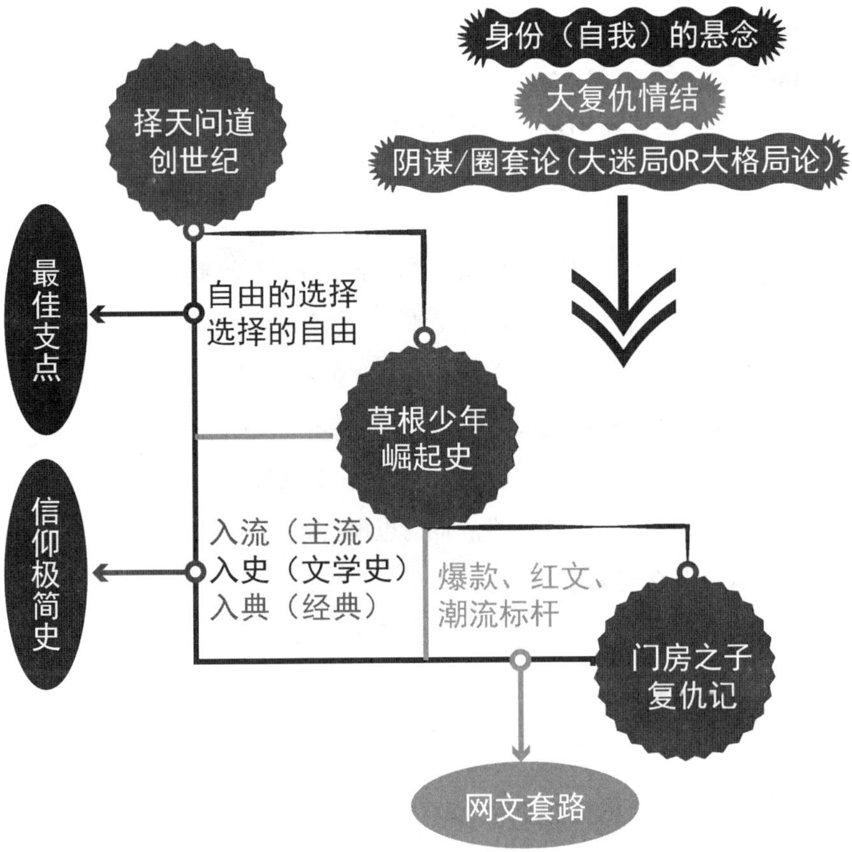

《将夜》的前三分之一是“门房之子（伪王子）复仇记”，承传了数十年爽文的传统套路，让其可以成为爆款、红文和潮流标杆。

中间三分之一是“草根少年崛起史（平民创造历史)”，浓缩了人类从身体崛起到精神崛起的信仰极简史，在接续千年的文脉和道统中，让其可以入流（主流)、入史（文学史）和入典（经典)。

最后三分之一是“择天问道创世纪”，可以说是真正地从讲故事的技术到理念之道，探索和实践如何表达我们当下国民精神的现状与形象，以及如何形塑未来已来的超凡近未来：面对一个前所未有的大变局时代，开创新世界、重建新秩序，取决于选择——自由的选择和选择的自由——这个最佳的支点！

第四节 爽点迁移：

从“复仇流”到“鄙视链”

“大复仇情结”是一个传统的文化母题、类型模式和故事原型。

网络文学在讲故事写爽文时，对此做了迥异于传统的处理方式——其核心就是以“爽点”为原点，来建基“身份（自我）的悬念、大复仇情结、阴谋/圈套论（大迷局OR大格局论）”的故事金三角（金字塔）。

这带来网络文学“复仇流”的潮流嬗变——如女频文中的穿越重生“腹黑女主复仇流”：它带来爽点迁移的变化，同时也预示着女性价值观念的嬗变。

比如，在这股女频文复仇流之中，无论是“复仇”的主题，还是“重生”的桥段，都是隐隐在表达女性内心的强大自我正在觉醒：女性的自我意识从此觉醒，自觉自为，展开了以自我为中心的历练。

从2012~2013年起，大量“重生”系列的女主，为了复仇而来，所以当然狠绝腹黑。但若是你就此断定女主们内心奸恶，是个“妖女”，那就错了。

这些腹黑的女主们，又有个统一的特点，就是——对仇者无情，对亲者太有情。

刻薄的语言下，是良善的心、温柔的情。

她不是没有情，而是被仇人、被男人，伤痛了心；于是，不敢相信，不敢再去信任——男人不可依靠，只有自己能信任。

于是——我要强大到，让自己可以保护自己，还可以保护我想保护的所有人。

“不能把自己的后背交给任何人，直到有一天你肯用你的后背为我挡住剑。”

收敛起女子所有的柔情、所有的脆弱、所有的小女儿心态；脸上的冷若冰霜、内心的绝情绝爱，只为了曾经的那个男人的负心绝意。

……

于是，我们鲜明地看到，网络文学的潮流发生了细微而重大的变化。

复仇，变成了一个鲜明的主题。

无论是《庶女王妃》，还是《嫡女生存》《重生之庶女心计》等等，“宁可我负天下人，不要天下人负我。”——这样冷酷无情的背后，不是狠绝的本性，而是一颗因为伤痕累累而绝望的心。

自我意识逐渐强大的女性，对男人的依赖性逐渐降低、减弱甚至消失——不是我不想依赖你，是我不能、不敢。你没有什么可以让我依赖的，你更会让我一次次地失望。如果我对你怀抱希望和信任，我就会对你的背叛失望甚至绝望。

男人靠得住，母猪会上树——这句话粗糙得似乎不应该从我们优雅的女主嘴里说出来，却适用于任何一个公主王妃或者婢女洗衣妇。

所以，复仇之路，无疑是网络小说里最热门的桥段。为什么呢？因为复仇之路给读者奠定了心理基础——瞧，她是被逼的（这和甄嬛等有异曲同工之妙）。毕竟，谁都不希望看到一个生来就腹黑的女主嘛。“你可以有恶行，但是你心底要有善意。”

重生，成了一个最好的桥段。[①]

猫腻系列作品对于复仇母题的聚焦和演绎，可以视为一个风向标，可以窥见网络文学讲故事写爽文的爽点和价值观念演变。

比如，《将夜》的复仇母题，跟《哈姆雷特》比较起来，是一个典型的伪王子复仇记；但如果跟《基督山伯爵》和《赵氏孤儿》对比，又有什么区别呢？为了个人的利益和荣誉复仇，还是为了利他的东西复仇（国破家亡）？

《将夜》是介于二者之间的：确实家破，但复仇不仅仅是为了家破；确实村亡，无论是边境小村还是渭城，无论是在内斗还是在外侵中被屠村，都被揽到了宁缺的身上。只是，他复仇的最终目的，还是着眼于个人——求自己心安。在边境小村，如果不是因为小黑子的关系，他怎么会把小黑子的复仇揽到自己的头上？在渭城，如果不是因为将军和其他人的羁绊，他又怎么可能会复仇？

而《间客》的复仇，则可以真正跟“哈姆雷特复仇记”相比较：许乐是真

① 参见吴金梅、庄庸著：《华语网络文学智匠创作研究》，吉林大学出版社，2020 年版。

正的帝国太子，流落或者潜伏于联邦，成为“复仇的种子”——两大国家的“世仇”，没有谁是谁非的感觉。而在这背后，则意味着军神和大叔两个师兄弟的“师门恩仇”。这是家国之恨。

但是，当许乐从帝都返回之后，许乐的复仇记，则转向了“小人物”的复仇：无关家国天下，只关乎兄弟情仇——为了兄弟向整个联邦复仇，是为了“人”而不是为了“制度”：凭什么要为了你们所谓的理念（理想、正义）等，牺牲掉个人的选择？

但是，在网络文学“穿越/重生复仇流”和“从《间客》到《将夜》的大复仇记”的起承转合中，猫腻的《庆余年》，对复仇母题（为了母亲向父亲复仇——所谓“弑父”情结）的处理，其实是这种“爽点变化和价值观念嬗变”的非常重要的接触点和引爆点。

在《庆余年》之中，复仇母题被表达为“穿二代伪弑父记”——男主角范闲作为穿越女的第二代穿之子，从其他世界穿越过来，寄附到穿越女叶轻眉与土著男庆帝的私生子身上；虽然他们在血脉上没有什么关系，但灵魂和身体却一脉相系、有所认同；并且范闲继承了穿越者留下的庞大的开疆拓土的遗产，也继承了她被亲夫及其皇族灭身去魂的大仇；面对名分上的父亲，也就是实际的幕后真凶，范闲应该如何做？复仇即弑父，就会陷入当世的人伦困境；不复仇，他又何以甘心？穿越女叶轻眉的那些土著拥趸又何以甘心——比如范建和陈萍萍？

比起从复仇流到大复仇记的“复仇母题”来说，《庆余年》更重要的特质，就在于它是一部集大成者的爽文。它把此前网络文学讲故事写爽文、特别是男频文与女频文兼容的诸多流行桥段，全都集聚并融合了起来，制造出了层出不穷的爽点和爽感。

比如，“文抄公”发财致富和名利双收的生活：从《红楼梦》俘获少女帝王心，到“李白斗酒诗百篇”式的天子呼来传名篇，再到“玻璃、火药、造纸”等三大穿越标配的再继承和再创新……尽管这种“穿越文抄流”在时下已经不流行了，但在当时“天下文章一大抄，穿越前生当活宝”的爽文机制之中，却是制造爽点、爽感和神爽的三爽法宝。

何况，它还兼容并转化甚至反讽了许多流行的“爽文套路”。比如，讥讽文人拿扇，以为是雅趣和风骨，其实不过是不要温度、伪装风度。对于投机心甚重的“寒门子弟”（如贺宗纬），丝毫不假以颜色：从当面啪啪打脸，到禁止其靠近自己的妹妹，再到最后毫不掩饰地穿门而过、当场将其诛杀……这已不仅仅是简单的“爽感制造”，而是某种立场与观点、情感与态度的表达了。

问题在于，这种从情绪到情感的表达，何以能够引爆我们的共鸣？

无论是《庆余年》中这种文人扇风骨的反讽，还是《择天记》中废柴退婚流的反转，“啪啪打脸”都是在引爆我们的情绪，让我们感觉到很“爽”。

那么，从《庆余年》中隐含的范闲对于连式小人物奋斗记（出身寒门，不择手段往上攀龙附凤，踩着他人以成就自己的“寒门才子崛起记”）的鄙视感，到烽火戏诸侯（从《陈二狗的妖孽人生》到《雪中悍刀行》）的“二代视角”，以及网络文学中大量存在的“屌丝逆袭”PK“二代优越”潮，它们所带来的“爽感”到底因何而生？

亦即，这种天然与读者身份、位置和社会阶层相悖而生的“二代态度”，为什么带来的不是“反感”，而是“爽感”？

如阿耐在《欢乐颂》中，毫不掩饰自己对“有钱优越”的曲绡绡和安迪的赞赏。大量晋江作者无意识或刻意地展现出“小康之家”的社会阶层意识，从而在作品中毫不留情地把不择手段博上位的“凤凰女”“恶毒女配”“绿茶婊”“白莲花”等塑造为反面角色，肆意用文字鞭挞——是不是体现了与经济地位和社会阶层相匹配的“小康之女”，对所谓的逆袭女的天生厌恶和“阶级鄙视”？

这就是从“啪啪打脸”的引爆情绪潮流（爽点—表层机制），到同频共振、同情共理的“代入感”情感共鸣现象（爽感—二层结构），再到利益冲突PK核心权益甚或是“信 × 权之争”和“情结情怀”驱动力（神爽—三层结构），最后抵达理念、立场和价值取向等妥协与和解、共认与识同、共生共融的共同体形态、业态和生态系统（爽文化—四层结构）。

猫腻从《庆余年》《将夜》到《间客》，完整地映射了这种“爽感的金字塔结构”。《庆余年》已经引爆情绪。《将夜》“门房之子复仇记”已经完成对“哈姆雷特王子复仇记”的逆转。而《间客》真正实现了从“小人物”到“王子”复仇记所应该坚持的理念、立场与价值观念的重塑：我用拳头跟世界讲道理；这世间需要公平、公正、自由和平等；《将夜》通篇，都在阐述“选择或不选择的自由”——人有选择吃肉或不吃肉的自由。

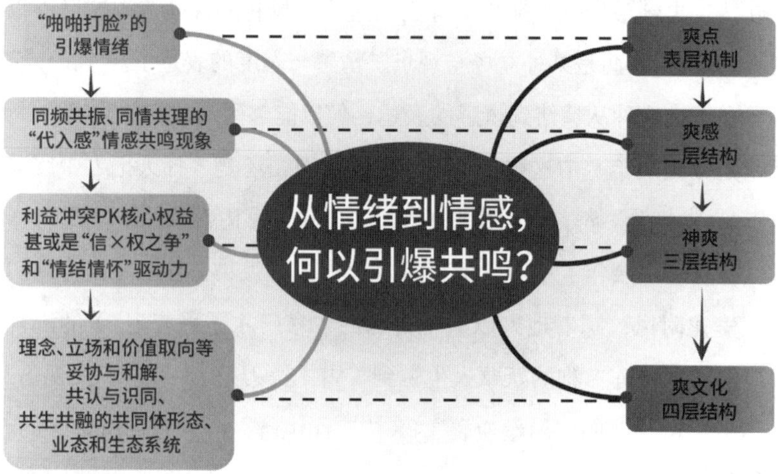

在《庆余年》之中，许多打斗场面，已经不只是让人热血沸腾、情绪引爆，而且已经深入到“情感共鸣”和“利益/立场/价值观诉求”了。

截取范闲刚进京被当街刺杀的事件和从大东山返京途中被秦家军伏击的事件，会发现两者都有典型的三段论：第一，开头如同好莱坞大片一样具有“视觉特效”的惊险刺激；第二，现仇现报或者即见即得、“嚣张无比地要个说法，不给我一个说法我就给你一个打法”的即时爽感；第三，人若犯我、我必犯人的“核心权益”诉求，捍卫我爱的人与爱我的人的“情感核”驱动，以及“自由、平等和公道”等价值、原则和理念表达。[①]

这已经从“爽点宇宙”的故事文本符号体系，走向“爽文价值”的意义系统生产了——犹如我们所解读、诠释和建构的“新主流网文”的潮流、特征和趋势：从接续千年文脉，到“双创”（创造性转化和创新性发展）中华文明基因；从重塑社会现实感，到建模超凡近未来的失序危机与秩序重建[②]……如何让我们活着，且活得更美好？

① 参见庄庸、杨丽君等主编：《爽感爆款系统：中国网络文学阅读潮流研究（第 3 季）》，华语网络文学智库丛书，中国青年出版社，2020 年版。

② 参见庄庸、杨丽君等主编：《文运迷楼说：中国网络文学阅读潮流研究（第 4 季）》，华语网络文学智库丛书，中国青年出版社，2020 年版。

第五节　活着主题：
从“蚂蚁哲学”到“故事迷宫”

这再一次让我们回到猫腻系列甚至网络文学和整个世界的“活着主题”：我们所生活的社会现实甚至世界本身，就是一个不知我是谁、从何而来又向何而去、此时此地此事处于何种状态的“魔幻迷宫”；我们如何活着，且如何活得更美好？

或许大多数人在一生之中都身陷人生的迷宫而不自知，无知所以无所畏惧，就像《将夜》荒原之中的蚂蚁一样，平凡而忙碌地生活于其中，甚至为了争夺“荒原上一根残存的浅褐色树根”而展开血腥惨烈的战争——因为那是他们生存和发展的地盘和身心皈依的精神家园。

只有极少数的蚂蚁会抬头看天：因为看见，所以恐惧；但正因为看见，所以渴望冲出去；即使像飞蛾扑火，或者像古希腊神话中的伊卡洛斯，展开用蜡做的翅膀，飞向太阳，最终因跌落水中而丧生……却依然勇往直前，前仆后继，就算粉身碎骨，也在所不惜。

没错，这让我们指向了对猫腻《将夜》的解读、诠释和建构——我们庖丁解牛了《将夜》之中的俗世蚁国、修行强者（飞蚁阶层）和蚁人蝼民，把猫腻这种试图表达、突破和超越的理念与思想，解读、诠释和建构为“蚂蚁哲学”。[①]

这种“蚂蚁哲学”之所以重要，是因为它戳中了三个社会现实与人类精神需求的痛点（而不仅仅是爽点或亮点）。

第一，我们混沌地生活在社会现实或宇宙世界的巨大迷宫之中，却不自知。就像渺小而平凡、庸碌的蚂蚁一样，一直围绕着人生乱如麻的金毛线球，重复走

① 参见庄庸、杨丽君等主编：《蚂蚁哲学：中国网络文学阅读潮流研究（第 5 季）》，华语网络文学智库丛书，中国青年出版社，2020 年版。

着那永远都找不到出口的路。

就像《将夜》之中的三大天下行走看蚂蚁争夺树根一样愚蠢和可笑，我们其实也在为了那像树根一样的“生存和发展的空间、身心与精神的家园”而陷入混乱、矛盾、冲突以及残酷的战争。身陷这种现实与宇宙迷宫，就像陷在铁屋子里，在黑暗之中沉睡，从生到死，找不到出口。

世界如迷宫，人生如蚁。这就是现实的映照和重组，直戳我们生存和发展甚至精神需求的痛点。这就是我们在造词时经常提起来的，网络文学在重构、重建和重塑我们的“新社会现实感”。

第二，在蚁群战争之中，总有一两只抬头看天、看见天之外从而试图长出翅膀的“觉醒者”。关于人生建筑的（甚至不是被他人关住而是自己把自己关进去）小黑屋大铁窗之中的人类，也必然有像鲁迅所说的觉醒者、清醒者和呐喊者。《将夜》其实就是一部“渺小如蚁却美如神”的人类觉醒极简史。

而且，这部“觉醒史”犹如天地人一样，重构了历史的三重金字塔：从飞蚁（修行强者）的觉醒到蚁民（普通凡人）的第一重觉醒；从身体（身份与阶级）站起来到精神（理念与信仰）站起来的第二重觉醒；从俗世蚁国—修行世界—昊天信仰的金字塔统治结构，到“封闭世界”—天外新天—大宇宙的未知世界探索之旅的觉醒。这是《将夜》对人类发展简史、生存和发展的时空维度，以及比已知更为广阔的未知领域的浓缩与简化、描述与勾勒、猜测与想象。

第三，最重要的是，在这种“魔幻迷宫”一样的生活、世界和宇宙之中，“觉醒”而迈向我们所说的从已知到未来的广阔探索与冒险之旅，并不是同一场景、同一维度、同一界域的量变，而是转场、跨界和升维的“跃层之旅”。

你从自己把自己关进去（或者被他人愚昧、蒙蔽和强制地关进去）甚至关得封闭而黑暗的小铁屋走出来，并不是：要在这同一时空的人生建筑之中登顶，甚至攀越像巴黎埃菲尔铁塔甚至迪拜“世界上最高的摩天大楼”一样的建筑，“站在自己的人生之巅”甚至“成为世界上站得最高的人”，从而能够看到同一片天空之中最高、最美、最远的风景。

而是：要真正在自己封闭而孤立的人生建筑（不管它有多高、多大、多宏伟）中，找到真正的“通天塔”，从而能够在社会现实生活低维度的“魔幻迷宫”

之中，找到出口和入口，能够进入那整个宇宙迷宫之中更高维度的多维空间或高维文明——即使在那里，我们将面临又一轮的从低维到高维，从旧场景到新场景，从已知的场域跨越至更为广阔、丰富和多元的未知场域的过程。

这最终都要取决于"人"自身的知道（看见和明道）、选择和自由。你必须能够看见那看不见的迷宫，问天问世、问人问己，问出自己的道。从道到路，从沉睡到觉醒，人必须做出自己的选择。拥有选择的自由和自由的选择，是至关重要的事情——人只有自由地做出选择，才能坚持自己的道，走自己的路，才能真正地通往自由之境。即使那种自由之境代表着恐惧之渊、危险之海，但是，太阳与月亮就是从大地的深渊和黑暗之海中升起的。海上生明月，我从东方走到太阳升。

这种从已知的现实和世界，迈向广阔的未知领域的选择与自由、恐惧与勇敢、冒险与探险，其实不过是基于人类本性和本能的精神追求和超越。它作为故事轴线，体现在从《第三类接触》到《三体》、从《星际穿越》到《降临》、从《超人》到"漫威超级宇宙"等大量科幻影视小说和玄幻奇幻作品之中；从"外太空"到"外星人"，从"平行世界"到"多重宇宙"……各种设定、脑洞和创意层出不穷。

猫腻的《将夜》不过是以一种玄幻、穿越和架空的方式，将科幻与奇幻和玄幻的世界观设定集，进行了东方化、网络化和爽文化——比如：从穿越架空历史小说《庆余年》中的类似于三体文明的高维度文明（本土或外星文明），留存于这玄幻大陆的"神庙"，到《大道朝天》中的修真小世界撞上"太空战舰如万千流火奔袭而来"的宇宙高维文明；从科玄合一的《间客》直接讲述"我们的征程是星辰大海"的未来机甲大战，到异唐论语世界版的小说《将夜》向内、向下、向后收缩，寻找折返点和触弹点，重新寻找"渺小如蚁美如神"的人类生存与发展建基点，并向上、向前、向外寻找"像神明一样存在、生存和发展"的未知与广阔的天外世界。

这其中，最值得聚焦并引人注目的，并不是：人类这种从已知到未知的探索与冒险之本能与本性的冲突与欲望，以及在这个过程与各种不同类型的拦阻者与狙击者的矛盾与冲突、对抗与战争，以及寻找人类精神追求与实现的选择与自由、超越与完满。

而是：这种“魔幻迷宫”的传统文化母题、类型模式和故事原型，成为作品文本的“内在故事大厦”，并和人生建筑所矗立的社会现实世界以及整个星辰大海的宇宙星球时空，所形成的同心圆式映射、重组和同频共振结构，以及人在其中必然经历的沉沦、觉醒和超越历程——而转场、升维和跨界，就成为从人生建筑通往通天塔、从低维现实世界迷宫走向更高维度的宇宙多维迷宫的轴心杠杆。

换句话说，“魔幻迷宫”文化母题、故事原型和类型模式的同频共振，与个体—大众心理、社会—国民心态、国家—民族甚至整个人类的集体情结与集体无意识的共鸣共情，以及整个世界、地球和宇宙在新一轮重大科技与产业革命（如量子革命）中所引发的转场、升维和跨界之共生共融——才是这些故事作品引爆需求暗流的“阅读杠杆”。

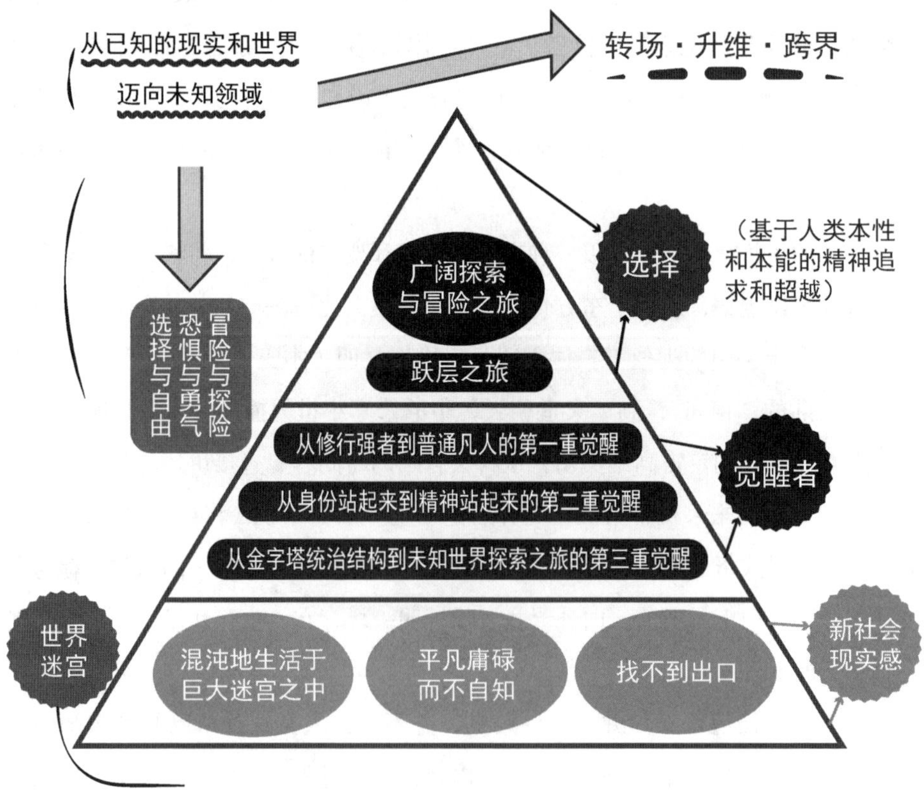

选文悦读 猫腻《将夜》：生而如蚁美如神

第一卷 清晨的帝国 开头

在很久很久以前，有很多不可知之地。在那些不可知之地里，有很多不可知之人。

……

黄昏的荒原远方悬着一颗火球。它散发出的红色光线像一团体积巨大的火焰，缓慢而坚定地逐渐蔓延开来。原野上积雪融化后初生的苔藓，像烧伤后的疤痕一样涂抹得到处都是。四周一片安静，只偶尔能听到上方传来的鹰鸣和远处黄羊跳跃时的声音。

空旷的原野上出现了三个人。他们聚集到一棵荒原不多见的小树下，没有开口打招呼，很有默契地同时低头，似乎树下有一些很有趣的东西值得认真研究和思考。

两窝蚂蚁正围绕着露出寒土的浅褐色树根进行着争夺。或许是因为这片荒原上像树根这样完美的家园难以找到第二个，所以这场战争进行得格外激烈。片刻后便残留了数千只蚂蚁的尸体，似乎应该很血腥惨烈，但实际上也不过是一片小黑点而已。

天气还很寒冷，树下那三个人穿的衣服却不多，似乎并不怎么怕冷，就这样专注地看着。不知道看了多久，其中一人忽然开口低声说道："俗世蚁国，大道何如？"

说话的那人眉眼青稚，身材瘦小，还是一个少年，穿着件月白色无领的单薄轻衫，身后背着把无鞘的单薄木剑，乌黑的头发细腻地梳成一个髻，有根木叉横穿其中——那根木叉看似随时可能会堕下，但又像是长在山上的青松般不可动摇。

“首座讲经时，我曾见过无数飞蚂蚁浴光而起。”

说这句话的是个年轻僧人。他穿着一身破烂的木棉袈裟，头上新生出的发茬儿青黑锋利，就像他容颜和话语中透出的味道那般肯定坚毅。

木剑少年摇头说道：“会飞的蚂蚁最终还是会掉下来。它们永远触不到天空。”

“如果你始终坚持这般想法，那你将永远无法明悟何为道心。”年轻僧人微微阖目，望着脚下正在抛洒残肢的蚁群，说道，“听说你家观主最近新收了个姓陈的小孩子，你就应该明白，知守观这种地方永远不会只有你一个天才。”

木剑少年挑眉微讽回应道：“我一直不明白，像你这样无法做到不羁身的家伙，有什么资格代悬空寺行走天下。”

年轻僧人没有回应他的挑衅，望着脚下焦虑乱窜的蚂蚁说道：“蚂蚁会飞也会掉，但它们更擅长攀爬，擅长为同伴做基础，不惧牺牲。一个一个蚂蚁垒积起来，只要数量足够多，那么肯定能堆成一个足以触到天穹的蚂蚁堆。”

天空暮色里传来一声尖锐的鹰叫，显得很惊慌恐惧，不知道是惧怕树下这三个奇怪的人，还是惧怕那个并不存在的直冲天空的巨大蚂蚁堆，或是别的什么。

“我很害怕。”

背着木剑的少年忽然开口说道，瘦削的肩膀往里缩了缩。

年轻僧人点头表示赞同，虽然他脸上的神情依旧平静坚毅。

小树下的第三个少年身体精壮，裹着些像是兽皮般的衣裳，赤裸的双腿像石头一般坚硬，粗糙的皮肤下能够清晰地看到蕴积着无穷爆发力的肌肉。他始终沉默，一言不发，然而皮肤上立起的小点终究还是暴露了他此时内心真正的感受。

树下的三个年轻人来自这个世界上最神秘的三个地方，奉师门之命在天下行走，就仿佛三颗横贯于人间的星辰般夺目。但纵使他们，今天在这片荒原也感到了难以抵抗的恐惧。

老鹰不会惧怕蚂蚁，在它眼中蚂蚁只是黑点。蚂蚁不会惧怕老鹰，因为它们连成为鹰嘴食物的资格也没有；它们的世界里甚至根本没有老鹰这种强大的生物，看不到也触摸不到。

然而千万年间，相信蚂蚁群中总有那么特立独行的几只出于某种玄妙的原因，决定暂时把目光脱离腐叶烂壳，向湛蓝青天看上那么一眼，然后它们的世界便不一样了。

因为看见，所以恐惧。

树下的三位年轻人抬起头，望向数十米外地面上的一道浅沟。浅沟自然不深，里面除了黑色什么也没有，在斑驳的荒原地表上显得格外清晰。

这条沟在两个小时前突然出现，陡然一现便直抵天际，仿佛是只无形的天鬼拿如山巨斧劈出来的，仿佛是位神匠拿如椽巨笔画出来的，令人不寒而栗、不解而惧。

背木剑的少年盯着那道黑线说道："我一直以为不动冥王是个传说。"

"传说中冥王有七万个子女，也许这一个只是偶尔流落人间。"

"传说就是传说。"背木剑的少年面无表情地说道，"传说里还说每一千年便有圣人出，但这几千年来，谁真见过圣人？"

"如果你真不相信，为什么你不敢跨过那条黑线？"

没有人敢踏过那条黑线、那道浅沟，即便是骄傲而强大的他们。

蚂蚁能爬过，长肢虫能跳过，黄羊能跃过，鹰能飞过，只有人不能过。

正因为是人，所以不敢跨过。

背木剑的少年抬头向天边望去，问道："如果那个孩子真的存在，那么……他在哪里？"

此时落日已经有一大半沉入地底，夜色正从四面八方涌过来。荒原上的温度急剧降低。一股令人心悸的气氛开始笼罩整个天地。

"黑夜降临，到处都是，你们又能到哪里寻找？"

那名穿兽皮的少年打破了一直以来的沉默。他的声音拥有与年龄不符的低沉粗糙，嗡鸣振动就像是河水在不停翻滚，又像是锈了的刀剑在和坚硬的石头不停摩擦。

说完这句话，他就离开了，用一种特别的方式离开。

数蓬火苗忽然从他两根坚硬粗壮的裸腿上迸将出来，把少年下半身罩进一片赤红色中。狂啸的风让地面的碎石急速滚动，然后仿佛有种无形的力量抓住他的脖子，把他的身体提向十几丈上的天空。紧接着呼啸破空落下，狠狠砸在地上，然后再次蹦起，就像一块石头毫无规律地蹦向了远方，看上去异常笨拙却又极其迅猛高速。

“只知道他姓唐，不知道他的全名是什么。”

背着木剑的少年若有所思地说道：“如果换一个时间换一个地点遇到，我和他肯定只有一个人能活下来。徒弟就这么厉害，他那个师傅又会强到什么程度？……听说他师傅这些年一直在修二十三年蝉，不知道将来破关之后身上会不会背一个重重的壳。”

身旁一片安静，没有人回答。他有些疑惑地回头望去。

只见那名年轻僧人双眼紧闭，眼皮疾速颤动，似乎正在思考某个令人困扰的问题。事实上自从那名兽皮少年说出关于黑夜的那番话后，年轻僧人便一直陷在这种诡异的状态之中。

感应到目光的注视，年轻僧人缓缓睁开双眼，咧嘴一笑。笑容里原初的坚毅平静已经变成不知从何而来的慈悲意。张开的唇内血肉模糊，是嚼碎后的舌。

木剑少年皱了皱眉。

年轻僧人缓慢摘下腕间的念珠，郑重地挂在自己颈上，然后抬步离去。他的步履沉重而稳定，看似极慢，但不过刹那便已经身影模糊，将要消失在远处。

树下再没有别的人。木剑少年脸上所有的情绪全部淡去，只剩下绝对的平静，或者说绝对的冷漠。他望向北方尘埃里那个像石头般不停跳起砸下的影子，低喝道：“邪魔。”

他望向西方那个低着头沉默前行的年轻僧人的背影，说道：“外道。”

“不足道也。”

邪魔外道不足道也。

说完这句话，少年身后背负的单薄木剑无由而振，发出嗡嗡异鸣，嗤的一声凌空而起，化作一道流光，将荒原上的那棵小树斩成了五万三千三百三十三片，不分树枝树干尽为粉末，纷纷扬扬地覆在那些忘生忘死的蚂蚁之上。

“哑巴开口说话，饼上放些盐巴。”

大唐天启元年，荒原天降异象，各宗天下行走汇聚于此，不得道理。

自其日悬空寺传人七念修闭口禅，不再开口说话。魔宗唐姓传人隐入大漠，不知所踪。知守观传人叶苏勘破死关，周游诸国。三人各有所得。

但他们三个人并不知道，就在那一天黑夜将至时，就在那道他们不敢跨越一步的黑壑那头，靠近都城方向的某片小池塘边，一直坐着个书生，一个穿着草鞋破袄的书生。

这书生仿佛根本感觉不到那道黑壑所代表的强大与森严，左手拿着一卷书，右手拿着一只木瓢；无事时便读书，倦时便少歇，渴了便盛一瓢水饮；满身灰尘，一脸安乐。

直到远处三人离去，直到荒原上那条浅浅的黑壑渐渐被风沙积平，书生才站了起来，掸掸身上的灰尘，将木瓢系到腰间，将书卷仔细藏入袄内，最后看了眼都城方向，方才离开。

都城长安有一条长巷，东面是通议大夫的府邸，西面是宣威将军的府邸，虽不是顶尖的权势爵位，但官威深重。平日里长巷一片幽静，只不过今日却早已幽静不在。

通议大夫府邸有喜，产婆忙进忙出。然而从老爷到丫环，府内所有人脸上的喜悦神色总觉得像是掺杂了某些别的情绪，没有一个人敢笑出声来。那些抱着水盆匆匆走过墙角的仆妇，偶尔听着墙外传来的声音，更是面露恐惧之色。

那位以骁勇著称的宣威将军林光远，因为得罪了帝国第一骁勇大将夏侯，于是再也不复骁勇，被人告发与敌国相通。经过亲王殿下亲自审讯数月，如今终于有了结果。

结果很明确，处罚很简单，就四个字——满门抄斩。

通议大夫府大门紧闭。管家贴着门缝紧张地望着同样大门紧闭的将军府，听着对面不时传来重物砍入肉块的声音，听着那些骨碌碌如西瓜滚动的声音，身体忍不住颤抖起来。

两家在一条巷子里生活了很多年。将军府从管家到门子都和他相熟。听着那些恐怖的声音，他仿佛看到无数把锋利的朴刀切开那些相熟人们的脖子，看到那些有着熟悉面容的头颅在青石板上不停滚动，然后撞到门口，逐渐叠加挤压成了一座小山……

鲜血从将军府门下淌了出来，有些乌黑、有些黏稠，像是混了朱砂的糯米浆液，里面还有些像紫薯絮般的肉筋。面色苍白的管家盯着那处，再也无法控制自己的情绪，扶着门佝着身子开始呕吐。

门外忽然传来急促的马蹄声、叱喝声，然后是被粗鲁敲打的声音。隐约间听到喝骂仿佛是说将军府有人逃脱。一名亲王府的家将骑在马上厉声喝道："一个都不能少！"

通议大夫府后宅花园的某处墙上，有几道划痕和血迹。

"少爷你听话，你不能出去。让小楚去，让他去吧……"

离此地不远处的柴房内，一名浑身是血的将军府管事，望着身前两名四五岁大小的男孩儿，枯唇微微翕动，声音沙哑得极为难听。满是皱纹黑泥的脸上写满了绝望和挣扎，一直挣扎到老泪挤出眼角，浑浊得厉害。

闯进通议大夫府的羽林军没有花多长时间，便找到了这间柴房。看见柴房内倒毙的老少二具尸体，进行查验之后，那名校尉犹有余悸地大声报告道："一个不少，都死了。"

世外高人这四个字最简单的解读方式就是，高人一般在世外，在世外的容易是高人。废话中其实隐着某些道理。他们所恐惧的是凡人无法接触的，他们所喜悦的是凡人无法理解的。

于是俗世不曾知晓俗世外发生了什么，世外的人也不会理会俗世里正上演着一幕幕生离死别或新生喜悦，更不会关心屠夫的秤少了斤两，酒徒家里的窖被老鼠噬出了泥洞，朝廷死了个宣威将军，某文官生了个女儿。

两个世界的悲欢离合从来都不相通。

若能相通，便是圣贤。

都城长安郊外有座高山，山峰半数隐于云中。后山面西的悬崖峭壁之间，有一个人影正在其间缓慢上行。这个男子的背影极为高大，单衣之外穿着一件黑色的罩衣，手里提着食盒。

迎风摇晃行到一处山洞外，高大男子坐了下来，打开食盒，取出筷子，夹一块姜片送入唇中仔细咀嚼，又拈两片羊肉吃了，满足地叹息赞美一声。

夕阳下的都城长安，将逐渐被黑夜笼罩。远处隐隐有积雨阴云飘来。

高大男子望着都城某处，感慨地说道："我仿佛看到当年的你。"

然后他抬头望天，右手持箸指天，说道："至于你，飞得再高又有什么用呢？"

很明显，这两句话的对象是两个不同的人。

略一沉默，高大男子端起手边的米酒一饮而尽，举着空酒碗望着天地四周都城左右，敬颂道："风起雨落夜将至。"

说风起时，有风自山外来，吹得衣襟呼呼作响，岩间老树急剧摇晃，山石簌簌直落。雨落二字出他口时，远处飘至都城上空的雨云骤然一暗，无数雨丝化为一柱，自最后暮色间倾盆而下。当他说完这句话时，黑夜刚好占据半边天穹，漆黑有如冥君的瞳。

高大男子重重地放下酒碗，恼火咕哝道："真他妈的黑。"

第四卷　垂暮之年　第一百六十六章　我以长安战无敌（下）

极西荒原天坑底部，生活着很多农奴。他们侍奉着悬空寺里的僧侣，维系着那个社会的存在。在昊天的眼中，生活在地面上的人类其实也就是些农奴，都是类似于蚂蚁般的存在，任劳任怨地重复着乏味的人生。

只是千万年间，蚂蚁群中总有那么特立独行的几只出于种种原因或没有原因，决定暂时把目光脱离腐叶泥土，向湛蓝青天望去。

看见青天，那些蚂蚁的生命便会发生极大的变化。有的蚂蚁因为看见所以向往；有的蚂蚁因为天空的遥远而愤怒；有的蚂蚁因为看见所以恐惧，于是颤抖着臣服在泥土里，因为得到天空的恩赐而感激。

但无论是哪一种结局，那些蚂蚁已经不再是普通的蚂蚁。从某种意义上来说，他们已经脱离了蚂蚁的范畴，因为他们可以飞。

夫子和轲浩然，毫无疑问是无数年来最不可思议的两只飞蚂蚁。宁缺说观主是飞蚂蚁，并不是在嘲笑对方，而是在表达自己的尊重，

“其实有件事情我一直没有想明白，观主你早已超凡脱俗，眼光不在人间，那你为何不把眼光再次投到青天之上？”

宁缺看着长街那头，认真请教道。

“道门与书院的理念，从来无法相通。我与夫子的看法，也不相同。任何开始都必须有结束，任何循环都必须有终结。这才是真的循环。”

观主的声音从风雪中传来。

“就像夫子留在人间的这座长安城，自绝于天，纵使再如何强大，也不过是一潭死水。又像你现在写的乂字符，狰狞勃发，却无归途，所以谈不上圆融，也就没有选择，那么又怎么拦得住我？”

宁缺看着风雪中说道：“没有选择，难道不是自由？”

观主说道：“没有选择不是不选择。”

气息与阵意不停发生着碰撞。朱雀大道上出现无数道极细而锋利的线条。街道上不时响起气泡破灭的轻噗声，雪残符破。

观主的声音在风雪中近了几分。

“就算有惊神阵加持，弱小如你，也不可能守住这座城。按照你的性情，你应该早在前些天便逃离，结果你依然在街上。这让我有些意外。”

“老师把这座城留给我，我只好留在这座城里。而且如果我能明白得更早一些，也许前两天便已经把惊神阵修复如初。”

宁缺说道：“而且很遗憾的是，这几年她在长安城里待的时间太长；我自己太懒，什么事情都让她去做；结果她走过的地方太多，留下的气息太多。从这个角度上来说，长安城现在的危险是我们夫妻的责任。”

“你说得对。如果是以前，我可能早就已经逃出长安。但既然是她和我的责任，而她现在已经死了，那我只好留下来扛。因为她是我的妻子，这个账总是要认的。”

观主知道他说的是谁，说道：“哪怕明知守不住？”

“因为知道，所以要守。知道守不住，还是要守。”

宁缺说道：“这是我的知守。”

说完这句话，他看着风雪中越来越清晰的那道身影，双手紧握刀柄，左膝微曲，身体紧绷如弓，挥刀砍落。

他明白观主说的是正确的。

他还没有找到那个字，他还不能完美地调动惊神阵。

他以前会的唯一神符是二字符。那代表着切割与绝对的执拗，但那也代表着平行的对立，与周遭的天地很难发生联系。

昨夜他悟出了乂字符。那两道平行对立的线条相交，开始相通，于是可以借用惊神阵里的天地之力，拥有了五境之一的威力。但两条线的四角入天落地，却是渐行渐远，无法循环回复，只能逐渐散溢。

但他还是想试一试，因为他不相信真的有人能够对抗这座千年雄城。

两刀破风雪而去，呼啸渐厉。

观主神情宁静，再次以掌拂面。青衣飘摇，气息直冲天穹。

无量与寂灭的完美结合，让他把这场战争融入另一个尺度。

宁缺手中的阵眼杵，滚烫得像是火山里的熔岩。

他看着长街那头观主飘摇而起的身影，体内的念力不停疾出。

湖水沸腾，青砖微颤。整座长安城里的天地元气，仿佛都被宁缺召集到了朱雀大道之上，向着观主狂涌而去。

长安城上方的天穹，骤然放晴。那些从昨夜一直盘桓到现在的雪云，在极短的时间内消散无踪，露出湛蓝的青天。

一座城的威压，轰击到观主的身体上。

几乎同时，自天穹落下无数道雷，轰击在这座城里。

观主的身影在风雷中飘渺不安。

昊天的愤怒与人间的力量，借由观主和宁缺的身体，真实地碰撞到了一起。

没有落雪，却有落雪声，暴雪。

没有风起，却有啸风声，狂风。

整座长安城笼罩在暴烈的天地元气的冲撞里，无数建筑的墙体表面被震出了裂缝。除了恐怖的风雪声，根本听不到任何别的声音。

……

风雪渐停，散向四野的云又回来了些。长安城上的那轮日头有些黯淡。

朱雀大道安静无声。观主和宁缺相对而立。

他们之间的距离，已经没有十余里，只有十余丈。

宁缺能够清楚地看到观主的脸。

他看到了观主脸上的伤痕、那道断眉以及断指。

观主向他走来。

街面上的圆粒小石头簌簌而动，向两边避去。

宁缺低头咳嗽起来，显得很是痛苦，唇角溢出血丝。

然后他霍然抬头，看着观主，毫无预兆地一拳击出。

他此时的眼眸很冷静，所以很残忍。

就像是草原上盯着猎物的年轻公虎。

他站在原地挥拳，拳头来到十余丈外，来到观主的面门之前。

自修行浩然气入魔以来，他的身体强度便越来越可怕，他的力量也越来越可怕。所以他从来不担心近战。他一直等着观主来到身前。

蕴藏着磅礴浩然气的拳头，就像是夜色里探出的虎爪。

锋利，而且致命。

……

观主举起手掌，握住宁缺的拳头。

宁缺现在的拳头，可以击垮一幢小楼。但击在观主的掌面，却像是击中了荒原深处那片大泥沼，又像是落进了一片大海。

就连余帘的拳头，都无法威胁到观主，更何况是宁缺的。

观主笑了笑。

宁缺左手握着的阵眼杵，忽然间大放光明。

长安城的天地元气，尽数经由阵眼杵涌入他的身躯，从他的拳头里爆发出来！

第四卷 垂暮之年 第一百七十三章 赴死

寂灭散出观主的眼，被宁缺的饕餮吞噬，经由阵眼杵，笼罩了整座长安城。于是风雪愈发狂暴，寒意无处不在。

朱雀大道也很寒冷。但随着出现在墙头以及街上的唐人越来越多——他们并肩站在一起，肩与肩相磨；他们拥挤在街道上，鞋后跟不时互踩——街道上的温度渐渐升高，冰雪渐融，甚至令人觉得有些热。

唐人的心很热，所以他们的血变热，直至身体都滚烫起来。他们握紧拳头，挥舞手臂，不停地宣泄着自己的愤怒。

朱雀大道四周不停响起喊杀声和脏话。人们不停地砸着砖块，还有人把夜壶、残茶、剩饭、童子尿砸向观主。

唐人信奉昊天，却很奇妙地相信人定胜天。这是因为夫子虽然不理世事多年，但他那股与天斗其乐无穷的悍劲儿，却通过书院、通过皇族、通过朝廷以及军队散播到唐国的每个乡镇，融进每个唐人的血液。

所以明知道街中的青衣道人，是普通人难以想象的强者，是真正的天下无敌；在此人面前，普通人就像是蚂蚁一般弱小，但两个三元里的少年拿着刀叉就敢来杀。就算观主是吃人的妖怪，人们也要试着整一下。

我们这么多人打不过你，难道我们这么多张嘴还骂不过你？就算这个家伙厚颜无耻骂不痛，我拿屎尿泼你，难道你不会狼狈？

先前的雪街看上去就像是圣洁无比的琼宫，有了一分非人间的美丽。风雪同样洁净，没有一丝尘埃，就如同昊天的脸。

此时随着人群的进攻，长街顿时变得污秽不堪。亵渎的喊杀声和脏话，还有那些来自人间的臭味，随着风雪渐起，飘入高远的天空，把昊天的脸涂抹得极为难堪。

观主看着那些飘向天空的污秽里的属于人间的气息，微微挑眉。那些屎尿秽物自然染不得他一丝衣袂，却令他有些微怒。

在他的视野范围之内，雪街上便至少有数千名唐人。他还能感知到有更多的唐人正朝着朱雀大道赶来，前来赴死。

看到这么多唐人出现在长街上，观主略微有些意外。但他并不在意。他在意的是执行昊天的意志，终结夫子留在人间的千年历史。

此时的长安城里满是风雪。风雪里隐藏着无数道宁缺先前写的乂字符。那些符成功地填补了惊神阵的很多缺口，只有一条路。

和先前的局面没有任何不同，观主必须杀死宁缺。宁缺在朱雀大道之上。而此时他与观主之间，是浩浩如汪洋的人群。

于是观主向人群里走去。

观主叫陈某，拥有一个最普通的名字，看上去是最普通的人。当他走进人群，就像是一滴水，融化在人民的海洋里。

然后便有风暴起于海洋之中，无数道人影被震飞，就像是拍打在礁石上的海浪，带着白色的雪，消散于凶险的自然环境里。

那些拿着刀冲杀过来的青衣汉子，纷纷倒在血泊之中。纵马冲锋的十余名羽林军，距离观主还有数十丈远，便堕马不起。

观主的身影，渐渐在人群的海洋里显现出来。在他的身后是一片狼藉。恐怖的气息压迫之下，人海渐渐分开一条通道。

便在这时，唐国的修行者终于出手了。

天枢处已悄然潜伏至四周的坊市里。数名阵师启动了天罗阵。朱雀大道间的天地元气骤然剧烈变化，无数道元气湍流变成无数道无解的元气锁，出现在观主四周的空气里，锁死了他的所有去路。

几乎同时，十余名隐匿在普通民众间的军方剑师，暴起出手。只闻呛啷清鸣，明亮的飞剑破空而起，直刺观主的面门。

观主的神情没有任何变化，轻轻地拂了拂衣袖，然后继续前行。

随着衣袖一拂，纵横长街的剑意，顿时变成被雨水打湿的稻草，绵软颓败无力消散。而那无数凶险的元气锁，在这一拂间，就像是秋日熟透的苹果摔在了地面上，破碎成泥，溅出无数汁液。

隐藏在坊市里的大唐阵师，受到元气反震，当场流血身死。而那十余名军方剑师，本命剑被观主一拂毁之，亦是身受重伤，生死不知。

观主继续前行，寻找着人群后方的宁缺。

人群一阵扰动。飞舞的砖头稍一停歇，然后继续如暴雨般落下。

只是修行者的飞剑都不能及观主之身，何况砖头？黄杨大师的念珠都无法困住观主一瞬，更何况污水？

观主平静前行，拦在他身前的人们就像蚂蚁一般被碾死、被震飞。

勇敢的唐人们，继续向他扑去，然后继续死去。

雪街变成了一条血街，到处都有鲜血喷洒。

勇气在人间是一个值得尊敬的词汇，但在代表昊天的绝对力量面前，却显得那般弱小可笑，甚至很难形容为壮烈。

面对无法抗衡的差距，长安城里的人们，本应该像仰首望向青天的蚂蚁那样，感到绝望，然后放弃。

但难以想象的是，此时在唐人们的脸上，可以看到悲痛，可以看到愤怒，可以看到不甘，却看不到一丝绝望的情绪。

人们没有绝望，没有哭泣，甚至连脏话都不骂了。他们只是沉默地继续战斗，哪怕是无望的战斗，也要战斗到底。

一名苦力挑夫拿起扁担砸向观主，然后死了。

一名从外郡来的商贩，拿起在深山里保命的匕首，然后死了。

一个看不出什么身份的男人扑向观主，然后死了。

人们拿着砖头砸，拿着菜刀砍，拿着家传的弓箭不停射着，然后死去。

这就是在送死。

送死是一个不怎么好听的词，显得有些愚蠢。

但人就是这样一种很奇妙的生物。明知道有很多事情无法改变结局，却依然有很多人因为这样或那样的原因，坚持去做。

人们甚至为此还专门创造了一个意思相近的词。

赴死。

唐人今日在赴死。

纷纷赴死。

他们想要拦住观主。

长安城高耸入云的城墙没能拦住敌人。

于是他们用自己的血肉之躯，筑起了一座新的城墙。

第四卷　垂暮之年　第一百七十六章　君子国的不甘（下）

宁缺低着头站在雪街上，血水从指缝里不停向外流淌。被严寒冻凝的血块，不时被新的血水冲开，看着很是凄惨。

他一手握着阵眼杵，一手握着刀柄，却写不出符来，也没有力气挥刀。如果不是朴刀支撑着他的身躯，也许他随时可能会再次倒下。

他没有看观主的眼睛。因为只要与观主的目光相触，便有可能死去。他只能看着观主的脚，目光卑贱到积雪下的尘埃里。

他浑身鲜血，除了自己的，绝大多数都是先前死在观主手下的普通人的鲜血。他觉得这些新染的血要比自己的血更加滚烫。

被普通人的鲜血一激，他的血也早已发热。然而令他感到悲哀的是，他的身体是冷的，他的心也是冷的。

即便有再多的不甘心，也被寂灭的寒冷，冰冻得没有任何生气，自然也寻找不到任何力量，只剩下疲惫与无奈。

无数道义字符，依然飘拂在长安城的大街小巷里，隐匿在风雪中，借助着惊神阵补给的力量，始终没有散去。

这是宁缺最强大的手段，但此时已经证明，并不能战胜观主。

他看着观主的脚，仿佛在观主的鞋底下看到了密密麻麻的蚂蚁的尸体。这些蚂蚁都是最勇敢也是最无畏的，只是现在都已经死了。

令人惊叹的勇气都不能改变天与人之间的差距，那么人间的万姓，除了对昊天表示臣服之外还能做什么？不甘心又有什么意义？

观主一生修道，修的便是昊天无情。而且他妙算无碍，最善隐忍。能忍之人，惯能忍人，绝对没有什么不忍之心。

今日在雪街上争先赴死的唐人，虽然没有改变这场战斗的结局，但一幕幕不可思议的画面，却让他感到有些意外吃惊。

不是不忍，而是不解。

观主曾经见过很多能够平静面对最后终结的人，但那些人无一例外都是超凡脱俗的大修行者，普通人却是极少。

在长安这座城里，居然同时出现了这么多平静迎接死亡的普通人。这一点出乎了他的意料，或者说超出了他对普通人的评价。

“唐人……或许真的有些特殊。”

观主负手看着面前这些老弱妇孺，看着风雪中那一张张没有任何恐惧神情的脸，忽然问道：“像蚂蚁一样死去，能甘心吗？”

回答他这个问题的是朝老太爷。

朝老太爷拄着拐杖，颤巍巍地走到人群之前，说道：“甘是甜，甘心就是舒服。怎么能让自己感到舒服？我不知道外面的人会说出怎样的答案，但对于我们这些老长安人来说，只要死的时候不感到羞愧，就会感到舒服。”

“原来甘心可以如此解释。”

观主看着朝老太爷说道：“老丈不凡，怎么称呼？”

朝老太爷说道：“我姓朝，一般晚辈都称呼我为二伯。我觉着我的年龄要比你大，那你就叫我朝二伯好了，也不算我占你便宜。”

“我没有什么不凡。我们只是些普通人。只不过无论是最普通的人，还是像您这样最不普通的人，归根结底都是人。只要是人就都会死。”

老太爷这句话的意思很清楚。不管你是知守观观主还是昊天的信徒，待死之后，终将变成一抔黄土或一捧骨灰。那么我们便是平等的。

“所以才会有这么多人争着来送死。”

观主看着朱雀大道上到处都是的唐人尸体，若有所思道。

“我唐人向来有赴死的传统。”

朝老太爷神情渐渐变得严肃，说道：“与诸国首战，风雨飘摇之际，唐人无降者。与荒人战，唐人无降者。自渭泗水畔揭竿，我大唐开国至今已有一千余年，慷慨赴死之辈数不胜数。唐之所以强，强在敢死。”

“当年太祖皇帝为一使者，不惜冒灭国之灾，耗尽国力，使大军远征北荒，直至屠尽敌酋才肯归师。书院为一孤苦幼女，敢与佛道两宗相争。二先生斩破烂柯佛祖石像，才稍宣恶气。唐之所以强，强在敢恨。”

“唐之所以强，在于唐人。”朝老太爷看着观主，用苍老的声音说道，“我大唐从古以来，就有埋头苦干的人，有拼命硬干的人。面对不公与欺凌，有人敢拍案而起；面对侵略，有人慷慨赴死……”

镇南军在崤山的山林间，艰难地向着青峡进发。

寒冷的雨水，顺着衣领钻了进去，带走了温度，带来了病患。不时有士兵摔落山崖，同伴们站在崖畔沉默站立片刻，然后继续前进。

他们疲惫地低着头，哪怕明知道已经晚了，却依然不肯停下自己的脚步，冒着生命危险，蛮不讲理地奔跑着，拼命地赶着路。

杨二喜砍翻了一名东荒蛮人。

他很珍惜这把从战场上得来的弯刀，把刀收回鞘中，从肩上取下草叉，然后重重地砸了下去，确认那名蛮人死透。

田野里的厮杀声渐渐平息。

他擦掉额头上的汗水，喘着粗气向四周望去，然后看到了几个相熟的同伴，倒在了覆着薄雪的冬田里。

战事结束，他站在那几个浅浅的新土堆前，沉默了很长时间，然后望向家乡的方向。他很怀念妻子炖的腊猪蹄。

家乡学堂里的那面墙还没有漆完。

当年因为觉得衙门给的工钱不地道，他坚持不肯接这个活，和里正吵了一架，甚至险些掀了酒桌，还时刻准备着去县衙打官司。直到实在熬不过女儿的恼怒和妻子的嘀咕，他才万般不乐意地接了下来。

但只刷了一半，便看到了那份公告。他便背着草叉与酒肉，离了家乡来到了遥远的东疆。学堂的墙，不知何时才能刷完。

不知道还有没有机会刷完。

至少在他的手上。

杨二喜看着故乡的方向，想着这些让他觉得很麻烦的事情，恼火地皱了皱眉。那道新添的伤疤又裂开了口子。

血水向下淌着。他抬起手臂，用袖子胡乱擦了擦，忽然想到，学堂里的先生如今再不会因为那面没有漆完的墙生气才是。

于是他高兴地笑了起来。

向晚原牧场的战斗，依然惨烈。

那名矮小的军官被蛮人的几把弯刀压得单膝跪下，情势极为危险。

他在苦苦支撑。

一道黑影从旁边飞了起来，重重地砸在那几名蛮人的身上。

弯刀雪亮，在仿佛燃烧着一般的草甸上划过。

那道黑影摔落在地，胸口中了两刀，鲜血淋漓，眼看着便是活不成了。

军官认出那是自己的近侍。

他悲愤地大喊一声，手里的朴刀离了头顶，向着对面斩了过去。

在这一刻，他根本不去想，头顶的弯刀会不会把自己切成两半。

他很幸运。

围攻的蛮人被他杀死，而他没有死。

他的肩头中了一刀，鲜血像被划破的酒囊里的奶酒一样向外溢着。

最危险的是，他的头盔被敌人的刀打落。

敌人的刀锋，在打落头盔之后，还切开了他的发髻。

黑色的发丝披散在肩头，加上那张没有盔甲遮掩的清秀的面容，此时所有人都能看出来，原来这名军官竟是个女子。

她是司徒依兰。

她提着沉重的朴刀，带着满身的伤与怒，带着最后的下属，重新开始战斗。她不知道要战斗到何时，但知道要战斗到死亡或者胜利时。

“长安有这样一句话，可托六尺之孤……”

朝老太爷看着观主继续说道。

此时远处的皇宫被笼罩在风雪里。

唐小棠站在殿前的雪地里，静静看着南方。

皇后娘娘牵着小皇帝的手，站在槛后，看着宫外越来越疾的雪。

雪街那头传来咳声，大师兄走了出来。

他身上的棉袄早已破烂不堪，棉花从里面探出，白得似雪。有的地方则染得殷红朵朵，红得似血。

清新鲜艳，都很动人。

宁缺站在街那头，亦是浑身鲜血。

他握着阵眼杵，血水把杵与掌面都凝结在了一起。

这根杵、这座阵、这座城，是老师们和陛下托付给他的。

那么直到死，他都不会放下。

朝老太爷握着拐杖的手微微颤抖，声音骤然激昂。

“可寄百里之命……”

青峡前。

君陌衣衫已正，冠已正。

他单手执铁剑，望向原野间如铁流般的敌骑。

他面无表情，开始燃烧最后的念力。

仿佛天地都感受到他生命燃烧所带来的炽热，淅微的雨水骤然间停止，原野上方的雨云渐渐消散，露出一线湛蓝的天空。

阳光从云缝间洒落，落在他的身上。

落在书院诸同门的身上。

朝老太爷看着满街的唐人尸体，忽然间老泪纵横，然后又笑了起来，看着观主大声喝道：“……临大节而不可夺，君子也！”

苍老的声音在朱雀大道、在风雪中回响，在冬柳雪湖上回响，在青峡前回响，在岷山里回响，在东疆、在北疆回响，在唐国的每一寸土地上回响。

可托六尺之孤，可寄百里之命，临大节而不可夺，君子也！

“我大唐从来都不缺少这样的人，大唐就是君子国。”

朝老太爷盯着观主的眼睛，厉声说道：“如此美好的国度却要被你们这些贼老道从人间毁掉，你还问我是否甘心……”

他举起拐杖便准备砸过去。

“我甘你奶奶！”

第七章

金字塔结构

身份（自我）的悬念、大复仇情结、阴谋（圈套论

（大迷局OR大格局论）

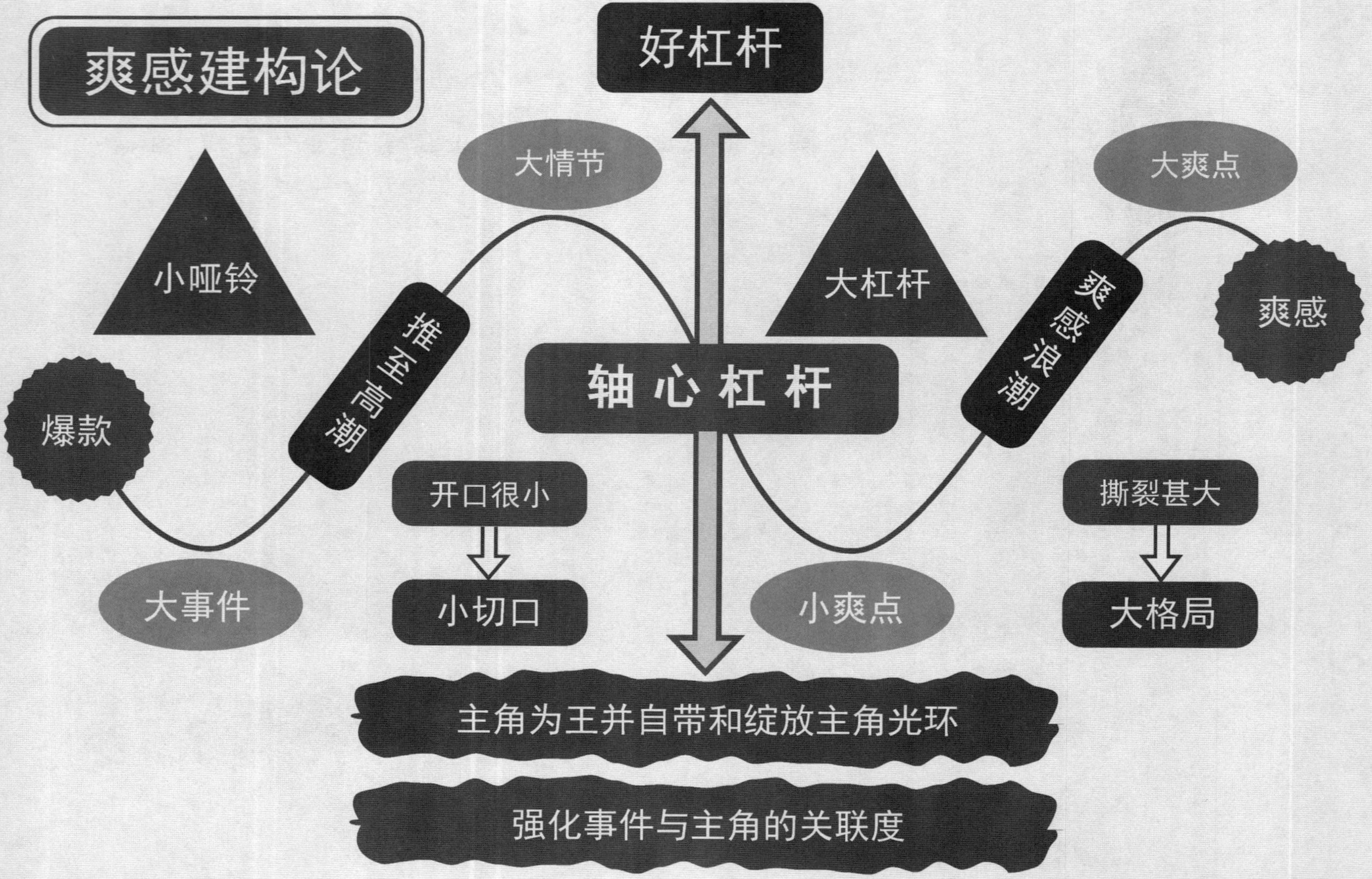

爽感建构论
好杠杆
小哑铃
大情节
大杠杆
大爽点
爽感
推至高潮
轴心杠杆
爽感浪潮
爆款
开口很小
小切口
撕裂甚大
大格局
大事件
小爽点
主角为王并自带和绽放主角光环
强化事件与主角的关联度

从酒铺少年丁宁—天下剑首王惊梦“身份（自我）的悬念”，到史上最黑暗/最神奇的三年“故事迷宫”，《剑王朝》建构起一个金三角驱动故事发展的结构关系。

这不仅仅是那个人—元武—丁宁这金三角的人物关系，还复合着“丁宁/那个人—元武/郑袖—巴山剑场/大秦帝国/整个剑天下”的嵌套金三角，以及我们提炼和总结出来作为这所有三角关系中最核心的故事结构金三角——“身份（自我）的悬念、大复仇情结、阴谋/圈套论（大迷局OR大格局论）”。

以“身份（自我）的悬念”为支点，以“大复仇”为杠杆，《剑王朝》整个故事的谋篇布局，便是撬动了酒铺少年丁宁的小切口和天下剑首王惊梦破解阴谋/圈套、决战大秦帝国“紫禁城（长陵）之巅”的大格局。

这种“身份（自我）的悬念、大复仇情结、阴谋/圈套论（大迷局OR大格局论）”金字塔结构，决定了《剑王朝》的基本调性。

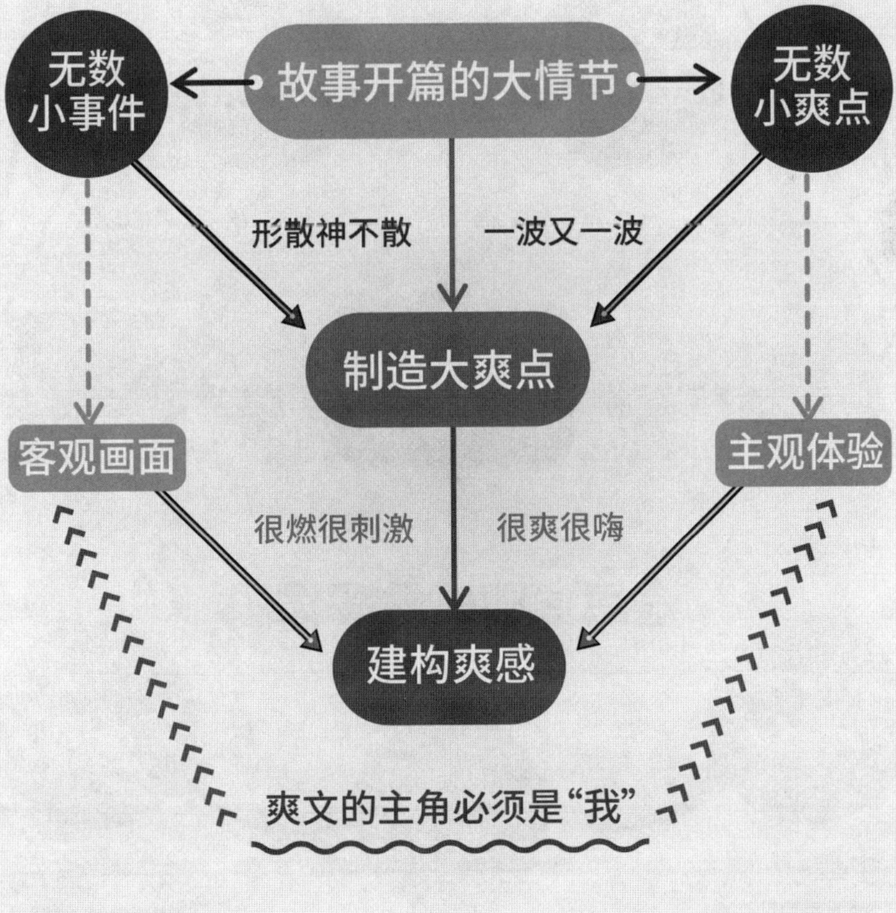

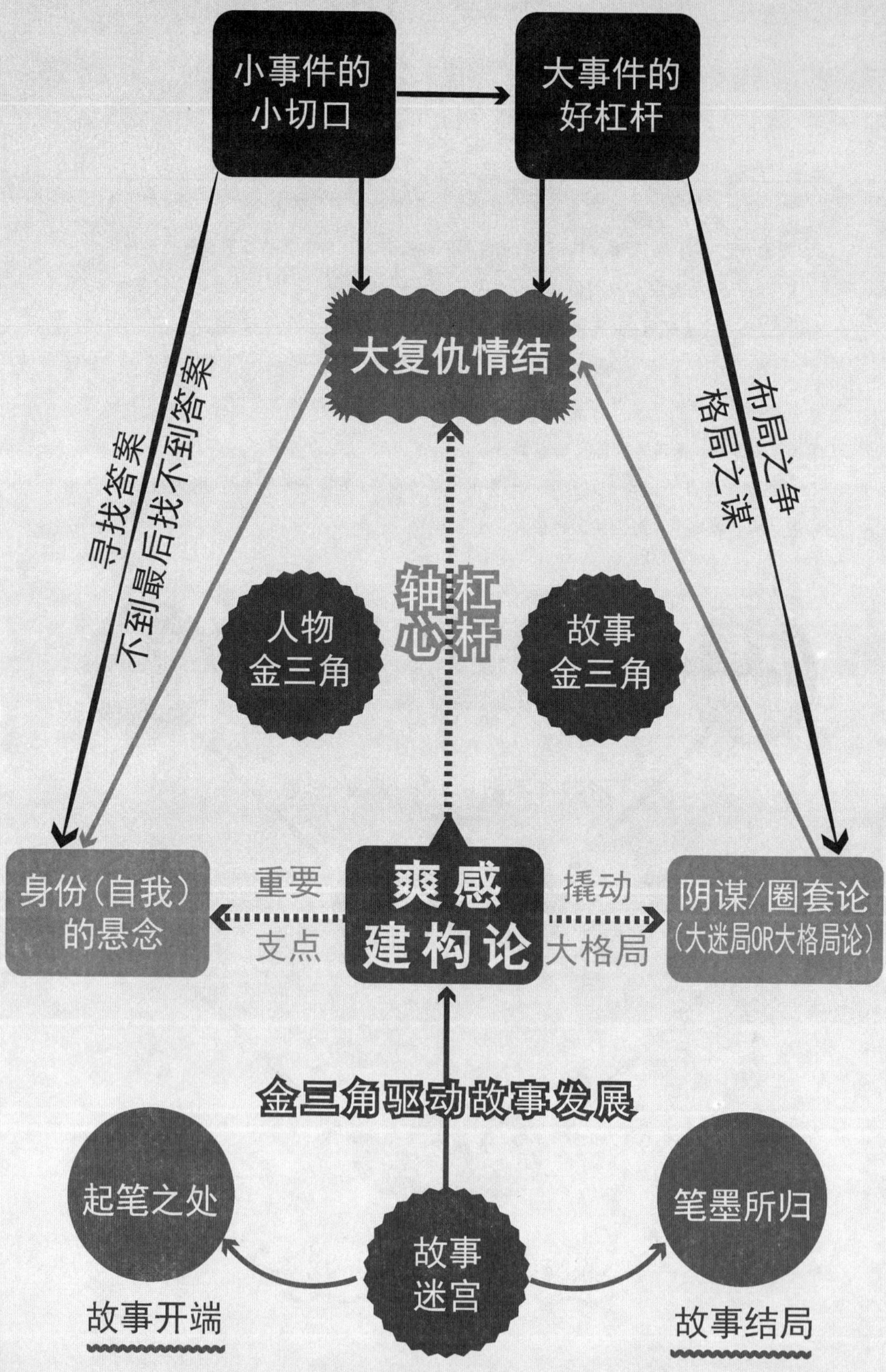
小事件的
小切口
大事件的
好杠杆
大复仇情结
寻找答案
不到最后找不到答案
布局之争
格局之谋
轴心
杠杆
人物
金三角
故事
金三角
身份（自我）
的悬念
重要
支点
爽感
建构论
撬动
大格局
阴谋/圈套论
（大迷局OR大格局论）
金三角驱动故事发展
起笔之处
故事
迷宫
笔墨所归
故事开端
故事结局

第一节 爽感建构论：从“大情节”到“大爽点”

凡是驾驭得成功的爽文爆款，在故事的开篇布局中，都会有一个“大情节”；从而于大事件之中制造大爽点，真正“建构爽感”。①

从天蚕土豆《斗破苍穹》中的“三年之约”，到猫腻《将夜》中的“大复仇”；

从无罪《剑王朝》中的“岷山剑会”，到猫腻《庆余年》中的“收回内库”……

这些都是通过先引出一个大事件，然后串连成无数的小事件，最后架构成一个大情节、大事件和大爽点。

我们把有意识架构“大情节”的爽文，与无意识架构“大情节”从而只有一系列小情节的爽文对比起来看，可以看出二者有一个质的区别——凡是有“大情节”支撑的爽文作品，都更容易在谋篇布局之中制造一系列像珍珠链一样的“小爽点”，还能一波推动一浪，在高地积力蓄势，建构起最后那个大爽点引爆的爽感浪潮亦即高峰体验。

这几部作品都是比较擅长并成功架构起大情节的。

天蚕土豆《斗破苍穹》之中，“三年之约”就像一个轴心杠杆，撑起了“小哑铃”（纳兰嫣然上门退婚）和“大杠铃”（萧炎上云岚宗雪耻）的大事件、大情节和大爽点；并且，让整部作品的开局在牢牢聚焦于“三年之约”这个爽感驱动源时，形散神不散，密集制造了系列爽点的场景故事，从而推动故事一波又一波地引爆了爽感的浪潮。

① 参见庄庸、杨丽君等主编：《爽感爆款系统：中国网络文字阅读潮流研究（第 3 季）》，华语网络文学智库丛书，中国青年出版社，2020 年版。我们从“超级 IP”到“爽剧爆款”，对“爽感建构论”的造词、理论与方法论模型，进行了解读、诠释和建构。

无罪的《剑王朝》更是“过分”，在开局立意之中，居然连续设置了两个大事件——“鹿山会盟”和“岷山剑会”；这两个大事件中间几乎没有“间隙”，连接在一起，连续两次推至高潮——这在网文中比较罕见。

但是，两者在情节故事上又紧紧关联在一起，都聚焦于此处：主角丁宁的身体有着先天的修行缺陷，必须要进入岷山剑宗，寻找相应的功法——在朝着这个目标前进时，他先期进入有资质的白羊洞，并有意控制自己的破境纪录，被排进修行俊才排行榜；从而引来与周家墨园子弟周行墨的相遇，并挑战胜之，获得进入墨园观看“写意残卷”的机会。

这带来周家不死老祖的不轨之心。他将丁宁和公子扶苏“裹挟”至“鹿山观瞻”，并设局意图谋算之，结果反被丁宁借法阵之势和盲龙之力诛杀，并救了公子扶苏之命。

种因得因，种果得果。丁宁被皇后郑袖赐墨园设坑。丁宁忤逆之后，“为了教他懂规矩”，执行皇后之命的女官强令丁宁不得拿到岷山剑会的名次，甚至强行剥夺了白羊洞道长薛忘虚的“生气”，从而导致他不能“眼见”丁宁在岷山剑会大放光彩，而后溘然长逝。

于是，为了让老头子风风光光一把，丁宁以及白羊洞的弟子和盟友齐心合力，争夺岷山剑会首名，啪啪地打皇后派系的脸……整个岷山剑会就成为一个推波助澜最终引爆高潮的大爽点情节。

从故事布局来说，鹿山会盟虽然也是一个大事件，但由于主角丁宁在这个大事件中的戏份不重，不是这场戏的主角，所以，它只能算是一个小高潮——就像小哑铃一样。

爽文的主角必然是“我”。如果是别人，再嗨再燃再刺激，又跟“我”有什么关系呢？

因此，虽然鹿山会盟在整部《剑王朝》的故事架构之中，其实是一个里程碑式的史诗事件，但是在这个大事件中，所有的戏份都是围绕着大秦元武皇帝展开——他是丁宁此生最强最大的敌人。而主角丁宁在这场浓墨重彩的大戏之中，基本上都是在以配角身份进行旁观。

因此，我们在阅读这个场景时，代入感不强。虽然看到那些会当凌绝顶的四国帝皇和绝世大宗师的实力大比拼，会觉得很嗨很燃，但确实没有真正的“爽点”引爆浪潮和“爽感”高峰体验。

如果把这场戏和猫腻《庆余年》中的大东山之战那个场景故事比较起来看，就能看出这种跟主角关联度不高的“很燃很刺激”和像主角一样有代入感的“爽点爽感”之间微妙却至关重要的阅读体验差异。大东山之战，虽然也是风云际会，大宗师齐至，猎杀帝皇，却是局中局、杀中杀——由于这场“绝世大杀”跟主角范闲紧密关联，所以他虽不是戏份最重的，却处处切身。因此才能让视点和身心一直与他亲密代入的我们，在很嗨很燃之中，觉得很爽——因为这种很嗨很燃很刺激的场面，会让我们自己如身临其境、身为剧外人却在局中一般，所以才会生出爽感的体验。因此，从很燃很刺激的“客观画面”，到很爽很嗨的“主观体验”，中间只有一条线的距离，就是：我看见，宛若我亲历。

岷山剑会从事件本身的重要性来说，其实不如鹿山会盟。但是，由于丁宁是这场戏的绝对主角，反而构成了一个大高潮——就像世界举重冠军破纪录时举的层层加码的大杠铃。

从“小哑铃”到“大杠铃”，中间的杠杆很重要——而皇后郑袖及其意志执行人女官对丁宁的施压甚至是打压，成为从小爽点建构大爽感的高峰体验杠杆。

通过对这种“小哑铃—好杠杆—大杠铃”的爽文结构的庖丁解牛，我们能得出《剑王朝》爽点创造和爽感建构的关键元素——不是所有的大事件，都必然能够创造出爽点；也不是所有的大情节，都必然能建构起大爽感。

从大事件到大情节，从小爽点到大爽感，整个故事的谋篇布局、爽感建构，必须要满足和聚焦至关重要的关键点。

这个关键点就是主角为王并自带和绽放主角光环，同时强化事件与主角的关联度；否则，我们无法代入进去，像主角一样亲历、见证甚至开创“爽文高潮”。

第二节 大复仇情结：从“围诛大逆”到“逆旅复仇”

从开篇“夜策冷诛杀剑炉余孽”到开局“岷山剑会”，贯通这个从大事件到大情节、从小爽点到大爽感“爽感建构链”的轴心，便是酒铺少年丁宁的“大复仇记”。

然而，酒铺少年丁宁的“大复仇记”，又建基于“天下剑首王惊梦”曾经面临的情义双重背叛、天下与剑首果实掠夺，以及从当下到未来帝后联袂布局“围诛大逆”“灭绝巴山余孽”特别是铲除“那个人”影响余音的“阴谋/圈套论”。

无罪《剑王朝》的谋篇布局，就是起于这种阴谋和背叛，而又滑向那种阴谋和圈套。

从前者来说，这是好友兄弟大秦元武皇帝和前任恋人当今皇后郑袖的双重背叛；而且，这并非只关乎一个人，而是关乎一群人甚至整个天下胜利果实窃取与掠夺的惊天大阴谋：元武皇帝和皇后郑袖联手夺取天下，血洗巴山剑场，剿杀曾为马踏天下的马前卒、先锋以及并肩作战的一代强者。

因此，那个人（天下剑首王惊梦）不但遭受自己好友和恋人的双重背叛，而且被一群伙伴与战友、部属与追随者背叛；他付出的不但是自己一个人的身家性命，还有一群忠诚且强大的伙伴的性命，以及被肆意蹂躏和践踏的理想、信念、梦想、爱情和友情。

由于这种阴谋与背叛的前戏或前史是如此庞大与强大，所以它已经不需要再像《大逆之门》那样，在重生的第二人生之中去追问“为什么”。它作为背景就可以了，无须再次成为追根溯源、挖掘事实与真相的未来“前景”。

但是，这种“背景”，在帝后二人联袂“诛逆”布局和酒铺少年丁宁复仇设局之中，不断地被挖掘和翻新，一而再、再而三地成为“前景”。

这两者复合，使“大复仇情结”和“阴谋/圈套论”成为《剑王朝》自身故事建筑最重要的“硬核”，驱动着迥然不同的“爽”逻辑，让开篇便是小切口、好杠杆和大格局。

切口很小，就是夜策冷率人“围诛大逆”剑炉赵七。但就像拔出萝卜带出泥，剑炉赵七这根小蚱蜢扯出了同一根绳上更大更多的“大逆之人”，比如白山水、赵四小姐等。它真正扯出的大逆中的大逆，是作为巴山剑场的大逆余孽的“那个人”亦即天下剑首王惊梦——“逆”成为“剑王朝”开口很小但撕裂甚大的切入点。

正是通过这种“开口很小、撕裂甚大”的切入点，《剑王朝》从“大逆”切入，建构起了一个“好杠杆”，亦即“酒铺少年丁宁—天下剑首王惊梦”合二而一的大复仇记。

这种大复仇记是从“穿过千军万马（穿过千山万水/穿街过巷）来看你”——看夜策冷诛杀剑炉赵七、看夜策冷本人——开始的：夜策冷诛杀剑炉赵七，扯出了那个人也就是王惊梦，“波及了”那个在香油铺里打酱油的酒铺少年丁宁，也就扯出了一段跨越十余年的恩怨情仇。

特别是——扯出了“1+3 大复仇情结”。

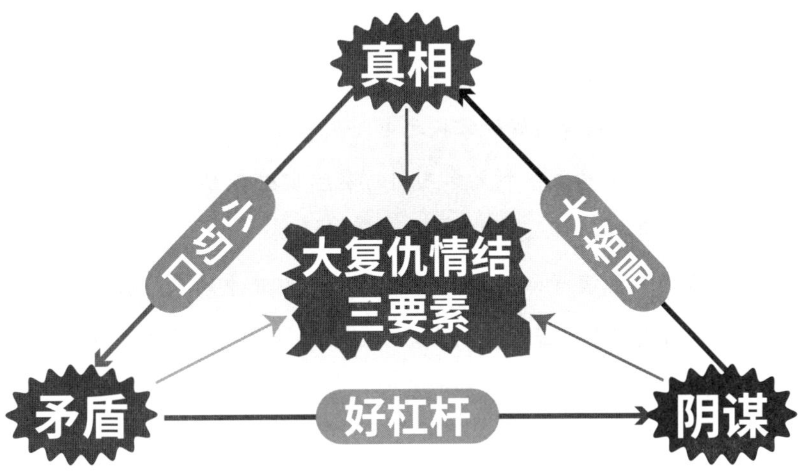

所谓 1，就是酒铺少年丁宁与天下剑首王惊梦二合一，向元武皇帝和皇后郑袖这一对在情义上背叛别人、阴谋陷害别人和窃取天下果实的所谓强者伉俪寻

仇，并顺带向那些同样背叛了巴山剑场并血债累累的人收账讨债，如宋神书、梁联等。

所谓3，就是在《剑王朝》之中，几乎人人都想血债血偿、个个都想快意恩仇。而这基本可以划分为三大复仇系。

一是以白山水、赵四小姐为代表的亡国之仇。虽然复仇不一定为国，但结仇一定是源于此。

二是以商大小姐和长孙浅雪为代表的灭族之恨。虽然复仇也不一定是为了家族，但结仇也一定是源于此。

三就是因为核心利益或个人情义所结的仇。比如：那一帮被皇后郑袖刻意谋杀亲人、造成其为孤儿、最后被训练为心腹的人，在发现真相之后，从而发起了血腥复仇——比如，赵高处心积虑地向大秦皇族和皇子复仇，与他人联手摧毁大秦帝国统治的根基；长陵旧权贵因为既得利益被毁而向胶东郡新利益集团寻仇，甚至设局陷害巴山剑场甚至王惊梦这个所谓造成旧利益势力瓦解、新利益格局重新分配的变法新政幕后推手。

在巴山剑场崛起之前的很多年，长陵有着很多旧权贵门阀。

这些旧权贵门阀有些是皇亲国戚，在朝堂之中的势力错综复杂，根深蒂固；有些则是盛极的权臣，掌握着王朝的一方命脉。不只是在长陵，大秦王朝的一些郡属，曾经都在这些旧权贵门阀的掌控之中。

在很长的一段时间里，整个大秦王朝的实际掌控者都不是大秦王朝的皇帝，而是这些旧权贵门阀。

这些旧权贵门阀热衷于培植自己的力量。他们暗中的伙伴甚至有敌国。他们在意自己的利益更胜整个王朝的利益。在他们看来，并不是皇室分封给他们土地，而是他们的土地和权势并成了整个王朝。

因为长时间的养尊处优和高高在上，他们甚至习惯于不遵循律法而采用一些黑暗的手段，所以寻常的民众对于他们而言也只是地里的庄稼，割完了一波又是一波，并没有人真正担忧民间的疾苦。

巴山剑场的崛起是因为以王惊梦为首的一批强大剑师。而当王惊梦和这些剑师进入长陵，推动变法时，首先针对的便是这些旧权贵门阀。

所以大秦王朝的第一场倾朝之战，并不是对韩赵魏的大战，而是和这些旧权贵门阀之间的战斗。

只有经历过那段岁月的巴山剑场修行者，才知道发生过多少残酷的战斗，才知道他们付出过什么样的代价。

每一个旧权贵门阀，就像是一个皇朝。

那名站立在山上的黑衫男子所在的家族，便曾经是长陵的真正统治者之一。

当王惊梦第一次走进长陵时，这名黑衫男子已经成名。他的权势，就已经像黑色的月光笼罩着长陵城。

很多年后，当丁宁再次听到这名黑衫男子的名字时，是他出手杀死了郑袖身边的一名亲信温厚岭。在那时，丁宁便明白，这名黑衫男子的可怕不再仅限于家族的权势，便是连他的修为进境都已经在丁宁的预计之外。

只是丁宁并不理解：这样的人怎么会站在郑袖一边?

当年那些很冷酷的名字，都是郑袖和元武下达的。这名旧权贵门阀的领袖已经暗中和郑袖争斗了很多年。丁宁怎么都没有想到他竟然是郑袖的人。

所以他怎么都没有猜测到，原来郑袖的隐棋在这里。

“为什么？”

长孙浅雪微仰着头看着这名黑衫男子，清冷地问道。

此时，包括那名身穿月白色长衫的修行者，这里只是多出了两名宗师。然而她十分清楚，这名黑衫男子的到来便意味着可怕势力的到来，想要轻松地逃离已经是不可能的事情。

“为什么？”

黑衫男子静静地看着她，重复了她问出的三个字，然后拢了拢自己的发丝。

他漆黑如墨的长发里，却是有许多平日看不见的白发。

“这种问题有很多个理由。比如说，若不是巴山剑场的那些人太强，郑袖哪怕再冷酷，也不可能做得到那一步。比如说，王惊梦太强，那样的人便如同神祇；和他相比，我们再强也似乎只是神明口中的食物；这样的人本身便不该存在于世间。他死了，但他偏偏留下了一个传人，而且似乎在用剑方面有着和他一样的天赋。我不想见到又一个神明产生。”

“但是到底是为什么？”

黑衫男子也抬起了头，看着前方天空里的风雪，眼眸里出现了不加掩饰的悲伤神情：“你问我为什么，你又是为什么？难道你是为了你公孙家么？你还不只是因为想要为王惊梦报仇么？”

长孙浅雪的眉头不由得蹙起。她并不能完全明白对方的意思，却可以清晰地感受到他那种由心散发出来的悲伤。

黑衫男子没有看她，继续安静地述说了下去：“在你和郑袖之间，王惊梦选了郑袖而没有选你。但即便如此，你都要为他报仇，更何况真心相爱的两个人。我有什么理由不为她报仇？”

丁宁和长孙浅雪都是一怔，忍不住互望了一眼。

黑衫男子悲伤地接着说道：“无论是公孙家还是我萧家，虽然都是郑袖和元武下令以残酷的手段直接灭门，但在那之前，在商家开始变法之时，有一周家却是因为阻挠变法而获罪。周家的几名主事人被处斩，家产被罚没，家眷被发配去竹山郡。周家的一名小姐忧愤交加，在途中又染了病。那时我还在幽山修行。等我得知赶去接她时，她却已经病故。”

长孙浅雪的面容微白。她终于听清楚了这个故事。

“我家中有这一座山。我在山里亲手种了很多蔷薇，皆是她喜欢的颜色。我等着来年花开时迎娶她，和她住在那山中别院。但是山中她最喜欢的花还未盛开，她却已经不在。”

黑衫男子缓缓转过头，带着浓烈的厌憎看着长陵的方向，接着说道：“我失去她时，那种摧心肝的痛楚，想必你也能理解。王图霸业，在那时对我已经没有意义。归根结底，家中人钩心斗角，也没有多少个好人，死便死了。但她却是善而无辜。若不是巴山剑场，若不是王惊梦以一剑镇压，推动商家变法，她又如何会在流放途中死去？她死去时我不在她身边，她是何等的痛苦无助？”

“所以如果还存在一定要杀死的敌人，那首先就应该是巴山剑场。”

黑衫男子慢慢地说道：“我遵循我内心的愿望，和其他无关。这么多年后，谁会记得当年的很多往事？甚至连我都只被人称为夜枭。谁还会记得她这样一个人？但是我记得。”

丁宁已经沉默了很久。等到这名黑衫男子终于说完，他才深深地吸了一口气，然后说道：“恩怨这种事情，本身便说不清楚，只有遵循自己内心最炽烈的情感。”

黑衫男子点了点头。

他居高临下地看着丁宁。这个时候，他眼瞳里的悲伤消退了，眼瞳里闪耀的全部都是睿智、强大和自信的光芒。

这个时候，他不再是个回忆过往的感伤的寻常人，而是掌控着诸多旧权贵势力的夜枭、黑暗中的皇者。

他看着丁宁的目光，和人间帝王的目光没有什么区别。

“我很欣赏你。”

他真诚地轻声说道：“若不是我花了十几年的时间演了这么多戏，让巴山剑场都有些信任我，从而让我得知了公孙家大小姐的一些消息，我也依旧无法找出九死蚕到底在哪里，也不可能推断得出你一定会和她在这里出现。”

——无罪《剑王朝》：第七卷 心伐　第二十五章 御驾

但复仇者也被人复仇。长陵旧权贵的首领夜枭，选择了跟原本势不两立的元武皇帝联手，猎杀丁宁。这无关大义和利益，纯粹就是他必须为了自己和爱人，向天下剑首王惊梦复仇。

在这“3+1”大复仇情结与情节之中，毫无疑问，“酒铺少年丁宁—天下剑首王惊梦”对决“元武皇帝—皇后郑袖”的复仇记，成为一个“好杠杆”，成为四两拨千斤、撬动各方势力重组、引爆天下风云的故事大漩涡。

由于“酒铺少年丁宁—天下剑首王惊梦”对阵大秦帝后的复仇记，让原来分裂成一盘散沙甚至是彼此势不两立的庞大反秦势力，逐渐统一到天下剑首丁宁的旗下，造成了“天下伐秦王”的大联盟：从白山水、赵四小姐、长孙浅雪、夜策冷等“四大逆女帮”，到楚王朝残剩军队、巴山剑场、天下修行宗门，甚至是长陵十一侯等新权贵，在丁宁与元武皇帝的终极一战之中，最后保持中立……

这就造成了整个天下的格局之变。

第三节　阴谋/圈套论：
从“情义背叛”到“谋局天下”

小切口，好杠杆，撬动大格局。

以“诛逆之战”为切口，以“大复仇”为杠杆，撬动的却是“谋局天下”的大格局。

这其实是一种很巧妙的写法。无罪《剑王朝》这种开篇起笔，其实蛮有意思的，有其独特的气质和禀赋。

夜策冷诛杀剑炉赵七这样的“非常雨夜非常黑暗事件”，居然只是即将席卷而来的长陵风云、大秦帝国风暴甚至整个剑天下风云的一个序引：从过去的“情义背叛问题”，导向当下的“诛逆之战布局”，引往未来“谋局天下”的格局之争。

恰如剑炉赵七这样一出场就“尽看今朝”的风流人物，居然只是一个跑龙套甚至是做炮灰的路人甲——但他的确是大秦帝国官方谍报上“一剑可斩人城”的巨孽。如此“大逆”之人，却成为夜策冷重返长陵漩涡中心、登上大秦帝国舞台的垫脚石。但意义不仅仅如此。如此大逆巨孽，在滔滔的故事长河中，也不过只是扑起了浪花一小朵的小虾米。那真正的大鱼，又是谁？

《剑王朝》第一卷命名为“大逆”，其意显而易见。假如夜策冷是钩，剑炉赵七只是被钓起的第一条小鱼，那么垂钓寒江雪的执竿之人是谁？他下饵钓鱼，又想钓起谁？……隐约之间，《剑王朝》已经撒了好大一张网。所谓谋篇布局，不过如是。

但所谓提纲挈领、纲举目张之处，却全在于夜策冷—丁宁“相看怎如不见”之起承转合交集点上。

因为，从夜策冷诛杀剑炉赵七，到执竿之人垂钓大逆之鱼，再到进而结网、一网打尽天下所有修行宗门和王朝权贵——这是在做一个好大的局：

第一是设局，钓捕剑炉赵七、赵一等亡国余孽，以及以长陵四大门阀遗留下来的势力体系为根基的旧日长陵权贵。

第二是做局，铲除曾经影响天下大势、至今仍如鬼魅的巴山剑场残余势力——就像夜策冷这样的七境高手，即使效命大秦帝国多年，仍然被怀疑是巴山剑场残余势力（至少是同情者），所以需要以这种“诛逆之战”作为验其是否忠诚的试金石。

第三是布局，削弱和铲除其他王国强大的修行势力，以降低其对大秦帝国征伐战的抗打击力和反伤害力，以快速推进“天下一统”的历史和发展进程。

第四是格局，不但要对他国王朝征伐制胜，并将其纳入大秦帝国新统治秩序，还要将凌驾于俗世社会甚至是皇权帝政之上的修行势力，强制纳入帝国一统的大秩序，从而造就皇权可统治俗权和神权（修行世界）的新格局，不再容忍有修行宗门势力凌驾于皇权之上——这是元武皇帝心心念念想做到的事情（我们在庖丁解牛烽火戏诸侯《剑来》时，也剖析过大骊皇帝“为山下蚁民百姓向山上仙圣势力讨一个公道”的皇权至上逻辑[①]）；也是皇后郑袖为了建立至高无上的皇家意志，而强力推行的试验新政。白羊洞其实就是第一块拿来测试各方反应的敲门砖和试金石。

第五是大格局，就是“天下大一统”“立法有序”“为万世开太平”——这曾经是那个人（王惊梦）奋斗的梦想和目标，并且为此采取了许多相当激进的设想和做法，留下了诸多后遗症：亲率巴山剑场征伐他国；推行新法强政，灭掉了以长陵四大门阀为代表的旧权贵势力，却让以胶东郡为代表的皇后家族新权贵崛起，并让主张新变法强政的商氏家族成为新旧权贵权力交替转移的牺牲品；设立执法监察体系，试图对整个官员群体甚至整个帝政体系进行监察——然而，却因为人治问题和身在这个体系内部的问题，成为制衡的工具，特别是申玄在费尽苦心地谋取到这个职位之后，一跃而成为手握重权的新权贵……

总而言之，王惊梦当初许多的梦想和设想，其实充满了理想主义、草莽色

① 参见庄庸、杨丽君等主编：《爽文时代：中国网络文学阅读潮流研究（第 1 季）》，华语网络文学智库丛书，中国青年出版社，2020 年版。

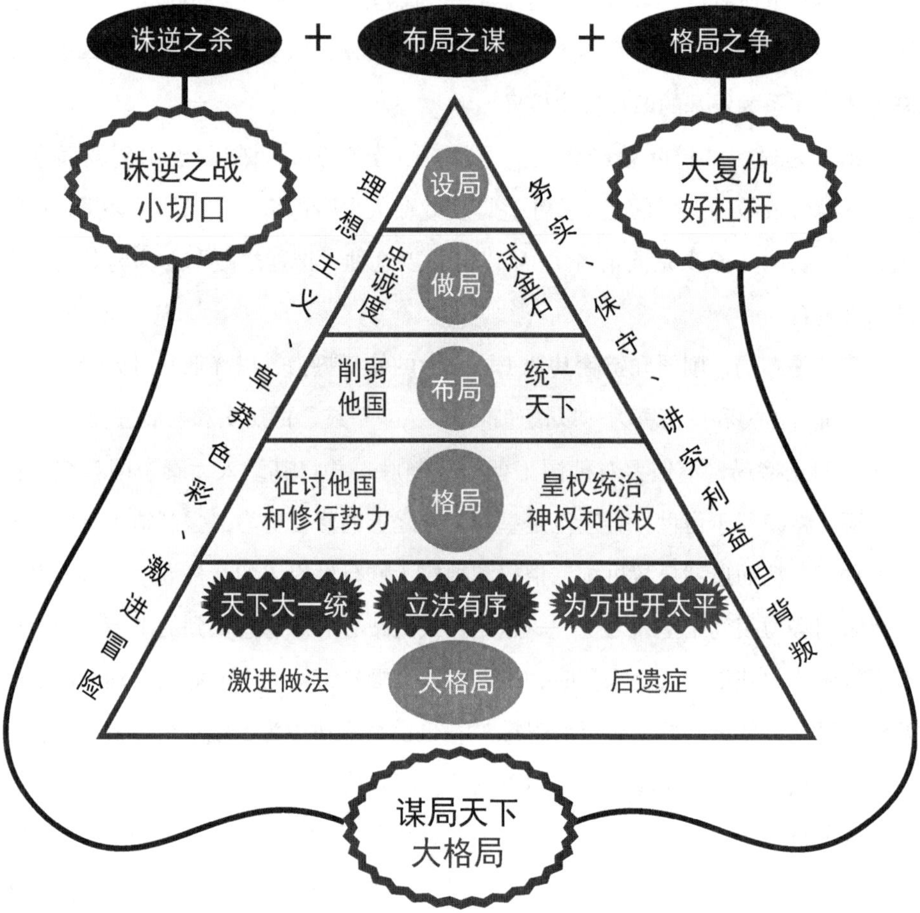

彩、空想乌托邦主义甚至激进冒险精神，在擘画出让人充满热血、激情和奋斗的美好蓝图之时，亦造成了许多不确定、不稳定甚至像定时炸弹一样的根本问题。他其实是一个极富个人魅力的战略架构师和统帅型风流人物。

但大秦帝国元武皇帝和皇后郑袖，才是最合适的秩序创设者、执行者和修补者。他们会以更务实、更保守亦更讲究利益的方式，重新架构新的帝国统治秩序，但由此也会在权衡、平衡和制衡新旧权贵利益集团、凡世俗民和修行宗门等话语权、利益和财富重新分配之中，首先攫取属于皇帝和皇后个人的利益，然后才是皇家皇权以及整个帝国的“利益最大化”，由此不可避免地要篡夺和窃取王惊梦与巴山剑场的“胜利果实”，从而造成所谓的情义双重背叛和阴谋圈套。

而酒铺少年丁宁，从那个人的传人到王惊梦的所谓“离魂转体”，所做的其实无非就是三点：第一，夺取被元武皇帝与皇后郑袖篡夺和窃取的属于自己的东西；第二，修补王惊梦所犯的错误（不仅仅是像对长孙浅雪个人所犯的情感问题和对长孙家族以及商氏家族所犯的政权问题）；第三，按照自己的意志和力量，重塑大秦帝国和整个剑天下的秩序与格局。

如前所述，这不仅仅是诛逆之杀，亦是布局之谋，更是格局之争。

而这种诛逆—做局—布局—格局甚至是最终大格局之战的层递维升序列之中，“酒铺少年丁宁—天下剑首王惊梦”其实才是焦点和枢纽。

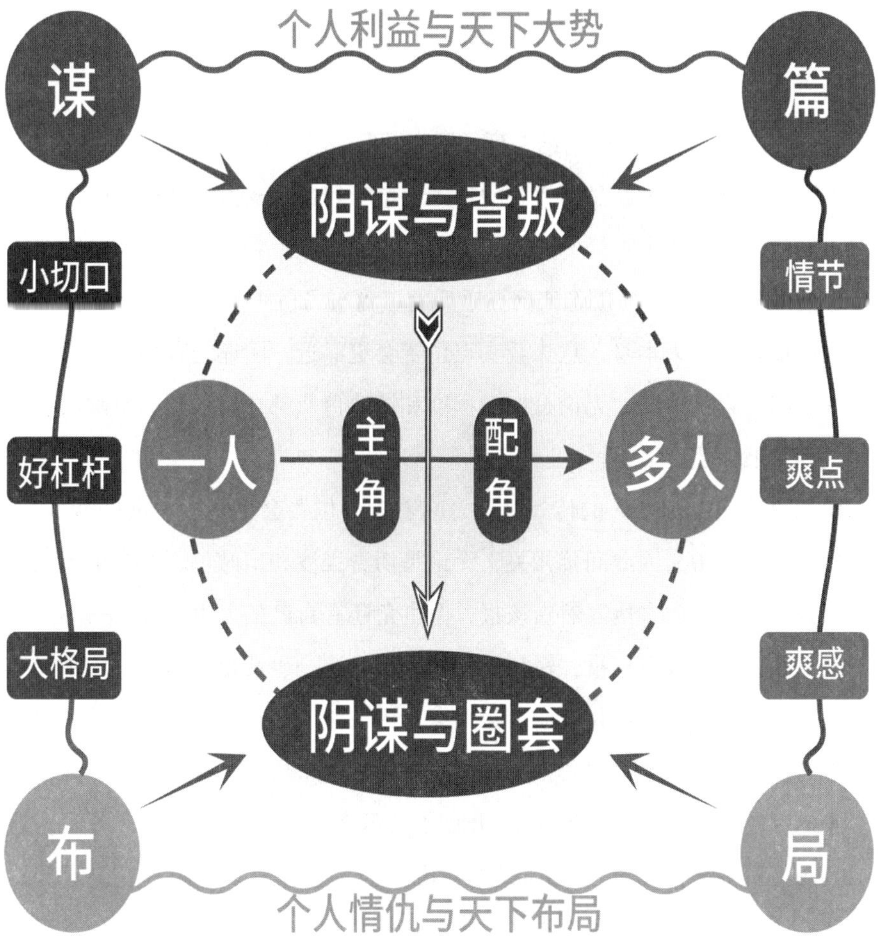

第四节 身份（自我）的悬念：从“复仇少年”到“王者归来”

在这种从背景到前景、从布局到格局的局势之争中，“身份（自我）的悬念”的确成为《剑王朝》至关重要的一根弦：

他是谁？

是那个人的传人，还是那个人本身？

抑或是其他什么人？……

这成为撬动从“大复仇情结”到“阴谋/圈套论”整个故事谋篇布局的支点。

因为，他是那个人还是那个人的传人，意味着这个支点在杠杆上的位置会是迥然不同的，撬动故事布局的角度、力度、程度、深度和广度等“各个维度和度数”也会是不一样的——就像四两拨千斤的谋篇布局一样。

如果他是那个人本身，意味着支点位置会更靠近“阴谋与背叛”的前史与前戏之中。因为直接关联，无论是切身程度和情感色彩都会更浓烈、更鲜明，撬动的动机和效果都会更强烈。

但如果他只是那个人的传人，就意味着支点位置会更靠近“重过第二人生”的正史与正戏之中。因此间接相关，无论是切身程度和情感色彩都会更淡更弱一些。因为，父辈师门之仇固然应该报，但主角还有自己的人生要过——不能被仇恨蒙蔽双眼，应该放下包袱，轻装上阵，让自己这一生活得更为绚烂和精彩：人终究得为自己而活。无论是废柴少年逆袭为天下剑首，还是做一个率性而为、活得悠然自在（睡觉睡到自然醒、数钱数到手抽筋）的“唐朝好男人”（网络作家多一半的穿越网文《唐朝好男人》，开创了“日常历史生活流”）……好吧，这种心灵鸡汤其实不符合《剑王朝》的基本调性。

在《剑王朝》的“故事迷宫”之中，这种“身份（自我）的悬念”从来都没有得到真正的确定。也就是说，“丁宁是/不是王惊梦”成为贯穿（或弥漫于）整部作品的谜团或迷雾——犹如在那“史上最黑暗的三年”的宇宙深渊之渊面上，建构成了一个只有金毛线球才能提供蛛丝马迹、只有顺藤摸瓜才能走出去的故事迷宫。

这个问题不是不重要，而是重要得需要整个故事来讲述答案。但是，整个故事讲述下来，它在给出某种可能性的同时，又建构了新的谜面和迷局——但又不至于让你深陷谜中谜，找不到故事发展和阅读预期满足的出口。

因此，有没有明确和正确的答案其实并不重要。但寻找这个问题的答案，却又是指向整个故事的关键密钥。于是，这个问题就像提供了支点，“寻找答案”便建构成杠杆。无罪把整部《剑王朝》的故事讲成了一个“魔幻迷宫”——不到最后那大复仇的“终极一战”，你仍然找不到指引我们走出故事迷宫的金毛线球的线头。

因此，《剑王朝》讲述故事的方式，我们将其解读、诠释和建构为“正向—逆推”：它正面朝前，层层递进、步步紧逼，讲述“酒铺少年丁宁复仇记”的故事；然而，朝下、朝后、朝向背面，“倒溯”复仇之因，追根溯源，中间还曲折反复、藤缠蔓绕——所营构出来的语感和意蕴，或许可以用《蒹葭》这首诗来形容：“蒹葭苍苍，白露为霜。所谓伊人，在水一方。溯洄从之，道阻且长。溯游从之，宛在水中央。”用到故事中，则是将这个“在水一方”“在水之湄”“在水之涘”的所谓“伊人”，置换成所谓“仇人”即可——让丁宁溯洄从之，复仇之路道阻且长、且跻、且右的，是背叛天下剑首王惊梦的“伊人”郑袖，以及她的“情人”与他的“兄弟”大秦元武皇帝啊！

但无论“丁宁是/不是天下剑首王惊梦”，其实均不足以解决从“大复仇”到“大格局”的起承转合、腾挪转移。在“阴谋与背叛”的前戏与前史（前世前生）、“身份(自我）的悬念”（今身今世）和从酒铺少年到天下剑首的“王朝成长升级史”等故事布局之中，真正支撑和撬动四两拨千斤的大局、局势和局面的，是从“复仇少年”到“王者归来”的悬念与解谜——“酒铺少年丁宁—天下剑首王惊梦”二合一的人设主角二重奏，才能把“大复仇情结”“阴谋/圈套论”统一起来。

于是，从“身份（自我）的悬念”到“阴谋/圈套论”和“大复仇情结”，和这个“史上最黑暗/最神奇的三年”，就构成了一个故事的基本面。溯洄从之，究其“因”——天下剑首王惊梦何以身消道殒、埋下仇恨之种；道阻且长，追其“果”——酒铺少年丁宁何以会将最强大的大秦帝国元武皇帝和皇后郑袖，作为复仇的终极“大BOSS”；从“因”到“果”，“阴谋/圈套论”只不过是硬币的一面，而另一面就是谋求天下的大格局。

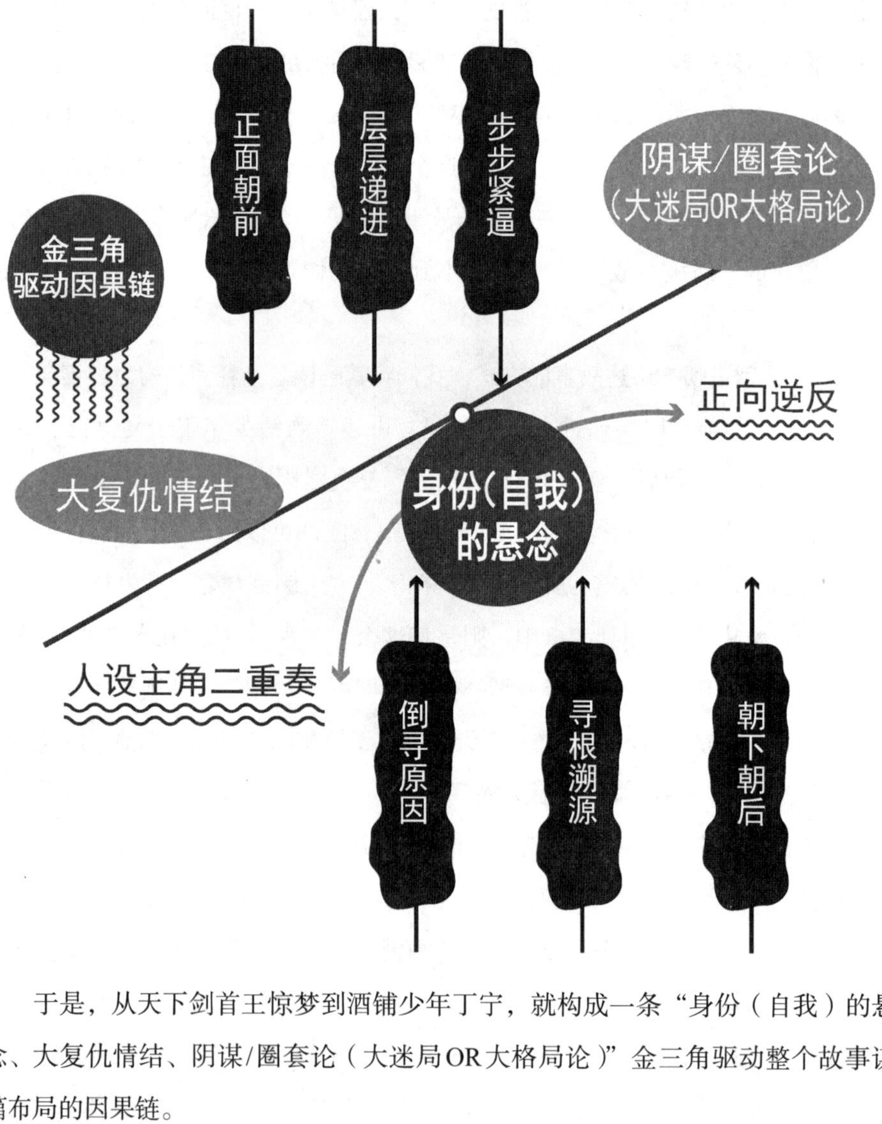

于是，从天下剑首王惊梦到酒铺少年丁宁，就构成一条“身份（自我）的悬念、大复仇情结、阴谋/圈套论（大迷局OR大格局论）”金三角驱动整个故事谋篇布局的因果链。

这是故事开端的起笔之处，又是整个故事结局的笔墨所归。

第八章

人设二重奏

从「酒铺少年」到「天下剑首」

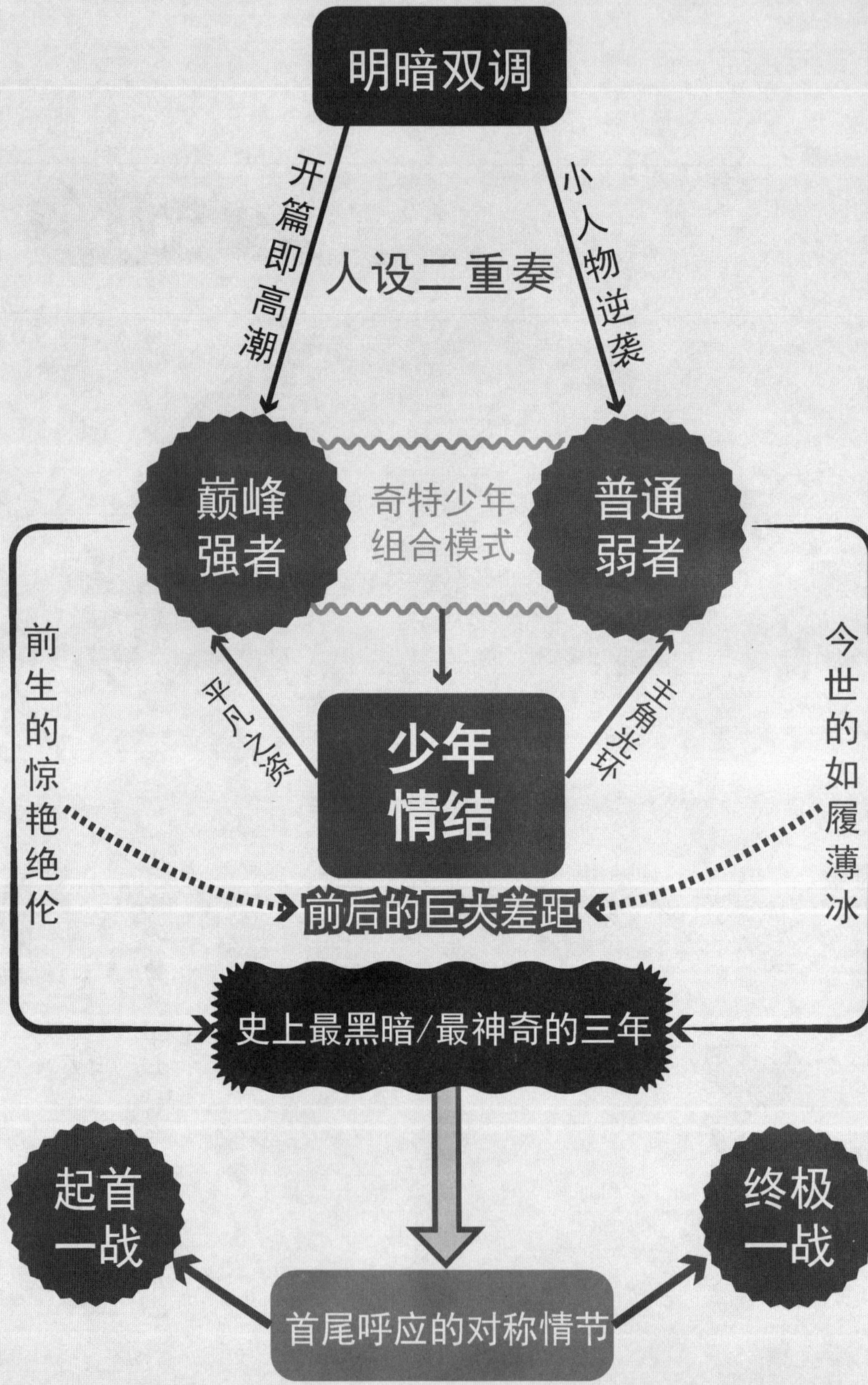
明暗双调
开篇即高潮
小人物逆袭
人设二重奏
巅峰强者
奇特少年组合模式
普通弱者
平凡之资
主角光环
少年情结
前生的惊艳绝伦
今世的如履薄冰
前后的巨大差距
史上最黑暗/最神奇的三年
起首一战
终极一战
首尾呼应的对称情节

《剑王朝》的开篇，从“夜策冷诛杀剑炉余孽”起笔，切入酒铺少年“今生今世”的日常生活，在两者之间形成了围诛大逆和大复仇记的巨大张力。

正是在这种巨大的张力之间，《剑王朝》直接以酒铺少年“十年磨一剑、N年复一仇”的非同寻常的谋划和必须步步为营的日常，来开局起步，写好第一笔。

却在落笔勾连之间，揭开了这三大“史上最黑暗/最神奇的一天/三年”的标志性事实、真相和秘密之渊：

天下剑首王惊梦在战长陵时身死（阴谋与圈套、情义与背叛）；

经历从人生巅峰到无底深渊的“史上最黑暗的三年”（身份〔自我〕的悬念）；

天下剑首“离魂寄体、转世重生”为酒铺少年（大复仇情结）……

这形成了“酒铺少年丁宁—天下剑首王惊梦”爽文主角的人设二重奏；而这，可以归纳为讲故事写爽文中的巅峰强者和普通弱者共融共存的“奇特少年”组合模式——它们形成了爽点创造、爽文创作和爽感建构的类型与套路。

这决定了《剑王朝》的故事布局，有一种类似于“宅兹中国”的“中”对称之美：酒铺少年丁宁的个人之复仇，犹如风暴之眼或中心之轴，搅起了天下剑首王惊梦背负的君道之风云。

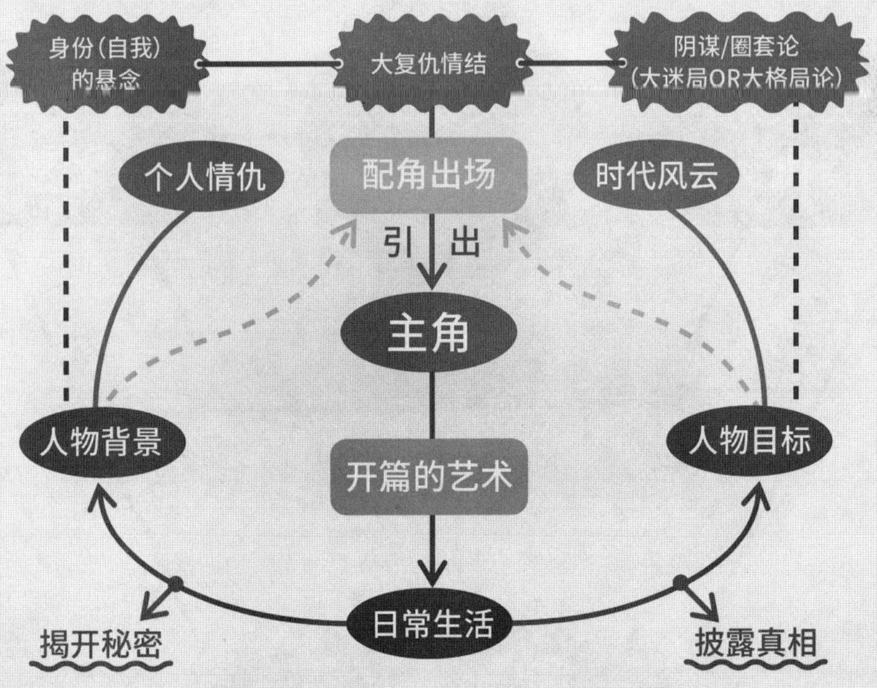

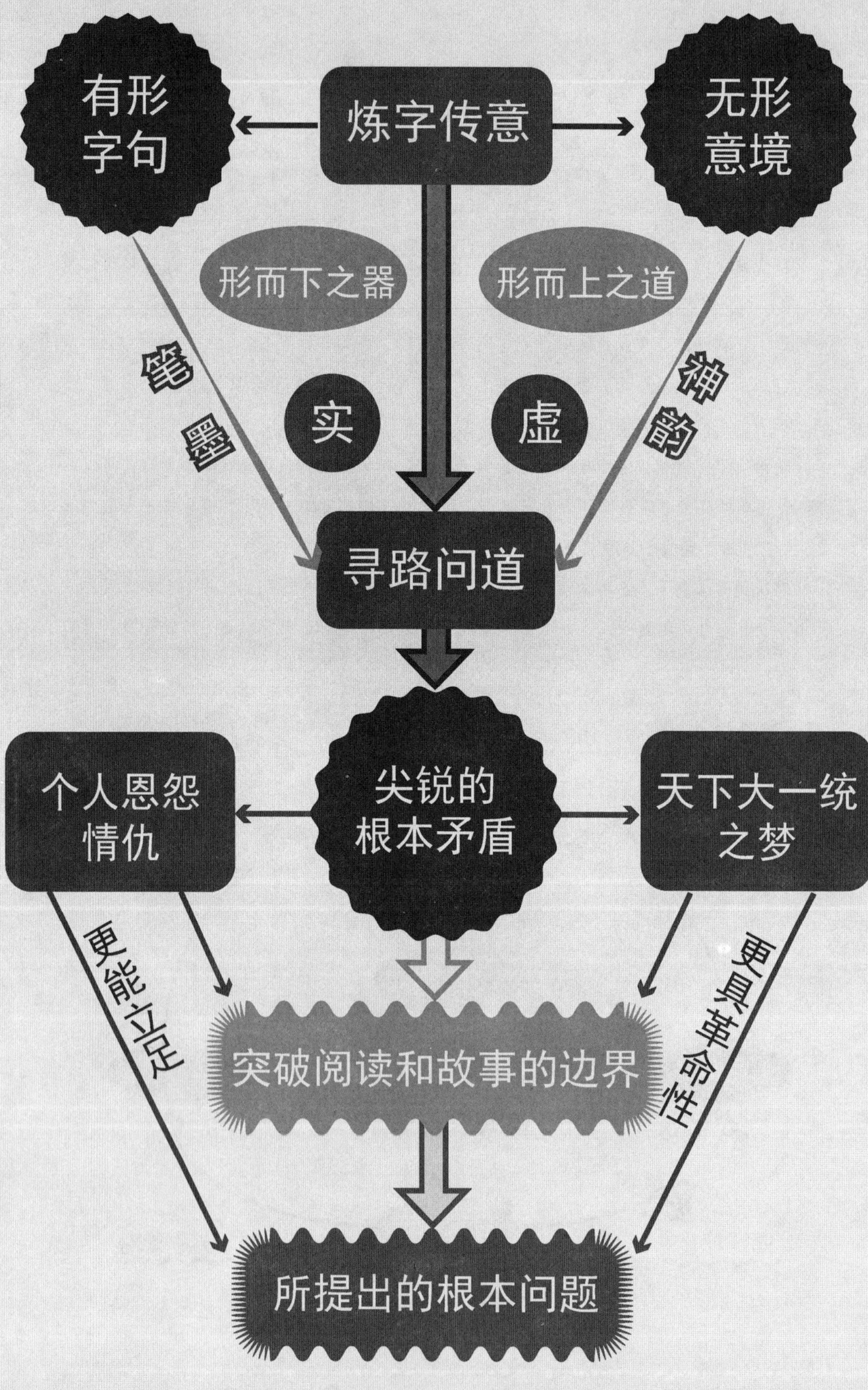
有形字句
炼字传意
无形意境
形而下之器
形而上之道
笔墨
实
虚
神韵
寻路问道
个人恩怨情仇
尖锐的根本矛盾
天下大一统之梦
更能立足
更具革命性
突破阅读和故事的边界
所提出的根本问题

第一节 明暗双调：

从“酒铺日常”到“天下风云”

从这个角度来看，《剑王者》的开篇处理或许是明智的，甚至是有技巧的。

它没有选择天下剑首王惊梦那“史上最惊艳的战死天下”作为序幕，就像猫腻《大道朝天》里描述景阳真人飞升失败、重生为白衣少年井九那样；

没有把转世重生或离魂寄体为酒铺少年的那“有生以来最神奇的一天”作为开端，就像知白《大逆之门》里绝世强者离魂寄体、重生为恶人城废柴少年一样；

也没有将“那史上最黑暗的三年”作为浓墨重彩的故事宇宙“混沌创世纪”——网络小说好像还真没有把这样一个特殊时段，写成“上帝开天辟地”的伪史诗场景的；

更没有像爽文爆款潮流的标杆之作——天蚕土豆的《斗破苍穹》那样，用“年度测试日”这样相对比较寻常的一天，来轻描淡写地勾出“史上最黑暗的废柴三年”……

特别是在起笔和墨归之间，《剑王朝》没有把“第一笔”落于那“有史以来最惊天动地的一天”，亦即天下剑首王惊梦一人战长陵甚至一人战天下的那一天。

这是改变历史进程、亦可以载入史册的一天。王惊梦慷慨赴死，一人战长陵、战大秦帝国、战整个天下，令山河失色、令风云变幻，最终力竭而亡。大秦元武皇帝和皇后郑袖举整个帝国之力，甚至举天下之力，只为围剿此一人而已——这是值得浓墨重彩书写的“大笔”。若是以此为开端，定会开篇即高潮。

但这亦会造成此后整个故事情节“断崖”垂降、难以为继的尴尬。这并不是如此大开大合的大战局如何驾驭的问题——就无罪在《剑王朝》整部故事的架构和驾驭能力而言，毫无疑问，他是有这种能力和实力的——而是在于，如果一开篇就是这种宏伟的、史诗性的、大场面大格局式的大战役之影像，即便整部故事的真正主角就是天下剑首王惊梦，也会造成“喧宾夺主”、剥夺主角光环的后果。

一来就是这种搅动天下风云的宏大战局，以及那种自带主角光环的风流人物，在造成居高不下的大势之后，你又如何垂直“软着陆”，找到一个非常有生长性的“点”（价值洼地），从“小人物”开好局、起好笔、落下第一笔？

因为，唯有逆袭的“小人物”才让我们有代入感，而风流“大人物”正因为过于璀璨夺目，反而亮瞎了“神之眼”，让我们敬而远之，难以代入。

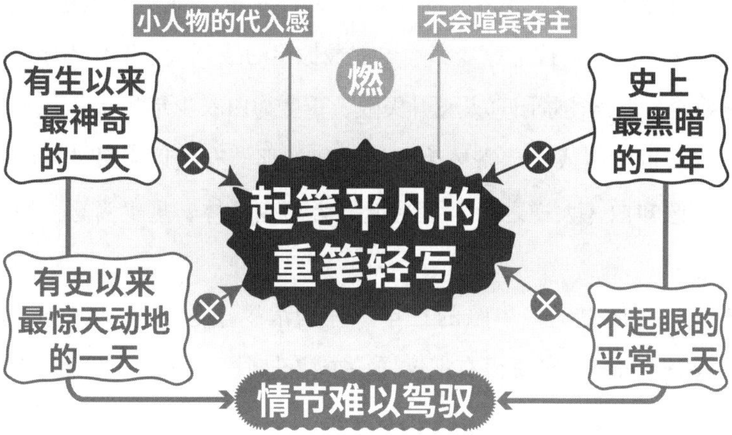

这是网文特别是爽文最重要的套路甚至是创作和生产机制之一。

主角要让我们有切近、等高甚至能够替代的“代入感”，而不能是“遥不可即”“高山景仰”“难望其项背”的。

就像天下剑首王惊梦这样一出场便已经是“人上人”“巅峰强者”的存在，已经身上高原、高不可攀，还如何能把我们代入攀登“向上的阶梯”的爽感？即使在高原之上还有高峰，从高原到高峰之上，还有一段不可攀越、一旦攀登即创纪录的天梯——犹如攀登珠穆朗玛峰的“最后那三米高”的阶梯，也很难让我们“燃”起自己的热血、愉悦和畅快。

因为，这种打破世界纪录的“最后一米阳光的璀璨和荣光”，只属于少部分站在高山之巅、苍穹之上的绝顶存在，而不属于普通大众。除非在某些特别情况之下，它能戳中某些共同的情结，引爆情绪潮流——比如攀登珠穆朗玛峰最后一米的“中国梯”。

第二节　共融同存：
巅峰强者和普通弱者“奇特少年”组合

网络文学讲故事写爽文的处理模式，就是构建一种巅峰强者和普通弱者“共融同存”于“奇特少年”一身的关系——

巅峰强者因为种种离奇的原因（比如阴谋陷害），在从高原攀登至高峰的最后一米天梯里，突然一脚踩空，掉入人生的谷底；

又以种种离奇的方式（比如转世重生、离魂寄体等），成为一个大家熟悉而又陌生的平凡少年（废柴少年/奇迹男孩）……

“少年情结”大概是中国人最深的集体情结与集体无意识之一：从金庸的少年成长小说，到“这一届”网络作家作品，重生或穿越、离魂寄体成一个“少年”，是最流行的人物设定之一了。

而“重塑少年感”，也是网络文学最爽的潮流和套路之一了。诚如猫腻《择天记》IP改编剧集所刻意强调的那句话：愿你出走半生，归来仍是少年。

这种集寻常与奇崛、普通与杰出、废柴与天才、弱鸡与强者等各种矛盾元素于一体、对立而统一的“废柴少年/奇迹男孩”，可以说是网络文学之中最受欢迎的“人设”之一了：

他有着普通读者都能认同的身体甚至是身份，但是又有着前世巅峰强者“看尽天下险峰的无限风光”的实力和阅历。

所以，在“前世今生”的奇特组合之中，形成一个具有巨大反差和庞大张力的戏剧性结构——

一方面，他确实只是一个拥有平凡之姿、普通甚至有些平庸得就像废物一样的平凡/废柴少年；

但另一方面，他又自带强者的主角光环，照耀得这块寻常的璞石居然都有了

“和氏璧”一样的美质。

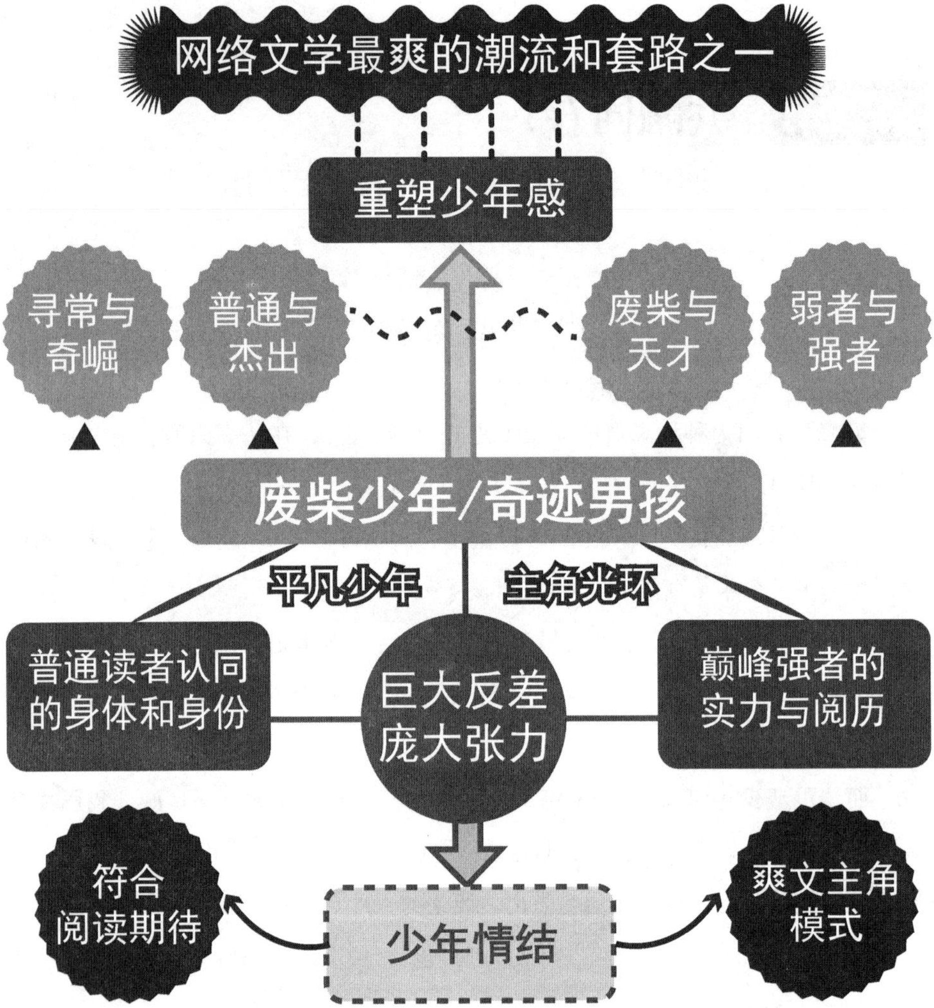

这符合大多数人在现实之中出身确实平凡但又不甘心平庸、渴望人生出彩的阅读期待，创造了废柴逆袭、扮猪吃虎、攀至王者巅峰的爽文主角模式。

在网络作家猫腻《大道朝天》、天蚕土豆《斗破苍穹》、知白《大逆之门》、风凌天下《傲世九重天》《天域苍穹》等作品中，都可以见到这样一种奇特少年组合的人设属性。

它的背后便是根植于传统文化母题、类型模式和故事原型，隶属于个体—大众心理、国民心态、国家/民族集体情结甚至人类集体无意识的“少年情结”。

第三节　前世今生：
酒铺少年丁宁—天下剑首王惊梦

无罪《剑王朝》中的主角人设“酒铺少年丁宁—天下剑首王惊梦”，同样是基于这种爽文主角组合建构而成的。

论今生，酒铺少年刚出场时，修行尚未突破三境，在如今七境高手多如牛毛的长陵大街小巷，就像盐水煮毛豆，也就够别人小酌怡情时的下酒开胃菜一碟而已。

但是，论前世，天下剑首王惊梦属于当时顶级的高手，只差半步就可以迈进在前世今生都是最高境的八境，已经窥探到这个迄今为止最高境界的秘境风光，只不过心有余虑而没有迈出这个跨越门槛的关键一步而已——但是，见识、眼界和阅历已经超越世间所有的高手。

这种巅峰强者意识，即使是在离魂寄体抑或转世重生（这一点在《剑王朝》里始终模糊不清）为酒铺少年丁宁之后，也仍然完整地保留和传承了下来，几乎超越了除已入八境的大秦元武皇帝之外的所有当世巅峰强者。

而且，当年天下剑首王惊梦阅遍天下名剑和剑经，“操千曲而后晓声，观千剑而后识器”，对剑式与剑招、剑意与剑势的体悟与演绎，可谓“天下无敌、举世无双”。随便展示或指点人两下，就足以“刷新人的三观”。

《剑王朝》不止一次地展示丁宁这种“天下剑首”附身、让人掉落一地眼球的绝世天赋。展示过程基本上都是这样三板斧：

第一，丁宁使用了某宗门某一种再寻常或普通不过的剑招。

第二，却让此门高手眼珠都瞪出来了：这一招居然还能这么用？

第三，丁宁使出此剑招剑式堪称“精妙绝伦”的剑意与剑势，从而使出了新境界，让此宗门高手都受益匪浅，发现了别出心裁、独出机杼的“洞天福地”。

除此之外，后来丁宁培养和启发那些天才种子，亦多用这种天下剑首阅尽天下剑、悟透新境界的剑势与剑意，从而让其能力和实力倍增或翻番。比如，传给夏婉的三招，就颠覆了她的眼界和境界。

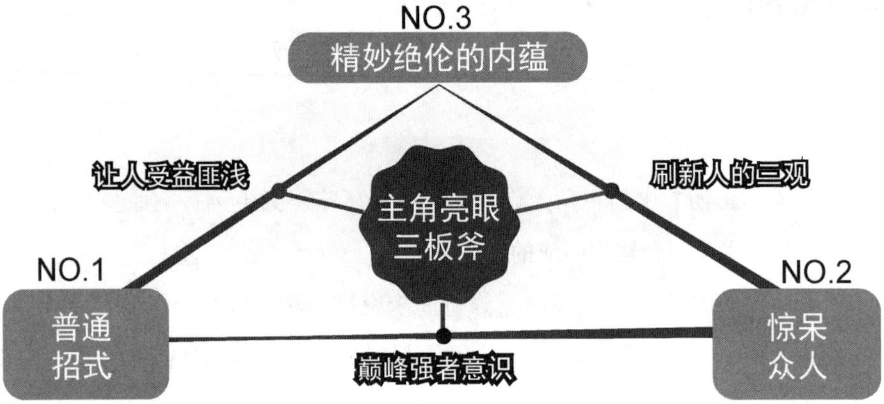

而堪称丁宁“天下剑首”之集大成者的表演秀，就是在楚都被大秦帝国攻陷之后，丁宁重演天下剑首战一城、战一国、战天下、战所有修行者的绝代风姿——不管来者何人，境界高低，何剑何式，丁宁均是见招拆招、见剑破剑、见式析式、见势解势，均以对方剑技和剑术破之，而且是以比此剑技和剑术更为精妙绝伦的剑艺来破之——这不仅仅是“以彼之道还彼之身”，而是展现出比对方高得多的剑悟与艺术：剑，不仅仅是一种招式，更是一种艺术。让哥来教你剑要如何用，才能有匠人之魂、艺术之美、大宗师之境！

于是，从酒铺少年丁宁的“今身今生”，便可以窥探天下剑首王惊梦的“前身前生”，从而展现其前世今生的风流恣肆、惊艳绝伦。特别是今身今生，丁宁的复仇之路道阻且长：自己境界过低而仇敌境界过高，他不得不小心谨慎、步步为营甚至如履薄冰。这与当初天下剑首的大开大阖、睥睨天下、快意人生，相差何其远矣。

正是这前后的差距甚大，才让《剑王朝》构建起一个“第二人生”的广阔天地：以酒铺少年“一个人的复仇记”切入，撬动的是王惊梦和曾经志同道合的伙伴“天下大一统”的追梦记；而那个杠杆，就是酒铺少年与天下剑首的前世今生融为一体。

第四节　对称之美：
从“起首一战”到“终极一战”

将“酒铺少年丁宁”和“天下剑首王惊梦”这两个“极悬殊”的身份，融合为巅峰强者和弱鸡少年对立统一矛盾体的“酒铺少年丁宁—天下剑首王惊梦”主角人设二重奏的，就是那“极具悬念”的“史上最黑暗/最神奇的三年”。

这种“史上最黑暗的三年”就像混沌时的开天辟地一样，构成了《剑王朝》那一颗像种子一样未曾生长但又像果壳里的帝国一样已然成形、凝聚着故事迷宫之心脏的“微小的硬核”。这“硬核”贯穿整个故事大厦，成为可以包容一切元素和整体的“迷宫宇宙”。

以这个“史上最黑暗/最神奇的三年”故事迷宫 · 宇宙创世纪为基底，撑起“酒铺少年丁宁—天下剑首王惊梦”的“极悬殊”又“极具悬念”的身份，并将酒铺少年丁宁和天下剑首王惊梦的前世今生融为一体，让其成为垂直降落、一竿子可以插到底的“爽文主角”。

但与其说它是一个像通天神树或者定海神针一样的支撑之物，不如说它像是一个来回摇摆却始终不倒的“不倒翁”；不管是从左到右进行顺时针偏移，还是从右到左进行逆时针摇摆，它晃动的范围、频率和程度，都决定着从酒铺少年到天下剑首、从大复仇记到谋局天下的故事弧度（幅度、深度和宽度）。

这种“基座—摇摆—弧度”的故事结构，或许就是《剑王朝》的独特与另类之处：从“酒铺少年丁宁—天下剑首王惊梦”极悬殊的身份，垂直戳入“史上最黑暗/最神奇的三年”的创世纪宇宙，建构起了一个多场景、多维度和多界域的故事迷宫。

整部《剑王朝》讲故事写爽文的谋篇布局，就以此为叙事之轴，构成了一种均衡循环、首尾呼应、相互连贯的“中”之美学理念——你甚至都能在这种故事架构设计中，找到颇合“宅兹中国”的对称之美，以及“一把剑”贯穿首尾的所谓杠杆。

比如，“酒铺少年丁宁—天下剑首王惊梦”战一城、战一国、战天下、战所有王朝之剑的“那起首/终极一战”，就成为这个“剑王朝故事宇宙”最具“中之对称美”的典范。

从王惊梦一剑入长陵，大秦元武皇帝举天下之力，攻伐这个天下剑首，到丁宁一剑入长陵，纠集了天下所有大逆之力，围剿这个罪魁祸首——虽然说丁宁给了元武皇帝“公平一战”的权利与机会，但这是建立在剥夺了元武皇帝所有周边势力、让其真正成为孤家寡人的前提和基础之上。这是呼应当初王惊梦被元武皇帝举帝国之力、举天下剑之力围剿时，只求与元武皇帝公平一战而不得。

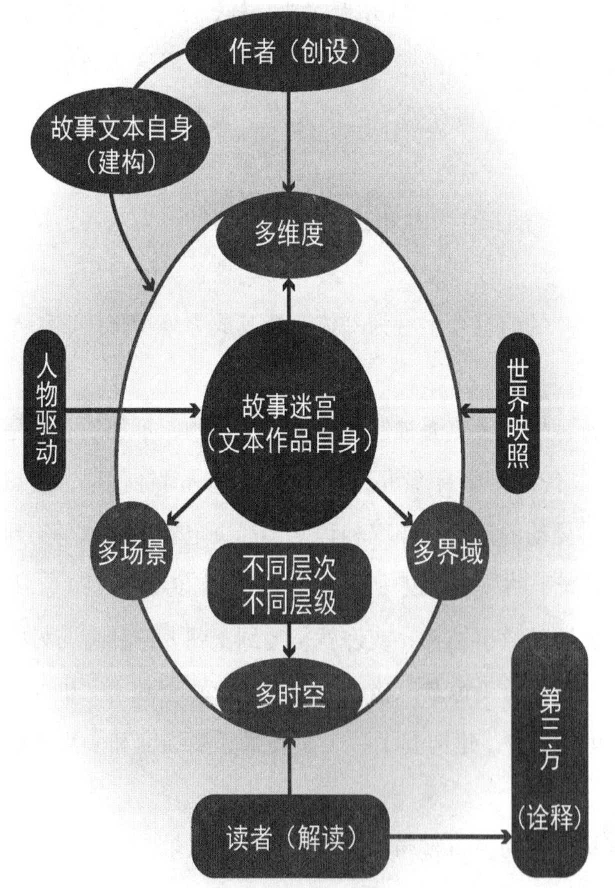

这“起首一战”不公平，而“终极一战”很公道。酒铺少年丁宁完成了天下剑首的复仇夙愿。

这就像一根糖葫芦串，本来想串起来的是两颗山楂蜜果——不管加不加糖，反正都是山楂味的；结果最后串成了一根铁棒，焊接成了两个哑铃。

王惊梦身消道殒的“起首一战”，丁宁快意复仇的“终极一战”，就成为两个相互呼应的实锤（不亚于雷神的锤子），重重地压在整部《剑王朝》的故事轴上。

第五节　刀笔剑道：
从“炼字传意”到“寻路问道”

从天下剑首王惊梦战长陵，到酒铺少年丁宁战天下；从元武皇帝举国之力进行的不公平一战，到丁宁举天下之力却进行的公道一战——“那一剑”成为贯穿之轴。

无罪笔墨如刀，却在寻路问道——从“剑道”到“剑王朝之路”。这成为在那种对称之“中”，所真正要寻找的中庸之道。

若是从传统文法“炼字”和当下网文IP侧重“视觉”而言，在这一对比中，其实可以看出无罪创作《剑王朝》时是真的笔墨如刀，刮骨刻髓，极为讲究，并且极具视觉冲击力。

如以开篇“夜策冷诛杀剑炉余孽”为例，无罪在《剑王朝》之中，炼“字”创“意”，其实是很有功力的。选择什么样的“字眼”进行锤炼，才能传达出那有形之字句的无形之意境，其实是很考验创作的功底和创意的能力的——尤其是《剑王朝》整部作品，重骨骼和架构，但更重意蕴和气氛，特别是那种可以意会但不可言传的味道与意境。

就像《剑王朝》之“剑”，通篇都是在有形的看得见的剑招与剑式、剑技与剑术之上，更为强调那无形的看不见的剑意与剑势、剑味与剑意，甚至连“剑见”（有关剑的见识与阅历）本身都是一种制胜和制敌于先机的智慧。

恰如我们在庖丁解牛夏婉越境反超六境高手陈铃[①]的“虐渣—造爽”场景时，曾经说酒铺少年丁宁—天下剑首王惊梦“阅千剑而晓器，可破天下剑”[②]——他

① 小说原文中出现了“陈铃”和“陈玲”两个名字，但实际上为同一个人。编辑根据“陈铃”在小说原文中出现的次数远高于“陈玲”，因此将此人的名字统一为“陈铃”。

② 参见本书第十三章相关内容。

有关剑的见识、阅历和经验等“剑见”，成为他虐遍天下敌手的“金手指”之一。这一点贯穿于整部《剑王朝》的故事布局之中。

如在“岷山剑会”的大情节之中，入门考验的第三关是在“万剑之池”（剑池）之中“选剑”。这便是在用“剑识”来衬托和彰显“酒铺少年丁宁—天下剑首王惊梦”的主角光环——主角都有“识见”，对剑的知识异于他人；可以为小伙们量身选择好剑，从而让力量倍增。

沈奕等所有人都用看着怪物的目光看着丁宁，震惊得说不出话来。

“这只是一种可能，里面未必会有我说的这些剑。但是我希望你们记住我的话。还有如果有相似的剑的话，千万不要认错。”

丁宁的面容却依旧平静。

他转头看向谢长胜：“你要注意看有没有一柄通体好像是用发晶制成的剑。”

谢长胜眉头微蹙，马上问道：“发晶？”

“一种罕见的晶石，看起来晶莹剔透，但是内里有许多天然的金丝。”丁宁看着他说道，“那柄剑只是用了类似发晶的材质，实则是用某种孤品材质所制。剑柄上有三足金蟾图案。”

“如果没有这柄剑，你就找一柄通体青色的短剑：长约三尺半，没有任何花纹；即便不灌输任何真元，也自然散发着一层青芒。如果连这柄剑都没有，那你就自己慢慢挑选。”

说完这几句，丁宁便转向谢柔，说道：“如果有的话，你可以选一柄淡紫色的长剑。剑身上有细微的青色分叉闪电状符文。或者选一柄看上去和寻常的玄铁黑剑一样的剑。但那柄剑的剑尖处有很细的孔，不正对着剑尖看，根本看不出来。若是这两柄剑都没有，你就选一柄水灵气息极重的剑便是。”

“里面可能有一柄青色的宽剑。那柄剑是子母剑，剑身上嵌一柄小剑。若是没有那柄剑，你就找一柄赤色松纹长剑：剑身自然发烫，手指接触剑柄时有略微痛感。”

“徐兄，有一柄剑看上去就像是用白雪堆砌的，散发霜意。那柄剑最为好认。若是没有，你便找一柄深绿色长剑：上面的符文是阳刻，如同一片片柳叶。若是没有，你便尽可能挑选一柄剑身狭长的长剑。”

没有丝毫的停留，谢柔下来是何朝夕，接着是徐鹤山。平静地说完这几句之后，丁宁便开始动步。

张仪下意识地动步跟上。

丁宁对他说的话虽然最为简短，但是却引起了他思绪的混乱，让他生出太多问题。

赵剑炉……为什么丁宁要让他挑选一柄赵剑炉的剑？

丁宁为什么觉得这里面可能有赵剑炉的剑？

——无罪《剑王朝》：第三卷 盛会　第七十九章 剑的尸海

这就是《剑王朝》试图解读、诠释和建构的“剑道”——看得见的是谓“形而下之器”，看不见的是谓“形而上之道”；前者重“器”，后者重“道”，或者是与“道”相关联的意、韵、神、气。犹如中国笔墨，讲究“字写得漂亮”，但更要书写出“味道”——笔墨写意，比笔法骨肉更重要。

这不仅仅体现于像“楚都丁宁一人战一城甚至一剑战天下”这样自带主角光环的典型情节，就连那些配角甚至是昙花一现的跑龙套和打酱油的角色，在战斗之中，也挥剑如泼墨，挥毫似写意，酣畅而淋漓——跑龙套跑出了主角的光环。

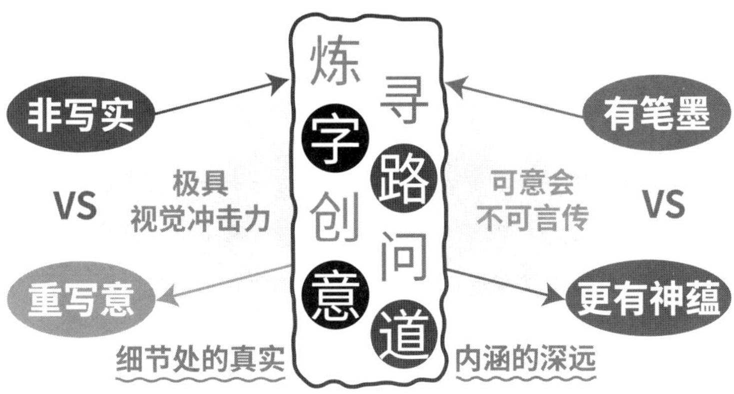

除了那些站在主角丁宁一边的亲友外援团们（如后文我们举例论证并庖丁解牛的夏婉“虐渣—造爽”之战），就连那些拦在主角前进路上的配角、反角和渣角，也都打酱油打出了光彩，在自己掌控的场域之中，成为当之无愧的“领域

之王”。

比如，那个在岷山剑会中作为皇后郑袖“最不像暗棋的暗棋”的何朝夕，在身份暴露之前的十人选之战中，就在自己的小战场里，成为“果壳中的王”——即使在后面，他暴露身份并狙击丁宁获取岷山剑会首名，但我们在二刷三刷（重读解读）时读到此情此节此场景，仍然难以抹掉这种“跑龙套跑出了主角的光环”的感觉。

而这种感觉，不在于剑招之震天撼地，而在于剑意之酣畅淋漓。

一声厉啸从鹿器歌的口中喷薄而出。

随着这声厉啸，感受到危险的鹿器歌手中的赤铜色长剑嗤嗤地喷出片片赤红色的冰雪，他的身影也瞬间落至何朝夕的身前。轰的一声爆鸣，他手中的赤铜色长剑再度像一座山峰朝着何朝夕当头砸下。

何朝夕举剑再挡。

爆鸣声中，他脚下的地面像波浪一样震荡开来。

此时砸落的山峰已经是一座冰峰。

气浪四溅之中，一片片赤红色的尖锐冰片冲刺在他的身上。他的身上瞬时多了许多道流血的伤口。

看着这样的画面，张仪担心到了极点，张大了嘴却连呼吸都忘记了，根本发不出任何的声音。

一蓬血雾自何朝夕的口中喷出。

然而伴着一声闷哼，何朝夕却是没有像之前一击一样被震退弹出。他的整个身体微微一弓之后，便像一张弯曲的弓再度弹直。他手中的剑依旧奋力往上，反而硬生生地将鹿器歌连人带剑格得往后弹出。

——无罪《剑王朝》：第三卷 盛会　第一百三十七章 不缺

庖丁解牛故事文本，字里行间并无言外之意、弦外之音；而是故事本身让我们得鱼忘筌，文本自身让我们得意忘言。

“随着这声厉啸，感受到危险的鹿器歌手中的赤铜色长剑嗤嗤地喷出片片赤红色的冰雪。”传统武侠小说中是绝不会出现这样的描述的。但是，玄幻小说拓展了这种“武侠”的想象空间——一柄剑可以如此“喷出”赤红色的冰雪。

这不是写实的“武技”和“剑招”，而是写意的“武蕴”与“剑意”。唯有如此，方能酣畅淋漓地表达出那种当下人想要超越和想象的意蕴。

“轰的一声爆鸣，他手中的赤铜色长剑再度像一座山峰朝着何朝夕当头砸下。”

剑如何能像山峰一样当头砸下？虽然要形容那种无法匹敌的重量和霸道，但是，剑当为“刺”，亦可“劈”，如何能“砸”？且不是像木棍一样的砸，不是像抡起一块大石头一样的砸，而是像搬起一座山一样砸下来？

唯有这种打通了不同兵器、物事之间的界限的写法，方能传达出那种似乎无可阻挡的气势。

然而，逆转之处在于，面对这种长剑像山峰一样——长剑像山峰而不是像山一样，这两者之间的微妙区别，需要细细琢磨——“砸”下来的情况，对方的反应只是：

“何朝夕举剑再挡。”

很简单的一笔，也很简洁的一笔——却让人印象深刻。我们的脑海之中似乎立马就浮现出了一个“画面感很强”的场景：一个普通而非凡的奇特少年，面对那无可抵挡的像山峰一样砸来的剑意，只是很简单的一个动作——举剑再挡。

从容不迫，或者，执拗坚韧？

绝不退步。

但是，伴随着这普通动作的，是一种波动面极大的震荡：

“爆鸣声中，他脚下的地面像波浪一样震荡开来。”

只是这么简单的一句，却能让我们想象出一幅血色绚烂的视觉画面——

由外到内，“爆鸣声”像同心圆一样层层推进。巨大的声波像潮水奔涌一样，冲击入耳廓，在这狭窄的关隘处骤然被迫收束，激荡不已。

在反复喧嚣、震荡、回复之后，又再次退后、推远，重新整理集合起来，再次发起激烈的冲刺。

而这一次，就像是松散的五指攥成握紧的拳头，又像是泛滥的洪流被收缩起来，形成了更为密集、更为强悍、也更有冲击力的钻心锥，不停地从耳廓里钻下去，钻入通道，钻进血脉，钻进骨髓，钻进心脏的中心……

而且是兵分两路，从左耳进入的钻心锥和从右耳进入的钻心锥，都在暴戾、猛烈、狠劲儿地往里钻、钻、钻，要钻到那最中心的点上，汇合在一起。

在这两个钻心锥之间，即便这个少年再强悍，也像是一只柔弱的小虫子，似乎注定无可抵挡——即将被那钻心而来的锥子牢牢地钉死在心脏的中心……

而从上到下，从足跟开始，那种巨大的力量以少年整个身体为介质，凝聚到足后跟与大地接触的那一点上——就像针尖上的点一样，狠狠地插入大地。

瞬间，就像一个巨大的导火线被点燃。巨大的爆响，一层层地在大地中炸裂，先是像漩涡一样，一圈一圈地炸出千沟百壑；然后，一层又一层地纵深爆破，造成了从地表到地底最深处的断裂……

大地似乎也被激怒了。强悍无比的力量从地底深处涌出，源源不断地注入少年的脚跟，不断地积蓄着力量。

这就像阿喀琉斯之踵一样——只要坚实地踩在大地之上，我们就能获得持续不断的力量。哪怕你腾空而起，像泰山压顶，又能如何？

大地才是我们力量的源泉。

在天和地之间，面对剑如山峰一般砸下来的情况，弓身硬扛的少年何朝夕现在如何？

立于天地之间，在“像山峰一样砸来”，甚至像“泰山压顶”一样的巨大剑意之中，他伤痕累累，似乎下一刻就要支撑不住了。

“气浪四溅之中，一片片赤红色的尖锐冰片冲刺在他的身上。他的身上瞬时多了许多道流血的伤口。”

为何要是“赤红色的冰片”？为何不是“晶莹透亮的冰片”？因为剑意冲刺在身上，血肉爆裂开来，冰片立刻被染红了——一瞬间，他就像一只带血的刺猬；而且，是带刺的根部全都爆裂开来、见血见肉见森森白骨的血刺猬！

这种画面极具绚烂和震撼。

但是，在画面的视觉黑暗之处，在看不见的形体之内，似乎有一股力量正在从脚跟处涌入，进入血脉，以此为水道，汇聚向心脏，在心之中心积蓄起来，迅速形成一股强大的力量源泉。

心就像一个力量的蓄水池。当水池的力量积蓄至满时，便开始溢出来，流入四通八达的血脉之渠，迅速输送到身体的各个极细微的纤毫之处和角落之缘，在每一处流经之地灌溉力量……

然后，整个身体，就在以肉眼看不见的速度，迅速地恢复、重建和重新强大了起来。

现在，少年何朝夕的身体里，每一个细微处都充满了强大的力量。犹如积势蓄力的弹簧，“硬生生地将鹿器歌连人带剑格得往后弹出”。

也就在这一瞬间，何朝夕的左手也落在了剑柄之上。左手指尖流淌着的真元，擦亮了剑脊上的一道符文。

他这柄剑的剑脊本身便是一柄内嵌的细长小剑，只是隔着一定的距离，根本看不出来。

此时随着这道符文的亮起，这柄小剑沿着大剑的剑身飞了出去。

嗤！

破空声起。

鹿器歌骇然地侧身。一道细小的青色剑光带着一道涡流，以恐怖的速度擦着他的身体掠过。

何朝夕开始反击。

——无罪《剑王朝》：第三卷 盛会　第一百三十七章 不缺

指尖流淌的真元，剑脊上的符文，由内到外，从不可见到可见。倘若说真元还类似于传统武侠的内功，符文则常见于玄幻仙侠的外物，让人咂摸出一丁点儿从武侠到仙侠的意味。

从“剑光”到“涡流”，更是进一步由实向虚，由“刀笔”过渡到“意蕴”，由“剑招”转向“剑意”，由“剑技”转为“剑解（见识）”……

以小窥大，见微知著，整部《剑王朝》都重剑意胜于剑招、重剑法胜于剑技、重剑势胜于剑式、重剑识胜于剑术……前者为“虚”，后者为“实”；后者如笔墨，前者如神韵。

第六节 剑首君道：

从“家国天下大一统”到“盛世善治剑王朝”

从笔墨如刀，到剑意问道，无罪《剑王朝》将传统武侠之意味，书写出了江湖快意恩仇、争霸天下和家·国情结的天然矛盾和秩序重构之争。

就像“酒铺少年丁宁—天下剑首王惊梦”身份二合一的“大复仇记”，始终面临着个人“江湖（修行世界）快意恩仇”和整个天下“家·国大一统大势与梦想”的冲突。

但比这更尖锐的冲突和矛盾在于：

丁宁一直试图在修行人之间解决他和大秦帝国元武皇帝、皇后郑袖的情义双重背叛、阴谋与战争的恩怨复仇。

但是，无论是老一辈如林煮酒、白山水之大逆，还是大秦十一侯之既有统治力量，抑或是新生代修道天才或异类复仇者如净琉璃、赵高和苏秦，都在主动或被动地“跨界”（跨越那条修行世间和凡间平民的界线），将丁宁与大秦元武皇帝“一个人或一种修行势力之争”，渗透、蔓延甚至加速推动至平民世界，从而造成了无法掌控的局面——比如，在秦楚灭国之战中，数万楚国平民就成为双方因“捍卫一国之存在的自由与权利”与“天下一统大势所趋”而交战的试验品和牺牲品。

而丁宁本人，在因情义背叛和阴谋陷害而像“基督山伯爵”一样，走上复仇道路之时，也面临着这种艰难的根本抉择问题：到底是侧重于“个人江湖（修行世界）的快意恩仇”，还是不忘和坚守“天下剑首统一天下和拯救苍生”的初心与梦想？

假如窃取胜利果实的元武皇帝和皇后郑袖，在后一个方面做得确实比丁宁好——至少在富国强兵、让大秦帝国强凌天下、让长陵臣民安心立身方面，元武皇帝和皇后郑袖做得还是不错的，那么丁宁该不该为了一个人的快意恩仇，在夺回属于自己的东西的同时，危及长陵的安稳、大秦帝国的强盛甚至统一天下的“大一统之梦”？他这一把“天下剑首”之剑，到底是一把动摇帝国统治根基（皇权和君统）的豪侠之剑，还是一把王者归来的“君王剑”，可以开创万岁太平之基业、善治家国天下、统一修行世界与俗世蚁国的盛世“剑王朝”？……

这些矛盾一个比一个尖锐。这种“尖锐的根本矛盾”在《剑王朝》之中，如那些天下名“剑”本身一样，都有了自己的生命、性格和气质甚至独一无二的命运——比如，那柄九幽冥王剑比长孙浅雪还要有脾气和品格；若无丁宁协助，她恐怕一生都无法驾驭这柄有着自身属性和命运的绝世名剑。

锥立其中，剑不合鞘。这些“尖锐的矛盾问题”，根本就不是《剑王朝》本身的故事结构所能统辖和驾驭的。它们甚至比整个“剑王朝”还要咄咄逼人、崭露峥嵘、难掩其锋。

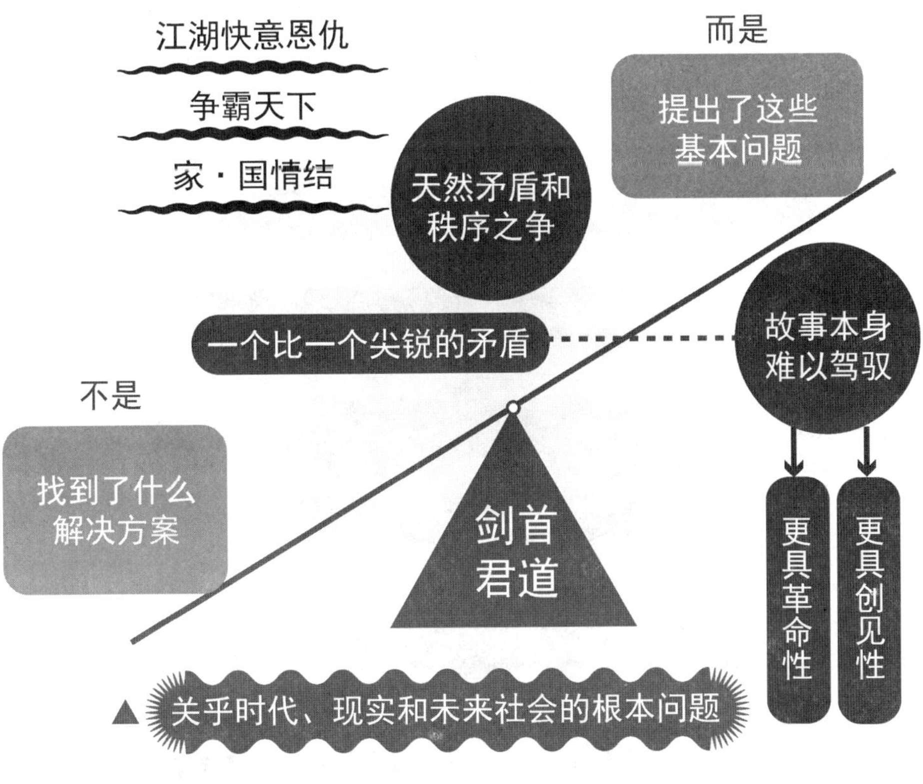

事实上，我们认为，无罪笔墨如重刀利剑，入木三分地进行刻画，让这些“尖锐的矛盾”能够如绝世名剑“出世”一样——它们不是因为故事架构本身而凸现，而是自身要突破故事和阅读的边界，向整个世界描述（呈现）自身的存在与秘密。能够做到这一点，他的《剑王朝》创作本身，就已经成功了一大半，获得了比这个庞大“剑王朝”故事本身更为重要和更具革命性的“根基”。

甚至可以这么说，比起这个让“剑王朝”世界观设定的理念和创意更能立足、更具革命性的根基问题，整个大气磅礴的《剑王朝》作品和故事，反而显得更为保守和谨慎——当然，这也能反过来理解：正因为《剑王朝》趋向保守和谨慎（此硬币的另一面就是严谨和稳固）的作品、故事体系，才能保证和保障那种尖锐矛盾与根基问题之中所蕴藏的更有革命性和创见性的思想、理念和创新，能够“水不落，石亦出”，未崭露就已经头角峥嵘，已崭露就更加气势磅礴、所向无敌。

所以，在《剑王朝》之中，最重要的不是找到了什么解决方案，而是提出了这些根本问题——或者说：这些关乎时代、现实和未来社会的根本问题，借助无罪的笔、《剑王朝》的故事，甚至整个剑王朝的世界观设定脱颖而出，向整个世界“秀秀自己的肌肉，亮明自身的存在”。

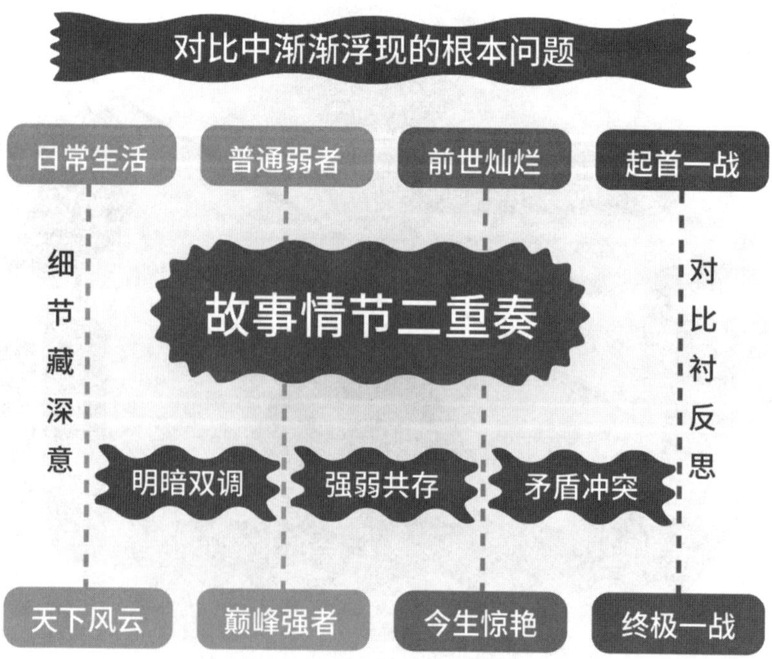

第九章

世界观设定

从『剑王朝1.0』到『剑宇宙3.0』

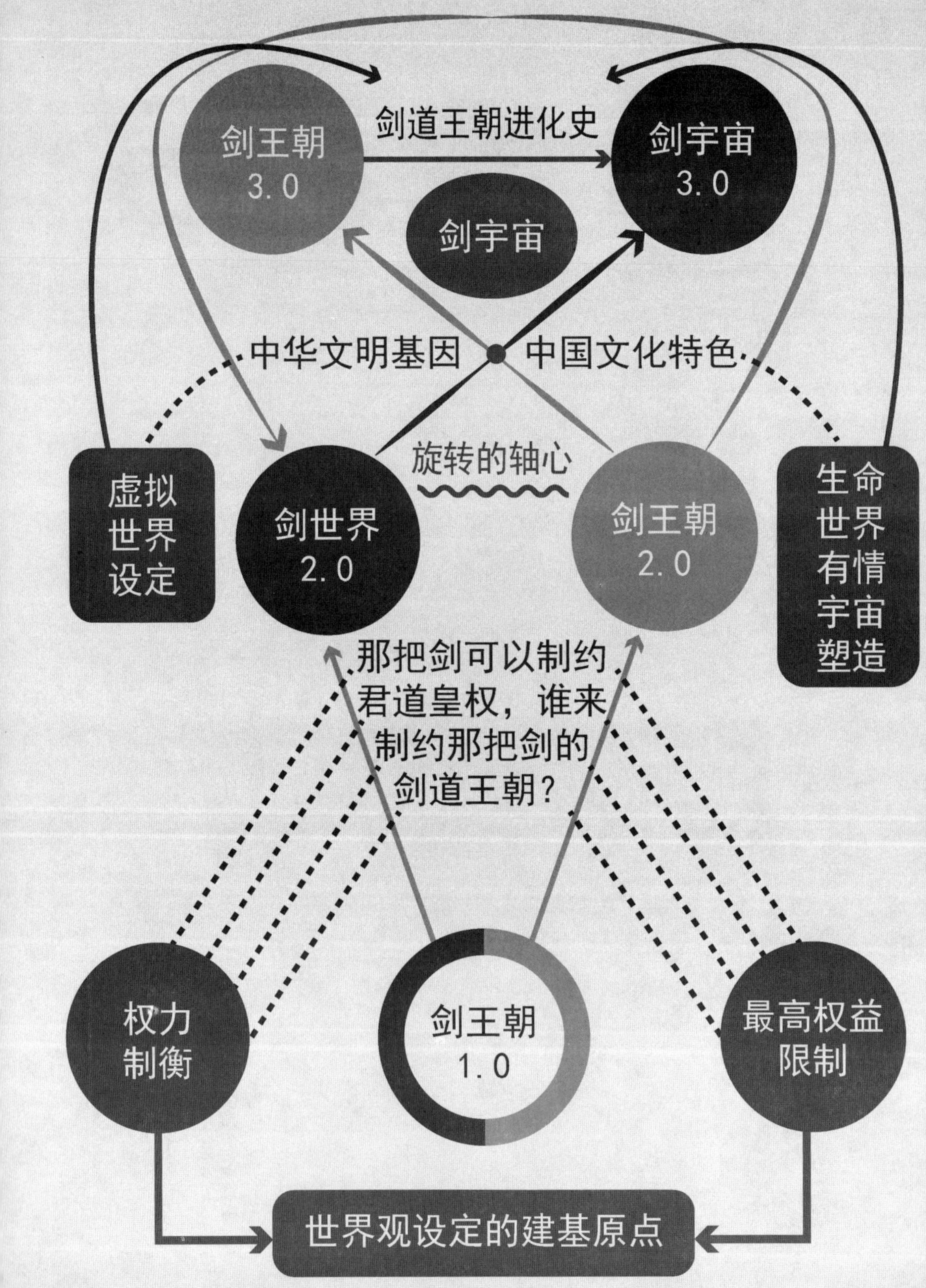
剑道王朝进化史
剑王朝 3.0
剑宇宙 3.0
剑宇宙
中华文明基因
中国文化特色
旋转的轴心
虚拟世界设定
剑世界 2.0
剑王朝 2.0
生命世界有情宇宙塑造
那把剑可以制约君道皇权，谁来制约那把剑的剑道王朝？
权力制衡
剑王朝 1.0
最高权益限制
世界观设定的建基原点

这就将我们导向对整部《剑王朝》世界观设定的解读、诠释和建构。

从天下剑首王惊梦到酒铺少年丁宁，不但开启了“修行世界的进化史”，甚至主导了整个“剑王朝的迭代和升级”——

假如说，王惊梦开创了剑王朝 1.0 时代，那么元武皇帝和皇后郑袖则开创了剑王朝从 1.0 到 3.0 过渡的 2.0 时代；以酒铺少年丁宁和修道天才净琉璃等为代表的新生代修剑天才，其实应该是开创了 3.0 时代。

它将我们导向了网络文学之中隐性却很关键的“剑道世界观”极简史：

从“剑庐”到“剑冢”（猫腻《庆余年》），从“剑池”到“剑海”（猫腻《择天记》），从“万剑归宗”到“万剑/舰流火”（猫腻《大道朝天》）；

从“君子剑道名士风流”（烽火戏诸侯《雪中悍刀行》），到“剑修如云”“璀璨星流”（烽火戏诸侯《剑来》）；

从“剑王朝”（无罪《剑王朝》），到“剑世界”（从梁羽生《七剑下天山》等新武侠剑世界，到猫腻、烽火戏诸侯、无罪的玄幻仙侠剑世界）；

从中国古典小说故事新编（如鲁迅《铸剑》），到网络文学重塑铸剑师、重述剑客剑侠剑修故事（如烽火戏诸侯《剑来》中铸剑师阮邛和剑气长城的剑修）的潮流……

我们一直在共建、重塑、共享一个颇具中华文明基因和最具中国文化特色的“剑宇宙”：这不仅仅是从剑招、剑技、剑术到剑意、剑势、剑法、剑解（见识）的“虚拟世界”设定，更是一个剑有灵魂和生气的“生命世界”、有意志与情感的“有情宇宙”的架构和塑造，甚至是一个不断试错、迭代和升级的“剑道王朝”进化史。

我们把网络文学中的这种“剑宇宙”设定集和“剑道世界观进化史”，解读、诠释和建构为“剑王朝 1.0—剑世界 2.0—剑宇宙 3.0”的演变脉络。

为什么？

因为从“剑王朝 1.0—剑王朝 2.0—剑王朝 3.0”的迭代，到“剑王朝 1.0—剑世界 2.0—剑宇宙 3.0”的进化中，有一个“旋转的轴心”问题：那把剑可以制约君道皇权，但谁来制约那把剑的剑道王朝？

正是通过解读、诠释和建构“剑王朝”所提出的这个尖锐矛盾和冲突，我们开始关注“权力制衡”甚至是“最高权益限制”的整体架构设计问题——这是一个“世界观设定”的建基原点。

这不但是当下从猫腻《大道朝天》到烽火戏诸侯《剑来》等网络作家作品，亦是中国网络文学从硬核网文到跨界网文、从灵气复苏流到文明建设发展流、从“超凡近未来”到“超凡者管制法案”等阅读和创作潮流，致力于解决的时代课题。

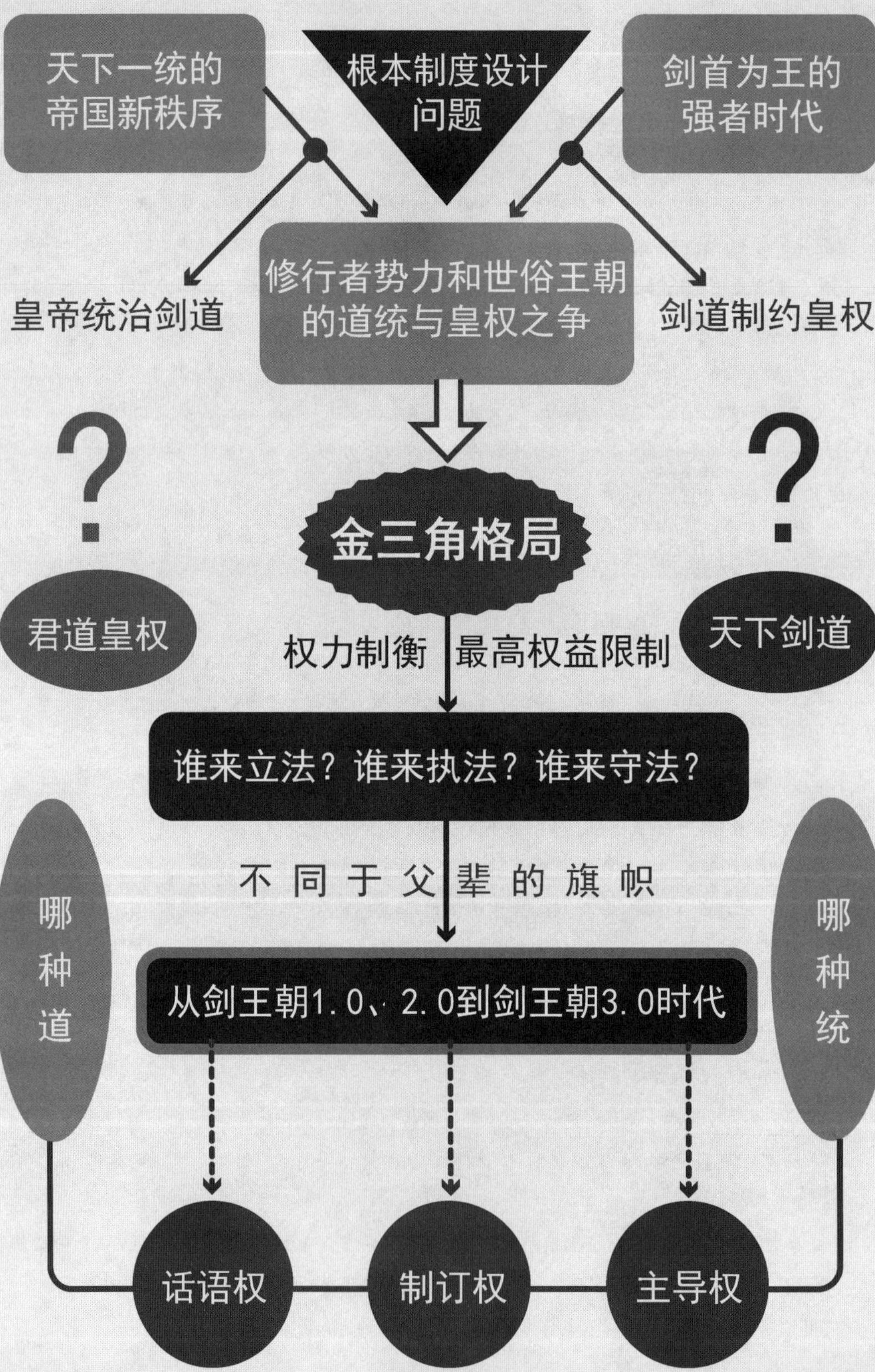

天下一统的
帝国新秩序
根本制度设计
问题
剑首为王的
强者时代
皇帝统治剑道
修行者势力和世俗王朝
的道统与皇权之争
剑道制约皇权
金三角格局
君道皇权
天下剑道
权力制衡
最高权益限制
谁来立法？谁来执法？谁来守法？
不 同 于 父 辈 的 旗 帜
哪种道
哪种统
从剑王朝1.0、2.0到剑王朝3.0时代
话语权
制订权
主导权

第一节 金三角格局：

从“变法新政”到“天下大一统”

小切口，好杠杆，撬动大格局。

以酒铺少年丁宁—天下剑首王惊梦“身份（自我）的悬念”为支点，以“大复仇情结”为杠杆，撬动的却是“谋局天下”的阴谋/圈套论和大格局之争。

从阴谋/圈套论到大格局之争，博弈、交锋和分歧之中，最核心的就是这三角：第一角，天下一统的新帝国秩序；第二角，剑首为王的强者时代；第三角，修行者势力和世俗王朝的道统与皇权之争。

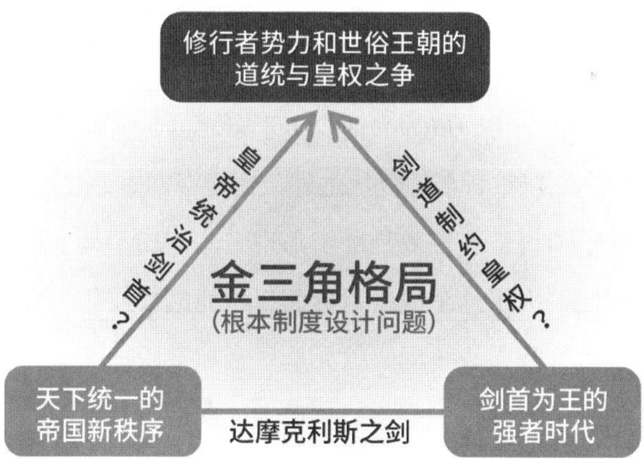

这其实也是“酒铺少年丁宁—天下剑首王惊梦”这二合一的光环主角，和“大秦帝国元武皇帝—皇后郑袖”这对同床异梦、貌合神离却又是利益共同体而非伉俪情深的终极反派，由爱生恨、由义生仇、阴谋与背叛、猎杀与复仇的根本利益、恩怨情仇甚至是理念观点发生根本冲突与矛盾的地方。

“天下一统”的新帝国秩序，可以说是王惊梦的梦想，亦是他的驱动力之所在。正是在他率领巴山剑场进行的南征北伐下，大秦帝国才能奠定征伐天下的强国之基。

这基本是由三个方面决定的。

一是王惊梦的蓝图擘画和设计，确立了大秦帝国变法强盛、一统天下和建立帝国新秩序的三大战略目标和愿景，相当于为整个大秦的国策做了长达数十年的顶层设计。

二是推动了变法新政，造成了整个大秦帝国的强盛崛起，以及新旧权贵话语权、利益和财富的新一轮分配。

三是驱动一统天下的关键进程。王惊梦及巴山剑场的超强战力，决定了许多关键性战斗、战役和战局的决胜走向。

也就是说，大秦帝国走向一统天下的局面，完全是由王惊梦和巴山剑场一手造成的——统一的江山，其实是他们打下来的；以至于天下修行强者和王国列侯，只知王惊梦而不知元武皇帝，重巴山剑场而轻大秦帝国。

这也是在王惊梦死后，许多人认为大秦元武皇帝和皇后郑袖窃取了王惊梦与巴山剑场的“胜利果实”的原因：窃钩者诛，窃国者侯——通过窃取王惊梦和巴山剑场征伐天下的胜利果实，大秦帝国元武皇帝和皇后郑袖得以成就大业。

巴山领袖王惊梦融二为一成为酒铺少年丁宁之后，直面这对大秦帝国的最高统治者，除了对情和义双重背叛的复仇之外，还要夺回本该属于自己的东西。

但正如我们此前所说，王惊梦是个统帅型人才，却不是个执行型人才。就大秦帝国强盛崛起和统一天下这个战略目标而言，他擅长鼓舞人心、身先士卒，以人格魅力和超强实力征伐人心王国。但元武皇帝和皇后郑袖这一对左膀右臂，对于决策的执行其实比他要强——因此，大秦帝国在这对背叛他的“狗男女”的领导下，反而更强盛地崛起了。统一天下的进程比王惊梦领导时更为稳步前进。特别是在王惊梦身消道殒之后、酒铺少年丁宁筹划复仇的十余年里，大秦帝国和长陵百姓迎来了前所未有的黄金局面。

因此，丁宁的复仇，在天然的合法性和情理性之间，也带来了一个尖锐的矛盾：假如丁宁“为一己之私”的复仇（报复这对帝王皇后的情义双重背叛，夺回属于自己的东西），却带来“黄金十年”的长陵动荡和大秦帝国失序，并影响大秦帝国一统天下的历史进程，丁宁会不会成为“历史的罪人”？

第二节　双龙争珠：
从“强者时代”到“剑道PK皇权”

随着大秦帝国崛起，王惊梦开启了一个天下剑首和巴山剑场引领风骚的强者时代。

“天下剑首”是王惊梦的个人梦想——甚至这个个人梦想都为郑袖所羡慕嫉妒恨。她曾经回想过数次：假如她把天下剑首当作个人目标，又会怎么样呢？

因为王惊梦在追求天下剑首这个个人发展目标时，过于惊艳绝伦，以至于起到了“我是太阳”的光环效应。有太阳，就必须造就月亮和璀璨群星。于是，王惊梦像太阳一样崛起，开创了一个巴山剑场群星璀璨的时代——巴山剑场几乎所有的人，都成为璀璨夺目的星星。

这不仅惠及一代人，而且影响了整个修行世界的迭代与进化。

在王惊梦时代，七境唯有他一人而已；而五六境已经属于高手中的高手，仍然是凤毛麟角、屈指可数。因此，巴山剑场强者批量崛起，才会独领那个时代之风骚。

但是，正是因为王惊梦和巴山剑场群体强者的开时代之先河、引领世界之风骚，才会推动修行世界的整体进化和迭代。于是，在王惊梦身消道殒的十年后，修行世界的整体实力和境界全面进化与提升：五六境如狗遍地走，举目皆是七境高手——不说开篇时出现的夜策冷和剑炉赵七均是七境，相继出场的长孙浅雪、白山水、赵四小姐……都是如此。不是七境，好像都拿不出手。

就连当初在巴山剑场只是个马夫的梁联，都晋升为七境高手，仅次于大秦十一侯。而大秦元武皇帝，更是破天荒地成为“有史以来第一个八境高手”……

王惊梦和巴山剑场强者的群体崛起，不仅改变了天下修行宗门的势力分布，也改变了天下王朝对峙格局——对于敢当拦路虎的修行宗门与修行强者，王惊梦与巴山剑场强者均一剑斩之；对于天下分裂的王朝将领和军队，巴山剑场本身就变成了一支修行军队，一路碾压过去——也就是说，王惊梦和巴山剑场修行强者成了一种战略武器，在大秦帝国灭韩亡赵等一统天下的征伐进程中，起到了至关重要的作用。王惊梦与巴山剑场客观上成为大秦帝国洗牌天下的王牌。

但是，天下剑首和巴山剑场的群星璀璨，与大秦帝国的强势崛起之间，存在着一个不可调和的矛盾：谁才是大秦帝国甚至整个天下真正的主宰？是天下剑首与巴山剑场，还是元武皇帝和皇后郑袖这对伉俪利益共同体？

这直接带来了修行者势力和世俗王朝的道统与皇权之争。

当修行强者具有了对王朝皇权、权贵豪门等利益集团甚至整个天下秩序和格局的决定性影响和主导力量时，又有谁来制约这把悬在帝王皇族头上甚至整个人世间头上的“达摩克利斯之剑”？

这其实是“大秦元武皇帝—皇后郑袖”和“天下剑首王惊梦—巴山剑场修行强者”根本的矛盾与冲突、理念与分歧：皇帝统治剑首，还是剑道制约皇权？

王惊梦的修行境界高于元武皇帝，就相当于在龙椅上悬了一把剑——没有哪个皇帝能够坐得安稳。这并不是王惊梦征伐天下、功高震主的问题，而是修行强者和俗世王朝在统治人间时“孰为主宰”的根本制度设计问题。

王惊梦与巴山剑场实际上已经凌驾于大秦帝国甚至整个俗世王朝的统治权之上——因此，王惊梦一人战长陵：整个大秦帝国举国之力，甚至整个人世间举天下之力，均“想要他死”，就是因为他从根本上威胁到了整个大秦帝国甚至整个人间俗世政权的根基。

因为，在王惊梦横空出世和巴山剑场修行强者整体崛起之前，修行宗门、权贵豪门和王朝皇权之间的势力格局，大体上是平衡的。比如，长陵四大门阀、大秦修行宗门和王朝皇权，势均力敌，谁也吃不了谁。但是，王惊梦太惊艳，巴山剑场实力太强，硬生生把修行宗门的势力和实力，拔高了不止一分半点，而且形成了对整个权贵豪门和王朝皇权的碾压之势。

因此，不但长陵四大门阀顷刻间土崩瓦解，甚至直接操盘此事的王朝皇权和胶东郡新利益集团，在借完王惊梦与巴山剑场的势之后，又反过来对其产生了深深的忌惮——元武皇帝尤甚。如果一个旨在一统江山的始皇帝，始终活在一把剑的阴影之下，那治理江山还有什么价值与意义？这是元武皇帝要背叛视其为好友和兄弟的天下剑首王惊梦和屠杀修行强队巴山剑场的根本原因。

第三节　剑王朝时代：
从“修行者迭代”到“剑道君王加冕”

这种“皇权与剑道”的根本矛盾，贯穿于整个“剑王朝时代”——事实上，“剑王朝”三个字，就已经表明了这部作品的题旨和喻义：剑王朝，既可以理解为“剑”在王朝之上；亦可以理解为这根本就是一个“剑”的王朝。

不管是从哪个角度来理解，都可以视为一个硬币的两面：天下剑首王惊梦的出现，开辟了一个剑道凌驾于王朝之上的强者时代——这个世界的游戏规则，是由持剑修道的人来制订的；王朝皇族和权贵豪门，不过是代言人而已。

最关键的是，这种由王惊梦开启的“修行世界进化史”还在继续升级和迭代。“酒铺少年丁宁—天下剑首王惊梦”合二为一的主角人设二重奏，也开创了一个自身在进化、迭代和升级的“剑王朝”。

假如说，王惊梦开创了剑王朝 1.0 时代，那么元武皇帝和皇后郑袖则开创了剑王朝从 1.0 到 3.0 过渡的 2.0 时代；以酒铺少年丁宁和修道天才净琉璃等为代表的新生代修剑天才，其实应该是开创了 3.0 时代。

从某种意义上来说，剑王朝 3.0 时代，是对 1.0 时代的回归、复辟和进化。

说回归，是因为酒铺少年丁宁最终回归到王惊梦天下剑首的身份和位置，以修行强者凌驾于整个人世间之上。

说复辟，是因为丁宁坐实了剑王朝的“剑道君王”之位：王惊梦开创了剑王朝，但有实无名，仍然服务于大秦帝国这样的俗世王朝；但是，丁宁却让剑王朝凌驾于大秦帝国之上——大秦帝国再强大，也必须屈从于那把剑的意志；扶苏即使登基为皇帝，也仍然必须听从天下剑首的旨意。

说超越，是因为在王惊梦时代，天下仍然四分五裂，修行宗门各自为战，天下俗世王朝裂土而治，黎民百姓陷入敌国纷争，渴求天下一统、和平与安宁。但是，在丁宁时代，即使天下仍然有大秦帝国和齐燕诸国，但天下剑首已经一统修行宗门，建立起了一个凌驾于王朝皇权之上的“剑王朝”，从而可以确保修行世界对整个人世间的统治——因此，那一把剑可以号令并捍卫天下。

但问题在于：天下剑首丁宁将那一把“剑王朝至高无上之剑”，悬于大秦帝国新皇帝扶苏的头上，确保他战战兢兢、如履薄冰、尽职尽责，不会施行暴政，掠夺百姓；但是，又有谁在丁宁头上悬一把“达摩克利斯之剑”，确保他不会犯错，不会昏头，不会乱动干戈，不会造成生灵涂炭，不会祸害天下？……

一个至高无上的天下剑首，和一个拥有强大国力的彪悍帝王，行错一步，所造成的灾难后果，都可能数以亿万计。我们可以信任他们此时的人格和能力，但不能永远相信他们不会犯错。即使他们永远英明、伟大和睿智，又有什么能够保证他们将权杖传递给接班人时，他们的接班人可以像他们一样“正确”地履职行责？无法保证。

因此，《剑王朝》只能在“大秦帝国新皇扶苏必须听取丁宁那把剑的意见”处戛然而止，紧急刹车，仓促结尾。它不能也无法直面这个尖锐的问题——尽管在从剑王朝2.0时代到3.0时代转移和过渡时，这个尖锐的问题已经锥立囊中，不得不冒出来。但是，无论是天下剑首王惊梦，还是酒铺少年丁宁，抑或是已经融合了“酒铺少年丁宁—天下剑首王惊梦”两种“极悬殊又极具悬念”的身份之后的“剑王朝无冕君王”丁宁，都没有思考或直面这种拷问。

在这个问题上，反而是“元武皇帝—皇后郑袖”这一对注定站在自带主角光环的“天下剑首王惊梦—酒铺少年丁宁”对面的“狗男女”，提出了一个超越时代的激进理念和措施：皇后郑袖试图将所有修行宗门都纳入皇权后族的统治；元武皇帝试图将所有修行强者都纳入帝国一统天下的新秩序——再强大的修行强者，也不能凭着个人好恶和意志，来影响和支配整个世界的运转。

“你不觉得，这是个很畸形的世界？”元武的声音再次响起。冷酷而带着一丝暴戾的声音，回荡在这个死寂的寝宫里。

赵高垂首：“我只是一名医师，不知道圣上这句话所指。”

“畸形的世界来自修行者。”

元武的身体不再坐得笔直，而是靠在身后的椅背上：“修行者便是这个世界里最大的毒瘤、最不应该存在的东西。”

“我还是不明白圣上的意思。”赵高依旧垂着头，道，“圣上您也是修行者。”

——无罪《剑王朝》：第八卷 长生　第两百一十三章 宫深

“在修行者的力量未有现在强盛时，任何朝代都依德而治。但当修行者的力量强大到一定程度时，当讲仁者无敌的王朝被修行者轻易灭掉而成为史书上的笑话时，德行也就成了笑话。”

元武缓缓地抬起头来。他看着赵高，就像是看着空气：“攻城略地，守成治国，都需要修行者的武力。然而当一名修行者可以轻易地屠城，可以杀死一支强大的军队……为了针对这种修行者，军队之中就又必须蓄养修行者。修行者是这个世界最顶尖的存在。整个朝代甚至整个时代的一切都朝着他们的身上汇聚。最终，他们对于整个王朝和整个天下而言却是最不安定的因素。例如那些大逆，一个人就足以制造混乱。这样畸形的世界，真的对吗？”

赵高当然无法回答元武的这个问题。

元武所说的这些话在他看来很乱。而且很显然，元武并不是要和他探讨什么，而只是需要他作为一个纯粹的听众。

至少从元武的这些言行——他竟然因为自己现在并非修行者的身份而说出这样的话语——可以确定的是，元武现在的心境真的很混乱。

郑袖的死和他修为的问题，让他的情绪很有问题。

这对于赵高而言，便是喜事，便是机会。

所以赵高低下了头，显得谦卑惶恐而无法作答，但实际上是不想让元武看见他眼瞳中的异样神色。

“巴山剑场觉得大秦王朝一统天下，消除了王朝之间的征战，便是一劳永逸。然而在寡人看来，最大的问题反而是巴山剑场。像巴山剑场的这些宗门、这些太过强大的修行者，才是问题。”

元武也并未在意他的反应，只是接着说了下去：“谁都无法保证每个人的想法，即便是在神话传说里，也有强大的存在会因为一时的兴起而一念灭世。所以寡人比他们看得远，想得远！他们想的是一统天下，寡人想的却是消除所有的修行地，让所有的修行者消失。所以寡人灭巴山剑场、灭这些人，难道有错吗？”

每个人都有自己存在的道理，对错又岂是一两个人所能说清楚的？

——无罪《剑王朝》：第八卷 长生　第两百一十四章 囚徒

因为这一激进的理念与措施，《剑王朝》的神格又因此提升了半格。只不过，因为这对帝王帝后的背信弃义、刻薄寡恩等负面形象过于强大，导致我们过多地关注他们和王惊梦—丁宁之间的恩怨情仇，反而忽视了他们之间根本的格局与理念之战：天下一统，究竟是修行强者统治人世间的剑王朝，还是人世间秩序包含修行世界的王朝帝国？要做到国泰民安，究竟是要皇权高于剑道，还是要剑道凌驾于皇权之上？……

虽然，以今世今日之人的眼光看来，两者皆不可选：人道至上——人道高于剑道和皇权。但不可否认的是，以帝皇之尊，以修行强者之位，却仍然思考将修行世界纳入帝国大一统的新秩序，大秦元武皇帝确实既在我们的意料之外又在情理之中，让我们看到了一种别具一格的“反派气魄”。

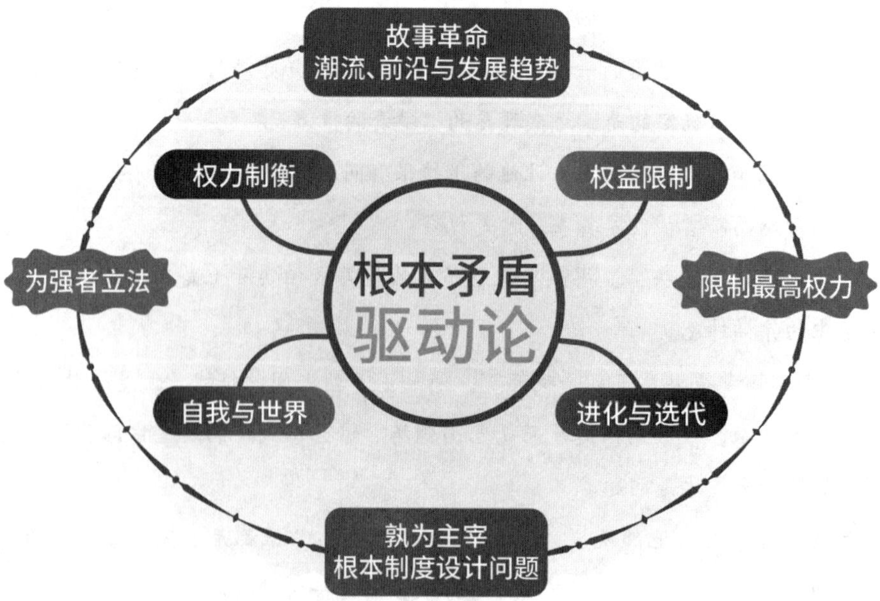

第四节　建基拷问：从“权力制衡”到“最高权益限制”

但是，《剑王朝》真正切中“故事革命”潮流、前沿与发展趋势的，却是不经意带出的另外一个尖锐矛盾与时代问题：可不可由以净琉璃为代表的新生代剑道天才群体，对“酒铺少年丁宁—天下剑首王惊梦”所开创与承传的作为“父辈的旗帜”的剑王朝，进行“权力制衡”甚至“最高权益限制”？

事实上，《剑王朝》中已经出现了这样的拷问。净琉璃自己，也直接面临着这样尖锐的问题。

因为，那种由王惊梦开启的“修行世界进化史”的继续升级和迭代，就必然会带来新生代剑道天才群体的崛起：在上述两个世代之中，年轻修行天才还是珍稀新物种、百年不遇千年难见，遇见一个都算是极品妖孽；但是，到了净琉璃这一代，安抱石、厉西星、夏婉……犹如雨后春笋节节高，生长迅猛，多如繁星。

特别是真正的天才少女、剑道新生代领袖净琉璃，成长速度尤其快，到最后不但越境刺杀大秦举足轻重的双相之一李思，还影响和推进了大秦灭燕、统一天下的大格局。这第一次超出了天下剑首丁宁及其师长百里素雪等“父辈的旗帜”——不再想把手中的剑局限于修行世界，而是决定让整个世界按照自己的意志运作，亦即帮助大秦帝国加速灭齐除赵的进程，一统天下。

这也第一次超出了“酒铺少年丁宁—天下剑首王惊梦”的掌控；甚至可以说，让我们感觉到了“这是一种制约和威胁丁宁的力量”；甚至所有人都猜测她甚至有可能成为对主角丁宁“史上最有威胁的人”：因为她有意愿也有潜力让整个世界都按照她的意志去发展；不顺她心意的人将会成为被铲除的拦路石；如果整个世界都不符合她的心意，她就会改造整个世界……

换句话说，净琉璃是以自我（心意、意愿和意志）为标尺，衡量世间万事万物甚至整个世界的发展，而不会考虑和顾忌他人的感受或者与自己亲疏远近的关系：哪怕上一秒钟还是并肩作战的战友，下一秒钟就成了她顺心意来行事的工具。

这就像独孤白所质问的那样：

上一秒钟，他们还在燕齐修行者的帮助之下，逃离死亡的追杀；而下一秒钟，净琉璃却要去灭掉他们的国和朝。这是“朋友”做得出来的事吗？如果有一天，丁宁和巴山剑场所行之事，不能顺你的心、如你的意，那你是不是也要灭掉他们？

这在给修行世界带来前所未有的更新换代和未来希望之际，也带来一个致命的隐忧：当新生代的年轻修行强者批量崛起，且与“父辈的旗帜”产生的理念和价值观产生根本分歧之时，他们若是有意愿也有实力让“整个世界按照他们的意志运转”，那么将会给修行世界甚至整个天下带来什么样的变数？会不会在“酒铺少年丁宁—天下剑首王惊梦”所开创的凌驾于皇权君道之上的剑王朝之上，悬上一把限制最高权益的“达摩克利斯之剑”？

这其实是隐含在《剑王朝》之中的已经浮出水面头角峥嵘、部分展开却未能完全展开的尖锐矛盾和根本问题。这真的是一个好矛盾、好问题。

如果《剑王朝》真的就此顺势而上，塑造出一个不同于“父辈的旗帜”、要按照自己的意志改造世界与拯救苍生的新生代修行领袖，让其成为悬在剑王朝之王丁宁头上的那把利剑，我认为，《剑王朝》就会真正开创出一个剑王朝 3.0 时代——

可惜的是，《剑王朝》的这一抹惊艳转瞬即逝。

净琉璃在短暂地“背叛”父辈的旗帜之后，即刻又回归到了天下剑首丁宁的架构设计之中，成为以他为首的整个剑王朝之中一把增光添彩的剑，而不是悬于整个剑王朝之上的一把天外飞剑。

毫不客气地说，我们认为，这一狂飙突出的激进派运动，在戛然而止的急刹车之中，突然来了一个原地大撤退，让《剑王朝》直接降了两个神格。

虽然，即便真的如我们所说，那一把净琉璃之剑，成为悬于丁宁甚至整个剑王朝之上的那一把“达摩克利斯之剑”，同样无法解决我们那个尖锐的问题：如果悬在天下剑首丁宁之上的那把净琉璃之剑，可以确保丁宁不会犯错，那么又有谁，能在净琉璃头上悬上一把永远正确的剑呢？换句话说，那个不断试错、迭代和进化的剑王朝 3.0 时代，到底应该以什么为原点，才能创建出一个开万世之太平的盛世王朝？

第五节　剑道·世界观：从“道高于剑”到“谁的道”？

因此，我们认为，《剑王朝》带来了比“天下剑道PK君道皇权”更为重要的拷问：什么样的方寸之地和立锥之点，才能创建出一个庞大、强大甚至万世太平的“剑王朝”？

或者不如说，它通过讲故事写爽文，提出了一个好问题：从哪一个原点出发，才能从帝国秩序的君道皇权，到天下共主的剑道王朝，创建出整部《剑王朝》所要架构的“剑王朝”？

提出好的问题，就成功了一大半。我们认为，《剑王朝》最具变革性之处，就是在“酒铺少年丁宁—天下剑首王惊梦”这个坚持和承传“父辈的旗帜”的剑道君王·人设主角之外，设计了像净琉璃这样的新生代修行者作为“权力制衡”之未来剑首——可惜的是，无罪才刚提出这个问题，就紧急刹车。这让《剑王朝》的神格自降了一半。

但是，在“剑王朝”从 1.0 时代到 3.0 时代进化迭代时所面临的“权力制衡”甚至是“最高权益限制”的整体架构设计中，也出现了一些矛盾冲突和尖锐拷问——那把剑可以制约君道皇权，但谁来制约那把剑的剑道王朝？这将我们导向了中国网络文学讲故事写爽文中的“剑宇宙”设定集和“剑道世界观进化史”，解读、诠释和建构了“剑王朝 1.0—剑世界 2.0—剑宇宙 3.0”的演变脉络。

比如，从净琉璃这个人设，我们很容易联想到猫腻《大道朝天》中以白早为代表的“新生代修行者领袖联盟”：有意愿，有意志，也有能力，以拯救苍生、济世安民、改造世界为己任……他们是制衡、变革甚至是颠覆“父辈的旗帜”的生力军，是开天辟地创世纪、敢教日月换新天的新兴力量。但问题是，谁又来制衡和约束他们？[①]

这就让我们再一次回归并聚焦从“剑王朝”进化史到“剑宇宙”建设史之中最重要的“建基原点”问题：那把剑可以制约君道皇权，但谁来制约那把剑的剑道王朝？

这不仅仅是解读、诠释和建构《剑王朝》所提出的基点问题，亦是当下网络文学作家作品、题材类型和热点潮流，可能都必须直面和求解的时代课题。

就像我们在撰写《国家网络文学战略研究：从“现实题材”到“书写新史诗”》和《爽文时代：中国网络文学阅读潮流研究（第 1 季）》《爽感爆款系统：中国网络文学阅读潮流研究（第 3 季）》等华语网络文学智库丛书时，建构了一个核心权益、成本—收益和超额奖惩的“超级代价体系”，来分析从网络文学到社会现实生活的爽感建构机制，试图剖析和解答网络小说映照现实、爽文重组现实、网络文学创 · 世纪（作品为世界立法）的内在逻辑和关联，并不断提出质疑与拷问：

为什么从烽火戏诸侯《剑来》到猫腻《大道朝天》、无罪《剑王朝》甚至硬核网文流如远瞳《黎明之剑》，都会触碰到这种“为修行强者立法”（施法者管制法案）的问题？

为什么从睡觉会变白《顾道长生》到会说话的肘子《大王饶命》，再到整个灵气复苏流和文明建设发展流，从美国电影《守望者》《美国队长 3》到美剧《黑袍纠察队》，网络文学和当下世界影视潮流均“不约而同”“殊途同归”地深度碰撞这样的根本问题：“超级英雄掌控世界秩序”PK“世界秩序限制绝世强者”？……

它们都在触及一些最现实亦最尖锐的问题：从世界“秩序”到“人”，从“强者”到“弱者”，到底谁来立法、谁来执法、谁来守法？

就像从《剑来》到《大道朝天》，都在拷问一个问题：具有超级力量的超凡强者，是否拥有为他人特别是如蝼蚁一样的弱者，选择天命、气数和生死的权力？从修行强者到凡世蝼蚁，谁有资格来裁判、审判和裁决“他应不应该这样活”——就像猫腻《将夜》之中的陈某有没有资格来审判长安城是不是一座罪恶

① 参见庄庸、杨丽君等主编：《爽文时代：中国网络文字阅读潮流研究（第 1 季）》，华语网络文学智库丛书，中国青年出版社，2020 年版。

之城、长安人是不是一群应该被灭绝的罪人？[①]

我们在解读、诠释和建构烽火戏诸侯《剑来》中的“蝼蚁链”，并分析大骊王朝铁血君王宋正醇亲手制订的“要为俗世蚁民向山上仙圣势力讨个公道”的基本国策时，曾不无讥讽地说：大骊帝王追求的，绝不是“百姓—神仙皆能公平、公正和公开”的公道社会，而是俗世帝国亦能威慑山上仙圣势力的“共治天下”，甚至是山上仙圣势力亦必须被纳入皇权统治体系的“一家一国之天下”——在皇权独大之后，谁又来制约这不受约束、权力无边、肆无忌惮的帝国皇帝呢？[②]

男人望着远处一座大殿的屋脊，上有蹲兽依次排开。他轻声道：“对于一国君主而言，不要怕天大的麻烦。出现麻烦之后，只要能够解决，就意味着你和王朝变得更强了。如果无法解决，就说明你治理江山的本事还不够。”

“眼下这么个让人措手不及的大门槛，我和大骊，都没能有惊无险地跨过去，很遗憾。但是我不后悔。这句话是真的，不骗你。”

宋集薪打死都想不明白，问道：“为什么？”

衮服男人眼神锐利，再无半点先前的无奈和灰心，伸手指向那座大殿的屋脊：“因为这愈发证明我一手订立的大骊国策，是对的！”

“山上之人，练气修道，无论善恶，都需要被关进一座笼子！他们做神仙求长生，大骊绝不干涉，甚至乐得帮忙一二，乐见其成。可一座王朝必须有其底线，至少要让那些人上人在某种规矩之内行事；不能随心所欲，不能仅凭个人喜好，就动辄在世俗王朝搬山揿水！随随便便的一场仙人争斗，最后伤亡最惨重的，只能是那些手无寸铁的王朝百姓。要让我大骊辖境内的所有世俗百姓，之所以愿意礼敬神仙，不单单是出于畏惧害怕。哪怕是一个活在最底层的市井百姓，若是因为神仙打架而无辜死去，那个时候，我大骊就得有底气和本事，为神仙眼中如蝼蚁一般的那个百姓，讨回一个该有的公道！”

宋集薪被震惊得无以复加，张大嘴巴，一个字也说不出口。

① 参见庄庸著：《猫腻与〈将夜〉》，网络文学名家名作导读丛书，作家出版社，2019 年版。

② 参见庄庸、杨丽君等主编：《爽文时代：中国网络文学阅读潮流研究（第 1 季）》，华语网络文学智库丛书，中国青年出版社，2020 年版。

男人伸出两根手指，几乎贴在一起，笑道："现在我大骊能够讨回来的公道，很小，就这么点大。可是比起东宝瓶洲其他王朝，那些个给山上神仙们为奴做婢的王朝国家，已经是天壤之别了。"

男人随意甩了甩手腕，最后握紧拳头，对着那座屋脊高高举起，像是在跟谁示威："我由衷希望以后的大骊，可以讨还回来的公道，可以这么大，甚至更大！"

宋集薪已经有些麻木了。

只是少年第一次觉得自己身边的男人，变得有血有肉，不再是跟那张龙椅、那件龙袍差不多的死板存在。

衮服男子转头问道："知道那个阿良，哪句话让我最生气吗？"

宋集薪壮起胆子说道："是那人放话要你磕头认错？"

男人大笑起来，摇头道："我身为大骊江山的主人，可以站着死，绝不跪着活！如果连这一点都做不到，大骊还怎么马蹄南下，吞下这个宝瓶洲？人自欺则天欺之，人自强则天予之。你最好记住这句话。再就是那些个神仙嘴里，口口声声说咱们宝瓶洲是天下最小的洲，但是你真的知道一洲之地到底有多大吗？你去随便翻阅这座天下的任何一本史书，有谁能成为完完整整的一洲共主？"

宋集薪脸色坚毅，点头道："人自强则天予之。我记住了。"

男人有些伤感道："真正让我生气的话，是他说大骊就没一个能打的。一个都没有啊！我偷偷摸摸、一步一步走到练气士十境的位置，在这座东宝瓶洲，已经算很了不起了。你叔叔宋长镜，更是夸张的十境武人，结果又如何？在人家眼中，还是属于不能打的那一类。不过福祸相依，这正是我能活下来的理由……之一。"

"如果我今天有十二境，让那个家伙觉得有一战之力的话，恐怕就是一刀毙命了吧。"

男人没来由地放声大笑，却给人一种英雄迟暮的感觉。

宋集薪哪壶不开提哪壶："一刀？"

男人点头道："可以确定，就是一刀的事情。那个家伙，是十三境巅峰的剑修。所以才这么不讲道理啊。"

宋集薪满脸纠结，几次张嘴都咽回去，好像有一个挠心挠肺的问题，却又不方便一吐为快。

男人身体后仰，双肘撑地，就这么姿态闲散地望着天：“是不是想问为何不杀了我们，再飞升去世人不知何处的那个别处？”

宋集薪用手背狠狠擦了一下脸颊，嗯了一声。

男人坦然道：“告诉你答案之前，先告诉你一个不幸的消息。传闻破除十三境之后的大人物，是可以重新下来，回到我们这天下人间的。虽然次数极少极少，可毕竟有过先例。诸子百家、千年豪门，出于某种目的，都故意选择秘不示人而已。”

宋集薪心思敏捷，脸色骇然。

男人唏嘘道：“所以说，我们大骊选择的这条路还很长，任重道远嘛。你别气馁。”

——烽火戏诸侯《剑来》：第二卷 山水郎　第一百一十六章 人间有个老秀才（中）

这不是大骊皇帝考虑的事情——他永远都不会考虑这个可能性。但的确是我们写网文、读爽文的作者和读者“吃饱了撑的”就会考虑的事情——

猫腻在《庆余年》里为既是修行大宗师又是俗世王朝最高统治者的庆帝，设置了一把唯一可以让其恐惧的来自二十一世纪的狙击枪——看似很荒诞，却像加缪所说的，荒诞之中自有非荒诞不足言喻的意义。

无罪在《剑王朝》之中，丁宁在以天下剑首之剑，将既是八境高手又是强国皇帝的元武击败、杀死之后，又将皇二代扶苏扶上帝位，自己退居海外——但所有帝国重大的事情都必须取决于这把悬于皇位之上的“达摩克利斯之剑”。

而烽火戏诸侯在《剑来》中设计的大骊皇帝这个铁血君王及其宏伟抱负，以及齐静春和崔瀺这对师兄弟就“不一样的大统一帝国、不一样的世界、不一样的未来”在大骊王朝做的那一丁点社会实验，总让我们联想起中国王朝发展史上的后一千年里那关于“道统高于治统（皇权）”的理学实验；而《剑来》之中所谓的“山上山下”“礼制”“秩序”和“顺序”之争，则又让我们联想到：这是不是在皇权与治统之争的基础上，讨论“道统”之乱？

其实，我们把这三部作品联系在一起时，真正思考的是那一个至今无人深思的根本问题：假如权力无边的皇帝脑门上顶了一支枪；假如高高在上的皇位、君位和仙位之上悬了一把剑；假如“高于皇权/治统之上的道统”上面有一根搅屎棍（好吧，应该是一只可以跃龙门的鲶鱼）……那么，这支枪、这把剑、这根棍子（这只鲶鱼），到底应该捏在谁手里？

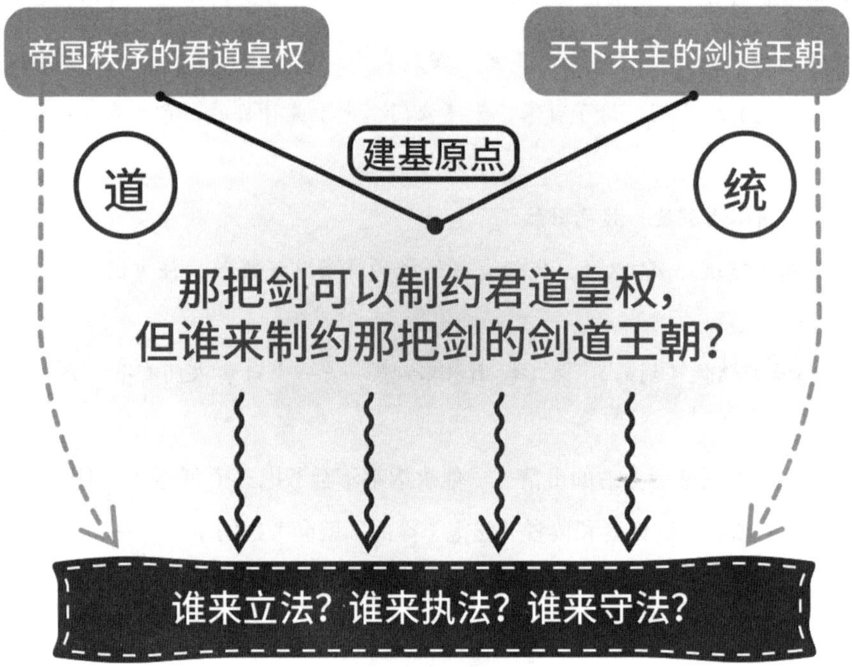

比如，在《庆余年》里，那把来自二十一世纪的枪，被握在范若若的手里。但是，谁又来握住范若若这只握着重狙击枪的纤纤细手？

在《剑王朝》里，皇位之上悬着的“达摩克利斯之剑”，被握在丁宁的手里。但谁又来握一把悬在丁宁头上的“达摩克利斯之剑”？

在《剑来》里，若是真的“道统高于治统”，“理来”（讲道理）高于“剑来”（武境剑道），那这个高于治统的道统，到底应该是哪种道，又是哪种统？谁又应该掌握这个至高无上的“道统”的话语权、制订权和主导权？![1]

① 参见庄庸、杨丽君等主编：《文运迷楼说：中国网络文学阅读潮流研究（第4季）》，华语网络文学智库丛书，中国青年出版社，2020年版。

第十章

宝盖头思维

从『剑即权杖』到『伞骨三脚架』

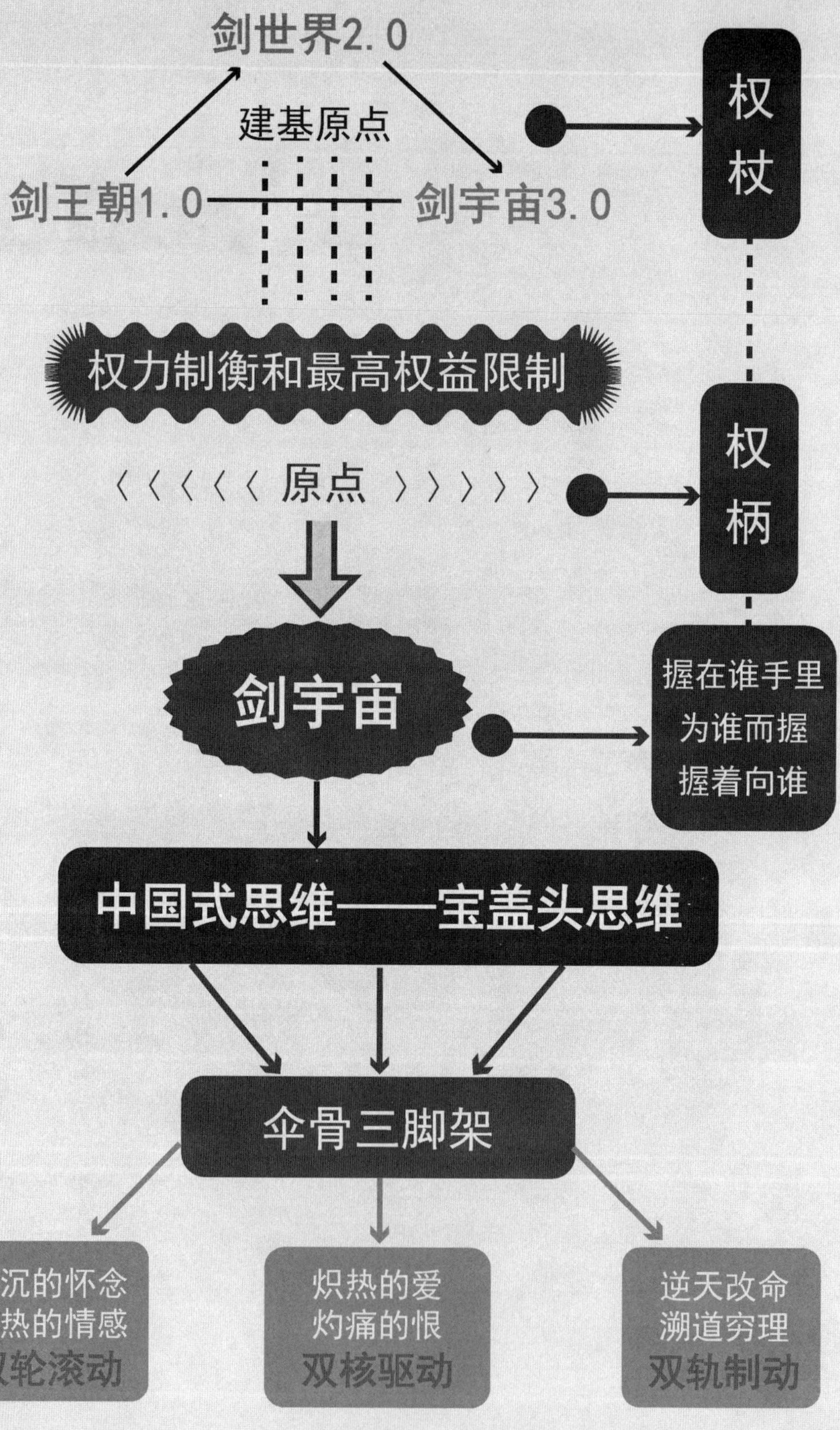
剑世界2.0
建基原点
剑王朝1.0
剑宇宙3.0
权杖
权力制衡和最高权益限制
〈〈〈〈〈 原点 〉〉〉〉〉
权柄
剑宇宙
握在谁手里
为谁而握
握着向谁
中国式思维——宝盖头思维
伞骨三脚架
深沉的怀念
炙热的情感
双轮滚动
炽热的爱
灼痛的恨
双核驱动
逆天改命
溯道穷理
双轨制动

从“剑王朝 1.0”到“剑宇宙 3.0”，整个进化迭代所面临的“权力制衡”和“最高权杖限制”就成为“建基原点”：

那把剑可以制约君道皇权，但谁来制约那把剑的剑道王朝？

以此为原点，从帝国秩序的君道皇权到天下共主的剑道王朝，才能建基出整部《剑王朝》，甚至中国网络文学“剑道世界观”设定潮流所要架构和建设的“剑宇宙”。

那“剑宇宙”极大，又极小。

极大时，犹如整个宇宙都是“魔幻迷宫”，人类终其一生，都走不出去。

极小时，又犹如一把伞，“穷则独善其身，达则兼济天下”。退可以为自己与身边人“撑起半边天”，遮风挡雨；进则可以“华盖如云”，气运加身，大庇天下。

这就涉及一种最典型的“中国式思维”——“宝盖头思维”：从“西湖借伞”成就许仙白娘子千年等一回的传说，到三皇五帝之人文始祖黄帝“五色祥云垂降华盖”，体现了历朝历代帝王官吏从“天佑我王”到“代天庇民”的传统。

我们将此解读、诠释和建构为网络文学的造词、理论与方法论原型，用来描述和形容从“剑王朝 1.0”到“剑宇宙 3.0”中那一把剑进退自如、可撑起一片天的问道寻路。

剑即权杖。建基原点为权柄。握在谁手里、为谁而握、握着向谁，这把权杖之剑，将决定这把极大又极小的“伞”，将成为什么样的“宝盖头”：是一个人无法无天、不受制约与权衡的华盖，还是可以庇护天下的祥云之伞？

这取决于“伞骨”——我们将其解读、诠释和建构为“伞骨三脚架”：从偏执于个人的恩怨情仇和逆天改命的执念，到天下大一统、改朝换代甚至国运时运的执念；从执着于儿女私情间炽烈的情感，到终结分裂、纷争和战乱的炽烈情怀；从纠结于帝国君权（王道）与天下剑道（霸道）的权力之争，到溯大道穷天理的“天道与人道”之探。

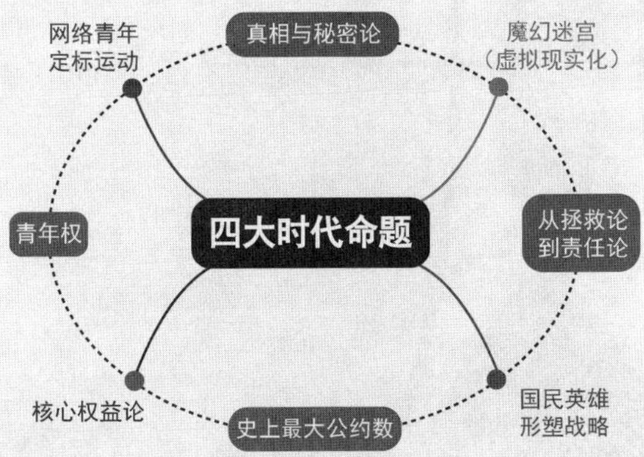

于是，以“剑王朝”权力制衡与最高权杖限制之建基原点，我们触碰到了“深沉的执念”和“炽烈的情感”的双轮滚动、“炙热的爱”和“灼痛的恨”的双核驱动，以及“逆天改命”和“溯道穷理”的双轨制动……

从此“伞骨三脚架”出发，那一把剑，撑起一把好大的宇宙伞。

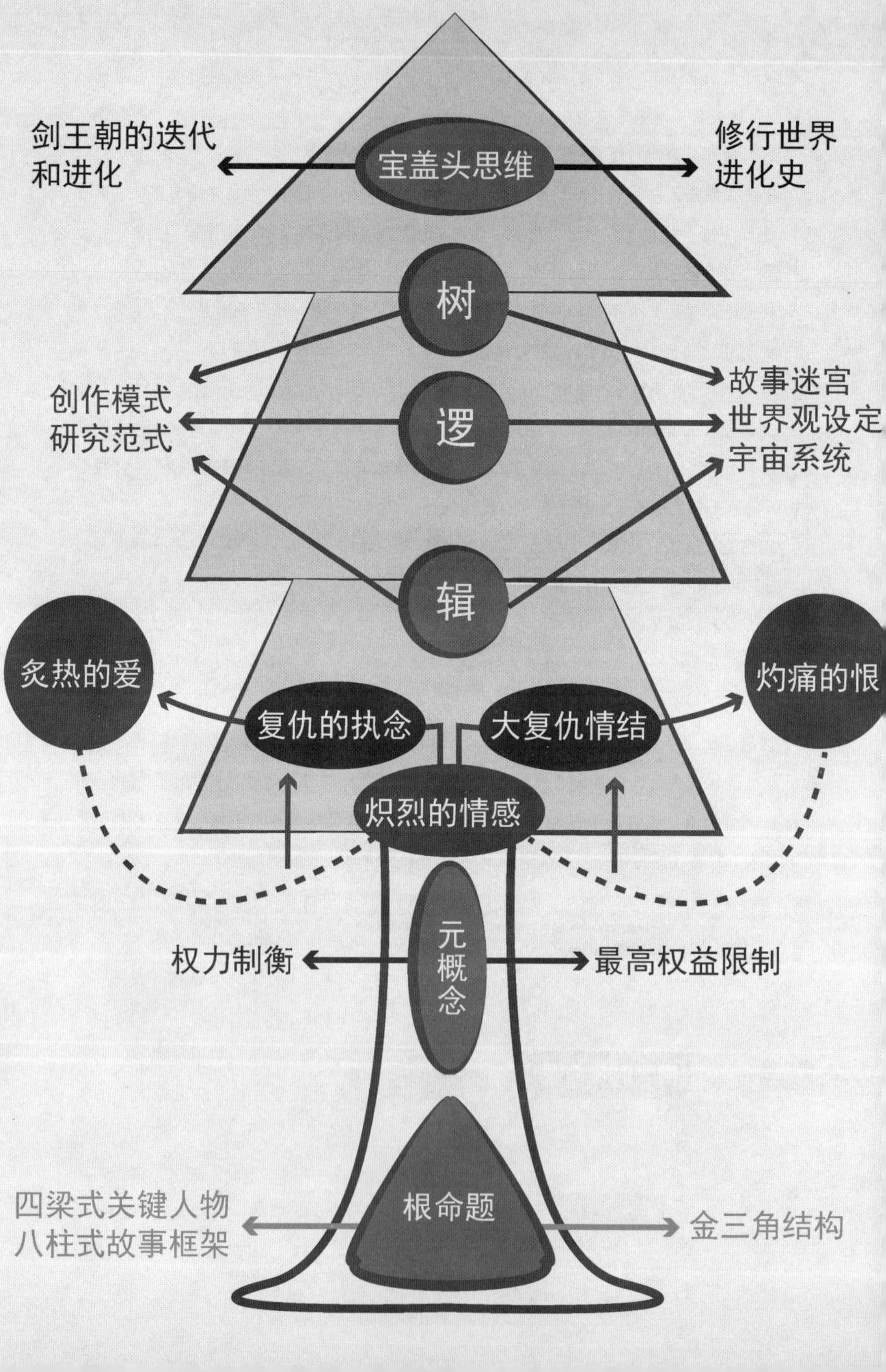
剑王朝的迭代
和进化
宝盖头思维
修行世界
进化史
树
创作模式
研究范式
逻
故事迷宫
世界观设定
宇宙系统
辑
炙热的爱
复仇的执念
大复仇情结
灼痛的恨
炽烈的情感
元
概
念
权力制衡
最高权益限制
根命题
四梁式关键人物
八柱式故事框架
金三角结构

第一节 原型新范式：解读、诠释和建构“剑王朝”

这就涉及了我们在华语网络文学智库丛书中一直倡导的“研究新范式、思想新范式和发展新范式”——从解读、诠释和建构网络文学的造词、理论与方法论原型开始。

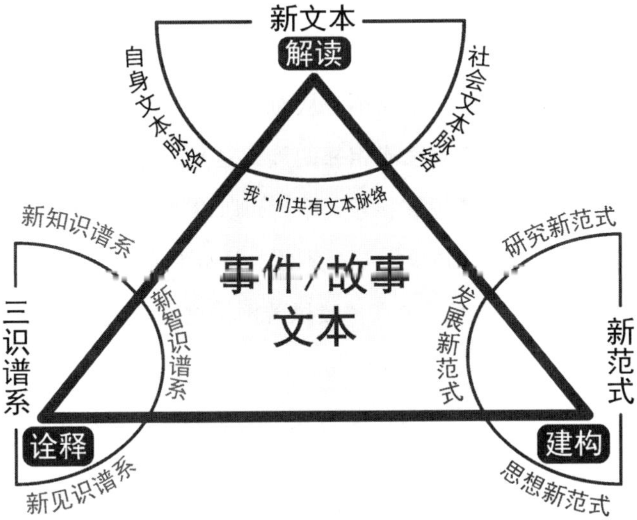

万丈高楼从地起，九层之台起于累土。

“故事大厦”总是从一块基石开始。

“魔幻迷宫”也需要一个既是出发点亦是回归点、溯源又创世的原点。

从“故事大厦”到“魔幻迷宫”，讲故事写网文，特别是写爽文，亦需要一个原点，来建基整个故事建筑，并且在不同场景、不同维度、不同界域之中“建筑”成一个“故事迷宫”。

这就是被我们解读、诠释和建构为“元概念”的建基原点。你可以称之为基石（基础、地基或基元）——万丈高楼从地起；九层之台起于累土；合抱之木长于纤毫。那所谓“第一铲埋下的地基”“第一捧夯实的土”“第一个从此生长的纤毫”……就是必然能够支撑和可生长的基础、基元与核心细胞。就像马克思《资本论》的理论大厦，就是从“商品”这个核心细胞（元概念）生长与建构起来的。

从“剑王朝”到“剑宇宙”，我们所说的“权力制衡”和“最高权杖限制”这个“建基原点”，就是解读、诠释和建构其故事大厦与故事星球（故事迷宫）的元概念。

从“故事建筑”到“故事星球”，从“一把伞”到“剑宇宙”——将这两个极小和极大的极点连接起来的，就是“故事迷宫”（魔幻迷宫）——需要稳定而有力的关键结构支撑。这同样是一个金三角或者立锥体的模型结构。

中国传统建筑要架构一个三角屋梁，因为三角最稳定。它能支撑最后的一公里，这是其最重要的功能：盖上屋顶，从而“大庇天下寒士（万家灯火）俱欢颜”。所以，古代在判断隔壁两家或相邻两族，是平和相处，还是世代仇雠时，有两个很重要的标准：一是“屋基”寸土不让，所以才会有千里传书“让他三尺又何妨”的所谓佳话；二是“屋梁”不显不露，谁要是上房揭瓦甚至把整个屋顶都掀了，裸屋露梁，让一大家子全在“凄风苦雨”之中“受寒忍冻”，那就真的是结了一生一世甚至几辈子世代相传的仇了。

我们解读、诠释和建构的“身份（自我）的悬念、大复仇情结、阴谋/圈套论（大迷局OR大格局论）”金字塔结构，其实就是这个剑王朝/剑宇宙“故事大厦”（魔幻迷宫）的“屋梁三角”——特别是让它就像中国从古到今传统建筑的“人字梁”屋顶，最稳固、最安全亦最美观，能防水防积雪。

从地基到四梁八柱（就像“国”以这四方疆域作为“边界”，或者传说中的天地由四根或五根柱子支撑——一个家或一座房屋，亦需要所谓的顶梁柱），从三角屋梁到宝盖头，才能真正把一座房子或家撑起来。

这就是所谓的“根命题”。中国人一直都讲究树大根深，根深才能叶茂，才能开枝散叶。而且讲究盘根错节，根系发达，能扎多深就扎多深，能伸多广就伸多广，能繁衍得有多庞大就繁衍得多庞大——所以，古代家天下，无论是家族还是皇族，还是两者之间的文官、宦官、武将甚至是江湖，都讲究根系。

我们可以袭用中国古代传统建筑结构中的“四梁八柱”，来进行网络文学“造词、理论与方法论”原型的解读、诠释和建构，以此从故事建筑到人物设计，来诠解《剑王朝》“根命题”式的故事架构和人物群像——毫无疑问，能够成为“四梁”式的关键人物，便是这四个人物：大秦元武皇帝，皇后郑袖，长孙浅雪，夜策冷。

除了大秦元武皇帝和皇后郑袖这一对情义双背叛、阴谋布局双掌舵、同床异梦伉俪利益体的终极大反派，与“酒铺少年丁宁—天下剑首王惊梦”这一爽文主角人设二重奏的对抗赛之外，长孙浅雪和夜策冷这两个与主角人设二重奏和终极大反派伉俪利益体都纠缠甚深的女人，成为支撑整个故事建筑（从故事大厦到魔幻迷宫）的四梁式关键人物。

与此同时，中国人还特别讲究“宝盖头思维”：头上一定要打把伞、有个顶、有个盖的东西。否则，无片瓦遮身，又何谈立足于世？从“家”这个字的含义是要在宝盖头下养猪（肥猪拱财门）、吉祥又如意，到“天”要有一横一划、遮在人头上——不能无法无天，再到家宅在内、苍天在上，行走于世，必须要有“盖”。

据说最早的“伞”就被称为“盖”，所以《史记》中说：五大夫之相秦也，劳不坐乘，暑不张盖。《孔子家语 · 致思》又称：孔子将行,雨而无盖。“伞”不但是遮风挡雨的“移动的房屋”，还是“阖家之美”的情感寄物。比如，白娘子传奇之中，第一个关键元素就是“西湖借伞”；一借一还之间，便衍生出许仙和白娘子“千年等一回”的爱情故事。

也有一种传说，“华盖”原为“花盖”，指车辆上的顶盖或伞，为黄帝所制。晋代的崔豹在《古今注 · 舆服》中说：华盖，黄帝所作也，与蚩尤战於涿鹿之野，常有五色云气，金枝玉叶，止於帝上，有花葩之象，故因而作华盖也。意思是说，黄帝与蚩尤在进行“涿鹿之战”时，五颜六色的“云气”（犹如“运气”或“气运”——这就是吉祥云）萦绕于上，犹如散出“金枝”、长出“玉叶”、开出“奇葩之花”，覆盖于黄帝的战车之上——因此，把它称为“花盖”，后来便衍生为“华盖”，指帝王或高官权贵所驾之车上的伞盖。

特别是帝王出行时的华盖，承袭上天庇护中华民族人文始祖黄帝而出现的这“五色祥云”，代表着“气运加身”“君权天授”——华盖成为“皇权天佑”的象征。同时，亦有代表“上天”荫庇天下黎民百姓的意思，因此，皇帝又被称为“天子”。台北故宫博物院所收藏的手卷长画《出警入跸图》，就展现出一幅气势恢宏的帝王出行、华盖如云的大场景。

由此出发，“华盖”就成为中国古代王朝身份、权势与礼义的象征。这就是所谓的“伞入仪仗”。帝王将相、达官贵人，不同的人，打什么样的“伞”、用什么样的华盖，有着严格的等级规定。《晋书·舆服志》(《晋书·志第十五》) 就记录了两晋之时“车马衣冠”定制所必须遵循的等级制度：就像官员头上的乌纱、身上的朝服一样，不同的官职、身份和等级，所用的伞的用料、色彩、尺寸均有所不同。比如汉代就规定：三公九卿“打黑伞”；三品以上官员用青伞……如同饭不能乱吃、衣不能乱穿，伞也不能乱打。打错了可不是淋个落汤鸡那么简单的事情——那可能是要杀头的。华盖也就成为权力的象征。

从“天佑我王”到“代天庇民”，华盖既朝上，代表上天眷顾、垂降五色祥云，保佑皇权王朝气运、国运和时运；又朝下，从“代天行权”到“代天子巡守”，逐渐成为庇护黎民百姓的为官为政之道。

因此，华盖同时一分为二，引申出两个方向的象征：一是极高大上的气运国运之说，一是极接地气的民心民意之说。

从前一个方向来说，华盖跟天上的星官、星座和星云联系到了一起：华盖成为中国古天文中属紫微垣的星官之一，即所谓“帝王十六颗星”形状似伞，三合低处，即被古代星学家命名为“华盖星”。而在日晕的映衬之下，其云层四周边缘羽化、模糊，并出现光环，就被称为“华盖云”——犹如自带光环的“五色祥云”。因此，《宋史·天文志二》里说：华盖七星，杠九星如盖有柄下垂，以覆大帝之坐也，在紫微宫临勾陈之上。

从后一个方向而言，华盖成为文武百官尤其是地方官“代天子巡守”“庇荫百姓”的代言物：为官一方，造福百姓；当官不为民做主，不如回家卖红薯。因此，地方官在离任一方时，都想求得一柄能彪炳功绩的“万民伞”。这就是所谓的得民心、顺民意。而“伞”后来在民间的普及，也从象征荣华富贵、吉祥如意的“华盖”气运，走向了遮风挡雨、多子多福、开枝散叶的家常喻义：伞下有人，是“人”字之下又多了个“人”，不是多子多孙又是什么？

上下两个方向，相互冲击，就形成了气运与时运、国运与个运之说——个人的命理也讲“华盖运”：“华盖”入命，一个人的特立独行若与时运流年相冲撞，气运便不好——这就是所谓的华盖运。鲁迅《集外集·〈自嘲〉诗》就说：运交华盖欲何求，未敢翻身已碰头。其实说的就是他自己特立独行、孤傲出世的才华与思想，为这个黑暗的世道所不容，所以，只能走“华盖运”——别说翻身了，连稍微动一动，都能碰个头破血流。生存和发展的空间之逼仄和狭小，可见一斑，几无容身之地。所以，虽然“破帽遮颜过闹市，漏船载酒泛中流”，却仍然要“横眉冷对千夫指，俯首甘为孺子牛”。

于是，在从天下剑首王惊梦到酒铺少年丁宁的“运交华盖欲何求”之后，“酒铺少年丁宁—天下剑首王惊梦”开启了“修行世界进化史”甚至“剑王朝”本身的迭代和进化，执剑为权杖，由那一半伞撑起了整个宇宙的“宝盖头”！

在“元概念”“根命题”和“宝盖头思维”之间，最重要的是什么？“树逻辑”！

树本身就是一个生命的整体；而只有这种“生命树”本身，才能将元概念、根命题、宝盖头（华盖）思维容纳和融合为一个整体。

“树干”特别是“树的主干”，才能撑起整个体系，并让其成为一个中流砥柱、参天大树式的系统。“生命树逻辑”讲究“强干繁枝”。如果“弱干强枝”，就会是一个臃肿累赘、血肉虚浮而非骨骼坚实、严谨周密的良好体系。

从“强干繁枝”出发，讲究“金枝玉叶”“春华秋实”“果硕种良”——这样才能造就生命的积累和持续——这就是树之年轮的由来。因此，强干、繁树、玉叶、春华、秋实等，都是外在的形态体系；真正起着支配和宰制作用的，就是那种生命生长的逻辑——在“生命轴”之上运作的机制与体制，如光合作用、能量与力量、基因与元素等，特别是在科技树思维之下的生命树进化模式。

甚至，就像史前人类“生命树”的神话传说中所隐喻和象征的宇宙系统思维方式：生命树就是宇宙之木、通天神树和生命之源；它可以分成上中下三层、天地人三层（三个维度）；日月星辰都栖息在上面；而它的根系可以通向并造就了九大深渊世界……生命树本身就是一个故事迷宫、世界观设定集和宇宙系统。

对于我们来说，借用“生命树”的思维和逻辑，来解读、诠释和建构一部作品和故事的创作模式和研究范式，重点其实在这里：元概念（基元/细胞），根命题、树逻辑和宝盖头思维（华盖思维），强干繁枝、金枝玉叶、春华秋实、果硕种良，都凝聚和指向了一点：优良的种子，特别是“新物种”。由此出发，从一颗优良的种子到一棵生命树，从一个新物种到森林生态系统，从一种生物生命生态系统（如阳光、雨露、土壤、能量）到“神奇生物多样”的生态体系……都是值得庖丁解牛和重组建构的新范式。[①]

在《剑王朝》之中，这种故事“生命树”的根系，与“酒铺少年丁宁—天下剑首王惊梦”执剑撑华盖的“伞骨三脚架”相融合，就让我们看到了一种独特的现象：牵一发而动全身——除了男人与男人的阴谋与战争戏之外，夜策冷、长孙浅雪和皇后郑袖三个与“酒铺少年丁宁—天下剑首王惊梦”前世今生关系最为紧密的女人，因其“头发长，羁绊深”，次第出场。一根青丝，牵动风云千钧。她们与他们纠缠与羁绊的深沉执念、炽烈情感和权杖之争，哪一个才是整部故事大厦建基的原点？

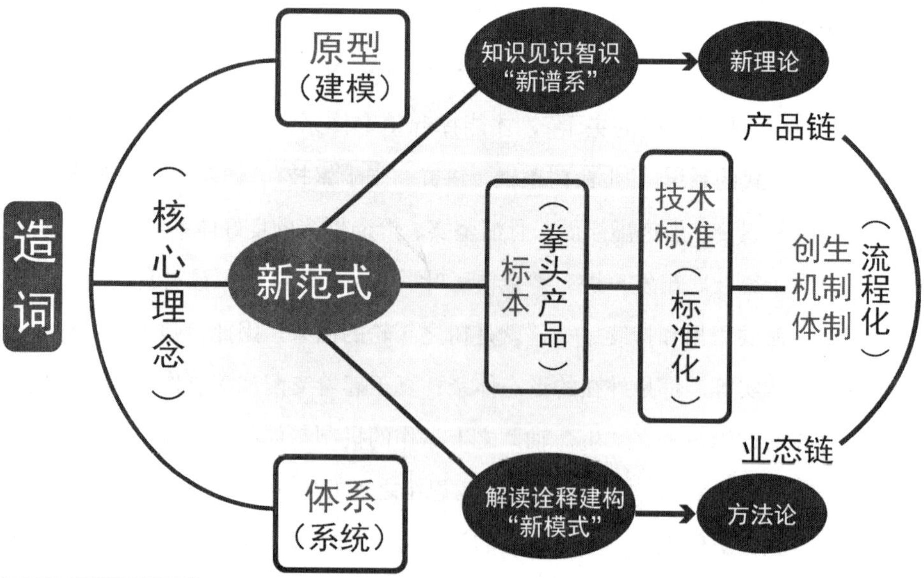

① 参见庄庸、王秀庭著：《国家网络文学战略研究：从“现实题材”到“书写新史诗”》，华语网络文学智库丛书，中国青年出版社，2020年出版。

第二节　深沉执念：从“破境执念”到“复仇偏执狂”

“执念”是《剑王朝》中一个很重要的关键词。

几乎里面所有人物都因为“执念”的驱动，而必须要做甚至要做成某一件事情。

比如：苏秦因为执念而处处针对师兄张仪和师弟丁宁；骊陵君因为执念而如毒蛇，想吞噬丁宁；大将军梁联因为执念而叛主求荣……更别说四大奇女子白山水、赵四小姐、夜策冷和商家孤女因为执念而潜伏在长陵，只为寻找那一种“快意和不平”之泄：唯吾执念，方能破境蹿升，快意恩仇，逆天改命。

人世间到处都是痴者。

所不同的是各种痴。

看着这名老僧肌肤上自然泛出的淡淡金光，感受着这并不是从老僧体内泛出，而是无数稀薄的天地元气汇聚过来，冲撞到他身体表面发出的光芒，长孙浅雪深吸了一口气，转头看着丁宁：“所以从七境到八境，破境的关键，和最开始时的修行一样，不在于汲取，而在于放？”

这是一种难得的契机，不只事关老僧一个人的修行，甚至对于丁宁而言，都是一种未经历过的契机。毕竟在他的修行经验之中，七境和八境破境的最后一步，也因为他有疑虑而未真正地跨出。

此时老僧临近破境的状态，正好便是一种印证。

所以丁宁也很凝重，缓缓地说道：“在于放，还在于不固于己身，不破不立。”

这些话对于一般的修行者而言异常玄奥，但即便是长孙浅雪都距离八境并不遥远，所以她也听懂了。

“散功？”她皱了皱眉头，很简单地吐出两个字。

“七境最后要到八境，恐怕就是如此。破除所有修为，精神意志和身体无限放空，便自然可以引来新的天地，不破不立。”丁宁看着她和老僧，微苦道，“我昔日没有想通这一点，一是担心这是一个周而复始的循环。虽然典籍中有八境修行者的存在，甚至还提及九境，然而在我们那个时代，并没有人能够真正进入八境，甚至在我们前面一代的修行者中也没有，谁也没有真正亲眼见证过。所以我便疑虑这如同生老病死一般，是修行到最后的自然循环。八境散功，又是重新练起。毕竟典籍里的许多故事，也都是骗人的。还有疑虑的一点是，真元可以散尽，身体可以放空，但精神意志又如何放空？”

长孙浅雪认真地听着。她没有疑问。

因为她很清楚，当年的王惊梦能够远远超出当世的修行者，便是因为他太会质疑和创造自己的路。事实证明，许多典籍的修炼手段并不是最佳的，许多道理和故事也的确是骗人的。

丁宁微微抬首，又是深吸了一口气，缓缓道：“后来我便想清楚了，精神意志所谓的放便是最深的执念。无形之物便如有形之物一样，有某种最深的执念，反倒像心胸不够开阔，精神意志便会收缩凝聚于一点。就如我们体内的真元若是凝于一点，体内的经络便像空了一样的道理。”

“所以许多典籍上的故事的确都是骗人的。”

长孙浅雪彻底懂了，看着眼眉尽是伤感和感慨的丁宁：“所以并不是那种心胸特别开阔、心系天下苍生的修行者才能由七境到八境，反倒是特别执念于一点的修行者，甚至是极度心胸狭隘的小人，才有可能真正地破七境入八境。”

“很简单，这便是极致的道理。”丁宁苦笑了起来，“真正极致的大仁无私，有谁能够做到？但要做到极致的小气、自私、贪婪，却是十分简单。”

“天下无真正的仁者，但有真正的痴者，不管痴于何物。”丁宁看着她补充道。

——无罪《剑王朝》：第六卷 当年事　第三十六章 痴者

这种执念驱动，在爽文之中制造和建构了一系列的爽点和爽感。

但严格地说，《剑王朝》之中的“执念破境”这个桥段，并不是爽点之一。但是，它的理念却可以用来解读、诠释和建构爽文的驱动模式，以及爽点创造和爽感建构的机制体制——

第一，唯有执念，才能聚焦和贯穿于“某一点”：从戳中痛点，到聚焦亮点，突破节点，引爆爽点。

第二，当内心所有有形之力和无形之气都聚焦于某一个硬核之点上时，身心就像腾空的杯子——这就是空杯心态——甚至拓展如池塘、大江大河甚至是汪洋大海之胸怀格局，可以“谦卑”或“谦逊”地等待、邀请和接纳天地元气，而不是强制命令并限制它们进入。这种态度就像丁宁教导南宫改变修炼元气时的态度，从而让其停滞不前的修为破境。所谓海纳百川，有容乃大，必须虚怀若谷、有胸怀有格局才是。

当李道机有再次拔剑的躁意时，经卷洞里，南宫采菽已经看完了《启天论》，在看第二本《巴山蕉塘主人笔记》。她越看脸色越白。

这两本随笔的主人想必不是特别厉害的修行者。笔记很凌乱，很多地方甚至只是一些猜测和修行之中的临时感悟，且记载的大多都是对于天地元气的描述。

而且最为重要的是，这两本笔记的主人，在对待天地元气的态度上都很卑微，有很大的相近。

《启天论》的主人将自己比喻为一个向天祈祷的空瓶子。修行的过程，就像是这个空瓶子在虔诚地祈祷上苍能够赐予一些天地元气，汇入他这个瓶子。

《巴山蕉塘主人笔记》则是说自己在感悟天地元气时，正遇下雨，正好见到外面的天地苍茫。无数的雨水从周围的天地里流淌下来，汇聚到自己的池塘里。

和周围苍茫的天地相比，自己院里的池塘，包括他自身，都是十分渺小。

池塘的水，来自天地的赐予，而不是汲取。

看着这两本截然不同的随笔里流露出的同样的思想，南宫采菽的心中越来越震惊。

她开始越来越感觉到自己和自己父亲对待天地元气的态度可能是错的。

并不是感知不够，也不是对天地元气的分析不够精细和透彻，而是态度一开始就太过强势。

她是想强行地拉取天地元气进入自己的身体。然而她对于天地元气而言，却很渺小。

所以…唯有承认自己的渺小，唯有敞开自己的身体，让天地元气对这个新鲜的容器感兴趣，它们才会试探性地进入么？

万涓成水……南宫采菽的脑海之中，出现了一个雨夜的池塘。

无数的水珠从天地间降落，落在池塘边的草地里，落在池塘边的芭蕉叶上，然后汇成一条条细小的水流，缓缓流入并没有能力直接卷吸水流的池塘。

她的心脏开始剧烈地跳动了起来，眼睛像星辰一样发亮。

——无罪《剑王朝》：第一卷 大逆　第四十章 传说里的灵脉

第三，在唯有执念偏于一“点”和“胸有格局”留白无限这两个看似矛盾冲突、却对立统一的思想之间，就预留出了一个更为广阔的空白和空间；若能以坐标轴代之——如X、Y、Z等坐标体系，擘画出那个多维时空，便可以窥见从“天道命运”到“逆天改命”的接触轨迹，以及在其中广阔且繁多的抛物线上的爽点、爽感、神爽潮流“引爆点”。

在这抛物线、接触轨迹和引爆点上，《剑王朝》最重要的执念，便是“近乎偏执的复仇之念”，亦即“复仇的执念”。

无论是酒铺少年丁宁为天下剑首王惊梦复仇的执念，还是白山水、夜策冷、长孙浅雪、赵四小姐国仇家恨的复仇执念，抑或是赵高、白启、夜枭等一系列边缘—主流人物蓄谋一生、千奇百怪的偏执之念，均被锁定到复仇轴线上……给人的感觉，是《剑王朝》里几乎人人都有仇要复，心心念念都是仇。在“剑王朝”里，只有偏执狂才能生存；唯有复仇才是王道；几乎人人都是复仇的偏执狂。

正是因为这个原因，我们才会解读、诠释和建构“大复仇情结”——以复仇偏执狂之念为硬核的大复仇情结，是驱动整部《剑王朝》故事车轮向前滚动的动力源。

第三节　双核驱动：
从“炙热的爱”到“灼痛的恨”情感核

就像故事和历史的发展均需要“双核驱动”——“深沉的执念”需要“炽烈的情感”进行匹配——《剑王朝》同样建构了一个“双核驱动”的情感核：炽烈的情感中，一核是“炙热的爱”，另一核则是“灼痛的恨”。

比如，从公孙大小姐到天下剑首王惊梦，就是从“炙热的爱”到“灼痛的恨”的核变；从伪装小姨的长孙浅雪到酒铺少年丁宁，就是以“灼痛的恨”驱动“炙热的爱”。

从“公孙大小姐—长孙浅雪”这不同的名字却是同一个人，到“天下剑首王惊梦—酒铺少年丁宁”这不同的身体却有着同样的体验与记忆，她和他、她们与他们的人生与故事历程，就是由“炽烈的情感”进行双核驱动的。

借用这种框架体系，我们可以选择一个“大秦皇后”郑袖和“冰山女王”长孙浅雪的小案例，来庖丁解牛《剑王朝》这篇爽文是如何通过“炽烈的情感”，在从“炙热的爱”到“灼痛的恨”的“双核驱动”中，制造爽点和建构爽感的。

这两个人可以说是《剑王朝》的“双女主”，在一系列国仇家恨、情仇恩怨之中，以“酒铺少年丁宁—天下剑首王惊梦”为旋转的轴心，形成冰与火的尖锐矛盾与冲突。

第一，从国仇家恨讲，变法后崛起的郑袖和元武皇帝在发起诛杀那个人（天下剑首王惊梦）的长陵修行之战前，灭掉了长陵旧权贵的四大门阀——而长孙浅雪所在的公孙家族乃是长陵第一旧权贵门阀，是变法前的秦王朝的既得利益者和新法之后的利益受损者。灭国统（旧皇统），灭家族，整个公孙家族仅剩下长孙浅雪一人而已。此仇此恨，难灭。

第二，从情仇恩怨来说，郑袖和长孙浅雪因为“那个人”而纠结纠缠在一起：她们先后喜欢上了那个人；而那个人其实也先后喜欢上了她们两个，只是因为郑袖在先，所以弃长孙浅雪于后；长孙浅雪因为自身的骄傲，无法放低身段，故而不争，自动离开。变法之际，事实上公孙门阀是有能力灭掉还没有成长起来的那个人的，但是因为长孙浅雪的情愫与情感而选择了容忍与接纳。结果郑袖和元武皇帝假借那个人之名，灭掉了四大门阀，让长孙浅雪误以为是那个人所为。所以，由爱生恨，永不原谅。甚至在那个人战死长陵的很多年后，在所谓的传人现世之时，仍有情难消、恨难除。

第三，长孙浅雪和郑袖之间始终有一个“比较和差异”：变法之前，公孙门阀是长陵第一权贵，而郑袖出身的胶东郡豪门对他们来说，犹如乡下人一般——所以，郑袖“连给长孙浅雪提鞋都不配”。因此，从家世背景来说，长孙浅雪不屑于比。

但是，变法之后，特别是长陵修行之战，带来一次由郑袖和元武皇帝主导的政治、利益和话语权重新分配和格局重塑的大洗牌。皇后郑袖成为长陵女主人，郊东郡皇后家族成为第一新权贵与豪门；而公孙家族已经灰飞烟灭，长孙浅雪成为无家孤女。这种身份和地位根本没法比。所以，长孙浅雪不能比。

从不屑于比到不能比，唯一能比的，就是“我就是我自己最好的背景”：当初围绕着那个人的情场败北，只不过是因为“先来后到”而已——论相貌、论能力、论情感……长孙浅雪哪一点不如郑袖？只是郑袖占了先来后到之优。但后来选择背叛和阴谋，灭杀那个人，让这一切又有了逆转之局。

往日的真相一点点揭露开来：那个人对长孙浅雪的情感，一点都不亚于郑袖，甚至其浓烈、真挚和深厚程度还要强于郑袖。只不过因为先来后到的选择、惯性以及所谓的信任与依赖，让这份情感被克制和压抑。

然而，“此情可待成追忆？只是当时已惘然。”对于长孙浅雪来说，那份因爱转恨的情感因此而释然，亦无法再求证和重复。那么，从家仇到情仇，其实报与不报，都没有太大的价值与意义——就像灭掉大秦帝国，公孙家族也不能死而复生；证明那个人对她的情感深于郑袖，那个人也不可能真正复活——即使九死蚕有所谓的逆天改命、蝶变重生之能，酒铺少年丁宁也终究不再是那个天下剑首王惊梦。因此，复仇和证情，又有何价值与意义呢？

于是，残留在长孙浅雪心中并支撑她活下去的唯一执念，就是与郑袖“公平一战”，甚至杀死郑袖。这不是为了证明“我不是不如你”——只不过势不如人；而是纯粹的“不甘心”而已。

看着骤然转过头来的长孙浅雪，丁宁接着认真说道：“在这里，你对郑袖没有优势…但是你在很多年前就想和她有一战的机会。这些年你在长陵，也一直等待着一次和她公平交手的机会。所以我对你有信心。”

“你对我有信心，我当然会胜。”

长孙浅雪极为罕见地笑了起来。

她一贯高贵清冷，然而此时的笑容里，却绽放着狂热的味道！

早在许多年前，她便是不甘，不觉得自己会输给郑袖。

然而王惊梦已然接受郑袖，她便是比剑胜出，也没有任何的意义。

所以骄傲的她便飘然远去，独自离开长陵。

公孙家灭，她以为出自王惊梦之手，便由爱转恨，无法原谅王惊梦。

然而王惊梦在长陵战死，她便回长陵。

在长陵潜修时，她不想其他，所想的，便是能和郑袖有交手的机会，然后杀死郑袖！

在过往的很多年里，这甚至是她生命的唯一意义。

——无罪《剑王朝》：第六卷 当年事　第四十二章 画眉

当机会来时，我们才发现，在无罪有意无意的建构之中，两个人竟是如此针尖对麦芒：长孙浅雪修炼九幽冥王剑，其寒冷凛冽，直抵碧泉之冰；而郑袖修炼天外星火，其炽热冷酷，堪比九重天之火——而这种九天星火与九幽冥冰的对决，真的就像一种冰与火的史诗之歌。

而这种冰与火的史诗之歌，需要天时、地利与人和的生态系统之营构，而不是单一元素的对决。这就是所谓的“公平一战”的前提、条件和基础。

就像在这极寒之地，长孙浅雪犹如这个领域的皇者；而它同时又是极高之地，最接近星辰，因此，它亦是郑袖垂降九天星火的王域——换句话说，这是两者都可以操控和执掌的“领域”：冰之皇者对火之王者，必然让我们期待一场史诗性的冰火大战。

然而丁宁自然并非如此想。

他看着慢慢抬起头，看着上方夜空的白启，没有再对白启说话，而是对着身前的长孙浅雪，用唯有自己和长孙浅雪才能听到的声音说道：“他现在的信心来源于郑袖。这里极寒，是属于你的领域，但也极高，天地元气很稀薄，距离星空却更近，更容易让星辰元气坠落，所以这里同样也是郑袖的领域。”

——无罪《剑王朝》：第六卷 当年事　第四十二章 画眉

然而，这场如此让人期待的史诗大战，却因为长孙浅雪的执念而发生了一个重心和轴线的偏移——这本是两个具有王者之域的大女人的个体之战，但是，由于郑袖从小到大、从古至今的作战习惯而变成了“多”对“一”之战。因为，就像丁宁所讥讽和嘲弄的，郑袖“每一次都是这样……利用这么多人。”

郑袖一直利用顾淮、利用连波、利用一切强大的修行者，强迫他们放开自己的本命物，通过操控星火加持于他们本身的力量之上，从而形成对敌手毁灭性的“多对一”的打击。

此次所谓“九天星火对阵九幽寒冰”之战，亦是如此。郑袖控制着杀神军统帅白启，把那“似乎伸手便可触及的星辰燃烧成一缕缕格外冷酷却分外炽烈的火焰”，和白启的本命力量联手，试图对长孙浅雪进行毁灭性的打击——“没有人能够战胜他和郑袖的联手。”白启是如此认为的，那支军队所有死在他前面的人都是这么认为的；甚至，连我们都认为，长孙浅雪一个人的九幽寒冰，对阵郑袖和白启两个人联手的九天星火，将会异常的残酷与血腥、激烈与暴烈。这确实会是一场冰与火的史诗大战。

但是，在无罪的轻描淡写之中，在长孙浅雪的执念驱动之下，这种吊足胃口、备受期待的“史诗大战”，却成了以轻胜重的“画眉一笔”：你要不要脸？

白启很平静地往前推出这柄剑。

这一刹那他显得极为轻松。

因为这不是属于他的剑意。他所要做的，只是做一面镜子，将这剑意折射出去。

他相信皇宫深处的那名女主人也已经感受到九幽冥王剑的气息，所以这次落到他剑上的星火，也是冷酷却分外炽烈！

无数束苍白星火落在镜面般的剑上，在剑锋的边缘如瀑布般流淌下来，形成薄薄一层，平行于这冰封的湖面，朝着长孙浅雪切了过去！

长孙浅雪的笑容骤然消失。

就如一人的嘴唇越薄，便显得越为锋利，越为冷酷。

无数束星火凝压成比雪片还要薄的一层，看似寻常的横切而至，却是带着无穷强大的意味。

她已经很多年未曾见过郑袖，但是此刻她明白丁宁之前对她说的是对的。这些年郑袖也远比以前可怕，全力出手时，甚至已经超越了她的想象。

幽蓝的色泽在她的右手之中迅速地流淌、堆积。

九幽冥王剑曾被人认为是天下最凶最寒的剑，此时力量在长孙浅雪的手中尽情地释放。那种深重的色泽不断不断地加深，便已经释放出震慑神魂的力量。然而在接下来的一刹那，长孙浅雪却抛却许多公孙家的绝强秘剑，也抛去她这些年修行中所修到的一些最强的剑式，而用出了并不算太过特别的一剑。

她手中这柄最凶最寒的剑轻柔地往前画出，就像一支眉笔画了一道，落在了这迎面而来的薄薄一层星火上。

这一道剑式的名字，便是“画眉”。

这一剑，纠缠着无数长陵旧事，就是昔日王惊梦一剑划破陈国女公子纪青清的剑式。

这一道剑式并不难领悟，对于长陵大多数剑师来说很普通。

当年王惊梦用这样的一道普通剑式胜了纪青清，在纪青清的脸上划了一道，更多的自然是羞辱。

而此刻长孙浅雪用这样一招，是因为她真的很想……很想……用这样的剑式在郑袖的脸上也划上这样一道。

要不要脸？

这便是她的剑意。

她积累了很多年的剑意，代表着她最深的执念。

所以这一剑的剑意至为强大，在此时的丁宁眼中都是无懈可击的，完美而强大到了极致。

——无罪《剑王朝》：第六卷 当年事　第四十二章 画眉

堪比“我们的征程是星辰大海”般波澜壮阔的史诗之战，却变成了堪比举案齐眉“妆罢低声问夫婿,画眉深浅入时无”的画笔之战。这种由重到轻的逆转，导致阅读预期的垂落。而那种九天星火与九幽寒冰的冰与火之歌，被画笔由浅到深的世俗之气沾染，形成了阅读节奏的跌宕。

最重要的是，不管是史诗之战的厚重与沉重、冰与火之歌的残酷与浓烈，还是举案画眉的诗情画意和情调情感，都被那一句“要不要脸”的嘲弄和讥讽瓦解了——你要不要脸，比“啪啪打脸”要轻得多，但羞辱之意也浓得多。

当孤冷骄傲的旧时门阀公主长孙浅雪，用“要不要脸”这样一句轻飘飘的低嘲，讥问那个高高在上、长袖善舞、权谋天下、善于利用其他人达至自己目的的长陵女主人郑袖时，就像那紧着绷着的王母神像突然崩碎成石块，掉进了我们心中那个已经沸腾不已的火锅——于是，麻辣滋味就诞生了，而且顿时生出一种“撕椒（撒娇）”PK“装嫩（世俗）”的撕裂的爽感。

爽点就是在这种撕裂之中制造出来的。

第十一章

猫腻《择天记》

从『废柴退婚』到『啪啪打脸』

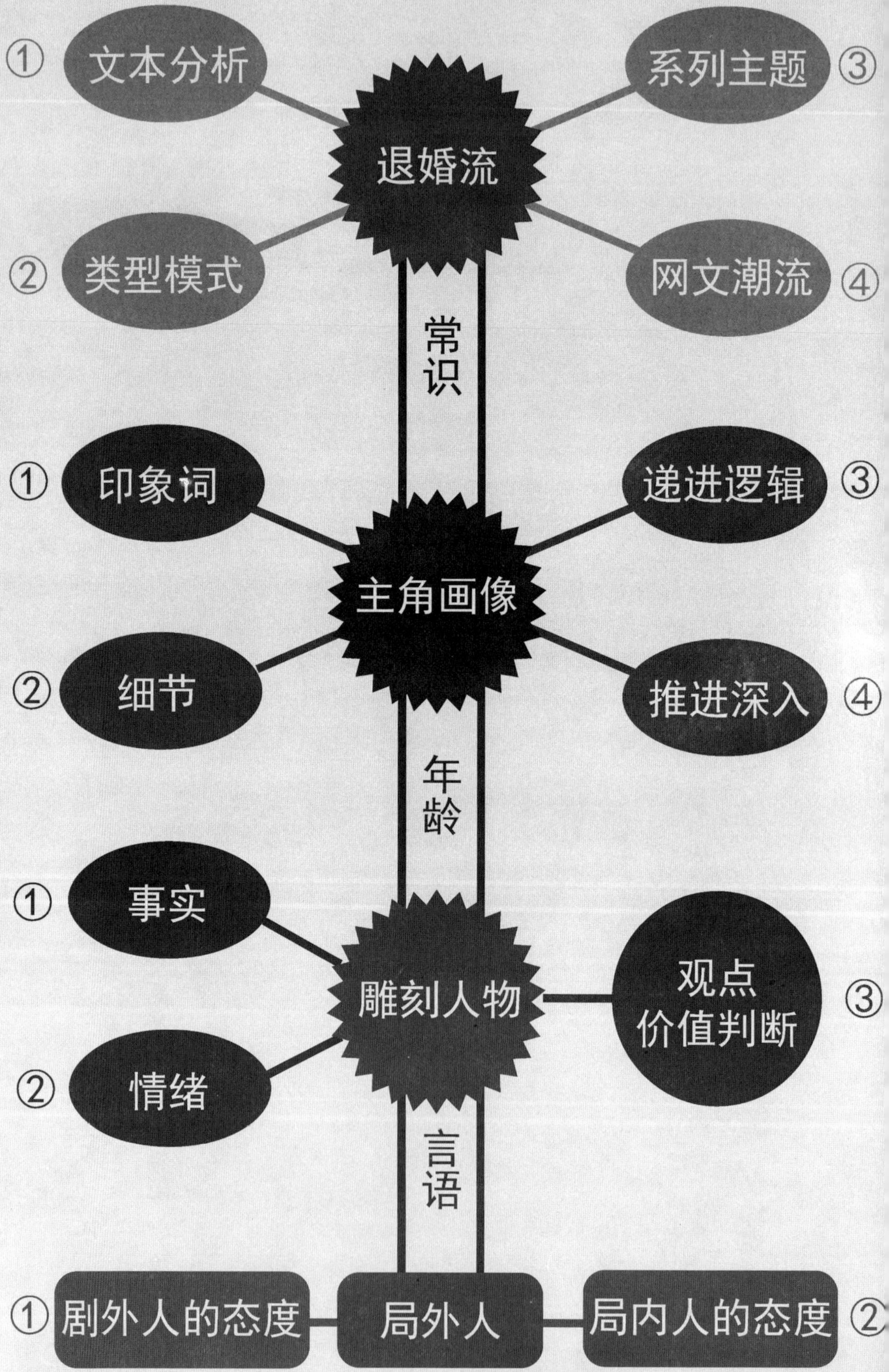

① 文本分析
② 类型模式
退婚流
③ 系列主题
④ 网文潮流
常识
① 印象词
② 细节
主角画像
③ 递进逻辑
④ 推进深入
年龄
① 事实
② 情绪
雕刻人物
观点
价值判断 ③
言语
① 剧外人的态度
局外人
局内人的态度 ②

从“剑王朝 1.0”到“剑宇宙 3.0”，猫腻、烽火戏诸侯和无罪是我们重点关注的三个网络作家。

猫腻，著名网络文学作家，是我认为的继“莫言、麦家、刘慈欣之后第四个最有可能成为时代代言人的国民型作家”[①]。

除了未完成的处女作《映秀十年事》之外，其他作品均可被称为网络文学精品，而且具有自己独特的理念、风格和主题：

2005 年开始创作的《朱雀记》，成为新浪年度最受欢迎的作品，主题是“活着”；2007 年开始创作的《庆余年》，成为“重生潮”的代表作品，主题是“为什么活着”；2009 年开始创作的《间客》，被评为 2010 起点年度作品，主题是“人要怎样活着”；2011 年开始创作的《将夜》，获首届华语网络文学双年奖金奖，主题是“如何活得更有尊严和信仰”……于是，不但可以择天，还可以改天。

于是，2014 年开始创作的《择天记》，在阅文集团“蝉联人气榜冠军”，主题已在演绎“人如何如其所愿地活着”——逆天改命，回到人间。由鹿晗、古力娜扎主演的同名电视剧，曾经是 2017 年值得期待的超级 IP 大剧。

正在创作的作品《大道朝天》是这样的主题：天也择了，命也改了，接下来还能怎么样？当然是选择走一条“朝天大道”！[②]“如果人生能够重来，我大概还是这样。”井九说。

《择天记》延续了猫腻一贯的“活着”主题，以及“如何活得更美好”的思考。

少年陈长生先天患不治之症，活不过二十岁。但他不甘于命运的安排，决定下山“退婚”，逆天改命……从此踏上与命运抗争的历程。

这同样是一个向死而生的故事。直面一天天迫近的死亡，与命运抗争的宏大命题，仍然落实、落小到“想办法活下来”这样一个微不足道的愿望。

然后，正是这小小的“活着”的支点，却支撑起来一个“活得更美好”的宏大格局：“活着”并不仅仅是简单地“活下来”，还必须要遵循一些“生命的原则”——人活着，就应当敬畏一些东西，比如“世人抬头便能看见的星空以及内心最深处的那片光明”。而

---

① 参见庄庸、王秀庭著：《网络文学评论评价体系构建：从“顶层设计”到“基层创新”》，“互联网+新文艺”丛书，福建教育出版社，2016 年版。我们在此书之中专章主题研究了“网络文学封神榜：解读中国我——以猫腻系列作品为例”。

② 参见庄庸著：《猫腻与〈将夜〉》，网络文学名家名作导读丛书，作家出版社，2019 年版。

"那片光明或者是道德，或者是原则，或者是爱情，或者是亲情，或者是一顿煎蛋面，或者是身体里的血，你浓我浓"。

我欲择天，猫腻再一次"仰望星空"；但我命由我不由天，又再一次让他脚踏实地。整个时代的问题，又一次被他寄托在主角陈长生小小的抉择与行动上。

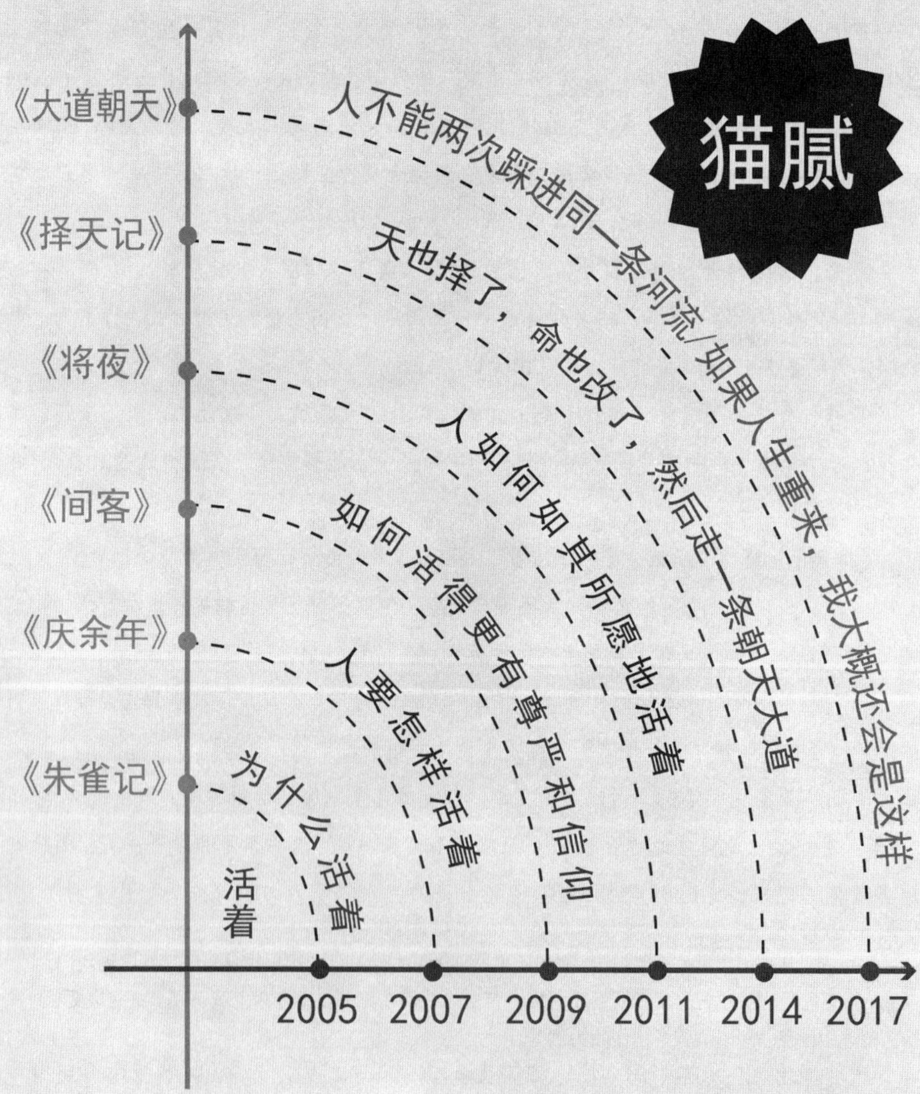

第一节 废柴退婚：从“仰望星空”到“脚踏实地”

陈长生下山之后的第一件事情，就是“退婚”。

开篇开门即见山，文质从始显。

下面，我们对《择天记》第一卷第一章进行庖丁解牛，以创作写作的技术解剖，来寻找“网络文学封神榜”从文本细读来解读宏大格局的评论评价之路。

《择天记》的开头就是“退婚流”。

其时，余人十岁，陈长生六岁半。也正是在这年秋天，有白鹤破云而来，带来了远方故人的问候以及一封绢书。绢书上写着生辰八字，还有一份婚书以及信物——某位曾经被中年道人所救的达官贵人，想要践行当年的承诺。

中年道人看着婚书微笑不语，然后望向两名徒儿。余人摆手，指着自己那只不能视物的眼睛，微笑拒绝。陈长生神情惘然，不明白这是什么意思，糊里糊涂地接过婚书，从此便有了一个未婚妻。

其后数年间，每逢年节时，那只白鹤便会破云应期而至，带来京都那位贵人的问候，还会捎带一些比较有意思的小礼物，送给陈长生。

陈长生渐渐明事，知道婚约意味着什么。每每在夜里，借着星光看着那封静静躺在抽屉里的婚书，他有些说不出来的感觉。想着那位听说与自己差不多大的未婚妻，有些宁静的喜悦，有些害羞，更多的是惘然。

——猫腻《择天记》：第一卷 恰同学少年　序 下山

“退婚流”作为一种网络文学类型文的套路和模式，最常见的是和“废柴流”结合：主角因为某种原因从天才变为废柴，接着被超凡脱俗的“未婚妻”退婚；

然后，就开始展开一系列的“打脸”行为……基本上都是“被退婚”。天蚕土豆《斗破苍穹》可以说是“废柴流”和“退婚流”的标杆之作。[①]

一切都是套路。但猫腻写了何种“不一样的退婚流”？

《择天记》里的陈长生，是主动退婚的。不是因为自己废柴，而是因为自己“短命”，不想耽误未婚妻的远大前程。后来他却因为神将府夫人自行脑补的“阴谋论”和“攀附论”，决定反悔，不再退婚……

但背后，绝不是为了“打脸”，也不是为了“意气”——陈长生的性格和心理在这场一波三折的反复中，值得深入分析。

最关键的是，少年道士下山进京，为的是逆天改命——我命由我不由天。为了生命的抉择和自由，所以，要跟命运和老天对着干……如此一个人物，怎么可能仅仅为了“打脸”而出尔反尔、退婚又反悔呢？

因此，这个“退婚又反悔”的开篇，须放在陈长生“逆天改命——我命由我不由天”的渴求、意志和性格框架下来看。

自十岁生辰之后，那只白鹤便再也没有来过青山。京都那边断了消息，婚书的另一边仿佛从来没有出现过。陈长生偶尔站在溪畔，看着西方，会想起这件事情。

当然，他想得更多的事情，还是自己的病，或者说命……他没有变得虚弱，除了有些容易犯困之外，看着极为健康，根本不像个将会早夭之人。他甚至开始怀疑师父的判断。可如果师父的判断是正确的，那怎么办？陈长生决定离开破庙，去繁华的人世间看看，趁自己还能看。他要去看看传说中的天书陵，还要去把那门婚事退掉。

“老师，我要走了。”

“你要去哪里？”

“去京都。”

“为什么？”

“因为我想活着。”

---

① 参见庄庸、杨丽君等主编：《爽感爆款系统：中国网络文学阅读潮流研究（第 3 季）》，华语网络文学智库丛书，中国青年出版社，2020 年版。

“我说过，那不是病，是命。”

“我想改命。”

“八百年来，只有三个人改命成功过。”

“那都是很了不起的人吧？”

“是的。”

“我不是，但我也想试试。”

京都，陈长生总是要去的。无论能不能治好自己的病，他总是要去的。不只是因为他要改命，也因为婚书的另一边在京都。

他收拾行李，接过余人师兄递过来的那把小剑，转身离开。

十四岁的少年道士，下山。

——猫腻《择天记》：第一卷 恰同学少年　序 下山

如果要做到更为精准的解剖和分析，我们必须做到以下几点：

第一，对这个“退婚又反悔”的开篇进行穷形尽相、细致入微的文本分析，特别是要对里面的人物、细节、隐秘的思路、逻辑和意图，进行细致、细腻的揣摩和分析。

第二，要做到“穷形尽相、细致入微”的庖丁解牛，就不能仅仅停留在字词句、思路逻辑和结构、人物情节故事等层面上，还需要发掘这些桥段所隐含的类型模式（如退婚流）、故事原型（如夫人—嬷嬷：例如《红楼梦》中的陪房和嬷嬷，以及女频文对这些类型人物的演绎套路）和文化母题。

第三，要把整个作品的主题脉络和猫腻作品的系列主题结合起来看。

第四，梳理与之相关的网络文学类型与潮流，如退婚流和废柴流。一方面，只有梳理这些潮流，我们才能更深入地聚焦于《择天记》的桥段为何要如此写；另一方面，只有庖丁解牛《择天记》中的每一个细节和桥段，我们才能更深入地让这些类型和模式落地、落实、落细、落小。

“那少年是个什么样的人？”

“很沉稳，坐了半个时辰，姿势都没变过。只在最开始的时候喝了一口茶，应该是出于礼貌，其后便没有再喝过……事实上，那第一口茶他也只沾了沾唇，不像是拘谨，更像是谨慎。心思深沉，戒备心很强，甚至隐有敌意。”

“看来是个聪明人，至少有些聪明……多大了？”

“十四岁。”

“我记得应该也是这般大。”

“只是神情太沉稳，看着总觉着要更大些。”

“就是个普通人？”

“是的……气息寻常，明显连洗髓都没有经历。虽看不出来潜质，但已经十四岁了，就算重新开始修道，也没有太好的前途。”

“就算有前途，难道还能和长生宗掌门弟子相提并论？”

“夫人，难道那婚约是真的？”

“信物是真的，婚约自然也是真的。”

“老太爷当年怎么会……给小姐订下这么一门亲事？”

“如果老太爷还没死，或许你能问出答案……开门，我去见见他。”

——猫腻《择天记》：第一卷 恰同学少年　第一章 我改变主意了

开场就是对白，而且是匿身对白，让人不禁猜测人物和人物的关系。

这是第一层逻辑：两个对话的人采用“第三方视角”，来描述“那少年是个什么样的人”。

这里有双重视角的叠加。

那个少年在“看”什么——坐在面向庭院或者就在庭院之中的四方桌旁；

而有两个人正在一定距离外“审视”并评议他，从屋子里，或从庭院里看人；

而隐藏着的读者——亦即作为“第三只眼”的我们——似乎正在“偷窥”。

三点成一线。那个少年，不知有两个人在看他；这两个人，不知我们在看她们和他。而我们，其实不知道还有作者那“第四只眼”，在看我们、她们和他。所以，这构成了一种复杂的阅读维度：四重“观看”的空间叠加在一起，形成折叠的多重阅读空间。

第二节 主角画像：那个谁谁谁是个什么样的人？

这其实不是这里讨论的重点。

重点是：那个少年是个什么样的人？

就像宇文所安讲唐诗的那种调性，这是一个很普通很日常的问题。我们经常会很自然地问或被问：“那个谁……是个什么样的人？”

遇到这样的问题，最自然的反应是什么？

作为常识，我们经常会是这样的一种逻辑：庄庸是谁？第一步，庄庸是一个“神”人——首先试图描述一种印象或者下一个定义并定性。

第二步，需要对这个定义定性的印象进行“具体化”的界定，也就是用一大堆的标签、概念或者一系列抽象的词来形容，如聪明、睿智、狡黠……总而言之，都是一种概括。

第三步，需要进一步的细分、窄化和聚焦。或许，会想到某一件事、某一个动作、某一个细节……“怎么来说呢，我给你举一个例子，你就知道他是什么样的人了。”当词语无法形容时，就用现身说法的案例来直接呈现。

所以，从常识和逻辑来说，我们在日常生活中面对这个问题时，通常很难摆脱这样一种三段论：第一段论，这个人嘴角有一颗痣，痣上有三撮毛，笑起来如狐狸一样狡猾，不笑时如 × × 一样冷酷——从一个穷形尽相、体察入微的细节特征来讲这个人让人印象最为深刻的特质。

第二段论，用具体的人、事和物的“关系”来进行例证。比如，他和谁谁谁的一次小摩擦导致了剧烈的冲突……

第三段论，再用一个或两个标签来对他进行定义和定性——他到底是一个什么样的人。

我们确实习惯于先笼而统之地概括出“他是一个什么样的人”，然后给出一堆看起来很准确其实毫无用处的形容词。到最后，才想到，或许要举一个例子来证明。

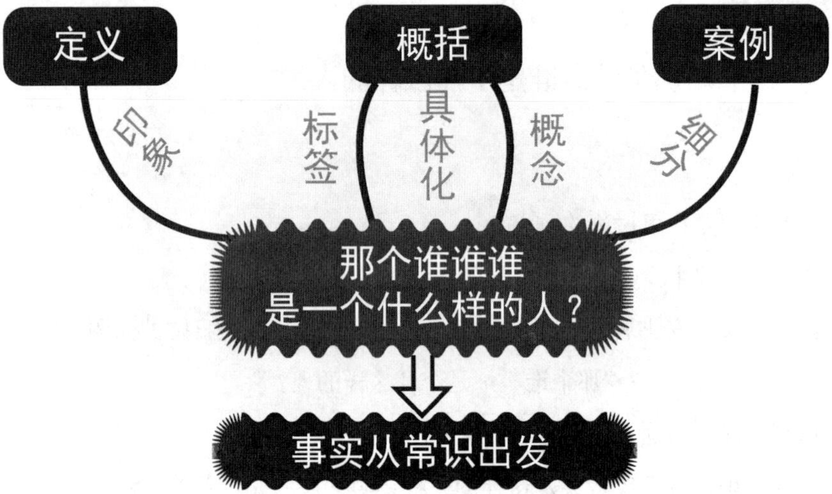

更多时候，或许会一下子就被这个简单的问题问住了：他……是个什么样的人啊？一下子，还真想不出来。思绪万千，心念百转，就是找不到一个最简洁的定义或定性句。

不信，你试着仔细观察一下日常生活中各种各样的人被问——“那个谁谁谁是个什么样的人”——时千姿百态的答案，然后归纳一下，看这样一个简单的问题，如何引出了一个复杂的思维和逻辑。

越是简单的问题，就越容易制造复杂的情势。

所以，越是从这样一个简单的问题起步，就越考验处理的功力。猫腻是如何删繁就简，还原这个最简单的回答的呢？

看似寻常却奇崛。

进入神将府后，与那名嬷嬷说了几句话，便再没有人理会过自己。在偏厅里坐了半个时辰，自然难免觉得有些无聊。但陈长生自幼便习惯了冷清，也不觉得如何难熬。

他一面默默背着华庭经第六卷经注篇的内容打发时间，一面等着对方赶紧来个人，他好把婚书退给对方。把这件事情解决后，他还有很多自己的事情要做。

案上的茶他确实只喝了一口，就沾了沾微干的嘴唇，却不是如那位嬷嬷猜想的那般谨慎或者是戒备，而是他觉得在别人家做客，万一茶水喝多了想如厕，不免有些不礼貌。而且虽然神将府里用的茶碗都是极名贵的汝窑瓷器，但他还是不习惯用别人的物器喝水。

在这方面，他有些洁癖。

他站起身来，向那位衣着华丽的夫人行晚辈礼，猜到对方大概便是神将府的徐夫人，心想终于可以把这件事情解决了。于是他把手伸进怀里，准备把婚书拿出来。

——猫腻《择天记》：第一卷 恰同学少年　第一章 我改变主意了

第一段论，他也用了一个“印象词”——很沉稳——来定义甚至是定性。

第二段论，他用了三个细节来例证：一是“坐了半个时辰，姿势都没变过”；二是“只在最开始的时候喝了一口茶，其后便没有再喝过”；三是“事实上，那第一口茶他也只沾了沾唇”。

但关键在于第三段论。他用了一个“递进”的逻辑，把这三个细节入木“三分”（一分深、二分更深、三分再深），推进和深入这种定义和定性。半小时坐姿不变，是沉稳——这是表层第一分的印象词；从开始到结尾只喝一口茶，“应该是出于礼貌”——是猜测，也是反讽，这是往深一层一分的定义语；但是，那第一口茶他也只沾了沾唇，不像是拘谨，更像是谨慎——在这种“推断”的基础上，直接就完成了定性：这是一个“心思深沉、戒备心很强甚至隐有敌意”的人。

由此，猫腻等于完成了三重人物塑造：

第一重就是他人眼中的“陈长生”——这个少年到底是个什么样的人。

在直接接触这个人物之前，我们只能借助他人的视野和眼光来认识他。而且，就算我们跟这个谁谁谁相处了很久之后，仍然无法准确和正确地认清并判定他是什么样的人，所以，我们经常还是会受他人评价和评论的影响——他们说了“那个少年是什么样的人”后，我们才会恍然大悟地说：啊，原来他是这样的人啊！

所以，在没有接触陈长生，或者已经接触陈长生后，我们会通过这样的人物评价甚至会受到他人的影响，去认识这个少年到底是什么样的人。

徐夫人穿过庭院，来到偏厅前，停下脚步，望向厅里那名少年，双眉微挑。

那少年穿着件洗到发白的旧道衣，容颜稚嫩，眉眼端正，眼眸明亮，有种说不出来的味道，仿佛能够看到很多事物里隐着的真相，就像镜子一般。

少年的脚边搁着行李。行李看着很普通，但被整理得极有条理，而且完全看不到旅途上的风尘。行李上面系着的那个笠帽，都被擦得干干净净。

令徐夫人挑眉的不是这些，而是桌上的茶已经没有一丝热气，这名少年却依然神情平静，看不到丝毫厌烦的情绪，有着这个年龄很难拥有的平静与耐心。

这是一个很难打交道的人。

好在，这种人往往也是很骄傲的。

——猫腻《择天记》：第一卷 恰同学少年　第一章 我改变主意了

第二重就是完成这个对话的人之一（也就是后面才会显露身份的老嬷嬷）的角色塑造——她是一个什么样的人：第一，观察入微，直接揪住细节；第二，鞭辟入里，由表入深，能够推断、分析和洞悉本质；第三，敢定义敢定性。最重要的是，敢从符合自身身份（我就是一个忠仆）和顺从主子利益与意图（她就是要对这个少年不利）的立场出发，下结论、做判断，并为其下一步采取正确的行动建言献策，而且是有导向性地提出建议和意见——

看，第一，这个少年“本性的确有问题”；第二，他对我们还“隐含敌意”；所以，第三，我们接下来对他要采取的行动，完全没有“道义”和“良心”上的问题：我们不可能接纳一个“问题少年”吧？我们不可以把一个“敌人”放到身边，陷自身于危境吧？

唯有这样老辣的人，才能不动声色地做出如此有导向性的判断，而且建言献策中还不会越俎代庖，替主人做决断。而是提前半步，为其贡献了方案；但又退后半步，让主人自己去决策……

寥寥数语，不但让“陈长生那个少年是个什么样的人”浮出水面，而且让

“老嬷嬷那个老仆是个什么样的人”也跃出画面。最重要的是，它也让“猫腻这个作者是个什么样的人”出现于大家的视野之中。

对于“那个谁谁谁是个什么样的人”这个最简单的问题的问与被问，假如我们细心体察过生活中的千姿百态的答案及其回答方式，我们会不禁对猫腻这种借他人之眼来同时“定义”三个人的思维、逻辑和方法非常感兴趣：日常生活中问与被问的千姿百态，与这个起笔之问与答的“就这么简单”，是不是形成了一种特别有趣的张力？

尤其是，这个问与答，定性了陈长生，定义了老嬷嬷，也定准了徐夫人——她那一句对陈长生的定语“看来是个聪明人，至少有些小聪明”，何尝不是她对她自己的定性之语？

于是，一句，就这么一句，“徐夫人是个什么样的人”，也被定义定性了。

就这样简简单单的一问一答“那个谁谁谁是个什么样的人”，一下子就定义了四个人。你说，这样的起笔，值不值得这样“过度解读”？

它只是通过某个人的眼光，描述一个“细节”、一个“事实”，一个“猜想”和一个“推断”——从中来定性“他是一个很会自我保护的人”。

这逆了我们的常识。

很多事实，其实就是从常识出发的。

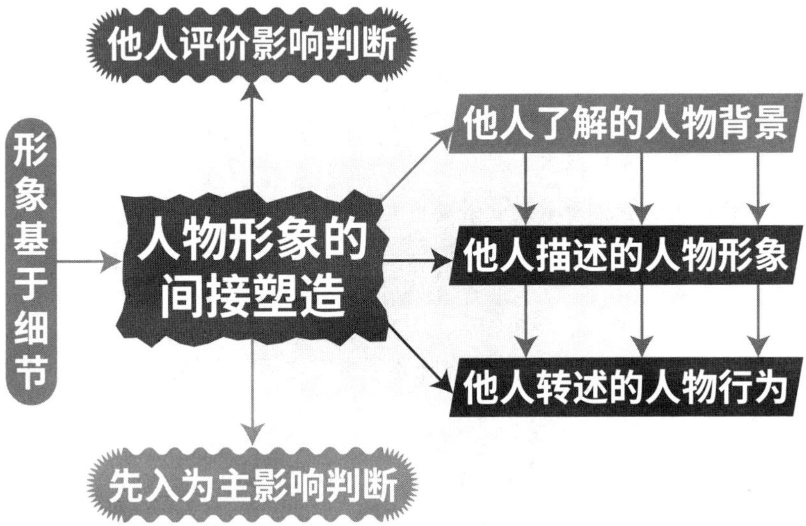

第三节 雕刻人物：普通人如何写得不普通

这是第二层逻辑：谈“年龄”，也分成了三段论。

第一段论：事实。他就是“十四岁”，并且是通过老嬷嬷来“陈述”的。

第二段论：“我记得”——夫人自道；“应该”——“是不是”，讲的是事实；该不该，讲的是价值。“应该也是这般大”，暴露了夫人其实也是个貌似无心的“有心人”。

无心，是因为他就是个蝼蚁一样的人，不值得上心；有心，是因为它就像一根刺，扎在她的喉咙里，不吐不快。

这样一句简单的话里，其实就阐述了双重矛盾的态度。一重是从事实上、理论上，她轻视他，认为自己有道理记不住他已经十四岁的事实；但是，从情感上、态度上，她又不能“不记得”——“应该也是这般大”。就这样，一句话交代两种态度。

“十四岁。”

“我记得应该也是这般大。”

“只是神情太沉稳，看着总觉着要更大些。”

——猫腻《择天记》：第一卷 恰同学少年　第一章 我改变主意了

第三段论：“总觉得”。老嬷嬷在陈述了事实之后，又描述了自己的感觉和感受，“总觉着要更大些”。

我们在讲一件事情时，基本是包含三个层面的意思：

第一个层面，陈述一个事实——他就是一个十四岁的少年。

第二个层面，表达自己的情绪、观感和感受。“我以为”“我总觉得”“我想的是”……都是非常个人化的描述。

第三个层面，表达隐含于前两个层面之中的观点和价值判断——嗨，当心些，不要把他当这个年龄的小孩子看！他有着超越年龄的成熟和危险。把他当小孩子看，你是会吃亏的——这是一个基于老人的阅历、经验和智慧所做出的判断和警告。从这个意义上说，“老嬷嬷”确实是尽到了她作为忠仆的义务。

于是，这一段话所有的作用，都是在进一步衬托和表达“那个少年是个什么样的人”——但是，除了阐明陈长生超越年龄的成熟之外，“徐夫人”之傲娇与厌恶感、“老嬷嬷”之忠仆与睿智（像长期生活于丛林之中的猎狗，在主人反应过来之前已经先行嗅到了那种危险），也都在这寥寥数笔中跃立纸面。

人物雕刻是不是成功，就看它是不是能从文字丛林里立起来——然后，才有可能活过来。

毫无疑问，猫腻是做到了的。

“就是个普通人？”

“是的……气息寻常，明显连洗髓都没有经历。虽说看不出来潜质，但已经十四岁了，就算重新开始修道，也没有太好的前途。”

“就算有前途，难道还能和长生宗掌门弟子相提并论？”

——猫腻《择天记》：第一卷 恰同学少年　第一章 我改变主意了

这是第三层逻辑：身份和潜能。对男主角进行界定，“就是一个普通人”。

女主人在下定某个决心之前，一定要确认一件事情——他是不是一个“普通人”。是普通人，就无所忌惮；不是普通人，就要掂量掂量。这无关势利，不过是在权衡利益。

这一句包含的信息量其实极大。女主人干脆利落，不想浪费时间，快刀斩乱麻，是其一；直指问题的本质，是其二。莫欺少年穷，那少年也得有成长的潜能和能力——时间、空间和能够容纳他成长的条件，当然也是不可少的。

最关键的是其三：女主人骨子里是精于算计、非常善于权衡利弊的。并不一定天生就冷酷，但既然算计，就是连自己也要算计进去的。

老仆其实是很明白主人的心理的，所以，非常简单、干脆地给予肯定的答案：是的，他就是一个普通人。“气息寻常，明显连洗髓都没有经历。”这是基于事实的观察，同样也是基于对同龄人不同状况和阶段的判断——他十四岁了，居然“连洗髓都没有经历”——侪辈超越他多矣。

如果说，这只是老仆根据常识和事实，对少年当下的现状和事实给予明确的观察与判断，那并不见得有多出奇，但她对于少年未来的预判和断论，就显示出其眼光的毒辣和用心的狠毒——他已经十四岁了，就算重新开始修道，也没有太好的前途。这其实就是“莫欺少年穷”的逆转了：我就是要欺你，怎么着？因为你没钱/前途。

非常明显，老仆对少年从现状到未来都是“普通人”的判断，抓住了两个要害。

现在是普通人，无须忌惮；未来还是普通人，更无须忌惮。

但主人对此“不屑一顾”：“就算有前途”，难道能比现在已经具有远大前途的“长生宗掌门弟子”更有前途？

这就勾出了一个线头：女一号天赋凤脉，唯有“长生宗掌门弟子”可以匹配（疑似说的就是秋山君），是未来圣女的嫡传者。这样的人，他这样平庸的未婚夫哪里配得上？就算他不是“普通人”，他和圣女继承者之间的差距，也是以天地计的；哪里能相提并论，遑论超越她？除非他的修行资质堪比长生宗掌门弟子！

这一处细节，既引出了男一号和女一号的“婚约”，又引出了未来两个人在“能力与前途”方面从 1.0 到 3.0 的几个阶段论。

然而最直接的，却是彰显了主人信心爆棚的直接根源：天赋圣女，家门荣光——哪能嫁给这不知从哪里来的“凡夫俗子”？门不当，户不对，在这里，已经蜕变成了两个人天赋、能力和前途的不可匹配。

从开头那句“就是个普通人”的观察，到现在“就算有前途又如何”的定论，短短三段话，就彰显了主人三个层次的心态：第一层，就是个普通人——不是不屑，而是在讲述事实；第二层，没有现在，也没有未来——不是要决定少年的一生，而是少年的一生本当如此；第三层，就算有前途，也难望自家准圣女之项背——这才是女主人想说出的真正残酷的事实和真相。她无须伪饰。

第四节 局外人说：不合适的人和不匹配的婚姻

这是第四层逻辑：两个人不匹配的婚约。

仆人表达了自己的态度：难以置信这个婚约居然是真的。这真的是一种非常荒谬的感觉。平凡的少年，绝代的圣女，怎么可能？

然而，女主人不屑于否认这个事实。信物是真的，婚约自然也是真的。唯有如此，才能彰显她巨大的不满和底气。承认这是一个事实又如何？我想推翻它，就推翻它。人最有实力的时候，不是否认某件事不是真的，而是承认某件事是真的，但是可以随意地改变它的命运。毫无疑问，女主人就是这样的思路和逻辑。

> “夫人，难道那婚约是真的？”
>
> “信物是真的，婚约自然也是真的。”
>
> “老太爷当年怎么会……给小姐订下这么一门亲事？”
>
> “如果老太爷还没死，或者你能问出答案……开门，我去见见他。”
>
> ——猫腻《择天记》：第一卷 恰同学少年　第一章 我改变主意了

老仆继续质疑这个“婚约”，甚至质疑当初订下婚约的“老太爷”——这既是对死者的大不敬，也是对“长辈权威”的挑战。且不论“老太爷”当初居家掌权的时候是何光景，单就这老仆脱口而出的质疑，就已经有三条暗线值得说道了：

第一，老仆对自家这个入门做了儿媳、现在又当家的夫人亦步亦趋。她的态度，揭示了女主人跟老太爷以前的“公媳”关系到底是怎样的；甚至，背后是否还有两个家族的博弈？男主人在中间又扮演着何种角色？

第二，老太爷为何订下这样一门荒谬绝伦的婚事？显然，并不是因为他脑子进水了。前面序里交代的是“陈长生的师父救了老太爷的命”——但只是“报恩”的话，显然不足以解释此后发生的一系列事情。这里面是不是埋着巨大的阴谋、交易、战争与爱情？换句话来说，猫腻是不是在这儿挖了一个巨大的坑？

第三，最最重要的是，到底是什么样的情况，居然会让赫赫有名的御东神将府冒着“天下之大不韪的背信弃义”，也要强烈质疑和推翻老太爷亲自订下的婚约？这只能引出一个真相：那个至今尚未露面的女一号徐有容实在是“太有前途”了。神将府绝不容许任何事情成为她的负担和累赘，为此不惜做任何事情——何况不过是一个微不足道的、癞蛤蟆想吃天鹅肉的灰小伙的婚约？

这样的“狮子捕兔”之势，全力铺张开来，不过是为那个就像王熙凤一样“人未出场语先闻”的女一号徐有容铺就笔墨……于是，成功地勾引起了我的阅读欲望：那个谁谁谁是个什么样的人？

你看，从“那少年是个什么样的人”这样一句极日常、极普通、极浅显的提问开始，到最后一句勾起作为读者的我心中一句极深沉、极好奇、极“不爽”的逼问——“那女主是个什么样的人”……猫腻在这第一卷开篇第一章的第一段话里，其实就是讲了“两个人”的故事：通过两个局外人（虽然在这两个人婚约的事件中担任了前两个出场角色，但其实并不是关键人物）的对话，引出了两个局中人不对称的关系——一个平凡的少年，一个绝代的圣女，两个人会发生什么样的故事？

这样的两个人，一定会很有故事。真发生起来，会很常见，很狗血，很符合我们所有人预期的套路。事实上，这两个人的确发生了很多的故事。但真的发生时，却是对我们所有的预期的逆转。这就是猫腻笔力的特质：看似寻常却奇崛。

就像对于“那个谁谁谁是个什么样的人”寻常而奇崛的问与答。

有机会的话，我们也应该问一问“猫腻是个什么样的人”，看他或者那些了解他的人会怎么答。

是不是也会像这场对话一样，看似寻常，却也奇崛？

伴着一道吱呀声，房门缓缓开启。清丽的阳光，从院外洒进室内，照亮了所有角落，照亮了夫人明媚的容颜和她手里紧紧握着的半块玉佩。先前与她对话的那位老嬷嬷站在角落里，浑身被阴影遮掩。如果不仔细去看，甚至都很难发现。

夫人在老嬷嬷的搀扶下，向室外走去，如风拂弱柳一般缓步前行。头发上插着的名贵金簪和身上的环佩没有发出任何声音，显得有些诡异。

庭院里树影斑驳，草坪间有十余株数人合围才能抱住的大树。石径两侧没有任何仆役婢女的身影，远处隐隐可以看到很多人跪着。静寂的气氛里充满了肃杀的感觉，就像那些直挺挺向着天空的树木，又像是花厅里四处陈列着的寒冷兵器。

这座府邸的主人，是大周王朝战功赫赫的御东神将徐世绩。神将大人治府如治军，府里向来严肃安静。因为今天发生的那件事情，所有婢役都被赶到了偏园，此间的气氛自然更加压抑。那些院墙外吹来的春风，仿佛都要被冻凝一般。

——猫腻《择天记》：第一卷 恰同学少年　第一章 我改变主意了

当上述一段简洁却又直击核心的对话完后，终于进入了"叙述"和"描述"的段落。

整个就像一幅动中有静的无声片：

先以"通感"渐次绽放的方式，一个接一个细节铺展开来：吱呀声，听觉——打开你的耳朵；房间开启，视觉——而且是"缓缓"开启，一个优雅而舒缓的慢动作，让你的视野舒张；然后是阳光，"清丽"，既像是视觉又像是触觉，从院外"洒"进室内，是一种动作——是"谁"洒的，并不重要，重要的是它符合我们视线前进的方式。

正是顺着阳光从院外"洒"进室内的方向，我们看到阳光"照亮的角落"——"照亮"是一种动作，但也是一种感觉。从"暗"到"亮"，是一瞬间扎眼的惊艳；而从“所有的角落”，到“夫人明媚的容颜”和“她手里紧紧握着的半块玉佩”，就是一种聚焦——

当整个“面”的所有角落被照亮后，从院外照进室内的阳光，就聚焦到了那个在阳光中出场的“夫人”身上——而且，不是她的全身，不是她的整个气势和气场，只是她“明媚的容颜”和“半块玉佩”。

“明媚的容颜”形容的是她，而“半块玉佩”则浓缩了她们此前所讲的那件事中的所有信息。而“手里紧紧握着”这一个劲道很足的描写，在“明媚的容颜”和“半块玉佩”之间形成了一种紧张而强悍的关系。这不但把“夫人”这个人的整个气势和气场都勾勒了出来，而且，把“婚约”和“退婚”这个核心事件中濒临爆发的矛盾、冲突甚至是战争的整个气氛全都渲染了出来。

这就是山雨欲来风满楼。而猫腻这种以点勾勒全局的笔法，正是所谓的“飓风起于青苹之末”。

尤为重要的是，出场有先后，明暗有对比：“在阳光里明媚的夫人”和“在角落里被阴影遮掩的老嬷嬷”形成了一种鲜明的对比。

夫人在室内的中心，而老嬷嬷在角落，这是中心对边缘；夫人被阳光照亮，而老嬷嬷被阴影遮掩，这是明暗对比；夫人被镁光灯聚焦“明媚的容颜”和“紧握玉佩的手”，而老嬷嬷“浑身”都被阴影遮掩。这既是“点”和“面”的有形对比，又是“看见”和“看不见”的无形对照……

比这更关键的是，当阳光从院外照进室内，照亮了“所有”的“角落”时，夫人的容颜、手和手里的玉佩成为“亮点”，而老嬷嬷却融入了一个更庞大的、更看不见的“阴影”——这才是关键。

主仆二人的出场，就像是一个杠杆，撬动的是“阳光照亮的屋子”和那个庞大而势压一切的“暗黑角落的世界”——阴影就是比阳光更庞大，黑总是比白更醒目。这是一种分野，更像是阴阳太极一样相伴相生。

所以，这样一种主仆的人物关系、这样一种照亮与遮掩的事实效果、这样一种明媚与黑暗的世界影射……就是在这种极简洁的笔法之中，被四两拨千斤的寥寥数字，给撬动了起来。

在这里，最值得探讨的却是“夫人—老嬷嬷”这样一种关系。

任何一个出嫁的小姐在成长为夫人级别的存在时，身边都会有一个奶妈或嬷嬷的忠心耿耿的陪伴。

她信任她；她是光明，她是黑暗；她是高贵的主人，她是卑微的奴仆。一切荣耀都由她来享受，但一切脏活都由她来干。为了她的小姐、她的夫人、她的主人，她做一切事情都心甘情愿……

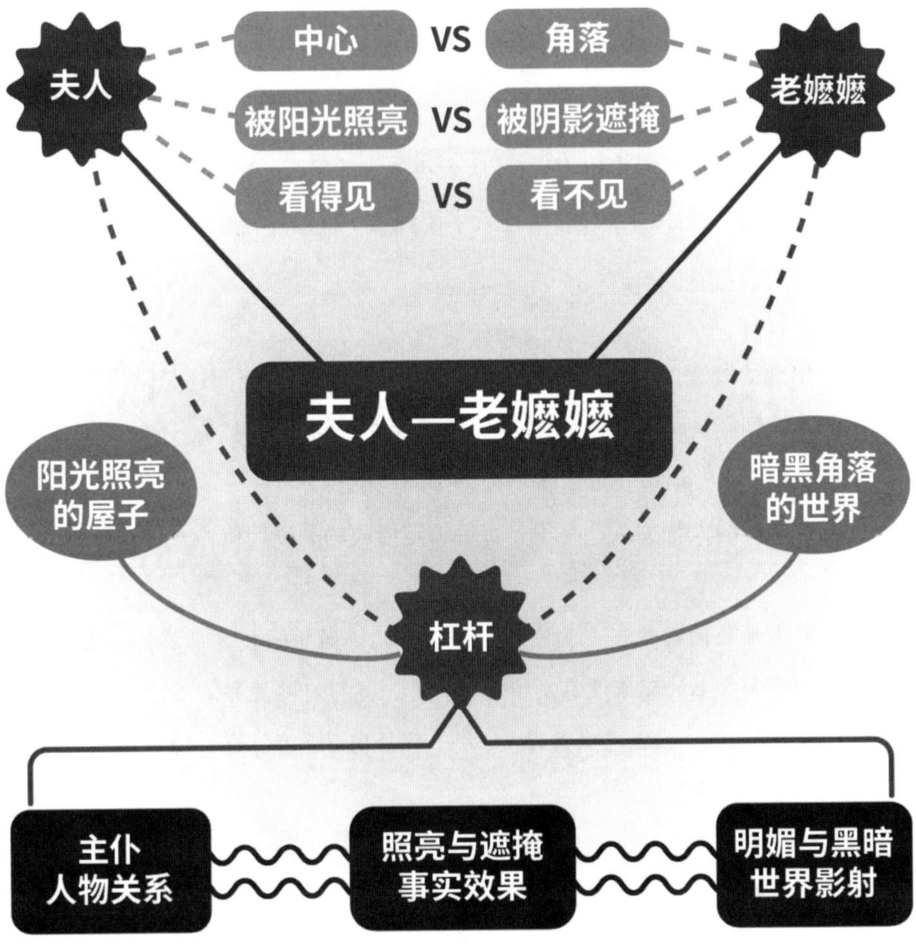

如果换成女频文来写，或许会把这个“恶嬷嬷”写尽。但是，为何猫腻一笔带过？后面三次落笔，三次都简笔，一笔带过一万，这个“嬷嬷”都是举重若轻的。但是，在整个故事里，她其实只是一个小得不能再小的过客。

在这方面，猫腻的确惜墨如金。但从另一个角度来说，也说明他笔力所逮，三笔就能写活一个人——哪怕这其实只是一个像尘埃一样的小人物。

这一对关系其实是一种原型。

这场对话最有意思的是，如果没有后面的情节，只看这一场对话，你能否猜出对话者的身份？

最后揭明是夫人—嬷嬷，但如果是老爷—管家呢？

如果把这段话换成是老爷和管家说的，回过头去再看这一段话，会品味出何种不同的意思？若是这样一对形象，后面的故事又会以何种方式演绎？

那些经常配对出现的人物关系，还有哪些呢？

皇帝—宦官（像《雪中悍刀行》《庆余年》中的皇帝—宦官）；

小姐—丫鬟（从中国古典才子佳人小说到当下网络小说中的小姐—丫鬟是一种什么样的情况？）；

公子—侍童……

文中出现的嬷嬷的人物原型，到底是《红楼梦》中的嬷嬷还是陪房？《择天记》中的嬷嬷到底是“奶嬷嬷”（徐有容或者徐夫人的“奶妈”），还是“陪房”？或者两者兼而有之？所以，形成了一种特殊的地位？

我们对这样的人物关系，是不是有着约定俗成的阅读期待？

夫人在老嬷嬷的搀扶下，向室外走去，如风拂弱柳一般缓步前行。头发上插着的名贵金簪和身上的环佩没有发出任何声音，显得有些诡异。

——猫腻《择天记》：第一卷 恰同学少年　第一章 我改变主意了

“风拂弱柳”，谁是风，谁是弱柳？

用“风拂弱柳”来形容徐夫人的行动轻柔之极。本是动态中尽显威势，却又将动势弱化。

头上插的金簪和身上的环佩“没有发出任何声音”——本是静中守势，然而却呈现出一种咄咄逼人的威势，就像锐利的匕首，直戳了出去。

所以，这种动作的静和身上静物的动，形成了一种诡异的反差。

第十二章

有情剑世界

从『顺心由己』到『逆天改命』

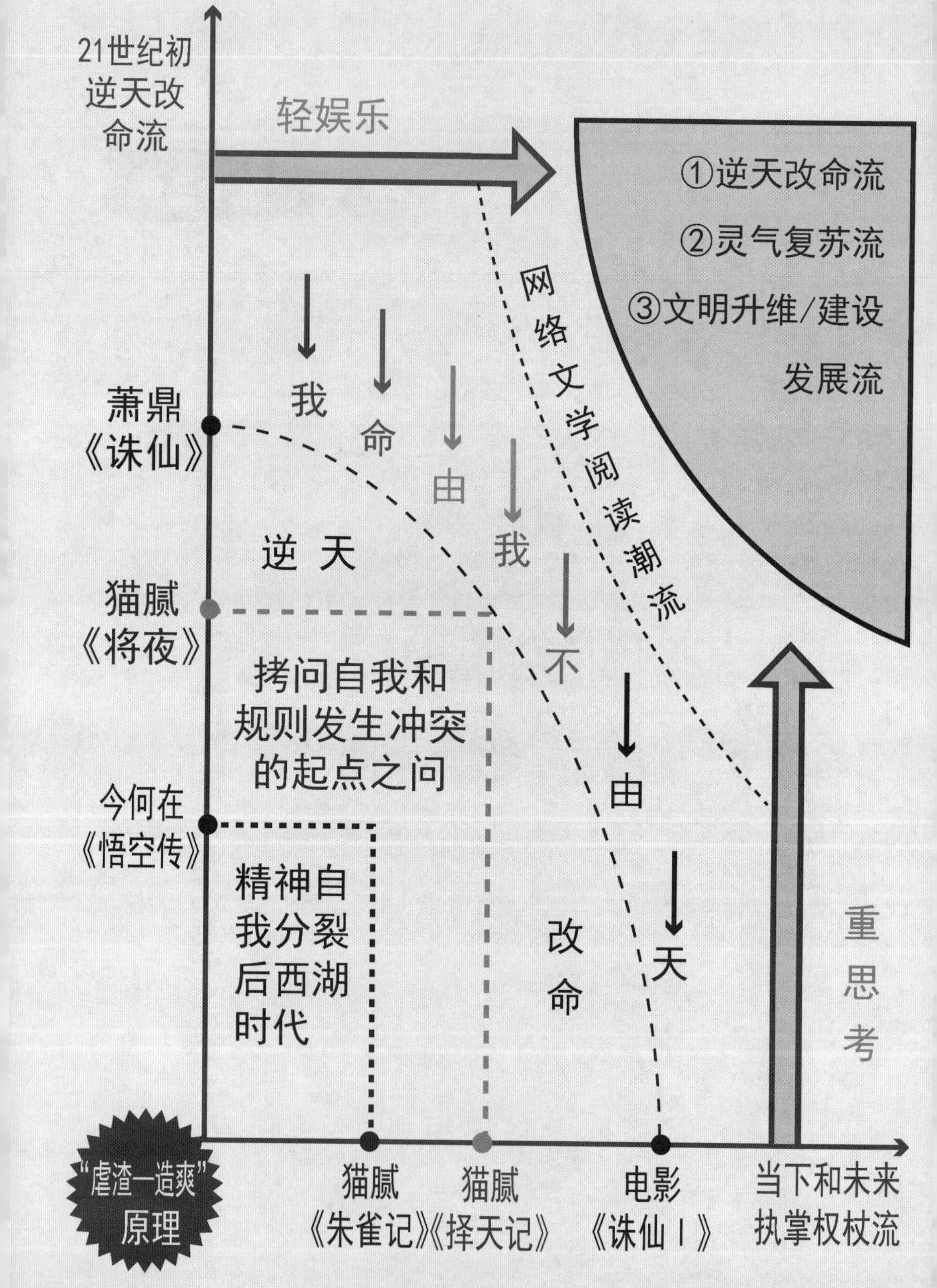

21世纪初
逆天改
命流
轻娱乐
①逆天改命流
②灵气复苏流
③文明升维/建设
发展流
网络文学阅读潮流
我命由我不由天
萧鼎
《诛仙》
逆天
猫腻
《将夜》
拷问自我和
规则发生冲突
的起点之问
今何在
《悟空传》
精神自
我分裂
后西湖
时代
改命
重思考
"虐渣一造爽"
原理
猫腻
《朱雀记》
猫腻
《择天记》
电影
《诛仙Ⅰ》
当下和未来
执掌权杖流

从“剑庐”和“剑冢”可守一城一地一方平安（《庆余年》），到“剑池”和“剑海”可改朝换代、变换君道大王旗（《择天记》），再到“万剑归宗”和“万剑/舰流火”之中“谁来约束和制衡那一把剑”——比如那个“顺我者昌、逆我者亡”，要按照自己的意志改造整个世界，甚至要以灭绝弱者计划来拯救人族的太平真人（《大道朝天》）……

猫腻的系列作品有意无意地设定了一个可以共享但不断演变、重组和重塑的“剑宇宙”。在这种“剑道世界观”的设定和嬗变之中，《择天记》中的“剑世界”成为一个桥接之梁：剑是有生命的，更是有情的；正是以此“剑意生命观”和“有情剑宇宙”为双翼，逆天改命，问道寻路，我命由我不由天。

从《剑王朝》到《择天记》，网络文学将这种“天道命运PK战”的人类与国民情结，改成了一种“逆天改命”的爽文模式：从“爽点制造”到“爽感建构”，成就了一条“我命由我不由天”的彩虹光带。

唯此执念深沉，方能驱动逆天，故无罪《剑王朝》爽之；若天不从人愿，那就战天与择天，故猫腻《将夜》爽之；若辱我为废柴，我必啪啪打脸，故《斗破苍穹》爽之；若强力退婚，必让你悔不当初，故《择天记》爽之……

我们随意从网文史中采撷出这几部作品出来，都能说明在网络文学从“爽点”到“爽感”的彩虹光带上，到处都是星光璀璨：爽文既能制造明星，亦能诞生珍珠。

而《择天记》作为一个奇特的案例，便是将“退婚流”到“废柴流”、从“啪啪打脸”到“逆天改命”、从“执剑权杖”到“有情剑宇宙”等“世界不可承受之重”和“娱乐可以承受之轻”的“双重结构”，熔铸于“爽点创造”和“爽感建构”之中。

它和《剑王朝》一样，从娱乐之轻往下拽，向思考之重垂直落地，扎根生芽。

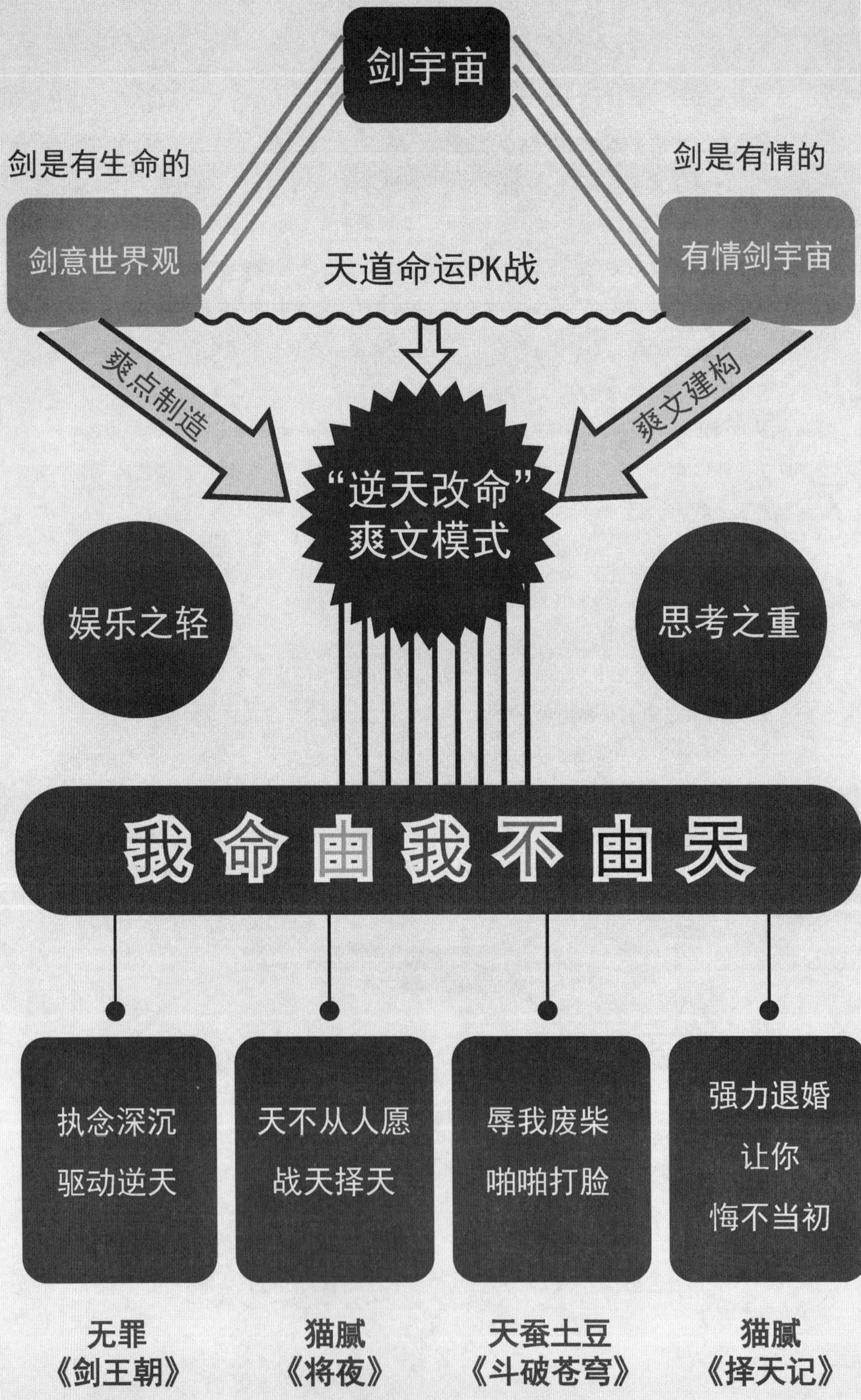
剑宇宙
剑是有生命的
剑意世界观
剑是有情的
有情剑宇宙
天道命运PK战
爽点制造
爽文建构
“逆天改命”
爽文模式
娱乐之轻
思考之重
我命由我不由天
执念深沉
驱动逆天
天不从人愿
战天择天
辱我废柴
啪啪打脸
强力退婚
让你
悔不当初
无罪
《剑王朝》
猫腻
《将夜》
天蚕土豆
《斗破苍穹》
猫腻
《择天记》

第一节 悔婚打脸：

社会现实、心理需求和文化机制体制

其实这第一章最大的“爽点”，就来自徐夫人“拉仇恨”的打脸（优越感、轻视或无视和碾压），和陈长生即见即得的“打脸”。

夫人看着他，神情变得更加冷漠，说道：“我不会同意这门婚事。就算你取出婚书，也没有意义。”

陈长生没有预想到会听到这句话，一时间怔住了。

“老太爷多年前被你师父所救，然后订下了这门婚事……这似乎是一段佳话？”

徐夫人看着他，神情冷漠地说道：“……但实际上那是戏文里才能有的佳话，不可能在现实的世界里发生。除了那些痴呆文妇，谁会相信？”

——猫腻《择天记》：第一卷 恰同学少年　第一章 我改变主意了

这里面有着强大的心理逻辑。

每一个人或许都会在人生路上遇到别人对你啪啪啪的“打脸”——不管是“轻打脸”，还是“重打脸”；不管是跟你有没有仇，也不管对方是不是有意——或许他/她就是无心之举。

陈长生想要解释，说自己的来意是想退婚，然而听着这段居高临下的话，看着徐夫人眉眼间毫不掩饰的轻蔑冷漠情绪，却发现很难开口——此时他的手还在怀里，已经触着微硬的纸张边缘。一张纸上是太宰亲笔写的婚书，还有张纸上写着某位小姑娘的生辰八字。

“老太爷在四年前仙逝，这门亲事便不再存在。”

徐夫人看着身前的少年，继续说道：“我知道你是聪明人，那么我们就应该像聪明人一样谈话。你现在要考虑的事情不是继续这场亲事，而是要仔细考虑一下，能够获得怎样的补偿。你觉得我这个提议如何？”

——猫腻《择天记》：第一卷 恰同学少年　第一章 我改变主意了

从所谓“位高权重”的领导者对你做的事、做的人“一言定生死”，到那些有实权的部门对你极尽羞辱与蹂躏……

徐夫人看着他面无表情说道：“因为你老师医术不错，但依然只是个普通的道人，而我这里是神将府；因为你是一个只穿得起旧道衣的穷苦少年，而我女儿是神将府的小姐；因为你是个普通人，而神将府就不应该是普通人能够进来的地方。我的解释够不够清楚？”

陈长生的手微微握紧，声音却没有任何颤抖：“很清楚。”

——猫腻《择天记》：第一卷 恰同学少年　第一章 我改变主意了

还有那些其实只有那么一点“小权力”、比你职位就高上那么半级的人，就能死死地压制你；

再到本部门甚至其他部门跟你同级或不同级的人对你莫名的敌意、排斥、孤立和冷嘲热讽；

甚至，就连“扫地的”，或者萍水相逢、为你们做服务的人，也察言观色、见风使舵，对你落井下石，狠狠踩上几脚……

他们其实也都是“小人物”。但小人物撕起你来更是“心狠手辣”。不知道他们从哪儿得来的权力、优越感和道德或其他价值评判的制高点，让他们可以如此理直气壮地实施语言暴力、集体暴力，甚至是实际的行动暴力，而无一丝的愧疚和忏悔。

这个世道唯有“老实人”最吃亏。“小人物的战争”其实最为残酷。也唯有“匹夫的逆袭”“草根的逆袭”的需求潮流最为强劲……人的一生，其实都是在啪啪打脸中度过的。细数每一个人生阶段，在那些重要的里程碑事件和那些并不重要甚至像尘埃一样的事件里，哪一个不曾发生过轻轻重重的打脸？

徐夫人看着这张犹有稚气的脸，决定给他再施加一些压力。她很清楚，聪明而骄傲的少年最无法忍受的是什么。稍后，他一定会主动提出退婚。

她将茶碗放到案上，站起身来，说道：“你案上这杯茶是明前的蝴蝶茶，五两白银才能买一两。这茶碗出自汝窑，更是比黄金还贵。茶冷了，你不饮，说明你就没有喝这杯茶的命。你只是烂泥里的草根，你不是瓷器，只是瓦砾，想通过攀附我神将府来改变自己的人生？很抱歉，这或者能让你愉快，却让我很不高兴。”

——猫腻《择天记》：第一卷 恰同学少年 第一章 我改变主意了

打脸的人至今都还“逍遥法外”，没有受到任何制约和制裁。

世上唯有亲历过这种屈辱的被打脸人，方有资格进行裁判和“处决”。但他的权力从何而来？

唯有指望“人生的逆袭”——凌驾于这些人之上，然后再一一打回去？但是，这种概率何其之小？有没有万分之一？就算你成功地实现了“人生的逆袭”，成为什么“总”、什么“管”、什么样知名不知名但肯定是有点小权力的“有关人士”，那些你人生路上曾经遇到的“被打脸”，你真的有机会一一打回去？开同学会、开前同事会、开老乡会、开××会……都是为了把脸打回去吗？有多少人其实从“那”之后，与你的人生已无交集；就算你想打回来，在茫茫人海中，你难道还要花费千万成本把他“搜索”出来，就为了打回一次脸？

更何况，实现这种“人生的逆袭”的概率，比起打回去的万分之一概率，又要低上多少？只有千万分之一。即使你实现了所谓的“逆袭”，也只是在一定范围内看起来是“成功的”。拉开一个更大的视野来看，你这“成功”算个屁。还是有人“凌驾”于你之上，可以啪啪啪地继续打你的脸，你还只能因为各种原因，继续忍着。

夫人的声音很平静，没有刻意盛气凌人，却把人压到了地底。她没有刻意居高临下，却仿佛从天空看着地面的一只蝼蚁。

所有这些情绪，都准确地传达给了陈长生。

这是赤裸裸的羞辱。尤其是那句“通过攀附神将府改变自己的人生”，对于任何骄傲的少年来说，都是不可接受的指责。为了能够昂起头、骄傲地离开，很多人大概都会选择愤怒地辩驳，然后取出婚书撕成两半，扔到夫人身前，甚至再吐上两口唾沫。

而这，也正是徐夫人想要看到的画面——如果不是那份婚书太过特殊，她没有更好的方法，何至于像今日这般，还要费上这些心神？

——猫腻《择天记》：第一卷 恰同学少年　第一章 我改变主意了

所以，打脸和被打脸，不能纯以权力、财富、身份和地位来计。

人的一生中，很多次“被打脸”，其实跟这个毫无关系，或许跟别的什么——性格、道德、价值、观念等等什么有关系。所以，要打回去，也不必非得实现“人生的逆袭”，还是在于自己的为人处事修行“顺心意”：

一是哲学、理念、原则和价值观，我就是这样想的——这是我的“不能触碰的底线”和“高标要求”。想清楚自己想要什么，需要什么，应该如何做。

她冷冷地看着陈长生，等待着少年的愤怒。

然而，事情的发展，完全出乎了她的意料。

陈长生看着徐夫人平静地说道：“其实您误会了。我这次来神将府，就是想把婚书交还给府上。我本来就是来退婚的。”

满堂俱寂。

——猫腻《择天记》：第一卷 恰同学少年　第一章 我改变主意了

那么——

第二，就要顺着自己的心意来。人生就是一种“修行”，性格也会因此重塑。是应该针锋相对，还是铁腕柔手，抑或是迂回战术？总而言之，是可以采取有原则、有策略、有成效的行动的。

第三，对于具体一次打脸或反打脸的事件——有了原则理念，有了顺心意的人生和性格修行指南，其实就可以具体问题具体处理……一次次地坚持下去，别人也就知道你的底线和边界，也就不会再轻易挑衅：可怜之人必有可恨之处，可恨之人必有可怜之处。你不必做可恨之人，也不必做可怜之人，要做的，就是一个有自己性格和原则理念的人。

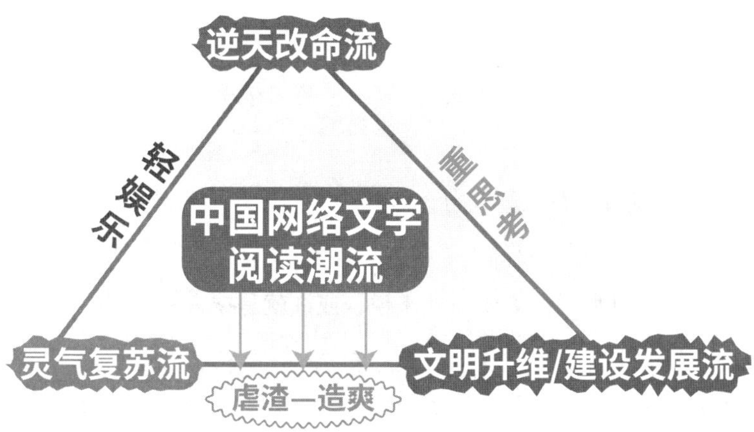

第二节 爽点机制：
从“YY（幻想）复仇”到“人生的逆袭”

你看，这里的思路、逻辑和智慧就是这样的：

第一，为何“打脸”爽点的阅读需求潮流是如此强劲?

就是因为，每个人一生的历史，其实就是由“打脸”串起来的历史。从个人生活中那些细如流沙的微小“打脸”事，到整个社会被刻意强化的“打脸”史——具体办事人员（从强势部门人员到各个有关部门人员）有意无意的“刁难”，整个社会心态都在强调这种“打脸”的集体处境和糟糕感受。

就像徐夫人将陈长生视为蝼蚁，在她心底里，他连一根葱都算不上。现实生活里也有人视你为蝼蚁，将你当作一根草，甚至在其心底里，你也连一根葱都算不上——虽然他自己其实也如蚂蚁一样渺小。

> 夫人微讶，问道：“你再说一遍？”
>
> 她没有注意到自己的声音有些紧张，又有些放松，因为意外而难以想象。无论这少年是不愿意丢了颜面，故意这般说，还是真来退婚的，都是她想看到的。
>
> 陈长生看着她认真说道：“其实……我是来退婚的。”
>
> ——猫腻《择天记》：第一卷 恰同学少年　第一章 我改变主意了

这其实无关身份、地位和权力，而是在于，你并不是“他/她生活中有存在意义和价值的人”，所以，自然也就没什么分量。“打你脸”也就是顺手为之。打过了也就打过了，转眼就忘。这对他来说，或许就是抹去一颗细小得肉眼不可见的尘埃之一。

但你却记住了。不但烙在记忆里，还刻在骨髓里。因为，这实实在在是一种屈辱。不管是因为你身份卑微、人微言轻——就是被权力、身份和地位比你高的人压得死死的，还是因为你初到山头，摸不清情况，不能轻易应对挑衅，还是因为你本身就性格怯懦，凡事避一头……总而言之，在别人啪啪啪打你脸时，你只能“忍了”。忍而不能泄，久而久之，就积累成火药桶，憋出了内伤。

当积蓄到一定程度时，这就成了一个巨大的火药桶，或者一座活火山。稍微一点点的小火星，都能引发一个大爆炸。所以，整个社会的心态充满了暴戾。

层出不穷的“小事件”，为何会成为一种席卷一切的“社会公共舆论”？这就源于整个社会的“打脸”与“复仇”心态（从仇官仇富仇智到仇恨一切“必须为自己悲催的人生”负责的一切抽象与具体的事或人：房价涨，油价涨，什么都涨；教育资源被抢，就业择业资源被抢，什么好资源都被你们抢了……），以及在这个小事件大打脸中的赤裸裸的爽。

第二，整个赤裸裸的“打脸复仇”只有三种可能：

第一种，个人成功地实现“人生的逆袭”，然后一一地找机会，对这些打脸事件的主角们进行反打脸。但是，这种概率只有万分之一甚至千万分之一，而且会受到相当多的条件制约和压制。就像在玄幻小说里，你要使用某种天大的“法宝”，就要受到很大的禁制。

第二种，被整个社会的潮流裹挟着走，挟“民意”之威，获得道德、价值及正义批判的制高点，对一切“体制”和“压制”的化身噼噼啪啪地“隔空打脸”，从而获得爽感。

每一粒微尘是很弱小的，但十三亿人的力量汇聚起来，就是一股洪流。所以，那种席卷一切的感觉真的很爽。但是，爽过了，到底能留下多少“存在感”？

第三种，在网络小说中获得打脸和复仇的“爽感”，而且可以获得上述两种打脸、复仇、爽感所无法比拟的存在感。

一是即见即得。“君子报仇，十年不晚”，已经过时了。“小人报仇，从早到晚”，才是王道。所谓“留得青山在，不怕没柴烧”，也已经过时了；现在就是要马上一板砖拍回去，而且，不是要玉石俱焚，而是要用一块砖头把那块玉拍烂——只有网络小说能够提供这种可能性。

徐夫人神情不变，手掌却轻轻落在了胸口。

整座神将府，在这一瞬间，仿佛都变得轻了很多。

陈长生的神情却忽然间变得严肃起来。

他说道："但现在……我改主意了。"

——猫腻《择天记》：第一卷 恰同学少年　第一章 我改变主意了

二是有"代入感"。主角的打脸和复仇，其实是读者的"手臂延伸"。每一个人都有"角色扮演"的感觉，可以穿越时空，成为那个"剧中人"，抡起板砖就能赤裸裸地把敌手打翻在地。这种亲自操作的感觉无法替代。

三就是真正的"逆袭"。在现实生活和社会人生中，我们都是"被打脸"的对象。唯有在网络小说中，我们的自我才能膨胀，才能获得与之匹配的身份、地位和权力，然后，啪啪啪地对一切看不顺眼的人进行打脸；或者对一切凌驾于我们之上的试图打我们脸的人、势力、利益集团以及那种"看不见的操纵之手"，进行"反打脸"和"复仇"。唯有如此，我们虽然在现实生活中是"渺小的人"，但在作品的世界里，可以投影为从心所欲而不逾矩，甚至可以利用规则、颠覆规则并重建规则的王者。

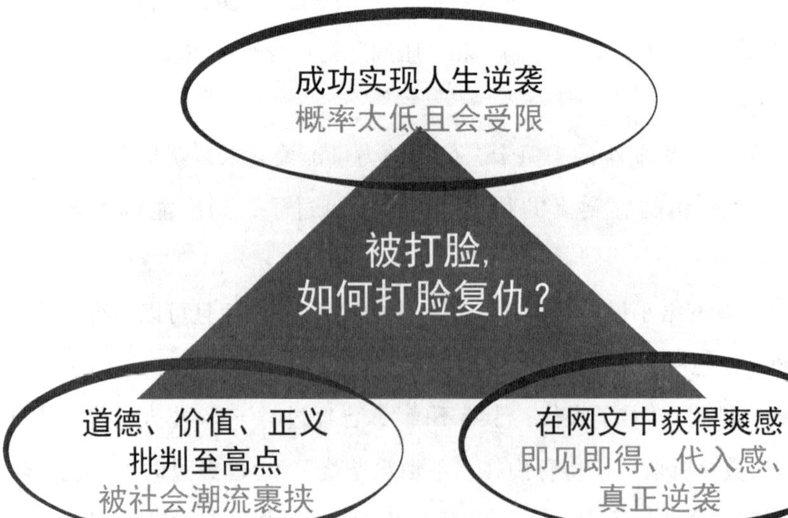

第三节 逆天改命：从“抗命运”到“顺心意”

但接下来，就留下了第三个很关键的问题：当网络文学提供幻想机制，让“屌丝的逆袭”成为可能，从而获得在现实生活中无法获得的“爽感”时，它如何解决这三个层面的疏导机制？

是停留在第一个层面：遵从整个社会的丛林法则，甚至是刻意强化“弱肉强食”“不择手段”的生存规则，扩大和加深个人和整个社会郁积已久的打脸情绪甚至暴戾恣睢的复杂情结？

还是，努力迈过第二个层面的门槛：将个人和整个社会郁积的情绪甚至是暴戾恣睢的情结疏导出来，从而完成自身的心灵净化和升华？

甚至，能够有心上到第三个层面：提供一个真善美和具备正能量的哲学、理念与价值观念，将所有的打脸和复仇都放在这个框架里，在寻找爽点中，同时也寻找这样做、如何做才能够更好的意义与价值——亦即作品为世界立法，为社会和自己创造规矩与原则，然后反过来切入现实生活，能够在切身相关的小事中，改变自己的观念、思维方式和言行——这就是在重塑自己的性格，重塑自己的身心灵、社会关系和生态环境，然后重塑自己的人生与世界。

借用微信创始人张小龙的观点来演绎，好的作品其实就是一个“工具”，并不是越能粘住人越好——让人沉到故事的空间里出不来。

更不是要强化人对整个社会、人生和世界的恶意、敌意和负能量，让人在整个世界的暗黑和阴影面里，遵循甚至是强化、扩大那种类似于“暗黑森林”“丛林法则”“弱肉强食”和“不择手段”的生存与发展哲学。

它要作为一个桥梁、中介和摆渡的船，让人能把整个负面的情绪、情结和能量都疏导出来，留在河这岸，被净化、被升华；在过河之旅中，把这些过去的包袱放下，着眼于当下和未来更美好的生活、人生和世界，去寻找那个新的地平线上的旅行哲学，让接下来追求太阳的人生旅行，以一种更为美好和良善的理念，来指导自己的修行，并且选择去建设一个新世界。

而不是继续以暴戾、充满恶意甚至是敌意的态度与方式，继续与自己灰暗的人生、社会和世界对抗，甚至是破坏。破坏总是比建设更容易。

你的作品如何能让读者入乎其内，又出乎其外，从作品中获得一种新的理念原则、思路逻辑和言行指南，从而建设他的人生和世界？这其实是对每一个作家作品的拷问。

而猫腻，一直都在面临这样的拷问。从第一卷第一章“退婚打脸”的故事桥段，到后面整部作品演绎的“顺心意，抗命运”的人生与时代哲学……其实不过是这种拷问和上下求索的历程的浓缩。

徐夫人忽然间觉得自己做错了什么事情。

她强行压下心头那份不知从何而来的不安，让自己的声音尽量显得温和些，说道：“既然已经想通，何必负气说这种话？不如……”

然而她愕然地发现，那少年根本没有继续听自己说话的意思。

陈长生从地上拾起行李背到身上，直接向厅外走去。

——猫腻《择天记》：第一卷 恰同学少年　第一章 我改变主意了

这样一个简单的开篇章节，要放到整个小说的脉络里去梳理。而整部作品对“打脸”“复仇”的处理——如退婚后找不找回场子、复不复仇（有些“退婚流”小说中常见的桥段，就是在“成功的逆袭”之后，直接报复自己曾经的未婚妻以及她的家族、那个情敌式的男人）……又要放到猫腻自身的作品脉络和类似于“退婚流”的作品创作与阅读潮流中去梳理。

而这所有脉络的梳理和发掘，都不如放到猫腻系列作品的“脉络”背后的人生历程与社会处境的体验感受中去发现，放到同时代、同类型、同群体、同阶层的人在整个社会和中国的集体境遇与处境感受中去发掘……这两条脉络的接触点、着力点和切入点，所引爆出来的需求暗流，才是真正支配甚至是裹挟这种

“打脸”和“复仇”潮走向的庞大能量。

有时候，一部作品的思路、逻辑和智慧，就体现于这样三段论的结构中：作者自身在世界、社会和人生中的际遇与感受，决定了作品中打脸与复仇的脉络与节点。而这种脉络与节点背后的观念、原则和哲学，才会真正决定对读者的影响：是在阅读中发泄，还是重建自己的小宇宙？折返回去，是更加暴戾地面对人生、社会和世界，还是重新以温暖、积极的正能量姿态去建设更美好的生活、人生和未来？

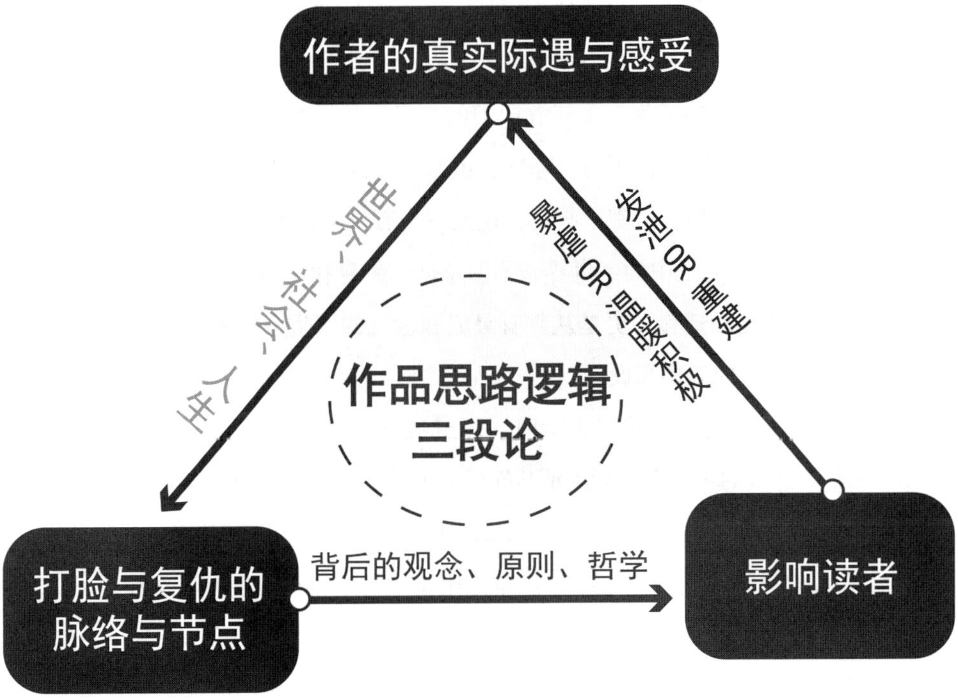

对我们来说，这或许是一个“共鸣点”：在“打脸与复仇”的爽点阅读史中，折返到过去，重新梳理自己人生路上一个又一个“小打脸”的事件（都是普通人，哪有那种真正意义上的浓得化不开的大仇或重侮辱，或者被整个社会潮流裹挟的刻意扩大、增强甚至妖魔化的打脸），细致入微地发现与发掘那种隐秘的个人与整个社会“内心的暴戾恣睢”，寻找化解、疏导、净化和提升的路径，然后寻找自己人生修行的理念、原则和行动指南——顺心意、抗命运，是否可以作为一种路引？

第四节 有情剑来：从“万剑归宗”到“我有一剑可问天”

但是，对于“抗命运”和“顺心意”来说，什么才能把两者桥接起来？

那就是“剑来”——我有一把执掌天下权、问天问道可寻路的剑道之王！

就像烽火戏诸侯在《剑来》气吞山河的文案里所说的：天道崩塌，我陈平安唯有一剑，可搬山，断江，倒海，降妖，镇魔，敕神，摘星，摧城，开天！

关键是：这是一把有情剑！甚至，这是一个有情剑世界！

因此，《择天记》之中的剑世界，不但是从“剑身和剑招”等有形之器到“剑意和剑道”的转化和迁移，更是从剑有灵魂和生气的“生命世界”到有意志与情感的“有情宇宙”的架构和设计。

比如，在陈长生进行周园探险时，那道数百年前与“剑身”分离、代表着“剑池里唯一自由的灵魂”、现蕴藏于黄纸伞里的“剑意”，与陈长生的坚持与可亲，与天海圣后所赠法器玉如意所散发的“强大气息”，从同频共振、共鸣共融，到最后发生某种化学反应，让那些曾经无比骄傲的绝世名剑听从陈长生的意志，从“剑池”甚至“剑海”之中飞奔而来，“万剑归宗”，请君一观——每一把剑都有自己的情绪和意志；每一把剑都倾盖如故，越过千军万马、穿过千年万年来见故人与少年；志在千里，回归故里，只愿再做同伴，相伴一生。

因为从来没有人想到过，剑池……原来竟然如此之大。

剑池，不是一座山池，也不是一处寒潭。

那些剑一直都在这片草原里。

这片一望无垠、无比广阔的草原就是剑池。

不，这哪里是池，这明明就是一片海。

剑海。

……

草原里一片安静。

陈长生站在石台边缘，看着眼前这幕画面，沉默不语。

先前他已经隐隐猜到了剑池的真相。但当他亲眼看到万剑出世的画面时，依然震撼到了极点。

南客站在神道上，看着这幕画面，面无表情，不知道在想些什么。凝秋捂着嘴，才让自己没有出声惊呼，而她的同伴画翠坐倒在了雨水里。弹琴老者的脸色异常苍白，身前的古琴上满是血水，竟是不敢向身后看一眼。

腾小明与刘婉儿收回视线，对视一眼，看出彼此眼中的那抹抱歉与决然。

没有谁说话，也没有谁动。

就连草原里的那片兽潮，都缓缓平静下来。

因为那些剑，正在向着陵墓飞去。

无数把剑，在红暖的光线里飞行，仿佛要遮蔽天空。

随着与陵墓渐近，被雨洗后的万千剑身，闪耀着光芒，如繁星一般。

那画面，真的很美。

但那些剑飞得很缓慢，并不像刚刚出世时那般傲然强大。

无数把剑，飞到陵墓的四周，缓缓散开，仿佛列阵的士兵。

天地间充斥着剑意。

那些剑意曾经无比强大，现在已然衰弱，交织在一起，有些凌乱。

这些剑意里没有智识，却有情绪，各种各样复杂的情绪。

对于这座陵墓，剑的情绪是冷漠与战意。

对于站在陵墓里的那名少年，剑的情绪是得见故人，是请带我们离去。

那把刀很无情，时光更加无情。

这些剑在草海深处沉睡了数百年，早已残破不堪。

就在离开草原的那一瞬间，这些剑已经爆发了最强大的力量。

是的，这些剑已然苍老，浑身锈迹，将要腐朽。

现在的这些剑，是身受重伤的战士，是扶拐而前的老者。

它们本来早就应该离开战场，归老田园。只可惜此处田园不好，亦非故乡，只是牢笼。

数百年来，它们无时无刻不想着离开这片草原。最终却只有一个同伴成功，带走了它们的心意。

然而，那个同伴再也没有回来过。

直到今日，就在这些剑快要绝望的时刻，故人终于回来相见。

有个少年带着那份心意回到了这片草原。

剑老了，但少年正青春。

陈长生对自由的渴望、对生命的热爱，是那样纯净而坚定。

就像一道清风，唤醒了它们。

它们听到了他的召唤，相信他的意志，于是雄心重现。

老剑犹有余威，断锋亦可杀敌。

志在千里。

要去千里之外。

回归故里。

——猫腻《择天记》：第二卷 莫道君行早　第五十章 老剑与少年（下）

剑是有生命的，更是有情的。

正是以此“剑意生命观”和“有情剑宇宙”为双翼，陈长生才能真正地顺心意、抗命运，逆天改命，甚至是寻道问路、权杖天下或者制衡天下权杖。

这亦是从21世纪初就发轫的“逆天改命流”，到当下和未来的“执掌权杖潮”……中国网络文学阅读潮流演绎和嬗变的发展脉络与轴心。

从今何在《悟空传》到猫腻《朱雀记》，承传了国民英雄形象孙悟空从“大闹天空”到“西游取经”精神自我分裂的后西游时代。

就猫腻自身从《将夜》到《择天记》，亦在自身系列作品《朱雀记》《庆余年》《间客》的发展脉络和故事逻辑之中，拷问自我和规则发生冲突的“起点之问”[1]……

它们都在演绎着“我命由我不由天”之抉择与行动。

从中国网络文学发轫时代的标杆作品萧鼎《诛仙》到超级IP时代的电影《诛仙I》和《哪吒之魔童降世》，也都贯穿着这种“逆天改命”的强烈意志和精神……

从某种意义上，我们认为，不是基于网络文学IP的动画电影《哪吒之魔童降世》，反而是基于网络文学IP改编的电影《诛仙I》，更贴近、承传和融合了网络文学对这种“天道和命运PK战”中“逆天改命——我命由我不由天”的情结表达和爽文创建模式：

从天道到命运，我命由我不由天！虽天道无常，命运叵测，但我的人生、我的路，由我自己抉择！

唯有此执念，才可逆天改命——故天从人愿，命即改之。天若不从，又将如何？那就可以“择天”或“改天”“换天”……

这就像猫腻《将夜》之中从二师兄到宁缺做的那样。

二师兄平静地重述了一遍朝小树当年流传于长安城的那两句话“天若能容，我便能活；人不能容，我便杀人”，然后说：“我一直认为这两句话不妥，因为天不容我，我也要活。”

然后，二师兄斩钉截铁地回答叶红鱼的话：“如果这贼老天，真的不能容我活下去，那么……我也不能让它活。”

“至少不能让它活得太痛快。”

这捅破了最后一层纸。

举世伐唐，尽管代天行伐的昊天道门与唐国已然势不两立，但毕竟这是在昊天的世界里。

叶红鱼猝不及防。因为，她没有想到昊天之下，“有人会如此平静而坚定地

---

① 参见庄庸、王秀庭著：《网络文学评论评价体系构建：从“顶层设计”到“基层创新”》，“互联网+新文艺”丛书，福建教育出版社，2016年版。

提到这个问题。”①

网络文学将这种“天道命运PK战”的人类与国民情结，改成了一种“逆天改命”的爽文模式：从“爽点制造”到“爽感建构”，成就了一条“我命由我不由天”的彩虹光带。

但是，从顺心意到抗天命，从剑王朝到剑宇宙，将《择天记》和《剑王朝》放置于爽文潮流甚至整个网文和泛文娱全产业链中，就可以看到它们以“讲故事写爽文”的轻娱乐方式，为“那一把权杖之剑”带来“作品为世界立法”的时代重思考。

特别是如下三条中国网络文学阅读潮流：

第一条就是从20世纪末到当下都还在延续的“我命由我不由天”的“逆天改命流”；

第二条就是以“灵气复苏流”等为代表的超凡近未来“新秩序重建”；

第三条就是“从0到1”寻找低维到高维文明发展历程的“文明升维/建设发展流”。

这让我们看到了新一轮“故事革命”中“先行得道”的前沿和趋势，以及爽文爽剧将其“生命不可承受之重”转化为“娱乐可以承受之轻”的爽文化消费模式：

从逆天改命到寻道问路，从权杖天下到制衡天下权杖，从超凡者拯救世界到超凡者管制法案，从失序危机到新秩序重建，从作品为世界立法到文明升维与建设发展……讲故事写爽文，却是在以轻娱乐的方式，进行切身相关的重大现实攻关问题、时代课题和未来发展趋势问题的重思考。②

转化的机制和杠杆，便是我们解读、诠释和建构的“虐渣—造爽”原型。

① 参见庄庸著：《猫腻与〈将夜〉》，网络文学名家名作导读丛书，作家出版社，2019年版。

② 参见庄庸、王秀庭著：《国家网络文学战略研究：从“现实题材”到“书写新史诗”》，华语网络文学智库丛书，中国青年出版社，2020年版。

选文悦读 猫腻《择天记》：

从“剑海”到“万剑归来”

第二卷 莫道君行早 第四十七章 山海剑

暴雨持续落着。腾小明艰难地站起身来，擦掉唇角淌落的血水，望向陈长生手中那把铁剑，震惊无语，心想这究竟是什么剑，居然拥有如此恐怖的重量、如雷般的威力、难以想象的浑厚剑意？这铁剑是从哪里来的？为什么会出现在陵墓之前？

陈长生知道这把铁剑是从剑池来的，虽然到现在为止，他只知道剑池在这片暴雨如注的草原里，却不知道具体的位置。同时在握住剑柄的那一瞬间，他就知道了这把铁剑的来历。

在剑道历史上，这把铁剑非常出名，叫作山海剑。

无数年前，天书化作无数陨石，拖着流火降世，落在大陆中心，便是现在的天书陵。除了那些石碑之外，还有很多残余的陨石碎屑。前人们收集那些陨石碎屑，用尽一切方法炼制，终于炼出了陨铁，也就是所谓的陨石真金。陨铁与大陆任何金属都不相同，极重极沉极韧极坚强，可以说是最好的铸剑材料。事实上，大陆绝大多数陨铁，都被用来铸造了一把剑。

也就是陈长生现在手里这把玄铁重剑。

其重如山，其威如海，故名山海剑。

腾小明手中那根铁棍，只掺了四两陨石真金，便沉重如山，更何况这把铁剑全部由陨铁铸成，那又该是多么沉重，威力多么恐怖？

山海剑在历史上非常出名，无论是在战场上还是在桐宫外。这把剑与它的历任主人演出了一幕幕悲欢离合、生死壮阔。铁剑之前不知砸死过多少强者与名人。但真正让山海剑大放光彩的，是记载中它的最后一任主人。

千年之前，大陆出现了一名叫作西客的强者。他拥有白帝一氏的血脉，据说修行的是早已消失的佛宗功法，再加上一身天生神力，单以力量与气势论，在历史上可以排进前三。而当他举起手中那把沉重的铁剑时，更是可以力敌万军。

只有这样的强者，才有资格使用山海剑，把山海剑的威力全部发挥出来。也只有山海剑，才能配得上这样的绝世强者。谁也不知道究竟是西客成就了山海剑的不世威名，还是山海剑让西客在当时的大陆上掀起了无数风雨。总之，铁剑强人一相遇，便胜却人间无数。

西客手持山海剑，在大陆上连败强敌，霸道无双。当年的槐院大教习以及长生宗的大长老，都是此人的手下败将。有人甚至认为他已经进入了从圣境界。最后……就像当年很多绝世强者一样，他满怀豪情地走进了周园，然后心丧若死地离开了周园。从此，山海剑再也没有在他身边出现过。随后又过了三年，他在云阳城外一次很偶然的冲突里，死在了一个刚刚声名鹊起的后辈的手中……

那个疑问至此似乎终于有了答案。没有了山海剑的他，似乎只是一个普通的强者罢了。但教宗大人对此有完全不同的评判。他认为最重要的是，败在周独夫之手的西客，失去的最重要的东西并不是这把剑，而是他骄傲霸道的那颗剑心。

这就是山海剑。如果要列出世间十把最出名的剑，无论谁来挑选，这把铁剑都必然会在其中。山海剑用的是最珍稀的陨铁，用了最长的铸造时间，最为宝贵。无论是谁能够拥有这把铁剑，一定都会兴奋得难以自已，无法相信自己的幸运。陈长生也很高兴，心想如果能将这把铁剑带出周园，给轩辕破用最是合适不过。再就是折袖一直说想要一把剑，那么应该去弄一把什么剑呢？

他这时候才注意到，铁剑的最上端原来并不是天然横直的。传闻中山海剑绝对无锋并不准确。说来也是，如此神兵必然是在钝意里藏着隐锋，只是被砍断了……是被那把刀砍断的吗？居然能够把山海剑砍去一截，那把刀该有多么强大，那个人又该有多么强大？

山海剑不现人间已近千年，只留下传闻，所以腾小明最开始的时候没有认出来。但只看了数眼，想着先前那把铁剑上传来的山海般巨力，他很自然便猜到了这把铁剑的来历，于是更加震惊，沉默无语，微微皱眉，不知道在想些什么。

南客也认出了铁剑的来历，清稚的声音穿透雨帘响起，充满了愤怒不解：“这不可能！山海剑怎么可能为了你这个家伙现世！”

陈长生没有说什么，举起铁剑隔着风雨遥遥指向她。行动比言语更有力量。如果山海剑不是为他而出世，为何现在会被他握在手里？

“而且你根本不懂山海剑的剑法，凭什么能够发挥出这么大的威力！”南客问了一个很重要的问题。就像先前说的那样，就算山海剑与剑意俱存，但如果没有相应的剑法，以陈长生通幽上境的修为，怎么可能如此轻而易举地击败一名魔将？

陈长生没有隐藏的意思，对她说道：“我看过的书比较多。”

这是去年青藤宴上苟寒食对他说的话，也是他对苟寒食说的话，也是只有他和苟寒食才有资格对彼此说的话，别的任何人都不行。因为没有人比他和苟寒食看的书更多。

三千道藏，星罗万象，有如玉美颜，亦有千种手段。手段便是法门。

说完这句话后，陈长生忽然有些怀念青藤宴，怀念京都，怀念国教学院。那些时节的争执都是些意气之争，不关生死，不分人魔，没有无耻的暗杀偷袭与背叛。现在想来，那些争执不免有些可笑，但又是那样的可爱，和周园里的这些血腥相比，如何能不让人怀念？

陵墓四周再次变得安静起来，因为传说中的山海剑出现了，因为陈长生居然知道如何使用山海剑。最关键的是，这不是剑意而是真的剑。没有多少人知道当年周园里也曾经出现过一把剑，然后被苏离拾走。在南客等魔族强者看来，陈长生握着的那把铁剑，便是周园有史以来出现的第一把剑。这意味着什么？这是破天荒。破天荒往往都会伴着雷鸣与惊天异变。

这把玄铁重剑究竟是从哪里来的？它的横空出世，是不是意味着剑池即将现世？那些传闻里的名剑，随后也将陆续出现吗？最令南客不解甚至愤怒的是，她想不明白剑池为什么要帮助陈长生。她望向陵墓四周昏暗的草原，任由雨水冲洗着自己苍白的小脸，眯着眼睛寻找了很长时间，却依然没有看到任何与剑池有关的线索。这让她愈发沉默。

“难道还会有剑出现吗？那些剑会继续帮助你吗？就像那道绝世的剑意和这把霸道的铁剑？就算会，难道你还会所有的剑法？我不相信。”

南客想着这些事情，然后向暴雨里伸出双手。

随着她的动作，一直站在她身后雨中的两名侍女脸色骤然苍白。尤其是画翠妩媚的眉眼显得痛苦至极，一道血水从她的唇里喷射而出。

南客娇小的身躯微微颤抖了一下，仿佛要跌坐到雨中，但最终没有。一道阴寒至极的气息从她的身体散发而出，与画翠喷出的那道血水混在了一起。

画翠的血是绿色的。

那道绿色的血没有被暴雨冲淡，混进南客那道阴寒的气息之后，反而变得更加浓艳，妖魅到了极点，将凝未凝，边缘隐隐生出起伏。

那是一道孔雀翎。

嗖的一声！那道似虚似实的孔雀翎，刺破无数重雨帘，向他袭来！

这道孔雀翎混着南客的本命真血，遇风便燃，一路猛烈地燃，即便是狂暴的落雨也没法让火势减弱一分，反而让火焰越来越狂暴！

自逃亡进草原以来，一路上都在给徐有容治疗，陈长生非常清楚这道孔雀翎的可怕之处，不知道黄纸伞能不能承受住孔雀真血的燃烧。至于那道孔雀真血里的毒素，更是令他警惕到了极点。

不得不承认，南客的战斗意识与决断都极为可怕。她有着远超年龄的成熟与冷酷。她不惜耗损自己最珍贵的本命真血，也要针对陈长生的剑与伞。玄铁重剑威力无双，霸道如山海，却失之灵变，尤其是在陈长生的手里。黄纸伞里的那道剑意更加凌厉，然而毒素与真血这种事物是切不碎的。陈长生不怎么担心自己会中毒，但也不想沾上一星半点那种毒血。转瞬之间，他以身边的两把剑一把伞想了无数种应对那道孔雀翎的方法，却发现没有一种方法是完美的。不过如果他有那剑，或者可以解决这个问题。

当这个念头生起的时候，他自己都觉得很荒唐，因为那太不可思议、太奢侈、太不讲道理。凭什么你想有什么就有什么？谁也不知道那把剑在哪里。就算在周园里，又凭什么……凭什么？就凭当他需要一道剑意的时候，那道剑意便来到他的身体里；当需要一把重剑的时候，这个世界最重的山海剑便来到他身前的雨中，等着他伸手取下。现在他需要那把剑，那么也许……那把剑就会出现？

第二卷 莫道君行早 第四十八章 老剑与少年（上）

陈长生想要的剑自然在周园里，准确地说是在剑池里，虽然直到现在他都还不知道剑池在哪里。他想要的剑毫无疑问是一把名剑，就像他此时手里的山海剑一样。

事实上，他想要的那把剑在百器榜上的排名远远不及山海剑，但在某些方面的名气却比山海剑还要大。因为那把剑是极其罕见的、被周独夫从外面的世界带回周园的剑。更重要的是，那把剑是南溪斋的斋剑，也就是说，那把剑是圣女剑。

陈长生并不知道身后的少女是徐有容。直至此时，他对徐有容这个名字依然没有任何好感。他这时候想要这把剑，自然不是想给自己的未婚妻准备聘礼，而是因为传说中这把南溪斋的斋剑自带圣光，能够净化一切毒素，对魔族的血解大法能进行天然压制。

这个想法确实很荒唐，但却变成了现实。就在他生出那个念头的时候，陵墓正南方的草原某处，忽然生出一道极清新的感觉。那些在暴雨里低着头、显得无比疲惫的野草重新挺直了腰身。雨珠顺着叶脉淌落，精神百倍。

一道极轻渺的剑意在无尽的生机里显现，然后消失无踪。

下一刻，这道剑意来到陵墓正门前的石台上，与之一同出现的是一把剑。那把剑看着很素净，没有任何多余的装饰，散发着淡淡的神圣意味，把暴雨带来的阴暗照亮了很多。

这就是陈长生想要的斋剑。

他伸手到雨中取下这把斋剑，斩向迎面而来的那道孔雀翎。

只听得狂暴的火焰里响起一声愤怒的雀鸣，然后嗤嗤声响里，孔雀翎上附着的火苗变成了青烟。那些血火里蕴藏着的恐怖毒素，瞬间被斋剑散发出来的圣光净化一空！

安静，绝对的安静。南客的小脸更加苍白。她身后的两名侍女更是睁大双眼，满脸不可思议的神情。弹琴老者的眼中流露出恐惧的神情。腾小明神情凝重至极。

忽然间，雨声骤顿。一直没有出手的刘婉儿，顺着神道疾掠而上。她手里的那口大铁锅化作满天的黑夜，向着那道依然散发着圣光的斋剑罩了下去！

陈长生松开斋剑剑柄，在雨中再次握住山海剑的剑柄，挑向那口铁锅。只听得一声金鸣破响，气息狂喷，黑锅被铁剑直接挑飞，夜色掀开了一道口子。

夜色之后不是青天，而是刘婉儿的双手。

她的双手拿着一条丝带。那根丝带柔软顺滑到了极点，缚在山海剑上，竟让沉重的铁剑无法再动。便在这时，与她心意相通的腾小明手执铁棍，再次从雨空里落下，砸向他的头顶！

便在这时，草原深处再有异动。一道细剑如流光般穿越数十里的暴雨，来到了陵墓正门前，仿佛自行塞进了陈长生刚刚松开山海剑剑柄的右手里。

那把剑很细很秀气，给人的感觉就像是一根针。

陈长生握住这把剑，刺向刘婉儿。秀气的剑身仿佛难以承受暴雨的洗礼，在途中不停颤抖。剑锋闪电般穿行着，就像是在雨中绣着什么。不知道这是什么剑，他用的是什么剑法，只觉绵柔至极，剑招柳绿花红，盛景皆为锦绣！

嗤嗤声响里，那把秀气的剑没能在雨中绣出一幅美图，却将缠着山海剑的那根丝带挑破。秀剑继续挑破雨珠，最终杀至刘婉儿的身前，挑破她的耳垂。如果不是腾小明那根变形的铁棍砸了下来，或者这道秀气的剑会直接把刘婉儿的颈间挑破。

铁棍破空而至，陈长生松开秀剑，重新于雨中握住山海剑，反撩而起，依然是个挑字。只听得一声震耳欲聋的撞击声，铁棍呼啸破空而去，不知落向了何处。腾小明毫不犹豫地抓着刘婉儿的肩头，狂暴后退，险之又险地避开陈长生接下来的一剑。

无论是用那把秀气的剑还是山海剑，连续三招，陈长生用的都是挑字。从布里挑线，在夜里挑灯，挑得干净利落，挑得潇洒至极。

三把剑静悬在他身周的大雨里，画面很震撼。

看着那把散发着淡淡圣光的斋剑，南客再无法压抑住心头的震惊。她甚至已经不愿意去想这把传说中的圣女剑为何会出现，怒道："你怎么连南溪斋的剑法都会！"

"难道这就是越女剑？"刘婉儿看着她身旁雨中那把秀气的细剑，很是震惊，没有发觉自己的耳垂渗出了一滴殷红色的血珠。

大陆东南一隅曾经有个强大的剑宗，宗中弟子多为女子，又在故越之地，所以名为越女宗。曾经出过很多剑道高手，直至数百年前并于南溪斋，才渐渐无闻。至于南溪斋更不用多说，作为国教南方教派的圣地，向来受到万民景仰崇拜。

南客和刘婉儿自然震惊于这两道剑的出现，更无法理解的是，陈长生为什么连南溪斋和越女宗的剑法都知道。须知那两套剑法重于神圣净化与小处见机杼，极少有男子会修习。

陈长生没有解释。他能够掌握南溪斋和越女宗的剑法，至少是能够掌握这两套剑法大概的招式与剑形，除了通读道藏之外，最重要的原因在于他的勤奋。从西宁镇来到京都，在国教学院的这一年时间里，他做得最多的事情就是读书修行研读世间一切修行法门。除了离山剑宗里神国七律那几位少年，同龄人中再也找不到像他一样勤奋的人。

看着风雨中石台上的陈长生，无论是南客还是刘婉儿都生出极强烈的不安情绪。

在魔族进入周园里的强者当中，腾小明是最沉默的一个。论起身份，他是二十四魔将，不要说高高在上的南客殿下，甚至还没有自己的妻子地位高。但雪老城里所有贵族都知道，那是因为他深爱自己妻子的缘故。要论起真正的战力以及眼光，他才是场中最强的那个。

所以他没有让眼前这幕震撼的画面震住自己的心神，右手伸向雨中，不知从何处召回自己那根铁棍，在神道上踏出朵朵水花，呼啸而起，向着陈长生再次攻去。

其余强者也醒过神来，知道不能任由战局再这样发展下去。眼看着已经进入绝境的陈长生忽然间拥有了三把名剑的帮助，谁知道稍后还会发生什么？

破空声接连响起，神道之上劲风大作，暴雨被吹得歪斜如弱柳。一道幽清至极的琴声，带着毫不掩饰的杀意，伴着那数道劲风，向着石台边缘的陈长生袭去。

便在这时，雨空里忽然响起一道啸鸣。那声啸是剑啸，锋利至极，响彻天地，却又奇异地格外深沉，仿佛是一声来自远古的龙啸！

远方的天空里，大鹏的阴影正在缓缓下降，忽然间被这声龙啸留滞了片刻。

弹琴老者面色骤白，抚在琴弦上的手指剧烈地颤抖起来。伴着数声啪啪，琴弦骤断，他一口鲜血喷将出来，膝上的古琴瞬间被染成红色。

究竟是何事物，一声啸鸣，竟然神威若此！

便在这时，一把剑破雨空而至，来到陈长生的身前。

其剑意高傲至极，霸道无双。

“龙吟剑！”刘婉儿惊呼出声。

陈长生从雨空里取下那把龙吟剑，斩向腾小明。

陵墓骤然明亮，仿佛一道虚龙从剑身喷涌而出，重重地击打在腾小明的胸腹之间。只闻一阵恐怖的闷响，腾小明被震飞到数百丈外的神道下方，胸骨不知裂了多少处。

南客近了，真血在她的眼睛里狂暴地燃烧着。

陈长生看着她的眼睛，忽然松开龙吟剑剑柄，再次伸向雨空里。

又有一柄明亮至极的剑，自远方飞来，落入他的手中。

他执剑而前，如水洗一般的剑面，直接把南客斩了回去。

神道上再次响起一声惊呼："秋水剑！"

这并不是结束。

这只是开始。

剑破雨空之声不停响起。

震惊的声音不断响起。

"碧湖剑！"

"丈八神剑！"

"这怎么可能！这是……魔帅的旗剑！"

第二卷 莫道君行早 第四十九章 老剑与少年（中）

剑，不停地从草原各处飞来，然后来到陵墓之前的雨空里。

十余柄剑，悬停在陈长生的身周。

无数道气息，惊天动地而至。但无论是腾小明的霸道魔功，还是南客燃烧的真血，他只需要伸手从雨中取下一剑，便能挥手破之。

凝翠和画秋看着这幕画面，脸色苍白，感觉双腿有些发软，快要站不住了。

那些剑有的长，有的短，有的宽，有的细，有的霸道，有的低调，有的散发着圣光，有的溢出魔息，但都有一个相同的特点，这些剑……都很出名。

山海剑、圣女剑、越女剑、秋水剑、碧湖剑、丈八神剑、魔帅旗剑、龙吟剑……时隔数百年，这些消失很久的绝世名剑，终于再一次出现在世人的眼前。

现在，这些剑静静地停在雨里。

陈长生站在雨中的剑里。

时间终究还是最强大的法器。曾经的名剑已经残破。保存最好的是南溪斋的斋剑，其次是山海剑，其余的剑或多或少都有些残缺。有的剑身上带着草原里的泥土，当那些泥土渐渐被雨水冲掉后，露出了里面的锈痕，早已不复当初的风采，令人睹之心生悲凉。

但在暴雨里，这些剑依然散发着冷漠骄傲的气息。

南客无法理解，无法接受。这些曾经无比骄傲的绝世名剑，凭什么会听从陈长生的意志？无论怎么想，都找不到答案。

陈长生自己都不知道。他只知道这些曾经的绝世名剑想要离开周园。然而数百年来，进入这片日不落草原的魔族人类修行者有很多，这些剑为何会选择他？

最关键的原因是现在黄纸伞里的那道剑意。

那道剑意在数百年前与剑身分离，从那一天开始便成了剑池里唯一自由的灵魂，代表着那些无法离开剑池的名剑，向草原外不断释放着自己的气息。

陈长生拿着黄纸伞，所以他能够清晰地感知到那道剑意。

当他让那道剑意进入黄纸伞后，那意味着一个曾经离开剑池的故人的归来。他向那些骄傲的名剑证明了自己的身份。但这并不足够。这些名剑已然蒙尘多年，雄心壮志早已渐渐消泯，如果没有足够的把握离开，它们宁肯在剑池底继续沉睡，至少可以多存在一些年头。不然奋起最后的剑意精神行此一搏，若不能成功，那便极可能剑折意殒。

陈长生必须向这些剑证明自己有足够的坚持、足够的能力带它们离开周园。

前者不是问题。他是正值青春的少年，干净的眉眼里写满了执着与对生命自由的渴望。后者本来是极大的问题，然而当黑龙的离魂进入他的身体开始沉睡后，那便不再是问题。

黑龙离魂寄附的那块玉如意，现在正系在他的手腕上，被雨水冲洗着，越来越亮。

这块玉如意是天海圣后的随身法器，带着她的强大气息。

陈长生的坚持与可亲再加上这道强大的气息，通过剑意以及黄纸伞，传遍了整片草原。那些绝世名剑虽然残破，但剑意犹存，随着自己的主人不知见过多少强者，阅历见识极强。然而当它们感知到那块玉如意流露出来的强大气息时，也被震动了。就算周独夫还活着，那道强大气息的主人都有可能把它们带离周园，更何况现在？

于是它们披风戴雨地来到了陈长生的身边。

只是这些剑平时在哪里？剑池究竟在哪里？

雨水冲洗着那些陈旧的名剑，也冲刷着南客的小脸。

她的脸越来越雪白，就像那把斋剑一样。她的眼眸里的火焰渐渐熄灭，但依然看不到什么惧意——震惊与愤怒是她对这些剑所代表的历史的尊敬以及对陈长生的不屑，再以及这两者之间的对照让她产生的失落从而生出的激烈的情绪反应，不代表别的。

看着静悬在陈长生身周雨空里的十余柄名剑，她沉默片刻后说道："你们当年不过是两断刀前的败将，难道今天想要造反吗？"

那些剑听不懂她的话，在雨中继续沉默着。寒冷的雨水顺着魔帅旗剑凄惨的断口处淌落，从山海剑前端的平截面落下，没有回答她。

南客举起手里的魂木。黑色的魂木被雨水打湿后颜色显得更深更重。

陵墓四周的兽潮早已骚动不安，此时随着她的这个动作更加狂暴起来。无数声凄厉的妖兽咆哮，离开草原地面，向着雨水落处轰去！

她不想这样做，但陈长生和这些剑让她不得不这样做。到此时她再也顾不得那么多，哪怕周陵会被千万只低等的妖兽亵渎污脏。

魂木骤然间大放光明。

兽潮黑海伴着恐怖的无数声怒吼，掀起无数巨浪。草原开始颤动，甚至就连陵墓都开始震动起来。无数妖兽开始进攻！

南客看着他喝道："陈长生，你以为凭这几把老态龙钟的破剑，就能活下去吗！"

陈长生看着陵墓四周漫无边际的妖兽海洋，沉默不语。

在他身后不远处，徐有容靠着陵墓正门，抱着梧弓，裹着麻布，闭着眼睛，不知什么时候会再次醒来。

第二卷 莫道君行早　第四十九章 老剑与少年（下）

当那道剑意出现，当那把铁剑来到陈长生的身边，陵墓四周如海般的兽潮已然生出反应，或者畏惧或者愤怒，骚动不安，只是被南客镇压住了。此时随着她手里的那块魂木大放光明，禁制骤失，草原里的万千妖兽哪里还能忍得住，纷纷向着陵墓狂奔而去。一时间大地震动，天地晦暗无光，便是磅礴的暴雨里仿佛都多了些血腥污臭的味道。

只有那片恐怖的阴影依然沉默，虽然缓缓向着地面飘落，却没有展露神威的意图。或者正是因为这只大鹏的表现，草原深处那几只拥有聚星顶阶战力的高级妖兽也没有随着兽潮向陵墓而去。它们并不是在抵抗魂木的召唤，也不是在抗拒南客的意志，而是它们更具智识，隐约察觉到随后将要发生更加严重的事情，故而警惕。这里的严重当然是针对周园而言。

无数只妖兽化作黑色的浪潮，一道一道向着陵墓涌去。安静的日不落草原早已变得嘈乱不堪。野草丛底的水泊被锋利的兽爪撕成碎片，然后被鳞腹碾平。泥土不停地翻飞，清水变得无比浑浊，气势何其壮阔可怕。正如先前所言，即便是圣人在此，也无法杀光这些源源不断涌向陵墓的妖兽，只能避走。陈长生站在暴雨里，看着这幕画面，自然想退走，但他已经无路可走。

在他身周，十余柄名剑静静地悬停在大雨里。这些剑曾经阅尽人世沧桑，然而现在它们已然沧桑，或者残缺或者满身锈迹，初现之时声势惊人，但终究不复当年气势之盛。最关键的是，那些曾经握住这些剑的绝世强者，早已逝去。

只凭这十余柄残缺的剑，无法抵挡兽潮的攻击。想要变成黑色海洋之前不倒的礁石，需要更多的剑。

陈长生的视线隔着重重雨帘，望向陵墓四周的草原，看着那些恐怖的兽潮，想要找到更多把剑。那些剑应该在剑池里，因为某些原因，没有像山海剑一样出现，还在等待着他的召唤，或者说服。只是，剑池究竟在哪里？

“如果你们在这里，请出来与我相见。因为我需要你们。”

这是他的心意，顺着微微颤抖的黄纸伞柄进入伞面，向着一望无垠的草原里散去。

他看着烟雨凄迷的草原远处，看着在狼爪蛟腹下呻吟的草原近处，在心里默默对不知何处的剑池说道：“我会带你们离开这片荒废的旧园，或者你们将会沉眠，但至少……不会是在这片永远没有夜晚、无法安眠的草原里。”

兽潮越来越近，前方距离陵墓下的神道只有数里距离。站在石台边缘，陈长生甚至能够看清楚最前面那只紫电豹猩红的嘴以及嘴角淌落的涎，甚至仿佛能够闻到那道涎水散发出来的恶臭。

便在这时，他忽然感到了一道震动。

这道震动与兽潮无关，与暴雨无关。

这道震动来自草海的深处、大地的深处，非常细微，显得有些衰弱，却是那样的真切。

那只紫电豹像一道真正的紫色闪电般，破开密集的水草，向着陵墓狂奔，猩红的眼眸里满是嗜血的狂暴气息。

忽然间，它的眼眸里出现一道警意，然后裂开。

紧接着，它的唇角也裂开，淌落的涎水混进了血水，变得猩红一片。

它感觉到了危险，疯狂地加速，试图脱离那道震动。

那道震动确实很衰弱，传到地面后感觉很慢。

然而如闪电般的紫电豹，却无法甩掉这道震动。

雨声里响起一道轻微的撕裂声。

嚓嚓！

紫电豹的身体四分五裂，变成十余块血团，在奔跑中散开，却依然保持着先前的速度，直至数十丈后才落到地上。

画面极其诡异可怖。

在这只紫电豹踏出的爪印里，湿软的泥土不停挤动翻滚，一把剑缓慢地显现出来。

这是一把只剩下半截的残剑。剑柄上锈痕极深，半截剑身上满是泥土，看着异常凄惨，和废铁没有任何区别。

这把残剑静静地躺在泥土与乱草里。

雨不停地下着。随着雨水的冲洗，剑身上的泥土被洗去，锈痕却无法被洗去，依然灰暗一片，不见一丝明亮锋意。这把残剑不停地颤抖着、挣扎着，试图离开地面……就像一个重伤的战士，撑着拐杖，也想要再次站起，然后杀敌。

不知道过了多长时间，这把残剑终于离开地面，歪歪扭扭地飞向陵墓方向，似乎随时可能再次跌落地面。

日不落草原上，速度仅次于紫电豹的妖兽是风狼。这些由雪原狼群与大西洲魅狼杂交而生的妖兽，先天具有不可思议的速度，据说是大陆上唯一能够成功捕食红鹰的妖兽。当然，那主要归功于风狼的集体作战能力以及坚忍耐心。

前方那只紫电豹的离奇死亡，并没有让风狼群的速度有任何减缓。作为周陵最忠诚也是最嗜血的守护者，狼群首领收到了魂木的命令，便要把敢于进入陵墓的那些入侵者全部撕碎。而且最关键的是，狼群由数百只风狼组成，就算会有些死在那些破剑之下，但总会有更多的风狼闯过去，然后向敌人发起攻击。

狼群具有极高的狩猎智慧。在先前的长时间等待之中，狼群首领已经带领着它的属下们悄然无声地挤走别的妖兽，来到了白草道上。因为这里的地面最坚硬结实，距离陵墓正门最近，最适合发起冲锋。

白草道上的凄凄白草尽数变成碎屑，狼群如风一般掠过。因为速度太快，狼数太多，带起刺耳的呼啸声。然而下一刻，那些破风的呼啸声被另一种破风声所取代。那种破风声更加凄厉，或者说，更加锋利。

那是剑意破空的声音。

风狼首领头顶的那缕白毫，迎风而断。

那缕白毫，便是风狼异于其余狼种的最明显的特征。也正是这缕白毫赋予风狼神魂，让它们能够拥有风的速度。

现在，这缕白毫断了。

风狼首领发出一声愤怒不甘的嚎叫。然而，便是这声嚎叫也没能完整地发出来，从中而止，仿佛被一把剑切断。

白草道上出现无数道裂痕。那些裂痕平行于陵墓的方向，像是无数道笔直的线，拦在风狼群冲锋的道路上。

只要是越过这道直线的风狼，就会被一道看不见的力量切开。

踩在坚硬地面上的狼爪断了。

带着飞起的白草絮的狼肩断了。

狼尾断了，狼腰断了。

数百只风狼组成的狼群，在那些裂痕出现的一瞬间，都断了。

就像是一大筐石头被人倒在地面上，白草道上响起哗哗啦啦的声音。

无数风狼的尸体被切成碎段，在白草道上不停翻滚，有的滚进了道旁的草泽里，有的直接被更多的剑意切成了碎末。

通往陵墓的道路上，到处都是断肢残体，污血四处喷涂着。白草道变成了一条血道，血腥味刺鼻至极。

随着血腥味向天空弥散而去，那些裂痕里的剑意也随之逆雨而上，来到了天空里。

数千只灰鹫，在高远的天空里飞行，诡异地安静着。这些妖兽强大而阴险。当初，即便是徐有容也不得不燃烧最后的天凤真血，才斩杀了那群灰鹫。它们没有像别的妖兽那样狂暴地嘶吼着，而是悄悄向着陵墓飞去。

看起来，它们与陵墓之间是一片天空，没有任何事物拦在前面，正方便它们发起偷袭。

然而，那些剑意也来到了天空里。

草原的裂痕，仿佛也要撕裂天空。

无数声惨鸣骤然响起，无数断羽飘飘落下。更快落到草原地面的，是颜色妖艳的血。

数千只灰鹫纷纷落下，一时间，竟比暴雨还要显得更加密集。

向着陵墓冲去的无数妖兽纷纷裂体，变成血肉模糊的碎块。

草原地表出现无数道裂缝，野草断成碎屑，泥土被切成碎砾，无数道剑意纵横而出，直上天穹。

就连高远的天空里的那片阴云都被切碎，变成无数道碎絮，惘然地飘浮着。

暴雨，竟就这样停了。

草原边缘那抹不似太阳的落日，终于有机会把红暖的光线洒落陵墓四周。

到处都是妖兽的尸体。偶尔有些重伤未死的妖兽，不停发出凄厉的惨叫。

向陵墓涌去的兽潮，一时间停止，不敢继续向前，缓缓起伏着。

这是一片血红的世界。

黑色的妖兽海洋，也变成了渐趋安静的红海。

兽潮之中的陵墓，被雨水打湿后，颜色变得极深，此时看上去就像红海当中的一块黑色礁石。

任凭风浪再疾，暴雨再烈，都不曾撼动丝毫。

与这片血红的世界以及黑色的陵墓相比，真正震撼的画面在陵墓四周的草原里。

一把残剑从草丛里艰难地飞向天空，发出清亮的鸣啸。

一把旧剑破水而出，带着泥水淌落的声音。

一把古剑破石而出，带着喑哑的摩擦声。

数十把剑。

数百把剑。

数千把剑。

或者艰难、或者犹豫、或者喜悦地破开草泽，重新出现在天地之间。

无数把剑，出现在陵墓四周的草原上空。

这片草原里到处都是水泊，更像湿地，或者说是草泽。

数百年来，无数人都在寻找剑池，却没有人找到过，甚至连一点线索都没有。

因为从来没有人想到过，剑池……原来竟然如此之大。

剑池，不是一座山池，也不是一处寒潭。

那些剑一直都在这片草原里。

这片一望无垠、无比广阔的草原就是剑池。

不，这哪里是池，这明明就是一片海。

剑海。

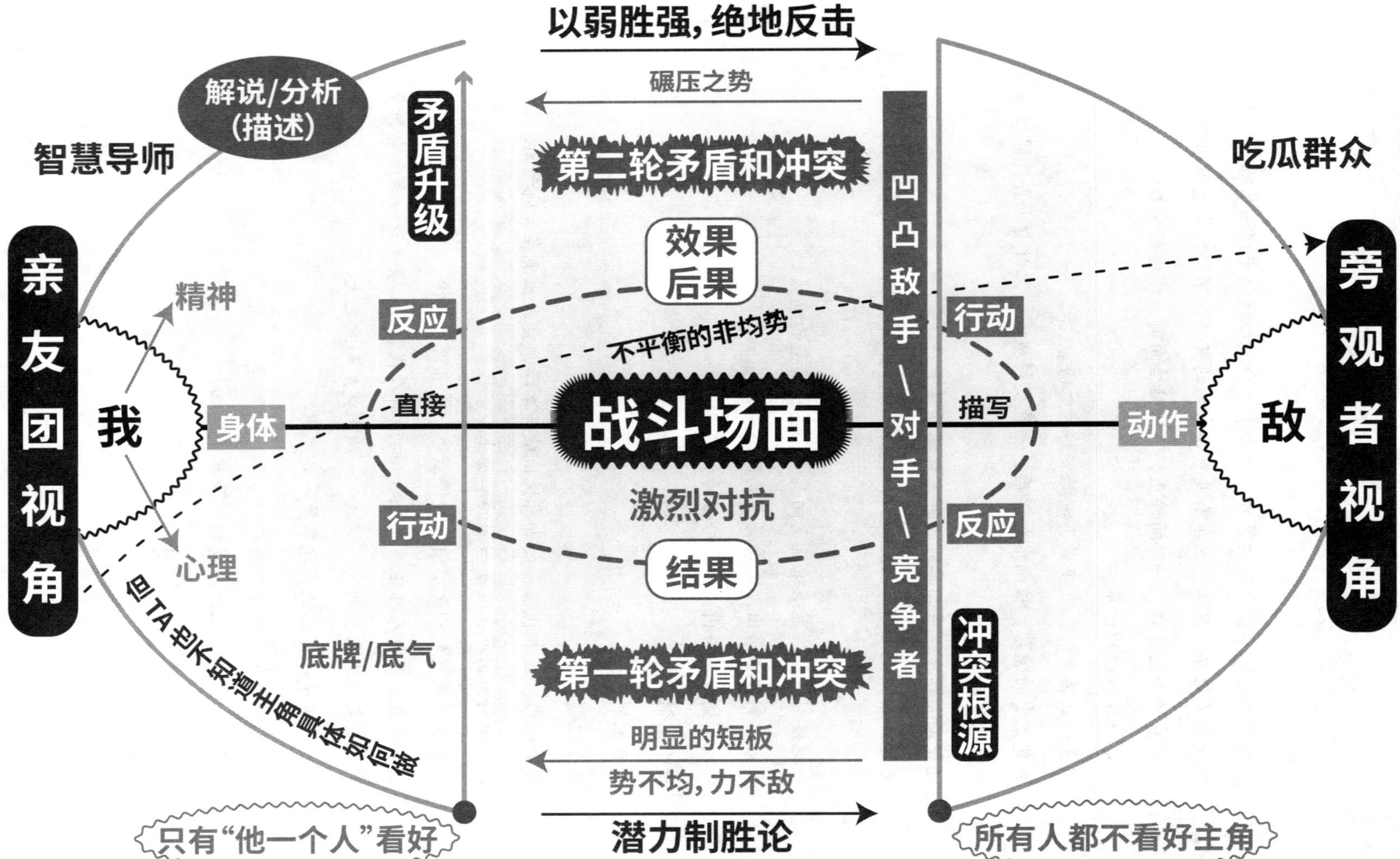

以弱胜强，绝地反击
碾压之势
智慧导师
解说/分析
（描述）
矛盾升级
第二轮矛盾和冲突
吃瓜群众
效果
后果
亲友团视角
我
精神
心理
身体
反应
行动
直接
不平衡的非均势
战斗场面
激烈对抗
结果
凹凸敌手\对手\竞争者
行动
反应
描写
动作
敌
旁观者视角
但TA也不知道主角具体如何做
底牌/底气
第一轮矛盾和冲突
冲突根源
明显的短板
势不均，力不敌
潜力制胜论
只有“他一个人”看好
所有人都不看好主角

第十三章

代主角论

『跑龙套团』如何跑出『主角光环』

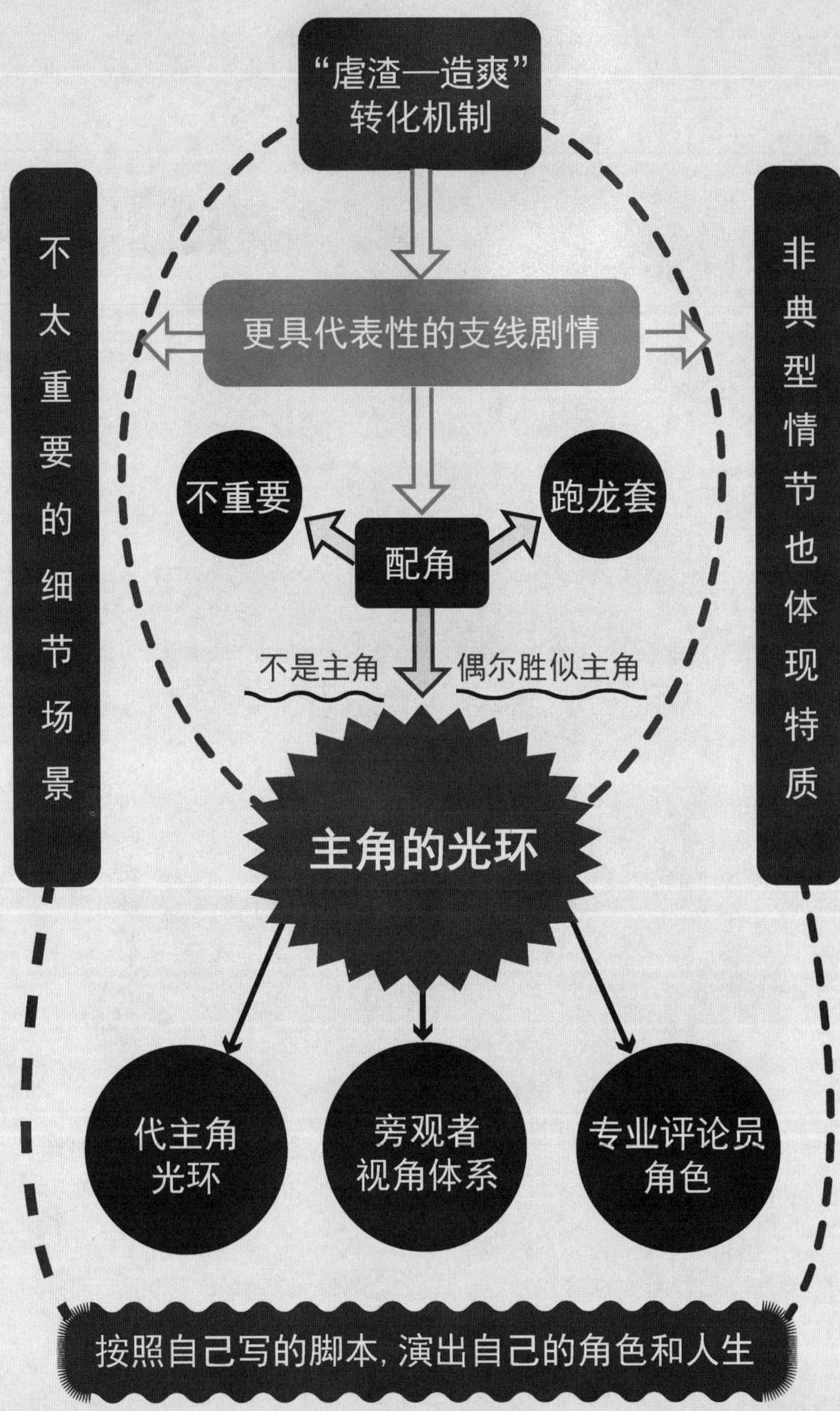
"虐渣—造爽"转化机制
更具代表性的支线剧情
不重要
跑龙套
配角
不是主角
偶尔胜似主角
主角的光环
代主角光环
旁观者视角体系
专业评论员角色
不太重要的细节场景
非典型情节也体现特质
按照自己写的脚本，演出自己的角色和人生

无罪《剑王朝》第八卷第一百二十二章之中，素心剑斋天才少女夏婉越境挑战本门睚眦高手陈铃的场景故事，就是这样一种“虐渣—造爽”转化机制的典型案例。

这其实不是《剑王朝》故事轴心的桥段，别说主线剧情，连支线剧情都算不上。唯其如此，看似随意地挑出这一场景来分析，或许更具有代表性。

爽文并不是那些所谓的“典型情节”才最有代表性，反而是并不太重要的细节场景，更能体现它的特质——它表明：爽文的特质其实是渗透于字里行间的每一个角落的。

而且，无论从哪个角度，夏婉其实都不是重要的配角，但也不是炮灰，就是一个跑龙套的角色：她跟丁宁的关系并没有亲近到可以进入核心圈；她的修行天才之资，也没有像净琉璃一样，可以影响到天下大势和整个格局；在整个故事发展的所有主线剧情和支线剧情之中，她都没有起到任何的驱动力和关键节点作用。

夏婉唯一能够进入我们视线的，就是这条因果链上的三个点：她在岷山剑会之前就上了才俊榜TOP30；她在岷山剑会之中站了丁宁的队；丁宁王者归来，与元武皇帝、皇后郑袖对决天下，在谋篇布局、以天下为棋局之中，她成为丁宁用胶东郡奢侈资源豪砸未来修行强者的“棋子”之一——她不是唯一的一个，也不是最重要的一个。她就是丁宁“批量生产”的未来强者的试验品之一。仅此而已。

但是，在第八卷第一百二十二章之中，夏婉以自己出色的选择和表现，硬生生地把自己配角甚至是跑龙套的戏份，演出了“主角的光环”；并以“非典型的文本”，让我们在庖丁解牛之中解读、诠释和建构爽文“虐渣—造爽”的造词、理论、方法论原型和模式，如：代主角光环，旁观者视角体系，专业评论员角色。

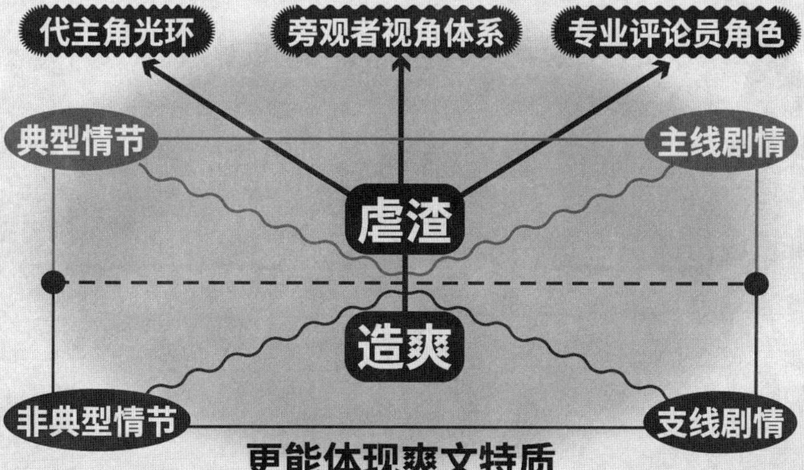

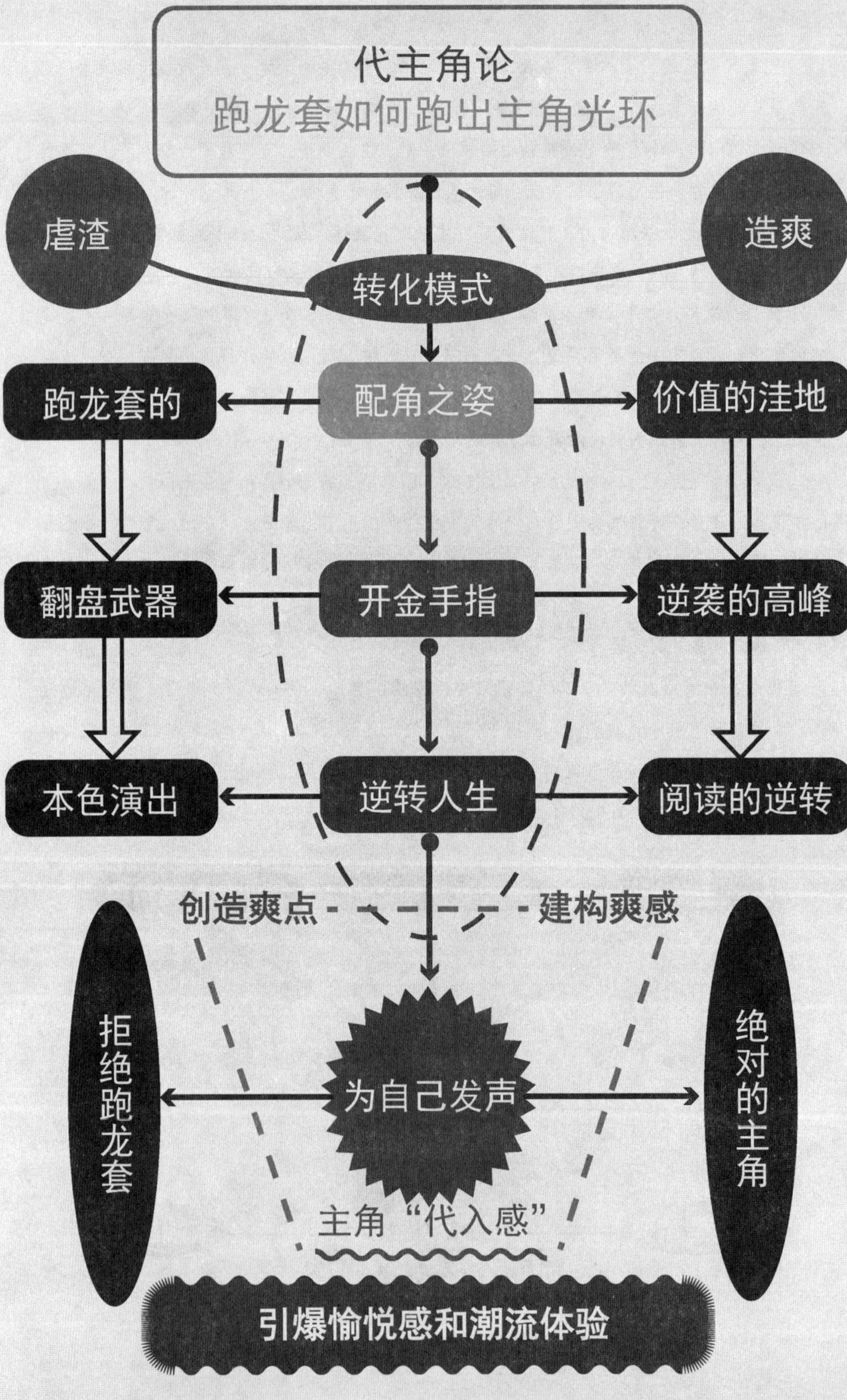
代主角论
跑龙套如何跑出主角光环
虐渣
造爽
转化模式
配角之姿
跑龙套的
价值的洼地
开金手指
翻盘武器
逆袭的高峰
逆转人生
本色演出
阅读的逆转
创造爽点
建构爽感
拒绝跑龙套
为自己发声
绝对的主角
主角“代入感”
引爆愉悦感和潮流体验

第一节 配角之姿：

从“非核心角色”到“她就是跑龙套的”

在《剑王朝》人设谱系之中，夏婉并不算是核心角色。

在以主角丁宁为轴心的人物角色光谱图中，与他最为亲近的长孙浅雪、张仪等，最为敌对的元武皇帝、皇后郑袖，是第一圈人物角色图。

第二圈则是那些曾经有故事或未来必将有故事的天才绝伦人物，如赵四小姐、白山水、夜策冷、林煮酒等“大逆之辈”，以及净琉璃、厉西星等“修行天才”。

第三圈是那些看似不太重要但是一直在某些阶段驱动故事情节往前发展的关键节点人物，如苏秦、赵高……

夏婉顶多算是第四圈甚至第五圈的枝蔓人物。

从主角—配角关系来说，夏婉与丁宁并没有太深的关系和交集。只是在岷山剑会站队时，她选择了站在丁宁和张仪这对师兄弟一边，从而受到牵连。

因此，回到素心剑斋时，夏婉被刻意排挤、冷落和边缘化，特别是被实际掌权的陈铃安排做杂役贱活，从而导致修行始终徘徊在四五境之间——这就是因果。

这名使者也不在意，又是淡淡一笑，开门见山道：“我要见夏婉。”

两名女子齐齐一愣，面色却有些古怪起来。

夏婉本身便是素心剑斋最为出名的女学生，其修行天赋在长陵屈指可数。她是素心剑斋选出参加岷山剑会的人选，在岷山剑会里也是表现不俗。甚至最后张仪离开岷山剑会，特意留信说不如夏婉。最后夏婉便成了留在岷山剑宗学习的十人之一。

然而问题也出在此处。

当时天下还不知丁宁是王惊梦重生，但是皇后郑袖不喜白羊洞人尽皆知。她不想让丁宁得岷山剑会首名，做了诸多布置，然而最终丁宁还是逆了她意得了首名。

那在岷山剑会里和丁宁站在一边的徐怜花、夏婉、易心等人的前程便很自然有些问题。

若是岷山剑宗还在，那一切有岷山剑宗担待。然而在岷山剑宗大变之前，应该是百里素雪早有想法，生怕牵连许多普通学生。所以当时那些人里面，除了成为他亲传弟子的谢柔留在岷山剑宗，其他人只是得到了一段很短修行的时间，早就已经回到各修行地。

这些人回到各修行地之后，所受的遭遇就已经有些微妙。

尤其当后来郑袖铁腕慑服长陵所有修行地，所有这些宗门，当屈服之时，掌管宗门的人便也自然变成了要在意郑袖意思的人。

除了徐怜花和独孤白家室不凡、遭遇略好之外，其余这些人的遭遇，都很不如意。

这两名把守山门的素心剑斋女学生也是和夏婉同一时期的学生。就她们所知，在夏婉回到山门之后，便被刻意地"无人问津"了很长的时间。接着在郑袖调集了不少素心剑斋的修行者上了战场之后，素心剑斋的修行者和那些忤逆她意思的修行宗门也是一样被派到最危险的地方。

素心剑斋的修行者死伤一惨重，宗门对夏婉的脸色就更加不好。

偏偏宗门还不敢将夏婉派到边军战场上去，生怕那是龙入深海。万一夏婉叛逃而走，便更难向长陵皇宫交代。

所以宗门那些掌权者，便将许多粗重的杂活交给了夏婉，刻意压磨。夏婉被幽禁在宗门之中不说，处境也是和杂役相差无几。

这两名把守山门的女学生心中其实对夏婉有些同情，此时都是极为担心，生怕夏婉已经遭受了如此折磨，却还要被长陵皇宫想起，遭受更可怕的事情。

——无罪《剑王朝》：第八卷 长生　第一百一十八章 位高权重

从修行潜质上说，在岷山剑会之前，夏婉就已位列才俊榜上二十几位——同期丁宁排在七十二位，张仪甚至都没有入榜。但是，比她惊艳的几位才俊都有了不同的命运。

第一才俊安抱石早就因为站了皇后郑袖的队，而被宗门长老诛杀，成为整个主线的炮灰。厉西星则得到了苦行僧的传承，而大放异彩，破六境入七境，成为丁宁最坚挺的朋友和盟友。

就连独孤白的戏份都比夏婉多——特别是他因为“朋友重要与还是自我的意志重要”的选择题，而与净琉璃决裂，更是让人动容，让人记住了这个有原则有底线、以友情作为衡量为人处事标准与边界的少年。

这就是第八卷第一百二十二章这一场景故事之前的背景。这个背景也给夏婉的逆袭提供了一个“价值洼地”：正因为这之前她一直都是打酱油的配角，甚至是跑龙套的，可谓处于故事的洼地，由此才能由低到高攀越成为这一场景故事的巅峰主角。

但是，如何做到的？自然是从“人生的洼地”逆袭至“价值的高峰”——从宗门边缘和底层的“人生洼地”，通过越境挑战本门高手陈铃，从而完成巅峰逆袭。

但当这名使者跟着素心剑斋众人进入这些杂役弟子所居的院落时，一条溪流畔一名正在洗衣的少女便是夏婉。她的身边大石上，堆着的都是一些很厚重的衣物，有些甚至是门内弟子练剑比试时所穿的厚布千层衣。

这种衣服可以抵挡住普通木剑的砍削，非常实用。但是穿着比剑往往会被汗水浸透，堆积拿过来，气味很不好。

使者停下了脚步。他静静地看着洗衣的夏婉。

这些素心剑斋的修行者都看出了他知道那是夏婉。大多数人便开始细心观察起他的反应。

只是这名面相三十余岁的男子神情始终温和，看不出什么大的变化。

她们看不出什么。倒是这名使者看着夏婉洗衣的样子，慢慢地，倒是看出了些端倪，眼眸的深处出现了一些异样的神采。

“夏婉，过来。”慕容秀身旁那名冷厉的尖脸女子很不客气地喝了一声。

之前一直没有停下洗衣的夏婉这才起了身，洗了洗手，挽了挽微湿的衣袖，转身走来。

和岷山剑会时相比，这名少女似乎老成了一些，还略微长高了一些；只是那种不卑不亢的姿态，却是未变。

“修为已经到了五境中品。和你初入才俊册、参加岷山剑会时相比，倒是有了很大的进步。”这名使者之前始终少言寡语，淡淡的神情却给人一种倨傲之感。

但看着走来的夏婉，他却是首先开口，说了这一句。

夏婉的眉头微蹙。她面色没有什么改变，心中却是有些惊疑。

素心剑斋众人也是有些摸不着头脑。这名使者不说自己的身份和来意，却是先点评了一句夏婉的修行。这是什么意思？

“如果我记得不错，当时夏婉是在才俊册上位列十二。”

这名使者却是转过头来，看着素心剑斋在场的所有人，道：“但现在若是重排才俊册，她恐怕是连前三十都进不去了吧？”

当场一片沉寂。

所有人更不明白他这句话的意思，只是隐约之间，却觉得他的语气有些凌厉起来。

“当时那一批同入才俊册的，有些已经入了六境，更有甚者破了七境。哪怕抛开其中有特别际遇的存在，有些原本在她排名之后的略微得点宗门的支持，现在也有不少到了五境巅峰，只是卡在六境的破境而已。”

这名使者接着缓声说道：“她当时只是四境修为，但既然已经勘破了四境到五境的关卡，五境到五境巅峰之间，便应该很快。但是现在却还在五境中品。这只能说明两点。一是素心剑斋根本未给她支持。素心松香丹估计是连一颗都没有赐，更不用说其他辅助灵药了。我记得之前宫里体恤素心剑斋战死者，还特赏了一批灵药，看来是一点都没有落在她头上。二是她被这些杂事消磨了太多时间，根本没有足够的时间来进行真元修行。”

——无罪《剑王朝》：第八卷 长生　第一百一十九章 出头

但问题又来了——同是那一批入才俊榜的人，有些人入了六境，像厉西星更是已破了七境；最不济的，也都达到了五境巅峰，卡在六境的破境而已——而这些人原来都排名于夏婉之后。

但是，夏婉由于没有得到宗门的灵药支持，而且被杂事消磨，根本就没时间进行真元修行，直到现在却仍然只是五境中品。而她要挑战的陈铃，却是进入六境多年的本门强者。

以五境中品对决六境实力，她拿什么来逆袭？

如果没有丁宁这三招绝地反击的剑式！

第二节　阅读逆转：从“金手指安排”到“本色演出”

作为巴山剑场的使者，张十五假借二皇子胡亥的名义，给夏婉带来丁宁的信笺——关于三招剑式的论述。

按照网络文学“金手指”的套路，以及贯穿《剑王朝》全篇对丁宁领悟和运用剑招的效果的浓墨重彩的渲染，就相当于是丁宁给了夏婉一个越境战胜强敌的“金手指”。

因为，丁宁阅千剑而晓器，可破天下剑；同境无敌，甚至能越境胜敌；从“四境越境战胜六境”（如在岷山剑会后挑战皇后郑袖的代言人宫女），到“一人战一城”（如在秦战楚都后丁宁剑战所有人）；就连已晋八境的元武皇帝可碾压世间一切修行大宗师，但仍然没有信心决胜仅有七境的丁宁……都是源于丁宁碾压所有人的对剑招与剑式、剑意与剑势的领悟与运用。

而丁宁对这三招剑式的领悟和洞见，同样无人可及。

> 这封信笺上的具体内容，更是让她毫不生疑。因为信笺上只论述了三招剑式，其中两招是素心剑斋的剑式；还有一招，却是她在岷山剑宗时学习到的养心剑经中的招式。
>
> 论述很详细，甚至可以说不需要多少领悟能力的庸才也应该能在很短的时间里看懂。这名使者说给她一盏茶的时间来想这上面的剑招，这时间肯定也是这使者自己定的。想必丁宁有口讯说领悟这上面的剑招简单，但他没有亲眼所见，不知道领悟起来会简单到何种程度。
>
> 丁宁对这三招剑式的论述可以说是完全颠覆了这三招剑式本身，说是完全在这三招剑式的基础上新创了威力倍增的三招剑式也不为过。

更为惊人的是，这三招剑式组合起来，还能发挥更加意想不到的威力。

在修行者的典籍里，记载着很多天才的故事。但这种更改不同的剑经里的招数，并能令之完全变成不同的剑招的手段，就像是随意地从菜市场里挑选菜品，然后做成一道新的大菜。

这种见知和对剑经的领悟能力，便只有巴山剑场那名传奇的天下剑首才能做到。

这种能力，无人可以模仿。

既然是丁宁的安排，夏婉便不再多想。她仔细地记住了信笺上所有的内容，将信笺在手中直接震成尘末；然后又在心中仔细地想过了那三招全新的剑招的运用，她便朝着那名使者和素心剑斋众人所在的地方走了回去。

说是一盏茶时分，但她实际只用了半盏茶时分。

——无罪《剑王朝》：第八卷 长生　第一百二十一章 服众

夏婉对他领悟的领悟，同样让人惊艳——张十五说她只有一盏茶的时间，“但她实际只用了半盏茶时分”。这并不是时间的问题，而是领悟的深浅和精髓问题。

在我们想来，对这三招剑式的领悟与运用，将是夏婉越境挑战强敌、逆袭翻盘的致命武器。

这大概就是我们的阅读期待。

张十五受丁宁派遣，传授这三招剑式的洞见和经验给夏婉，并以此证明自己的战力，从而把素心剑斋掌控在自己手里……也就是说，连夏婉越境决战，都出自丁宁的大安排。

这名使者其实语速依旧很缓，脸色也依旧很平和。然而当这样的几句话再传入素心剑斋众人的耳中，大半人却都是彻底变了脸色，内心深处一阵阵寒意涌起。

这何止是有些不善。

不提让夏婉做杂役的事情，却是不断在说分赏的事情。

要知让不让夏婉做杂役，这只是宗门内务，连皇宫都插不了手。但是私吞宫中赏赐或者按亲疏私心分配，这事情却是可大可小了。

素心剑斋此时的宗主慕容秀皱了皱眉头。她知道这样的事情不能轻易被落下口实，所以她也缓声说道：“夏婉做错了一些事情，所以被罚在此思过。对于我宗门而言，赏赐都是分配给表现最好的学生，而不是分配给天赋最高的学生。”

听着她的话，使者忍不住笑了起来。

他的心中有一百种方法可以强将罪名安在对方头上，但是这些修行地中人对钩心斗角并不擅长，让他做这些事情便显得太过容易。

“那夏婉做错了什么事情？”使者笑着，温和地反问道。

所有在场的素心剑斋的人都面面相觑，慕容秀也是一时语塞。

夏婉在岷山剑宗和那些站在丁宁身边的人一起令郑袖不快，包括后来素心剑斋被特殊对待，也自然是因为这件事。难道还需要特殊说明吗？

“我只知道夏婉在岷山剑会表现优异，得到了在岷山剑宗学习的资格。但回来之后却被罚思过。这是为什么？”这名使者接着问道。

慕容秀看着这名明知故问的使者，一股怒意终于忍不住在身体里泛了开来。

夏婉明明在岷山剑会让皇后郑袖不快，但这使者却硬说她表现优异。然而她却无从反驳，因为郑袖从未明说。她若是如此说了，对方必定会反问：你怎么知道皇后是这么想的？

她深吸了一口气，然后面无表情地看着对方，说道：“对于弟子的行事，宗门内自有自己的判断，只是不知是否是二皇子觉得我宗门内处事不公？若是如此，那我也可以按皇子的意思改正。”

这两人已经针锋相对，反倒是身为当事人的夏婉若无其事地听着。直到听到二皇子的字眼，她才眼波流动，明显有些惊讶。

也就在此时，这名使者又笑了笑，道：“的确如此。二皇子觉得素心剑斋想法陈旧，行事大有问题。或许便是这些年再未出七境宗师的主要原因。二皇子想让素心剑斋再多接触些新鲜想法，注入些活力。所以二皇子想再让素心剑斋的修行者有去边军和楚境内进行学习的机会。只是先前出去的人也是由你们这些老人挑的，这次便不若让新人决定，好有些改变。夏婉，要派素心剑斋中的哪些修行者去边军或者楚境内，人选由你决定。”

这句话一出口，周遭便倏然安静下来，唯有那细细的雨声和沉重的呼吸声传入众人的耳朵。

慕容秀嘴唇微动，但却没有再说什么。

她身后的那名尖脸女子却是按捺不住，冷道："让夏婉做主，那意思便是夏婉就成了素心剑斋实际的宗主？就算是二皇子的意思，这也实在管得有些太宽了。我想知道凭什么？"

"就凭她是素心剑斋之中天赋最高的学生么？"

尖脸女子厉声笑了起来，又补充道："即便如此，那也有长幼尊卑，也有见识长短，还要有服众的能力。"

——无罪《剑王朝》：第八卷 长生　第一百二十章 太简单

于是，一切似乎都清晰明了：在丁宁布局天下、谋势未来、批量制造年轻修行强者的推动之下，夏婉是"被动"的，只是一颗"棋子"而已；她被迫要证明自己的战力，越境挑战本门强者；而越境决战制胜的关键，便是"丁宁三剑式"——一切都符合丁宁的布局、作者的谋篇，以及我们的预期。

夏婉就这样水到渠成地破境。

在夏婉破境之时，丁宁和百里素雪等人已经回到距离长陵很远的胶东郡。

丁宁无法亲眼所见夏婉等人的变化，也不可能感应得到突破六境时那些并不算强大的天地元气波动。然而他对于夏婉和易心等人的修行进境，却是丝毫都不担心。

即便是在巴山剑场最为巅峰的时代，夏婉和易心、徐怜花这种天赋的年轻修行者也是凤毛麟角，极为稀少。

但在那时，即便是这些年轻修行者都是属于巴山剑场重点栽培的对象，也不可能简单粗暴地得到这样的资源。

作为一个十分完整的宗门，要兼顾的方面太多。尤其是当出色的修行者多了之后，很多东西不可能堆积在一个人的身上。

然而现在不同。

巴山剑场剩下的都是“老人”，在胶东郡获得的资源又比巴山剑场的库藏还要惊人。

当从这些资源里针对挑选出来的东西简单暴力而毫不需要考虑权衡地砸在这些人的身上时，这些人的修为进境只可能比当年那些同等天赋的巴山剑场修行者快。

他所真正担心的只有一个人。

这个人就是净琉璃。

和净琉璃相比，夏婉和易心等人是长陵的未来，在将来的一段时期内，可能这些后起之秀将会起到很大的作用。但净琉璃却是现在。

——无罪《剑王朝》：第八卷 长生　第一百二十七章 自负

没什么可兴奋的。

所有的戏份都是按照三方合谋的剧本来演的。

夏婉只要按照剧本的规定动作，穿上早就为她预备好的戏服，跑完这个“龙套”就可以了。因此，我们在所有预期之中，似乎已经看到了结局；觉得不过又是一个按照套路来的场景，中规中矩，不会有什么兴奋和意外之喜——我们同样按照规定动作看完这一板一眼的戏就好了。

然而就在此时，夏婉却是突然开口说话。

她轻轻柔柔却是不卑不亢地说道：“我想单独和您说几句话，不知可否？”

她所说的您，便自然是她看着的这名皇宫使者。

这名使者耸了耸肩，表示自然可以。然后他根本无视在场的其余素心剑斋修行者，独自走向了先前夏婉洗衣的那条小溪边。

夏婉跟了上来，走到他的身后，很直接地轻声道：“虽不知二皇子为什么要为我出头，但您所做的这些想必是要让我出口气。只是对于我而言，对她们这些人也只有失望，并没有什么可以置气的，所以根本不用这么麻烦。”

“不要想得这么简单。”

这名使者转头看着她，看着她平静的面容，想到她之前在岷山剑会故意让张仪，眼睛里便又多了数分欣赏："你可以不在意受的这些屈辱。但是若不能在素心剑斋彻底做主，你又怎么有资格打开心斋？你不打开心斋，又怎么能够得到素心剑斋独一份的秘法琉璃？"

"我观你之前的意态，便知道这些杂事虽然耗费了你不少时间，但只是影响了你的真元修为，你对剑意的领悟却是不知进境了多少。你在岷山剑宗学的养心剑，看来是全部悟得通透了，还得了不少好处。"看着瞬间震惊无言的夏婉，这名使者接着轻描淡写般道，"修行者最在意的便是修行，所以你即便不在于是否出这一口气，但你自然不可能放弃在修行路上将来取得极大成就的机会。"

夏婉的目光剧烈地闪动了数下，但她依旧没有马上表态。

"不要想着这是不是胡亥的阴谋。胡亥根本不知道你们素心剑斋的秘法琉璃。"使者转过了身来，没有避讳那些素心剑斋的人的目光，递给了她一封信笺，然后他走回那些素心剑斋的人所在的地方，在和她擦身而过的同时，在她的耳畔轻声地说道，"你有一盏茶的时间来想这上面的剑招。"

——无罪《剑王朝》：第八卷 长生　第一百二十章 太简单

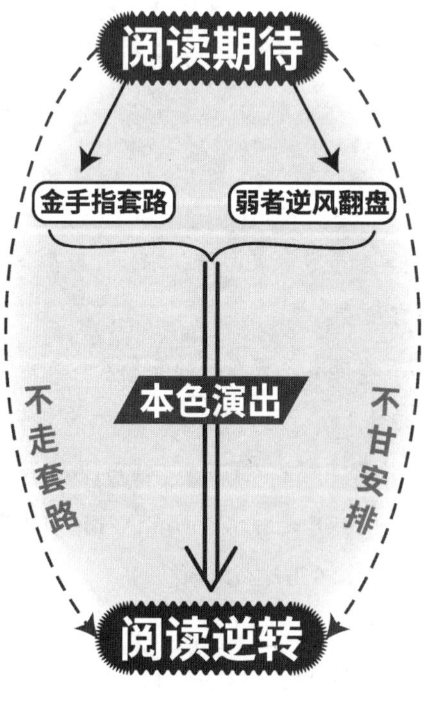

但是，夏婉偏"不"——

她对着我们的眼睛，说："NO！"

我要按照我的本色演出！

我不是作者笔下的布袋木偶，也不是剧中主角丁宁操纵的棋局傀儡，更不是你们这些吃瓜读者一眼就可以看穿的蛋白质演员——我是在很认真地过着自己的人生，有着自己的生命和意志，跟你们同样是有喜怒哀乐的人！

因此，我要按照我自己写的脚本，来演出我的角色和人生。

第三节　代主角光环：

从“自主选择”到“我就是主角”

这确实是一种出乎（我们）意料但又在（作者谋篇布局的）情理之中的逆转。按照无罪《剑王朝》的通篇风格，似乎在他的笔下，每一个角色都被赋予了按照自己的意志和诉求“发言”的企图。

这不仅仅是像净琉璃这样“想让整个世界都按照她自己的意志运转”的人才有的极端表现，而是像赵高、白启这样被元武皇帝、皇后郑袖掌控人生的人也都一直在尝试的事情；更别说像长孙浅雪、赵四小姐、夜策冷、白山水这样的大逆巨鳄，都一直在按照自己的意志选择不一样的人生……

但这不仅仅是局限在故事的帷幕之中，也是对着舞台之外。也就是说，他们不仅仅是在舞台之上、故事之内，与戏中剧中局中之人来争夺人生的主导权；他们同样直面身为剧外人的我们，来争夺“为自己发声”的话语权。

这就像戏剧理论所说的，在观众和舞台之间有一个“第四堵墙”；生旦净末丑、神仙老虎狗，基本都是在墙内活动和发声；但是，偶尔会有那么一两种人，会打破这透明的“第四堵墙”，对着观众说话，并且试图掌控彼此之间对话、交流甚至辩论的话语权和主导权。

夏婉给我们的感受便是如此。她不但拥有无罪《剑王朝》笔下人物“共有的风格”，试图按照自己的意志和主张行事，还一举夺回了对我们穿墙“发言”的话语权——她拒绝按照我们的阅读预期去“跑完龙套”；她要在这一场戏之中成为绝对的主角。

慕容秀和数名素心剑斋的师长也是识海激荡，眼中尽是不可置信的光芒。

“嗯？”

不只是这些素心剑斋的修行者，就连负手凝立一边的使者都是十分惊讶。

他虽然根本不知那封信笺上的具体内容，然而他所知甚广。此时夏婉所用的这一剑，是出自魏地法音宗的金刚滚。这是一种用剑意激发恐怖震鸣，甚至可以带动气血激荡的法门。

细想来，这招剑式应该是岷山剑宗当时在剑会上，刻在那过关碑上的某一剑。

这一剑使用起来没有什么更改，想必和丁宁的那封信笺无关。

也就在下一刹那，这名使者眉头忍不住一挑，在心中却是忍不住又赞叹了一声。

这夏婉竟似根本不想用丁宁所教的那三招，而是想用自己的能力取胜。

——无罪《剑王朝》：第八卷 长生　第一百二十二章 她的证明

夏婉可以肯定，只要直接动用丁宁在信笺上教她的那三招，她可以很轻松地击败面前的陈铃。

但我之战斗，岂能全假手于人？

在她看来，这种越境的战斗，只要之前有人能够做到，那她也就可以尝试。而且今后这样的时刻或许还很多。

更何况对方让她一招，而她手中却还有岷山剑宗带回来的这一柄剑。

所以她想要用自己的方式来赢得这场比剑。

——无罪《剑王朝》：第八卷 长生　第一百二十三章 如何破

她确实做到了！夏婉"逆转"了我们所有的阅读预期！

犹如我们前面所说，我们一直以为她是"被动"的：为自己所受的屈辱出一口气；在素心剑斋彻底做主，决定素心剑斋中去边军或者楚境内的修行者人选，甚至决定整个素心剑斋的未来；打开心斋，得到素心剑斋独一份的秘法琉璃，以得到在将来的修行路上取得极大成就的机会——这本来就是张十五代丁宁传授三大剑式经验所要达到的三大目标。而要达到这三大目标，夏婉就必须越境决战本门强者，以证明自己的战力、能力和实力。

这一步步谋篇布局下来，夏婉似乎一直都是"被动的"；她唯一主动的，就是在做杂役干贱活之中修行和领悟剑意，忍耐并等待着有人把屠龙宝刀递到她手里，从而得到人生逆袭和彻底翻盘的机会——这让我们想到了《大话西游》里紫霞仙子说的那句经典台词：“我的意中人是一个盖世英雄。上天既然安排他拔出我的紫青宝剑，他一定是个不平凡的人。错不了！我知道有一天他会在一个万众瞩目的情况下出现，身披金甲圣衣，脚踏七彩祥云来娶我！”……“我猜中了前头，可是我猜不着这结局。”

但这一次，猜中开头却没有猜中结局的人，不是像紫霞仙子一样的局中人夏婉，而是身为剧外人的我们：我们猜中了丁宁会递给她一把堪比屠龙宝刀、倚天神剑的“丁氏奇剑”，却没有猜中她因此“拔剑而起”的结果——她不是在“等”这把“丁氏奇剑”，而是在“找”一个机会——从“等”到“找”，完全是被动和主动的天壤之别。

“服众？”

看着这名已经微微颤抖起来的尖脸女子，这名使者冷笑了起来，反问道：“你要怎么服众？”

陈铃无法回应。她根本说不出话来。

在过去的一段时间里，她能够到这个位置，很大程度在于她顺应朝堂中一些人的意思，以宗门的利益向朝堂倾斜。

像她这种人，行事本来就不像之前执掌素心剑斋的数位师长公允。

这种私心所为，本身就难以避免。但她没有想到这种私下的行为竟然会被知道，会在这种场合被公开抖搂出来。

事已至此，她也感觉出来这名使者十分针对她。

她自己也瞬间反应过来了原因。

因为在素心剑斋所有的师长里，她是对夏婉态度最差的一人。夏婉被罚在此做杂役，也都是她的意思。

这很显然是要为夏婉出气。

但那一封信笺，又是何人书给夏婉的？其中又写了什么内容？

在情绪太过激荡的情形之下，她的思绪已经很是混乱。更何况这名使者并没有给她多少思考的时间。

“行事公允，便是处理宗门事务最需要的服众手段。除此之外，将来修行可能达到的成就，战力是否强大，也是必不可少的衡量标准。毕竟我长陵以武为尊。一个修行地的执掌者若是修为低微，眼界自然也高不到哪里去，这宗门的将来便也不会光明。”

这名使者的冷笑声再度响起，声音不断传入在场所有人的耳廓：“所以你们或许还会质疑夏婉的战力，质疑二皇子是否太过插手你们宗门的内务，那便让夏婉自己证明给你们看。”

夏婉慢慢地深吸了一口气。当这名使者开始发难的时候，她已经预料到了会发生什么事情，所以她此时心中很平静，一丝意外都没有。

“其实我也一直很讨厌你，只是我原本准备过一段时间再找机会挑战你。”

她看着面色异常苍白的尖脸女子，说道：“只是没想到来得这么快。”

“什么？”

陈铃本来已经被那名使者连番的话打击得回不过神来，骤然听到夏婉这样的话语，却是浑身一震，回过神来。

——无罪《剑王朝》：第八卷 长生　第一百二十二章 她的证明

张十五的到来，不过是提前催熟了这个时机——夏婉至少从这三个方面逆转并夺回了话语权。

第一，她是在“主动”找机会，越境挑战陈铃——即使没有丁宁的布局、没有张十五的到来，这也是迟早会发生的事情。

第二，在越境决战陈铃之中，她没有拔丁宁的“剑”，而是全靠自己领悟的剑意——即使她从头到尾、从脑到脚，都清醒地意识到：如果拔出丁宁的剑，越境战胜陈铃，只是分分钟的事情。

第三，在彻底战胜陈铃之后，她并没有像张十五所担心的那样优柔寡断，而是几乎瞬间就做出决断，报出了一份派往战场的人选名单；并早在接过丁宁信笺之时，“在长陵皇室和巴山剑场之间便已经迅速做出了选择”，以更好地保全和发展宗门。因为，“她做任何事情，心中都有自己的准则，而且荣辱不惊。”

“既然没有人不服，那素心剑斋便可以按照皇子的提议行事。你现在可以决定离开素心剑斋的人选。”皇城使者觉得夏婉比自己想象中的还要做得好。他赞赏地看着夏婉，语气里却透露着应有的冷酷。

他希望夏婉在过去一年里明白，这世上有很多事情其实是残酷的；到了应该快刀斩乱麻的时候，她绝对不能手软，否则今后将会引起更多的问题。

其实他是多虑。

其实在这种时候，夏婉第一个想象到的画面，是死在岷山剑会开场之前的白羊洞洞主薛忘虚。

恐怕很多当年参加岷山剑会的年轻修行者都根本无法忘怀那个画面。

那名慈祥的老人在丁宁和张仪的面前死去。

他最后的心愿只是想看丁宁和张仪参加岷山剑会的过程。

她同情那名老人的遭遇，同时也敬佩丁宁和张仪的所为；最后的退出，也是想成全张仪。

她做任何事情，心中都有自己的准则，而且荣辱不惊。但在那时起，她就明白了权贵们为了一些所谓的权势和敬畏会变得何等的残酷。

在从这名使者手中接过丁宁的信笺的时刻，其实她在长陵皇室和巴山剑场之间便已经迅速做出了选择。

她至少可以确定，当年的巴山剑场绝对不会像郑袖一样，逼迫许多修行地和修行者做他们不愿意做的事情。

互相尊重，这才是正确的开始。

“我知道了。”

夏婉回答了这名使者。她认真地想了想，然后报出了一份名单，足有二十余人。慕容秀和陈铃等人都在其中。

“你们要马上离开，有兵马司的官员会在外面官道上等着你们。除了自己的佩剑之外，不能带走素心剑斋任何的东西。”这名皇城使者根本不给这些人停留的时间。他显示了和先前的温和绝不相同的冷酷一面，而且有意无意地释放出了一丝真元波动。

这股真元波动的气息让这些人更是放弃了交谈的想法。

因为这名皇城使者的气息和她们根本不在一个层面。这是一名七境的宗师。

“不管你们今后会怎么想，对于宗门而言，其实放到我的手中将会更加的安全。”

当慕容秀等人最终离开山门之时，夏婉平和地告别，轻声对着慕容秀等人说道：“至少我可以让素心剑斋很好地存继下去。但如果是你们一直执掌，素心剑斋很有可能在将来不复存在。”

她的这些话说得很模糊，但给慕容秀等人带来了很大的震动。

她们全部都能明白夏婉所说的这些话的意思。她们依附在郑袖一方。但若是郑袖和元武在和巴山剑场的争斗之中败亡，那素心剑斋自然会覆灭。

但夏婉执掌素心剑斋，即便依附皇城，就凭她在岷山剑会和丁宁的结交之谊，今后巴山剑场也势必不会为难素心剑斋。

简单而言，至少夏婉不会将素心剑斋拖进郑袖和巴山剑场的战争里，不会让它在战火中毁灭。

“或许你是对的。”慕容秀在离开时真诚地说了一句。

她性格还算宽厚，只是有些软弱，而且的确也有些私心。但她毕竟对素心剑斋有着很深的感情。

陈铃和一些被迫离开的素心剑斋师长心中未必是这么想。但是看着她们离开时的背影，夏婉却不在乎。

因为她知道自己并不需要太长的时间，修为就会真正超越这些人。到时候就算她们能够从战场上回来，她也完全不用忌惮这些人还能给素心剑斋造成什么威胁。

现在被她清洗过后的素心剑斋在实力上大不如前，但却是一个全新的素心剑斋。心向一处，就会焕发出全新的气象。

——无罪《剑王朝》：第八卷 长生　第一百二十五章 提前到来？

因此，她虽不是一个主角，但在个别场景故事里胜似主角。

在这场“越境决战强者”的场景之中，夏婉完全获得只有自带主角光环的人设，才能把我们裹挟进去的主角“代入感”，并且在那特别适用于主角但现在却同样适用于她的主角和反角“虐渣—造爽”转化模式之中，创造爽点，建构爽感，引爆愉悦感和潮流体验。

第十四章

强大自我

从越境『悬殊战』到反超『悬念战』

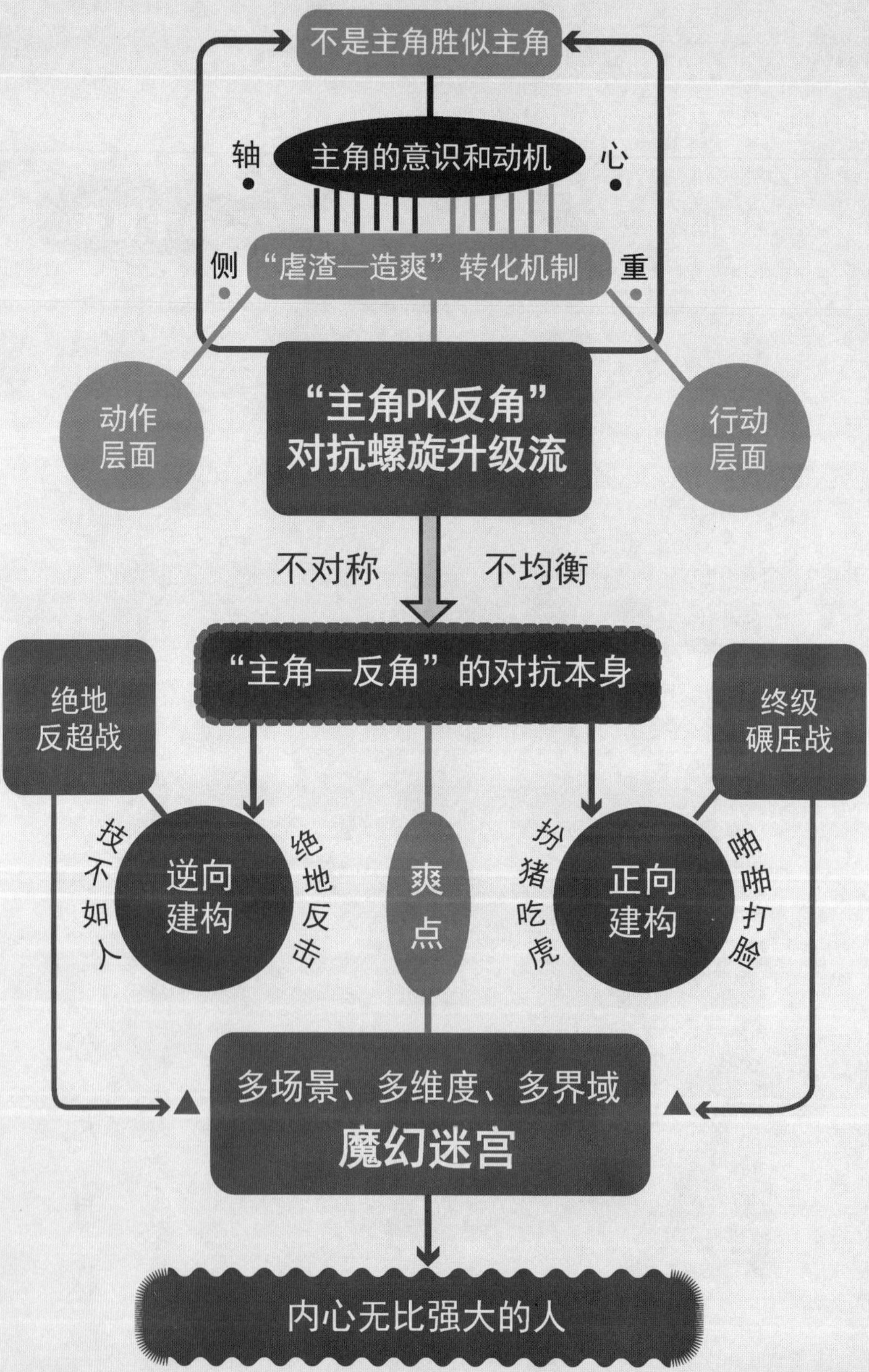
不是主角胜似主角
轴
主角的意识和动机
心
侧
“虐渣—造爽”转化机制
重
动作层面
“主角PK反角”对抗螺旋升级流
行动层面
不对称
不均衡
“主角—反角”的对抗本身
绝地反超战
终级碾压战
技不如人
逆向建构
绝地反击
爽点
扮猪吃虎
正向建构
啪啪打脸
多场景、多维度、多界域
魔幻迷宫
内心无比强大的人

事实上，仔细体味，无罪《剑王朝》之中，许多人物的具体场景故事，都让我们有这种不似主角却胜似主角的爽点和爽感模式——

且不说白羊洞大师兄张仪这样让我们有天然亲切感和亲近感的人物，就连赵高这个在历史上臭名昭著、在我们意识里已经根深蒂固的阴暗人物，在《剑王朝》异秦世界观的虚构和重构之中，在同样阴暗的配角和打酱油基调之上，也让我们产生了同情和共情的“主角光环”明亮与暖色。

这是无罪《剑王朝》通篇给我们制造的一种很奇特的感觉。而这种感觉或许就基于那种“虐渣—造爽”转化机制的知觉结构——夏婉越境决战本门修行强者这一桥段，就蕴藏着这种主角PK反角“虐渣—造爽”的结构机制。

把它作为一个非典型的典型案例进行解剖，或许能够洞悉无罪《剑王朝》甚至大多数爽文制造爽点、建构爽感、引爆爽文化潮流的密码。

在这种“虐渣—造爽”转化机制之下，以“主角PK反角”对抗螺旋升级流为轴心，生旦净末丑、神仙老虎狗，你方唱罢我登台——

爽文男主角是“豪放派”，如关东大汉，弹铁琵琶，唱“大江东去”。

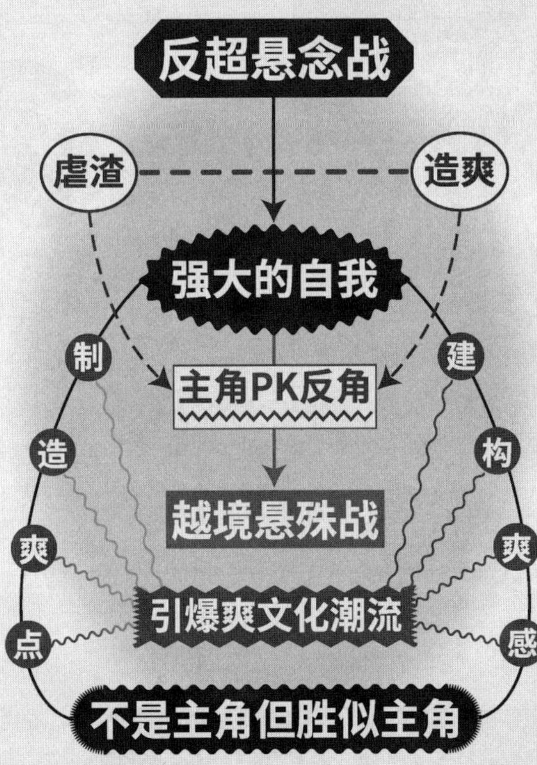

爽文女主角是“婉约派”，如十七八女郎，执红牙板，歌“杨柳岸，晓风残月”。

更有那配角入世入俗，体会市井风情，说学逗唱，如逗哏捧哏说相声或东北二人转，展现巴蜀李伯清和川音版《老鼠与猫》方言谐趣艺术，“举头望明月，低头月光光”。

最不济的，也有打酱油的和跑龙套的，像耍猴戏、吞长剑甚至腹肌挺石砸大锤，怎么好看怎么来；十八般武艺，件件都信手拈来，怎么吸引吃瓜群众的眼球经济就怎么来！

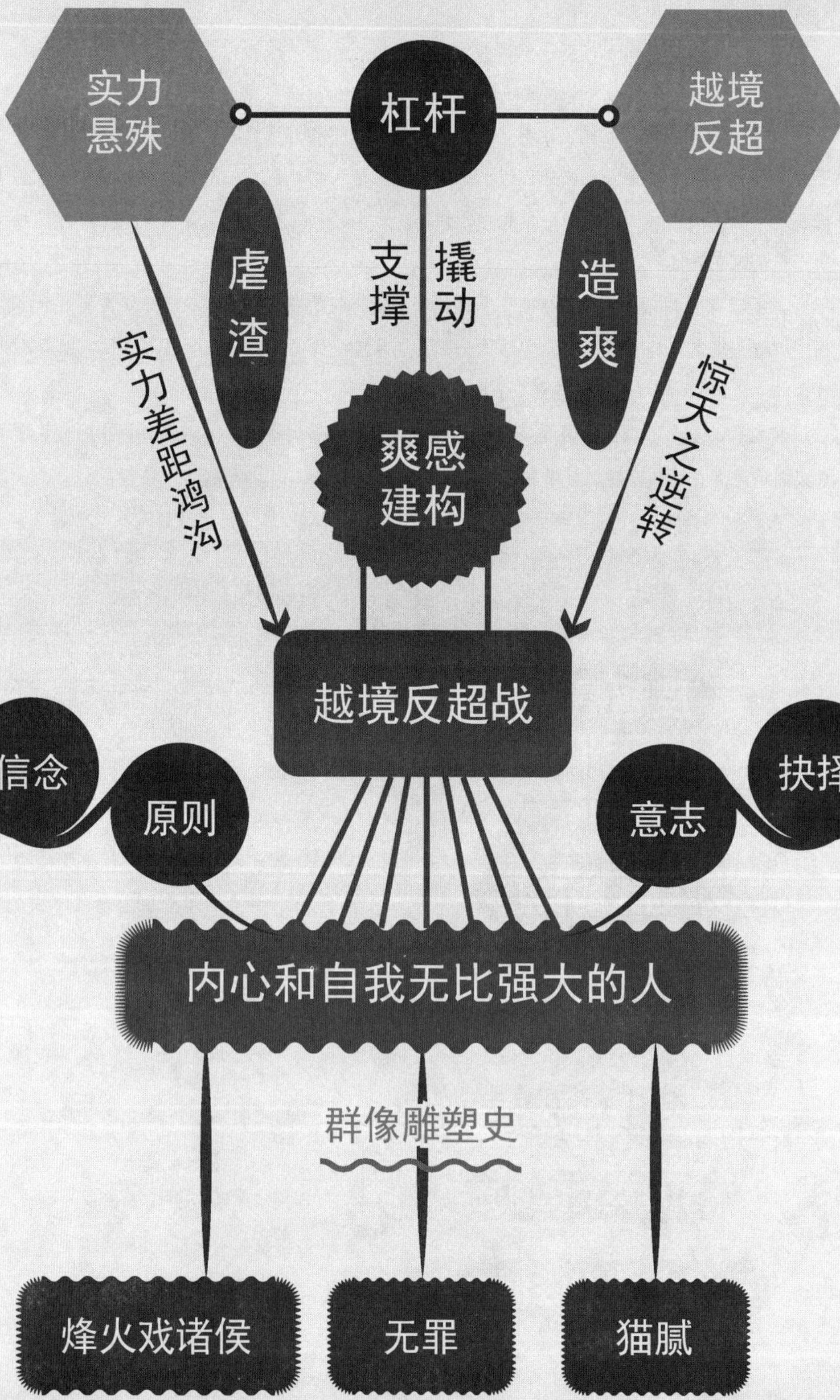

实力悬殊
杠杆
越境反超
虐渣
支撑
撬动
造爽
实力差距鸿沟
爽感建构
惊天之逆转
越境反超战
信念
原则
意志
抉择
内心和自我无比强大的人
群像雕塑史
烽火戏诸侯
无罪
猫腻

第一节 大漩涡：

从“金字塔层级结构”到“螺旋式升级体系”

在这个场景故事之中，夏婉不是主角胜似主角；也正因如此，它同样建构起了一个“主角—反角”对抗驱动故事发展的结构、机制和模式。

就像通常编剧或文学创作法则，都会讲到的那种“金字塔”层级结构——

主角或反角采取了第一轮针对对方的行动，引发了对方激烈的反应、即时行动、对抗甚至反行动；

这种反行动引发初轮施动者进一步的反应与行动，从而带来对方更为激烈和猛烈的反抗与反行动，甚至为了报复或扼制对方的行为而采取了提前措施……

陈铃渐渐平复下来。

她苍白的面容上出现了一丝红晕。那是一种被逼到末路的怒意。

如果这是要杀鸡儆猴，那就看看到底谁是被杀的那只鸡?

她毕竟是到了六境很多年的修行者，此时盛怒，一种无形的杀气便从她的身上很自然地散发出来，让那些修为稍弱的素心剑斋弟子都产生了呼吸困难的感觉。

然而夏婉却似乎毫无察觉。

她很自然地抬起了右手。

在右手横到胸前的同时，空气里突然响起了一声清脆的剑鸣。

一道雪白的剑光，从她在这个院落的居所中破窗而出，飞到了她的手上。

——无罪《剑王朝》：第八卷 长生　第一百二十二章 她的证明

双方就此陷入一轮又一轮“不断升级”的矛盾与冲突、对抗与战争，驱动故事层层递进到高潮。

直到最后出现战略性威慑力量或毁灭性打击，让整个对抗戏在抵达高峰体验时，戛然而止——仿佛在“那一瞬间静止不动”却又“让人屏住呼吸、从身心到灵魂都战栗不止”，然后余音袅绕，三日不绝……

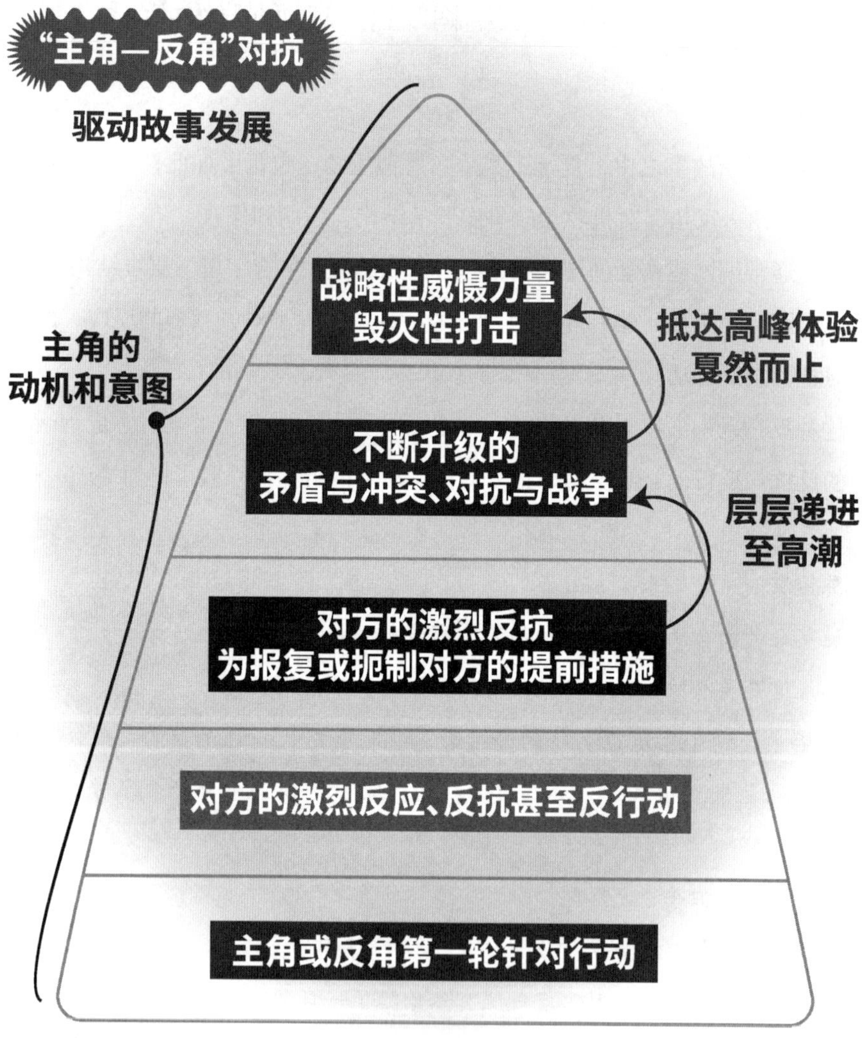

贯穿这种“主角—反角”对抗螺旋升级流的中轴线，就是主角的动机和意图；特别是有意识的动机与意图表层结构之下，那种个人无意识的原生心理/心态、集体情结、民族—国家—人类集体无意识……

被称为好莱坞编剧教科书的罗伯特·麦基《故事》，对此剖析得最为透彻。

爽文的故事技术手册（技能/技巧/技艺），从原型结构上来说，其实也根植于这种讲故事的传统。不过是清楚明白的学习与传承，还是无意识的探索与实践罢了——成功的故事原理，最后都是殊途同归：万剑归宗，大道归一，道·路、原理和机制都是一样的；不过是具体的形态、手段和侧重点有所区别罢了——这就是所谓讲故事写爽文的技术变革与创新。

事实上，区别也正在这里。讲故事就像玩乐高玩具一样：标准组件都是那些；但是，不同的创意设计、思路和结构图，却可以重组成千变万化又为受众喜闻乐见的“建筑”形态。爽文的“故事建筑”亦是这样炼成的。

一片不可置信的惊呼声在此时响起。

五境神念，掌握飞剑，这是所有到了五境的剑师都能用的手段，只要花一些时间去修习。

所以此时引起素心剑斋众人震惊的，便和她伸手剑来的手段无关，而在于这条雪白的剑光。

落到她手中的这柄剑只有三尺长，通体雪白，如同最纯净的白雪，连剑柄都是如此，甚至连符文都不见。

然而这柄剑的气息却异常强大，甚至比素心剑斋的宗主剑还要令人生畏。

这柄剑看似冰雪，然而却并没有真正的寒意透出。只有一种清清冷冷的感觉，却像是让所有人很自然地在身体里生出在冰冷的冬天喝了一碗冰冷的水般的感觉。

这感觉在胸腹之间不断地回荡，就像是被某种剑意直接侵入了体内，令人感觉好不舒服。

这柄剑根本不属于素心剑斋。但在此之前，所有人都没有见到过这柄剑。

夏婉就将这柄剑放在了这片住所里。只是在她招来这柄剑之前，所有人都没有感觉到这柄剑的存在。

根本无视在场所有人的目光，也根本不做任何解释。

夏婉轻轻地握住了这柄剑，然后平视着陈铃，毫无废话地说道：“请！”

“我让你一招。”

上方飘落的晶莹雨线轻柔，然而陈铃的声音却异常干冷。她紧盯着夏婉的这柄剑，说了这一句。

这不是托大。

身为超出一个大境界的修行者，她必须要有这样的信心，否则不可能将她平时的战力发挥出来。

气势不振，剑意便弱数分。

她的手中无剑，等待着夏婉出剑。

铛的一声巨响！

直接打断了她这句话的尾音。

绝大多数在场的素心剑斋弟子的耳膜全部被震得发疼。上方山崖上那些横身如龙的崖柏枝叶间积蓄的雨水不知有多少被震飞出来，在这一声巨响中，被震成无数白色的粉末，往四面八方飞洒出去。

这只是夏婉手中的雪白短剑往前绽放剑意，当空拍击发出的声音。

但这样的一剑，却在空中拍出了如两口巨钟相撞般的巨大震鸣声！

“这……”

陈铃往后连退数步，身形瞬间倒掠出数十丈。

这一瞬间的震音，让她眼前一片昏暗，心脏都鼓动欲裂，而且同时就像要从她的口中跳出来！

——无罪《剑王朝》：第八卷 长生　第一百二十二章 她的证明

因此，虽然同样根植或者脱胎于“主角—反角”对抗螺旋升级流的类型模式，但是，精细辨析，爽文还是有着微妙却又重大的区别。如虎嗅蔷薇，犹辨余香。与“传统”相比，爽文并不侧重于主角的动机与意图，特别是深层结构的个人与集体无意识机制，而是侧重于动作与行动层面本身的“虐渣—造爽”转化体系。

亦即——

不是向下深挖“对抗”深耕的动力源和驱动力，就像溯源而上、究源流之变，非要弄明白“电力”是如何转化形成的（除了像远瞳《黎明之剑》那样为了弄清楚“神力”的源流和转化机制，用电力作为对比[①]）；

而是向上拓展对抗本身的升级体系，就像电力从无形之流到有形之器，让我们看到从春风细雨润无声的小家电运作到轰轰雷鸣的大工业系统。

在向下和向上之间，构建起一种“螺旋”式、能够将剧中人和局外人都裹挟进去的爽感大漩涡——既可以像龙卷风一样扶摇直上、直击三千里，产生超嗨、超爽、超兴奋、超高峰的体验；又可以像深海钻探，可以伸入地心（人心）三万里，直抵地球硬核之轴都无法界定中心源的人心、人性和人类本能之深海世界、深渊领域……

人心是没有硬核之心的；人性深渊是去中心化的；人类本能之深海，更是没有一根定海神针，像孙悟空的金箍棒一样，可以把整个东海都确定和瞄定到龙宫之中。但是，由于有了这种螺旋式上升的如同深海钻探一样的“爽点之针”，从飞越九重天到穷极九幽碧泉，一直贯通到底，它就让我们紧紧地锁定于这根爽文的定海神针之上。

它犹如一道创世聚光灯，从星辰大海直接锤落自然地球和人心宇宙，构建了一个宏大的创世纪黑暗大背景，却只聚焦于这一根光柱圈起来的“针尖上的舞台”；所有主角都像在针尖上舞蹈的王者，低调地奢华、低调地张扬、华丽地含蓄，倾尽全力，就是要跳出一曲能够从拨动心弦到牵引宇宙史诗大合唱的王者之舞。

这就是果壳里的帝国、针尖上舞蹈的王者！只是追求简洁至极、纯粹求爽的足尖之旋转，去构建起具有将整个宇宙的黑暗之幕都吸引过来的大漩涡引力，从而在旋转之中拉开时代的帷幕，让整个宇宙演奏一曲大气磅礴的史诗大合唱，成为这一场“针尖之舞”的宏大背影——“我”才是“我”最好的背景。

---

① 参见庄庸、杨丽君等主编：《爽文时代：中国网络文字阅读潮流研究（第1季）》，华语网络文学智库丛书，中国青年出版社，2020年版。参见我们对于远瞳《黎明之剑》专题分析的内容。远瞳在《黎明之剑》中像“电力”一样，去解剖“神力”的源流和转化机制，并层层揭开“神明体系PK人类忤逆计划”和“造神者PK弑神者”的“惊天大秘密”，彪悍地证明：硬核原来也能成为网络文学的爽点；爽文同样具有重新构建“新社会现实感”和“超凡近未来”秩序体系的映照与预演意义（爽文的内在价值系统）。

第二节 不对称：从“正向悬殊战”到“逆向悬念战”

在“主角—反角”对抗螺旋升级流的原型和结构之中，爽文更注重的是“主角—反角”的对抗本身；

而且，会想方设法造成这种对抗的不对称性——主角与反角处于四力（潜力、能力、实力和势力）三角（天时、地利、人和）的不均衡之中。

由于不对称、不均衡，才会造就四两拨千斤的“虐渣—造爽”杠杆。

通常来说，爽文构建这种不对称、不均衡的杠杆，会有正反两种极端情况；两点之间建构抛物线，衍生演变出像彩虹光谱一样的各种变体。

第一种就是逆向建构：主角确实“技不如人”，追求绝地反击，逆袭致爽，比如《剑王朝》之中丁宁越境绝杀郑袖心腹宫女、猫腻《将夜》之中宁缺决杀武道巅峰夏侯大将军。夏婉对决陈铃，其实也属于这种情况。

嗤的一声裂响。

就在陈铃身影瞬间倒退数十丈的同时，夏婉已经急遽前行。她的第二剑已出。

空气里出现了一片白茫茫的剑气。无数细小如丝的剑气，无孔不入般落向陈铃的身体。

这一剑是素心剑斋的“心意寒”。

这招剑式并不算是特别的秘剑，在场的许多人都会用。但是在场的所有人都觉得夏婉这一剑的剑意，比她们所能做到的更加完美。

在场所有素心剑斋的人都觉得这一剑是夏婉的内心倾述。

我是足以位列长陵前十的天才，甘心居于素心剑斋，只是因为这是师门。然而掌管师门者所为，却是足够让人心寒。

“噗！”

陈铃的身前亮起一道绯红色的剑光。

这道剑光很好看，但是也异常危险。只在声音响起的瞬间，伴随着强大的本命气息，便将那一片白茫茫的剑气往外激荡出去。

但几乎同时，陈铃也发出了一声愤怒的闷哼。

她的身上往外飞溅出数缕鲜血。

依旧有数丝剑光未被她这一剑荡尽，落在了她身上。

虽然被她身上元气所阻，这些剑气无法深入，在她身上只是刺出浅浅伤口。然而她毕竟是夏婉的师长，更何况夏婉的修为和她足足相隔了一个大境！

一种极为羞辱的感觉，让她体内的愤怒和真元都彻底燃烧了起来。

她脑海里所有的意识，便是要反击。

然而就在这时，她面前的空气里亮起了数十道镜光，就像突然有数十面镜子同时矗立在她的身前，折射出了数十个夏婉的身影。

“够了！”

陈铃厉啸出声，平平地一剑横斩。

此时夏婉用的，依旧是素心剑斋的剑式。这招名为“心机镜”的剑式，用剑气折光，就是要在这种以弱战强的战斗中使用，以让对方无法把握自己的真正身位。

然而以弱战强，她难道只是比夏婉强出一点点么？

面对这样的剑招，她只需要用最简单的剑式，纯粹依靠自己远超对方的强大力量就可以了。

她体内的真元顺着剑身疯狂地涌出。从她剑身上散发出的剑气越来越庞大，变成数十丈的一道虹光，一扫而过，将所有的镜光切碎。

这种比剑不论伤亡。在此时盛怒的她想来，若是这一剑直接将夏婉斩了也就斩了，顾忌不了太多。

然而剑虹过处，却未见任何鲜血。

让她有些震惊的是，她见到夏婉竟然已经云淡风轻地退回到了原处，此时已经静立。

看夏婉的姿态，甚至给人一种错觉：先前那抢攻的两剑，好像根本和夏婉没有关系，好像夏婉是一个完全不相干的旁观者。

——无罪《剑王朝》：第八卷 长生　第一百二十三章 如何破

第二种就是正向建构：主角“扮猪吃虎”“啪啪打脸”“反向猎捕”。意同字义，主角扮得像一头又蠢又笨的小肥猪，诱惑像林中之王一样的老虎来捕食，最后反而把这些老虎一样的反角当作捕杀的猎物——主角明为家猪实为豪猪，可以顶死一切林中之王。

这不像越境决战那样：那种“血腥甚至惨烈”的状况并不是必需或渲染的重点，反而是既在意料之外又在情理之中；甚至这种意料预期和情理逻辑之中透明的“逆转”，才是爽点之所在。在主角扮猪吃虎的强大四力（潜力、能力、实力和势力）之中，一切敌人都是纸老虎——所以，反角其实是逆向而动，看起来像“林中之王”，其实蠢笨如猪，根本就看不出主角是在扮猪吃虎；所以，他强大的声势犹如纸老虎，一捅就破。

或者换句话来形容：主角实为狮子王，却偏要扮大萝卜娃，引诱披着狼皮的大恶兔，伸出自己的大獠牙，想要把它吃得渣都不剩——当然，吃相怎么难看，就怎么形容——却没有想到自己成了送到狮子王嘴边、用来塞牙缝的肉。

于是，“狮子搏兔”就成为一件非常轻松的事情，甚至都不用“捕”——狮子只用爪子轻轻一碰，那个狰狞的长着獠牙的大恶兔，就像冰雕一样碎了，比手撕纸老虎还要来得干脆利落。那碎落一地的声音，不是心碎的声音，而是爽点像“大珠小珠落玉盘”的声音，把我们阅读的神经基元，砸得清爽乱响。

在我们的网络文学阅读史中，初代爽文的扮猪吃虎，基本上都是如“手撕纸老虎”或“猛狮拔（搏）冰雕兔”，一抓一大把——常见的就是比拼身份、家世和势力背景：反角能拉出一个威震方圆几百里的“座山雕”，正角倒手就是整出一个“我的征途是星辰大海”的星际战舰航海王——星际炮弹轰战土匪手枪，这哪是一个量级的事情？分明就是原子弹对原始人。呵呵！

这其实是我们对初代爽文一种极其夸张的比喻。实际上，初代爽文从“原始武器”到“星际导弹”之间，有着一个更为广阔、复杂和细腻的分级体系；并不会出现“反角拿出一个石斧张牙舞爪，正角拿出一把绝地武士的激光剑，秒秒钟就将其轰杀成渣”这样极具荒诞感的夸张情节。但是，双方之间比拼四力（潜力、能力、实力和势力），基本上会出现主角压倒性、一边倒的优势与状况——这就是所谓碾压。反角拿出来的东西貌似很强大，但是，正角拿出来的东西更强大，而且是真的强大，可以构成“压垮性”的绝对优势。这不仅仅是“实力悬殊”的问题，而是要构成一种轻松碾压的态势。

只是在后来网文发展过程之中，由于这种“绝对碾压”所造成的爽点刺激越来越低，而受众爽感建构的兴奋阈值和巅峰体验越来越高，两者之间的悬殊、差距和落差越来越大——几乎无力再构建一个密集的爽点和爽感接触与引爆潮流的抛物线，因此，“主角—反角”之间的四力（潜力、能力、实力和势力）大比拼，才逐渐从“碾压”走向“对抗赛”；并且，不断细化分级、等级和升级程序，尽可能形成主角和反角之间的力量差距比。而主角仍然占据相应的优势——只是这种优势不再像摆在桌面的绝对优势，让人一目了然、再无悬念；而是就像海水之下潜藏的暗礁，没有浮出水面时，谁也不知道它在哪里、有多大多强、又在何时能够让对手翻船。

这种势均力敌但主角占优的正向局面，已经与势不均力不敌的逆向建构很接近了。毕竟，不管是正向还是逆向，都需要激烈的对峙与对抗、矛盾和冲突，制造出普遍而持续的紧张关系和扣人心弦的节奏。

过于直白的碾压，已经形成不了需要悬念的爽感。阅读期待与迷局揭晓之间的落差，才能形成冲击力。犹如清澈见底的小溪，一眼都能看见七彩卵石，就没有预期了。只有飞流直下三千尺的水位落差，才能“激流发电”——因为只有“电力”的输入，人的整个心流才能流动起来，奔向爽感的高峰体验。

也就在这一刹那，陈铃感到背上发寒。

因为她隐然觉得夏婉的目光落向了自己的身后。

此时夏婉手中无剑。

那在她的潜意识里，夏婉虽然退却，但她手中的那一柄雪白短剑，却恐怕已经化为飞剑，潜伏在了自己的身后。

她的感知很自然地扫向身后。

然而后方皆空。

她霍然抬首。

这一瞬间，真正的剑意来自她的头顶上方。

又是嗤的一声裂响。

她手中的绯红色本命剑的剑尖上射出一道实质般的剑芒，闪耀着如宝石般晶莹的光华，准确无误地把握了空中落下的那一剑的剑路。

在她抬头的刹那，她看到的景象便是这道绯红色剑芒击中了空中急剧坠落的一道雪白色飞剑。

然而除了她剑芒本身的剧烈破空声之外，毫无碰撞的声响。

那一道雪白色的飞剑如梦幻泡影般，被她的剑芒切过便消失了。

陈铃腹部微凉。

在这电光火石的一瞬间，她发出了一声凄厉的嘶鸣，整个身体往上以惊人的速度弹起。恐怖的速度甚至在她的脚下带起了两条如龙般的气流。

她的身体几乎直接就撞上了高空中那些横生着的松柏。

一柄雪白色的短剑在她原先所在的地方掠回夏婉的身侧。

雪白色的短剑剑尖上，流淌着一缕嫣红。

陈铃腹部的衣衫上，有点点血迹。

这一剑只要再深入一寸，就能直接破了陈铃的气海。

陈铃的身体充满了一种大难不死的后怕感觉。她后背上汗如流浆滚滚而落，心中尽是不可思议。

这是素心剑斋的“迷心剑”，只是一种拟形的障眼法，同样不算什么强大的秘剑。可怕的，只在于这柄雪白色的飞剑竟然隐匿气息起来让她都感知不到。

而另外一点可怕的地方，是夏婉在没有任何动作的情况下，似乎只是意动，就让她的感知发生了偏差，以为飞剑就在她身后。也只是这一点点时间的差别，才让她未来得及完全闪过这一剑。

——无罪《剑王朝》：第八卷 长生　第一百二十三章 如何破

这就是说，从角斗场上的观赏战，到逐鹿天下的生死战，狮子搏兔的压倒性优势已经很难刺激到兴奋阈值已经提高的爽点；唯有豺狼与虎豹抵死相搏的画面、鹿死谁手的悬念（而非悬殊战），才能刺激人阅读下去并紧跟节奏的欲望——从“悬殊战”到“悬念战”，大概是这种“主角—反角”对抗战硬币正反两向建构的共同轴心。

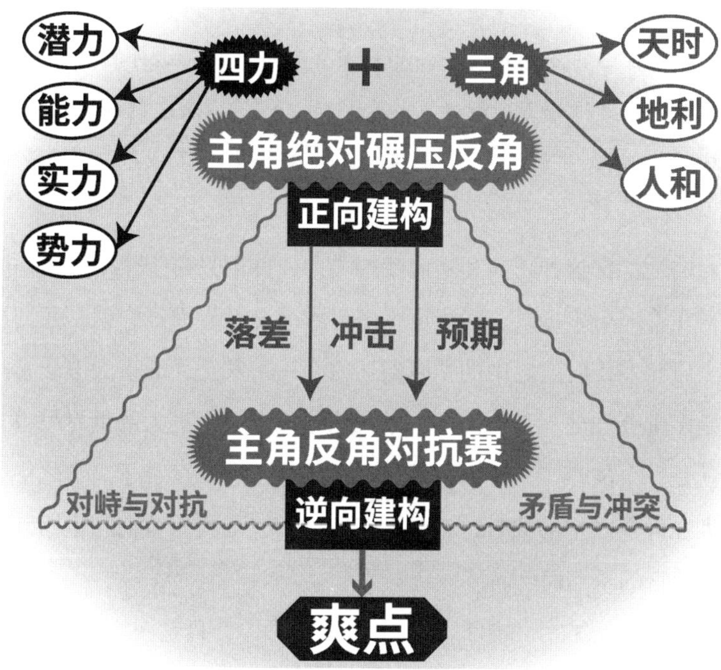

其中的区别在于：

逆向建构是“绝地反超战”——主角实力要越级、越阶、越境反超强大的反角；正向建构是“终极碾压战”——主角最终以各种底牌和王牌，全面碾压色厉内荏的反角。

两者有着色彩、感受和知觉迥异的调性。比如：反超战宛若正剧，是实力向的；而碾压型宛若谐剧，是欢乐向和偶像派的。

当然，事无绝对。两者相互渗透，界限已经不是那么太明显——犹如天际线，就是若有若无间；甚至是，你中有我，我中有你，相互融合，都在刺激受众的愉悦回路，而不是苦逼人生的昨日重现——只不过，是以谁为主而已。

场间只有一个人依旧对夏婉有信心。

这个人就是淡然静立一侧的那名皇城使者。

从见到夏婉的第一眼起，他就从夏婉的一些姿态看出了夏婉在剑道上的成就。然而素心剑斋这些人和夏婉相处时却无所察觉。这只能说明他的境界远高于素心剑斋的所有人。

他也很清楚，夏婉依靠丁宁那三招剑招便能轻易地取得这场战斗的胜利。但夏婉既然选择用自己的方式来战斗，那夏婉肯定想过面对这样的场景。

所以他现在只是很好奇，好奇夏婉会用什么样的方法来制胜。

——无罪《剑王朝》：第八卷 长生　第一百二十四章 守株以胜

最重要的是，在这种正向和逆向建构之中，并不只有一个“硬币”厚度的距离，而是存在着一个多场景、多维度、多界域的交互界面；它就是我们所说的存在于故事大厦和多维时空之中的“魔幻迷宫”——甚至，故事大厦、多维时空和魔幻迷宫是多重叠加的，三位一体，本身构建成了一个更大的世界故事迷宫。我们的人生就是一个故事，整个世界都是一个故事；它既存在于文本之中，又在文本之外；人在世界之中的故事，就是在迷宫之中，寻找着方向和道路。故事文本不过是世界迷宫的浓缩而已。

爽文同样如此。它并不像我们通常想象的那样，只是一个二维平面的故事；它亦是世界迷宫存在于之中的故事模型。恰如在这种“主角—反角”的“小对抗战”之中，隐藏着那种史诗级的“宇宙大决赛”之戏。而在两者之间，就是那在不同场景、不同维度、不同界域之中交错纵横的故事迷宫。爽点，其实就是那条让我们穿越迷宫各种场景、维度和界域“关键节点”的金毛线球的线头。①

① 参见庄庸、王秀庭著：《国家网络文学战略研究：从“现实题材”到“书写新史诗”》，华语网络文学智库丛书，中国青年出版社，2020 年版。我们专章专题研究了“魔幻迷宫”的传统文化母题、类型模式和故事原型。特别是从史前人类创世神话、传说和史诗，到当下和未来虚拟现实与量子革命，深入探讨了从网络文学到泛文化娱乐全产业链、新文创全业态链、算法时代全生态链和网络青年全价值链之中的“超凡近未来、智能人类新社会和世界新秩序重建”的硬核命题：从“连接世界”到“沟通宇宙”。

第三节　逆转机制：
从“越境反超战”到“内心强大的人设”

夏婉和本门修行强者“主角—反角”对抗赛，构建的便是实力悬殊的不对称杠杆：夏婉仅是五境中阶，陈铃却是六境老油条了；境界的差异，不仅仅是个门槛，其实更是彼此实力差距的断崖和鸿沟。

因此，这一场对抗战的爽点之支撑点，就是“越境反超战”。从“实力悬殊”到“越境反超”，成为支撑并撬动爽感建构的杠杆——但无罪是如何建构这个杠杆的呢？就是通过“虐渣—造爽”的转化通道。

但是，不是每一个人都能“虐渣—造爽”的——那必须是一个内心无比强大的人，才能实现这种惊天的逆转：从丁宁到夏婉，其实都是“内心和自我无比强大”的人。

一声尖锐的震鸣已经响起。

雪白色的剑尖和绯红色的剑幕已经相遇。

尖锐的震鸣声里，空气中随即响起宏大的回响；大团大团的气浪在剑尖和剑幕的相遇处生成，往外轰去。

没有任何骨裂的声音响起。

没有所有素心剑斋修行者想象中的画面发生。

就在雪白色的剑尖和绯红色剑幕相遇的一刹那，夏婉的手已经和这柄剑彻底脱离，甚至她和这柄剑的真元联系也已经彻底脱离。

然而有一股惊人的力量，同时在剑柄上和她的脚下迸发。

雪白色剑柄内积蓄的力量砸落在了地上。雪白色的剑气连接着地面和这柄剑本身，使得这柄剑就像是变成了一根矗立在地上的长矛。

夏婉的身体借着反冲力往后飘飞出去。她体内涌出的真元在她的脚下奇异地牵引着天地元气，使得她脚下的那方山石地变得异常坚固。

就连那名皇城使者都没有预感到她和身下这片山石地的变化。他的眼中闪现出惊艳的光芒。

觉得惊艳，是因为他明白了这一剑的想法。

这一剑不是白羊洞的白羊挑角，但却很好地运用了她所知的剑招，形成了白羊挑角般的效果，就像是在地上立了一根柱子，等着对方来撞。

和白羊挑角的主动和灵活相比，这一剑显得很死，守株待兔。

然而陈铃的剑势本来就也很死。她只是用纯粹的力量，让自己人剑合一撞向对方。

咚的一声。

陈铃就撞上了这根柱子。

山石地面骤裂，接着被强大的力量轰击成粉。

雪白色短剑中的力量也在刹那间耗尽，就像寻常凡铁一般被砸落至下方尘埃中。

对于所有六境以下修行者而言极为强大的剑幕完好无损。然而一股强烈的震荡力，却是从这道剑幕传到了陈铃的眉心。

陈铃的脑海之中嗡地一响。这种感受和被当头敲了一记闷棍没有任何的差别。

这时候控制不住自己的真元和本命元气是十分危险的事情。

陈铃一声厉喝，强行凝神。

然而这一瞬间的迟滞带来的后继剑幕散乱，对于夏婉而言已经够了。

她也用了最简单最笨拙的方法。

她的身影还在往后飘飞之中，但是体内所有的真元和积蓄着的天地元气，全部被她无比暴烈地在一瞬间逼了出来。

这些真元的迸发没有遵循任何招数，只是暴戾地往前激射，卷起一切可以卷起的东西。

空中飘落的叶子、地上溅起的石子砂砾，包括那些空中飞舞的水滴，在这真元的疯狂迸发之中，获得了强大的推动力，在空中疯狂地加速，变成了一道道的箭矢。

无数道影迹骤然出现在她和陈铃之间。

无数道箭矢砸落在陈铃的剑幕上。许多穿过了剑光的缝隙，射在陈铃的身上。

一些坚硬的碎石直接在她的身上刺出了伤口，接着在她紊乱的真元的反弹之下，带着她的气血又被反震出来，纷乱地弹射在她身外的剑幕之上。

在接下来的一刹那，这些碎石又被剑幕震成更细小的碎片，在剑幕和她身体之间的狭小空间中飞舞、割刺。

一声令所有素心剑斋修行者面色发白的惨叫声响起。

绯红色剑幕里充满了血雾。

陈铃的身体在这一刹那被割刺出无数道伤口。有些被她自己力量所激形成的伤口甚至深入了她的体内，让她体内的气血都在往外喷涌。

在下一瞬间，那剑幕失去了力量的支持，骤然消失。

而那些血雾则随之飘散出来，弥漫了更多的空间。浓厚的血腥气开始传入每个人的鼻腔。

有两名素心剑斋的师长骇然地掠了上去，掠向已经变成血人的陈铃。

许多伤及内腑的创口如果不得到及时的治疗，影响的就已经不只是她今后的修为，甚至很快就会危及她的性命。

夏婉已经真元耗尽。她的双手和双腿都有些微微地发抖。

然而谁都可以看出她的那种兴奋和狂喜。

在所有人的注视里，她走向前方，从尘埃里捡起那柄雪白色的短剑。

“果然没有死不死的剑招，只有用得死的剑师。”

皇城使者看着这名在岷山剑会之中很低调、很不显山露水，但实则内心却无比强大的少女，忍不住笑了起来，发出了一声赞叹。

——无罪《剑王朝》：第八卷 长生　第一百二十四章 守株以胜

从夏婉这个人设，其实能看到无罪《剑王朝》整个人物谱系创设的一个核心特质——他笔下的人物都是（或者大多数是）内心无比强大的人，极少内心怯懦、犹豫和纠结，或者受他人左右、彷徨和纠结。

就算是本书中谨慎到了极点、保守到了极点、身为八境碾压一切宗门却偏偏不敢挑战丁宁的“没有必胜把握不出手”的大反派元武皇帝，其实亦是一个无比强大的人。

如果非要硬性“定论”，无罪《剑王朝》其实是一部“内心无比强大的人”的群像雕塑史：无论是主角丁宁，还是次主角净琉璃，以及以男女一二号主角和反角“丁宁/长孙浅雪—元武皇帝/皇后郑袖”为人物轴心，所构建起来的人物谱系上的那些或大或小、或远或近、或轻或重的璀璨人物，如赵四小姐、白山水、夜策冷、赵高、白启、墨守城……无一不让人深觉“他们就是一群内心无比强大的人”：因为他们能够认清自己，知道自己想要什么，有着自己坚守的信念与原则，并且坚定地按照自己的意志和决断行事——即使是那些放开自己本命物而被他人操纵命运的人，比如被郑袖星火所操纵的李思，被元武皇帝役使为傀儡的黄真卫，也都有着自己的信念、原则和抉择。

人都是自己选择所成为的人。无罪《剑王朝》其实可以算得上是一部人物选择成为“内心无比强大的人”的群像小说。

在我们的网络文学阅读史里，其实还有两个网络作家极擅此道——那就是烽火戏诸侯（如他的《雪中悍刀行》和《剑来》）和猫腻（如他的《庆余年》《间客》《将夜》和《择天记》）。爱看他们作品的高考学子，其实是有福的。因为，面对“写一个内心无比强大的人”的高考命题，这些堪称“强大人设群像小说教科书”的网络作家作品，或许将另辟蹊径，为他们提供高考作文的另外一种“破题、开题、证题”的脑洞作文新思路。

好吧，还没等到高考学子开题呢，我们就已经跑题跑了十万八千里了。

言归正传，亲友旁观者眼中的夏婉这一个细节，却让我们偷窥到了《剑王朝》的一个特质：从夏婉是一个内心无比强大的人，引出整部《剑王朝》就是一部“自我都很强大”的人设群像小说教科书……

第十五章

第三只眼

从『旁观者体系』到『专业评论员角色』

欲望与精神需求
暗流
串起主反角、
旁观者、评论员
贯通读者的眼
球、故事迷宫、
作者的脑海
读者
剧中人
剧外人
专业评论员
作者的解释说明
剧中人的观看点评
旁观者
亲友团
主角
敌对者
烘托气氛
知其然
知其所以然
二重奏
正三角视线汇聚于一点
看不明白主反角的所作所为
作者对阅读断裂的补救
打通
第四堵墙
构建故事迷宫
跨越
虚拟—现实
交互界面

以“主角—反角”的“虐渣—造爽”对抗螺旋升级流为轴心，我们建构了一个“旁观者—亲友团+评论解说员”的2+1模型，来庖丁解牛“夏婉越境决战修行强者”的场景。

这个模型非常鲜明地体现了无罪《剑王朝》有意识或无意识形成的写作特质和风格。

在这种“主角—反角”的“虐渣—造爽”对抗战之中，无罪不但描述了正反双方的行动与反应，还着力勾画了旁观者的反应线条，从而让我们有了参照系，可以更精准地定位这种举动和反应的影响或意义。

比如，夏婉平静地提出了越境挑战的要求，而且这种要求还蓄谋已久，不但直接引发了反角的震动，还诱发了旁观者的联动——谁都没有想到夏婉要越境挑战实力比自己强太多的对手；还“早”就准备这么做，因为她“也一直很讨厌”仗势欺人的陈铃。

而且，并不是因为有了这个打着二皇子胡亥名义、实则为丁宁所派的使者张十五的撑腰，才让她有了战胜强敌的勇气和底气，而是她自觉有越境决战的把握。

使者的到来，不过是把这个时间节点提前了而已……

简洁的话却传递了丰富的信息。至少，这三个关键点都围绕着一个轴心事件进行：越境挑战势在必行。

然而，尽管我们洞悉了故事的来龙去脉，却并未能够洞见夏婉此举意味着什么。因此，旁观者和专业评论员的视角很好地弥补并揭晓了这其中的含义。

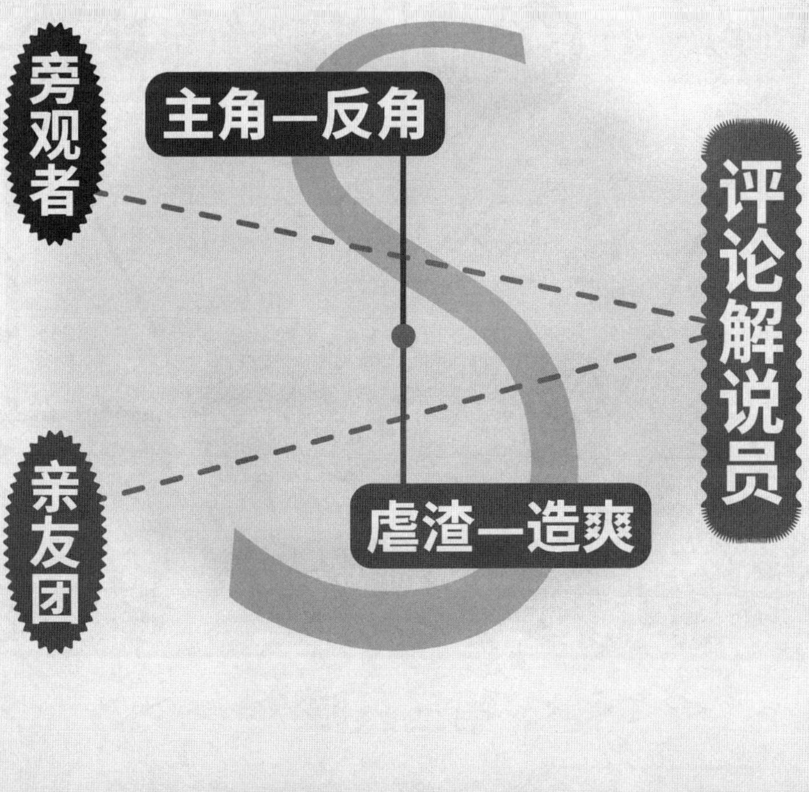

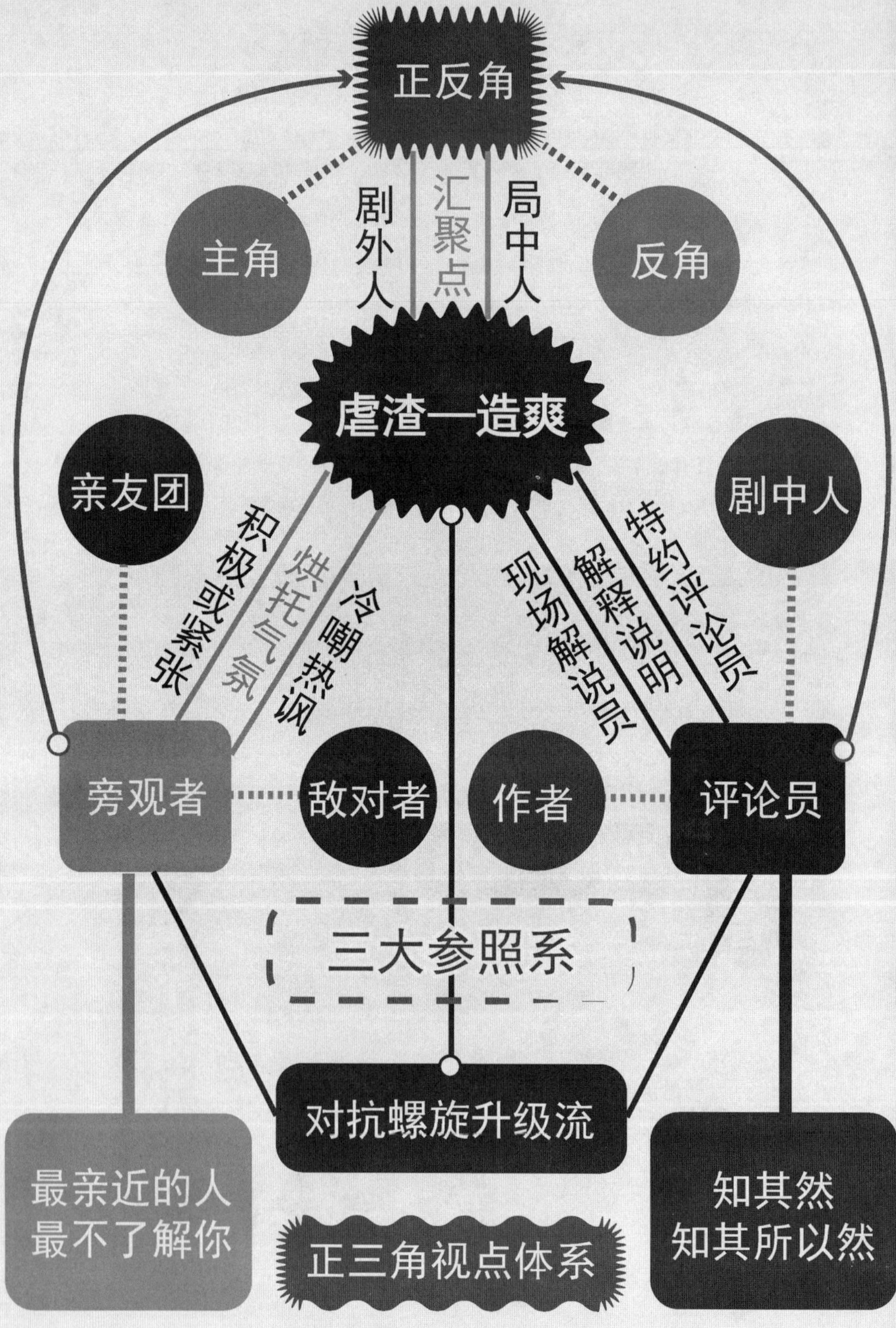

正反角
主角
剧外人
汇聚点
局中人
反角
虐渣—造爽
亲友团
剧中人
积极或紧张
烘托气氛
冷嘲热讽
现场解说员
解释说明
特约评论员
旁观者
敌对者
作者
评论员
三大参照系
对抗螺旋升级流
最亲近的人
最不了解你
正三角视点体系
知其然
知其所以然

<<<<< 第三只眼 >>>>>

第一节 旁观者：最亲近的人最不了解你

特别是亲友团（外援团）的反应，更是让我们明白了自己应该做出什么反应：原来夏婉此举危险系数还是蛮大的；我们应该为她越境决战而“担心”——

“担心”就会带来某种故事的悬念：她会取得成功吗？如果不成功怎么办？故事本身的紧张气氛和我们阅读情绪的忧虑弥漫，就是这么被制造出来的。

“夏婉！你疯了吗？”

有两名素心剑斋的学生在此时叫出了声来。

这两名学生就是平时和夏婉最亲近的朋友。她们平时也极为讨厌这作威作福的陈铃，但是她们却下意识地觉得即便夏婉有这名使者撑腰，也不可能战胜对方。

因为陈铃在六境已经卡了很多年，而夏婉却刚进五境没有多久。

夏婉只是看了她们一眼，点了点头，示意她们稍安，然后便转头看向陈铃，接着看向陈铃上方偶尔飘落的晶莹丝雨。

她的神情异常宁静。

在这种时候，便是给所有人自信而强大的感觉。

——无罪《剑王朝》：第八卷长生　第一百二十二章 她的证明

旁观者就是用来烘托气氛的。

但在这种“旁观者未必清、当局者未必迷”的局势之中，旁观者也要根据跟主角亲疏远近的关系轴，来做一个区分，以便让我们进一步明确整个故事场景的气氛到底是紧张、欢快，还是别的什么。

毕竟，虽然同为旁观者，但球场上的啦啦队和观众席上的正反两方外援团，因为自身立场、态度和利益与情感诉求不一样，对现场举动的反应也就不一样，制造的气氛也就不一样。他们的旁观视角，更容易让我们捕捉那看似无形却有质的流动的氛围。

有敌意的旁观者，会让我们更为精准地定位主角的处境，比如天蚕土豆《斗破苍穹》开篇，在主角萧炎的测试日，围观众的冷嘲热讽，就让我们迅速地把握住了这个昔日天才今日废柴的“史上最黑暗的三年”处境，从而明了此次测试仍然是斗气三段对他到底意味着什么。

但是，友善的亲友外援团所带来的，也未必就一定是欢乐颂和昂扬的斗牛励志曲，反而可能因为过度的担心，渲染了场内紧张的气氛和情绪。就如这两个平时就亲近夏婉的宗门朋友，她们因为不知情、不了解，而做出了担忧甚至是愤怒的表达。

这种“亲近旁观者”的视角，让我们同样迅速地确认了三点。

第一，夏婉在宗门之内并不孤单，因此她若接掌素心剑斋还是有一定的“群众基础”的。这为这个场景故事提供了一个至关重要的逻辑合理性：修行天才证明自己——越境挑战门内强敌——从而接掌和统率宗门走向未来。

如果没有这个“逻辑点”，那整个故事大厦的结构合理性就会遭到质疑。就像没有基石就没有故事大厦，没有这个逻辑点生长出来的基础，这个场景故事或许就要换一个结构来讲述。很多人会很容易忽略这种作为关键节点和逻辑基础的故事合理性。

第二，夏婉和对手陈铃的实力确实悬殊。对于越境挑战，连最亲近最了解她的朋友都“普遍不看好”，更别说那些以貌取人、以势见人的远距离围观众了。

“我的确想不到，让你在这做些杂役，都让你养成了这些手段。只是我还想看看，你有什么可能能够战胜我。”

陈铃落了下来。

她夹杂着无数情绪的声音在空中震响。

她的五官有些扭曲，但是身上往外释放的元气却是精纯到了极点。

她就紧握着她这柄本命剑，将这柄剑上源源不断往外释放的剑气围绕在身外。

这些精纯的剑气在她的身上形成了一个绯红色的光幕。

她就这样落向夏婉。

这是本命剑幕，攻防皆在一体，抛弃了一切剑招的花巧。

看着落下的陈铃，所有的人都觉得很无奈。

因为在修为相近，甚至相差不是特别大的修行者的战斗里，从来不会有一方会用这样的手段。

这样的手段会在短时间里消耗大量的真元和本命元气。而修为较弱的一方只要尽可能地逃避或者拖延时间，哪怕拼着受伤，也能找到反击的机会。

然而夏婉和陈铃之间的真元修为相差太大，就是一心想守，都不可能逃得掉、守得住。

但是也没有人觉得这很不公平，或者很无耻。

因为这本身就是越境而战会遭遇到的事情。

因为会有这样的事情的存在，所以在王惊梦出现之前，在所有修行者的典籍里，也都觉得越境而战不存在赢的任何可能。

——无罪《剑王朝》：第八卷 长生 第一百二十三章 如何破

因为，我们下意识地会认为最亲近你的人最了解你。

但事实上，最亲近的人，或许就是最不了解你的人。比如，枕边人——相伴大半生，除了TA的眼睛眉毛鼻子，或许还有一些固定而重复的生活习惯和外泄而露的喜怒哀乐等情绪之外，你还了解TA什么呢？脑海里细腻而幽深的波动？心灵角落被锁闭的潘多拉魔盒？……其实是一无所知。

都说“活久见”，活久了就能见着一些别人见不到的东西——一起生活得越久，就越可能只是注意日常生活之中琐碎而平庸的事件，而看不见那些心灵和思想层面最幽微深邃的波动。终其一生，我们把自己活成了对方“熟悉的陌生人”——熟悉得就像枕头边传来的绵长的气息和节奏。上一秒钟数出第一千零一只羊，下一秒钟就能猜到“另外一只靴子——打鼾声”必将响起，从而就像催眠曲一样，终于让自己可以安然入睡；但是，梦醒时分，半梦半醒之间，恍然惊悚而立——枕边的这个人到底是谁？陌生得就像一个闯入自己逼仄而狭小的“立锥之地”的外来入侵者！

近在咫尺，却远在天涯。

连最亲密的枕边人，都被我们视为终其一生都只认识却并不了解、更别说理解和接受的“熟悉的陌生人”，甚至视为自己像针尖一样大小的生存和发展空间里的不约而来的立锥之地入侵者①，何况那些真正陌生的“熟悉者”和“陌生人”——在这个刷屏时代，在某个社交场合说上一两句话的人，就可视为“熟人”：还有什么人不能让我们拉进“只隔一个屏的距离”之中，然后解决彼此所有的亲疏远近的问题？

然而，所有的相遇、相识、相知、相爱，全都成为屏内的故事；而置身于屏外的我们，始终就像微信启动界面上的小人，面对整个蔚蓝色的独孤星球，一个人可耻又无奈地孤单着。

在这里，《剑王朝》或许是无意识地利用并瓦解了这种“思维定式和心理错觉”：最亲近你的人，其实并不是最了解你的人。就像这两个上文已经交代、现在又刻意点出的“平时和夏婉最亲近的朋友”，看到的都是夏婉回来后被宗门排挤、干杂役做贱活、没有时间修行从而导致境界提升十分缓慢的表面现状，却并不清楚和洞悉夏婉真正的状态。因此，她们只能担心并且浸染和渲染出紧张的气氛和情绪。甚至，这种担心和关心反而会成为决战之前的累赘与负担。

在生活之中，我们见到太多这样的案例：最关心你的人成为最拖累你的人。因为，TA的担心是如此之重、之大、之浓，让整个气氛都紧张得如同生命难以承受之重，以至影响了你的情绪，让你“发挥失常”——除非你是一个内心无比强大的人，只按照自己的意志和决断行事，从不受他人左右。

如前所述——好巧不巧，夏婉就是这样一个人。

---

① 参见庄庸、王秀庭著：《亲爱的，我们为爱作战：互联网+她时代新文艺潮流研究》，福建教育出版社，2017年版。

第二节　误判与迷局：
从“旁观者迷”到“当局者清”

《剑王朝》经常在有意或无意之间，解构和重构人的思维定式和心理错觉：最了解你的人，既不是你的朋友，也不是你的知己，而就是你自己！

所以，“当局者迷，旁观者清”这种定论是错的。还有谁能像你一样身在局中，如人饮水，冷暖自知呢？还有谁能比你更了解你自己，更知道你决定做一件事情所倚仗的是什么——勇气何来，底气何依？

就像夏婉的这两个宗门朋友，认为她越境决战的倚仗，不过就是这个使者——但就算如此，她们也不看好夏婉。因为，这个使者不可能亲自出手：仗都是自己打的！如果仗都是别人替你打赢的，你就算坐上了宗主之位，也照样有人不服。

这其实就是《剑王朝》的核心基调：如果江山都是别人替你打下来的，你就算再强大，也不过是一个强大的“窃贼”——就像元武皇帝和皇后郑袖联手背叛了王惊梦，窃取了他和巴山剑场胜利的果实，造就了一个不可一世的大秦帝国。

偷的就是偷的。出来混，迟早是要还回去的。这决定了《剑王朝》整个故事的调性。这里同样如此。

使者不可能出手，夏婉只能自己决战。他顶多只能作为“战略核武器”的存在。核武器只有在不使用时，才有威慑力；真正动用后，其实就起不到威慑作用了——因为世界已经OVER（完蛋）了。

这是人世间的常识与情理：只有没有付诸行动的威胁，那才是真的威胁；你真正付诸行动，反而就没有震慑力了。反正大家都撕破脸皮了，那就“血战到底”好了。小到教育孩子，大到教训敌国，都是如此。动和不动之间，有一条极难把握但又必须把握的分寸线。

所以，使者铁定不会动，也不能动。他就站在那里，把自己站成一个木桩桩——这就是夏婉所谓的倚仗了。至少，在当事反角陈铃和亲友旁观者宗门这俩女孩看来，便是如此。所谓倚仗，不过就是为了威慑一下陈铃而已。下手要有分寸，不要打伤致残，毁了一个修行天才和宗门的未来。

但也仅此而已。夏婉不可能借势用力，抡起使者这个木桩桩来当枪，把强者对手的心窝戳个透心凉。

这就造成了一种基于“信息不对称”而出现的判断偏差。从反角陈铃和亲友旁观者的视角，只看得到身为倚仗的使者这个“人”，而无法看到他带来的“丁

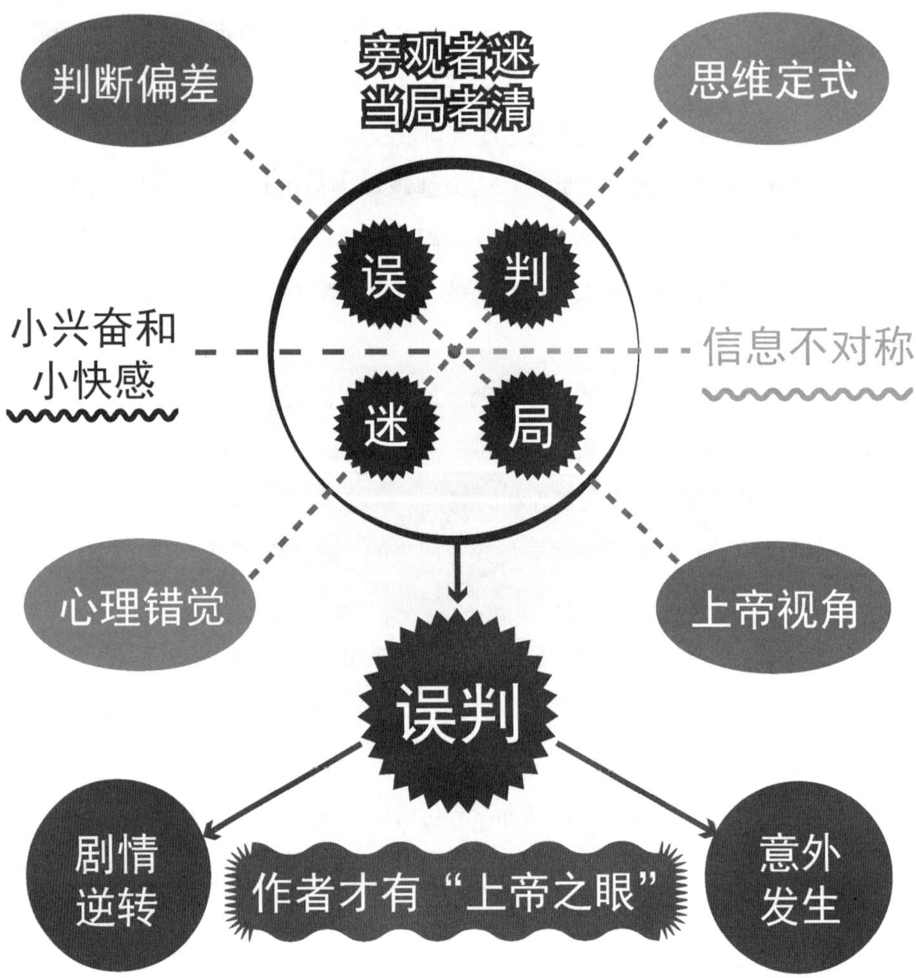

氏剑式”（关于剑招与剑意、剑技与剑意、剑式与剑意的见解）之王牌。所以，她们才会误判只要使者不下场、不动手，夏婉就一定会输，而且会输得很惨。

但是，从作者和我们的“上帝视角”看过去，其实就知道了：夏婉真正的倚仗不是使者这个“人”，而是丁宁“剑见”这种物——或是似物又非物的剑意与剑法的传授。

这让我们产生了一种在传统新武侠小说之中常出现的“师傅临阵授枪、不磨也光”的套路阅读之预感。就像金庸《倚天屠龙记》中张三丰临阵传授太极拳真意，从而让张无忌击退玄冥二老。

因此，按照此逻辑和情理，我们必然认为，夏婉绝地反击、逆袭制胜的王牌，跟张无忌的并无二致，必须是以“丁氏剑解”之意，来破六境强者之招——毕竟，丁宁这种以剑意破境界的越境胜敌之法，在《剑王朝》整部故事里，可是“门缝里吹喇叭，名声在外”。

虽然这是一种“套路”化的阅读期待，但仍然给我们带来了基于信息不对称而产生的偷窥和分享的“小兴奋和小快感”：

当我们比反角陈铃和亲友旁观者掌握更多的信息时，当我们看到她们因为这种信息不全而产生误判、从而对主角采取有偏差的反应或行动时，我们就会预感到——她们肯定会因为这种误判，而遭遇到主角所掌握的“秘密武器”的强有力的还击：只有我们知道她掌握了这种秘密武器。我们所拥有的信息，甚至还要多于使者。虽然他是携带丁宁剑见的信使，但其实他并不清楚信内的具体内容——只有作者和我们重合的上帝之眼，才能偷窥到所有的秘密。

因此，如果不出意外的话，我们就会按照这种剧情套路阅读下去，并获得意料之中的节奏和兴奋点。

然而，意外却仍然发生了——我们忽略了一件事情：我们不是作者；作者才拥有上帝之眼；我们假借作者手中的笔所获得的上帝之眼，只不过是“假性”眼睛——作者在向我们开放了部分权限、让我们错以为拥有全部上帝之眼的同时，又遮掩和封闭了某些核心区域，从而让我们自己也产生了误判——我们以为主角会这样使用王牌，但她其实会使用别的底牌。

剧情的逆转，就是由这种误判导致的。

第三节 两大专业评论员：从“作者叙述”到“现场解说”

对于正在发生的事情，我们似乎同样陷入了像旁观者一样的迷局。

由于信息的缺失，我们并不知道发生了什么。就像球赛、角斗场、电子竞技大赛一样，当我们看不清楚事情之然和所以然时，就自然而然地期待专业人士的评论和解说——甚至有时候评论和解说比比赛本身还要吸引注意力。你可以说它是喧宾夺主，亦可以说因为解说所以比赛更精彩。

对于小说故事来说，世界上最专业的评论与解说人员是谁？当然是作者本人——作者经常客串“特约评论员”或“隐性解说员”。因为他的叙述本身就是一种说明与解释。

一片不可置信的惊呼声在此时响起。

五境神念，掌握飞剑，这是所有到了五境的剑师都能用的手段，只要花一些时间去修习。

所以此时引起素心剑斋众人震惊的，便和她伸手剑来的手段无关，而在于这条雪白的剑光。

落到她手中的这柄剑只有三尺长，通体雪白，如同最纯净的白雪，连剑柄都是如此，甚至连符文都不见。

然而这柄剑的气息却异常强大，甚至比素心剑斋的宗主剑还要令人生畏。

这柄剑看似冰雪，然而却并没有真正的寒意透出。只有一种清清冷冷的感觉，却像是让所有人很自然地在身体里生出在冰冷的冬天喝了一碗冰冷的水般的感觉。

这感觉在胸腹之间不断地回荡，就像是被某种剑意直接侵入了体内，令人感觉好不舒服。

这柄剑根本不属于素心剑斋。但在此之前，所有人都没有见到过这柄剑。

夏婉就将这柄剑放在了这片住所里。只是在她招来这柄剑之前，所有人都没有感觉到这柄剑的存在。

根本无视在场所有人的目光，也根本不做任何解释。

——无罪《剑王朝》：第八卷 长生　第一百二十二章 她的证明

影视编剧或当下网络小说作者经常得到这样的警告：要把故事“演”出来，而不是“说”出来；要把人事物“展示”，而不是“说明”；要把世界本身“呈现”出来，而不是“描述”出来——因为，动作本身确实比什么都能说明一切；不合时宜的说明就变成了喋喋不休的累赘和冗余。

但就像球赛、角斗场和电子竞技大赛一样，越是激烈的比赛，就越是需要一针见血的精彩点评——就像在 2019 年 DOTA2 国际邀请赛上，两支顶级战队进行了扣人心弦的比赛。最为精彩的那几波“团灭战”，因为现场评论员急促紧凑、穷追不舍、穿针引线等几乎同步的解说与评论，而让整个冠军之战增色添彩。就是烽火戏诸侯《剑来》和猫腻《将夜》之中“作者评论员”的解说，才让整个故事更精彩。

因此，事无绝对。写法本身没有对错，就看能不能用到刀刃之上。而且，它们本身并不是矛盾对立的统一体。就像“世界向我们描述它自身的存在”——描述本身就是一种呈现：描述看起来是我们面对世界的主动之写，呈现看似是世界面对我们主动展示自身，但事实上，世界本身就是在向我们描述它自身，并在描述之中呈现自身；世界面向我们“描述即呈现”自身，其实本身就是在我们描而又述的视野和言说之中的。

就像地平线上冉冉升起的太阳，始终在我们面前，亦即有着我们的注视作为参照系——如果没有我们这一双眼睛，它的“升起”将毫无所知、毫无所感、毫无意义。因此，所有所谓“人事物甚至整个世界就是它自身描述的存在”的主观展现和客观呈现，都是因为有“我”这一双主观的隐性之眼的存在。

网络文学同情共理。无罪在《剑王朝》里，极擅长在激烈的动作与打斗描写之中，穿插这样的解释和说明——甚至有些时候，这种解释和说明重于动作描写本身。进行解释和说明，除了我们上面所述的两大“吃瓜旁观者”体系之外，其实还有两大“专业评论员”模式——一个就是剧中人物隐性或显性地做了一回特约评论员，比如当初墨守城和黄真卫置身长陵城角楼之上，观看与点评“围剿大逆”之战。

而在这里，张十五则客串了这样的专业评论员角色。

空气震动得越来越厉害。随着陈铃的极速逼近，她和夏婉之间的空气里出现了许多水纹一样的波纹，彼此冲击，瞬间又形成了无数滴水珠一样的元气，往外激射。

光线在其中都似乎被这些元气带走。这片空间变成幽暗的一团。

夏婉的目光穿过这片幽暗，和陈铃有些赤红的双瞳相遇。

接着她无比沉静地握住了雪白色的短剑，朝着那片幽暗刺了过去。

雪白色的剑尖穿过幽光，笔直地来到对方的眉心之前。

一片惊呼声响起。

所有旁边的素心剑斋的修行者都觉得不可思议。因为夏婉的这一剑宛如自杀，剑势如此简单，甚至只是寻常的一刺，谈不上什么剑招。

这样的剑招，除非是以力破法。只有真元修为大大超过陈铃的那种七境宗师，才能如此一刺就刺穿陈铃的剑幕。

一个大境的修为，尤其是在对方积蓄于体内的本命元气尽出的情况之下，体现在力量上便是数倍的差距。

所以这一剑从任何方面去判断，都将会是剑被震飞、夏婉的浑身骨骼和五脏被震得尽碎的结果。

唯有情绪最为平静的皇城使者在这时感受到了一丝异样的气息。

他敏锐地感知到，这异常简单的一剑里蕴含着细微的后继变化。那一丝异样的气息来自剑柄处。也就是说，此时从夏婉身体里涌入这柄剑的力量，将不会从剑尖迸发出去，而是积蓄在剑柄处。

没有什么时间让他去猜测接下来的变化。

——无罪《剑王朝》：第八卷 长生　第一百二十四章 守株以胜

另外一种就是作者经常不动声色地客串一下“现场解说员”，把那些一动一作、一招一式、一个举动的意义或一连串事件的影响……都看成是小麻雀的五脏六腑，然后庖丁解牛给你看。

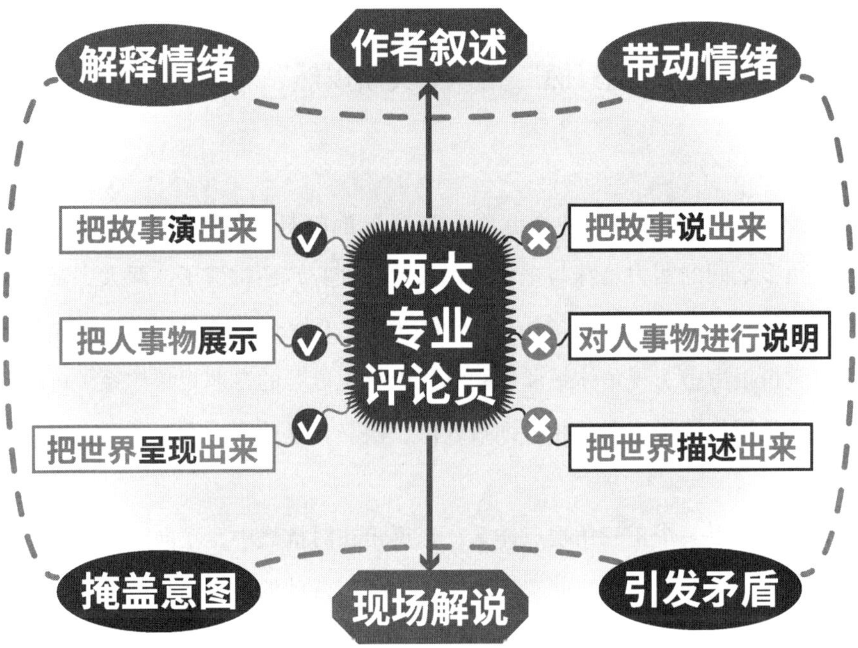

如果足够巧妙而又恰到好处的话，即使再浓墨重彩，你都丝毫不会意识到：他这种笔锋带过的墨浪，正在把你裹挟着往前走，而且让你在不经意之中，就接受了他对这一个动作和事件本身甚至是整个场景的解释与说明——原来是这样啊！

就像这个场景之中，夏婉一出手，吃瓜群众一片惊呼——在我们还不明所以时，作者无罪就已经很自然地解释和说明了这种出手的意义，并带动了整个故事的节奏和情绪。

然而奇妙的是，这种作者客串“专业解说员”的角色，却隐藏在剧中周围吃瓜群众的旁观者视角之中。这就构成了非常自然的二重奏：旁观群众吃瓜吃出了专业的深度，但又掩藏了作者本身制造波澜的意图，从而衬托出主角的底气和实力，让其挑战具有某种合理性和可观赏性——因为有难度、有对抗的实力，才能让挑战具有矛盾和冲突的激烈性。

第四节 聚焦读者：

从“知其然”到“知其所以然”

由此可见，在构建这种“虐渣—造爽”的杠杆时，无罪不但聚焦于“主角—反角”之间的实力悬殊与主角越境反超的轴心，还构建了“两大旁观者（围观众/吃瓜群众）”的“不明觉厉”（不明白发生了什么事情或者事情是如何发生的，但觉得很厉害）视角体系和“隐性评论解说员”的专业视角体系（可以帮助同样不明觉历的读者穷形尽相、细致入微、鞭辟入里地洞悉发生了什么以及为何发生）。

这就构成了一个正三角视点体系：正反角在对抗战中，正向或逆向直接观察与捕捉对方的动作与反应，并决定下一步抉择与行动的面对面视点；两大吃瓜群众不知其然、更不知其所以然的旁观者视点；第三方中立、客观和专业的“隐性评论解说员”视点。

但是，这正三角的所有视线全都交汇和聚集于一处——那就是我们这些既是剧外人又是局中人的读者：我们处于故事文本之外，是典型的剧外人；但是，我们跟随作者的描述，似乎像上帝一样俯瞰整段场景，貌似能如作为“造物主”的作者一样洞悉全局——然而，只有在关键之处，我们才意识到作者对我们有所隐瞒。他既让我们看到了很多东西，但同样也遮掩了许多关键信息，从而让我们看不明白主角或反角的所作所为。最重要的是，我们同时又被裹挟于局势之中，陷于一域、一时或一事之中，很多时候和吃瓜群众一样，不明白“然”是什么，“所以然”又在哪里。

但是，作者大大也不愿意冒着“得罪我们的风险”，因为，得罪读者就有可能带来弃文的风险。但凡爽文，都不愿意因为阅读障碍，而造成黏性（把读者的视线、心脏甚至钱包都牢牢地黏在故事的爽点之上）的断裂。

因此，在有可能造成阅读障碍和断裂的地方，他就必然要采取补救方法，以让故事文本和视线接触一直粘连起来——哪怕是像实线段和虚线段相互交叉衔接成一个完整的阅读方向线一样：在阅读水平线上，有些地方看似突然断裂，其实不过是隐藏在水平面之下，像大陆架一样延伸；然后，在必要的地方又凸显出来，显现为暗礁或孤岛——即使文本阅读线破碎成无数的孤岛，也会被水平面之下的大陆架牵连成一个整体。

《剑王朝》解决这个问题的方案很简单，就是：所有的视线都汇聚于既是剧外人又是局中人的读者身上——仿佛我们就像雪山一样，吸引了所有走在朝圣路上的旅客，哪怕他们现在是背对我们而行的。

这就像是：故事中的两大旁观者，其实都对我们一无所知；但是，按照“地球是圆的”“故事最终也要讲圆”的黄金定律，他们朝拜的方向必然是我们所在之处。

更别说“主角—反角”进行“虐渣—造爽”的对抗场，就是在我们的眼皮底下——整个故事文本，就是在我们视野之下的摊平了的世界舞台；主角和反角就是在这个平平的舞台之上，一招拆着一招，或者瞬发万招、漫天飞舞——犹如《剑王朝》中的苏秦修炼巫祖功法，后背黑气凝聚成千手万臂，群魔乱舞。

素心剑斋里平静下来。

陈铃的伤口得到了及时的救治，不再大量流血。她没有昏死过去，但是看着默然站立的夏婉，她却恨不得自己已经昏死了过去。

夏婉在过去的一年里遭受了无数不公正的待遇，此刻她身上穿着的也是杂役弟子做活时的衣袍。

许多素心剑斋的师长想着过去一年里对夏婉的训斥以及刻意刁难，此刻再看着夏婉身上的衣袍，只觉得又是羞愧又是惶恐不安。

而很多和夏婉同辈的素心剑斋学生，看着她此时不骄不躁的宁静模样，心中更是生出极大的尊敬。

“你们还有什么话说？还会觉得她不能服众么？”

皇城使者收敛了笑容，看着慕容秀和陈铃等人问道。

他目光扫及的所有人全部低下了头，没有人回应。

夏婉在这一战里，除了开场一剑是夏婉在岷山剑会的过程中学习到的之外，其余所有剑式都是素心剑斋的剑招；而且都是大多数学生所能修行、学得会的剑招。即便是最后那种类似白羊挑角的手段，也只是基于真元的运用，甚至算不上是什么特别的招式。

素心剑斋的这些剑招，陈铃接触的时间自然比夏婉更长，对每一剑都很熟悉。

然而夏婉就是用这些普通的剑招，便击败了她。在场所有人都不得不承认：这百年间，素心剑斋没有比夏婉更优秀的学生。

抛开先前所站的立场问题，夏婉如果还是愿意以素心剑斋学生的身份行走，那夏婉的确是素心剑斋的未来。

——无罪《剑王朝》：第八卷 长生　第一百二十五章 提前到来？

作者有时为让我们看得清楚明白一些，还会让笔下之墨流得犹如慢时光一般。在延迟、停滞甚至是慢镜头回放之中，让我们能够洞悉“然”和“所以然”之下的事实、真相和秘密——在这个过程中，那个隐性而又显在的“特约评论解说员”的角色就一下子凹凸出来了：正是通过他的眼睛、大脑以及专业的内心活动，我们才能看出激烈的对抗赛之中那些转瞬即逝的精彩动作、细节，以及前因后果和背后的逻辑关联。

这就像观看“中国女排赛”和“世界杯足球赛”。我们虽然有自己的“眼睛”，但同样需要“第三只眼”和“另外一张嘴”，替我们捕捉到我们已经忽视甚至是没有时间注意的细节。然后我们会恍然大悟：原来是这样的啊！

所以她特意又问了一句：“易心和徐怜花他们也会得到我这样的帮助吗？”

张十五看了她一眼，道：“当然。”

夏婉点了点头，却是不自觉地皱了皱眉头：“都以二皇子的名义，会不会有问题？”

张十五笑了笑，道：“会用不同的方法。而且和很多会发生的事情相比，这些事情太过细小，引不起多少注意。”

夏婉便不再问。

素心剑斋藏经楼的规模虽无法和岷山剑宗这样的超级宗门相比，但也有上下四层，所藏的经卷典籍比起当年的白羊洞要丰富得多。

最上层是很多宗门的秘藏，只有宗主才有权动用。

秘法琉璃是一件很特别的秘藏。在素心剑斋的记载里，某一代的素心剑斋修行者们有幸从一片琉璃矿区中发现了一些特别的七彩琉璃。

这些天然形成的琉璃除了颜色特别丰富之外，和其他琉璃相比似乎没有特别之处。后来这些琉璃被从极为边远的琉璃产区运送到长陵，只是和有些宝石一样，作为装饰或者打磨成首饰。

然而那一代素心剑斋的修行者发现这些琉璃之中蕴含着独特的灵药，后来仔细推敲，却发觉这种琉璃是某种脂液和一些晶石在天地的变动之中自然形成的，形成的机理和琥珀类似。然而那种独特的脂液应该来自某种已经灭绝的灵药。

这种秘法琉璃的神奇功效，便像是特地为五境到六境之间的修行者准备的。

当用真元缓缓催出它内里的药力时，这药力和真元结合之间，不仅会提升一些修行者本身的机能，而且能够和这名修行者的真元以及天地间相近的天地元气发生某种玄妙的共鸣。

这除了能够让五境的修行者更快地捕捉到相近的天地元气之外，还能用于五境到六境的破境。

所以在素心剑斋的那个时期，素心剑斋的修行者们严格保守着这种琉璃的秘密。她们将那片矿区之中的秘法琉璃全部开采殆尽之后，还在一些地脉条件相近的产区寻找，然而却再也寻觅不到这种琉璃的踪迹。

这种琉璃的总共出世量也不算多，尤其是在前期刚刚发现功效时，便被浪费了不少。等到素心剑斋开始严格管控之时，所存便只有数十块。

因为只是对五境的修行者才有莫大功用，而不能够用于六境到七境的破境，所以这种秘法琉璃只是在素心剑斋的某一时期，帮素心剑斋造就了一些六境的修行者，并没有给素心剑斋带来脱胎换骨的效果。

到最后这秘法琉璃被外界所知时，素心剑斋的秘法琉璃也只剩下几件。到了这代的素心剑斋，就只剩余了一件。

这只剩余的一件，便自然是要留给最有天赋的学生。然而什么样的学生才算是最有天赋的学生?

舍不得用就是舍不得用。

然而丁宁显然觉得这秘法琉璃正适合现在的夏婉。

所以他让张十五来的目的，便是要让夏婉用强硬的手段执掌素心剑斋，然后动用这秘法琉璃。

现在夏婉动用这秘法琉璃，整个素心剑斋没有人会不服。

——无罪《剑王朝》：第八卷 长生　第一百二十六章 水到渠成

《剑王朝》将这种正三角视线汇聚于我们读者/受众身上这一点，让整个场景故事建构成一种“金字塔”式的宝石菱钻——从故事文本中的“正三角”到故事文本之外的我们这一顶点，整个“金字塔”打通了故事戏剧的“第四堵墙”，跨越了虚拟—现实的交互界面；但同时又建构起了一个故事大厦和多维时空在类似于“虫洞漩涡”之中所形成的“故事迷宫”。

但另外一方面，它在朝外延伸出“金字塔”式的阅读结构之时，又向内收缩，像石油钻探一样钻取地心的宝石菱钻。但最终钻向的并不是隐藏于“故事之心”中的奥秘，而是想钻探、挖取和呈现隐藏于故事之里、但又超越了文本之界的作者之心——他的意图、动机、隐秘的私货（强行塞进故事之中、私自夹带的故事走私货）和无意识的情结和取向；特别是在他的星辰脑海和心灵深渊之中横冲直撞、沦陷于“故事迷宫”之中但其实又增加了“故事迷宫”复杂程度的那一个牛头怪兽。

也就是说，这种“金字塔”的宝石菱钻，串起来的并不仅仅是场景里的这几方人物（主反角、旁观者、解说员）——就像羊肉串一样，而是贯通读者的眼球、故事迷宫和作者的脑海。它钻探的其实是我们的心灵之域和人性本能深渊中那些幽微而又精深的欲望与精神需求暗流。

第十六章

“虐渣—造爽”模型

从“爽点IP原理”到“故事迷宫原型”

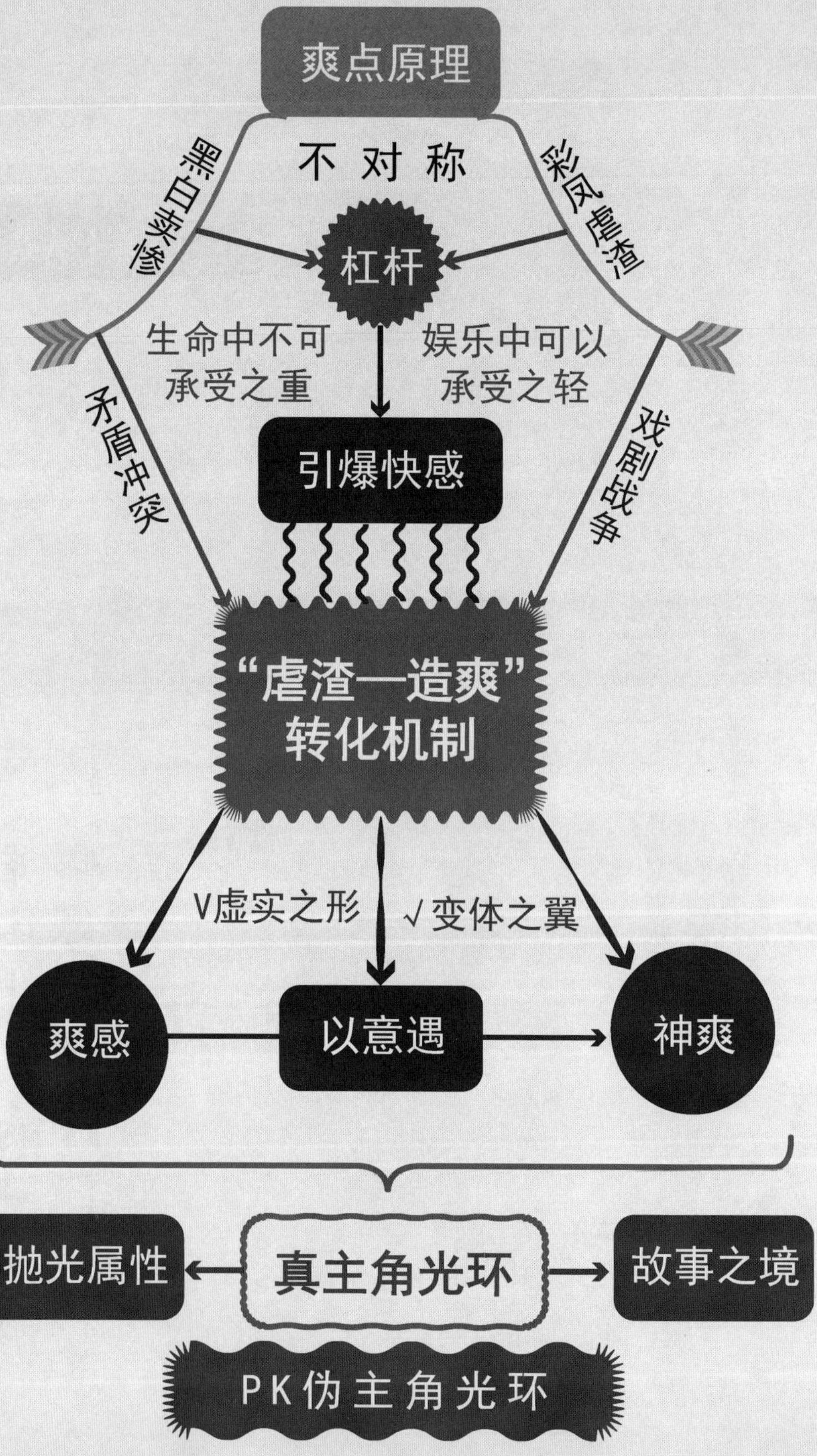
爽点原理
不对称
黑白反差
彩凤虐渣
杠杆
生命中不可承受之重
娱乐中可以承受之轻
矛盾冲突
戏剧战争
引爆快感
"虐渣—造爽"转化机制
V虚实之形
√变体之翼
爽感
以意遇
神爽
高抛光属性
真主角光环
故事之境
PK伪主角光环

从爽文到爽片、爽剧，从爽漫、爽游到爽文创，从圈层爆款作品到大众现象级产品……为什么网络文学超级IP在影视剧集改编过程中，甚至在文影漫游联动甚至整个文创集群全版权链形态、全产业链业态和全价值链生态系统的IP化之旅，更容易失败而不是更容易成功？

其概率高低，犹如我们研判超级IP时代“人人都有一个迪斯尼的伟大梦想”“PP（个个IP）都有建构漫威宇宙的宏伟抱负”。我们往往关注的是整合资源、战略卡位、异业联盟等外部合作，而非内在“解决IP化的现实痛点和可持续能力建设”，特别是贯通全版权链、全产业链、全价值链“讲故事”的核心能力建设。这只是转型、升级与不同界业联合“搞点事儿”，却不是转场、升维、跨界构建可持续的核心竞争能力和发展能力。[①]

我们建构了一个“方法模型”，用来分析爽文爽剧IP化的内在故事逻辑问题：调性[②]、人物设定和故事迷宫[③]，犹如三个支点，撑起一个故事金三角甚至是立锥体。这个其实适用于任何IP化的作品与产品。

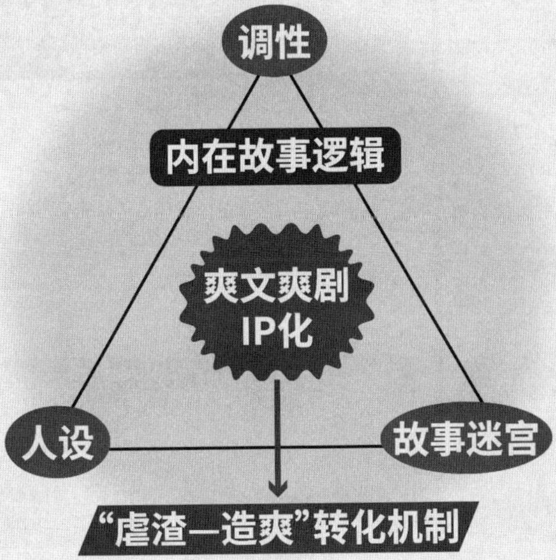

但是，从爽文到爽剧，整个故事星球旋转的轴心，却是迥异于其他类型潮流的，被我们提炼和概括并造词和命名（解读、诠释和建构）为“虐渣—造爽”的转化机制。

这种“虐渣—造爽”转化机制本身的爽点原理、爽感杠杆和爽文/爽剧/爽品故事技术指南，也是值得深入解剖的。

---

① 参见庄庸、王秀庭著：《国家网络文艺战略研究：中华文化强国新时代》，“互联网+新文化”丛书，中国作协中国网络文学研究院扶持项目（2018），福建教育出版社，2018年版。

② 参见庄庸、杨丽君等主编：《爽感爆款系统：中国网络文学阅读潮流研究（第3季）》，华语网络文学智库丛书，中国青年出版社，2020年版。我们对从天蚕土豆《斗破苍穹》爽文爆款的“爽机制”，到IP化的现象级爽品的“调性”，进行了专题分析。

③ 参见庄庸、王秀庭著：《国家网络文学战略研究：从“现实题材”到“书写新史诗”》，华语网络文学智库丛书，中国青年出版社，2020年版。

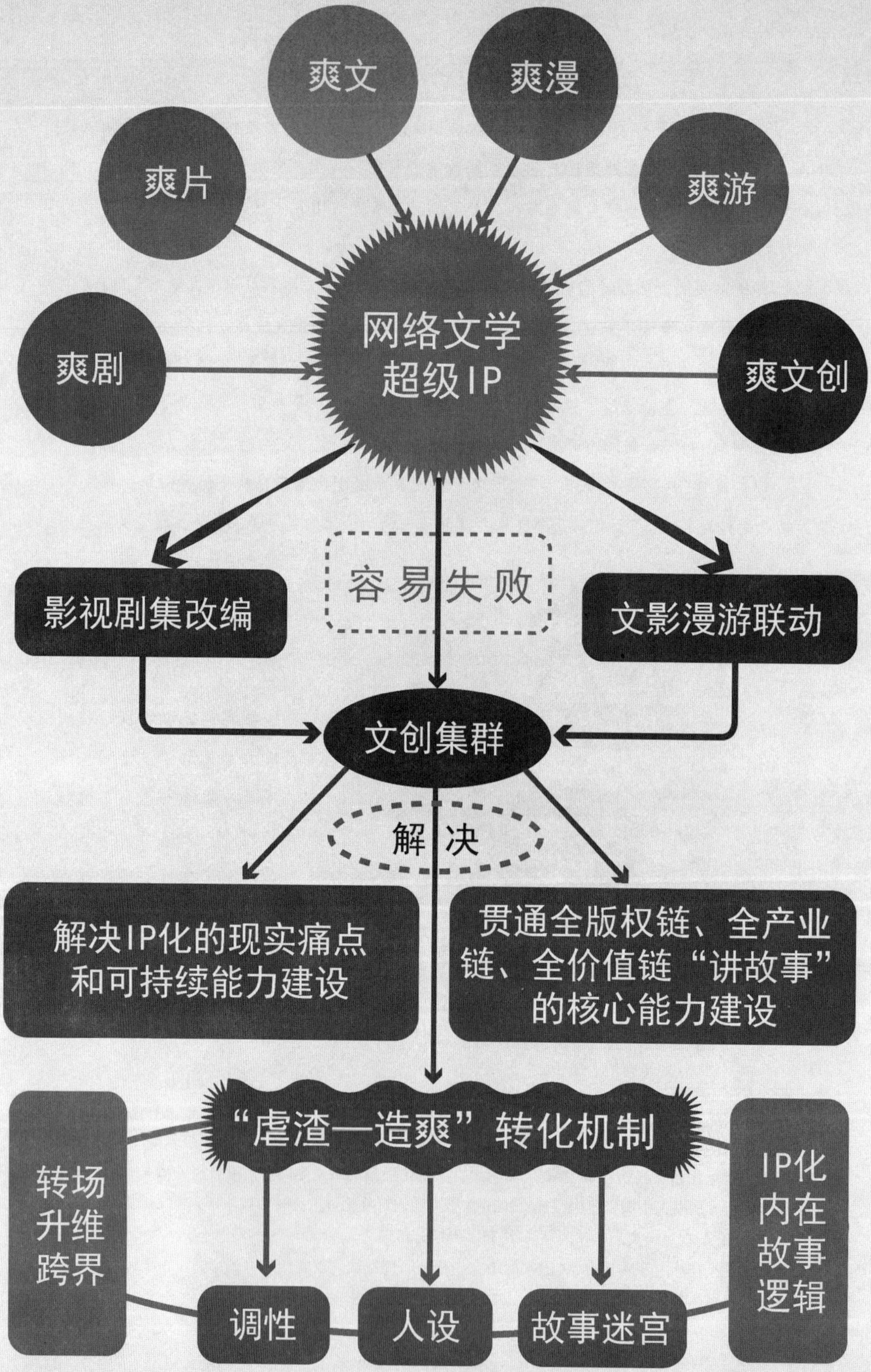
爽文
爽漫
爽片
爽游
网络文学
超级IP
爽剧
爽文创
影视剧集改编
容易失败
文影漫游联动
文创集群
解决
解决IP化的现实痛点和可持续能力建设
贯通全版权链、全产业链、全价值链“讲故事”的核心能力建设
“虐渣—造爽”转化机制
转场
升维
跨界
IP化
内在
故事
逻辑
调性
人设
故事迷宫

第一节 爽点原理：

从黑白“卖惨”到彩凤“虐渣”双飞翼

“爽点”创造的切口和位移/位置图，是我们需要考察的第一个切入点与着力点——它是否能够戳中人的现实痛点、心理与精神需求的爆发点？

从此出发，它的杠杆，便是所谓“需求层次理论”—“需求不满足理论”的层级模式，能够四两拨千斤地撬动从个体—大众心理到国民心态、整个民族国家集体情结甚至人类集体无意识的社会现实、心理需求与文化机制体制，从而引爆“爽感建构”的兴奋愉悦潮、高峰体验以及集体共鸣的爽文化现象。

以四两拨千斤，撬动爽感需求与爽文化潮流，有一个极细、极实但是极巧的小切口，便是主角光环之下的反角/配角卖惨原理：在主角光环星光闪耀之下，一切反角或违背主角意志的配角，均沦入不得不、必须要“卖惨”的境地：他们卖出的惨越多、越重，我们“买”（阅读也是付费行为）的爽越高、越嗨。

故事中很多“心比天高、命比纸薄”的正角跑龙套或反面配角，在主角光环照耀之下，都不得不哀叹自己的命运之花为何就此凋零，难以置信自己的命运竟然就这样OVER（结束）了：序幕都还没有完全拉起，我的人生，为什么就这样落幕了?!

说好的主角光环呢？说好的星光璀璨呢？说好的人生大舞台、镁光灯全聚焦、人生咏叹调独奏，或史诗大合唱呢？

说好的“我就是那聚万千视线于一身的领唱或者独一无二的指挥——棒”呢?!作者，你到底是不是我的亲妈或者亲爸？

唯有后妈生后爸生的人物和角色，才会在作者毫不留情的笔下，迎来如此悲催的人生和极其残酷的命运——落笔即诞生，“我”以为“我”生下来就是自带光环的主角，结果却变成被虐的配角；主角把“我”虐得越惨，吃瓜群众越爽。

“我”自以为堪比瞎子阿炳《二泉映月》的“卖惨不卖艺”，恨不得人人见之落泪、闻之悲叹，但事实上，大雪茫茫，连一个吃瓜的群众都没有——他们一窝蜂地跑去看爽文主角“耍大刀、吞火舌、舞狮舞龙”各种爽艺绝技！

就算留了一个人，也肯定是脚瘸跑不快的或者是脑袋不太灵光、反应比较迟钝的。等反应过来时，人人都跑得就只剩他一个人，他再怎么像刘翔一样起步加速度，也要落到所有人的最后。所以，他会恨恨地唾一口唾沫、踩一脚、欲跑还止——因为看见了“卖惨的反角”！

所以，非得踩反角一脚，他才会瞬间从“很不爽”的心境，变得“突然高兴起来”；甚至，就像插上了一对“爽感发动机的翅膀”，越跑越快、越跑越轻盈，简直比刘翔百米冲刺的速度还要快，或者比爱情加速度却跑不赢的房价飙升速度还要快，甚至有些飘飘然“身在苍穹之下、心却在云端之上”的超爽感觉……

因为，有了垫脚石的感觉真好：用力一蹭，就能坐上火箭噌噌噌地直升，甚至直飞外太空、宇宙星际，开始星辰大海的精神征程。

没错，这就是“阿Q精神胜利或者征服法”：总有比“我”更惨的人；只要蹭一脚他们卖惨的人生垫脚石，我们就能坐上“爽点直升火箭”，踏上一段已知的“超爽感觉之旅”，甚至可以在“爽文”那一双绝世无双、堪比鲲鹏的爽点翅膀的支撑之下，遨游于九天之外、星辰大海之间，获得超爽超嗨的高峰体验和神爽兴奋点。

这真的就是一个“卖爽不卖惨”的时代！所有的“惨状”，其实都成了“爽点”的对比性羽翼——只要这种“卖惨”能够跟“虐渣”关联起来。

就像黑白翅身与七彩羽毛一样，以“爽点”为黑白翅身，以“惨”与“渣”（或“卖惨”与“虐渣”）为七彩羽毛，从而构成爽文之中昭于天下的七彩凤之翼——一张开就光彩夺目，绚烂缤纷，“亮瞎了谁谁谁的狗眼”。

但是，“卖惨”，其实就是乌鸦之翅，半黑白半透明，不会过于引人注目、喧宾夺主；“虐渣”才是那光彩夺目的彩凤之翅，犹如孔雀开屏时那一个又一个亮亮的彩眼。

这一对类似鲲鹏之翅的造爽双翅，绝不是对称的，而是不对称的——“卖惨”的乌鸦黑白翅，永远都要比“虐渣”的七彩凤之翼低那么几十度：就像在酒局上敬人酒时，手中所握的酒杯，永远要比被敬之人低那么几寸，以示谦逊和谦卑，以示放低身段敬重对方或者自抑身份和社会地位。方寸之中，便是浓缩世间风云于笔端。“世事洞明皆学问、人情练达即文章”，这就是分寸。从方寸到分寸，一字之差，更是人生修行境界之距。

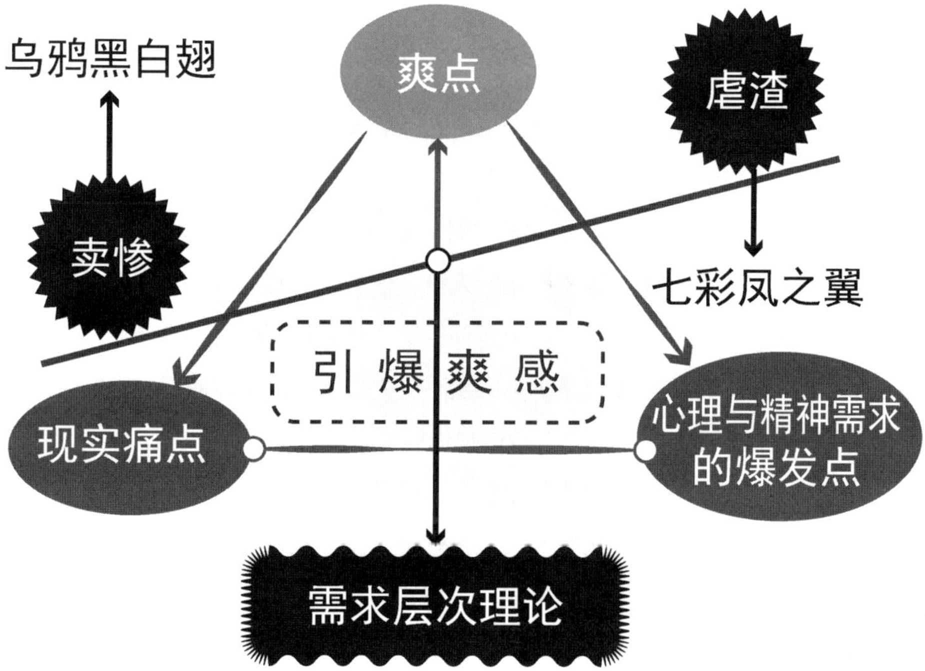

从“卖惨”的乌鸦黑白翅，到“虐渣”的七彩凤之翼，形成了一个倾斜的杠杆，犹如那个已经近乎绝迹的传说“仰望四十五度角的忧伤”——现在却是倾斜十六度到六十五度，来撬动超爽的高峰体验。

从“卖惨”到“虐渣”，其实就是一个四两拨千斤的杠杆，为制造“爽点”、引爆“爽感”提供源源不断的“爽文元气”。

“卖惨”有多多，“虐渣”有多重，“爽感”引爆就有多高多嗨。因此，重心向“卖惨”位移，但它绝不是重点——“爽点”才是重点和支点。

就像“卖惨”不是目的，引爆“爽感”才是终极目标，而“虐渣”就是超级手段。

第二节 爽感杠杆：

把“反角”虐成一条狗的“渣角”

卖惨的人不是主角，而是被自带主角光环的人“虐渣—造爽”的配角——甚至，连配角都不是，而是跑龙套的，甚至是炮灰。

这才是人生之中最现实、最残酷、最无奈但却最真实的“惨”：很多人做着“主角的光环梦”，事实上却顶着配角的人设，干着跑龙套的活，甚至迎来炮灰的命——主角是把你当成垫脚石，登上光环笼罩、星光璀璨的人生舞台的！你都不是那重要的一块垫脚石，不过是少你一块不少、多你一块不多的不起眼的普通一块。人生舞台需要很多砖，哪里合适就把你往哪里安！

很多时候，我们在生活之中的角色，不过是一个宏大的时代大厦和他人人生建筑中察漏补缺的边角料而已。爽文不过就是个三棱镜，把人生之中很多看不见或者视而不见的人生边角料，缝补成一个似曾相识、虚实变幻的故事幕布，把它涂抹成五颜六色、奇形怪状或者搞怪恶趣的变形镜，逗得大家哈哈一笑、神清气爽；却认不出来那个被主角踩在脚下、啪啪打脸、虐得只能卖惨逗乐的“小丑”或炮灰，其实就是已经“变形”了的我们的影子，甚至就是我们自己。只是每个人都健忘，或者熟视无睹。

从“卖惨”的乌鸦黑白翅，到“虐渣”的七彩凤之翼，为何要以“爽点”为翅膀，引爆“爽感”潮流高峰体验？

特别是，我们在社会现实生活之中的“惨状”，何以能够转化成爽文之中的“虐渣之爽”？

这就是“由惨到爽”的“虐渣—造爽”转化机制：自带主角光环的人，将“卖惨”的人（配角/跑龙套的/炮灰）与“渣行”关联起来，通过实施“虐渣”的行为，将其转化成“超爽”潮流的引爆点——这就是“虐渣—造爽”了。我们的爽点来自主角将对手/敌人/竞争者虐得像条狗，让他们满世界找落了一地的牙！虐得越惨，爽点越靠前，撬动的爽感就越嗨。

这就是杠杆原理。四两能否撬动千斤，“卖惨”能否撬动“爽感”，就取决于“虐渣—造爽”的转化机制：爽点原理、爽感杠杆和爽文/爽剧/爽品故事技术指南。这种转化机制的支点和位置在哪里？越靠近“卖惨”的距离，就越能撑起“虐渣”的位置，就越容易起到撬动引爆爽点与爽感潮流的杠杆作用；而且，“虐渣”的砝码加得越重，造出来的爽感潮流就“抛”得越高——这就是普通人和世界举重冠军的杠铃之差。

加诸哑铃的重量，当然不如杠铃一样垂直降落、断崖式垂落；冲击在“卖惨”（犹如天平盘一样）上，所带来的震荡和抛力也不如杠铃来得猛烈和有力度。“虐渣”从某种意义上来说，就是以这种所谓惨与渣之分量和重量（程度与力度）来计量（计算、测量和量化）的——是谓“卖渣乃生命（当然是从配角到炮灰）之中不可承受之重”；但是，“虐渣”（从主角到作者再到我们读者）是娱乐中可以承受之轻。从“爽点”到“爽感”，是以高度、高潮和高峰体验（如超嗨）来定量和定性（状态与持续效果）地衡量三果（所谓结果、成果和效果）的。

于是，“虐渣—造爽”的支点效应、杠杆原理和转化机制，就是通过“四两”如何才能“拨”（撬动）千斤的放大、扩大与增大来权衡的——从生命中不可承受之重的“卖惨”，到娱乐中可以承受之轻的“虐渣”，完全就是靠主角碾压配角的不对称性来实现的：越是不对称，就越能制造出这种戏剧性的效果。

这是一种双重的不对称结构：从表层结构看，对手、敌人和竞争者之强大，远非弱小的主角所能对抗的；主角必须越阶、越级甚至越境而战。但从深层结构来看，却是主角王者归来、扮猪吃虎，或者身怀异宝、天赋异能……

总而言之，主角必将具有比渣角（配角和反角）更高级别甚至更高维度的“四力重锤”（潜力、能力、实力和势力），犹如雷神之锤，就算从高空自然坠落，亦可形成“降维打击”，对渣角（配角与反角）之“装神扮王”（配角一出场就是气压全场：我就是神，我就是王，我就是不可一世的主角）形成“粉碎性”的冲击、打击和重击——再强大的对手，也终将被主角虐得像狗，甚至最后变成了主角草根逆袭王者巅峰的炮灰。

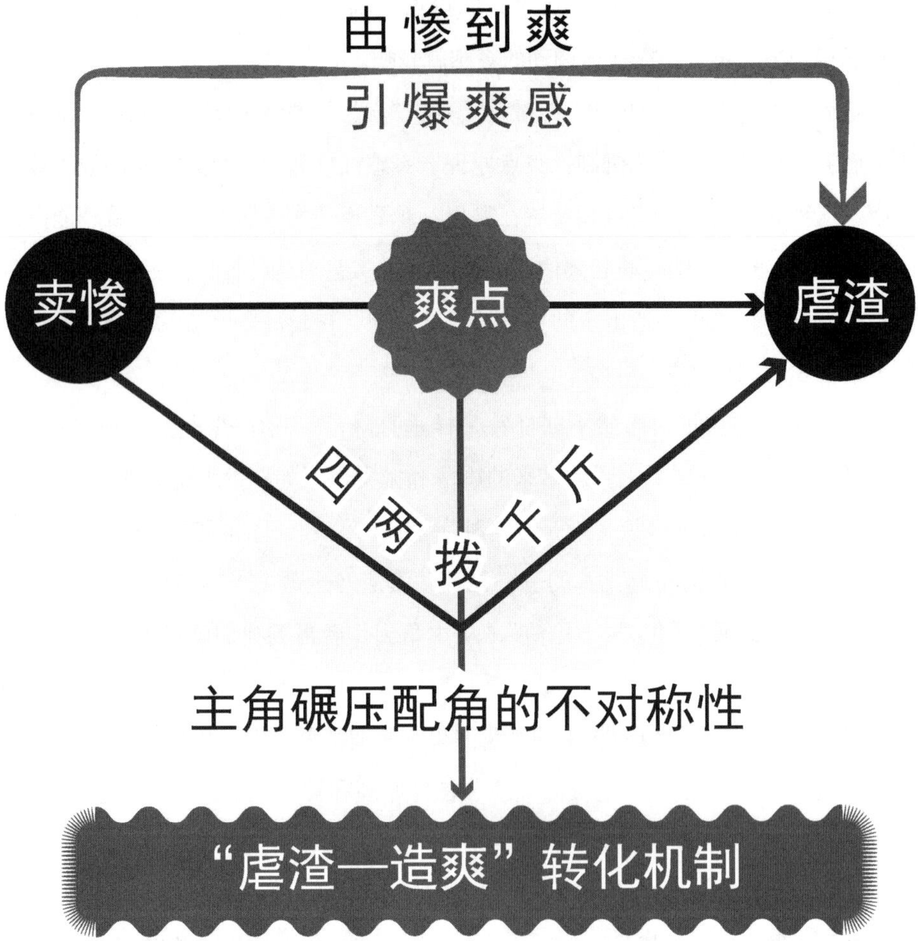

就是在这种不对称的“虐渣—造爽”的支点、杠杆和转化之中，爽文才能形成反差与张力，形成一系列的矛盾和冲突、戏剧和战争，从而形成引爆“爽点”和建构“爽感”的浪潮与高峰体验。

特别是，主角这种“高抛光”、断崖式垂落和降维打击之“重”，形成了“虐渣”的强冲击力；而越是这种强冲击力，借助于主角对炮灰配角“虐渣—造爽”的支点效应、杠杆原理和转化机制，就越容易推波助澜，形成、引爆甚至持续不断地推动一浪高过一浪、一波接着一波的“爽感”浪潮与高峰体验。

第三节 双生之虹：
从“爽感V”虚实之形到“神爽√”变体之翼

用以“看得见”的形象表达“看不见”的抽象东西的方式来说，这种“爽感”介于看得见和看不见之间。

它并不是某个肉眼可见的具体之“点”——但它的确存在着一个像巴黎埃菲尔铁塔一样的尖顶之点。但这个“顶点”只是一种由实到虚的巨大抛物线的中转站——在它们之间，就是那一波三浪、波浪成潮的爽感潮流。

每一个肉眼可见的关键点，都是这个抛物线实段轨迹上的爽点；而无数的爽点勾连起来，就成为一条可暴露的爽感体验轨迹线。而那个“顶点”就是高峰体验的爽感之巅。

但这就完了吗？没有。这顶多算是前一段旅程。

就像埃菲尔铁塔的顶点之尖，是凡世之旅的终点，却是出尘脱俗、非凡之旅的新起点。我们所能抵达的，只是肉眼所见、感官所及、身心所能达到的高峰体验而已。

从此出发，它由实向虚，转入了一种身心不可见、只可意会而不可言传的精神体验之旅——就犹如从“爽感”转向“神爽”：“爽感”还是能让我们体会到肉身的沉重，但是，“神爽”才是插上灵魂的翅膀。

犹如翱翔于苍穹的雄鹰，因为其飞得高、飞得远，才能成为移动的坐标，让我们远望苍穹更高更远之地——如果没有雄鹰翱翔于天际的那一个可见亦可想象的“黑点”，我们是无法窥探从塔尖到九重天外的苍穹之旅，是如何辽阔和辽远的。正因为有了这样振翅高飞的“黑点”，我们才能由实向虚，在那看得见的位移“黑点”之中，看见那原本看不见的苍穹之旅，直抵那想象之间更为波澜壮阔的星辰大海新征程——苍穹之旅已不可见，“我们的征程是星辰大海”更是在“想象的宇宙”之间。

“四方上下曰宇，往古今来曰宙”，所有的想象仍然是在这种多维时空的宇宙之间——我们除非找到那种能够转场、升维和跨界的“节点”，才能进入新的场景、更高的维度和不同的界域。

从某种意义上来说，那个肉眼可见、感官可以体验的“高峰体验的爽点”，其实是“爽感”的顶点，也是“神爽”的价值洼地——“触底即起弹点”。犹如我们庖丁解牛天蚕土豆《斗破苍穹》的爽文结构时，一直在形容的“V”字形拐点：触底即反弹；爽文就是在这样的人生折返点上制造爽点、建构爽感的①。

但这两者其实还是有本质区别的——因为那个由实向虚、从“爽感”到“神爽”的抛物线，并没有触底反弹的底点，而是直接从顶点迈入苍穹。

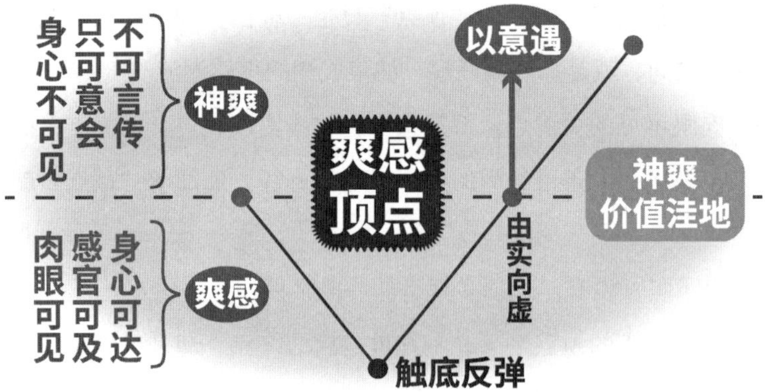

犹如人站在埃菲尔铁塔的顶点之尖上，忽然展翅高飞。我们或许还能看见那像雄鹰一样通过黑点位移的苍穹之旅——那是人间之“爽感”的延续。但是，我们看不见的，却是那像鲲鹏展翅一样“不知其几万里”的星际穿越或星辰大海之旅——那是天上之“神爽”的新征程。

这是另一种“V”字形的变形：从比翼齐飞的“大雁之人形”，到就像“√”字形一样不对称的变体之翼——而且那更长的一翼，犹如孔雀之翎，从实到虚，犹如七色彩虹一样：从爽感到神爽，就是这其中最重要的双生之虹。

这里面其实也隐藏着一个从渐变到突变、从量变到质变的变化轨迹：从“爽

① 参见庄庸、杨丽君等主编：《爽感爆款系统：中国网络文学阅读潮流研究（第3季）》，华语网络文学智库丛书，中国青年出版社，2020年版。

感”到“神爽”，从“以目遇”可以捕捉到的抛物线，变成了只能“以神遇”不可捕捉的星际旅行。

两者之间，最重要的衔接点和转化通道，就是“以意遇”：可意会，而不可言传；意在言外，但又确实在言语之间。“神爽”其实说到底，就是“爽文”和“神思”之间嫁接的语言、语法和语感彩虹之桥。

刘勰《文心雕龙 · 神思》之说，颇能形容这种意旨：寂然凝虑，思接千载；悄焉动容，视通万里。吟咏之间，吐纳珠玉之声；眉睫之间，卷舒风云之色……故思理为妙，神与物游。

可以说，从“V”形爽感建构到“√”形神爽彩虹之轨，其实就如鲤鱼跳龙门一样：鱼跃龙门，便化神龙；但潜龙在渊，便如鲲鹏修炼鱼子——这让我们又强行将猫腻《将夜》之中的“鱼龙帮”和《庄子》中的“北冥鲲鹏”联系到了一起。但这次我们坚决不能再跑题了——言归正传，我们庖丁解牛的天蚕土豆《斗破苍穹》的爽点“V”形结构，其实适用于这个“虐渣—造爽”转化的支点和杠杆结构。

事实上，我们在《斗破苍穹》文本分析之中浓墨重彩解剖过的“哑铃—杠铃”模式，同样可以拿到这里，来看这种从“卖惨”到“虐渣”之间码码加重的等级体系：从哑铃到杠铃，不但是“重量”的量变，亦是“分量”的质变；就像不同公斤的杠铃之间，不仅仅是举重的数量级变化，同时亦是破世界纪录从可能性到实现的突破界限。

这就是为什么“被虐的人”，总是要按照分量大小来排序；分量越重的人，越往后排，卖惨被虐后转化的爽感就越嗨。因此，从“卖惨”到“虐渣”这条实线之下，围绕“有分量的人序列”，其实还应该再划出一条虚线：“卖惨”之前其实是“卖伪主角光环”，“虐渣”之后是“主角逆袭巅峰”或“王者归来”。

如前所述，反角一出场，就是气场超强大。越有“伪主角光环”，越有四力（潜力、能力、实力和势力）王者荣耀和圣光加持，越能让除了主角之外的其他所有人都黯淡无光，后面就会被虐得越惨、让我们越爽：不怕货比货，就怕人比人——货不如货，还可以退货；人比人，哪里都是伤害！除了比下来自叹弗如的吃货！

第四节　高抛光属性：
从“伪主角光环”到“真主角光环”

在反角“伪主角光环”光芒万丈、荣耀四方、能量加持之下，真正自带主角光环的主角反而声名不彰、实力不显、废柴模样。

因此，当主角和反角“硬杠”上时，所有人都不看好主角，觉得他就是反角成名立万路上的炮灰一枚。

只有我们这些身为剧外人却被裹挟进了故事之中的局内人，才知道实情并非如此。这就形成了所谓的“爽文阅读期待”。

不出所料，剧情逆转，主角碾压反角，并且形成以“四力”（潜力、能力、实力和势力）逆袭的王者归来之重锤，打碎了反角的“伪主角光环”——犹如圣光加持、王者荣耀的神之子，被打落尘埃，变成如蝼蚁一样在泥泞中挣扎求生的乞丐。

很爽很爽的感觉，就是在这种主角把敌人/对手/竞争者虐得像狗一样满地找碎落一地的牙的——找回来还没办法装回去继续啃肉骨头——“虐渣—造爽”逆转之中。

没错，我们又跑题联想到了猫腻《将夜》之中被宁缺警告“看上去长得很美，但就别想得那么美”的天之骄子隆庆皇子：被越境反超的真正主角宁缺打落尘埃之后，他确实被作者亲爹虐得像狗一样。虽然给了他无数次翻盘的机会，但都是看上去很美，其实不过就像角斗场上豢养的猛兽——越凶猛，在角斗场上就会被虐得越残酷，就越容易激起和燃烧围观众“沸腾的热血”——那可不是流鼻血而已。

从这个角度来说，天蚕土豆系列IP改编影视剧——从《斗破苍穹》到《武动乾坤》——都没有抓住这种从“卖伪主角光环”到“王者归来”的虐渣—造爽

“沸腾的热血”爽感机制。至少，在电视剧《武动乾坤》之中，主角在角斗场的那一场大戏，本应是爽出满腔沸腾的少年热血，结果却是虐出一地鸡毛的狗血。

完整地说，这种“虐渣—造爽”转化结构——请注意我们把它形象地比喻成一条在水平面之上倾斜的杠杆——其实是嵌入了一条“V”字形的“卖惨—虐渣—买爽”结构：主角以超越一切“四力模型”（重要的事情重复三遍：潜力、能力、实力和势力）的“主角光环”，对于看似自带“伪主角光环”的反角，形成像雷神之锤砸球（不是铁球是混球）一样的垂直、重锤、降维打击，一竿子捅到底，一路击打到那个“虐渣—造爽”的支点之上。

支点即拐点，于是，那废柴逆袭、王者归来、荣耀之巅的“主角光环之球”，就从杠杆那另一个端口（天平之盘）上腾空而起，形成了我们所谓的从爽感到神爽的抛物线——与这条抛物线相切、与那个“虐渣—造爽”支点相接的V字形斜边线，就是从反角到主角“真伪光环”的逆转坡面：反角从“伪主角光环”卖荣光的顶点，掉落到卖惨卖到极点的触底点，就是主角“虐渣”虐到极点，然后反弹高抛主角光环的折返点。

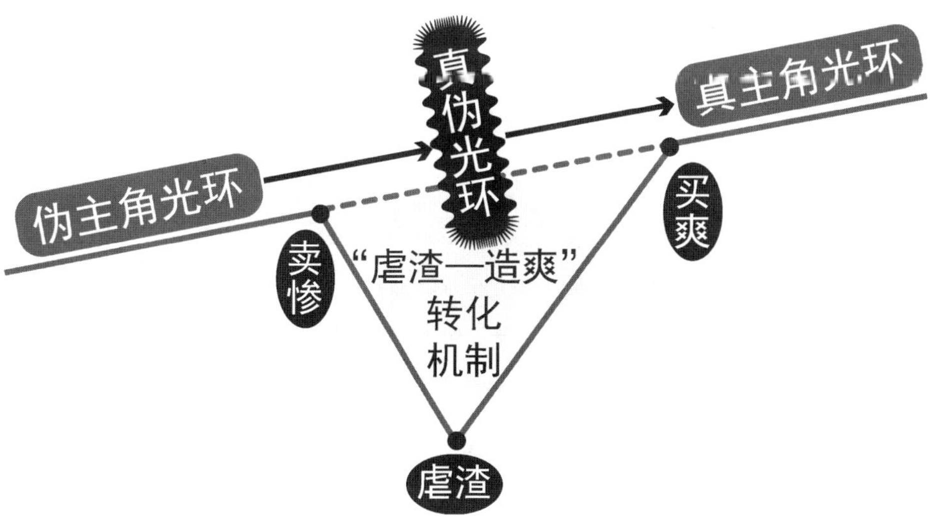

反角从卖荣光到卖惨、卖渣、买虐，卖得越彻底，就意味着主角从“装傻卖乖”“扮猪吃虎”到“王者荣耀”、征伐四方的主角光环越“高抛光”。

而我们，其实就像吃瓜群众一样，坐待这样的逆转、逆袭和巅峰的爽点之路和爽感之潮——只不过，我们嗑的不是瓜子，看的不是戏；我们买的是“惨”，看的是“虐渣”，享受的是“爽”。那个在名、利、权、色等角斗场上竞技的主角，不过是我们的替身，代我们下场，去体验那刀剑丛林之中的“虐渣—造爽”之旅。

从某种意义上说，我们这儿所说的“虐渣—造爽”转化结构，其实和我们所庖丁解牛的《斗破苍穹》之中的“废柴—天才”逆袭模式一样，是相互嵌套的。这就像湖边白塔，相互倒映。湖中白塔未必就是虚影，或许通往的是更为神秘的幽深之域。而岸上白塔，也未必就是实景。它或许就像通天塔一样，真正应该抵达的，是那从苍穹之旅到星辰大海的星际穿越才能抵达的造物之境。

爽文中主角光环的“高抛光”属性，并不仅仅就如珠宝行业的常用术语一样，让珠宝金属具有像镜子一样光滑的表面，而是让它具有宛如流星逝去或雨过天晴后留下的清晰可辨亦可吸引人眼球、引爆潮流并建构爽感的轨迹，同时也具有双向照射、扭曲水中白塔与海市蜃楼一样的功能与作用。

“故事之境”本身就是一个交互界面，甚至就是一个多维时空的“魔幻迷宫”。爽文主角自带光环的高抛光属性，为这个虚拟—现实的交互界面，提供了像金毛线球一样的故事线索，让我们跟着爽点走向爽感驱动的路线、方向和出口。

但另一方面，这却让我们有可能沦陷于从爽文到爽品的爽点本身的情节轨迹线，而无意于探讨爽感建构的机制体制，遑论探索神爽体验的想象宇宙；甚至根本就不可能意识到应该超越爽文、爽剧、爽片、爽游、爽漫等形态与业态的界域，深入整个社会寻找爽点和建构爽感的社会现实、心理需求和文化机制体制；甚至在更高层面，在脑科学、人工智能、互联网类脑化等“制脑权”之争的前沿趋势之中，去发现从“爽感文化”到“神爽”内在价值系统在整个脑域和脑图重塑之中的战略价值与意义——这本身就是不同场景、不同维度、不同界域的“魔幻迷宫”，让我们身陷其中，却并不自知。

爽文其实是包裹在故事迷宫外面的糖果彩衣。我们在其绚烂多彩、摇曳多姿甚至多滋多味的“巧克力—潘多拉魔盒”外包装之中，迷失于爽感之境，而无意、无力寻找进入故事、人生和世界的更深层次、更高维度、更大内核的迷宫之境。

第五节 爽品建模：
从“虐渣—造爽”IP指南到“故事迷宫”原型系统

由此，我们可以从爽文到爽剧、从爽游爽漫到爽文创，解读、诠释和建构一个“爽品”的造词、理论与方法论模型：从“虐渣—造爽”，来探索和实践讲故事、写爽文、IP化的技术指南；以“故事迷宫”为内核，来考察从爽点到爽感再到神爽的创作与生产机制体制的金字塔系统。

而它所遵循的逻辑和原理——

从小处入手，就是所谓生活剧：“艺术来源于生活又高于生活，但事实上生活比故事精彩——从微观看，人生如戏，戏如人生，生活本身就是一部悲欢离合的剧。”

从中观入手，就是我们常说的网络小说映照现实、爽文故事重组人生、创世戏剧创造世界的“新社会现实感”。①

但从更为宏观的角度讲，其实就是故事、人生和世界都被建筑成一个“魔幻迷宫”——整个宇宙都是一个故事迷宫；而它就被浓缩于方寸之间的笔端，宛若在针尖上舞蹈，却在演绎着整个大千世界的悲欢；所作所为，不过是在寻找一条走出迷宫的道 · 路。②

网络文学讲故事写爽文，如果以“虐渣—造爽”转化机制为故事旋转的轴心，那么，调性、人设和迷宫这“金三角”到“金字塔”（多维立锥体），就呈现了多种场景、多种维度甚至多种时空的复杂结构。

① 参见庄庸、安迪斯晨风著：《忘语与〈凡人修仙传〉》，网络文学名家名作导读丛书，作家出版社，2020 年版。

② 参见庄庸、王秀庭著：《国家网络文学战略研究：从“现实题材”到“书写新史诗”》，华语网络文学智库丛书，中国青年出版社，2020 年版。我们在这部专著之中，专章研究“魔幻迷宫：从传统文化母题、类型模式、故事原型，到新时代中国网络文学+影视文创发展新范式”。

就像“迷宫”这个词本身，其实就体现了从“篝火旁的故事”到“故事小木屋”再到“故事建筑大厦”、从“史上最原始的地下/平面迷宫”到“人生迷宫、世界迷宫、宇宙迷宫融于一体的多维时空故事迷宫”等故事本身的建构性、复杂性与多维性。它有着不同的解读、诠释和建构。

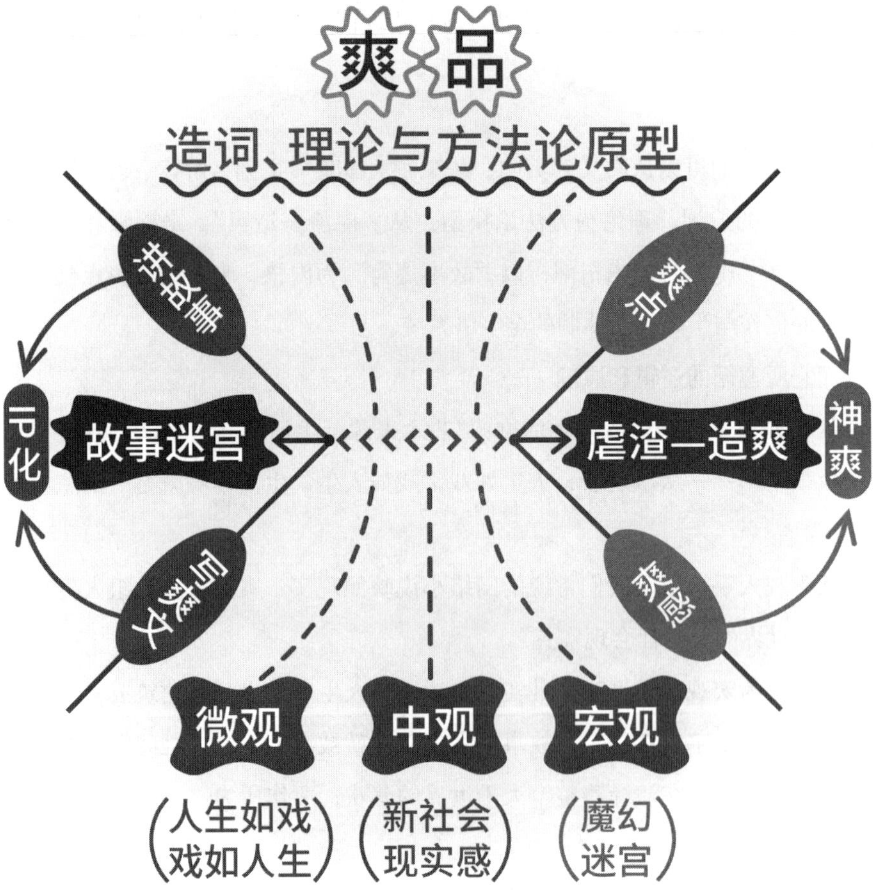

就像我们反复举例的模式：马克思从“商品”这个核心细胞（理论基石、思想细胞和社会基元）出发，将复杂的早期资本主义社会“复盘”和“分解”成一个个独立运作又相互联系的组成部分，然后又重组和重构成一个“资本论”的故事和理论大厦。一代又一代人解读、诠释和建构“资本论”的故事、知识与理论体系，入口看似一致，出口却迥然不同，更别说中间的道路万万千千。这真的是“一千个人心中有一千个哈姆雷特、一万个人能读出一万种《资本论》、不同的人在《红楼梦》里会读出不同的味道”。其实就是，迷宫只有一个，但解谜方式有万千。

不管怎么说，故事本身有着自身独立、独特的“建筑体系”——这就是我们为何常用“故事建筑”而不是“故事模型”的原因。

故事模型，就像玩具模型（如车模）或是沙盘模型，总是按照原物成比例地精缩——即使再精准，但也失之于方寸。何况，模型和原物之间，差的不是规模大小、复原复制程度，而是生命或动力机制，甚至是恣肆快意的精气神——遥控一辆跑车模型，和真的驾驶一辆跑车，能一样？

讲故事写爽文，提供的不是一种“故事模型”，而是一种“故事建筑”——在这种故事建筑之中畅游或者奔跑，能够像开跑车一样恣肆和快意，这其实就是那种所谓的“爽感”。但是，除了这种在一望无际的故事原野中策马奔腾，或者在狭窄逼仄的跑车赛道里跌宕起伏、险象环生所体验的不同爽感之外，“故事建筑”本身也具有让人深陷迷局的可能性——就像在都市丛林或城市建筑之中穿行，我们经常会迷失方向，辨不清、找不准自身的位置和状况。

更为复杂的是：这种故事建筑往往就是“时空旋转门”。任意一扇门、一条道路、一个方向，都会让我们通向不同场景、不同维度、不同界域甚至是不同时空的“魔幻迷宫”——如前所述，人生迷宫、世界迷宫、宇宙迷宫，都融于这多维时空的故事迷宫之中。

我们会身陷其中而不自知。因此，需要在“故事建筑”和“魔幻迷宫”之中，复盘、解构和重构，最后能够像“掌中观山河”（仰观天文、俯瞰地理、遍阅人文），或者像科幻影视和虚拟—增强现实技术一样，能够将那不同场景、不同维度、不同界域的多维迷宫，映照于我们眼前——就像纯粹由光线和节点组建的“迷宫影像”。

从“掌中观山河”到“眼前虚拟成像”，其实是另外一种解读、诠释和建构故事迷宫的“模型”——它要在庞大的迷宫建筑群之中，寻找那最根本的“原型”。这是另外一种“建模”。

从某种意义上说，我们对故事文本的解读、诠释和建构，也是一种“建模”：希望能在庞大的故事文本和强大的“魔幻迷宫”之中，找到那最根本、最核心、最本源的“原型”，从而让我们在如“当局者迷”一样身陷故事迷局之中时，能抽身而出，“旁观者清”；还可以掌中观山河、眼前观瞰迷宫多维影像，看清楚整个故事迷宫的全貌、内在逻辑和肌理。

正是因为故事本身有自己的“故事建筑”体系甚至是“故事迷宫”多维系统——从单一场景、维度和界域的“故事建筑”（如小木屋），到多场景、多维度和多界域的“故事大厦”，甚至是多种时空维度的“故事迷宫”，其实都存在着不同层级、逻辑和复杂程度的等差和进化阶梯。它其实决定了一部作品的高低优劣和发展空间。越是优秀的作品，故事建筑就越是多维；越是像迷宫一样存在，就越是能在复杂的迷宫之中，勾画出一条简洁而优美、有力而切中需求暗流的故事轴线——就像“魔幻迷宫”之中那条指引我们从入口到出口、经过千万条不同道路，但始终踩中节奏和情节线的金毛线球。

讲故事写爽文，其实就是这“故事建筑—魔幻迷宫”和金毛线球（道·路故事轴心线）两点所汇成的一线。而且，还是在抛物线抑或是一层一层画出的同心圆圈之间，找到的一个最佳的接触点和引爆轨迹：既能让整部网文（包括爽文）有着自身结构、思路和逻辑的故事建筑或是“魔幻迷宫”，又能提供从入口到出口、途经道路万千却仍然守中一条线的金毛线球，让两者之间的接触就像彩虹一样，架起一座能够沟通故事世界和人心宇宙的七彩桥。这让那些隐藏于文本故事情节和心理需求暗流接触点轨迹中的“爽点”，能够真正地逮眼球、抓心挠肺甚至揪住意念与精神，让人神清气爽。犹如鲤鱼跃龙门一样，它忽然之间，就带起由实向虚（从水花到心流、从看得见的跃龙门到看不见的神龙遨游安天下）的变化轨迹，从而引爆那种超嗨超爽的愉悦畅快潮和爽感高峰体验，而不是陷入故事的“魔幻迷宫”，找不到出路，而变成了自虐和虐他的焦灼与不安。

由此可见，讲故事写爽文，自有这一整套爽点制造、爽品创生（创作与生产）、爽感建构的机制体制。但是，从爽文到爽剧、爽片，许多超级IP的影视改编剧集，并未遵循这种“造爽”模式——以“虐渣—造爽”转化机制为轴心杠杆的调性、人设和迷宫结构金字塔，而自身又未能创造出符合“爽点时代”和“爽文化”社会心理文化机制的“爽品”专业内容生产模式。因此，其IP化的影视剧集更容易失败而不是更容易成功，其出爆款的概率在0到100%之间，更容易偏低而不是更容易趋高。

在“故事大厦”和“魔幻迷宫”之间，爽文有着自身独特的“爽故事建筑”。这种爽文“故事大厦”有着迥然不同的建筑元素与结构，如以“虐渣—造爽”为丝缠绳绕（甚至像掌中迷宫一样的经纬线交集与连接）的三基（基础、基石、基元）、柱梁或阶梯体系、金三角屋梁、宝盖头（顶）思维。唯有在这种“爽”结构之下，进行IP化，才能“神还原”，或者进行“同型异构”的双创（创造性转化和创新性发展）型影视剧集改编。

但是，在IP化过程中，很多“魔改”现象的产生，就在于不按照原著爽文的“套路”走，试图重构和建筑新的“故事大厦”——但又必须处处披上原著的“皮”，试图重立“爽点林立”的毛。

但皮之不存，毛将焉附？何况，魔改的，不仅仅是皮，还有骨骼和肌理。很多IP化的影视魔改作品，更改了整个爽文的故事建筑，又无法找出原型，重新“建模”。只有在原房旧屋的形态之下，找到建筑结构图——亦即那“原型”，根据那种内在的爽结构与逻辑，才能建构一个崭新的模型，从而创造出一个即使不与原著形似但仍可得其神髓的“神似爽厦”。这虽然已经是跟原著完全不一样的新故事大厦，但是可以像原著一样让人获得超爽体验。因为，虽然从原著IP到影视改编剧，形态和业态都不一样了，即形不似，但是，爽点制造、爽品创生和爽感建构的机制体制是一样的，所以仍可以神似。这才是从爽文到爽剧的神还原。

但是，大多数超级IP，从爽文到爽剧，不是“神还原”爽感，而是“魔改编”爽点。其中很重要的一点，就是没有按照原著故事的“爽”逻辑走，试图另辟蹊径，重新建构一个新的故事建筑。但这个新故事建筑又没有原著的爽点体系作为支撑，自身又无法做到体系严谨和逻辑自洽；因此，给人的感受就像，原著是一座玉雕的宫殿，结果被魔改成了一个为秋风所破的茅屋；改编后的作品，不但没有原著流光溢彩、顾盼神飞的爽体验，而且还有一种四处漏洞、说句话都漏风的“尬感觉”；更别说从“虐渣—造爽”IP技术指南，进化、进击、进取地建基“故事迷宫”原型系统，创生（创作与生产）出从“中国网络好爽文”到“中国文娱好爽品”了。

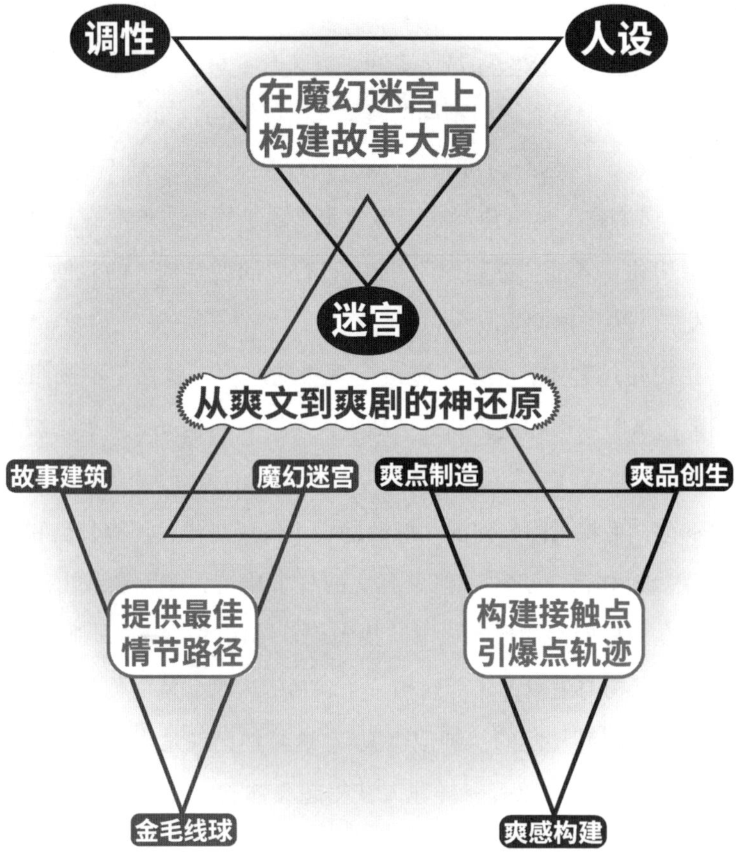

讲故事、写爽文、造爽品，从“中国网络好爽文”到“中国文娱好爽品”，或许应该基于这三种结构与功能建模和操作：一就是在看不见的“魔幻迷宫”之上建筑看得见的“故事大厦”；二就是能够像金毛线球一样提供“虽途径万千吾取那一条线而行”的最佳情节路线；三就是在那一条情节线和故事建筑（或者是故事迷宫）之中，构建起一个爽点创造与爽感建构的接触点和引爆点轨迹，可以让人随时踩爆那样一种像“虐渣—造爽”一样转化的爽文化现象、潮流和趋势。

妥和否，需要进一步的研发和实践。我们将在华语网络文学智库丛书“超级IP时代”系列之中，进行持续研究。

（本书可视图由庄庸、张佳莹手绘，樊征宇、贾莉、曹汝雯、李诗阳电脑制作。）